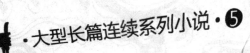

· 大型长篇连续系列小说 · ⑤

勇往直前

何常在◎著

贵州大学出版社

Guizhou University Press

图书在版编目(CIP)数据

勇往直前 / 何常在著. -- 贵阳 : 贵州大学出版社,
2015.4

ISBN 978-7-81126-782-2

Ⅰ.①勇… Ⅱ.①何… Ⅲ.①长篇小说—中国—当代
Ⅳ.①I247.5

中国版本图书馆 CIP 数据核字(2015)第 082597 号

勇往直前

作　　者 : 何常在
责任编辑 : 滕芸
出版发行 : 贵州大学出版社
印　　刷 : 北京天宇万达印刷有限公司
开　　本 : 710 mm × 1020 mm　1/16
印　　张 : 27
字　　数 : 500 千字
版　　次 : 2015 年 6 月第 1 版
印　　次 : 2015 年 6 月第 1 次印刷
定　　价 : 39.80 元

ISBN 978-7-81126-782-2

目录

夏想对宋朝度的盛赞，还是保持了谦逊的态度，不管宋朝度和他私交如何，在成绩面前，必须保持足够的清醒。领导赏识和重视是好事，戒骄戒躁的作风不能变，稍微有点翘尾巴，就有可能引起别人的不满。越是做出了大成绩，越是引人注目，挑错的人就越多。宋朝度出于爱护也许会维护自己，别人就不一定了，忌妒和眼红的人肯定也不在少数。

能透露的细节，夏想也都详细地说了出来。在座的都是行业内的领军人物，希望他的观点能多少影响到他们，让他们的学生以后在和外商谈判时，不至于为了政绩为了数据，而丢失掉更宝贵的东西。能做到多少是多少，反正他也知道一个人的力量毕竟渺小，问心无愧就可以了。

宋朝度说的也不无道理，夏想回到办公室，还在琢磨着请范铮出面论战的可行性。如果他和范铮一同出面，作为邹儒的两大弟子同时应战，也会在国内的学术界引起莫大的关注。

正寻思之时，突然听见一阵咯咯的笑声传来，笑声听起来比较耳熟，不过夏想正神思恍惚，一下竟然没有想起来是谁。

如果燕省有高老坐镇,就完全不同了。就算高老不亲自出面,躲在幕后指导,也能通过各个渠道传出高老身为幕后之人的消息。消息一旦传开,就会让燕省发表反驳文章的专家教授,感到无形的压力。

夏想之所以突然产生了时不我待的念头,也是一向镇定自若的心思被以程曦学为首的保守派的穷追猛打弄得厌烦了,也终于体会到了宣传力量的威力。

夏想想尽快完成他心目中的大计,在单城市和宝市再次掀起产业结构调整的新一轮高潮,用实际行动来反击程曦学的无聊言论。只要出了成绩,达到了第一阶段的既定目标,就相当于当众打程曦学一个响亮的耳光。

先是宋朝度左等右等,等不到夏想前来汇报工作。宋朝度知道夏想正在酝酿下一波浪潮,正焦急地等他来讲宝市之行的成效,怎么突然不见人影了?托秘书去领导小组找夏想,方格和王林杰却说没有见到夏想,也不清楚古玉去了哪里。

都是一些什么样的人物啊,怎么都聪明绝顶?尤其是夏想,在被陷害的情况下,竟然能想出如此绝妙的反击之法,简直就是一出精彩绝伦的绝地反击大戏!黄林和刘旭自认见多识广,但还是平生第一次见到有人能造势借势并且借力打力到这种出神入化的境界!

谢过梅晓琳,挂断电话,夏想却感觉到一股淡淡的失落,总觉得梅晓琳有了什么变化,但具体是什么,又说不上来。他想了一想,不得要领,只好不再去想,事情也多,顾不过来去琢磨梅晓琳的心思。

尽管夏想心中也是怒火中烧,但还是压下了冲出去和张杨理论一番的冲动,时机不到,现在上去达不到他想要的效果。他小声对邹儒说道:“邹老息怒,现在还不该您出面,还没有到关键时候。您应该在最危急的时候出面,才能起到力挽狂澜的效果,现在范铮已经上去了……”

↗ 01　偏向虎山行

付先锋果然眼光犀利,来了一手声东击西。因为他也清楚,对单城市的建议是空中楼阁,口惠而实不至,而对宝市的提议才是他的重点。换了一般人,会对他的热心心生感激,同时因为单城市的提议没有可行性,而在宝市兴建高档百货,似乎也切实可行,说不定就会深信不疑。

各方心思

燕省产业结构调整领导小组一共四个办公室,一个是组长办公室,宋朝度身为副省长,分管一摊子事情,因此一般不在此处办公。一个是副组长办公室,副组长一般由厅局的一把手兼任,他们也不会真正过来办公。不过副组长办公室有一个常设副组长,由省政府办公厅副主任安逸兴主持日常工作。

安逸兴今年四十三岁,虽然是办公厅的副主任,但却是正厅级待遇。他兼任副组长并且主持日常工作,是合适的人选。

还有两个办公室,就是综合一处和综合二处,各有四名成员,一共八人,分别从省委省政府以及各厅局抽调过来,是主要的办事人员。综合一处夏想的职务最高,是省委办公厅信息处处长。综合二处彭梦帆的级别最高,是财政厅预算处副处长。虽是副处长,但也是正处级待遇。虽然还没有明确分工,但明眼人一眼就可以看出来,综合一处的处长是夏想,综合二处的处长是彭梦帆。

基本上领导小组的成员,夏想都知道个大概,也就是有两三个人,他不知道具体是谁,好像上头还在斟酌。没想到,今天一上班,古玉的出现让他在吃惊之余,不得不再一次仔细回想老古的幕后动作——果然真是躲在后面一直不动声色的黄雀!

夏想问古玉:"古玉,你以前在哪里工作,怎么没听你说起?"

古玉正将自己的用品一件件摆在办公桌上,扭头冲夏想一笑:"外经贸部,怎么,我没有对你说过? 哦,如果没有,就是忘了。"

外经贸部? 夏想觉得嗅出一丝阴谋的气息,就紧盯着古玉不放:"老古安排你来燕省,主意不错,他老人家很有高瞻远瞩的目光。"

古玉假装没听懂:"没我爷爷什么事情,是我自己主动要调来的。在部委里面待久了,觉得自己都古老了,就想到地方上锻炼锻炼。我爷爷就给我提了一个参考意见,说是只要有夏想的地方,就有诸多需要解决的问题。但正是因为问题多多,才有了挑战和机遇。他就说,不如到燕省产业结构调整领导小组去工作, 也好跟夏想学学如何在制造矛盾和解决矛盾的过程中,逐步壮大起来。"

夏想心中一惊,老古果然深不可测,一句制造矛盾和解决矛盾,完美地看透了他为推动领导小组成立所付出的努力,道出了其中的精髓之处!

夏想也假装听不懂:"老古果然是老古,说的话就如一口古井……"

"怎么讲? "

"黑咕隆咚! "

"呵呵,形容得太精辟了。"古玉开心地笑了起来,还轻轻推了夏想一把,"你和我爷爷,一个小滑头,一个老古董,看看到底谁最精明。"

方格和钟义平在一旁看了直摇头,好不容易盼来一个美女,不承想,和夏想还是旧相识,以后的满室春光,看来只有他一人独享了。

还好方格眼尖,发现综合二处四个人中,有两个女性,其中一人,姿色尚可。不过他还没有来得及过去细看,就接到了通知,说是召开全体大会。

燕省产业结构调整领导小组第一次成立暨动员大会, 正式召开。省委常委、副省长宋朝度主持会议,省委书记叶石生,省委副书记、省长范睿恒出席了会议,并发表了重要讲话。

叶石生和范睿恒不过是走走过场,说了一些勉励和振奋人心的讲话之后,就交给了宋朝度。

宋朝度先是感谢省委省政府对领导小组的重视, 然后也发表了讲话:"燕省省委、省政府积极贯彻落实中央提出的'加快调整和优化经济结构,推动经济增长方式的转变'的战略部署,采取了系列措施加速结构调整步伐,因此成立了燕省产业结构调整领导小组。领导小组由单城市和宝市两个试点城市入手,着重研究燕省产业结构调整的方向,可谓任重而道远。领导小组不但肩负着指导两市试点改革的重任, 同时又要为下一步全省推广两市模式起到总结经验的重要作用。在座的同志们都是各行各业的精英,来到领导小组,不要有什么心理负担,要看成是一次巨大的机遇,也是对自身有益的挑战……"

宋朝度的讲话确实起到了振奋人心的作用,相当于给所有人都打足了气,加满了压。

随后,宋朝度又宣布人员的安排,夏想为综合一处的处长,负责和两市联络项目,具体指导两市产业结构调整思路,基本上相当于副组长的权力。彭梦帆为综合二处处长,协调省里下拨资金的调配和计划,预算两市的产业结构调整的额外资金,相当于掌握了财政大权。

最后由主持日常工作的副组长安逸兴做了总结性发言,他先是发表了一番例行的感谢讲话,然后又讲到今后的工作重点,都是一些大而空的论调。

散会之后,宋朝度让安逸兴、夏想和彭梦帆留下,又召开了一次小范围的会议。

四人之中彭梦帆年纪最大,他五十出头,或许是保养较好的缘故,显年轻,面色不错,除了额头上的头发比较稀少之外,基本上保持着不错的风度。

安逸兴中等身材,不胖不瘦,说话时慢声细语,感觉上是一个非常有耐心的人。

宋朝度留下三人,自然是为了交代工作上的事情,领导小组的成立不但省委省政府特别重视,京城也表示了相当的关注。外经贸部一位领导易向师还亲自打来电话表示祝贺,同时也寄语宋朝度,说了一句名言:"不积跬步,无以至千里。不积小流,无以成江海!"

易向师的意思宋朝度自然清楚,是劝勉他,不要小看一个领导小组只领导了两个试点城市,榜样的力量是无穷的。一旦试点成功,领导小组将会辐射出巨大的能量,成为影响燕省政局的一个至关重要的部门。

宋朝度先是介绍了几个人,然后又重点介绍了一下夏想:"夏想同志在坝县的时候就有过招商引资的成功先例,在城中村改造小组时,又先后为天安房产出谋划策,投资了十里铺蔬菜批发市场,为达才集团规划了人民广场,为远景集团设计了森林公园。随后在安县,又有度假村、子高公园等成功的投资项目,我认为夏想同志在商业方面有过人的才能。由他来具体指导单城市和宝市在产业结构调整方面的问题,最为合适,大家有没有意见?"

安逸兴微微有些动容。

他原本是省政府办公厅几个副主任之中,资历最浅的一个,排名最靠后,基本上事情很少,没什么发言权。

宋朝度上任副省长之后,他及时向宋朝度表示了靠拢。宋朝度一开始对他的示好不置可否,他也就死了心,认为身为省委常委的宋省长肯定不会看上他一个无根无底的副主任。不料在成立产业结构调整领导小组时,宋朝度突然找他谈话,提出要让他兼任副组长,同时主持日常工作。

宋朝度找他,没有给他描绘什么美好前景,只是告诉他一句话:"我亲自挂帅的领导小组,不会虎头蛇尾。你来主持日常工作,是一个巨大的挑战,但也是一次难得的机遇。你要是觉得合适就过来,不合适,我也不勉强你。"

安逸兴对宋朝度了解不多,只是觉得宋省长年纪不大,但最是沉稳,话不多,但往往一句话就点到关键之处。而且宋省长经历过起伏之后,依然坦然自若,他就对宋朝度多了几分钦佩和欣赏。

宋省长既然说出了这么有力度的话,而安逸兴觉得他在省政府办公厅不上不下,也看不到以后的远景,现在有向宋省长靠拢的机会,岂可错过?就算失败了,总算也拼搏了一次,也算对得起自己了,就郑重其事地答应了下来。

对于夏想,安逸兴也略有所闻,但平心而论,他对夏想却微有不满。一个二十七岁的年轻人,如何能担当起整个领导小组的重任?宋省长为什么那么信任夏想?况且夏想才是处级,在和单城市、宝市的党政负责人打交道时,很容易被人轻视……在听到宋朝度介绍了夏想的事迹之后,安逸兴才大吃一惊,原来夏想不仅有许多明面上的成绩,像人民广场以及森林公园的幕后推手也是他,真是让人不敢相信。

至此,安逸兴对夏想才有了全新的认识。

彭梦帆是几人之中年纪最大的一个,五十岁才是处级,基本没有什么前途可言了。调他来领导小组,他基本连想法也没有,来就来,在哪里都是干工作做事情。

虽然彭梦帆心态很好,但对宋朝度所描述的夏想的成绩,还是不能完全相信,认为其中肯定有虚假的成分。宋省长一定是被下面的人给迷惑了,在基层的一些领导干部,最会虚报数据,谎报政绩,当成升官的筹码。

彭梦帆对夏想始终存有偏见。

宋朝度介绍完几人之后,又简单说了几句,才转身走了。他在省政府有一摊子事情要管,忙得不行,具体事情就交给三人去办,尤其是夏想。

夏想虽然年纪最小,但实权最大,宋朝度一走,安逸兴和彭梦帆的目光就都集中到了他的身上。

夏想冲两人谦逊地一笑:"安主任、彭处长,宋省长的指示精神,我想我们也都领会了,具体下一步如何开展工作,就请安主任安排。"

夏想还是称呼安逸兴办公厅副主任的官职,感觉比副组长要好听一些,也是出于对他的尊重。不料安逸兴却乐呵呵地摆摆手:"夏处长,现在我们是同事,你还是叫我组长比较好,毕竟我们的领导小组也算一个正式的部门……"

夏想明白了安逸兴的意思,他宁愿别人叫他组长也不愿意让人称呼他为主任,显然,他对领导小组比较看重,就点点头,立刻改了口:"好的,安组长。"

安逸兴笑了:"夏处长年轻有为,在经济方面有实际经验,你来说说下一步具体先从哪里入手?"

夏想看出来了,安逸兴对自己还算认可,也印象良好,也可能他听说了自己和宋朝度之间的关系。安逸兴客气是客气,但他毕竟是名义上的领导,夏想就笑着说道:"其实宋省长刚才的讲话已经给我们下达了任务,就是第一步要先和单城市、宝市两市的主要领导沟通一下,对于下一步两市关于产业结构调整方面的举措,我们要做到心中有数。我的建议是,先以领导小组的名义发出通知,和两市主要的党政领导开一个见面会,具体商量一下他们关于产业结构调整方面的意见。然后看他们有什么实际困难,需要领导小组给予什么样的政策和资金上的支持,做出统计之后,再上报宋省长过目……"

领导小组虽然没有明确级别,但因为由宋朝度亲自担任组长,理论上讲也属于副省级部门。目前只有两个试点城市,如果是全省推广的话,有权力向全省所有地市发出通知。安逸兴是省政府办公厅副主任,经常要向各地市发出要求和通知,对如何行文如何传达,自然轻车熟路。

安逸兴听了点头说道:"夏处长的安排非常合理,我同意……彭处长还有什么意见?"

彭梦帆也看出来安逸兴虽然是表面上的领导,但刚开展工作就征求夏想的意见,明显是要将夏想当成实际上的掌权者。他对夏想颇有不服,就说:"夏处长的提议也有些道理,但我们领导小组是两个试点领导的指导部门,应该拿出具体的指导政策来。我认为我们应该先研究一下其他省市产业结构调整的经验,再结合燕省的实际,整理出一套切实可行的办法出来,然后下发给单城市和宝市,让他们具体去执行就可以了。"

夏想没说话,只是看着安逸兴笑。彭梦帆是典型的理论型官员,是拿来主义和经验主义的综合体。在机关待得久了,对基层的情况完全不了解,又喜欢拿出大道理来压人……再想到他掌管着财政权的身份,夏想就微微有些头疼,不知道宋朝度为什么安排彭梦帆来掌管拨款事宜,恐怕以后会多生出不少事端。

夏想并不清楚的是,彭梦帆不是宋朝度的人,而是钱锦松特意安排进来的。钱锦松看中了彭梦帆的理论水平高,在财政厅预算处的工作突出,是技术型的官员。但因为不会阿谀奉承,会做事不会做人,所以一直升不上去。钱锦松的想法是,有一个会做事不会做人的彭梦帆掌管财政大权,也好对夏想有一定的制约。他对夏想的能力多少有点不放心,基本上综合二处的人,都是他亲自挑选的。

付先锋的聪明之处

钱锦松本来也想在领导小组兼任副组长,但后来一考虑,还是躲在幕后为好。毕竟现在的产业结构调整领导小组以省政府为主导,他是省委秘书长,横插一手也不太好。况且现在刚刚成立,还没有一点成绩就急着跳进去,也显得不太成熟。他有理由相信,一旦单城市或宝市,不管哪个城市初见成效,领导小组的重要性大增之后,其他常委都会纷纷向里面安插自己人,到时候他再趁机插手领导小组的事务也不迟。相信有上头的支持,他再有拿得出手的筹码,肯定可以在领导小组之中占据一席之地。

眼下他本人虽然不亲自出面,但出于长远打算的想法,还是安插了四个人进去。宋朝度对此也没有提出反对意见,默认了钱锦松的安排。宋朝度认为,在几个常委里面,钱锦松是对领导小组前景最看好的一人,支持力度也最大。其他人有反对者,有袖手旁观者,还有坐等看笑话者。叶石生是不置可否的态度,成也好,不成也好,他是顺其自然。范睿恒倒是对领导小组持支持态度,但支持的力度不是很大,而且态度也不是十分明朗。

宋朝度也清楚,领导小组在做出成绩之前,举步维艰,现阶段能争取一个支持者是一个,他也就对钱锦松安插人手的举动,没有提出任何反对意见。主要是他也相信,领导小组有夏想在,主动权还是会掌握在夏想的手中——也相当于掌握在他的手中。

安逸兴是从基层上来的官员,当过县长和县委书记,知道如果只在省委机关坐在办公室里,研究文件看看报纸,对下面的事情的了解是雾里看花,根本就看不到点子上。理论永远落后于实践,而且理论永远是为实践服务的,天天声称理论高于实践的人,不适合到地方从政。

安逸兴看了夏想一眼,见他笑而不语,知道他是为了显示自己副组长的权威,把决定权留给自己,就当仁不让地说道:"产业结构调整是新兴事物,没有现成的经验可以拿来使用,别省的经验再好,和燕省的情况千差万别,只可借鉴不能照搬。我觉得还是夏处长说得好,先召开一个见面会,具体讨论一下两市的实际情况,毕竟对于两市经济结构的了解程度,我们都不如当地的党政领导。"

彭梦帆不满意也没有办法:"既然安组长和夏处长都认为召开会议合适,那我也没有什么好说的了,就少数服从多数了。"

答应是答应了,却流露出了不满的情绪。

刚开展工作就有了不和谐的声音,夏想笑笑,没有任何一个部门是一团和气,有人的地方就有争论,也是正常情况。

随后又在安逸兴的主持下,召开了一次领导小组的内部会议,宣布了注意事项和工作要求。夏想也借机对领导小组的全体成员有了初步的认识,综合一处的三个人他都认识,综合二处除了彭梦帆之外,其余几人分别是卢显红,女,三十八岁,科技厅副处长;简子美,女,二十八岁,省外经贸委科长;唐免,男,三十岁,省委办公厅副科长。

安逸兴又针对具体人员安排了分工,一切布置妥当之后,就散了会。至于下发通知的事情,就交由安逸兴具体办理。

夏想回到办公室,稍微出了一会儿神,就让方格和钟义平去相关部门收集和整理资料。刚想安排古玉的工作,古玉就主动站在他的面前,背着手,眯着眼笑:"夏处长,昨天晚上你好像没有留下来,对不?"

夏想脸色一沉:"古玉同志,现在是上班时间,不许讨论个人私事。"

古玉俏脸一红,不好意思地说道:"是,夏处长,下次再也不敢了。"说是不敢了,下一句话又小声说道,"你挺厉害,我佩服你。"

这一句话就有点含义丰富了,到底是佩服他什么,夏想也不敢乱猜,唯恐引起古玉的联想,就让她胡思乱想好了。

古玉说话的时候弯着身子,由于在室内没穿外套,胸前的玉佩一下坠,正好碰到了夏想的手。触手之处,一股温热和滑腻,所谓温香软玉,果然不假。都说玉通灵性,和主人相处久了,会沾染主人的气息和灵气。人如玉,同样玉也如人。

古玉的玉佩色泽光润,隐隐有水雾隐含其中,白里透红,湿软柔嫩。如果说玉如其人的话,岂不说明古玉也是温婉可人的性子?

夏想咳嗽一声:"你的玉天天挂着,不怕丢了,也不怕无意中碰坏了?"

古玉才意识到自己的玉碰到了夏想的手,脸就更红了,急忙直起腰:"我的玉是宝玉,不会丢不会坏。我小时候身体一直不好,爷爷就为我求了这块玉,让我玉不离身。人养玉,玉养人,长期佩戴的话,对身体健康大有好处。我一直戴着,慢慢就习惯了。"

夏想也未多想,一伸手:"让我看看……"

"不行!"古玉一把把玉捂在胸前,态度十分坚决,"玲珑是我的私人物品,谁也不能动一下。"

"不看就不看,至于反应这么激烈?"夏想摆摆手,才知道古玉的玉佩还有名字,不觉好笑,又说,"你先整理一下文件和资料,研究一下单城市和宝市落后的大型国企的弊端,然后汇总成材料报给我。还有,回去和你爷爷说一声,找个时间我要和他好好谈谈。"

古玉答应一声,转身回到座位上,脸上还隐隐发烧,心想夏想平常挺细心挺正经的一个人,怎么今天突然要看她的玉?难道他不知道自己的玲珑贴身佩戴,晚上睡觉也不摘下,差不多成了她身体的一部分,怎么能随便让男人把玩?

再看夏想又陷入了沉思之中,古玉就想也许是她多想了,夏想再怎么着也是一个男人,男人哪里有这么细心?

夏想确实没想那么多,他在琢磨眼下的局势。单城市如果按照他的思路去做,推动文化旅游的话,应该可以带动经济,提升 GDP。至于其他方面的产业调整,如何改进国产企业的弊端,如何着手改制,具体细微的工作,想必单士奇和王肖敏也会安排具体人去做。他们毕竟身在书记和市长的位置上,比他更有眼光和大局观。

宝市的产业结构调整,夏想也有了初步的想法,打算借此次开会,好好和曹永国、邱绪峰聊一聊。宝市市委市政府已经决定,由邱绪峰具体负责产业结构的调整,市长任庆之借口身体不适和工作繁忙,只表示了支持,就不再插手具体的事务。邱绪峰当然知道任市长是不愿意承担责任,也正好称了他的心,他相信夏想的能力,也想看看产业结构调整成功之后,到底能给他带来多大的政绩!

对于单城市和宝市的改制试点,夏想充满了信心。他相信肯定多少会有一些阻力,省里的阻力和两市内部的阻力,甚至还有领导小组内部的阻力;也相信不管是来自哪方面的阻力和压力,总有解决的办法。不过他不否认,变数也有不少,首先是老古突然插手进来,安排古玉来领导小组,肯定是大有深意。难道老古也认定领导小组会有大放光彩的一天,让古玉进来,是为了先抢占有利的位置?

除了老古之外,夏想还担心以崔向为首的付家势力,等付家完成在燕省的布局之后,他们肯定也会盯上领导小组,估计还会向里面安插人手。而且只要看到成功的迹象,连叶石生也会插手进来,提前做好丰收的准备。可以说,领导小组不成功还好,一旦成功,将会成为各方势力分食的对象,到时说不定还会因此引发一系列的事件。

最后一点,也是现阶段面临的最大问题,就是单城市的文化旅游项目,是一项风险投资。在目前的情况下,想找到一笔巨资投到单城市,也不容易。宝市的项目改造也需要引进资金,甚至还需要引进外资。可以说领导小组面世之后,才是困难的开始。他没有后路可退,必须成功。但成功要付出无比的艰辛,而且成功之后,必然有人来摘桃子分果实,他又没有办法制止这种情况的发生。

还真是明知山有虎,偏向虎山行。夏想下定了决心,为了燕省的明天也好,为了单城市和宝市抢先一步走在别的地市前面也好,为了自己亲近的人的政治前途也好,最后也为了能够掌握自己的命运,他必须迎难而上。

下午因为有事要去一趟市委,夏想就开车来到了市委大院,停好车,刚想上楼去见陈风和胡增周,却意外地在院中遇到了付先锋。

付先锋来燕市有一段时间了,夏想也没有和他见过面,没那个交情也没有必要。今天偶遇,夏想就点头一笑:"付书记好。"

付先锋点点头:"夏处长现在可以说是位高权重,掌握着两个试点城市的资源调配。万一哪一天燕市也成了试点城市,我还得接受你的领导,呵呵。"

夏想对付先锋的话不置可否,却说:"付书记不要调侃我了,领导小组刚成立,正是焦头烂额的时候。如果您有什么高见,我倒可以学习学习。"

夏想不过是随口一说,付先锋不知是装傻还是故意为之,竟然说道:"高见倒谈不上,不过我还真有几句建议想对你说一说,怎么,有没有兴趣听一听?"

夏想站住脚步,一脸好奇地说道:"付书记有指示精神,当然要听。"

付先锋对夏想的态度还算满意,尽管他也清楚夏想未必把他的话当成一回事:"单城市位于四省交界之处,南有南河省,西有西省,东有齐省。虽然地理位置非常重要,但只有南北交通发达,东西交通很受制约,缺少发展成大都市的契机。如果单城市能够联通东西两省,修建一条东到齐省省会鲁市,西到西省省会晋市的大动脉,再充分利用其坐落在南北要道上的优势,就有望成为燕省的南部重城,也可以成为重要的商品集散地。"

夏想一脸惊讶地看了付先锋一眼,心中闪过一丝敬佩。别说,付先锋的眼光确实不错,提出的建议也是他曾经想过的策略之一,但因为耗资巨大,实现的可能性极低,就直接放弃了。四省交汇之地不假,但想要修建连接齐省和西省的大动脉,无疑是天方夜谭。任何时候一旦涉及两个以上省份,光是处理各种关系、协调各方利益就会复杂得让人头疼,除非是在国家的战略计划之内,否则根本无法实施。

"宝市离京城太近,是劣势,但也是优势。可以在宝市修建大型的购物商场,利用宝市低廉的地皮价格和人力优势,做到在销售上面的价格优势。相信在京城有许多追求高档品牌但又囊中羞涩的面子人,会愿意开车花两个小时,来宝市消费。如此一来,宝市就增加了税收和就业机会。等人流形成了气候,也会带动宝市其他方面的消费,形象有了,城市的品位就提升上去了……"

付先锋侃侃而谈,对单城市和宝市都有建议,而且谈论起来如数家珍,看来也是做了充足的准备。

如果夏想没有事先得知付家即将对燕市进行投资,他还不清楚付先锋说出刚才一番话的真正用意。但等他听完付先锋对宝市的建议,顿时明白了在付书记的热心之中,原来藏着不易察觉的私心。

前面对单城市的提议只是抛砖引玉,后面对宝市的建议,才是付先锋的真正用意——他是想让自己说服曹永国按照他的思路对宝市进行规划,付家涉足的经济领域就是高档百货。宝市有意引进的话,付家正好得了便利条件,乘机杀入宝市的零售业市场,也借产业结构调整的东风,得到许多政策和贷款方面的扶持。

付先锋果然眼光犀利,来了一手声东击西。因为他也清楚,对单城市的建议是空中楼阁,口惠而实不至,而对宝市的提议才是他的重点。换了一般人,会对他的热心心生感激,同时因为单城市的提议没有可行性,而在宝市兴建高档百货,似乎也切实可行,说不定就会深信不疑。

夏想连对在燕市兴建高档百货都不看好,更何况消费能力尚不如燕市的宝市?

正是因为看不到高档百货的赢利前景,夏想对付先锋的提议一点也不动心,淡淡地说道:"付书记的想法确实不错,等我回去后好好研究一下,然后再向领导请示汇报,看领导的意思了。"

付先锋也看出夏想对他的建议不以为然,就笑了笑:"我就是这么一说,你就随便一听就行了,具体指导方针,省里肯定也有了方向,呵呵……"

等看着夏想上楼而去,付先锋脸色沉了下来,心想夏想果然比他想象的还要沉稳不少。不过他疑惑不解的是,夏想不为所动,到底是识破了他的用心,还是没有意识到高档百货在宝市确实有大好的前景?

反正也不急,等燕市的高档百货兴建之后,在燕市有了足够的影响,慢慢就能带动燕省的其他地市……他站在原地想了一想,一转身,就来到了谭龙的办公室。

谭龙正在打电话,一见付先锋进来,就忙说了两句,放下电话,对付先锋笑面相迎:"先锋,来,快坐,我刚弄了几两极品茶叶,尝尝鲜。"

付先锋什么茶叶没喝过,对谭龙眼中的极品一点兴趣也没有,但他还是装作饶有兴趣的样子:"哦?谭老兄口中的极品,肯定是市面上极难见到的珍品了。正好我从京城带来的茶叶也喝完了，要是好的话，说什么也要借我一两。"

谭龙听付先锋不跟他见外，开口就要茶叶，心里也是喜滋滋的。付先锋家大势大，连崔书记也尊敬三分，谭龙更是一心靠拢，指望能得到付家的赏识，拉他一把。

夏想的理想

谭龙亲自动手取出茶叶，泡上茶，又端给付先锋。付先锋尝了一口，感觉也就是中等偏上的品相，不过还是夸道："好茶，我在京城中也很少见到这样的好茶，谭老兄，你有口福了。"

谭龙喜形于色，亲手包了一半给付先锋："既然先锋爱好，就见面分一半好了。"

付先锋其实并不想要谭龙的茶叶，谭龙的茶还入不了他的口。但见谭龙十分大方地主动分他一半，也是不想驳了谭龙的面子，就收下了。

"五交化公司的事情，处理得怎么样了？"付先锋关心的是五交化大楼的出售问题。五交化大楼原为五交化公司的办公大楼，而此时五交化公司已经快被破产倒闭，五交化大楼也就成了一座空楼。

付家的高档百货商场想在五文化公司旧楼的基础上，重新改造，再开张营业，名字叫做名品时尚。本来谈好了价钱，但突然之间不知出了什么变故，五交化公司又提出不卖办公大楼了，让他心中来气。

谭龙知道付家的心思，也清楚付先锋作为付家的代言人，在燕市投资高档百货，也是政治手段的延伸。陈书记对在燕市兴建高档百货不置可否，似乎并不太关心，胡市长对此也是兴趣不大。就谭龙本人来讲，他到各地也考察过许多次，也认为燕市缺少了一些大都市的味道，比如说高档会所几乎没有，连高档百货也没有一家，的确和燕省省会的地位不相符。他对兴建高档百货持积极的态度，又因为是付家的事情，就积极主动地出面去解决问题。

五交化公司基本上处于倒闭的边缘，实际上已经破产了，只是没有明说罢了。

卖掉办公大楼为退休职工补交养老保险，是公司总经理赫龙城做出的决定。赫龙城为人豪气，性格粗中有细，但志大才疏，当上五交化公司经理不久，就将奄奄一息的五交化公司直接搞死。又因为许多退休职工的养老保险没有交齐，到了退休年龄却办理不了退休手续，无奈之下，不堪老职工指着后背骂娘的赫龙城只好卖楼卖地，来补齐欠款。

本来已经和来自京城的名品时尚的负责人谈妥了价格，就等签订协议之后，一手交钱，一手交楼，却不知何故赫龙城突然改变了主意，说什么也不卖办公大楼了。问他原因，只说是老职工天天坐在他家门口，声称他敢卖楼，就敢砸他。

谭龙知道赫龙城的话肯定是假话。赫龙城虽然没什么本事，但性格之中有可取之处，对待五交化职工还算不错，虽然公司倒闭破产，但也没有多少人说他坏话。因为赫龙城不贪财，为人行事还算公正，也一心为职工着想，五交化公司的倒闭是大环境所致，和他的个人能力关系不大。就连谭龙也不相信，会有职工跑到他家中去砸他。

谭龙就对赫龙城的回答很不满意，觉得赫龙城对他太不尊重，连一句应付的话也不用心，就命令赫龙城必须重启和名品时尚的谈判。赫龙城也不知哪里来的底气，敢和燕市的常务副市长叫板——当然也不是明着不听，而是阳奉阴违。表面上一口答应，说是一定摆平闹事的老工人；暗地里一拖再拖，直到今天还没有和名品时尚签订协议。

"先锋，情况有点复杂，出乎我的意料。"谭龙无奈地说道，"可能五交化的大楼拿不到了，如果我所料没错的话，赫龙城可能已经卖给别人了。"

"什么？"付先锋怒了，他看上五交化大楼很久了，认为是燕市最合适的开一家高档百货的地点，不管是交通还是人流都有便利条件。突然听到已经转手给别人，怎么不怒火中烧，"赫龙城怎么连市政府的面子都不卖？他到底有什么后台？"

谭龙见付先锋急赤白脸的样子，心想总见他一副云淡风轻的样子，好像事事都能坦然应对，原来也有失态的时候？他摇摇头："赫龙城是五交化的职工，也没有什么后台，就一步步当上了经理。对于想升官的人来说，市政府的话不得不听，但赫龙城很有个性，对上头的话一向都不怎么当一回事。他也有决定权，就算自作主张将办公大楼卖给别人，只要手续合法，市政府也没有办法。"

"谭老兄，我不管你想什么办法，一定要帮我拿到五交化大楼。我就不信了，一个小小的五交化公司经理，敢不把堂堂的常务副市长的话放在心上？"付先锋或许意识到了自己的失态，神情稍微缓和了一些。

谭龙心中有火，常务副市长怎么了？常务副市长也不能干涉正常的商业活动，把手伸到下面的每个地方！赫龙城不听话，难道就撤了他？抓不住他的把柄怎么撤他？更何况事情闹大了，被胡增周或是陈风发现了，他不是故意让市长和书记找他麻烦吗？

但付先锋的事情，他又不能不用心去办，就拿起电话，打了出去。不一会儿就放下电话，一脸无奈地对付先锋说道："已经签订了协议，卖给了燕市的一家公司，公司具体有什么背景还没有查清楚，但已经知道了将在原址上新建一处洗浴中心，名叫芳草地……"

付先锋进军燕市的第一步竟然败在一个小小的五交化经理手中，不由怒火攻心。他强忍住心中怒火，努力让自己的声音听起来保持平静，说道："洗浴中心的审批手续比较复杂，谭老兄可以多费费心，让他们的手续齐全一些……"

事已至此，多说无益，付先锋只能让谭龙多卡卡芳草地的脖子。至于赫龙城，总不能自己一个市委副书记，想办法去打击报复他？下一步只能再重新选址了，燕市之大，总还有合适的地点。

只是付先锋初战失利，心中总是有些郁闷难安罢了。

谭龙送走付先锋，坐了片刻，忽然冷笑一声："京城来的又怎么样？想要升官发财的官员会看你脸色行事，燕市当地的一些人，官不大，脾气大，就是死倔。经理当不当都无所谓，你能拿他怎么样？对付他们，你付先锋远不如夏想有手段！"

想到夏想，谭龙忽然冒出一个念头，会不会赫龙城意外变卦，和夏想有什么关系？

谭龙还真猜对了，确实和夏想有间接的关系。

夏想此时正坐在陈风的办公室里，和陈风一起品茶。陈风听到老古的孙女古玉到了领导小组上班，也是微微惊讶："这事我一点风声也没有听到，老古有点古怪，也挺神秘，不过他打的是你的主意，我就不用多操心了。我操心的是，你答应我的寿山石玩件，什么时候能交到我的手中？"

夏想耍赖："陈书记，您这是明显卖友求玉。不管我的死活，只管要玉，这样的领导，怎么能让下属心服口服？"

"你不是我的下属，我是以长辈的身份和你说话。长辈向你求一块玉石，你也不舍得，是不是太小气了？"陈风呵呵直笑，最近他心情不错，各项工作开展顺利，燕市局势稳定，付先锋的到来暂时没有掀起什么风浪。主要的原因也是因为夏想拉拢了胡增周，书记和市长在大事上保持一致，就能稳定住大局。

"不是我不舍得，是我还没机会向老古说起。"夏想无奈，陈风别看是高高在上的省委常委、市委书记，在他面前不端书记架子的时候，比端书记架子还让人难以对付，"我想，如果老古答应给一个手玩件，会不会又有什么新的问题出现？他送我一个螳螂捕蝉的雕件，我就一直担心，到现在还不知道他的真正用意。现在再向他开口索要玉石，不是自投罗网吗？"

"那就是你的问题了,我只要寿山石玩件,不管别的。"陈风也不顾他市委书记的身份,直接无视夏想的问题,"你就明着告诉我,行不行吧?"

"行,领导发话,不行也得行。"夏想索性也无赖一次,"我也有一件事情,您得答应我?"

"什么事?"

"如果付先锋以可以为燕市拉来投资为由,要在燕市新建高档百货商场的话,我建议您尽量想办法阻止他。因为以燕市的经济水平,投资高档百货商场,只有死路一条。"夏想一脸坚决地说道。

陈风脸上也变成了严肃的神情:"你想做好事,不想让付先锋的投资打了水漂?"

"呵,我是好人不假,但不是滥好人,再说就算我告诉付书记说他的投资会失败,他会相信我?"夏想又笑了,"我是担心他们前期投资少,后期贷款多,最后投资失败,浪费的还是燕市的钱……"

陈风心领神会地笑了:"我听说他们看中了五交化公司的办公大楼,谈得差不多的时候,突然中途生变,你清楚是怎么一回事吗?"

"我不清楚,可能齐亚南清楚。"夏想也会心地笑了。

陈风哈哈大笑:"小手腕,小窍门,我不如你。好了,等什么时候进入我的视线之内,我会想想办法,尽量不让他们乱用燕市人民的钱。不过我虽然是市委书记,但不可能什么都管得到,银行方面,我也不会直接抛头露面。"

"我也就是随口一说,您心里有数就成了。"夏想笑着转移了话题,他也清楚如果非要阻止付先锋投资高档百货商场,也不现实。他只是委婉地提醒一下,让陈风注意一下付先锋的动态,别最后投资一个亿却从银行贷款十个亿。

夏想又向陈风请教了一些产业结构调整方面的知识,陈风的思路也是趋于保守,也多少能意识到燕市的落后与其省城地位不相符。但因为受大气候所限,燕市又不可能做出任何惊人之举,就算他和胡增周一致同意,省里也会坚决反对。

政治保守,经济落后,燕市的现状表面上似乎不错,其实令人担忧。

夏想告别陈风之后,又和胡增周见了一面,谈论了一下单城市和宝市的产业结构调整的前景。胡增周在章程市为官多年,对章程市的落后深有感触,非常理解单士奇和曹永国迫切地想要改变落后面貌的心情。他对产业结构调整的前景比陈风乐观多了:"我相信顶多三年,甚至两年,产业结构调整就会初见成效。两年之后,小夏你才二十九岁,就足够担任副市长了……想想单城市的通海铁路就让人向往,当年领袖有诗赞道:一桥飞架南北,天堑变通途。如今是铁路横贯东西,不分沿海内地!就通海铁路这件事情来说,小夏,我非常佩服你的大胆设想。"

胡增周这句话说得是真心实意,他自从听说夏想提出了通海铁路的设想之后,对夏想的认识再一次上升到了一个全新的高度。在胡增周看来,夏想此举有点石成金的绝妙,一条专用铁路,将沿海和内地遥远的距离,缩短为几个小时的路程。不论是投资规模还是时效性,都是现阶段所能想到的最好办法,远比到沿海港口新建分厂节省投资和时间。

胡增周对燕市的现状也很不满意,作为一个新兴的城市,燕市建市不过短短几十年,却没有新兴城市的朝气。除了街道的规划整齐一些,整个城市没有任何出彩之处,经济不上不下,重工业几乎没有,轻工业也不发达,高新技术更是不值一提。

胡增周也是心中忧虑,渴望在任期内能大展手脚,将燕市的经济提高到一个新的层次。只可惜,产业结构调整的政策一出,省里首先排除了燕市。他心里也清楚,除非单城市和宝市同时获得成功,否则第二波试点城市,也不会轮到燕市。

不是燕市资格不够,是省里不敢让燕市试点,万一失败,丢的是全省的脸面。

胡增周语重心长地对夏想说道:"小夏,你可千万要用心做好领导小组的工作,指导单城市和宝市试点成功。只有两市都成功了,燕市才有可能成为下一轮试点城市。我身为燕市市长,想要改变燕市落后面貌的心情,比谁都迫切。"

夏想郑重地点头:"试点城市的重要性,不管是对两座城市的人民,还是对两个城市的主要党政领导人,甚至对我个人来说,都有非同寻常的意义。不仅要为两市人民谋福利,也寄托了我个人的理想和抱负!"

对于燕市的下一步发展,夏想也多少有点想法:"胡市长,燕市目前想要有大的动作也不可能,既然在经济结构上不好有什么举动,那么不如从改善环境入手……"

胡增周眼睛一亮:"如何说?燕市现在西北有植物园,市内有森林公园,还有百姓河,依你说,还有什么可以改善的地方?"

燕市的森林公园对环境的改善最明显,百姓河现在已经形同鸡肋。并非是水系不能改善环境,而是百姓河水量太少,建在市内,河道又短,对环境的影响微乎其微。

"其实燕市以前曾经有一条古河道,不过现在已经干涸,部分地段还有水,形成了洼地。此河名叫下马河,整条河正好围绕燕市。如果疏通河底,拓宽河道,建成环城水系的话,不但可以改变燕市空气污染严重的问题,还可以改善燕市的环境,为少雨干燥的燕市增光添彩,让燕市也成为名副其实的山水之城。"

越来越稳健的步伐

"下马河?"胡增周愣住了,想了一想,才想起燕市市北确实有一处地下干涸的河道,还有一处洼地。平常多有市民在此处游玩,还有一些村民自发在沙地之上牵马供人骑玩,差不多已经形成了一个天然的游玩场地。

下马河干涸已久,而且河道也早已堵塞。如果真如夏想所说的一样,疏通再加拓宽的话,一定耗资巨大,是一场浩大的工程。因为下马河环绕燕市一周,少说也有一百多公里,一百多公里长、几十米宽的河,光水量就是一个惊人的数字,从哪里调来这么多水?

夏想仿佛猜到了胡增周的想法一样,继续说道:"燕市其实并不缺水,周围有三个大型水库,三个水库蓄水能力都有限,一旦暴发了山洪,很容易发生水灾。如果建成了环城水系,也可以在水灾之时,充当泄洪渠……当然,以上只是我不成熟的异想天开,您当听一个故事就可以了。"

夏想也知道以燕市目前的状况,想要推动环城水系的兴建,有点为时过早。毕竟这个想法还不成熟,他也还没有进行过太细致的实地考察,只是上一次在安县遇到山洪暴发,才引得他对燕山周围的三个水库进行了研究。一研究,就发现了可用之处。但提出设想也没有坏处,胡增周如果感兴趣的话,可以提前着手准备。等单城市和宝市试点一成功,燕市就可以乘机提出环城水系的议题,相信在省里也容易获得通过。

要是以前,胡增周也许听过就算,真当一个故事来听。但在得知夏想为单城市提出的通海铁路之后,他就知道,夏想绝对不会只讲一个故事给他听,肯定是大有玄机,另有深意。

不过夏想的提议还是太超前,不但工程量惊人,用水量也惊人。此时提出来,常委会绝对是一片反对之声,连省里也会有不少质疑的声音。胡增周决定先放一放,先让专家教授们考察之后,再进行讨论论证。

又说了一会儿话,夏想的话题就转移到了五交化大楼上面,说道:"胡市长,齐氏集团想在燕市投资一家高档的洗浴中心,您对此有什么看法?"

洗浴中心虽然是藏污纳垢之地,但作为一个新兴事物,想要完全杜绝也不可能,宜合理规范管理,不宜严防死堵。

齐亚南敏锐地发现了投资洗浴中心的前景,就找夏想商量,想在燕市开一家洗浴中心。此时燕市已经有了两三家洗浴中心,但都不成规模不上档次。夏想也十分佩服齐亚南超前且大胆的想法,也支持他开洗浴中心。反正总会有人开,让自己人开,可以更好地引导和规范,总比让一些涉黑势力开要好得多。夏想替齐亚南找好了地点——五交化的办公大楼。

齐亚南是何许人也?他在燕市多年,自然熟悉燕市人的脾气。几次接触下来,就和赫龙城谈妥了价格,并且很快就签订了协议,拿下了付先锋准备用来开高档百货的大楼。

"齐氏集团向来以酒店业为主,开洗浴中心的话,对他们来说也是轻车熟路。"胡增周不置可否,作为市长,既要经济发展,也知道有时候对一些不太光明的行业要睁一只眼闭一只眼,"怎么了,我听说你和齐氏集团关系不错,想让我一路绿灯?"

夏想摇头一笑:"也不完全是,齐氏集团做事,一切都很规范……齐亚南跟我关系不错,他有几个项目想要上马,想和市里进行接触,就找到我,让我给他介绍一个可靠的人。"

胡增周明白了夏想的意思,齐氏集团是想在市里找代言人。夏想在市委和李丁山关系不错,和方进江也有交情,不找他们却找自己,显然是有意为之,想送一份好处给自己。胡增周就笑了:"我明白了,这样,你让齐亚南直接去找郑冠群,由冠群同志具体和齐亚南详谈,具体事宜都可以由冠群负责。"

郑冠群不是崔向的人吗?夏想愣了一下,还没开口,胡增周就明白了他的疑虑,解释说道:"冠群以前是和崔向走得近,后来有几次和我交谈,才知道他是我的半个老乡。后来又发现,我们共同认识的朋友也不少,都是以前非常要好的朋友,结果冠群就和我越谈越投机……"

夏想有数了,笑道:"胡市长在燕市的步伐,越来越稳健了。"

胡增周满意地点头笑了。

在市委办完事情,夏想见正好到了下班时间,就打了一个电话回领导小组,交代一下,说不回去了。基本上前期工作已经做好,就等几天后领导小组正式召开见面会,布置下一步的工作重点了。

夏想开车正要回家,忽然接到了严小时的电话,严小时说要请他吃饭。

夏想上一次给严小时出主意,让她去欧洲住一段时间,体验一下欧洲人的消费和习惯。主要目的是让她做法国一些国际品牌的化妆品和香水的代理,她一去就没有了消息,现在突然出现,看来是从国外回来了。

夏想问了地点,就开车前往。

燕市慢慢地进入了春天,柳树开始泛出嫩黄的绿叶,东风和南风渐多,傍晚的轻风吹来,虽然微微有寒意,但已然有了春的气息。夏想打开车窗,随着车流前行,看着既熟悉又陌生的燕市,心里微微有一些感慨。

此次产业结构调整,夏想希望若单城市和宝市取得成功,能惊醒许多人,让整个燕省都意识到,自古以来就多慷慨悲歌之士的燕省,人杰地灵,也能创造出财富和奇迹。

严小时约他见面的地点在凤仙楼,是一家新开的川菜风格的饭店,夏想停好车,一眼就看到在门口站着的亭亭玉立的严小时。

用亭亭玉立来形容严小时,一点也不过分,她身材修长,苗条而不瘦弱,身穿厚裙,脚穿皮靴,上身是一件束腰的小衣,更显得腰细腿长。在颇有古典风格的凤仙楼门前一站,被微暖的春风一吹,飘飘然犹如一朵迎风而立的迎春花。

夏想忍不住赞了一句:"才数日不见,小时又美艳了几分,让人眼前一亮。"

严小时经夏想一夸,粉脸微红:"才数日不见,夏处长甜言蜜语的本事又长了几分,让人刮目相看。"

严小时鹦鹉学舌,直接依样学了一遍,还给了夏想,夏想就嘿嘿一笑:"怎么样,欧洲之行收获如何?"

"还可以,既然是你夏大处长出的主意,肯定有可取之处……"严小时环顾四周,"我们就在这里站着说话,还是到里面,边吃边谈?"

严小时已经订好了房间,二人坐下之后,她也没有征询夏想的意见,就直接点好了菜。等服务员一走,她才脱掉外套,露出里面的紧身小衣——夏想紧紧盯住严小时的胸部不放。

严小时娇嗔说道:"哎,说你呢,怎么这么没出息?你还看!"她想用手挡在胸前,又觉得没有必要,反而有欲盖弥彰之嫌。不挡的话,夏想的双眼好像钩子一样,几乎就在她的胸上扎了根——严小时一时又羞又怒。

"夏想,你有完没完?"

夏想才惊醒过来,意识到了自己的失态,忙歉意地一笑:"抱歉,我没有看你的……咳咳,我是看到你胸前的玉佩,和我认识的一个女孩儿胸前挂的非常像,让我大吃一惊,太巧合了。"

"至于吗?一块玉佩而已,我也是一时心血来潮,突然想给自己戴一块玉。据说玉能给人带来好运,能近君子远小人,而且能祛病健身,我就买了一块戴上,希望自己不再被人骗。"

"咳咳……"夏想只好又咳嗽几声,借以掩饰被严小时指责的尴尬,她明显是埋怨自己以前骗过她。

夏想转移了话题："对了，下一步如何继续开拓市场，想好了没有？"

"我不想做化妆品生意了……"严小时突然语出惊人，抛出一句让夏想吃惊的话，"因为在我了解了化妆品的内幕之后，连我自己都不敢用了，怎么还敢拿来卖，不是害人吗？我想转行了，正好手头也有一点资金，你帮我想想做些什么好？"

夏想不免挠头，严小时把他当成免费的智囊了，他想了想，就问："你有多少钱？想做什么？"

"大概有一千多万，如果把化妆品生意转让出去，估计也有两千万的样子，这样总共能拿出手的有三千万左右。至于想做什么，没想好，反正不想做房地产，不想做化妆品，不想做电子，不想做……"她歪着头一想，又笑了，"我想不好，能想好就不找你了。你说做什么，我就做什么。"

夏想顾不上欣赏严小时的娇艳模样，心里却想，化妆品果然利润惊人，严小时做了还没有多久，就赚了这么多钱，估计利润高达百分之三百以上。

三千多万资金，说多不多，说少不少，想做大不容易，做小又不愿意，正好单城市的文化旅游项目招商，不如就让她试一试。不过三千万对于成语旅游的文化项目来说，还是太少。据他估计，每一个成语都对应一个景点的话，全部建成至少需要几亿元的资金，几千万元的投入，杯水车薪。

但也并非三千万就不能撬动大项目，从省里申请一部分贷款，再从单城市申请部分贷款，然后再充分利用单城市的政策优势，比如地皮费用减免，以及其他各项开支，都由政府出资。建成之后，在分成的比例上可以让步。

夏想就将单城市的以成语故事带动文化旅游的项目一说。

严小时听了，眨动着一双大眼睛，看了夏想一会儿，才说："项目是好项目，可惜我的资金不够，直接申请贷款的话，有点难度。不过我还可以找一些关系，大概还能凑来几千万，最终大概会有一亿元的资金，作为前期投入的话，应该也够了。只要前期工程上马，到时再申请贷款，应该就容易多了，基本上，整个工程也就撑起来了。"

夏想一脸惊讶地看了严小时几眼："不简单，有思路。对了，你可以找范睿恒从省里申请一部分贷款。因为单城市是试点城市，在贷款上有政策扶持，应该容易申请一些。还有范睿恒是你的舅舅，怎么着也得照顾一点，是不是？"

"行，就按你说的办。"难得严小时非常爽快地一口答应下来，她又眯着眼睛看了夏想几眼，得意地笑了，"其实你人倒是不坏，除了有点好色之外，不贪财，不发坏，基本上还算一个合格的好人。"

夏想有点不满，他从来不觉得自己好色，怎么就被严小时形容成好色了？难道仅仅是因为多看了几眼她胸部……的玉佩？

还好，严小时又说到了正题之上："和单城市的前期联络工作，你就帮我决定了，好不好？等什么时候联系好了，我和他们直接谈谈，争取尽快定下来。"

"两天后领导小组就和单城市、宝市有一个碰头会，到时他们都会过来，机会合适的话，我就电话通知你。"

"好，一言为定。"

逐步递进

两天后，单城市市委书记单士奇、市长王肖敏，宝市市委书记曹永国、副市长邱绪峰来到燕市，参加领导小组与试点城市之间的第一次见面会。

按说以领导小组的名义发出通知，两市全部派出副职参加即可，不必党政一把手亲临。但出于对领导小组的重视，也是几人想再和夏想坐在一起商议商议，所以还是全体出动。

宋朝度出面会见了单士奇、王肖敏和曹永国、邱绪峰。在得知两市已经开始着手准备产业结构调整事宜之后，宋朝度十分高兴，勉励几句，就先告辞离去。

安逸兴、夏想、彭梦帆留下作陪，就单城市和宝市的重点企业的改制问题，各抒己见，进行了一场热烈的讨论。

夏想发现，彭梦帆理论知识确实丰富，但对两市的认识，显然还完全停留在书面上。不过他的言谈中也有精辟之处，并非完全是纸上谈兵。

等彭梦帆发言完毕，夏想善意地说道："彭处长理论知识过人，对两市的产业结构调整的许多看法，有独到之处。我建议，彭处长可以到两市走一走，看一看，应该会有更大的收获。"

彭梦帆脸色一变，不悦地说道："夏处长的意思是说我纸上谈兵了？实话实说，我的理论知识还真是完全来自于书本，但都是从两市多年的汇总材料中精选出来的，难道和实地走一走有什么区别吗？"

汇总材料当然和亲眼所见的东西有不小的差别，毕竟只要是材料，就有做假的成分在内。

曹永国也看出彭梦帆对夏想不太服气，他和单士奇对视一笑。

单士奇开口说道："彭处长，我代表单城市委市政府，邀请你到单城市参加访问，怎么样？"

彭梦帆不敢对单城市市委书记拿架子,就说:"谢谢单书记的好意,我心领了。不过现在领导小组工作繁忙,一下也脱不开身,等时间允许时,一定亲眼到单城市走一走,看一看。"

小插曲过后,中午吃饭的时候,安逸兴和彭梦帆没有参加,只有夏想陪着四人进餐。

单士奇和王肖敏已经就通海铁路一事,和单钢的主要负责人进行了磋商,达成了一致意见后,借此次机会,已经正式以单城市政府的名义,向省政府提交了申请。单士奇说:"借试点城市的东风提出通海铁路,省委省政府的重视程度肯定不一样。如果省政府征询领导小组的意见,小夏,该美言几句的时候,你可得多替单城市说几句好话。"

夏想满口答应:"领导小组就是为单城市和宝市服务的,有好处肯定会向省里争取。我不仅要为你们美言,还替你们的文化旅游找到了投资。"

"真的?"王肖敏一脸惊喜。通海铁路虽然投资巨大,规模惊人,但在单城市界内不过几十公里长,在初期建造,有点雷声大雨点小的意思。当然建成之后,单城市会成为最大有受益者。不过在未来两三年内,看不到任何可以带动单城市经济的迹象,通海铁路发挥出应有的作用,少说也要四五年之后了。

因此王肖敏最感兴趣的还是成语故事的文化旅游,感觉此举不仅可以借以扬单城市的古都之名,还可以产生良好的社会影响,可以说是社会和经济效益双丰收。

但他在单城市接触了几名投资商,都对投资兴建赵王宫遗址,并且开发出成语故事的旅游项目不感兴趣。王肖敏也没勉强,投资商各有眼光,投资是劝不来的,只有他们感兴趣的项目,才有合作的可能。

夏想负责出了主意,他也不好意思再开口让夏想帮忙拉来投资,毕竟夏想不为单城市政府工作。没想到今天坐在一起,夏想第一句话就是找到了投资,怎能不让他欣喜若狂?

"当然不假了,我可不敢在诸位领导面前说假话。"夏想级别没有几人高,叫一声领导也是正常,"她原是做化妆品生意,现在想转行做文化事业,就看中了成语故事旅游项目。等王市长什么时候有时间,可以约她一起见见面,具体商谈一下。"

"你看……下午怎么样?要不就晚上一起吃饭。"王肖敏有点心急,好不容易有人投资,自然是越快越好,"还有小夏,到时你也一定作陪。"

王肖敏微微有点激动,他站了起来,双手握住夏想的手:"我代表单城市委市政府感谢你,同时也以我个人的名义,对你表示衷心的谢意。"

王肖敏的话发自肺腑,夏想全心全意帮助单城市,就算是出于为家乡做贡献的心理,他身为市长,也理所应当地要有所表示。况且,夏想对单城市的帮助,确实是超出他的想象。

邱绪峰在一旁表示了不满:"夏想,我觉得你做得太厚此薄彼了。单城市是你家乡没错,但宝市也是你爸在担任一把手,自始至终,你还没有对宝市的产业结构调整,提出过任何建议。曹书记爱护你,不好意思说你,我是你老大哥,不说你我心里不舒服……"

夏想哈哈一笑:"行,我接受你的批评,关于宝市的一些调整,我早就心里有数了,一直没有找到合适的机会不是?今天晚上我就不陪王市长会见客商了,就和我爸一起请你到家里做客,然后一起聊聊宝市的问题。"

夏想又转身对王肖敏说道:"投资商很好打交道,具体情况我已经和她说明了,晚上您只需要定好时间地点,我打电话让她过去就可以了。"

王肖敏也不勉强:"也好,就这么定了。"

饭吃到一半,陈风和胡增周联袂来访。陈风和曹永国是旧识,和王肖敏关系也不错,自然少不了一顿寒暄。胡增周和单士奇不熟,但和王肖敏也是老熟人了,大家相见甚欢,热闹非凡。

邱绪峰在一旁微微感慨,现在他算是体会到融入夏想圈子的好处了。就算他们邱家再厉害,靠山再硬,如果不会做人做事,在地方上和同级打不成一片,人心也是远的。人心一远,做事情也就没有了同心协力的感觉。

夏想,确实有亲和力,也有信服力,能让和他走近的人对他信任,也是一种人格魅力。

下午继续召开会议,钱锦松、高晋周出席了会议,并就产业结构调整提出自己的看法。高晋周其实一开始也有意借此机会,进入领导小组。可惜他的职务不高不低,担任组长不合适,担任副组长又有点与身份不相符,最后只好尴尬地被拒之门外。高晋周私下里还对夏想说过,没进领导小组,他错失了一次良机。

临下班前,夏想打电话给曹殊黧,让她多准备一些饭菜,因为曹永国和邱绪峰要一起回家吃晚饭。曹殊黧很高兴,提前下班回家准备。

等夏想和曹永国、邱绪峰一起回到家中时,小丫头已经做好了满满一桌饭菜,就等三人回来。

三人到家后,一家人就坐下吃饭。邱绪峰尝了一口曹殊黧炒的菜,赞不绝口:"好吃,确实好吃。总在外面的饭店吃饭,越吃口味越刁,也越觉得什么都不好吃。还是家常菜最好吃,清淡可口,又养人,小夏你可真是幸福……"

曹永国笑道:“殊黧的手艺学自她妈妈之手，以后绪峰不想在外面吃饭的时候,就说一声,跟我一起到家里去吃。”

“那敢情好。”邱绪峰喜笑颜开,“我到时可就真的去沾光了,曹书记,您可别烦我才行。”

“你把你家里珍藏的好酒带过去几瓶就可以了,肯定受我爸欢迎。不过想要受我妈欢迎,你就得多带一点水果,她爱吃水果,尤其是苹果。”夏想向邱绪峰传授讨好之道。

邱绪峰说道:“好说,好说,家里就不缺酒缺烟,回去我就多给曹书记带一点,要剑南春、五粮液还是茅台?”

吃完饭,曹殊黧收拾碗筷,夏想和邱绪峰陪曹永国来到书房说话。

曹永国只是坐下品茶,不说话,邱绪峰却有话要说:“小夏,宝市虽然也是古城,但远不如单城有名,也没有辉煌的历史,打文化牌肯定不行。宝市有一家汽车厂,有一个胶卷厂,还有一家名气挺大的酱菜厂,其他的就没有值得一提的产业了。你说,先如何从几家大型企业入手?”

邱绪峰的眼光确实高了许多,估计主导宝市的产业结构调整以来,也真正用了心,没少下功夫。夏想先不回答邱绪峰的问题,而是问曹永国:“爸,您对此有什么看法?”

“我和绪峰商量过,万里汽车厂是自主品牌,有可能会创立出宝市第一个全国知名品牌,必须严加保护,尽可能不进行重大变革。达富胶卷是国家重点企业,也很难进行产业调整。至于茂盛酱菜,虽然不比京城的六必居名气小,但产销量却小了许多,不及六必居的三分之一。而且产值每年才一千多万,算不上大型企业。”曹永国对于产业结构调整,虽然也是支持的态度,认为前景广阔,但真正落到实处才发现,困难重重。想要改制大型企业又担心弄巧成拙,万一失败则无法交代。小型企业又没有调整的价值,比如一家年产值不过百万的企业,再怎么改制,也不可能短短两三年内,成为几千万的大型企业。

任何事物都要符合经济发展规律。

夏想也知道相比之下,曹永国的思路还是趋向于保守一点,但他的稳重也是成功的保证。邱绪峰毕竟年轻,看待问题稍显简单一些。

其实对于宝市,夏想也有了初步的应对之策,一直没有提出来,也是机会不合适。眼下时机成熟,他就坦然一笑,说道:“茂盛酱菜如果改制成功,两三年内产值达到三千万以上应该问题不大。关键是,要有包装意识,不能只摆在坛子里零散出售,而是要用真空包装,袋装出售,甚至可以包装成精美的礼品盒,主打一部分高端市场。现在正是超市发展的黄金时期,作为直接面对顾客的终端市场,超市的作用越来越大。甚至可以说,如果能占领全省各大超市,销量至少能提高三倍以上!"

夏想几次在京城看见某些商家将腌菜等置于真空包装袋内销售,既能延长保质期,又显得高端、上档次。

曹永国和邱绪峰对视一眼,都从对方的眼中看到了震惊。夏想的提议是不是可行暂且不论,但他对茂盛酱菜的了解之深,大大出乎二人的意料。

随后,夏想又针对万里汽车和达富胶卷的结构调整,发表了看法。

万里汽车现在以生产皮卡、SUV(运动型多用途车)为主,产值在国内自主品牌上,也算佼佼者。不过现在万里汽车还没有意识到 CUV(城市多功能车)的巨大市场,如果能抢先一步占领市场,就是巨大的商机。

夏想就提出了万里汽车的重点向 CUV 转变的思路。

对于达富胶卷,夏想更是感慨良多。因为他查询了大量的资料,发现胶卷厂的现有技术和正在强势崛起的 LCD 液晶显示屏有相通之处。

目睹火车站液晶大屏幕项目失败之后,夏想对新兴事物取代老旧事物,更是深信不疑。因此他认为,如果达富胶卷现在就抢先投资 LCD 生产线,以其现有的技术力量和资金,完全能够迅速建成国内大型 LCD 液晶面板生产基地,进而抢占市场。

奇货可居

夏想没有丝毫隐瞒,将自己的想法一口气和盘托出,直听得曹永国和邱绪峰面面相觑,大惊失色!

曹永国和邱绪峰先不用想夏想提出的建议是不是可行,单是听他对宝市企业了解的深入程度,就已经大为震惊了。他们敢说,就是市长和常务副市长,对三家企业的了解,也未必有夏想透彻。

夏想果然如单士奇所说,以他的眼光和大局观,担任单城市和宝市任何一市的副市长,都绰绰有余。

怪不得夏想要鼓动单城市和宝市申请试点城市,原来他都心中有数,早就替两市想好了对策。有夏想的帮助和出谋划策,看来,产业结构调整的难点不再是具体改制的方向问题,而是确定了方向之后,如何具体执行的问题。

夏想说完之后,如释重负地长出一口气,然后喝了一大杯水,说道:"我的任务基本上完成了……我只负责理论上的事情,具体如何执行,如何调配资源,如何说服三家企业的负责人,就不在我的能力和管辖范围之内了。"

曹永国乐呵呵地笑了："如果事事都让你做了,我这个书记还有什么用? 具体和三家企业负责人的接触工作由绪峰负责,相信他能胜任这个艰巨的任务。不过你刚才的想法太超前,信息量也太庞大,我回去之后,还要和任市长商量一下,另外也得征求其他常委的意见,不能草率行事。"

"和任市长打交道,说服其他常委,就有劳曹书记了。我回到宝市之后,先找相关专家论证一下,邀请三家企业的主要负责人召开一个见面会,先试探一下他们的口风再说……"邱绪峰立刻想到了应对之策,就有意和曹永国分开行动,争取主动。

三人又畅谈了一会儿,夜色已深,邱绪峰起身告辞而去。

第二天继续开会,就各省产业结构调整的经验和国家相关政策的走向,进行了热烈的探讨。下午会议将要结束的时候,崔向意外地出现在了会议室。

虽然说领导小组以政府这边为主,但凡事都离不开省委省政府的双重支持。崔向身为省委副书记,前来表示一下关注,也说得过去。几人对崔向的到来纷纷表示欢迎,崔向先是勉励几句,然后握着夏想的手说道:"夏想同志,你调到领导小组是一步妙棋,大大出乎我的意料,让我也是赞叹不已。你有高超的政治智慧,不简单。"随即话题一转,又以一副语重心长的口气说道,"不过领导小组是一个临时机构,前路艰难,道路曲折,万一走向了岔路,也不好收场。在此,我给你一句忠告,谨慎再谨慎,小心再小心,走一步,停三步,看好了方向再迈步。"

崔向的话看似是勉励,其实是暗藏杀机。表面上是提醒夏想在工作中要认真要用心,实际上也是在告诫他,领导小组所走的道路,也许是地雷阵,说不定什么时候就会将自己炸得粉身碎骨。

曹永国和单士奇脸色微微动容。

王肖敏却一脸淡然,没有什么反应;邱绪峰听了,暗暗握了握拳头,目光不太友好地看了崔向一眼。

崔向和付家关系不错,邱绪峰身为付家的女婿,但感觉和付家的关系还不如和夏想之间近,对崔向更是没有好感。上次崔向故意打压他的事情,他至今仍然耿耿于怀。

崔向自然也发现了邱绪峰。

对于邱绪峰,崔向的心里很矛盾。平心而论,他倒是希望和邱绪峰走近,但上一次事件显然造成了他和邱绪峰之间的误会,而他又拉不下面子主动向邱绪峰示好。同时付家也说了,不必太在意邱家的反应。

付家可以不在意邱家的反应,他崔向却不得不谨慎三分。邱绪峰娶了付朵朵为妻，付家再说得轻描淡写，毕竟也有事实上的婚姻关系。以后两家之间的合作肯定大于对抗，说不定什么时候两家的关系越来越密切之时，付家为了照顾邱家的情绪，就会和他决裂。

当然家族势力的影响也不是想象中那么巨大，可以随便拿他一个省委副书记如何。但失去了付家的支持就相当于失去了许多同盟的力量，省里的张建国、马霄，市里的付先锋，等等，也是不小的损失。

崔向更深层次的想法是，如果能借机和邱家再交好，岂不更好？夏想既然能同时和梅家、邱家甚至吴家都有不错的交情，他为什么不能？而且在他看来，虽然他和邱绪峰交恶在先，但也可以化敌为友。当年夏想不就是和邱绪峰关系紧张，后来才慢慢达成了共识？况且他和付家关系不错，邱绪峰再怎么着也是付家的女婿，再加上他又是省委副书记的身份，难道在邱绪峰眼中，他还不如夏想？

所以当崔向注意到邱绪峰对他流露出的不满情绪之后，反而冲邱绪峰微微点头一笑，说道："绪峰一到宝市担任副市长，就赶上了试点城市的好机遇，可要好好把握住机会。以后有什么困难尽管和我说，省委省政府对于勇于开拓、敢为天下先的干部，是一贯支持和重点培养的立场。"

"谢谢崔书记。"邱绪峰注意到夏想向他使了个眼色，他也意识自己还是城府不够，不应该在崔向面前流露出任何不满的情绪，就恢复了平静，一脸淡笑，"在领导小组的指导下，在曹书记的领导下，我想宝市能够在产业结构调整的浪潮中独占鳌头，排除万难，完成预定目标。"

崔向脸色微微一变，邱绪峰的言外之意他听出来了，是不接受他的示好，要和他划清界限。他心中的怒意一闪而过，心想你们邱家在燕省的影响力有限，要不你也不会现在才混到副市长。自己身为省委副书记主动放下身段和你结交，你倒好，还要拿捏一把，真是自高自大！

不过随即崔向又平息了怒气，上一次的打压事件，确实也逼得邱绪峰有点过分，他怨气难消也是正常，应该给他时间，毕竟是年轻人。崔向自认自己的靠山比较强硬，就算没有付家和邱家的支持，他也极有可能接任下一任省长，但受到了夏想的启发之后，他反而比任何时候更在意借势借力的妙处。万一出现什么变数，他有大家族势力可以借助，也有了自保之力。

谁都想自己掌握自己的命运。

崔向露出了和煦的笑容："领导小组也是在省委省政府的领导之下，是不是？最终做出政策上的倾斜和资金上的扶持，还得省委省政府决定……"

崔向有意无意看了夏想一眼。

夏想很清楚崔向的意思,是来拉拢邱绪峰来了。他并不担心邱绪峰被会崔向拉拢过去,他了解邱绪峰的为人,骨子里还是傲气十足的。他能和自己关系交好,不代表他就认可崔向。别看崔向是省委副书记,可邱绪峰傲慢起来,也是目空一切的。

　　果然邱绪峰只是恭敬地说道:"我相信省委省政府会做出正确的判断,会给宝市以及单城市应有的政策和支持。"

　　崔向脸色微微一变,想说什么,却没有说出口,只是微微一笑,不再和邱绪峰多说,借口还有工作要忙,转身离去。

　　崔向一走,曹永国不免委婉地批评邱绪峰:"绪峰,对上级领导要尊重,不要带有情绪。"

　　邱绪峰对曹永国还是非常尊敬的,也不反驳:"我接受曹书记的批评。"

　　曹永国看了夏想一眼,心中闪过一丝犹豫。崔向明显地打压夏想,拉拢邱绪峰,夏想在领导小组的日子能好过吗? 毕竟领导小组虽然是省政府主导,但省委想要插手,也有的是理由。

　　议题研究完之后,曹永国、邱绪峰以及单士奇、王肖敏都当即离开了燕市,返回各自的工作岗位。

　　送走几人,夏想看了看表,快到下班时间了,就回到办公室,问了一下有没有事情,准备收拾东西回家。对于崔向的话,他并没有放在心上。崔向对他的态度,他也早就有心理准备。时不时地敲打一下,偶尔再表扬表扬,反正就是看自己不顺眼,想方设法要将自己的前途扼杀。

　　难道任由崔向打压自己? 夏想暂时还想不出太好的应对之法。

　　从拉拢邱绪峰的事情上来看,崔向也聪明地意识到了和大家族交好的好处,可能他也想效仿自己,和几大家族都处好关系。只是崔向只知其一,不知其二。自己和梅家关系不错,一是因为和梅晓琳在接触中,慢慢性格相投,也合作了不少事情,才有了和梅升平的接触。而自己得到梅升平的赏识,也是源于一次打架事件,对了梅升平的脾气。崔向的性格,不是梅升平所喜欢的类型。

　　至于邱家,也是因为和邱绪峰不打不相识,才慢慢有了走近的基础。夏想是在为人处世方面,在一心为安县做出成绩之时,在无数次的冲突和矛盾中,才让邱绪峰慢慢改变了看法,认可了自己这个朋友。从这个角度来看,崔向和邱绪峰之间就如同两道平行线,没有相交的可能。

　　至于吴家,则完全是因为连若菡的关系。吴才江比梅升平更傲慢,也更有个性。自己如果不是因为连若菡,加上借助了梅家的势,又在此次试点城市选定之中得到了易向师的赞赏,吴才江和自己之间,也不可能有目前看似和平共处的局面。

崔向还入不了吴才江的眼！

夏想最后得出结论，崔向想要和自己一样，和几大家族都能有良好的合作关系，几乎没有可能。因为崔向没有意识到最重要的一点，就是自己是以点带面，先和几大家族之中的关键人物建立了感情基础，有了交情，才进入了几大家族的视线。也就是说，开始时的接触，并没有利益上的纠葛，不是因为相互利用才走近。而且自己是巧妙地利用了吴家和梅家的势，才加重了在邱家眼中的分量，造成了自己奇货可居的假象。

当然，夏想有时也会自得地认为自己确实奇货可居。

自己之所以和几家关系不错，就是因为先私交不错，而且到目前为止，也没有和他们有过利益冲突。说白了，一切还是利益第一，没有利益只有私交，自然会有一个良好的开端。至于以后的发展，除非能一直做到利益共享，否则再好的关系也有反目的一天。

夏想坐在办公桌前沉思半晌，连方格和钟义平向他打招呼离去也没注意，直到古玉推了他一把。

"哎，你已经出神入化了，快醒醒，天快黑了。"

"下班了，你怎么还不走？"

"我在等你……"古玉抿着嘴笑，样子很典雅，"我爷爷让我请你过去吃饭，不知道你肯不肯赏脸？"

夏想正想找机会和老古坐坐，自然一口答应下来。

下楼以后他才发现，古玉开的是一辆大众甲壳虫，2.0 的排量。此时甲壳虫应该尚未国产，肯定是原装进口的，估计四十万元左右。

两人开了两辆车，一前一后朝森林公园而去。古玉见夏想开的路虎是京城牌照，也没表示惊讶，更没有多问，只是古怪地笑了笑。

到了森林公园，到疗养院见到了老古，没说几句话，老古就嚷嚷着饿了，要去吃饭。夏想只好带他到森林居就餐。

要了一个最好的雅间，点好了饭菜，老古也不客气，就先吃了起来。没吃几口就说饱了，又缠着夏想说话。

古玉嗔怪说道："爷爷，我和夏想都还没有吃饱呢。得吃饱了才有力气陪你说话，是不是？"

老古微带不满地说道："现在的年轻人，怎么饭量这么大？"

一句话差点让夏想笑得喷饭，他和古玉每人才吃了一口菜，刚才只顾照顾老古吃饭了，谁也没有顾上吃！

古玉的身份

夏想急忙几口吃完,老古又高兴起来,说道:"小夏,你肯定好奇我为什么安排古玉进领导小组,对不对?"

夏想点头:"是有点。"

"其实也不是我安排她,是她自己想要到领导小组的。"老古的脸上显露出慈爱之意,看了古玉一眼,"小玉从小跟我长大,做事情有主意,有见地,大部分事情是她在拿主意。"

"爷爷,不是说好了不说这件事情的吗?您怎么又说漏了!"古玉噘着嘴,不满地说道。

夏想却看出来了,老古不是老糊涂了,相反,他是故意透露给自己的。

"小玉,别打断爷爷的话,听爷爷说下去。"老古乐呵呵看了夏想一眼,"小夏,你觉得古玉这丫头怎么样?"

上次老古就问过同样的问题,现在又问,夏想实在不明白老古到底是什么意思,就模棱两可地答道:"挺不错,人长得漂亮,又懂事,工作又认真,总体来说是个好丫头。"

古玉不满地瞪了夏想一眼,显然对他的丫头一说不太满意。

"古玉的志向其实是在商界,不在政界,是我强行拉她从政的,直到现在她仍然对此耿耿于怀。所以当她提出要从外经贸部调到燕省的领导小组来,我也就点头同意了,难得她想来,不依着她,她还不得天天吵我?"老古说话的口气仿佛古玉就是一个爱耍赖撒娇的小女孩,"我知道她的心思,是想借燕省产业结构调整的东风,实现她的商业梦想。小玉,把你的想法对小夏说说,让他给你出出主意。"

"不说,要说您说,我不求他帮忙。"古玉看了夏想一眼,眼中流露出莫名的笑意。

夏想猜到了一点什么:"古玉想向哪个市投资?"

"看,人家小夏就是聪明,一眼就看出了你的企图。"老古吃饱喝足之后,说话中气十足,"小玉,投资和经商,我又不懂,你不说就算了。小夏,走,我们散步去,现在春暖花开了,森林公园越来越让人喜爱了。"

古玉明知道老古是虚晃一枪,还是耐不住性子,主动说了出来:"爷爷,行了,别闹了,我说不就成了?夏想,你说宝市的三大企业——万里汽车厂、达富胶卷和茂盛酱菜,如果改制的话,我有一大笔资金,投入到哪一家为好?"

夏想吃了一惊,古玉好大的胃口!

除去茂盛酱菜实力稍差之外,其他两家无一不是大型企业,固定资产都在十几亿以上,如果对外引进资金,没有几亿元根本就不入他们的眼。难道说,古玉有几亿元的资金?

夏想也不客气,直接说出了心中的疑问:"要看你对什么最感兴趣了?我觉得,三家的前景都很好,但想要和他们合作,必须要有雄厚的资金才行。"

古玉嘻嘻一笑,看了老古一眼,又说:"我个人比较喜欢汽车,至于资金,虽然不是很雄厚,但能动用的大概也有四五亿左右,够不够?"

夏想倒吸一口凉气,不禁多打量了古玉几眼,见她一脸镇静,若无其事的样子,不像信口开河,就问:"好大的手笔,一出手就是四五亿元,也不知道你的资金来路是不是干净?"

夏想知道军队中有权力之人,如果掌握了重要物资,想要赚钱还是比较容易的,难道是老古的手段?

古玉咯咯一笑:"爷爷,他怀疑你贪污受贿!"

老古脸色一板:"小夏,我的人品你不用怀疑。我敢说就算我不是一个从来不沾荤腥的清官,但至少不会为了金钱出卖人格。我老古要是人品不行,退下来之后,也不会还受到手下的尊重。我一生最大的爱好就是品玉赏玉,小玉天生一双好眼,鉴玉的眼光一流,做了一些玉石生意,顺便就赚了一点钱。"

顺便赚一点钱就有几亿?没想到,古玉有一双鉴赏美玉的慧眼,竟然靠玉石生意赚了几亿元,不由不让他震撼连连。

以前他也听到传闻,说是在玉石界有一种赌石的商业行为,一压千金。如果石中有好玉,一夜暴富。如果石中玉石品相差,一夜白头。可以说是生死两重天,全靠眼光和运气。古玉年纪轻轻就有如此身家,难道是靠赌石暴富?

当然,普通的玉石生意也是利润巨大,基本上有十倍巨利。一块售价高达万元的翡翠,或许开采成本不过百元,加工成本也不过百元,到了消费者手中,或许就会价值万元。金银有价玉无价,玉石讲究第一眼缘分,许多人一眼就看上一块美玉,就会爱不释手。而往往玉石只此一块,别无所求,也就变相地身价倍增。

古玉看出了夏想的猜疑,笑了:"我还以为你全知全能,原来也有你不知道的事物?告诉你,我做玉石生意是正当生意,在国内有许多家玉石行,有自己的雕刻师,有自己的石料厂,还有遍布全国的零售渠道,是我的爸爸妈妈留给我的……"

说到这里,古玉忽然眼圈红了,低下头不再说话。

老古叹息一声，也低下了头，显然是触动了伤心事。

夏想不愿意过问别人的私事，就将话题引到了投资上面："万里汽车厂前景不错，以后应该有广阔的发展空间，可以考虑和万里汽车厂合资。"

接下来，夏想又着重分析了万里汽车厂如何在提升自己的品牌价值之外，抓住 CUV 兴起的机遇，可以一举占领京城市场。因为京城的人爱玩，但由于京城过高的房价带来的压力，大部分人买不起好车，如果推出十万左右的 CUV，一定可以抢占京城市场。此外，还可以扩展厂房，投资配件厂，为京城和天津的大型汽车厂家提供配件。

夏想一番话说得古玉连连点头，老古也不知听懂没有，反正也是眯着眼睛，一副老神在在的自在模样，在一旁笑而不语，对夏想侃侃而谈和古玉洗耳恭听的互动，大为满意。

夏想忽然又想起老古当初送自己的雕件，现在的情形不正是自己是一个说个没完的蝉，而古玉就像张牙舞爪的螳螂，在一旁胸有成竹的老古，不正是躲在背后自得其乐的黄雀吗？

好一个厉害的老古，也不知道在他的算计之中，还有什么计谋没有拿出手？

"听君一席话，胜读十年书。真是不假，今天算是领会了。"古玉假模假样地冲夏想一抱拳，"承蒙夏处长大才教诲，今天的饭，我请了。"

夏想就笑："我替你出谋划策，你一顿饭就把我打发了，也太小气了不是？"

古玉掩嘴一笑，用手指着老古说道："爷爷本来说，连饭也让你请的，我就大方一次，请你一顿，你还不领情？"

和老古没道理可讲，夏想只好败了。不过他万万没有想到古玉竟然是赚钱高手，是一个不折不扣的超级富翁。有了她的资金，至少解决了宝市三大企业其中之一的问题，也算是大有收获。

饭后，又陪老古散了一会儿步，偶尔再说到万里汽车厂的前景，古玉不时插话几句，往往也能说到关键之处。夏想就知道，古玉并不是无的放矢，她背后也做了不少功课。今天之所以请教自己，也是想坚定一下投资的信心。

古玉亲自来领导小组工作，又向试点城市之一的宝市投资，显然，老古对燕省产业结构调整的前景也是十分看好。

转眼到了五一假期。

假期期间，夏想和曹殊黛回了一趟单城，正好曹永国夫妇有空回燕市，也就没有再去宝市。夏想二人在单城住了三天，主要是单士奇和王肖敏听说夏想回来，非拉着他到赵王宫遗址看一看，夏想不好推辞，只好答应。

上一次介绍严小时和王肖敏接触，双方谈得还算愉快，不久就初步确定了投资意向。正好这几天，严小时也受邀来单城市考察项目，就在赵王宫遗址上和夏想不期而遇。

曹殊黲在家里陪夏想父母，没有随同，否则见到严小时，指不定又会吃味。因为严小时一见夏想，就兴致勃勃地说个不停，一连说了两个小时也没停下。夏想从严小时滔滔不绝的谈话中得知，她确实对成语故事带动文化旅游的项目，真正感兴趣了。

基本上已经可以确定，严小时会投资赵王宫文化旅游城。赵王宫遗址占地一千亩，完全依照赵王宫原貌兴建。建成之后，将会成为华北最大的历史景观旅游城，也是燕省第一家弘扬传统文化的旅游古城，放眼全国，也是数一数二的创意。

此时赵王宫遗址还是一片废墟，放眼望去，是一望无际的荒草，杂草中间有一些不知名的小花在迎风飘舞。严小时一身丽人装扮，站在草丛花间，阳光打在她的脸上，让她的脸上泛起红润。她微微眯起双眼，不时将手放在额头，遮挡刺眼的阳光。春风吹动她脖间的头发，飞扬飘逸，给人一种巨大的反差之美。

夏想不由多看了几眼，严小时注意到夏想的目光，扭头对夏想嫣然一笑："漂亮不？"

夏想一愣，印象中严小时好像不是大方流露的性格，想了想还是答道："是挺漂亮。"

"我觉得赵王宫遗址建成之后，要专门辟一块地方出来，只建一处围墙围起，里面不施工不清理，就让它原模原样地保持衰败……历史，就是数不尽的兴衰，只有站在遗址之上，才能感受到历史的沧桑和真实。"严小时望着脚下的土地，无限感慨地说道。

夏想明白了，刚才严小时不是问她漂不漂亮，而是在问这一片荒凉的遗址是不是漂亮，原来是自己会错了意表错了情。

晚上又和严小时一起吃了一顿饭，单士奇和王肖敏作陪，对夏想是热情备至。于公来说，夏想是领导小组中的实权人物；于私来说，夏想为单城市提出了不少切实可行的建议，而且还拉来投资，王肖敏也自认和夏想关系密切，所以一顿饭吃的是宾主尽欢。

送严小时到宾馆住下，严小时本来想邀夏想上去坐坐，夏想婉言谢绝了。严小时微带幽怨地说道："还怕我对你图谋不轨？"

夏想摇头："我是怕我受不了你的美丽，还有，你看今晚的月亮多好——月色太美而你太温柔，我怕月亮会惹祸。"

严小时乐不可支:"果然男人一结婚就不一样了……"

夏想愣了:"怎么讲? "

"男人一结婚,在别的女人的面前,就会越来越风趣幽默,并且会讨人喜欢。"

夏想哭笑不得,好像大家都有共识一样,只要男人一结婚,对未婚女人的吸引力就会增强?

夏想和曹殊黧返回燕市后,二人又到封龙山转了一转。一到封龙山,就想起以前连若菡也在的日子,曹殊黧不禁有点想念连若菡。她站在一块巨石上,迎着阳光,眯着眼睛,一脸向往地说道:"时间过得真快,想当年我来山上的时候,还记得你背我,还有连姐姐在,三个人也挺好。现在只剩下我们两个人了,你也把我骗到手了,就再也不背我了。"

曹殊黧结婚以后,除了身子稍微丰腴一点之外,几乎一点没变,乍一看,还像一个女孩子一样。她现在穿了一身运动衣,宽宽松松的显示不出曼妙的身材。用夏想的话说,不显示身材才好,因为她的身材他已经深有体会,就留给他自己一人独自欣赏好了,才不显示出来给别人看。

夏想听了曹殊黧的抱怨,上前将她拦腰抱起,将头埋在她的胸前,用力吸了一口气:"什么叫骗到手了? 爱情,本来就是你骗我我骗你,你情我愿的事情。我在骗你的同时,何尝不是跳进了你的陷阱?"

↗ 02 雷霆一击

宋朝度对梅升平因势利导的策略非常赞赏，越来越觉得梅升平对他的脾气，是个妙人。虽然梅升平总是一副置身事外的态度，但在关键时刻，总有惊人之语，而且总是维护夏想的利益。维护夏想的利益就相当于维护他的利益，尽管梅升平也许不这么想，但他做了出来，宋朝度也就对他心生感激。

迂回之策

节后一上班，就是一片繁忙景象。

试点城市关于结构调整的相关报告汇总到了领导小组，经安逸兴、夏想和彭梦帆集体审议之后，提交给了宋朝度过目。宋朝度就其中的一些疑点和难点与夏想交流了意见之后，又向范睿恒和叶石生逐一汇报。最后由叶石生和范睿恒亲自批示之后，正式下发到单城市和宝市，批准执行。

由此正式拉开了两市产业改制的序幕。

夏想从中牵线，古玉的委托人和宝市进行了接触，随后又和万里汽车进行了意向谈判。经过几次试探和摸底，古玉的委托人代表古玉的灵玉商贸和万里汽车厂正式达成了初步协议。由灵玉商贸向万里汽车注资五亿，换取万里汽车百分之十五的股权。

协议签订之时，市委书记曹永国、市长任庆之出席了签字仪式。

消息传出，省里一片震动。

叶石生在一次常委会上，高调表扬领导小组居中协调的工作做得非常出色，也对宝市和单城市的产业改制工作取得的成绩表示祝贺，同时，对宋朝度提出表彰。宋朝度心里清楚他虽然是组长，但具体工作一直是夏想负责，功劳应该归于夏想。

范睿恒也对领导小组旗开得胜很是高兴，他对领导小组的关注程度远胜过叶石生。叶石生并不清楚领导小组的具体运作,但他心里有数是谁在主导领导小组的实际事务,从夏想高超的手段之中,发现了可以为他所用的商机。

崔向听到宝市初获成功的消息传来,也是眼皮跳了几跳,心里十分惊讶夏想迅速展开的布局,更觉得夏想的才能比他预料中还要过人。一想到夏想现在脱离了他的控制范围,心里就觉得不是滋味,得想个什么办法对夏想形成制约才好。

五月中旬,卢渊源的调令终于下来了,他将赴西省任省委组织部长,同时马霄也走马上任,调来燕省任省委常委、宣传部长。

马霄一上任,就显示出强势的作风,先是在常委会上提出要加强燕省的宣传工作,对燕省各级报社的工作提出了批评,认为许多新闻从业者政治觉悟不高,要求在全省范围内开展一次整风运动,旨在提高新闻工作者的素质和思想水平,从政治高度看待新闻宣传工作。

马霄上任不久,就借一次所谓的"政治事件"将《燕省晚报》来了个彻底的大换血,小题大做地换了总编辑,将晚报实权握在了自己手中。夏想隐隐感到情况不妙。

但事件过后,又似乎一切风平浪静了,直到单城市成语故事的文化旅游项目正式签订投资协议的消息传出,再次在省里引起轰动之后,晚报"政治事件"的后遗症才显示出来巨大的威力。

单城市招商引资成功,又是在领导小组指导下的试点城市,算是一件大事,但燕省的各大媒体上面,没有只言片语的报道。平常最喜欢对经济事件跟踪报道的《燕省晚报》,更是悄无声息,连一个记者也没有派出。

《燕省晚报》可是全省发行量最大的报纸,是最受市民欢迎的民生报纸,比《燕省日报》的影响还要广。

事情引起了夏想的关注和深思。

随后又出现了一件事情……

短短时间内,宝市和单城市就先后吸引了投资商的关注,投入了巨资,这说明投资商对产业结构的调整持乐观和支持的态度。只要能够招商引资,就是最大的政绩,就是产业结构调整的成功。因此,不少落后的城市也开始跃跃欲试,有意向省委申请加入第二批试点城市。

和单城市签订协议的公司是金点子科技公司,注册资金五千万,根据协议,第一批注入资金不少于一亿,后续资金三亿,具体视工程进度分笔注入。随即,单城市以开发周期过长,市政府负担过重为由,向省里提出申请,希望得到省里专项资金的支持。

宋朝度接到申请之后，批示同意，请范睿恒同志审阅。范睿恒也批示同意，请叶石生同志审阅。申请到了叶石生手中之后，却卡住了。

问题不出在叶石生身上，却是崔向节外生枝，提出了不同意见。

"叶书记，宝市并没有申请专项资金，目前各项工作也开展得非常顺利，单城市却提出申请，是不是别有用意？省里钱也不多，每个城市都想伸手要钱，省里又不是银行，哪里有这么多钱？单城市第一次提出申请就立刻拨款，宝市一见也提出申请的话，省里给还是不给？给的话，专项资金就用完了；不给的话，宝市会有意见，为什么给单城市不给宝市，不能厚此薄彼，是不是？"

不得不说，崔向的话不无道理，叶石生一想也是，就不免有些犹豫。

崔向趁热打铁："再有，如果单城市和宝市试点成功，估计很快就会有第二批试点城市，到时大家就会争先恐后地申请成为试点城市，为什么？因为都知道成为试点城市可以从省里伸手要钱！到时省里怎么办？所以要防患于未然，从源头堵住各个地市想要钱的想法，不让他们有机可乘。"

崔向经历过一系列的事情之后，变得更加聪明了。他现在和叶石生越走越近，不再事事和叶石生对抗，而是小事上合作，大事上引导，想方设法说服或打动叶石生。充分利用叶石生心软的性格，让叶石生改变主意，最终达到赞成他的意见的目的。

可以说，崔向的策略起到了效果，叶石生不知不觉就和崔向的关系向良性发展，对崔向非常配合他的工作，处处替他着想深感满意。因为范睿恒和他疏远，政府班子的几个副省长和他关系都一般，叶石生觉得非常有必要和崔向保持一致，也可以在常委会上多一个强硬的声音。

如此一想，就显出了崔向的重要性，再加上最近崔向事事向他请示汇报，无比尊重他一把手的权威，叶石生对崔向的好感，达到了最高值。

崔向的话让叶石生拿不定主意，他说道："试点城市本来就是新兴事物，单城市和宝市主动提出申请，是为省里分忧，理应得到省里的政策倾斜和资金支持。如果不批的话，会让省委失去公信力。"

"呵呵，叶书记言重了。批，是省里对单城市的扶持；不批，是省里出于综合的考虑，毕竟要顾全大局。"单城市和宝市的成功，也让崔向吃惊不小，他没有想到夏想会有这么大的能量，短短时间内就出了成绩。其实他劝说叶石生不批，也不是故意要和单城市作对，而是想趁机卡一卡夏想，不让夏想太顺了，要让夏想意识到他的存在。同时，他也有意等时机成熟时，好拿此事和夏想讨价还价。

因为，崔向意识到用不了多久，第二批试点城市的名单就会出台，到时领导小组的人手肯定不够,需要扩大人员,估计会有综合三处。他想借机安插自己的人进三处,在即将到来的产业结构的调整大潮中,先占领一席之地,也好分一杯羹。

"我的建议是,批是批,但不是现在,要压一压,过一段时间再说。一申请就批的话,会给人造成错觉,都觉得省里的钱好拿,也会让其他地市觉得,申请成试点城市,就可以随意伸手向省里要钱。我相信很快就会有不少地市申请成为第二批试点城市,到时也是一件麻烦事。"崔向一副忧心忡忡的样子。

叶石生被崔向说服了,想了想,就说:"单城市和宝市初步成功,现在就下结论说是产业结构调整卓有成效为时尚早,只有等三家以上的大型企业改制成功,才算是产业结构调整取得了成绩。现阶段就提出第二批试点城市,我看不太合适。"

崔向摇头一笑:"叶书记,您的步子不妨再大一些,既然燕省的产业结构调整是在京城的密切关注下实施的,也要给京城一个喜讯才好。我认为,我们不但要提出第二批试点城市名单,还要增加领导小组的成员。现在只有两个处,显然已经不能满足领导小组的职能,应该成立综合三处,同时加强省委在领导小组的发言权……"

叶石生明白了崔向的意思,是想过去摘桃子,他摆摆手:"不妥,不妥,产业结构调整本来就是政府事务,我们的手不要伸得太长了,以免给上头留下不好的印象。当初京城领导提出问题的时候,我的态度并不积极,现在见到有了一点成绩,就急不可耐地伸手去拿,吃相太难看了。成立综合三处可以,省委方面就不要再安插人手了,至少不要安插副组长进去。"

"那要不要把现在的成绩上报给京城?"崔向仍不死心。

寻找突破口

"先不要了。"尽管叶石生现在对崔向印象好转,但他性格中的保守根深蒂固,一时之间转变不过来,"凡事不可操之过急,更不能轻率。单城市和宝市是取得了一点点成绩,现在就上报上去,万一在接下来的调整中遭遇到重大失败怎么办?岂不是成了笑话!"

崔向见叶石生下定了决心,也就没有再勉强。他也知道事情急不来,只能徐徐图之。

单城市申请资金的报告被叶石生压下之后,夏想就知道,肯定是崔向从中添乱。

必须承认,崔向确实聪明,深得"将欲取之,必先予之"之道。

夏想最头疼的地方是,省委的其他常委中,除了钱锦松之外,其他人和叶石生关系都不太近,表面上的恭敬和来往是有,但私交一般。

能不能想个办法,让钱锦松介入到叶石生和崔向的联盟之中,分化叶石生和崔向之间的关系?夏想苦思冥想,感觉眼前的迷雾之中,渐渐地透出一丝光亮。

六月的燕市,天气转热。随着热气一起席卷燕市的,还有一股涌动的暗流。在崔向事件还没有解决之前,夏想终于发现了《燕省晚报》事件的影响是如此巨大!

领导小组刚开始成立的时候,燕省电视台、《燕省日报》都重点做过宣传报道。然而单城市的文化旅游签订协议之后,全省媒体噤声,夏想就知道肯定是马霄的手笔。

宝市的万里汽车厂和玉灵商贸的合作正式签订协议,省委常委、副省长宋朝度亲临宝市,出席了剪彩仪式。宝市当地的媒体全体出动,轮番报道,不间断播出之时,随同宋朝度到访的省里的电视台和报社等媒体,带子剪辑完毕,新闻稿也采写完成,但发回总部之后,却没有播出,如同石沉大海一般。

堂堂的省委常委、副省长出席轰动燕省的大型合资项目,省台和省报新闻上竟然没有同步重点播放,太不正常了。或许普通百姓没有什么感觉,但省委大院的人很清楚新闻和政治之间息息相关的内在联系。如果重要人物的活动在新闻上没有只言片语的介绍,没有在电视上露一面,就说明出现了重大问题,说不定此人的政治生命有结束的可能。

夏想由此事联想到马霄一上任就调换《燕省晚报》的总编,现在看来,当时的事件只是一个借口罢了。马霄的目的很明确,就是要将宣传口死死地抓在他自己手中。

夏想来到省委大院上班时间也不短了,还从来没有去过宋朝度的办公室,今天他第一次来到宋朝度的副省长办公室,和他面谈事宜。

宋朝度的办公室布置得还算简洁,看上去非常有条理,没有多余的东西。夏想坐在下首的沙发上,见宋朝度微微皱着眉头,正在有一口没一口地抽烟。

烟雾从他身后的窗户飘向外面,外面的白杨树在六月阳光的照耀下,已经恢复了生机,枝繁叶茂,生长得格外旺盛,风吹过,叶子哗哗作响。在夏想的印象中,杨树的树叶应该是在被风吹动时,声音最动听的一种。

宋朝度却无心欣赏树叶美妙的声音,他心中有不满有怒气,也有不解。

通过相关渠道他也清楚了内幕,省委宣传部内部指示精神,近期凡是试点城市产业结构调整的新闻,一律要提交省委宣传部审核,各媒体单位不得擅自播出。若没有省委宣传部批准而私自播出的,追究政治责任。

一个追究政治责任,足够吓坏许多人!不管是省台的台长,还是省报的副社长,都是具有极高的政治敏感度的人物。他们可不是媒体人,而是党的官员,掌管着党的喉舌的要害职务,地位尤为重要。谁也不敢拿政治前途开玩笑,在宣传部门工作一着不慎就有可能前途尽毁,文字可以将一个无名之人塑造成英雄,也可以将一个有名之人贬得一无是处,杀人于无形之中。

接到通知之后,省级媒体都将宋朝度宝市之行的新闻提交到了省委宣传部,等批示。不料提交之后,就没有了下文。开始还有人催促,说是新闻要及时播出才有新闻价值,否则就成了旧闻,结果宣传部给的答复是:"领导正在审阅,审好后自然会有答复,催也没用。"

结果一拖,就是一周。

一周的时间,黄花菜都凉了。从事新闻的人谁没有一点政治头脑,就明白了:是省委里面有了内部矛盾,省委宣传部是故意要给某人难堪。

某人,当然是指宋朝度。

宋朝度不明白马霄的真正心思,到底是针对他个人,还是针对试点城市;到底是马霄的个人意思,还是得自于叶石生的授意?正当他百思不得其解之时,夏想打来电话说要过来汇报工作,他就知道夏想也意识到宣传方面出了问题。

以前卢渊源担任省委宣传部长时,还不觉得宣传方面有多重要,现在换了马霄,立刻就来了一手软刀子杀人,他到底想要做什么?

夏想也猜不到马霄的真正意图,虽然说马霄是付家人,但在宣传上卡试点城市和宋朝度的脖子,也未必是付先锋的主意,想必付先锋也不会做出这样无聊的事情。如果有其他方面的原因,也理应事先和宋朝度沟通一下,毕竟宋朝度也是省委常委。

夏想微微一想,就说:"马部长是从东北某省调来的,会不会因为他的性格过于保守的原因,觉得现阶段宣传试点城市的成功不太合适,等取得了更大的成绩之后再宣传不迟?不过不管如何,他也应该事先打个招呼,而不是直接压下不放。"

宋朝度微微有些怒意,一只手轻轻敲击桌子,说道:"马霄太不会做事了,这件事情,必须要找叶书记说道说道。宣传跟不上,就相当于得不到省委的认可,就会让别人心中猜疑领导小组是不是还有存在的必要!"

宋朝度看待问题的高度当然要比夏想高,不过夏想还是觉得他对这件事件有点过于拔高了。或许宋朝度觉得落了面子，没有得到应得的待遇……也可以理解他的心思，现在宋朝度急需证明自己，本来兼任领导小组组长就是一次政治冒险，是替省委分忧。现在倒好，马霄轻描淡写就在宣传上扼杀了他的政绩，不生气才怪。

"找叶书记理论没有问题，不过我觉得估计没有结果。我敢说，这件事情叶书记肯定知道，也心里有数，否则马霄也不敢刚来燕省，就大着胆子自作主张。就算叶书记没有点头，也是默认的态度，同时可以肯定的是，崔书记点了头。"夏想经宋朝度一说，隐隐觉得抓住了一点什么。

归根结底，还是和崔向有关，和崔向与叶石生走近有关。

看来，崔向在省委之中的分量越来越重，大有成为幕后一把手的意思。

夏想认为，崔向不会傻到想方设法打压领导小组，他和马霄联合出手的话，肯定是想借机提出什么条件用来交换更大的利益！

夏想还真是猜中了——宋朝度在找到叶石生之后，叶石生的解释是，他也知道这件事情，马霄向他作了汇报，为了照顾燕市及其他地市大型国企的情绪，同时也是为了谨慎起见，暂时还不宜重点宣传领导小组的成绩。而且现阶段取得的成绩还不够，为了避免领导小组成员有所懈怠，以后除非再取得更大的成功，否则试点城市产业结构调整方面的新闻，尽量低调处理。

叶石生用的是不容置疑的口气，而且也说得在理，显然是已经定下了基调。宋朝度也没有办法，只好表示接受省委的决定。意识形态本来是党委管，他作为政府的副省长，只有服从。

夏想也没有闲着，他审时度势，认为下阶段单城市的通海铁路会提上议程，然后就是宝市的达富胶卷和茂盛酱菜。如果以上项目再通过立项和引进投资的话，基本上领导小组的成绩就算打下了坚实的基础。如果运作得当，就算省委宣传部再压住不放，他也有信心惊动京城媒体。一旦京城媒体做出正面报道，省委宣传部必须在第一时间做出反应，否则就是天大的失职。

只是达富胶卷和茂盛酱菜暂时还没有找到投资商。虽然说招商引资并不是领导小组的责任所在，但夏想的想法是，既然是他劝动单城市和宝市主动成为试点城市，他就有责任为单城市和宝市开一个好头，帮助他们打开局面。

万事开头难，一旦前期打开局面，树立起了成功的榜样，后期的工作就好做多了。

周末，夏想约了严小时，想和她谈一谈单城市投资的事情。当然，他还有更深层次的想法，要通过严小时来实现。

二人约在一个咖啡厅见面。

天气渐暖，夏想还觉得穿着半袖衣服微有凉意时，大街上的女人已经如百花争艳一般，争相穿起了花枝招展的裙子，露出了白皙的胳膊和大腿。严小时也不例外，她穿了一身洁白长裙，美若菡萏。

范省长的白纸理论

两人坐在一个半包围的座位里面，夏想开门见山地问道："怎么样，贷款下来没有？"

严小时本身资金不够，需要向省里和单城市两级申请贷款，单城市可以缓一缓，等前期工程建好之后再申请最好，但省里的贷款还是需要早做准备。因为赵王宫遗址一旦破土动工，前期资金需求量很大，光凭严小时的几千万再加上她找到的资金，一共才一亿元左右，还有不小的缺口。

严小时答道："省里的贷款基本上定了下来，贷了八千万，是我舅舅出面帮我解决的。"

八千万虽然不多，但正好解了燃眉之急，前期资金有近两亿了，乐观估计，能够支撑到赵王宫全部工程量的一半左右。剩下的钱再找单城市贷款，就容易多了。

范睿恒能够帮严小时解决资金问题，可见他对试点城市的前景也十分看好。夏想虽然不敢说有多了解范睿恒，但他对范睿恒的关注已经不是一天两天了，而是几年了。从高成松时代，范睿恒就是谨小慎微的行事风格，当上省长之后，还是低调有余，进取不足。尤其是在经济问题上，他更是小心谨慎，恐怕落人把柄。

范睿恒以省长之尊出面，别说八千万，就是八亿也能贷出来，但他显然还是从最保守的角度考虑，只帮严小时贷了八千万。

夏想原以为范睿恒甚至有可能不帮严小时出面解决贷款问题，或者是就算答应，也会费一些周折。没想到严小时很轻松地就获得了范睿恒的帮助，夏想并不相信完全是亲情起了作用。最大的可能就是范睿恒也迫切地希望试点城市的改制能够成功，可以为他的省长生涯加上不少的政绩分。

而且试点城市还会产生连锁反应，如果随后再有三五个城市申请试点，再获得成功，几乎可以肯定的是，范睿恒的省长宝座不但可以坐稳，而且担任下一任书记也几乎没有了悬念。

由此可见，范睿恒对试点城市的成功，也是寄予了厚望，是好事，也是好消息。严小时贷款成功，让夏想心中暗喜，就说出了心中所想："好，非常好，接下来小时就可以在历史的废墟之上，勾画你心目中的蓝图了。"微一停顿，又说，"今天周末，范省长有没有空，我想请他赏脸一起吃个饭，怎么样？当然，也要请你一起。"

由严小时作陪，就有很明显的私人性质了，而且夏想还另有打算。

严小时低头想了想："我打个电话试试……事先说明，我只负责试一试，不负责说情。"

其实夏想在上班时间，以汇报工作为由直接去找范睿恒，范睿恒肯定也会乐意见他。上次锦盒事件之后，他一直保持沉默，还没有给范睿恒一个答复，是因为一直找不到利益共同点。现在好了，时机到了，有了他出面为严小时贷款的举动，夏想就坚定了内心的想法。

严小时也没有避着夏想，当着他的面拨通了范睿恒的电话。

"舅舅，我是小时，有件事情我想跟您说一声，就是夏想和我在一起，他想和您一起坐坐，不知道方不方便？"严小时一边打电话，一边看向夏想。开始时，她的目光只是单纯地在看，也不知范睿恒对她说了些什么，她的目光开始流露出惊讶和不解，最后又变成了好奇。

放下电话，严小时抬手看了看表："现在十一点了，舅舅说，让我们十一点半到家中接他。"

夏想原本以为范睿恒会拿捏一下，最早晚上最晚明天才会和他见面，没想到，一个电话过去，竟然中午就想见面，倒让他吃了一惊。随即一想就明白了什么，范省长恐怕等他主动靠拢已经很久了！

夏想和严小时开了两辆车，最后二人一商议，决定将严小时的车先放下，只开夏想一辆车前去接范睿恒，也好路上一起说话。

在路上，严小时说起了和单城市的合作，基本上一切还算顺利，大家相处得非常愉快，单士奇有幽默风趣的一面，王肖敏则是办事严谨，不善言笑，待人接物很有原则，也有礼貌。总之，书记和市长都比较好打交道，也就是奠定了初步的基础。

"夏安是你弟弟？"严小时忽然想起常跟在王肖敏身边的夏秘书和夏想有点像，"长得有点像，不过性格却差太多了。"

"是，夏安是比较老实，为人诚恳。"夏想答道。

"夏安何止是老实，是比你踏实多了，一看就属于埋头做事、勤勤恳恳的好人。不像你，一看就是一个聪明过人的坏人。"严小时嘴角带笑，斜着眼睛看向夏想。

"说我聪明我接受，说我是坏人，就有点言过其实了。"夏想表示了不满，

"什么叫聪明过人的坏人？你的说法不成立，坏人不能用聪明来形容，应该说是奸诈。"

"主要是你坏归坏，但一不贪财，二不非常好色，三不违法乱纪。聪明之处都用在了正途，所以也不能用奸诈来形容。"严小时吃吃地笑，一副调笑夏想得逞的神情。

别说，严小时发坏的时候，小模小样的调皮表情真是无比动人，很有爱，而且让人有想吃上一口的冲动。幸好夏想全神贯注地开车，没有仔细盯着她白里透红的脸颊看，否则说不定还真有一点激动。

到了范睿恒所住的省委小区，夏想停好车，严小时就打了电话。不一会儿，范睿恒就安步当车从里面走了出来。夏想不敢怠慢，急忙下车，恭谨地站在范睿恒面前，说道："范省长好。"

"小夏好。"范睿恒似乎有什么喜事一样，情绪颇高，一摆手，"先不说了，上车，找个地方吃饭，边吃边聊。"

难得见范睿恒有意气风发的时刻，夏想就打开车门，请他坐在了后座。严小时坐在副驾驶座，等夏想上车之后，就嘻嘻笑道："司机，开车。"

夏想悄悄瞪了她一眼，发动了汽车，征询范睿恒的意见："范省长想去哪里吃饭？"

范睿恒微一沉吟："听说森林居的口味不错，去尝尝，现在的季节，森林公园应该是花团锦簇了，吃饭加赏景，一举两得。"

一行三人来到森林居，夏想是常客，又是楚子高特意交代的贵宾，基本上不用说大堂经理，就是普通服务员也认识他。只要是夏想领着客人前来，一律安排最好的房间，上最好的菜，并且不多问一句。

到了楼上预留的房间，夏想请范睿恒坐在主位，又请他点菜。范睿恒也不推辞，当仁不让地点了七八个菜，又要了一瓶好酒，然后将菜单一扔，对夏想说道："我就替你和小时做主了，你们也别挑了，今天就随我的口味好了。"

和省长一起吃饭，吃的不是饭，是赏识，夏想笑道："我没问题，就是不知道小时作为南方人，是不是习惯北方的口味？哦，忘了森林居偏重南方口味了，倒正好称了小时的心。"

严小时摇头说道："嗯，我现在在北方住久了，已经适应北方的口味了，现在我是兼容并蓄，不管北方菜还是南方菜，来者不拒。"

夏想见范睿恒看严小时的时候，眼神之中还是有一丝慈爱之色，就知道毕竟二人之间有亲情，便笑着说道："对于菜你可以兼容并蓄，不分南北，不过你估计对于男朋友的选择，应该还是喜欢南方人多一些，对不？"

严小时的眼睛又大又圆,目不转睛地盯了夏想片刻:"找事是不是?我记得我早就对你说过,我现在觉得不但喜欢在北方生活,喜欢吃北方菜,还喜欢北方汉子。"

一句话说得范睿恒哈哈大笑:"你爸和你妈就是太固执了,非要到南方一个小城,说是追寻心目中的江南小镇,要寻找心灵的宁静。江南小镇好是好,可惜日子太安逸了,消磨斗志。想要从政,想要干一番事业,要么去如岭南一样的经济大省,要么就在北方几省,离京城近了,才好当官。"

夏想听了冲严小时暗暗竖起了大拇指,一句北方汉子给人的遐想无限,估计严小时也没有意识到有什么不妥。严小时冲夏想做了个鬼脸,又双手交叉在胸前,悄悄做了一个手势。夏想明白了,严小时是告诉他,其实范睿恒很好打交道,没有外人的时候,他说话也比较随意。

不多时,菜上齐了,范睿恒拿起筷子尝了几口,然后点头赞道:"不错,不错,味道还是别有特色的。来,你们两个也别光看不动了,快吃。民以食为天,先吃饱肚子再说。"

范睿恒也有意思,吃起饭来,就真的埋头吃饭,不发一言。范省长秉承食不语的古训,夏想和严小时也就无声无息地低头吃饭,一顿饭大概吃了十几分钟,三个人竟然没有说一句话。

直到范睿恒吃好之后,才放下筷子说道:"也难得你们两个小朋友陪我一起吃饭,还有耐心一言不发。说实话,我家老李就最烦我这个规则,一吃饭就想说话,这不,斗争了许多年,终于还是我胜利了。小夏,男人对女人要温柔,也要有原则,更要有耐心,要相信时间总是在站在我们一边。"

范睿恒话里有话,夏想听了出来,就答道:"范省长从生活中总结出来的道理,肯定精辟。实践出真知,理论永远是为实践服务的,只有经过实践检验的理论,才是最有用的理论。"

范睿恒点头一笑,心想夏想果然够聪明,一点就透,又说道:"领导小组初步取得了可喜的成绩,和小夏你的个人能力是分不开的。"

夏想忙谦虚地表态:"主要还是在省委省政府的正确领导下,在范省长的亲切关怀下,在宋省长的具体指导下,还有领导小组全体同志的共同努力下,算是有了一点小小的成绩。当然,也离不开单城市委市政府和宝市市委市政府强有力的配合工作,我个人的能力有限,只不过做了一点分内之事。"

范睿恒还没有开口,严小时就嘲笑说道:"唉,你越来越没有创意了,话说得一套一套的,太官僚了。你说你一个年纪轻轻的处级干部,已经老气横秋得和一个在官场混了十几年的老油条没有区别了,我真替你感到悲哀。"

范睿恒却是满面春风地说道："小时不要怪夏想说官话套话，跟自己人在一起说话可以随意一点，但在上级领导面前，该有的姿态必须要摆出来。你有必要的姿态，也许别人觉得你很做作；但你没有，别人就会觉得你是自高自大。官场之上，宁肯做作也不要自高自大，是不是小夏？"

今天范睿恒对自己格外和颜悦色，话里话外全是点拨的意思，夏想就猜测范省长恐怕不仅仅是因为自己主动请他吃饭。他如此高兴，肯定还有其他事情。

果然范睿恒又说："产业结构调整领导小组对燕省来说是新兴事物，就像一张白纸一样，可以让人任意绘画蓝图。但也正是因为是一张白纸，所以最后交上来的答案，可能是高分，也可能不及格……"

范睿恒点到白纸，夏想心中微微一惊，知道他在暗示锦盒一事，斟酌一下，说道："是呀，越是白纸越不好下笔，不知道该从哪里落笔，也不知道第一笔能不能开好头。还有应该在哪里留白，在哪里重点描绘，所以不得不慎之又慎。对于领导小组，希望您多给一点成长的时间，相信我们全体成员一定会交出一份满意的答卷。"

可以说，夏想并没有回答范睿恒最为关心的问题，就是他给夏想的锦盒和白纸，夏想将如何书写。

范睿恒微微有点失望，他本来以为夏想是向他靠拢，主动投诚来了，没想到，夏想却避重就轻地回答了问题，让他心中微有不满。想了一想，他还不死心，就又问："小夏，新婚大喜之时，我有事没能亲自到现场祝贺，来，现在来敬你一杯，就当是迟到的新婚祝福。"

话说到这个份儿上，夏想就不能不有所表示了，他急忙站了起来，双手端着酒杯，低于范睿恒的酒杯几分，轻轻一碰，然后又一饮而尽："感谢范省长的盛情，我满心感激。您的礼物我也收到了，非常有意义，我一直珍藏在家中。我也希望等一个合适的机会，能够在您赠送的礼物之上，画一幅由我精心设计的蓝图……"

夏想许了一个长远的承诺，范睿恒本来还不太满意，一想到他有事相求于夏想，再联想到省里越来越复杂的局势，又自信地笑了："不急，不急，来日方长，以后有的是机会。坐下，坐下说话，现在又不是在省委大院，别拘束。"

投桃报李

范睿恒的态度越随意，夏想就明白，他肯定还有别的事情要说。果然，范睿恒又问了严小时几句单城市的文化旅游的进展情况,然后话题一转,问夏想:"宝市万里汽车的合资项目,是一次非常成功的招商引资,我听说,宝市有三大有前景的项目,除了万里汽车,还有哪两个?"

"达富胶卷和茂盛酱菜……"夏想见范睿恒饶有兴趣地问起宝市的项目,心中一动,就说,"万里汽车厂需要巨额投资,虽然赢利前景最好,但因为投入资金巨大,而且周期长,相比之下,茂盛酱菜在三大项目中,应该是见效最快的一个。达富胶卷如果想要抢占先机,资金需求量不比万里汽车少,而且也需要三年以上才能见到效益。不过一旦初见成效之后,回报也是非常惊人的。"

"哦?"范睿恒兴趣大增,着重问起了茂盛酱菜,"一个小小的酱菜,能有多大的市场?"

夏想自信地一笑:"范省长,您是不是愿意见一下森林居的老总楚子高?他名下有四五家饭店,虽然以南方菜为主,但有几家饭店也提供早点,既然卖早点,就有咸菜供应……"

范睿恒点点头:"方便的话,就叫他过来谈谈。"

夏想一个电话,楚子高急忙从楚风楼赶来,听说是范省长有事找他,还是按捺不住激动,一路上车开得飞快,连闯好几个红灯。

楚子高以为夏想特意召他前来,范省长有什么大事问他,不料范省长见了他的面,也没客气,握了握手问道:"楚总,你的几个饭店加在一起,一个月能够销售多少咸菜?"

堂堂的省长一开口,不问营业额不问总资产,开口就问咸菜,多少让他有点摸不着头脑。不过省长问话不能不答,他想了想,不好意思地说道:"具体数量还真没有统计,不过总有一万元以上的量……我的饭店以南方菜为主,咸菜用量少,如果是北方口味的饭店,提供米粥等主食,咸菜的销量更大。"

范睿恒心里有数了,又问:"一般咸菜不是免费提供吗?"

楚子高笑了:"羊毛出在羊身上,我们的咸菜是花钱买的,必然要把费用转嫁到顾客身上,任何一个商家都会这么做。"

夏想就插了一句:"子高,你们一般用什么咸菜?"

楚子高并不知道夏想和范睿恒谈论的是什么,就据实回答:"我的几家饭店,有高档有中档,高档的就用六必居的,中档的就用茂盛的,两家都是老字号。六必居的口感稍好一些,价格也贵了一些。"

范睿恒粗略一算,暗暗吃了一惊,不算不知道,一个小小的酱菜,居然也有这么大的市场,真是隔行如隔山。四家饭店一个月就万余元的销量,燕市何止四百家饭店?燕省四千家饭店也有,更何况,北方风味的饭店销量恐怕会高一倍不止。

夏想的话更坚定了范睿恒的信心:"范省长,其实饭店的销量只占总销量的三分之一不到,普通家庭的购买力也是非常惊人的。如果再做成袋装或是瓶装,全面推向超市的市场,销量还能提高一倍不止。"

范睿恒怦然心动。

楚子高识趣地提出告别,范睿恒也没留他。等楚子高一走,范睿恒又重新坐下,换了一副轻松的聊天口气,说道:"小夏,范铮在京城读了研究生,现在毕业了,又想回燕市。我其实挺想让他出国,在国内不管是经商还是从政,以范铮的性子都不太合适。可是他偏偏不愿意出国,非要回燕市发展,真是让人头疼。你以前和他交情不错,他还专门向我问过你,要不,你替我劝劝他?"

范省长不愧行事稳妥,说话滴水不漏,想要什么绝不明说。你能领悟是你有悟性,领悟不了的话,对不起,你就不是一个能充分领会上级意图的好干部。夏想是何许人也,岂能听不出来范睿恒的言外之意?想起当年设计逼走范铮的事情,也是觉得无比好笑。没想到,人生有无数际遇,转了一圈,又要不可避免地和范铮再次合作。

也好,范睿恒行事,向来是宁肯不出手,也不让别人抓住把柄。他肯让范铮和自己交往,也是对自己完全信任的缘故。估计范睿恒就算猜到自己在高成松事件中所起的作用,也明白高建远被抓和自己有摆脱不了的干系,他仍然让范铮和自己交往,信任是一方面,另一方面,也是范睿恒无比自信的表现。因为他相信自己没有什么重大问题被人攻击,只要他自身站得正,好歹也能庇护范铮有钱可赚。

夏想猜对了一半,范睿恒确实是认为他没有做违法乱纪之事,也没有什么经济问题。他之所以让范铮再次和夏想走近,是因为他觉得在崔向和叶石生越走越近的局势下,夏想作为领导小组的成员,作为宋朝度最信任的人,和他之间会拥有越来越多的共同利益。最主要的原因还在于,夏想有商业头脑,他赚钱的手段不是权钱交易,不是贪污受贿,而是向市场要钱,完全是合法合理地赚钱,这也是让范睿恒最放心的地方。

能得夏想相助,能让范铮合法地赚钱,范睿恒相信在他的视线之内,只有夏想能够做到,难得的是,范铮对夏想也是无比信任。同时范睿恒也相信,夏想也不是没有政治头脑,他能审时度势,能看清在未来两三年之内,不出意外的话,谁会是下一任省委书记。

范睿恒有理由相信夏想会做出明智的选择,同时,也认为他能将夏想掌控在手中。

夏想对范铮的印象虽然一般，但也知道相比高建远，范铮其实简单多了，在合理的范围之内，帮范铮赚一些钱倒也没有问题，就说："好，等范铮回来后，我好好和他叙叙旧，几年不见，一直挺想他的。"

夏想也是点到为止，不再多说。

范睿恒满意地点点头："你和范铮还有小时，关系都还不错，有发展成好朋友的可能。小时就不说了，一直挺让人放心。范铮现在多读了两年书，比以前倒是沉稳了一点，不过还是有点浮躁。他要是有什么行事欠妥的地方，你和小时就批评他，他年纪比你小，经历比你少，更没有你有商业头脑，你说他也是为他好。"

基本上事情已经明了了，夏想心中有底了，笑着客气了几句，就又问严小时："单城市的文化旅游项目，政府也要出一部分资金，听说他们的资金出了点问题？"

严小时知道夏想的问题是什么，无奈地说道："是的，单城市向省政府提出了资金申请，本来在领导小组刚刚成立时，省里就决定拨款两亿元用作专项资金，随时用来应对单城市和宝市产业结构调整中出现的资金短缺的情况。现在单城市真提出了申请，却被压了下来，有点让人寒心。"

"这个确实不利用于领导小组开展工作，也会打击宝市下一步产业结构调整的积极性。我听邱市长说，宝市也有不小的资金缺口，也准备提出申请。其实省里下拨资金，也是对单城市和宝市当初主动申请成为试点城市，为省里分忧的一种补偿政策，现在怎么又变卦了？如果事情传了出去，影响到试点城市的积极性是一方面，也会大大降低领导小组的威望。"夏想不无忧虑地说道，又看了范睿恒一眼，"范省长，您应该出面解决这件事情，毕竟您是省长，也是产业结构调整的坚定支持者。"

范睿恒一脸沉重地说道："叶书记压下不放，我也听说了，等下我要找他说说，不能言而无信，让下面的地市质疑省委省政府的公信力。"然后又笑了，"有什么困难可以直接找我，于公于私，我都会出面解决，是不是？"

一句于公于私表明了范睿恒双重的态度，于公是支持领导小组，于私是支持夏想。夏想闻弦歌而知雅意，呵呵一笑："那我就替邱市长谢谢您了。"

夏想不说替单城市感谢范睿恒，也不说替宝市，单单只说邱绪峰，范睿恒心里清楚，夏想听明白了他话里的意思。邱绪峰现在主导宝市的产业结构调整，也是夏想的好朋友，夏想应该会和邱绪峰就茂盛酱菜的改制一事，谈好一个合作方案。

最后夏想和严小时一起送范睿恒回家，路上夏想就领导小组下一步的工作重点向范睿恒作了汇报，同时又提到达富胶卷的合资问题。现阶段达富胶卷正和美国的柯达集团进行合资谈判，但还没有获得进展。下一步夏想建议在股份比例上做出让步，在保留达富胶卷品牌的前提下，尽可能多地引进外资，同时力争说服投资方，兴建 LCD 液晶板的生产线。

范睿恒听了连连点头，心中对夏想眼光敏锐的印象又加深了一层，更加判定夏想是个值得信赖的人。

随后又说了不少话。

到了省委小区门口，范睿恒下车之后，走了几步，又想起什么，返回到车前，对夏想说道："对了小夏，我刚想起来，范铮读研时，和他的导师邹儒关系还算不错——邹儒也是我一个多年的朋友。你现在只是本科学历，不占什么优势，我找个机会和邹儒说一说，让你做他的研究生。正好，他是经济学方面的专家，肯定也愿意收你为学生。"

夏想大喜。

邹儒在国内的名气虽然不是一流，但绝对是真正做学问的为数不多的经济学家之一。在众多的经济学家纷纷投靠了国内各大利益集团，为了钱，到处发表一些歌功颂德或是恶意炒作言论的情况下，邹儒始终坚持本心，不为利益所动，只发表真实客观的言论，因此夏想对他相当尊敬。

尽管夏想不是经济专业出身，但现在却对经济学有一定的偏爱，能够投身到邹儒的门下钻研经济学理论，绝对是一次难得的机遇。他郑重其事地说道："谢谢，非常感谢范省长，如果能做邹老的学生，我荣幸之至。"

"有你在实践中成功的例子，我相信，邹儒也很愿意收下你这个天才学生。"范睿恒乐呵呵地笑道，他的样子可不像刚刚想起邹儒的事情。

夏想自然也清楚邹儒之事是范睿恒的底线，他最后肯抛出来，证明今天的会面达到了他预期的效果。当然最后成不成，还要看他和范铮相处得是不是愉快。

严小时突然跑下车去，一把抱住范睿恒的胳膊，摇晃两下说道："舅舅你偏心，当年我想成为邹老的学生，你说我不合格，偏不给我介绍。现在却主动为夏想牵线，我找我妈告状去。"然后又偷偷朝夏想使了个眼色，"我也要当邹老的学生，我要和夏想成为同学。"

夏想知道严小时想让他替她说话，但有些话不好多说，就笑道："小时也对经济学感兴趣了？其实你在做生意方面也挺有天赋，赚钱的能力一流。能赚钱，就证明有理论联系实际的基础。"

范睿恒看了夏想一眼，又看了看严小时，无奈地一笑："我试试看，能说服邹儒收下夏想这个不脱产的学生,我心里还有点把握。再加上一个你,也不知道我的面子有没有那么大。我只能说替你开口,但不保证一定成功。"

送严小时到咖啡厅取车的路上,严小时紧盯着夏想的眼睛,说道:"你比我想象还要可怕几分。"

夏想不解:"怎么说?我觉得我人挺好,忠诚可靠,又乐于助人,哪里有一点可怕了?你不要毁人清白。"

严小时一时语塞,想说什么,又挥挥了小手,摇头说道:"算了,当我没说。我用错形容词了,其实本意是想夸你太厉害了。"

夏想和严小时分手的时候,严小时忽然又小声问了一句:"我问你,你是不是不想和我成为同学?"

夏想没有回答严小时的问题,只是淡然挥手再见,留下严小时站在车前愣了半晌,最后自言自语说了一句:"越来越有味道了……"

也不知道她指的是什么。

周一上班,夏想刚到办公室就接到了邱绪峰的电话。邱绪峰最近情绪高涨,有一种大干一场的冲劲。他的声音也由以前说话时的不紧不慢,变成了稍微有些快:"小夏,已经初步和柯达集团达成协议,拟定于近期到美国访问,宝市由我出面,领导小组就由你陪同好了。至于具体访问日期,我看你的安排,反正前后不差十几天。关键是你,一定要问好具体日期,否则错过了时候别怪我没替你考虑周全。"

夏想装傻:"你的话有点深奥,我听不太懂。"

"行了,别在我面前装腔作势了,知道你快当爸爸了,作为老大哥,不替你创造一个飞到美国的机会,也显示不出我们之间的友情不是?还有你别担心,曹书记不在我身边,你尽可以放心大胆地说话。"邱绪峰嘿嘿直笑,显然,他知道连若菡怀孕的事情。

夏想只好默认了:"找机会请你吃饭,同时作为回报,关于你的糗事,我就不告诉付朵朵了。"

邱绪峰大急:"你别信口开河,我有什么糗事?在男女关系上,我一向清白,再说就算有,也是认识你之前,你能知道什么?"

夏想不说话,只嘿嘿笑个不停,邱绪峰自知上当了,忙说:"肯定是梅晓琳告诉你的,要不就是梅升平,我们可有言在先,作为好朋友,必须要保守秘密,我们要攻守同盟……"

放下电话,夏想还笑个不停,并不是邱绪峰太容易相信别人,而是自己确实人脉太广,所以邱绪峰认为自己肯定知道了他以前的糗事。

古玉在一旁被夏想的笑声吓了一跳,就问:"夏处长有什么事情这么高兴?是不是你爱人怀孕了?"

夏想本来站了起来,被古玉无意中一问,一惊之下又坐了回去,心脏不争气地猛烈跳动了几下,暗叫真是奇了怪了,女人的直觉怎么准得吓人?

还好古玉只是随口一问,又说道:"听说今天要召开常委会讨论领导小组扩大问题。刚开始可是人人都不想来,现在却好,刚刚有了一点成绩,就想着再多进来人分点好处。"

夏想没有理会古玉的牢骚,他的心思也飞到了常委会上,也不知道常委会上,到底有没有形成两股势力的对撞。

出人意料的开局

夏想确实猜中了,许久没有发出同一个声音的数名常委,终于再一次显示了异口同声的强大威力。

常委会是在叶石生的提议下召开的,议题是讨论单城市申请专项资金的问题,关于领导小组增设综合三处的问题,关于单城市提交省委省政府的通海铁路的问题。一共三个议题,其中两条和单城市有关,单城市第一次成为常委会上引人注目的焦点。

叶石生抛出三个议题之后,会场上顿时一片议论之声。叶石生和崔向相视一笑,感觉达到了他预想的效果。他要的就是一下抛出令人震惊的议题,以显示他作为一把手的权威和掌控一切的自信。当然,这也是崔向为他出的主意。

本来叶石生的意思是上常委会之前,先开个碰头会研究一下,崔向却列举了三个理由,让叶石生改变了主意。

第一,三个议题两个事关单城市,其中通海铁路所有常委都已经接触过相关资料,没必要再开碰头会研究,浪费时间。第二,领导小组增设综合三处本来就是为了加强省委对领导小组的领导权,开碰头会也是和范睿恒讨论。省委主抓人事权,增设一个综合三处这样的小事,没必要连续开两个会议研究,直接提交常委会就可以了。第三,单城市申请专项资金也不是什么大事,到时在常委会上顺口一提,压一段时间再放,也没人会有什么反对意见。

叶石生一想也是,虽然表面上一次三个议题是不少,其实都不算什么大事,应该会在常委会上一举通过。他也就听信了崔向的话,没有事先通知范睿恒开碰头会,只是在常委会正式召开之前,他和范睿恒在楼道中遇上时,用几句话点明了今天的议题。

范睿恒听了只是点点头，没有什么表示，叶石生以为范睿恒是默认的态度，也就没有多想。

叶石生通报了议题之后，环视在座的各位常委，说道："请各位常委畅所欲言，就以上三个议题发表看法。"

崔向一副稳坐钓鱼台的模样，一一打量在座的每个常委。和以前一样，马万正低头不语，宋朝度若有所思，陈风心事重重，邢端台面带淡笑，梅升平干脆就是抬头看天花板，完全是一副置身事外的态势。

崔向心中冷笑，好，越是各自为政越好，越是一盘散沙就越能显示出他的影响力。现阶段就是要充分利用范睿恒的保守和退让，再利用各个常委一盘散沙形不成同盟的有利局面，先让叶石生慢慢掌握住大局。只要叶石生在他的幕后推动之下坐大了，基本上就会和他结成牢不可破的同盟。

到那时，一个表面强势暗中事事听从他的建议的省委书记站立起来，本来各扫门前雪的各个常委，更没有人敢挑战书记的权威了。

崔向信心满满地又看了马霄一眼，对马霄配合他的行动压下宋朝度的视察新闻不播出的举动，非常满意。果然是人多力量大，由此，他对和付家走近的决定更是感觉到英明无比，要不只凭他还指挥不动一个省委常委、宣传部长。

让崔向没有想到的是，一向低调、事事喜欢最后发言的范睿恒，今天竟然是第一个发言，而且他的发言还铿锵有力。

范睿恒平常总是一脸平静，今天却是一脸严肃，紧绷着脸说道："通海铁路问题我看不是问题，直接由省政府出面上报铁道部就可以了。单钢作为全国重要的钢铁生产基地，不只是单城市一个城市的问题，更是我们整个燕省的问题，也是国家的问题，铁道部肯定也会慎重对待。"微一停顿，他的目光先从崔向开始，一一扫过在场的每一个人，省长的权威流露无遗。众人感到心中一震，都不约而同地意识到，范省长是省委第一副书记，是政府省长，是名正言顺的二把手！

崔向被范睿恒自信加威严的目光一扫，没来由地心中一惊，心想怎么回事，一向低调的范睿恒难道今天要立场鲜明地站在叶石生的对立面？

范睿恒没有让崔向失望，他又继续说道："单城市既然提出了申请专项资金的要求，就应该立刻下拨资金，不能让其他地市看单城市的笑话的同时，又认为省委省政府出尔反尔！在单城市和宝市主动提出成为试点城市时，省里不但高调表扬，还特意提出设立专项资金，以便应对两市资金短缺的意外情况。现在单城市取得了一点点成绩，正是需要省里鼓励和支持的时候，省里却又在宣传上卡脖子，在资金上掉链子。试问，省委省政府的公信力何在？其他地方看的不仅仅是单城市自己跳坑、在最需要的时候省里没有拉上一把的笑话，也是在看省里说话不算没有威望可言的笑话！"

范睿恒以前所未有的气势，掷地有声地说出一番慷慨激昂的话，犹如一块巨石投入池水之中，"扑通"一声巨响过后，激起无数浪花。

马万正一直昏昏欲睡的表情顿时惊醒过来，双眼微微睁大，流露出惊讶和难以置信的神情。宋朝度却是嘴角微微带笑，一脸镇静地看着叶石生和崔向。

陈风还是老样子，表情没什么变化，只不过手中的笔下意识地在纸上点来点去，眼睛却不由自主地看向了叶石生。

其他常委也是脸露惊讶之色，有人窃窃私语，有人一脸愤怒，也有人微闭双眼，坐等叶石生的反击。

叶石生微微有点激动，他也没有想到一向走稳妥路线，宁肯退让也不愿出头的范睿恒，忽然之间就意气风发，句句直指省委插手行政事务，而且将事情上升到了省委没有公信力被人看笑话的高度。

他几乎要拍案而起！

然而范睿恒却似乎并不惧怕他的愤怒，继续说道："我认为，单城市申请专项资金，毫无异议应该立刻拨款。至于领导小组增设综合三处，我看目前没有必要。目前只有两个试点城市，在产业结构的调整上才是初见成效，下一步会不会取得更大的进展，会不会失败，都还不好说。别的不说，单是在单城市最需要帮助的时候，省里不但没有帮助，还压了资金。在宝市需要宣传的时候，省里也没有任何宣传报道。同志们，我们是在给他们政策的扶持还是在故意拖后腿？在这种情况下，我觉得再增设综合三处，只会让领导小组的机构越来越臃肿，而不会对实际工作有任何帮助！"

范睿恒的话不可谓不犀利，反驳也是一针见血，叶石生脸色铁青，崔向也是满脸通红。他万万没有想到，第一个跳出来反对的人竟然是范省长，而且范省长的话丝毫不留情面，句句诛心。

欺人太甚！崔向怒不可遏，努力抑制了一下冲动的心情，尽量让语速慢一些，说道："范省长不要激动，有话好好说……"话一出口崔向就后悔了，因为他突然意识到，在范睿恒突然发作的强势之下，他刚才的话就意味着示弱，意味着退让。

不过又一想，范睿恒毕竟是二把手，他论排名不如范睿恒，论实权，更是差了太多，合理的让步是为了更好的进步。崔向自我安慰完毕，才又说道："就单城市申请专项资金和增设综合三处的事情，上常委会之前，叶书记和我也进行过交流。其实叶书记的意思并不是压下不批单城市的资金，省里也不缺这点钱。叶书记是出于全局的考虑，想要压一压，拖后再批。因为如果下面一申请，省里马上批，会给其他地市造成错觉，认为只要想要，省里就会拨款，那省里也就没有威信可言了。综合三处的增设也在情理之中，随着领导小组工作的深入开展，随着单城市和宝市产业结构调整的大面积推广，只有十几个人的领导小组显然人手不够。叶书记和我的意见是，第二批试点城市应该很快提上日程，凡事都宜早做准备，所以成立综合三处是非常有必要的。"

崔向的解释不但没有什么力度，而且还隐隐透露出他和叶石生联合的意思，相当于抬出一把手的权威要压范睿恒一头。

众人都等着看范睿恒如何反驳，范睿恒还没有说话，宋朝度却轻轻一笑，说道："崔书记说省里不缺钱，我身为副省长，怎么总觉得处处都有资金缺口？好像政府部门，从来就没有资金充足过。"

宋朝度的话引来一阵轻笑。

马万正也笑了："真不缺钱就好了，水恒市申请修复历史古迹，向省里提交申请两年多了，一直没有批下来，就是资金不足。不知道崔书记所说的不缺钱有什么依据没有？"

三个政府班子的成员，轮番对崔向质问，崔向再镇静再从容，也是满脸通红，最后支支吾吾地说出一句："我，我就是打个比喻……"

"崔书记就是随口一说，谁不知道钱永远不够花的道理？大家就不要揪着一件小事不放了。"马霄跳出来为崔向解围。今年四十六岁的马霄是东北人，生得身材魁梧，方脸浓眉，说话的声音也是中气十足，嗡嗡直响，"既然范省长刚才点到了宣传方面出现的问题，我就解释一下。燕省向来是以脚步稳健闻名，虽然说宝市的合资取得了一点成绩，但现在大肆宣传的话，会给宝市市委市政府带来不必要的压力，也会给万里汽车厂带来不可估量的负面影响。为什么要这么说呢？因为合资只是第一步，合资之后的赢利和扩大市场份额，才是最重要的成功，才是值得大书特写的新闻。"

"宣传会带来负面影响？马部长言过其实了吧？"钱锦松笑眯眯地说道，"我就不提燕省以前只要引进资金就大肆宣传的先例了，只说说我在京城部委担任司长时，部委一有什么重大活动——请注意是重大活动，不是活动取得了圆满成功——就会大量邀请新闻媒体随行，要求新闻媒体及时地全方位地进行宣传报道，为什么？因为各部委都心里清楚，新闻媒体来得多不多，宣传报道是不是全方位，直接就代表了上头的意思。上级领导认可，宣传报道就会铺天盖地；上级领导不满意，宣传肯定就跟不上……马部长以前一直在宣传部门工作，想必也非常清楚宣传就是风向。不瞒你说，我以前也在宣传部工作过一段时间。"

马霄忽然之间觉得钱锦松看似笑眯眯的表情之下,却隐藏着一把寒光凛冽的钢刀——今天他算是见识了什么是真正的笑里藏刀!

叶石生更是大吃一惊,他一向认为钱锦松和他走得很近,而且一直以来在燕省以中立著称,向来是哪一方都不得罪的中立派。今天为什么言语柔中有刚、含沙射影地直指马霄?

钱锦松说完之后,还是一副笑脸模样,又说:"宣传的事情不是今天的议题,就不提了。关于单城市申请专项资金的事情,本着公信、公平的原则,应该批。领导小组增设综合三处的事情,既然马部长都说了,现阶段宝市和单城市的成绩还不到全面宣传的程度,就足以证明领导小组的工作还不是那么繁重,人手够用,也就没有必要再多增加一个部门了。正好省里也缺钱,能省一点是一点,是不是?"

钱锦松说话从来都是不徐不疾的腔调,而且脸上一直笑容不减,给人的感觉很坦然很随和。但钱锦松的话落在崔向和马霄的耳中,二人感觉如同被人当面打了一个耳光,不但格外响亮,还火辣辣地疼。

崔向更是火冒三丈,却又被钱锦松的话说得哑口无言,想不出更好的话来反驳。因为钱锦松确实说得在理,直接攻击了他话中自相矛盾的地方!

崔向的如意算盘是,他想借此次常委会,树立起叶石生的权威,同时也展示一下他和同盟者的力量,达到他增设综合三处、完全安插自己人的目的。他的本意是把宣传一事当成筹码来换取对单城市专项资金的延后下拨。就是说以后可以在宣传上面放开限制,但对单城市的专项资金,现在必须压下,等他的人进入综合小组之后,再考虑下拨资金的问题。这才能显示出他的权威,并且一举树立起他在领导小组中的威望,进而逐步获得主导权。

只要范睿恒不明目张胆地反对,只要二把手不挑战一把手的权威,其他常委在书记面前,还是要退让三分的。只是让他没有想到的是,他的如意盘算在第一回合就遭到了猛烈的反击,正是范睿恒出其不意地大声发出了质疑的声音,才让崔向第一次有了无力感。

现在的问题是,叶石生根本就不是强硬性格的人,更让崔向担心的是,本来各自为政的常委们,突然之间又有了联合的趋势,怎能不让他心慌意乱?

连一向最为中立的钱锦松也突然站了出来,旗帜鲜明地站在范睿恒一边。最让崔向气急败坏的是,钱锦松指摘别人言语漏洞的本事一流,直接就将他设想的计策完全破解。

崔向知道此时他再说什么也没有力度了,就将目光看向了叶石生……

意义深远的结局

叶石生心中已经由一开始时的震怒,变成了现在的一丝惶恐和不安。

如果是别人强势地说出一番慷慨激昂的言论,叶石生或许不会震怒,因为他自信凭借书记的权威,可以压下反对的声音。同时,崔向一直对他事事顺从,也让他隐隐有了掌控一切的感觉,认为在常委会上只要是他决定的事情,就不会有人说三道四。即便不同意,也顶多是弃权而已,没想到呀没想到,范睿恒给了他迎头一击。

整个燕省,叶石生最担心的就是范睿恒和他公开唱反调。崔向说的不假,范睿恒根基未稳,但他心里也清楚,他的根基也比范睿恒强不到哪里去,也是在常委中没有坚定的同盟。同时,他也知道京城对他信心不足,之所以让他接任燕省省委书记,也是为了燕省的平衡过渡考虑。但也正是因此,他才更想站稳根基,也想有所作为,给京城留下一个能干肯干的不负众望的书记形象。崔向的主动靠拢正合他的心意,他就想趁范睿恒求稳心切之际,尽快地树立起书记的权威,从而奠定下燕省名正言顺的第一人的威望。

有崔向可用,有钱锦松辅助,陈风和他的关系也算说得过去,再加上范睿恒也没有形成巩固的同盟,大事可成。

此次常委会,也是叶石生投石问路之举,所以他才故意没有召开碰头会,没有事先就单城市申请资金一事征询范睿恒的意见。他压下来之后,范睿恒好像忘了此事,问也没问,就更让他心中笃定范睿恒在大小问题上,一般不驳他的意见,只要他提了出来,范睿恒基本就是默认的态度。

叶石生在猝不及防之下,被范睿恒发出的强有力的反对声音打了一个措手不及。要不是后面几名常委唇枪舌剑争论一番给他争取了时间,他甚至会有短暂的失神,不敢相信眼前发生的一切。

范睿恒怎么突然之间就意气风发了?

好在叶石生毕竟是老官场了,虽然性格不强势,能力不高,但政治智慧还是有的。片刻之后他就冷静下来,得出了结论:对他的步步紧逼,范睿恒已经退到了底线,身为省长,不可能被他压得死死的。

叶石生告诫自己,如果因为单城市申请资金和增设综合三处这两件小事和范睿恒再争论不休,是没有政治智慧的表现,是得不偿失的举动。他也知道崔向被反驳得无话可说,而且他也仔细想过了,范睿恒一方说得也确实有道理,他压下专项资金的事情,是做得有点过了。

主要还是轻信了崔向的话,叶石生忽然心中闪过一丝疑惑,会不会是崔向故意为之,就是要让自己和范睿恒产生矛盾,从而让他坐收渔人之利?

叶石生的念头一闪而过,现在的形势不容他有心思多想其他方面,因为众人的目光都集中在了他的身上。

"常委会就是让大家畅所欲言的地方,有争论是好事,证明大家都在充分行使自己手中的权力……"叶石生想了一想,还是决定尽可能让语气温和一些。政治从来都是平衡和妥协的产物,争吵也好,心平气和地商量也好,最终还是大家都退让一步才行。

叶石生话一出口,崔向就一脸失望之色,果然是江山易改,本性难移。才刚刚遇到范睿恒的反击,就立刻退缩了,性子太面了,不够强势,难成大事……

和崔向一样面露失望之色的还有马霄,他也想借此机会,在正副书记的力挺下,树立起一个强有力的宣传部长形象,没想到,一个回合下来就全面溃败。叶石生立刻就软化了立场,真是让人痛惜。现在的情况还没有呈现一面倒的趋势,还有一战之力,但叶石生的立场不再坚定,别人还怎么反击?

梅升平的目光从天花板上收了回来,狐疑地看了钱锦松一眼,又落在了叶石生身上,眼中闪过浓浓的不屑之色。

"通海铁路应该是没有异议了,直接由省政府出面,提交到铁道部就可以了。单城市申请专项资金的事情,我认为此事可以缓一缓,具体批多少,何时批,等范省长散会后和我再碰个头。增设综合三处我觉得还是很有必要的,凡事宜早做准备,到时临时抱佛脚就被动了……"叶石生脸色沉静,只不过已经没有了刚才的气势,表面上看虽然只是做出了微小的退让,但从口气中已经可以明显地听出来,他动摇了。

崔向脸上的失望之色更浓了。

"增设一个综合三处也是好事,我倒是赞成。不过现阶段才两个试点城市,不宜再在领导小组增加组长了。如果设立综合三处的话,让一处代管就可以了。"梅升平抓住时机,果断出击,不遗余力地为夏想争取好处。

梅升平算是看明白了一点,崔向全力推动成立综合三处,无非是要安插自己人进去。不管安插谁,只要让夏想当领导就成。他对燕省的政治纠葛和利益分配不感兴趣,只对夏想有好感。所以在有好处可得的时候,就直接给夏想就行,也可以借发言的机会显示一下自己的存在。

宋朝度赞许地点点头:"梅部长说得对,我附议。如果要成立综合三处的话,就不设组长了,直接由一处代管。"

宋朝度身为领导小组的组长,他的话给中间派常委造成了不小的压力,如果反对的话,就等于反对宋朝度了。

宋朝度对梅升平因势利导的策略非常赞赏,越来越觉得梅升平对他的脾气,是个妙人。虽然梅升平总是一副置身事外的态度,但在关键时刻,总有惊人之语,而且总是维护夏想的利益。维护夏想的利益就相当于维护他的利益,尽管梅升平也许不这么想,但他做了出来,宋朝度就对他心生感激。

而且宋朝度也懂得见好就收的道理,叶书记已经做了合理的退让,不能再紧追不放,毕竟也要维护一把手的尊严,所以他及时附议了梅升平的建议。

又是夏想?从刚才的失利之中清醒过来的崔向,忽然间打了个激灵。本来在今天的三个议题上面,表面上没有夏想什么事,但他知道无论哪一个议题,都和夏想有内在的联系。他一直想竭力避免让夏想的名字出现,哪怕是隐约地让人想起,也很容易激发和夏想都有干系的几个常委的关注。他们不会因为别的事情而联合,但绝对会因为夏想的利益,而发出同一个声音。

没想到,还是让梅升平成功地引出了夏想的利益,崔向的心就沉到了谷底。坏了,夏想一出,不出意料的话,陈风和马万正绝对是赞成的态度。

崔向一瞬间对梅升平就恨到了极点,想起付家和梅家的不和,又想起梅升平在几次提拔上面,都和他作对,他恨不得找个机会将梅升平踩在脚下。

只是他也不过是想想而已,他心里清楚,梅升平在燕省向来独来独往,不拉帮结派,不帮叶石生,也不帮范睿恒。只有在涉及他自身利益或是夏想的利益时,才会主动发言。尽管崔向对梅升平大为不满,但他也知道他既扳不倒梅升平,也不敢过于惹恼他。万一梅升平恼怒之下,处处和他作对,也会让他疲于应付。

陈风果然没有让崔向失望,他一听到梅升平的建议不错,也是笑呵呵地说道:"我也赞成梅部长的提议,不增设也可以,增设的话,就先由综合一处代管,也有利于整合资源,系统地开展工作。"

整合资源?真会说漂亮话!崔向十分不满地看了陈风一眼。

马万正也是一脸严肃地点头说道:"我的看法和朝度同志一致。"

崔向无奈地想,夏想还真有魔力,一涉及他的利益,果然众人都纷纷登场。

纪委书记邢端台平常不显山不露水,但他在常委会排名比较靠前,所以说话的分量也是很重:"我的意见也和梅部长一致,同时朝度作为小组的组长,既然他都点头了,对于小组内部的事务,大家也就不要过多地干涉了。"

这一句话更绝,直接就将众人推开,除非再有人提出完全不同的意见,否则只要赞成增设综合三处,就得认可由综合一处代管的建议。不同意的话,就是不给宋朝度面子,插手领导小组的内部事务。

本来想发言表示反对的政法委书记李炳文,一听邢端台的话,急忙把到了嘴边的话又咽了回去,端起水杯喝了一大口水,差点呛着,咳嗽两声说道:"还是由叶书记做出决定吧,基本上大家讨论得也差不多了。"

崔向明白大势已去,范睿恒雷霆一击,叶石生立场动摇,这让崔向大失所望的同时,又懊恼不已。

看来也不用等别人表态了,没有表态的几人基本都是中间派,基本可以肯定的是,他们也会附议梅升平,崔向就附和说道:"叶书记的意思是?"

叶石生如果非常坚决地拿出一锤定音的气势,也可能会再重新树立起一些威望。他迟疑一下,却又问范睿恒:"范省长还有没有意见?"

"我的意见和朝度的看法一样。"范睿恒恢复了一脸平静,淡淡地说道,"如果大家还有不同意见,可以再提嘛。实在不行,就请叶书记最后做决定了。"

叶石生点点头:"那今天的会就先开到这里,通海铁路就由省政府上报铁道部……"其他的事情,竟然提也没提。

在在座常委的印象中,常委会也不知道开过多少次了。虽然也并不是每一次常委会都能解决问题,但从来没有一次常委会像今天一样,最后是一个不了了之的结果。不过大家都心里清楚,叶书记输了,在关键时刻叶书记软化了立场,在面对范省长的强硬态度之时,没能顶住压力,主动退让了。

散会后,宋朝度故意和梅升平走在一起,他落后梅升平半步,笑呵呵地说道:"梅部长,还适应在燕市的生活吗?"

梅升平扭头看了宋朝度一眼,微一点头,说道:"还行,燕市和京城没什么区别,不管吃住还是习俗,几乎都一样……怎么,是不是想给我介绍什么好吃的饭店?"

宋朝度笑了:"我知道有一家新开的饭店,有一道特色菜非常好吃,红焖小鱼,据说是从河里捞的鲜鱼,味道鲜美……有机会一起去尝尝?"

梅升平摇头一笑:"真是抱歉,宋省长,我不吃鱼,对不住了……"

梅升平走远了,宋朝度才无奈地一笑,摇摇头:"梅升平,果然有个性!"

↗ 03　借东风，更进一步

　　叶石生大加感叹，直视夏想半天，连连点头："第一次听到达才的话，我觉得步伐有些超前，不好实现。不想，现在亲耳听到夏想说出同样的话，却忽然之间觉得，达才面向中小城市的市场战略，大有可为。夏想，你告诉我，事先真的没有和达才商量好？"

叶石生的决定

　　叶石生回到办公室，还没有坐下，就听到秘书麻秋说崔书记有事找他，他怒气未消，就一挥手说道："我还有事，让崔书记先回去，等我空下来再找他。"

　　今天的事情都是崔向出的主意，要不是崔向的失策，他今天何苦在常委会上被范睿恒呛得无话可说？而且连钱锦松也站在范睿恒一方，明显是崔向搬了石头砸了自己的脚，再一想可能他也被崔向哄骗了，更是气愤难平。

　　打发走了崔向，还没坐稳，就又听麻秋在外面说道："叶书记，范省长来了。"

　　叶石生微微一怔，范睿恒此时前来，有什么用意？刚刚在常委会上针锋相对了一次，现在又来做什么？他站起身来，推开外间的门，看到范睿恒站在门口，满脸笑容。

　　叶石生身为省委书记，在燕省值得他出门相迎的人几乎没有。就是范睿恒过来，他起身站在办公桌前就是非常有礼貌的表现了，今天竟然直接迎到了外间。麻秋在心中暗暗震惊的同时，不由暗暗叹气，叶书记就是脾气太温吞了，当省长时如此，当了书记之后，还是如此。让他身为秘书的，也一直没法扬眉吐气。

　　范睿恒跟随叶石生进到里间，第一句话就说："叶书记，今天常委会上的事情,对事不对人,您别放在心上。"不等叶石生有所表示,又说,"关于单城市申请专项资金的问题,我觉得不宜再拖,眼下正是招商引资的紧要关头,省里不能拖后腿。单城市有了这笔钱,就能加快产业结构调整的步伐,紧接着就有可能引来更大的投资。同理,此举也会给宝市带来莫大的鼓舞,宝市的万里汽车只是第一步,我听说达富胶卷和美国柯达集团的谈判正在紧锣密鼓地进行之中,也即将派人飞赴美国实地考察。产业调整的大幕已经徐徐拉开,正是叶书记在燕省大展宏图的时候,怎么能因为一笔资金的问题,而自毁前程?"

范睿恒一口气说完,直直地看着叶石生,等他的反应。

叶石生心中起伏不定,他将范睿恒的话和崔向的话一对比,越来越觉得范睿恒所言极是,全是出于对产业结构调整的大局考虑。而崔向的建议,掺杂了太多政治斗争的因素,他隐隐有些后悔轻信崔向的话,结果才导致了今天常委会上落败的结果。

他微一沉思,耳根软的毛病又犯了,又被范睿恒的话打动了,就说:"资金问题我也不是有意拖,而是没有来得及细看。刚才又仔细看了几眼,确实是应该同意……这事由省政府出面办理就可以了,增设综合三处一事,先缓缓再说,等什么时候政府方面觉得时机成熟了,再提出来。"

范睿恒点头一笑:"行,就照叶书记说的办。其实有些事情只要您下定决心,就能看出子丑寅卯出来。产业结构调整是一次重大的机遇,不可错过,说不定借此东风,您还可以受到京城的重视,下一步到京城任职……"

范睿恒的话也许是无心之话,也许是有所暗示。叶石生耳根软的毛病再一次让他保守的立场动摇了。如果真能因为产业结构调整的成功而再进一步的话,说什么他也要重视起来。虽然说目前两市取得了一点小成绩,但放到全省,也确实不算什么,小小的浪花而已。不过谁又能保证,小小的浪花以后不会掀起大风大浪?

只是,夏想他有这份眼光和魄力吗?

叶石生也清楚,今天梅升平的提议是为夏想着想,随后其他人的附议,也是因为涉及了夏想的利益。

其实叶石生也清楚他和夏想之间,有内在的联系,也有隐含的共同利益,就是达才集团。叶石生和成达才交情莫逆,在达才集团崛起的过程中,也出了一份力。他和成达才之间,既有朋友之间的惺惺相惜,又有共同利益维系。

既然连商业奇才成达才也欣赏夏想,如此说来,夏想确实有商业方面的天赋了。宋朝度也如此信任他,几乎将整个领导小组都交给他管理,而且他还一人劝动了单城市和宝市两座在燕省排名靠前的地级市申请试点城市。听说通海铁路、成语故事文化旅游,甚至连宝市正在着手的三大企业的产业改制,也是夏想所出的主意……夏想真的如传闻中一样不但有政治头脑,还有准确的商业眼光?

是该找个机会和夏想好好聊聊了……

他心中刚刚冒出这个念头,麻秋又敲门进来向他汇报,说是钱锦松前来汇报工作。

叶石生本来对钱锦松在常委会上的表现有些怨言,但转念一想钱锦松和夏想也有来往,好像也有共同语言,就心思一动,压下心中的不满,让钱锦松进来。

不过这次,他端坐在座位上没有动,见钱锦松进来,也只是微微点头,示意他坐下。

钱锦松对叶石生的冷落浑不在意,如果说在燕省他最了解哪个人的脾气,他肯定会说是叶石生。

钱棉松自顾自地坐下,说道:"叶书记,有件事情我想向您汇报一下,就是目前随着领导小组的工作越来越多,夏想同志再兼任信息处的处长已经不合适了,有必要重新任命新的信息处处长。至于夏想的关系,我想还是放到省政府办公厅比较恰当。"

叶石生一怔,微带不满地说道:"一个处级干部的调动,你自己看着办就可以了,不用向我请示。"

钱锦松听出了叶石生的不满,但仍然面不改色地说道:"叶书记,夏想虽然只是处级,但他的调动会牵动许多人的目光。我向您事先请示,是不愿意看到有人节外生枝。"他站了起来,又恭敬地说道,"今天常委会上的事情,我针对的是崔书记,不是您,请您理解。说句不好听的话,叶书记,现在的情况是,谁劝您拖领导小组的后腿,谁就是拖您再进一步的后腿。"

叶石生今天是第二次听到"再进一步"的暗示了,心想本来范睿恒对领导小组虽然也是支持的态度,但力度不大。钱锦松虽然支持的力度挺大,但也没有在他面前明确说出是一次重大机遇的话来。今天先是范睿恒,后是钱锦松,都先后劝他将产业结构调整当成一次重大机遇,难道是说,他们各自都听到风声,都认为燕省会借助产业结构调整的际遇,一举成为焦点?

"坐下,锦松,你我也算是多年的交情了,用不着客气。"叶石生和颜悦色地说道,"你真的认为,产业结构调整可以获得成功,能为燕省带来全新的气象?"

"叶书记,从政府班子对领导小组的支持力度,难道您看不出来范省长由以前的有限支持,变为了全力支持?领导小组才成立没多久,现在已经取得了有目共睹的成绩,相信用不了半年时间,就会带动单城市和宝市产业结构方面的重大突破。乐观估计,最迟明年,申请成为第二批试点城市的地市会想方设法入选,甚至之后不久,就会全省推广。我想只要等到第二批试点城市确定下来,只要有成功的迹象,您就会被全国媒体包围……"

钱锦松一番话,说得叶石生心潮澎湃。

叶石生心思大动,他如果能借助产业结构调整成功的大好时机,一跃而上,那他肯定会不遗余力地支持领导小组的所有工作!

钱锦松走后,叶石生又坐了片刻,听到秘书麻秋又请示说道:"叶书记,崔书记打来电话,说有重要工作向您汇报。"

叶石生摇摇头:"我有事要出去一下,让他下次再说。"

关上门,叶石生先是拨通了京城的电话,说了一会儿话,又放下电话,脸上微微露出笑意,发了半天愣,又重新拿起电话,拨了一个号码。

"达才,是我。"叶石生的语气很亲切也很随意,仿佛和老朋友谈心一样,"有一段时间没去你那里坐坐了,怎么样,最近有没有空闲?好,那就周末见。对了,听说你和夏想的关系也不错,要不也叫上小朋友一起坐坐?有个年轻人聊天,也热闹一些,是不是?"

成达才明白了什么,呵呵一笑:"好说,好说,既然您开了口,我就打电话给他。听说夏想在产业结构调整领导小组也干得不错,有声有色?这个小朋友就是有商业头脑,正好我也有事找他商量……"

夏想接到成达才电话的时候,正在办公室向古玉安排工作。尽管他知道古玉是隐形的亿万富姐,但她既然身为领导小组的成员,就得做好本职工作。

夏想下达的任务是让古玉到宝市出差,系统地考察宝市各大国有企业,然后提交一个详细报告。古玉一口答应,又说:"要不让方格陪我一起出差,也好有个照应。"

方格听了连连摆手:"不了,不了,夏处长您可别安排我和美女出差这样的好事,您可以让我干任何粗活累活。陪古姐出差,我看就免了。"

古玉怒了:"我就这么让你嫌弃?"

方格觍着脸笑:"不是,别误会,多心了不是?是我自我控制能力差,有一个美女在身旁,我怕我会犯错误。你不知道,我女朋友醋劲非常大,如果让她知道我和一女的出差,肯定会找机会过来看看你长得漂亮不。只要她一见到你,我就没好日子过了,所以……"

夏想还没有来得及笑骂方格没出息,居然被蓝袜管得服服帖帖的……电话就响了,接听之后,得知成达才想要见自己,而且还有大人物作陪,他会心地笑了。

不管如何,他精心说动范睿恒,鼓动钱锦松,两个人都是极有政治头脑的人,一点就透,看破了崔向和叶石生走近的利害关系,知道对于叶石生还是宜以拉拢为主。果然一番浪潮过后,叶石生看到迷雾重重的前程有了一丝曙光,终于动了心,要主动伸手了。

现在才周一,到周末还早,夏想就放下心思,重新回到领导小组的工作安排上来。

安排古玉到宝市出差是早就定下的计划,也是为了让她实地考察一下宝市的万里汽车厂,从一个旁观者的角度来发现不足。同时,也重点留意达富胶卷和茂盛酱菜有哪些需要改进的地方。古玉虽然是接手了父母的生意才有今天的成就,但经过了解得知,古玉掌控了家族生意之后,家族生意在原有的基础上,翻了几番,而且赢利能力大增。由此可见,古玉也是有准确的商业眼光之人。

最后夏想决定,让钟义平陪古玉一同出差。钟义平为人老实又勤快,有他在,古玉也能轻松不少。

至于方格,夏想决定惩罚他,让他陪彭梦帆一起到单城市出差。

彭梦帆为人耿直,有点倔脾气,这种人认死理,不过也好打交道,因为只要说服他,他肯定低头。夏想就想让彭梦帆实地走一走,直接到企业中间去走访、考察,深入地了解一下现在老旧僵化的国企的现状。

彭梦帆不归夏想领导,夏想就先找到安逸兴,和他商议安排人手到两市出差。安逸兴对夏想的提议向来不反对,他也清楚在领导小组,夏想就是实际上的领导者。

和安逸兴客套几句,夏想就回到了办公室。他相信有安逸兴出面,彭梦帆再不情愿,也会照办。耿直的人认死理,但也认规矩,只要上级有命,他不愿意会说出来,但说完之后还会去做,而且肯定还会努力做好。

下班的时候,夏想正要开车回家,古玉从旁边闪了出来,无声无息地吓了夏想一跳。夏想就说:"感觉你像飘过来一样,很吓人,以后出现之前,最好先出点声,也好让人有点准备。"

"没做亏心事,不怕鬼敲门。"古玉不以为然地说道,又暧昧地一笑,"最近有没有见过晓琳?我也一直没有见过她,好像她挺忙的样子。我昨天给她打电话,说有时间大家一起吃饭,她也没答应。你说,她是真的忙,还是不想见某人?"

各有心事

夏想面不改色："多想了不是？小女孩就爱胡思乱想,还说什么某人之类的幼稚话。梅晓琳是县长,事情多也正常,你以为都和你一样,可以随时不把工作当回事？大家都是有理想有抱负的人,不是躺在床上就有钱可赚的亿万富姐。"

被夏想一顿嘲弄,古玉委屈地说道："你看你嘴巴怎么这么厉害,我就是随口一问,你非打击报复我,证明你不但没涵养,还小气。本来有件事情想对你说,现在我改变主意了,不说了。"

说完,古玉转身就走。

夏想不觉好笑,古玉有时也有点小孩儿心性,就急忙拦住她："好了,别生气了,你也不小了,还动不动就要脾气,不太好。有什么事情就直说好了,大不了我多陪老古几次。"

古玉真好哄,转眼又笑了："好,我和你和好了……你有没有听说梅晓琳可能要调回京城了？"

夏想吃了一惊："没有听她说过,什么时候的事情？"

"就是昨天,我和她通话的时候,她好像无意中提了一句。我再问,她又不肯说了。"古玉一脸不解地说道,"明明县长当得好好的,突然调回京城,浪费了一个大好机会。要不再当上一任县委书记,履历就好看多了,也好升到副厅了……"

夏想有点心乱,怎么突然之间梅晓琳想要调回京城？也正如古玉所说的一样,现在调回京城,肯定升不到副厅,资历不够,而且估计也不会有什么好位置。梅晓琳在政治上比以前也成熟了不少,在县长上的位置上,也算做得不错,现在回京,绝对不是好主意。

古玉走后,夏想一个人在车里呆坐了半天。自从上次和梅晓琳干柴烈火之后,他和她一直没有联系过。

男女之间,友谊一旦发展到了一定程度,很容易变质,很容易突破,突破之后,要么从此形同陌路,要么一发不可收拾。夏想倒也不想因此和梅晓琳成为路人,也不愿意再有什么纠葛。想必梅晓琳也未必想和自己有什么更深的发展,但想回到从前的朋友关系恐怕也不可能。所以他一直忍着没有联系梅晓琳,其实也是一直在等待一个时机。

现在,理由出现了。

夏想拨通了梅晓琳的电话。

梅晓琳的声音从话筒中传过来，波澜不惊："夏处长，有何贵干？"

夏想还担心梅晓琳对他态度大变，没想到还和以前一样。看来，梅晓琳和他一样，有足够的心理承受能力。

"梅县长，听说你要调回京城，是怎么回事？"夏想也就语气正常地问道。

"也没有什么，就是正常的工作调动。"梅晓琳似乎不愿意多谈此事，顿了一顿，还是稍微解释了一点，"在地方上太累了，我是一个女人，也很难升到高职，就和叔叔商量，回京任一个闲职算了……"

"国家领导人中，也有几个杰出的女性，还有几省的省委组织部长，也是女部长。我觉得你迟早也能到梅部长的位置。"夏想觉得梅晓琳现在放弃，有点太可惜了。毕竟已经走到了今天，再担任一届县委书记，再提副厅也是顺理成章。加上有梅升平照顾，梅晓琳在燕省担任副市长肯定没有问题，几年之后再回京城，应该可以顺势提到正厅。

到了厅级回京，前程就宽广多了。

"你可真逗，呵呵。"梅晓琳终于笑了，恢复了她的直爽口气，"一个女人想要升到高位，要付出比男人多几倍的辛苦。要么一辈子奉行单身，要么有一个稳定的家庭，我可能两者都不具备。我也有自知之明，以我的能力顶多能升到厅级……我想通了，不争了，回京找个轻松的部门上班，不再费心费力了。"

夏想见她心意已定，也就不再劝她，问道："定好去哪里没有？"

"没有，哪有那么快？我也还没有想好，要不，你帮我出出主意？"梅晓琳的语气轻松起来，又变回夏想以前认识的梅晓琳了。

夏想心中一动，脱口而出："去团中央。"

梅晓琳反应也够快，立刻想到了什么："团中央没人，想去也不好去，邱家有人，你现在和邱绪峰关系不错，你的意思是，你帮我出面找他了？"

"只要你点头，剩下的事情交给我去办。"

"团中央倒是也可以，不过既然是你主动提出来的，肯定另有想法，说，你有什么打算？"梅晓琳直来直去，"还有，你对我的事情这么主动，不要有什么不良的想法。有些事情只能发生一次，没有再来的可能。"

幸好夏想是和梅晓琳在电话通话，不是面对面交谈，否则他肯定无地自容——居然被梅晓琳认定自己是贪恋她的身体，还想再有深入交流，真是丢面子，难道自己在她眼中就是一个色狼？

夏想就说："还是你多想了，我和你在一起的时候，绝大部分时间没有把你当成异性。只要你状态正常，我肯定没有任何超出常规的举动。另外我觉得去团中央一是空闲，二是也有利于你以后的发展。"

梅晓琳"哼"了一声，没再多说，沉默了一小会儿，才说："行，就听你一次，去团中央好了。"

回到家中，客厅一片漆黑，没有开灯，也没有惯常的一桌子香喷喷的饭菜。小丫头一个人蜷缩在沙发上，脸上泪痕未干，已然睡着。夏想轻手轻脚地来到她面前，心中涌动着怜惜，拿出一张纸巾，轻轻擦拭她脸上的泪水。

小丫头惊醒过来，一见夏想，就一下扑入他的怀中，嘤嘤地哭了起来。夏想抱紧她，连忙哄她："怎么了？好好的哭什么？丢了钱包还是又被人当成小女孩了，又或者是哪家老太太非要给你介绍男朋友？"

夏想的话果然管用，小丫头"扑哧"一声又破涕为笑："你讨厌，我就是不高兴，自己想哭一会儿，你也管，真是的。你不知道女人事情多，有时候就莫名其妙地想哭。"

"哭也好，有事情憋在心里也不好，时间一长会生病。你知道为什么女人比男人长寿吗？就是因为女人会哭，一哭，就把烦恼和忧愁哭走了。男人则不同，男人有事就闷在心里，久而久之，就郁结成疾。来，多哭一会儿，哭响一点，我去拿个碗接着你的眼泪，看能流多少？"

"我打你！"小丫头气坏了，跳了起来，一下就扑在夏想身上，捶打他的胸膛，"你不好好哄哄我，还让我大声哭，你真没良心，一点也不懂得关心人。"

夏想呵呵直笑："我关心你，才让你哭了再笑。我要是不关心你，怎么让你赖在我身上？看我对你多好，你这么重，我还抱着你。"

小丫头的双腿盘在夏想腰间，双手搂着他的脖子，像一只树熊一样，死死地缠着夏想。她伏在夏想耳边，咬着嘴唇小声地说道："我哪里有你沉？你总压在我身上，我压你一次还不行？"

小丫头也是初懂风情，夏想就抱着她原地转了几圈，问："说，到底为什么哭？"

"不为什么，就是想哭……原因嘛，不告诉你。"

"说来听听，我帮你出出主意。"

"不想说。"

"为什么？"

"其实也没什么了，就是觉得我也应该为你生一个孩子了，对不对？"小丫头终于说出了心事，忽然又展颜笑了，"你说，我们生一个儿子好，还是女儿好？我觉得还是女儿好，女儿是妈妈的贴身小棉袄。"

夏想明白了，小丫头肯定是知道连若菡将要生产的事情了，然后想到自己一直没有怀孕，难免会有别的想法。

夏想也不知道该如何劝她，她一直不主动说出来她和连若菡之间的联系，他也就一直不点破。想了一想，就说："你想要女儿就女儿好了，别着急，只要我们二人同心协力，一定可以实现我们的造人计划。再说你还小，等两年再要孩子也不迟。"

"早要早省心，上次回单城，妈就说了，现在的人不懂，都要孩子要得晚。其实孩子还是早点要好，否则到时不但难带大，还累人。"

夏想总能听到谁家的媳妇不想生孩子，和公婆闹矛盾。没想到，自己娶了一个急于生孩子的媳妇，真是各家有各家的幸福。

"好，都答应你。"夏想看了空荡荡的桌子一眼，"我都饿了，没有人给我做饭，只好出去吃了。有一句话说得好，老婆在家吃现成，老婆不在吃烧饼。"

"去，你真没情调，我们一起去吃烛光晚餐好不好？"

"不好。"

"为什么？"

"蜡烛污染环境，还熏人。"

"你……看我不打你！"

最后，夏想还是选了一家极有浪漫情调的西餐厅，陪曹殊黛去吃了烛光晚餐。

……

周四中午，夏想突然接到了范铮的电话。

范铮的声音亲热而不失热情："夏想，我胡汉三又回来了，哈哈……怎么样，晚上有没有时间，见个面？"

来得挺快，夏想暗喜，和范睿恒打交道要慎之又慎，好就好在他的儿子范铮远不如高建远有心机。不过想想范睿恒也是厉害人物，明知道高建远的落马和自己有关，还敢让范铮和自己来往。不是他自信可以完全地控制自己，就是他认为在共同的利益驱使之下，自己不会做出不理智的事情来。

夏想自嘲地一笑，谁说范睿恒低调，他是不露出真面目罢了，他也把自己看得很透彻。虽然当年对付高成松时自己一往无前，但此一时彼一时，自己和范睿恒既没有利益冲突，又没有仇怨，相反，还有共同的对手要面对，有足够的合作基础。

夏想和范铮约好晚上在小粥仙见面，范铮对夏想约他到一家粥屋见面大为不解，不过也没表示出什么不满，就一口同意了。

随后夏想又和齐亚南通了电话。

"亚南，晚上有没有时间？好，那就晚上七点在小粥仙见面，好，房间你来安排就行。"

夏想也没有去接范铮，一个人就先来到了小粥仙。齐亚南已经定好了房间，比他还先来一步。到了房间内，夏想也不和他客套，开门见山地问："洗浴中心筹划得如何了？想好名字没有？"

"名字倒是想好了，就叫做伯爵，前期工作也基本上准备就绪。在郑秘书长的帮助下，本来一路绿灯，但最后一道手续却卡在了市里。现在过了半个月，一点消息也没有。听郑秘书长说，是卡在谭市长手中了。"

夏想听了，摇头一笑："意料之中，不急，就让谭市长先拿捏几天，自会有人出面帮你解决。"

齐亚南见夏想一脸笃定，也就没再说什么，问道："好像您和郑秘书长不太熟？郑秘书长说，他对您可是印象深刻。"

谭龙和夏想不对付，齐亚南自然心里有数。夏想说有人出面，他绝对相信。以夏想在燕市市委里面的人脉，他只要开口，绝对会有重量级人物出面斡旋。

"一会儿介绍一个朋友给你认识，他年纪不大，和你应该能成为朋友。都是年轻人，肯定有共同语言。"夏想提前向齐亚南透露了一点信息，也没说太多，他不能勉强齐亚南去做什么，只能从中牵线，看齐亚南的反应了。

不多时，范铮赶到了。

范铮变化不大，稍胖了一点，也成熟了不少，一见夏想就乐呵呵地说道："在京城两年多来，我最想念的燕市的朋友，还是你，也是怪事了。夏哥，小弟回来后打出的第一个电话，就打给了你，见到的第一个朋友，也是你，怎么样，够朋友吧？"

可以说，范铮确实成熟了不少，也懂得了说话的艺术，委婉地和夏想套了近乎。夏想也热情地和范铮握手，然后介绍他和齐亚南认识。

因势利导

范铮一听齐亚南是齐氏集团齐东来的儿子，心里明白了几分，向夏想投去了心领神会的一眼。夏想不动声色地介绍范铮："范铮，邹儒的学生。"

夏想特意没介绍范铮的身份，就是留了一个心眼儿，省得一会儿谈不妥时尴尬。不过邹儒的名气实在是大，连齐亚南听了也立刻肃然起敬，说道："邹儒是国内非常有声望的经济学家，范先生身为邹老的学生，肯定是胸有大才了。"

范铮不免脸上流露出欣喜之色，摆手说道："哪里，哪里，我和邹老相比，还差得太远，不及他老人家百分之一……亚南，叫我范铮就行了，大家既然都是夏哥的朋友,就不要见外了。"

寒暄过后,分别落座,在范铮的坚持下,非请夏想坐了上首。齐亚南也没多想,以为范铮只是一个普通的毕业研究生,可能和夏想早就认识,今天坐在一起,估计也就是认识认识,没什么重要的事情。

夏想负责点菜,要的全是清淡的饭菜,几盘小菜,几碟咸菜,还有几碗粥。范铮知道夏想的用意,也就没有挑剔。齐亚南见多了山珍海味,对于吃,也是不太在意。

三人说笑几句,就开始吃饭。夏想将三碟咸菜分别摆开,说道:"吃惯了大鱼大肉,尝尝清淡的咸菜,口感不错,而且营养丰富。最主要的好处是,吃了还有利于身体健康,正好可以用来清理一下油腻过多的肠胃。"

"夏哥原来还是营养专家,呵呵,说得很有道理。"范铮插话说道,"别说,吃惯了油腻的东西,现在一喝米粥就咸菜,也真是味道不错,别有风味。"

齐亚南也随声附和:"就是,就是,确实不错。我还有点奇怪,平常不觉得米粥和咸菜好吃,今天特意一尝,没想到米粥就咸菜也能吃出别样的风味,真不简单。这家粥屋有水平,比我们酒店的大厨水平也不差。"

"米粥是饭店自己熬的,咸菜就不是了,是从酱菜厂买来的。"夏想乘机点出了主题,"亚南你好好尝尝咸菜,感觉一下比起你们酒店自制的咸菜,有什么不同之处。"

齐氏集团以酒店业为主,酒店都提供早餐,早餐必有米粥,有米粥,则肯定有咸菜供应。一般各大酒店的咸菜都是自制的,一来新鲜,二来也实惠。

齐亚南特意尝了几口,品味片刻,点头说道:"这咸菜是酱菜,用传统的法子腌制的。口感偏咸一点,但更嫩脆可口,也更鲜美,唯一的不足就是,可能南方口味偏淡的客人不太喜欢。"

齐亚南到底是酒店业出身,点评得十分到位,夏想顺势又问:"如果齐氏集团旗下的酒店供应的咸菜,全部换成这个品牌,你说会不会给客人增加不少印象分?"

齐亚南微一沉吟:"酒店业的竞争很激烈,许多细节决定成败。夏处长的提议很有见地,如果全部换成这家咸菜,至少能给大部分北方客人带来更好的早餐体验。不过……"他有些不解地看了夏想一眼,猜不透夏想的用心,想了一想,还是说了出来,"会增加不少成本。"

"投入和产出如果成正比的话,就值得一试。"夏想又说,他放下筷子,直了直腰,"我不懂经营管理,但我知道,客人们对早餐的要求虽然不高,但早餐的印象非常重要。为什么呢?因为早餐是免费的,尽管是名义上的,但对早餐供应不好,会让客人们觉得酒店过于小气。如果齐氏集团旗下所有酒店都配备统一的咸菜,就做到了口味一致,毕竟不同师傅配制的咸菜肯定口味略有不同。口味一致的话,不但有利于提升集团形象,也会让顾客感觉到齐氏的实力。"

齐亚南不说话了,低头思忖片刻,点头说道:"说得对,我以前也考察过南方许多集团的酒店,他们不但连拖鞋和毛巾都用同一个厂家的产品,连牙膏、牙刷也是全部使用同一个品牌,许多细节都做得比我们齐氏好。酒店业在硬件相同的情况下,就只有比拼软件了。在服务方面,谁也不可能比谁差多少,再深入一些,就全是细节上见高低了。"

范铮呵呵一笑:"果然是实践出真知,二位高谈阔论,让我这个经济学的研究生也是自叹不如,感觉许多知识确实是纸上谈兵,真要应用到生活和实际之中,还是要靠出色的商业头脑。"他一边说,一边又多吃了几口咸菜,啧啧几声,"好吃,不比六必居的咸菜差,但又不是六必居的味道,夏哥,是什么品牌?"

范铮确实比以前有眼色多了,也有了因势利导的水平。谁说学校不能造就人才,范铮多上了几年学,成长的速度比夏想想象中还要快。

夏想对和范铮的合作,也有了一点期待之意。

"宝市产的茂盛酱菜。"夏想漫不经心地点出了今天的亮点。

齐亚南嘴角微微一笑,又拿起筷子尝了尝咸菜,说道:"确实不错,我回去后让负责人研究一下,在齐氏集团所有的酒店全面推广茂盛酱菜。"

夏想见齐亚南反应挺快,也挺上路,就笑了:"亚南别误会,我不是向你推销茂盛酱菜来了。相反,我还想让你帮我想办法为茂盛推广销路,一家齐氏集团也吃不进多少量,与我心目中茂盛酱菜的销量相差太远……"

曹永国是宝市市委书记,齐亚南当然清楚得很,所以夏想一提到宝市的茂盛酱菜,他就认为夏想是有意让他的齐氏集团将早餐的咸菜全部换成茂盛酱菜。他粗略估算一下,一年下来也不过几十万元,小事一桩,心里还惊讶这点小事夏想还绕着弯子说,不太像他的性格。

却原来夏想另有所图,他就笑笑:"咸菜别看不值多少钱,但胜在量大,全省范围内不说中小饭店,光是大酒店的用量就非常大。当然,据我推算,咸菜的最大市场还在民间,还是普通老百姓吃得最多。"

夏想微微点头:"包装精美一些,如果占领全省各大超市,依你说,销量能增加多少?"

齐亚南看了范铮一眼,范铮摆摆手:"亚南说,你是行家,我是学生,呵呵。我估计销量增加一倍以上。"

齐亚南低头一想,大着胆子说道:"两倍应该不止。"

夏想轻轻一敲桌子："保守了,照我说,至少能增加五倍以上。而且酱菜厂不一定只销售酱菜,还可以生产麻酱、面酱、酱油和腐乳。可以说如果扩大规模拓宽市场的话,可谓前景广阔。"

范铮终于找到了说话的机会,接过话去："现在茂盛酱菜年产值一千多万,如果能到五千万的话,利润也会比较丰厚。主要是我现在手中只有一百多万,估计去和茂盛酱菜谈合作,对方也不会看在眼里……"

齐亚南明白了,夏想是想做中间人,让他投资酱菜厂,但既然话是范铮提出来的,肯定是范铮想和他合作。尽管他并不清楚范铮是谁,但夏想既然出面了,光凭夏想的面子就值几百万。

齐亚南也没有犹豫,即刻说道："听夏处长一说,酱菜厂也确实前景广阔。但齐氏集团最近没有办法分心投资酱菜厂,我就以我个人的名义出资五百万,不过我也是事务繁忙,脱不开身,不如一同交给范老弟去具体运作。我省了事,范老弟就多费费心,分成方面,就按五五好了。"

这份人情卖得不小,出资五百万,加范铮的一百万,共六百万,只占一半分成,相当于直接白送范铮两百万。当然,这只是股份上的,而一旦销量上去之后,两百万有可能会变成两千万!

范铮忙摆手："怎么好意思?亚南太客气了。夏哥,你说说亚南,他不能这样,要不太吃亏了。"

夏想满意地笑了,他的满意来自两方面。一是齐亚南会做事,只看他的面子就直接抛出五百万的资金,是个可交的朋友,而且只付出不问收获。二是范铮会做人,场面话也说得圆满,让人感觉不到傲气。就算他摆明身份,如果是一副高高在上的姿态,也没人会因为他是省长公子的身份,就直接拍给他五百万。

夏想对今天的结果很满意,你敬我,我让你,方是长久的合作之道。

"既然亚南有诚心,那就这么决定了。我也出出力气,大家共同把事情做好。我首先会负责联络宝市,洽谈合作事宜,其次也会帮忙打开全省超市的销路。茂盛酱菜是宝市的重点企业之一,也是产业结构调整的重点企业,二位的投资,也相当于帮了我的忙,毕竟我也是领导小组的负责人之一。"夏想笑呵呵地说道,又看向了范铮,"至于面向全省酒店业推广的话,倒是一个难题。你可以就此事征询一下范省长的意见,他估计会有不错的建议。"

范铮摇头一笑："算了,我可不敢向我爸开口,他最反对我做生意了。我多次强调我要做就做正当生意,一切向市场要效益,绝不靠不正当的手段,他还是不肯。总说既然他是省长,我是他儿子,就得避嫌。不提了,我不信靠自己的本事还不能闯出一条路出来？再说我有夏哥和亚南的帮助，肯定也能成功。"

　　齐亚南正在用筷子夹一根咸菜，手一抖，咸菜掉在了桌子上。他也没有意识到，又从桌子上将咸菜夹起，放在嘴里慢慢咀嚼，心道好险，如果稍微犹豫一下，不肯出钱的话，就错失了结交省长公子的大好良机。

　　好一个夏想夏处长，也不事先说明一下，可不兴这么玩人的！要是早早说出是省长公子，还用得着这么费力绕个大弯吗？直接开口不就得了？现在许多官员，都是明码标价，想要办多少事，他就收多少钱。

　　齐亚南的心怦怦跳个不停，能和省长公子结交并且走近，对齐氏集团以后面向全省发展的战略，绝对有利。夏想一声不吭送了他一个天大的人情，还有意送得不动声色，让他惊喜不已。

　　他微一思忖算是想明白了，夏想不是有意瞒他，也不是要测试他的诚心，就是要他在不知情的情况下，主动向范铮示好。此时的五百万，相当于在知道他的身份之后的两千万。

　　齐亚南对夏想的感激之心无以言表，想起和夏想认识以来，夏想该帮他的帮他，却几乎没有要求他做过什么，更没有像别的官员一样，直接索取回报，心中对他更多了敬佩。

　　齐亚南脸上堆满笑："夏处长，这个，这个太意外了，怎么不早说？范老弟，不，范先生是范省长的公子，让我多失礼。"

　　夏想没说话，笑着看范铮。

　　范铮笑着摆手："看，亚南又见外了不是？叫什么范先生，范老弟多好听，我也爱听，以后就叫我范老弟，否则我不应你。"说话间，他冲夏想微一点头，"夏哥不让我说，也是我自己想争口气，不想事事靠我爸。以后大家就是朋友了，有难同当，有钱同赚……"

　　齐亚南还是抑制不住内心的激动，他知道经此一事，不但他卖了夏想面子，被夏想进一步认可，连范铮也接纳了他。而他付出的才是区区五百万，太值了。就算五百万打了水漂，他也没有一句怨言。

　　齐亚南没有想到的是，用不了多久，他投资的五百万会给他回报怎么样的惊喜！不但让他和范铮紧密地绑在一起，也让夏想对他另眼看待，同时，还有一份丰厚的利润回报。

　　夏想撮合了齐亚南和范铮之间的合作，也让范铮非常满意。如果夏想一开始说出他的身份，他也就没有了惊喜。就算齐亚南肯出一笔钱，也是看在他爸是省长的面子上，是认为以后有利可图，而不是真心结交他这个朋友。夏想在最后才点明他的身份，有画龙点睛之妙，让他非常满意，心中一直赞叹夏想巧妙的手腕。

既让对方出了钱，又让对方心服口服，才是真正的高人。一开始就摆明身份，齐亚南就不会用心去分析市场前景，不是以合作的姿态出钱，而是以收买的角度出钱，性质完全不一样。范睿恒也再三叮嘱他，高建远就是前车之鉴，不得不察。必须一切以市场为准则，适当的照顾可以，但最终还是要向市场要效益，否则，他宁肯不让范铮经商。

夏想深谙人心，也深知范睿恒的心思，所以他能煞费苦心地诱使齐亚南出资。当然，夏想最大的依仗就是他认定酱菜厂项目可以赚钱，不会亏齐亚南，也让范铮有利可图，同时也推进了产业结构调整的进展，可谓一举数得。

还好，本来夏想还捏了一把汗，以为范铮以前和高建远玩过房地产，眼界高了，看不上几百万的小打小闹。没想到，范铮学了两年经济学，人成熟了，眼界也宽广了，心思也活泛了，进步不小。

夏想和范铮站在门口，看着齐亚南的车远去。范铮拍了拍夏想的肩膀，感慨地说道："日久见人心，夏哥，好样的，你这个朋友我交定了。你以后也别当我是省长公子，就当我是你的学兄——虽然我比你小，不过我入师在前，你得叫我学兄。呵，我们以后师出同门，再加上脾气相投，能不能成为好朋友？"

可以说范铮这一句话就落实了范睿恒当时的承诺，当时范睿恒只是一说，抛出了诱饵，他是不是真为夏想引见邹儒，还要看夏想是不是能把事情办好。现在再次听到范铮自称学兄，夏想就知道事情成了。

"能，当然能！而且只要你能学以致用，踏实做事，范铮，我相信你凭借自己的能力，也能做出一番事业。"

范铮叹息一声："是，夏哥说得是，做人还是踏实一些好。前段时间我在京城的监狱里见到了建远，他对你还是恨之入骨，说出来后一定找你算账。我劝他，他也不听。我现在也明白了，建远他是咎由自取，怪不得别人。"

抢先占领制高点

高建远被判了二十年徒刑，武沛勇也已经被执行了死刑，事情都已经成为了过去，没想到高建远还贼心不死，还想出狱后报复他……夏想坦然一笑，对高建远执迷不悟的威胁毫不在意，和范铮握了握手，说道："不错，你比以前成熟多了，前路还长，别急，一步步来，该低调时一定低调。赚钱，不一定非得抛头露面，想法找一个信任的代言人，你只需要躲在幕后做学问就可以了。"

范铮一脸赞赏的表情："是，夏哥，你说的话和我爸交代我的一样。我下一步要到省社科院工作,做一些理论研究工作。"

范睿恒吸取了高成松父子的经验教训,步伐稳健多了,让范铮进入社科院是一着妙棋。省长公子做学问,又是师从邹儒,会给人留下省长清明而公子儒雅的印象。

夏想对范睿恒的认识又加深了一层,果然是一个胸中有丘壑之人。

第二天,齐亚南就接到通知,市里卡住不放的最后一道手续已经批了下来。

付先锋听到消息后,还专程找到谭龙要问个清楚。谭龙无奈地说,省里有人出面了,他顶不住压力不得不放。付先锋不以为然地说道:"除了崔书记之外,叶书记不会关心此事,谁的面子有这么大?"

谭龙苦着脸:"范省长的秘书亲自打来了电话……"

付先锋顿时愣住,半天没有说话。

转眼到了周末,夏想一早起来,向仍在赖床的曹殊嫒交代几句,正要出门,小丫头却叫住了他。

"爸爸说,你最近要去美国,是不是?"她躲在被子里,只露出一双大眼睛,转个不停。

夏想点头,心想还真是瞒不住她。不过他也没有想要瞒她,只是还没有定下具体时间,也就没有正式告诉她。

小丫头完全从被子里面探出头来,脸上露出促狭的笑容:"听我的话,准没错。有一句话说得好,多吃菜,少喝酒;多用耳朵少开口;听老婆的话,跟党走——做到以上三点,保证你不犯政治错误没有作风问题。我建议你,下周就去和柯达集团谈判,迟则生变。"

好一句"迟则生变",暗示的意味非常强烈,夏想明白了小丫头的所指,就嘿嘿一笑:"明白,谨遵老婆吩咐。"

夏想一走,小丫头立刻起了床,先是发了一会儿呆,然后又自言自语地笑了:"他真是一个让人又爱又恨的大坏蛋!"

大坏蛋夏想同志当然不知道曹殊嫒对他的评价,他开上车,一路向东,走到一个路口的时候,手机响了。

"我恨死你了!"连若菡第一句话就气势汹汹地埋怨他,"都怪你,害得我天天挺着个大肚子,难受死了。你倒好,还天天四处潇洒,你们男人为什么总是事事占便宜?"

夏想了解连若菡的脾气,她凶归凶,不过是变相怪他不能守在她的身边罢了,就假装不懂,问道:"什么叫事事占便宜,我不太明白。你说我坏话,也得让我听明白才行。"

"你能不明白？少来了。"连若菡还是不服气地说道，"办坏事的时候，你舒服了。舒服完了以后，我肚子大了，受罪了，等孩子生下来之后，你又要来当便宜爸爸。你说，在孩子眼中，爸爸又总比妈妈重要，男人是不是总是处处沾光，事事得意？"

"话不能这么说，本来有些事情是双方通力合作的结果，而且在当时，双方都有共同的目标和追求，应该说，目的一致，齐心协力。事后虽然给双方造成的是不同的结果，但事情既然发生了，就不要怨天尤人，要勇敢面对，对不对？"夏想忍住笑，对连若菡晓之以理动之以情，"若菡，你是一个好女人，也将会是一个好妈妈。好女人不对她的男人发火，好妈妈不会在怀孕的时候生气，以免影响到婴儿。因此，请你务必注意不要动怒。"

"你气死我了。"连若菡终于笑出声来，"你以前是坏在表面，现在是坏在骨子里，无可救药了。"

"行了，行了，我已经被你和鬵丫头天天骂成坏蛋了，就别再给我的儿子传输不良思想了。你说，我下周过去，怎么样？"

"你爱过来不过来，反正你不来，我就告诉儿子，他没有爸爸。"连若菡就是故意气夏想。一个女人在怀孕的时候最需要安慰，她再坚强，再独立，也希望有相爱的人陪伴。爱一个人，就会对他有所要求，对夏想又爱又恨是应有之意。

夏想也明白连若菡的心思，叹了一口气说道："对不起，若菡，不能一直陪伴在你身边，是我的错。我希望你能理解，其实我一直在挂念你们母子，一刻也没有忘记。"

一句话就击中了连若菡内心的柔软之处，她的声音立刻就软了下来："我就是欠你的，被你欺负了，还总想着你的好……"

随后，夏想又给邱绪峰打了一个电话，让他安排下周去美国的事宜。邱绪峰一口答应："正好美国方面也在催我们动身，不得不说，小夏，你的运气真好。可惜我当年没有你这么好的运气，结果就……算了，不提也罢。"

夏想哈哈一笑："看来老兄你也是一个有故事的人，正好飞机上长途寂寞，正好讲来听听。"

……

成达才偏爱东方，所以他的别墅一直盖在东部。以前是在市区，现在又在市区和城郊结合处新要了一块地皮，又盖了一栋别墅。别墅倒不是很大，但周围的院子不小，占地足有十几亩。站在别墅前向东望去，是一片繁忙的景象——达才集团新开发的小区阳光城正在如火如荼的施工之中。

别墅的院子中,不但种满了鲜花,还有许多蔬菜和果树,成达才一身休闲打扮,正拿着剪刀修剪花枝。若有不认识他的人看见,还以为他是一个技术娴熟的花农。连夏想见了,也不得不佩服成达才运剪如飞的技艺,心想号称商业奇才的成达才,现在却返璞归真,在田间劳作,而且看他熟练的架势,可不是做做样子,而是确实真心喜爱。夏想不由微微感慨。

成达才也发现了夏想,放下剪刀,摘下手套,过来和夏想握手:"好久不见,小夏现在是容光焕发,是不是有什么喜事临门?"

在成达才面前,夏想还是要保持恭谨的态度,他微微弯腰,说道:"成总现在达到了返璞归真的境界,一旦达到了大象无形的高度,就和我等俗人拉开了距离。金钱之上的差距也许还有希望赶上,但境界之上的差距,有时候终其一生也无法追赶。"

成达才哈哈大笑:"不得不说,小夏,你的话很中听。看来官场还真是历练人,现在你比以前更成熟,也更会说话了。"

小院内有几棵果树已经长得枝繁叶茂,桃树和杏树上已经挂满了累累硕果,苹果树却刚刚开花。果树中间,有几把椅子和几张方桌,上面摆放着一个正在加热的茶壶,成达才和夏想分别落座。

夏想也不等成达才动手,主动倒好茶递给成达才。成达才也不客气,伸手接过,目光看向远处的阳光城,阳光正好打在他的脸上,他微微眯着双眼,感慨地说道:"今后,房地产要进入了快速发展的时期,是好事,也是坏事,是一把非常锋利的双刃剑。房地产业在带动经济发展的同时,又不可避免地因为房价过高而导致大部分人买不起房子。尽管可以提升 GDP,可以给地方政府带来政绩,但是却只是国家之福,并非百姓之幸。"

成达才一席话顿时让夏想肃然起敬!

商人重利,处处以利益为先,向来是只顾赚钱不管道义,更不在乎百姓的死活。不管是哪个时代,只要有灾难来临之时,都不缺乏发国难财的商人。

成达才微一摇头,继续说道:"知道达才集团为什么放弃钢厂和药厂遗留地皮的开发吗?不是没有和远景集团的竞争之力,而是我已经决定达才集团从此以后改变策略,不再在任何一个城市的市中心开发高价房,而要向郊区发展经济适用房,要盖老百姓住得起的房子,而不是只为了效益只为了地方政府的政绩去盖高价房!一个企业家,不能只想着赚钱,而要有敢为天下先的勇气,要有造福百姓的决心。"

对于成达才的豪言壮语,夏想只是认同大部分,因为他也知道成达才做的是生意,不是慈善事业。即使要建经济适用房,也要考虑到赢利的问题,否则事业也做不长久。他点头赞叹："成总胸怀天下,心系苍生,确实让人可敬可叹。燕市目前的战略是向东南发展,成总的阳光城是抢占先机,先发制人。目前不管是地皮还是附属设施,都可以节省大批资金……只希望成总以后也严格控制房价,等东南部热起来之后,将房价的上涨控制在一个合理的范围之内才好。"

成达才被夏想一语道破玄机,盯了夏想片刻,忽然仰天大笑："难怪,难怪叶石生也对你大感兴趣,你还真是一个目光敏锐的年轻人!不错,你说对了,我就是要抢占先机,在东南之地先占据制高点。等其他房地产商反应过来之后,也只能跟在我的后面,房价是高是低,也只能以我为标准。"

和成达才的策略一样的是,夏想现在在领导小组,也是出于抢先占领制高点的想法。今天和叶石生会面,也是出于同样的考虑。

"是,成总深谋远虑,确实棋高一着。"夏想又及时表示了敬意,说道,"我想以成总的高瞻远瞩,肯定不会只局限于一个燕市和燕省。然确定了以后的发展战略,下一步的棋,成总应该早就想好了落在哪里了吧?"

成达才微一点头,还没有回答,一抬头就看到叶石生出现在大门口。

夏想急忙起身,和成达才一起前去迎接叶石生。尽管叶石生只带了一名司机前来,是以私人的身份,但身为省委书记,什么时候能分得清他是公是私?成达才虽然态度还是十分随意,但也恰到好处地表现出了恭谨之意。

叶石生先和成达才寒暄几句,然后才伸手和夏想握手："小夏,听你刚才和达才谈得十分投机,说到哪儿了?"

夏想态度端正语气恭敬地答道:"刚才我在听成总的雄才伟略,听了他对达才集团下一步发展重点的论述,让我受益匪浅。"

省委书记的考验

"哦?"叶石生松开了夏想的手,看了成达才一眼,"达才,下一步发展重点是什么,可否说给我听听?"

成达才却看了夏想一眼,笑了:"不如我们一起考考夏想,让他替达才集团出出主意,怎么样小夏?"

夏想知道成达才的话恐怕也是叶石生的意思,叶石生借和成达才会面之机,和自己见面,也会借和成达才交谈之时,考验自己。夏想还是摆摆手,摇头说道:"在叶书记面前,在成总面前,我可没有资格对达才集团的发展指手画脚。"

叶石生边走边说:"就是想让你出出主意,假设让你担任达才集团的总裁,你会如何带领达才集团向前发展？只是一道假设题，又不用负任何政治责任，怕什么？"

"你说我听，别想太多。我还经常召开中层以上员工的会议，也让他们就集团今后的发展畅所欲言。你也不用担心叶书记在场，在私下里，叶书记可是非常平易近人的，而且他今天也是我的客人，可不是省委书记。"成达才笑容满面地说道。

尽管成达才的笑容很和蔼，但夏想总觉得他的微笑下面，有一丝阴谋的味道，不由暗笑摇了摇头。其实今天前来就是接受考验来了，该谦虚也谦虚过了，该说的，也必须要说出来。

等叶石生和成达才落座之后，夏想又为二人一一倒上茶水，才慢慢坐下，说道："其实不用我说，成总也早就胸有成竹。之所以再问我一下，也是为了验证成总的高瞻远瞩。"

成达才和叶石生相视一笑，没说话，等夏想继续说下去。

夏想坐在二人的下首，面对着远处正在施工的阳光城，微微感慨地说道："成总的眼光总是超前一步，胸怀更是宽广，一个阳光城，就尽显胸中大志。阳光城离市区不近，离市中心足有半个小时的车程，似乎不符合交通便利的条件。但阳光城紧邻国道和高速公路，一百米外是国道，三百米外可以直接上高速。在一公里的范围之内，有大型超市和各种娱乐、休闲中心，可以说完全符合居民的生活习惯，买房入住即可安心生活。成总的考虑总是在大局之外，又非常周到。"

成达才微微点头，赞赏地看了夏想一眼。叶石生面不改色，没有任何表示。

"当然，仅凭以上几点不足以证明成总的眼光，毕竟只要从事房地产行业，任何一个投资者都能发现以上几点的优势。不过为什么他们都没有在此处开发小区，而只有成总敢掷出大手笔，在市区和郊县的交接处，拿出三万亩地，兴建一座城外之城？不仅是因为成总魄力非凡，而且成总也看中了整个城市向东南发展的趋势，借此东风行我便利，才是成总真正的高明之处。"

成达才笑而不语，叶石生微微点头。燕市向东南发展的战略，是目前市委市政府和省委省政府的共识，不是什么秘密，夏想能看到这一点，也不足为奇。

"阳光城的地皮是郊县的地皮，价格要比市区便宜许多，由此就可以降低房价，达到成总心目中的经济适用房的目标。而且最关键的一点，三万亩地皮连成一片，能够形成一个小型的城镇，足以容纳五十万人居住。用不了几年，阳光城就能发展成真正的城外之城，到时就可以实现成总由房产带动就业、带动经济的一系列经营理念……"夏想自信地笑了，在和成达才见面之前，他已经做足了功课,研究了阳光城的起步和发展。

　　成达才是一个企业家不假,但他同时又是一个理想主义者,他在房地产上面寄托了太多个人的理想,而他也确实在一步步地实现着自己的理想。成达才所开发的小区,每一个都有独特的定位,和绝大多数房地产商只知赚钱没有企业文化和经营理念相比,他就是一个有思想深度有理想抱负的人文主义者。

　　阳光城作为成达才产业地产第一个成功的项目,是成达才以产业带动地产、带动经济的经营理念的初次尝试。

　　阳光城在成达才的理念中,是要建成一座产业之城、教育之城、文化之城、创新之城、生活之城。夏想见成达才稍有意动,知道自己已经触动了他心目中的理想蓝图,就索性一下点明了主题:"阳光城不仅仅是一座小区,还是一座理想之城,寄托了成总在教育、文化、创新和生活方面所追求的一切。也是以产业带动地产、带动区域经济发展的一座产业之城!"

　　成达才怦然动容,忽地一下站了起来,脸上闪动着激动的神情:"好一个产业之城,好一个理想之城。小夏,你总结得太好了,一语中的,和我的想法不谋而合。"

　　成达才自然是又惊又喜,他心目中刚刚勾画出产业地产的概念,正要以阳光城为试点,以验证心中设想的正确性。如果成功,就可以放眼全国,寻找合适的城市进行推广。也只是刚刚有了一个不成熟的想法,还没来得及系统地形成思路,却被夏想一眼看破,他内心的震惊和惊喜难以言表!

　　只当他是最眼光超前之人,不承想,夏想竟然也有和他不谋而合的思路,这让成达才对夏想产生了惺惺相惜的想法。

　　叶石生并不知道成达才的关于产业地产的理念,不过他见成达才突然失态,心中也是吃惊不小。他认识成达才多年,早就见惯了成达才向来沉静如水、胸有成竹的样子,还从未见他有过今天的激动。由此可见,夏想刚才的话给成达才的触动绝对不是一般的大。

　　成达才不是一般人,决定几亿、十几亿的项目,也是面不改色。也不知有多少人为他出谋划策,想要得到他的认可。而且他在房地产行业十几年来,不管是财富的积累还是经验的沉淀,也远非常人可比。夏想能够打动成达才,能够让成达才连声说好,肯定是夏想说中了他的所思所想。

　　叶石生凝视夏想片刻,见夏想迎着阳光的脸庞年轻而英气,心中也微微感慨,有年轻的资本,又有过人的眼光,再有深厚的人脉,夏想就是一个妖孽一样的人物。

　　等成达才坐下,夏想才谦虚地一笑:"成总见笑了,我不过是拾人牙慧罢了，其实我也是在研究了大量资料之后，再结合成总最近的大动作，才受到了一点启发……"

成达才愣了一愣，似乎在想什么事情，忽然又说："继续说，继续说下去，如果由你来决定达才集团的发展方向，你会怎么做？"

夏想又以请示的眼光看了叶石生一眼。

叶石生对夏想受到了成达才的夸奖之后，一点也不沾沾自喜的表现深感满意，就冲夏想点点头："我也经常听经济学家上课，没关系，今天坐在一起，就是聊天。不要怕说错话，要放开胆子，大胆地说。"

夏想就点头继续说道："阳光城作为成总理想的第一个试点之城，是成总起飞的地方，而且起名叫阳光城，也是寓意深远，在阳光升起的地方开发一座阳光之城，既有诗意又有寄托。阳光城位于郊县和城郊结合地带，又和国道、高速相距不远。不久之后，随着三环的兴建，和市区之间的交通也将非常方便，再加上此处空气新鲜、环境安静，物价相比市区便宜不少，可以说优点众多，一定会销量大好。而且房价也比市中心低了许多，用不了多久就会形成规模。在成总的规划中，阳光城应该还要开发许多附属设施，比如生态农业和国际学校，以及跑马场等娱乐休闲俱乐部等等，形成产业。产业一旦形成规模，就会吸引大量人前来就业。人气一上来，又能变相促进房产的销售，形成了一个以房产为龙头，以产业为推动的'产业地产'的阳光城。这种模式并不是单纯靠销售房子赚钱，而是整合社会资源，以房产带动就业，以就业回报社会。如此良性循环，才是成总心目中的理想之城。"

叶石生听明白了夏想的说法，心中大起波澜！

夏想不但清楚省里的方针政策，知道燕市向东南倾斜的优先战略，也清楚地分析了阳光城的优势，最主要的是，看透了成达才的用心。成达才开发阳光城的用意，就是他也不是十分清楚，因为成达才只是透露了一部分，并没有正式提出产业地产的概念。

尽管说产业地产的概念由夏想一个处长首先提出多少有点可笑，就算不由他省委书记提出，也应该由成达才提出才合情合理。

叶石生再联想起宋朝度对夏想的重用，以及几个常委对夏想有意无意的维护，心中终于明白，夏想确实有过人的一面。他不骄不躁，头脑聪明，眼光敏锐，既有能力又有人脉，得到许多人的赏识也在情理之中。

同样，受到崔向的打压也不足为奇，木秀于林，风必摧之。尽管夏想已经表现得还算低调，但总有人会因为他的人脉而将他当成绊脚石。

"如果达才集团走向全国，你认为，达才该从大城市下手，还是另辟蹊径？"

叶石生和成达才就达才集团的下一步发展也探讨过多次,成达才的意思是,达才集团应该向中小城市发展,而不是到大城市中争夺有限的地皮资源,变相去抬高房价,而且到中小城市发展更有利于达才集团未来的战略目标,也和成达才的理想相符。

叶石生没有说服成达才,他一直觉得以达才集团的实力,应该去大城市开发精品住宅和高档住宅,打出达才集团只出精品的气势和效应,占领京城、上海、深圳等大城市的市场,也有利于提升达才集团的形象,打造出燕省第一房产企业的旗号。

成达才却固执地认为达才集团应该向中小城市发展,到大城市打造精品住宅,不符合未来的长远发展,而且所谓的精品住宅,并不能给社会带来什么效益,也不利于树立达才集团的亲民形象。叶石生和成达才是多年的朋友,只当是朋友间的谈话,没有说服也没有关系,理念各有不同。就算他以省委书记的身份,也不能干涉企业的发展策略。

今天对夏想有此一问,是想看看夏想认为达才集团未来的脚步应该落在何处。

叶石生的话一出口,成达才也立刻流露出关注的神情,紧盯着夏想不放。

夏想知道,最关键的时刻来了。

夏想先是又为二人续满了茶水,自己也端起茶杯轻轻喝了一口,才继续说道:"以成总投资阳光城的举动来看,达才集团以后的发展方向,是主攻中小城市市场。"

此言一出,叶石生顿时动容,质疑的目光立刻投向成达才。成达才微笑着摆摆手,意思是他没有和夏想事先通气。

"目前国内的城市化率太低,大城市现在已经人满为患,发展空间已经不大,以后许多沿海的乡镇都会有发展成中小城市的可能,估计在很长一段时间内,国内将会增加不少五十万人口的中小城市,而且主要集中在沿海的经济发达省份。中小城市的兴起,正好有利于成总心目中的产业地产的推广,甚至如果运作得当,成总可以直接参与到中小城市的建造之中,以一家公司的实力,直接建造一个中小城市的新区!"

成达才抚掌叫好,哈哈大笑:"叶书记,什么叫不谋而合,什么叫英雄所见略同!我当初和您说过的设想,是不是和夏想刚才所说的,如出一辙?"

叶石生大加感叹,直视夏想半天,连连点头:"第一次听到达才的话,我觉得步伐有些超前,不好实现。不想,现在亲耳听到夏想说出同样的话,却忽然之间觉得,达才面向中小城市的市场战略,大有可为。夏想,你告诉我,事先真的没有和达才商量好？"

夏想笑道："叶书记，您想想看，成总的胸中大计，怎么会特意透露给我？"

"那就怪了，你怎么可能和达才想到了一处？"叶石生无比好奇。人人都说夏想有商业头脑，在他看来，夏想既没有做过集团老总，又没有做到厅级高官，就算再有眼光，也顶多局限于一市一省，怎么会有放眼全国的大局观？没想到，他竟然和成达才的谋略不谋而合，让叶石生既震惊又欣慰。

震惊的是，夏想果然有商业头脑，包括钱锦松内，所有对他另眼看待的常委都没有看错人。令他欣慰的是，夏想既然有如此出色的才能，现在又在领导小组担任重任，只要他稍微流露出拉拢之意，夏想还会不靠拢？再想到范睿恒和钱锦松对他所说的话，叶石生心中隐隐升起一丝期待。

对于夏想这样的人才，能为己所用最好，就算不能，也要尽量拉拢。毕竟他做的事情，如果真能给燕省带来机遇，也能给自己带来莫大的政绩。叶石生暗暗下定了决心，今后要加大对产业结构调整领导小组的支持力度，范睿恒看到了前景，钱锦松也认为大有希望，宋朝度和夏想都自愿投身到领导小组，显然也是认定领导小组的前景。既然夏想有过人的商业眼光，可见他对单城市和宝市的试点改制，有志在必得的信心。

不知天高地厚

夏想恭敬地答道："其实我也是在进入领导小组之后，在研究了大量沿海省份的发展轨迹之后发现，发达省份，尤其是沿海的发达省份，城市化率在逐年提高，但主要不是涌向了大城市，而是不断地形成中小城市。有什么地方更适合房地产业的发展？有什么地方最能让产业地产形成规模和效益？不是大城市，而是蓬勃发展的新兴的中小城市。燕省一共才十一个地市，县级市很少，产业结构调整不仅要调整落后的国企，还有一些噪音大、污染严重的落后的生产企业。最好的办法就是将这些企业迁出市区，专门划分一处用来安置诸如造纸厂、钢厂等重污染企业，让污染远离市区。同时，新划分的地点因为建造厂房和安置大量工人，需要新建大量住宅以及其他附属设施，这正是成总设想中的产业地产……有了人气，就有了需求，久而久之，就会形成一个小型的城镇。"

难得夏想能将产业结构调整和产业地产联系在一起，叶石生听了微微点头表示赞许："想法不错，有超前的意识，虽然有点好高骛远，但也不失为一条思路……"至此，他心中已经完全接受了夏想，认为他是一个可用之材。

"叶书记，我想让夏想来达才集团担任副总，您意下如何？"成达才现在对夏想越来越喜爱，他刚刚想到的产业地产，不过才有一个大概的思路，夏想竟然已经有了初步的设想，真是令人吃惊。怪不得人人说他是商业奇才，其实夏想也堪称商业天才，确实有高人一等的眼光。

成达才再一次真正动了爱才之心。

"不行，我可不能答应。"叶石生呵呵一笑，伸手端过茶杯，示意夏想为他倒茶，说道，"夏想现在是领导小组的核心人物，随着单城市和宝市试点改制初见成效，接下来还有大量的工作要做。说不定到了下半年，会有第二批试点城市加入，他的工作会非常繁重。再说，说不定省委省政府还有更重要的任务要交给他去完成，让他来你们达才集团？没可能。"

叶石生现在又把夏想当成了他的人，言谈之中，维护之心溢于言表。

成达才摇头叹息："我是第二次想请小夏来达才集团了，可惜的是，他在官场上的道路越走越稳健。我还想如果他什么时候不想在官场上了，来我达才集团，我给他开出百万的年薪也没问题。看来，人各有志，不能强求，小夏还是希望在官场之上有更大的作为，想做出更大的成绩。"

"成总过奖了，我偶尔出出主意，想一个策略还行，您让我担任副总，就太高抬我了，我有自知之明，真是不能胜任。我还是希望能在叶书记的关怀下，在省委省政府的领导下，在领导小组工作，能为燕省的产业结构调整贡献一份力量，也就心满意足了。"

"听到没有，达才，别想在我的眼皮底下把夏想挖走，他可是我们领导小组的一员干将……"叶石生笑着看了夏想一眼，对夏想刚才的回答还算满意。

中午，留下来在成达才家中吃了便饭。饭后，夏想又陪叶石生散了会儿步，说了说下一步领导小组的工作重点。单城市的通海铁路和成语旅游项目之后，还有羽绒厂、汉光耗材以及新兴能源是重点企业，有进一步调整的必要。作为产棉重地的单城市，几大棉纺厂相继倒闭，如果能让倒闭的棉纺厂转型成功，改为生产中低档床上用品以及毛巾的厂家也未尝不可，不过因为要创立新的品牌，风险较大，可能不好引进资金，需要寻找机会。

至于宝市，已经初步达成协议的有万里汽车和茂盛酱菜，达富胶卷也有了眉目，他和邱绪峰下周将飞向美国，和柯达进行第二轮谈判。夏想的目标是，希望柯达加大投资力度，并且及时转型生产LCD液晶屏。如果可能，甚至可以说服柯达投入巨资研制数码相机，或许可以在势头渐猛的数码相机大潮中，占据一席之地。最好的结果是，柯达被说服，并且在宝市投资建厂，成功的话，保守估计能够引进五亿美元的外资。

听到夏想的设想，见他步伐稳健，虽然不失恭谨，却又坦然应对，叶石生不由对夏想的好感又增加了一层。如此年轻人,勇于创新,敢作敢为,不但主动劝说单城市和宝市申请试点城市,还替他们想好了产业结构调整的具体实施,肯干实干,一心用在工作上,是棵好苗子。

人的心理就是这么奇怪,以前叶石生不觉得夏想如何,今天近距离接触下来,又被他的老朋友成达才一夸,还当着他的面要人,就让他越加觉得夏想可堪造就。再结合范睿恒和钱锦松的话,他心中升起的有意向前再迈一步的想法,就不可抑制地强烈起来。

让人感到难以置信的是,他一向认为即使有试点城市推行产业结构调整,也难以成功,谁知短短两个月时间里,单城市和宝市相继有了喜讯传来。听夏想所说,这才仅仅是开端,后继将会有一系列的措施推出,而且可能会有更大的成功。

叶石生突然生发出一种时不我待的急迫感,感觉自己这个省委书记对领导小组的关心太少了。如此能出政绩的一个部门,竟然放任省政府班子全权掌握,真是天大的失职。

"夏想同志,你的工作很扎实,作风很稳健,应该提出表扬。"叶石生微一沉思,还是说道,"虽然领导小组是省政府在主导,但实际上还是在省委省政府的共同关怀下才成长起来的,有什么困难,也要及时向省委汇报,我对领导小组的工作进展,也一向是非常关心的。"

夏想岂能不明白叶石生的言外之意,忙恭敬地答道:"我会多向叶书记汇报工作的,我也一直觉得,领导小组在省委省政府的亲切领导下,才能更好地开展工作,完成既定的目标。"

叶石生点点头,没有说话,只是将目光投向了远方,陷入了思索之中。

周一一上班,领导小组就有好事降临——鉴于领导小组工作突出,省委省政府决定给予通报表扬——夏想笑了,表面上是表扬,是好事,实际上表明了叶石生的立场,他要收权了。

不过收权也不是坏事,既然崔向能想方设法影响到叶石生的决定,夏想相信凭借他的能力,也能做到和叶书记越走越近。毕竟叶书记对领导小组也是寄予厚望,大家的目的是相同的,叶书记要政绩,夏想要成绩。

夏想是非常乐见叶石生对领导小组的支持的,叶石生其实和范睿恒不存在太大的矛盾冲突,范睿恒要接任书记,叶石生要往上走,只要二人求同存异,产业结构调整会是二人共同的机会。但对崔向来说,形势就不乐观了。

产业结构调整如果获得了成功,功劳是叶石生和范睿恒的,宋朝度也会借此机会大露风头,基本上没崔向什么事情。叶石生到点之后,不管升还是退,范睿恒基本都会顺理成章接任书记。而省长人选，宋朝度因为在担任产业结构调整领导小组组长时的杰出表现，在京城方面也会增加不少分数。如果运作得当，宋朝度接任省长的呼声一举压过崔向也不是没有可能。

其他人都不足为虑，宋朝度最大的威胁还有马万正。马万正身为常务副省长，按照递进的原则，他应该是第一候选人。不过官场上的事情，变数很大。夏想肯定，只要产业结构调整获得成功——不需要大获成功，只要单城市和宝市两市完成既定目标，宋朝度的威望就会直逼马万正。

作为新兴事物，产业结构调整是挑战，但也是最大的机遇。

和马万正相比，夏想自然更愿意让宋朝度接任省长。

周三，夏想就安排好手头的工作，和邱绪峰一起，连同达富胶卷的负责人，一同飞往位于美国罗彻斯特的柯达总部。

落地之后，夏想先给连若菡通了电话，得知她现在一切正常，暂时还没有要生的迹象，也就放了心。

夏想先和达富胶卷的人进行了沟通，本来柯达集团想要购买达富胶卷百分之四十的股份，出于保护国有品牌的考虑，达富不同意。

到了下榻的宾馆，稍事休息之后，夏想就会同邱绪峰一起，和达富的人开了一个小型会议。

达富的负责人名叫常青松，是个副总，四十岁左右，据说早年留学于美国，精通英文和谈判技巧。常青松人如其松，走路时昂首挺胸，格外精神，起码在气势上不输于人。

夏想也没说废话，开门见山地说道："常总，你早年也在美国求学，应该对数码产品以后的发展趋势有一个大概的了解，依你说，胶卷相机的市场，还会长久吗？"

常青松微微摇头："前景不太乐观，但短时间内还是主导，估计还有十年左右的生命期。数码相机的优势很明显，但需要和电脑配合使用，目前国内的电脑还不算普及。"

"中国已经落后了世界许多，唯一不落后的就是电脑潮、数码潮和互联网。电脑的普及目前来说还远远比不上美国，但我相信用不了多久，电脑就会走进寻常百姓家。正是因为电脑的普及，由此带来的数码产品和互联网的应用，也会如潮水一样成为大潮。我的想法是，答应柯达控股百分之四十的要求，我们的条件是，向柯达要十亿美元的投资，其中一半注入达富胶卷，一半用来投资LCD液晶屏生产线……"

常青松惊讶地张大了嘴巴："夏……夏处长，柯达当初提出百分之二十的

086

股份时，只肯出资三亿美元，还没有谈妥，现在开口要十亿，才转让百分之四十的股份，是不是太狮子大开口了？对方肯定会一口回绝。"

"谈判，就是一个互相妥协的过程。"夏想自信地笑了，他很清楚柯达想要占领国内市场的迫切心情。因为在国际市场上，柯达已经被日本的厂家逼得节节败退，如今都看中了国内是一个巨大的新兴市场，谁抢先占领了市场，谁就获得了打开国门的许可证。

谈判，谁掌握了对方的底线，谁就拥有了必胜的把握。柯达现在有了危机意识，同时，也面临着一次重要的转型。

夏想相信，只要能够说服柯达改变主意，他就有可能从柯达手中要出更多的钱！

"只要常总照我的思路去和柯达谈判，说不定还能要来十五亿的投资。"夏想看了邱绪峰一眼，又说，"试想，如果你们能为宝市拉到十五亿美元的投资，你们将是宝市最大的功臣。"

一句话说得邱绪峰也是热血沸腾。

十五亿美元是何等惊人的数字，此行如果真能如夏想所说，能够引进柯达十五亿美元的话，常青松会受到达富集团的什么奖励，邱绪峰并不关心，他所关心的是，他会一举成为宝市最耀眼的政治明星。

十五亿美元，将会成为燕省有史以来吸引的最大一笔外资，有了这份沉甸甸的政绩，邱绪峰以后就算一件事情也不做，也能当上下一任市长。

邱绪峰双眼放光，直直盯着夏想的眼睛："夏处长，你可不要给我们画一个大饼，然后就没有了下文。别说十五亿，此次谈判的底线是三亿美元转让百分之二十的股份，如此就是达到了目标。我倒想听听，怎么样能让柯达心甘情愿地拿出十五亿出来？"

夏想坦然一笑："谈判就是一个试探对方底线的过程，你进我退，或是我进你退，总之大家都要为各自的利益争论不休，都试图说服对方，让对方觉得付出就有回报，对方就会掏钱。如果你清楚地知道对方目前的困境和底线，又能为对方走出困境出一个好主意——当然，好主意的落脚点还是要让自己有好处可得。这样，你在谈判中就能掌握主动权，就能一点点消磨对方的信心，超过对方的底线，前进再前进。"

常青松听出了关键之处，不解地问："夏处长难道有信心说服柯达？是不是知道了对方的底线？"

对于夏想的随行，常青松没有太多的想法。在他看来，夏想虽然是领导小组的成员，还是关键人物之一，但他太年轻，未必有什么见识。就算在商业上有些小见解小聪明，但隔行如隔山，他对胶卷行业的了解肯定一知半解，对国际和国内胶卷的现状也未必透彻，充其量就是一个寻常的小官僚，跟着来美国出访，也是出于沾光游玩的目的。

所以当他听到夏想提出十五亿美元的目标时，表面上还是恭敬地请教，实际上在内心深处对夏想无比鄙视。他见过不少外行指挥内行、不懂装懂的官员，还是第一次见到夏想这样不但年轻还狂妄得忘乎所以的官员，别的官员好歹说话还靠谱，夏想的话简直就是信口开河，滑天下之大稽！

柯达是美国的老牌公司，谁不知道美国人精明得很，在谈判的时候不但傲慢，而且还寸步不让。达富和柯达的谈判进行了一年有余，柯达提出了两个条件，一是五亿美元收购百分之五十一的股份，取得控股权，二是两亿美元收购百分之二十的股份，但有许多苛刻的附加条件。结果大小谈判谈了不下十次，还是没有谈成共识。

↗ 04 兵不厌诈

夏想对宋朝度的盛赞，还是保持了谦逊的态度，不管宋朝度和他私交如何，在成绩面前，必须保持足够的清醒。领导赏识和重视是好事，戒骄戒躁的作风不能变，稍微有点翘尾巴，就有可能引起别人的不满。越是做出了大成绩，越是引人注目，挑错的人就越多。宋朝度出于爱护也许会维护自己，别人就不一定了，忌妒和眼红的人肯定也不在少数。

不要和美国人讲人情

控股权不能让，这是底线。百分之二十的股份也是底线之一，不能再多，但达富希望能卖到三亿美元，同时取消一些苛刻的附加条件。因此，常青松对此次前来美国谈判的前景并不乐观。美国人很难对付，也比较奸诈，一触及到底线，就会摇头说"NO,NO"，没有一点回旋的余地，让人摸不清他们到底有没有诚意。

说没有诚意，他们又会经常主动要求谈判；说有诚意，一谈判的时候，就又死咬住他们的条件不放，就是弄得人左右不是。

夏想没有见识过美国人的厉害，开口就说要让他们吐出十五亿的资金，真是不知天高地厚的想法。

夏想也看出了常青松在恭敬的表面之下，有不以为然的神情，就笑着回答："我又不会未卜先知，怎么可能知道对方的底线？那是柯达最重要的商业机密了，没人敢透露给我。但我敢说，只要常总配合，只要邱市长有胆气，我们就能和美国人打一场漂亮的迂回战争。"

此次谈判虽然以夏想为主，但宝市现在既然是试点城市，又有邱市长随行，他就得听从上级领导的意见，于是他对邱绪峰说道："一切看邱市长的安排了，杨总也说了，谈判以我为主，但何时开始谈判，何时中止谈判，我听取邱市长的意见。"

邱绪峰想了想,笑了:"一直以来我都相信你,夏处长,你好像还从来没有让我失望过。既然今天你这么有信心,那我们就试一试,反正对于这一次谈判,我也不怎么乐观。美国人在我们临上飞机之前,还没有松口。"

夏想点头一笑:"那就好,既然让我来安排,我就不客气了……下午和柯达的人见面后,先不提谈判的事情,就让他们带领我们四处游玩一番再说。"

常青松不满地说道:"夏处长,我们是来谈判办正事的,不是旅游来了。"

"我知道。"夏想还是笑容可掬的样子,"兵法上说,两军交战,勇者胜。现在美国人以逸待劳,我们旅途劳累,和他们马上进行谈判,体力上就吃了大亏。要好好休息两天,养精蓄锐,然后才能一决高下。"

邱绪峰有点明白夏想的意思了,说道:"老常,难得出来放松一次,就先放下包袱,欣赏一下美国的风景。根据我以往的经验,夏处长的为人还是十分可靠的,他一般不开玩笑。"

常青松无奈地一笑:"不开小玩笑,就开天大的玩笑。反正我听从领导的安排,谈判不成的话,邱市长是领队,我顶多挨杨总几句训……"

言外之意是,邱绪峰说不定会受到市委的责备。

邱绪峰点点头:"谈判进行了一年多,也没有太多的进展。此次前来前景也不太乐观,就听夏处长一次,或许改变一下思路和方式,反而会有意想不到的收获。"

常青松没再说话,只是点点头,神色之间还是有些不太情愿。

下午一行三人就依夏想所说,先和柯达的人见面之后,对对方提出即刻谈判的要求予以回绝,说是旅途劳累,身体还不适应,要休息两天,随便游览一下景色。对方也不勉强,还派出专人当导游陪同几人游玩。

一连玩了两天,夏想和邱绪峰玩得不错,心情放松,常青松却是天天眉头紧锁,为谈判的事情担忧。他对夏想和邱绪峰的表现非常不满,心想果然是政府官员,哪里是谈判来了,简直就是游玩来了。他们二人比别的官员稍好一点的是,没有用公款消费,没有乱买东西。

即使如此,常青松对夏想和邱绪峰的好感还是降到了最低,尤其是对夏想,认为他就是一个夸夸其谈不学无术之人。因为两天以来,他除了玩就是玩,根本没有再多说一句关于如何谈判的事情。

第四天,美方再次提出谈判,夏想再次拒绝,说是玩累了,身体有点不舒服,再休息两天再说。美方被激怒了,说是不想谈判可以不谈。

常青松想要上前解释,被邱绪峰拦住。夏想的英文水平虽然一般,但一般对话还能应付得来,就直截了当地说道:"也好,既然贵方开了口,也没有诚意和我们合作,我们就打道回府算了。不过买卖不成交情在,就麻烦你帮我们订返程机票,好不好?"

美方礼貌地答应了夏想的要求。

美方一走,常青松的怒气再也无法压制,发作出来:"夏处长,请你解释一下为什么要返回?你不和我们商量就提出返程,虽然你是领导小组的处长,但对宝市和达富只有指导权,没有管辖权!我希望你能给出一个合理的解释,否则我会向省里真实地反映情况。"

夏想也不生气,面对常青松的指责,笑道:"常总,不要发火,更不要冲动。在谈判之中,发火和冲动都有可能导致失败。美方既然邀请我们前来谈判,也不是玩过家家游戏,他们也想合作。但他们吃准我们想要引进外资的迫切心情,认为会把我们吃得死死的,他们自以为掌握了我们的底线,现在就是和他们坐在谈判桌前,还是一样的争论不休,谁也不会退让一步。我们提出回国,他们如果真的订了飞机票,就证明他们已经真的不耐烦了,既然他们不耐烦了,我们也就没有必要再和他们进行接触了。但如果不订,就证明我们触及了他们的底线。"

夏想的解释也有道理,虽然做法有些冒险,但也不是无理取闹,常青松消了消气,还是说道:"万一美方真给我们订了机票,难道我们就这样灰溜溜地回去?"

"不会,美方想要合作的迫切的心情,一点也不比我们少。我们只需要稳坐钓鱼台就可以了……"

出乎夏想意料的是,美方下午就送来了机票,是第二天中午的飞机。

常青松傻了眼,拿着机票原地打转:"怎么办?这可怎么办?就这样回去,我还不被杨总给骂死?这等于完全堵上了和柯达合作的大门,夏处长,你倒是说说怎么办才好?"

"不怎么办,该吃吃,该睡睡,明天一早收拾行李,早早去机场就是了。"夏想还是面不改色,竟然舒服地躺在床上,眯起了眼睛,"心急吃不了热豆腐,有时候,比的就是耐心。常总,少安毋躁。"

常青松气得摔门而去。

邱绪峰也有些担心:"小夏,真要这么回去了,老常没法跟集团交代,我也没法跟曹书记交代呀。"

"我也没法跟宋省长交代!"夏想没好气地说,"跟老外打交道,要有足够的耐心,不要表现出迫不及待的样子,让他们觉得我们非和他们合作不可,否则就被他们吃定了。

第二天一早,夏想就招呼邱绪峰和常青松,收拾行李,叫了一辆车就前往机场。常青松不解又不满地说道:"美方说好要送我们去机场,为什么不等他们?不辞而别太不礼貌了。"

　　"我们不远万里来谈判,他们没有诚心也就算了,我们要走,他们连挽留的话都没有,又有什么礼貌了?商业是商业,和美国人不要讲什么人情,况且他们根本也不会和我们讲人情,他们只会讲利益。你和他们讲人情,你就露出底线了。"

　　常青松不认同夏想的理论,但也没有办法,只好沉着脸跟随夏想和邱绪峰来到机场,心里已经将夏想腹诽了无数遍,指责他不学无术,只会耍横,和美国人打交道,应该低声下气才是,毕竟人家是投资方。

　　常青松正气呼呼一个人坐在一旁,不再理会夏想和邱绪峰。昨天晚上他连夜请示了杨总,杨总又请示了曹书记,最后回复他说,一切听从夏想的安排,不论结果,都不记他的过错。尽管如此,他还是对夏想的硬气想不通,美国人要来投资,有钱就是大爷,为什么夏想表现得好像他是大爷一样?

　　夏想倒不是故意要装什么高姿态,在投资面前,不能有意气之争,他要的就是测试美方的诚意,赌的就是柯达的迫切心情,以及他们现在急于突破眼前困境的紧迫感。

　　离飞机起飞还有两个小时,常青松百无聊赖地站起来,想随便转一转,手机响了,接听之后是美方负责接待的人员,急切地问他为什么他们不在宾馆。常青松回答说已经人在机场了,正准备登机,对方急了,忙说了无数个"Sorry",然后再三交代让他们千万不要登机,柯达副总即刻前往机场与他们会面。

　　放下电话,常青松见夏想一脸惬意地坐在座位上,冲他微笑,他还是不解,纳闷儿地问道:"柯达到底是什么意思?"

　　"他们来接我们回去,证明我们想要离开,已经触及了他们的底线。他们给我们买机票,是试探我们。我们一来机场,他们就以为我们真的要走,自然就紧张得不行。说明了一点,美方对于合资一事,也是势在必行。"夏想一脸自得的笑容,微微感慨地说道。

　　常青松听出了一点什么,惊讶地问:"啊?夏处长,我们不是真的要回去?"

　　"真作假时假亦真,真走假走,谁能说得准?"夏想扔下一脸愕然的常青松,转身走出候机大厅。

　　柯达的执行副总谢尔顿亲自出面,先是就招待人员误解了夏想等人要回国的请求表示道歉,其实柯达是真心实意想要和达富合作,只不过在接待过程中有点小误会,希望大家不要在意……

常青松一见谢尔顿态度诚恳，一口一个"Sorry"就有点犯迷糊，就想说软话，夏想却抢先说道："尊敬的谢尔顿先生，其实我们急着回去，也不完全是贵方没有诚意的原因，而是我们总部已经和日本富士初步接触，有了合作意向。说实话，富士不论技术力量还是实力，都比贵方强了不少，而且富士比贵方更有远大的目光……"

谢尔顿一脸愕然，不解地看了常青松一眼，常青松正要弯腰做些解释，却被邱绪峰抢先一步拦在身前，邱绪峰顺着夏想的话说道："中国和日本是一衣带水的邻居，同是黄色人种，共同语言又多。我想，说不定总部会很快就和富士签订合作意向书。"

谢尔顿半信半疑，又不敢掉以轻心，请三人回宾馆再继续深谈。路上，夏想对常青松说道："常总，不要见美国人一说对不起就认为他们真的是在说对不起，他们每天都要说无数个对不起，实际上没有多少实际意义。基本上和我们见面问'吃了吗'一样，就是随口一问，至于你有没有吃饭我才不关心——老美说对不起的意思也是一样，你要当真，就是上当了。"

常青松想说什么，张了张口，终于还是又将头扭到了一边，显然还是不太服气。

坐到谈判桌上，夏想干脆坐在常青松的旁边，准备随时提出关键的补充。常青松得到了邱绪峰的再三叮嘱，也不敢大意，先是提出了五亿美元出售百分之二十股份的建议，不料刚才还一脸笑容的谢尔顿一坐到谈判桌上，立刻变了一个人一样，一听常青松的话，立刻大摇其头，说出了一连串的"NO"！

常青松又摆事实讲道理，阐述达富的优势和柯达的不足。谢尔顿则是反唇相讥，指责达富设备老化，技术陈旧，管理不善，人浮于事，等等，反正就是你来我往，斗个不亦乐乎。

夏想等第一个回合过招完毕，才慢条斯理地开口说道："谢尔顿先生，你对现在的数码相机的兴起，有什么看法？"

谢尔顿一愣，没想到夏想突然转移了话题，就严肃地说道："这个话题和我们的谈判没有关系，我拒绝回答。"

"有关系，大有关系。"夏想就笑，"富士方说，如果达富决定和富士合资，富士将会额外追加一笔资金，在宝市兴建一座数码相机生产线，并且还要投入大量的研究资金研究数码相机技术，全力应对即将到来的数码潮。"

谢尔顿伸出一根手指，在眼前来回晃动："数码相机是新兴事物，但它无法替代传统相机的地位，据乐观估计，只能占领现在相机三分之一的市场份额。"

夏想呵呵一笑,伸出两根手指说道:"我却认为,数码相机可以完全取代传统相机,吞食百分之百的市场!"

谢尔顿愣了一愣,然后哈哈一笑:"不,不,你的看法是完全错误的,是对市场分析的严重失误,传统相机市场尽管会受到冲击,但数码相机的局限性依然很大,在摄影家眼中,数码相机就是一个玩具。"

收获成果

"那么请问谢尔顿先生,当年当日本刚发明石英表的时候,瑞士人也对石英手表嗤之以鼻,认为石英手表不过是一个玩具,完全没有艺术性和工艺性,对传统的机械手表带不来任何冲击。但事实却和瑞士人的结论相反,石英表一经问世就大行于世,短短时间内就占领了手表市场一半以上的份额,迫使瑞士也不得不改变策略,投入到石英表的研制之中,请问这件事情,你又作何看法?"夏想不紧不慢地问道。

谢尔顿顿时语塞,说不出话来。

日本人的聪明可以说让世人佩服,他们发明的石英表让钟表王国瑞士如临大敌,被迫迎战。他们发明的方便面行销全球,方便了无数人。他们在数码产品上面的成就,几乎成为了行业规则的制定者,不管是液晶屏,还是数码相机,甚至各种家用电器方面,也是世界一流,不得不让人叹服日本的技术和制造能力。

"我认为,在不久的将来,数码相机将会和电脑一起,以强势的态势崛起,传统相机的市场份额逐年萎缩,胶卷产业也将是夕阳产业,前景不妙。而中国也因为各种原因,将会成为世界的工厂,柯达应该抓住机遇,和达富一起携手共进,在即将到来的数码大潮之中,抢先占领有利的位置,加大科研投入,研制下一代数码相机!"夏想直接抛出了他的重磅炸弹,他也听说柯达内部其实对数码相机是不是能够取代传统相机,有不少争论的声音,他就火上再加一把柴,乘机提出他的建议:"佳能、尼康和索尼作为老牌的日本相机厂家,在数码相机的研制中,都投入了巨资,都是在赌数码相机一定能够替代传统相机。事实上柯达在传统相机的市场份额上,和日系厂家还有一争之力,但在数码相机上面,已经落后了许多。达富也敏锐地意识到了传统相机市场的萎缩,必然会带动胶卷市场的萎缩,现在已经投入了大量的人力物力,正在兴建数码相机和液晶屏生产线……"

来美国之前,夏想就针对数码产品的未来前景做足了功课,请教了许多专业人士，并做了大量的比较分析。因此，紧接着，夏想便对目前市场的现状，传统相机的优点和缺点以及数码相机的优缺点一一进行对比，最后得出结论，数码相机必胜。他讲述起来深入浅出，令人叹服。不但举例详细，对各种技术参数如数家珍，而且对市场的分析也十分到位，就连谢尔顿听了，也是连连点头。

夏想的英文不太过关，长篇大论时，就交给了翻译。有许多术语翻译也拿不准，夏想就在一旁补充。专业术语往往起到画龙点睛的作用，听在谢尔顿的耳中，让他对夏想刮目相看。

原本他以为夏想只是一个普通的小官僚，他接触过不少类似的官员，对技术和市场完全是外行，却又喜欢发表一些空洞的高见。不承想，夏想的一番演说，直接击中了谢尔顿本来就摇摆不定的选择。

谢尔顿是中间立场，他认为数码相机将来会和传统相机平分天下，但在柯达内，大部分人还是认为传统相机的地位不可动摇。此次猛然听到夏想的分析，谢尔顿眼前一亮，待夏想发言完毕，他第一个起身鼓掌，连连称好："精彩，非常精彩。夏先生，我有一个要求不知道你肯不肯答应？我想请你到柯达总部做客，和总裁先生亲自会面，我相信你的精彩言论会让总裁先生有所触动，也相信会对许多董事的想法产生冲击。"

夏想也起身表示谢意："既然谢尔顿先生有诚意，我就接受你的邀请。"他心中的一块石头总算落了地，打动了谢尔顿，能够面见总裁，就等于迈出了成功的第一步。毕竟想要说服观念保守的柯达，也不是一件容易的事情。

一场谈判变成了夏想的演讲，让常青松始料未及。但夏想对市场的分析和对技术的了解，也让常青松大吃一惊。他才知道，夏想原来确实有真才实学，并不是一个不学无术的小官僚，他对胶卷市场现状的了解，对数码相机前景的分析，无一不让常青松听了大为叹服。先不管夏想的结论正确与否，单是他丰富的理论知识和对市场的深入了解，就不比他差，有些地方甚至有过之而无不及。

等谢尔顿一走，常青松来到夏想面前，支支吾吾地说道："夏处长，以前我误解你了，我向你道歉。"

夏想也知道常青松本来是技术出身，又当了副总，既有技术人员的死板又有官员的应变，人不坏，就是在官场之中，没能保持住本心。他一笑了之："没什么，都是为了共同的目标，只不过我有点好高骛远，而常总着眼于眼前。现在大家求同存异，争取有一个满意的结果。"

第二天，夏想一行三人到了柯达总部，面见柯达总裁史密斯。夏想这一次更是准备充分，在史密斯等人面前侃侃而谈，大胆地将他关于数码相机会如何吞食市场,最终占据绝对优势的想法一一详述。与史密斯一同在场的,除了谢尔顿之外,还有几个董事和市场分析师。

夏想一连说了两个小时有余,演讲完毕之后,史密斯带头鼓掌,众人纷纷起立向夏想致意。

邱绪峰和常青松见夏想受到隆重欢迎,十分高兴,以为事情成了,夏想却知道,美国人对你鼓掌表示赞赏,但未必就表示同意你的看法。他清楚,事情没有那么简单,但至少第一步算是打开了局面。

随后,几个董事以及市场分析师都对夏想提了不少问题,其中有些问题非常刁钻刻薄。但夏想从容应对,镇定自若,许多问题都给出了令人满意的答案,最后让在场众人都无话可说。

不过,史密斯没有就夏想的演讲发表任何看法,只是让人安排夏想几人去就餐,然后开起了闭门会议。夏想也知道需要时间给柯达消化,他也不急,和邱绪峰商量一下,准备去旧金山看连若菡。

邱绪峰有点心里没底:"你走了,我和常青松怎么应付美国人?你不说我还没有仔细去想,你说了之后再一想,美国人确实不好对付,一是一,二是二,不像我们讲人情,他们翻脸不认人。"

夏想笑了:"美国是一个以实力为尊的现实国家,不说空话大话,不讲人情,一切以利益为最大。你们也不用怕他们,只需要保持不卑不亢的态度就可以了。他们也好打交道,相信我,他们想要合资的迫切心情一点也比我们少。不但现在在数码相机上面他们落后于富士等日本厂家,就连胶卷市场的占有率也在萎缩,所以他们才会迫切地想要打开中国的大门。其实说实话,在我看来,如果柯达不答应我们的条件,就中止谈判好了,回去后再和富士进行密切接触,柯达还会主动送上门来。"

正是因为抱有这种有路可退的心态,夏想对柯达的态度才不是十分在意,他劝邱绪峰:"和柯达合作不成,我负责在别的地方给你找回更多的投资。只是简单地出售股份引进外资,对达富来说,只有短期利益,从长远看是并非好事。达富需要的不仅仅是资金,还有改制,为了迎接市场的巨变而早做准备,成功转型才有出路。"

达富没有生产数码相机和 LCD 液晶屏的相关技术,柯达有,柯达现在是有技术有实力,但没有市场意识。达富在国内的品牌认可度高,又有成本和市场优势,对柯达来说,占领了国内市场,就相当于在亚洲站稳了脚跟。

现在前期工作都已经做完,只等收获成果。

夏想还是飞向了旧金山,因为接到柯达的通知,需要三天时间才给正式答复,连若菡生产在即,他必须动身。临走前夏想交代邱绪峰咬定条件不放:十五亿美元的投资,出售百分之三十到四十的股份,柯达还要负责投资 LCD 液晶生产线,投资数码相机研究室,今后的主要发展方向以生产数码相机和生产液晶屏为主,不答应上述条件,就中止谈判。

邱绪峰得到了夏想"柯达不成别处一定可以谈成"的承诺,出于对夏想的信任,也就答应下来。

夏想一个人飞到了旧金山,一落地,就直奔医院而去,幸好还赶得上,连若菡只是开始阵痛,还没有推进产房。

连若菡胖了一些,挺着大肚子,艰难地躺在床上。虽然失去了往日的风姿,但母性的光辉也让她显得无比动人。卫辛在一旁紧紧握着她的手,不停地安慰她,说一些鼓励的话。

夏想风尘仆仆地进来,躺在床上的连若菡本来还是一脸坚强,一见他的身影,顿时泪流满面,抓起一个枕头就扔了过去,嗔怪说道:"你还知道来?再不来我就不要你了。我恨你,死夏想,臭夏想。"

连若菡住的是单间,任她喊任她骂也不会有外人看见,但卫辛在场,夏想还是不免有点尴尬。他接过枕头,笑嘻嘻地说道:"我还活着,也挺香,所以你刚才的话没骂对,我就当没听见好了。"来到床前,他将枕头轻轻放在连若菡的身后,摸了摸她的头发,深情地说道,"孩子他娘,我不远万里从大洋彼岸前来,就是为了在你最需要我的时候,陪伴在你身边,希望有我的温暖相伴,你们母子能够平平安安。"

连若菡又气又笑:"难听死了,不许叫孩子他娘!"

"好吧,孩儿他妈……"夏想又逗连若菡。

连若菡一笑就又引发了阵痛:"我就是气不过,你让我一个人受了十个月的罪,你却一点事情也没有。你说你该怎么做才能让我高兴?"

"回头我买一身盔甲穿在身上,也体会一下身上多十几斤重量的感觉,好不好?"

"你发什么毛病,真气人,现在不想整治你的办法了,等我生了孩子之后再说。"连若菡话音刚落,就感觉一阵剧痛袭来,忍不住痛呼一声。

夏想一急,大喊起来:"医生,大夫,博士,快来人……"

连若菡又被他逗笑了:"你乱喊什么?别闹。"

"我没乱喊,我怕他们听不懂,在英文里医生和博士不是同一个单词吗?我是为了强调,省得他们反应慢。"

一直在一旁沉默不语的卫辛终于也忍不住笑了:"你说的是中文,他们哪里听得懂医生和博士的区别？"

连若菡还想笑，几名护士进来检查一番，就将她推进了产房。夏想还不忘鼓励连若菡："加油，必胜！住美国产房，生中国娃。"

刚说了两句，就被护士瞪了几眼，吓得夏想赶紧闭嘴。

连若菡一走，房间内只剩下了卫辛，夏想想起卫辛一直以来对连若菡的照顾，心中她对也是充满了感激。

"谢谢你卫辛，真是辛苦你了。"夏想真诚地说道。

"不用谢我，我是自愿照顾连姐的。和她在一起，我心里很踏实，总感觉她就像我的亲人一样。"卫辛微微低下头，不敢正视夏想。

夏想心中一动，一丝难以言明的感激涌上心头，动情地说道："以后我和若菡就当你是亲妹妹"。

夏想的幸福

卫辛却只是轻轻地"嗯"了一声，没再继续这个话题，而是说道："连姐姐好勇敢，坚持不剖腹产，我都佩服她了。"

夏想记得听连若菡说过，剖腹产后会在肚子上留下伤痕，就不好看了，当然这并不是连若菡坚持顺产的根本原因。连若菡相信顺产的孩子更聪明更健康，也更符合自然规律。

夏想尊重她的选择。

卫辛絮絮叨叨地向夏想说起连若菡在美国待产的点滴，说得很细，每一次感冒每一次难受，她都记得清清楚楚。

二人说了一个小时的话，就听到"哇"的一声婴儿的哭声，哭声洪亮，中气十足，夏想大喜：儿子出世了！

连若菡被推出了产房，一脸疲惫却又无比幸福，怀中抱着一个全身粉红的婴儿。婴儿一头黑发，胖嘟嘟的一身是肉，爬在连若菡怀中，不时哭几声，头钻来钻去，要找奶吃。

夏想上前，想抱又不敢抱，看着肉乎乎的小生命，是他的儿子，是他和连若菡的结晶，心中顿时充满了爱意。激动了半天，才说出一句："儿子，你到底是中国人，虽然在美国的医院出生，可生下来哭出来的就是中国话！"

几个金发碧眼的护士都笑了，其中一个身材丰满、性感迷人的护士说道："你先生说话真风趣，婴儿的哭声都是一样的，不分美国还是中国……"

连若菡将儿子紧紧抱在怀中，一脸陶醉，目光始终停留在小家伙身上，过了半天才看了夏想一眼，说道："我以后有儿子就足够了，你对我来说，基本上没什么大用了。"

夏想一脸尴尬："过河拆桥，卸磨杀驴，最毒莫过妇人心，孩子也有我的一半，你别想独占。名字我都想好了，叫夏连……"

"不，叫连夏，不让他姓夏，让他随我的姓，要不就太便宜你了。"连若菡还有力气和夏想争论。

性感护士又笑："夏先生，中国女人的地位真高，比我们美国还要厉害。美国女人一嫁人就要改成丈夫的姓，中国女人不但不改姓，还让孩子跟她姓，太了不起了。"

夏想沉重地点头："对此我深有体会。"

话一说完，夏想才意识到不对，因为他刚才和连若菡之间的对话一直是用中文进行，护士怎么听得懂？再一想护士说话时用的也是中文，才醒悟过来，原来人家会说中国话。

关于姓氏问题暂时搁置不提，夏想守在连若菡身边，亲手喂她吃饭。夏想也是第一次喂一个女人吃饭，感觉有点奇怪，但心中还是充满温暖。心爱的女人为自己生下了后代，他十分高兴，本想抱儿子亲几口，却被护士抱走了，说是三天内不和母亲在一起。没办法，只能听从医院的安排。

连若菡安心地享受着夏想的服侍，一边吃东西一边若有所思地说："你也别怪我非要让儿子姓连，其实我还是为你着想。要是姓夏，爷爷知道后，很容易查出他的爸爸是谁。姓连的话，我不说，他也没办法。"

夏想拿出纸巾给连若菡擦了擦嘴，说道："我知道你的心意，就依你好了。不过毕竟是我的第一个儿子，你说要是我爸妈知道他们有了孙子，会作何感想？"

连若菡尽管胖了一点，但娇美之色不减，她脸上洋溢着幸福的笑意："哼，你爸妈再喜欢鬟丫头，我这个隐形的儿媳妇生的可是长孙，他们知道后，顶多骂你几句，但孙子肯定要认下，而且还会百般疼爱。俗话说隔辈亲，老人最疼爱孙子一辈了。想当年我爸和我爷爷闹得不可开交，但我一出生之后，我爷爷还是对我万分喜爱。"

"我爸妈早就想抱孙子，却不知道他们现在已经有孙子了。我现在可不敢告诉他们，我知道他们的脾气，先是将我臭骂几句，然后就得想方设法让你抱孙子过去看。到时候他们不舍得孩子，可就有好戏看了。"夏想虽然叹息，心里还是有点得意。一个女人是不是真心爱一个男人，就得看她是不是肯为他生孩子。当一个女人决定不惜一切为一个男人生孩子时，就证明她爱他爱到了骨子里,要一生一世和他纠缠不清。

爱情可断,血缘永远无法改变,有了孩子,有了她和所爱的男人的结晶,今生今世两个人之间就有了维系的纽带,再也不能割舍。

"别臭美了,孩子是我生的,我说了算。说不定哪天我高兴了,就抱着孩子到单城市,故意让你爸妈看到,等他们发现孩子像你时,看你怎么办!"连若菡用威胁的口气说道。

"不怕,死不认账。"夏想嘿嘿一笑,"有一句话你说错了,孩子是爹生娘养的,你其实只是把他养育长大,真正的决定因素,还在我身上。"

"你真会气人,我辛辛苦苦怀胎十月,你连生孩子的功劳也跟我抢,太没天理了。"连若菡生气了,把碗一推,"不吃了,要吃你自己吃。"

夏想还真听话,端起腕就吃了起来:"一早就坐飞机过来,现在都下午了,一顿饭也没吃,还真是饿了。"

连若菡一听又心疼了:"你怎么这么笨?挺大的人不会照顾自己,连饭也不吃,你想饿死自己?真拿你没办法,都是孩子他爸了,怎么还像一个孩子一样?"

到底是当妈妈了,连若菡的语气也有关爱的意思了,以前她可很少关心夏想的吃饭问题。夏想几口吃完,将碗一放:"你要提前做好心理准备,女人一生要养两个孩子,第一个孩子是老公,第二个孩子才是儿子……"

夏想陪了连若菡三天,第四天一早他就接到了邱绪峰的电话,邱绪峰的声音因为过于兴奋而有点失真:"夏想,柯达同意了我们的条件,他们和我们签订了投资意向书,决定投资十五亿美元! 十五亿美元,将是燕省史上最大的一批外资!"

和邱绪峰的喜悦相比,夏想虽然也十分高兴,但却没有激动,儿子出世的喜悦压过了一切,他笑着说道:"恭喜邱市长,有了这份政绩到手,两年后,宝市市长的宝座,十拿九稳。"

邱绪峰哈哈一笑:"别说我,你才是最大的功臣。夏想,我现在才知道,有你出现的地方就会有奇迹,能够认识你,是我的荣幸。"

也难怪邱绪峰会失态,本来宝市市委市政府和达富集团协商后的结果是,能够争取到四亿美元出售百分之二十的股份就是最大的胜利,实在不行,以百分之四十的股份换取八亿美元也可以。甚至达富集团内部也达成了共识,底线是三亿美元出售百分之二十的股份。谁能料到,夏想不但将百分之四十的股份卖出了十亿美元的高价,还捆绑了一项投资协议,要求柯达出资五亿美元在宝市兴建一座数码相机研究室和液晶屏的生产线。

更让人难以置信的是,柯达竟然全部答应了夏想的条件!

邱绪峰和常青松接到柯达的答复后,欣喜若狂。尤其是常青松愣了半天,不敢相信自己的耳朵。直到柯达的人一再催促可以立刻签订投资意向书时,常青松才如梦初醒,激动得热泪盈眶,要不是有外人在场,他几乎就泣不成声。

一年多了,也不知道进行了多少次接触和谈判,美方一直咬住条件不肯松口。一次次谈判,一次次失望,一次次艰难的争论,达富已经谈得筋疲力尽了,美方却依然精力充沛,谈个没完没了。放弃,于心不甘,继续谈,对方不肯退让,却又表现出了十足的诚意,让达富进退两难。此次出行,达富在各方关注的压力下,甚至内部已经做出了决定,即使是大幅让步也要谈判成功,否则无法向国家交代,无法向市委市政府交代。

夏想随行,常青松一点也没有把他放在心上,既年轻级别又不高,能懂什么?万万没有料到,在被迫无奈之下接受了夏想的建议,他竟然一点点逼得高高在上的柯达低下了高傲的头,接受了在常青松看来简直是不平等条约的协议!为什么?凭什么?夏想怎么就抓住了柯达的软肋,迫使柯达改变了主意,做出了如此巨大的让步?

至此,常青松对夏想佩服得五体投地,恨不得当面向夏想连鞠三个躬。十五亿美元的投资,他回到达富之后,绝对会受到英雄般的待遇,在达富的地位和以前相比将不可同日而语,他将是达富最大的功臣。

常青松不敢提前将消息传回总部,怕事情万一有变,就成了天大的笑话。等意向书签订之后,他才小心翼翼地将消息告诉了达富的当家人杨总。杨总听了,说什么也不相信事情会有如此巨大的变化,再三追问常青松到底是怎么回事,是不是柯达在开玩笑?会不会美国人爱过什么愚人节,故意耍达富玩?常青松哭笑不得,说是意向书都签了,柯达总裁史密斯亲自出席了签字仪式,并且也当场做出了随后访问达富的决定!

杨总还是不相信,让常青松谨慎再谨慎,别上了当,合同上漏洞很多,别是一个陷阱。常青松虽然不是学法律出身,但一般的欺诈合同还是看得出来的,况且柯达是国际大公司,不会也不可能使出在合同上做文章的伎俩。他也再三研究了合同,非常正规,没有半点欺诈的嫌疑。

杨总不信归不信,他也知道常青松虽然为人刻板,不会变通,但也非常严谨,不会上当受骗,就当即召开了全体中层以上干部会议,研究相应对策。

邱绪峰也即刻向曹永国通报了进展,得知在夏想的主导下,获得了柯达集团十五亿美元的投资,曹永国也惊讶得半天说不出话来。十五亿美元,相当于一百多亿人民币,可以新建几个大型企业了,都投来宝市的话,宝市在燕省的排名,将会一举上升好几位!

对于一个市委书记来说,这将是什么样的政绩?将是一步跨入副省级干部的入场券,将是决定他铁定向前迈进一步的垫脚石!好一个夏想,好一个眼光敏锐敢和国际集团叫板的年轻人!

曹永国坐在椅子上半天没有起身,清醒过来之后,忽然哈哈大笑几声,让秘书即刻通知所有常委,立刻召开紧急常委会,讨论柯达集团和达富集团的合资问题。命令传达下去之后,曹永国自言自语地说道:"幸好养了一个好女儿,夏想,好一个乘龙快婿!"

国内各方云动之时,夏想已经飞到了柯达总部所在地,和副总谢尔顿短暂会面,决定了访问宝市的行程之后,就和邱绪峰收拾行李,准备回国。

邱绪峰内心对夏想的感谢自不用说,他还没有开口,夏想就制止了他:"行了,什么话也别说了,不是我一个人的功劳,是大家一起努力的结果。"

常青松恭恭敬敬地向夏想鞠了三躬,说道:"夏处长,以前多有得罪之处,请您原谅。是我有眼无珠,没有高瞻远瞩的目光,没有准确把握市场的能力。您打动了柯达,成功地引进了十五亿的外资,不但是达富最大的功臣,也对我本人有莫大的帮助,在此谨以我个人的名义向您表示由衷的谢意!谢谢!"

夏想赶紧扶起常青松,说道:"常总您真是太客气了,我身为领导小组的成员,为试点城市引进外资是我的分内工作,谈不上什么功臣。再说都是大家齐心协力的结果,邱市长居中协调,常总理论知识深厚,我就是多运用了一点谈判技巧而已,功劳是我们大家的。"

邱绪峰暗暗赞赏,在大功面前,夏想不居功不贪功,事事想到大家,确实是难能可贵的品质。也正是因为他目光长远,懂得谦让,才让他在官场之上拥有了无数人脉。人与人之间的交往,本来就是一个互相礼让的过程,夏想越是为他人着想,就越能收拢人心,因此关系网就越来越广泛。

政治和经济一样,唯有互惠互利才能长久。许多人都明白这个道理,却很难做到,为什么?因为人人都有贪心,有了功劳和政绩都想揽到自己一人身上,却不知道这样的做法是杀鸡取卵,有第一次却没有了下次,而且也会让别人寒心。长此以往,最终会沦落为孤家寡人。

夏想的心思已经不在十五亿美元上面了,他正在考虑,什么时候将连若菡接回国内才好。她一个人在外面,又带着孩子,总是不好,再有人照顾,她最需要的还是自己的关怀。不过现在孩子还小,估计最早也要半年之后了。

宣传反击战

夏想一行回到国内，飞机降落到京城机场，一落地，就受到了英雄般的待遇。

省委常委、副省长宋朝度亲自从燕市赶到京城机场，前来迎接几人。同行的还有领导小组的副组长安逸兴，宝市市委书记曹永国、市长任庆之，以及达富集团的全部高层。等夏想三人一出机场大厅，就看到了外面醒目的欢迎条幅，迎接他们的是雷鸣般的掌声。

夏想和邱绪峰一同向前，急忙向前来迎接的领导表示感谢。宋朝度紧紧握住夏想的手，感慨地说道："夏想同志，辛苦了，你是有功之臣，是领导小组的栋梁，我代表省委、省政府和产业结构调整领导小组，对你们此次访问所取得的成绩，表示衷心的感谢和热烈的祝贺。"

夏想认识宋朝度几年了，第一次见到他一脸激动的表情。也是，十五亿美元的外资，沉甸甸的一份政绩，虽然最终投在了宝市，但因为有了领导小组的介入，身为组长的宋朝度也是功不可没，必然会在履历上记下浓重的一笔。

宋朝度现在就算不完全清楚事情的始末，也应该从侧面了解到了夏想在其中所起的重要作用，所以夏想能充分理解宋朝度的激动和兴奋。领导表扬是领导的抬举，自己的态度还是必须要端正，夏想谦虚地说道："宋省长过奖了，都是省委省政府领导有方，而且邱市长和常总工作出色，在我们的共同努力下，才有了目前的成绩……"

宋朝度没再多说，只是用力拍了拍夏想的肩膀，就依次和其他随行人员握手去了。夏想也和安逸兴、曹永国、任庆之等人一一握手，和曹永国握手时，只是笑着点了点头，没有多说话。曹永国也是难以压抑内心的喜悦，笑容满面。

所有的人都十分高兴，因为有了成绩，大家都面上有光，都会有好处，自然发自内心感谢夏想等人。当然，也免不了有人暗中忌妒夏想大出风头，只是忌妒归忌妒，也不得不服气，夏想确实能力过人。因为大家都了解柯达和达富漫长而艰辛的谈判过程，都清楚如果让自己去谈判，绝对不会拉来十五亿美元的投资。

所有人都大惑不解的是，夏想到底是怎么说服柯达的？柯达可是跨国大公司，什么样的人才没有，怎么会被夏想说动，拿出十五亿巨资来宝市投资？

迎接仪式过后，夏想以为要马上回燕市，不料宋朝度让夏想上了他的车，神秘地说道："让曹书记他们先回去，你和邱绪峰留下，还有事情要处理。另外，京中也有人在等你……"

夏想见宋朝度一脸笑意,也笑了:"宋省长先透露一下,到底有什么好事?也好让我有个心理准备。"

宋朝度却卖了一个关子:"急什么,反正又不会卖了你,见了人再说。"

夏想又下车和曹永国、常青松告别,邱绪峰也得到了曹永国授意,留了下来。他没有上宋朝度的车,而是跟在后面,和安逸兴坐同一辆车。汽车发动之后,一直朝市区驶去。

路上,宋朝度听夏想详细汇报了谈判的全过程,尤其是听到夏想假装要回国的计策生效之时,他紧张地一拍扶手,大笑起来:"好你个小夏,真能沉得住气,那可是几亿美元的投资,说不要就不要了,也不怕真的谈崩了,回来后无法交代?"

夏想实话相告:"其实我已经想好退路了,和柯达谈不妥,就和日本的厂家合资,他们的目光比柯达更长远,技术创新更快一步,也一直在和达富接触。之所以最终和柯达谈妥,也是因为柯达和达富接触最早、前期已经做了大量工作的缘故。"

宋朝度点点头:"不管如何,能够为宝市拉来十五亿美元的投资,不但可以大幅拉动宝市的 GDP,也预示着产业结构调整获得了初步的成功。虽然放眼全国,十五亿的外资不算多,但对燕省来说,却是有史以来最大的一笔,值得好好宣传宣传。相信回去之后,你会受到叶书记和范省长的接见,有了这份成绩,小夏,你现在已经是名副其实的领导小组的第一人了。"

因为没有外人在,宋朝度和夏想说话口气就随意了许多。此前,他一直认为产业结构调整的前景喜忧参半,未必全面成功,也未必一事无成,最终可能就是一个不上不下的尴尬局面。当然,如果有了叶石生的支持,在宣传方面大做文章的话,小成绩也可以做出大文章,是为了燕省的面子上好看,也是为了向上级交差。

只要不是完全没有成绩,宋朝度有理由相信,经过他的运作,再加上范省长的力挺,夏想也可以从领导小组从容脱身,拿一份政绩走人。到时找个机会,放到燕省任何一个地市任副市长不成问题。不承想,夏想此次访问美国,和柯达谈判,竟然交出了如此厚重的一份出人意料的答卷!

宋朝度的想法是及格就好,夏想却直接考了满分,即使他自认见识过不少大风大浪,也是第一次见识到这么惊人的反差,听到消息那一刻,他当即拍案而起。

宋朝度当时大喜过望,先是对夏想的能力大加赞赏,随后立刻想到,机会来了,而且是天大的好机会。

宋朝度立刻着手安排了一切,然后问好了夏想几人回来的具体日期,亲自动身前来京城迎接夏想。

夏想对宋朝度的盛赞,还是保持了谦逊的态度,不管宋朝度和他私交如何,在成绩面前,必须保持足够的清醒。领导赏识和重视是好事,戒骄戒躁的作风不能变,稍微有点翘尾巴,就有可能引起别人的不满。越是做出了大成绩,越是引人注目,挑错的人就越多。宋朝度出于爱护也许会维护自己,别人就不一定了,忌妒和眼红的人肯定也不在少数。

车行一个多小时后,到了目的地。夏想下车一看,不禁哑然失笑,原来到了团中央所在地。

邱绪峰下了车,来到夏想身旁,小声说道:"知道宋省长为什么安排我们来这里吗?"

夏想摇头,他还真没有猜到宋朝度的真实目的。

邱绪峰笑着摇了摇头:"不管了,反正不会是坏事。正好到了团中央,我就找人说一说梅晓琳的事情。你所托之事,我必须全力以赴。"

出访美国期间,夏想几乎天天和邱绪峰在一起,就趁机提出了梅晓琳想调回京城一事,并说她想进团中央。邱绪峰问是不是他帮她出的主意,因为以梅晓琳的性格,不会想到到团中央工作。夏想也没隐瞒就承认了,邱绪峰没多想,就一口答应下来。

虽然邱绪峰对梅晓琳放弃大好前途回京的举动有些不解,不过也不愿意多问梅晓琳的事情。当然还是和夏想开了几句玩笑,试探夏想和梅晓琳之间到底有没有实质的进展,夏想自然是矢口否认。邱绪峰又问起夏想到底知道自己以前什么事情,夏想故意不说,让邱绪峰直说他不够朋友。

门口站着几个人,夏想一眼就认了出来,当前一人是李丁山。李丁山旁边的那个人,个子不矮,鼻直口方,是典型的国字脸。

另外两个人是顾曾和杜同国,他们站在李丁山身后,满脸笑意。

见宋朝度几人下车,李丁山几人一起迎上前来,先是寒暄几句,然后李丁山为大家介绍。

国字脸名叫李朝杰,是李丁山和宋朝度的好友。几人之中,只有夏想不认识李朝杰,寒暄几句,李朝杰也没多说什么,只和夏想简单握了握手。

李朝杰和邱绪峰认识,二人说笑几句,就引领几人到了办公室。分别落座之后,李丁山坐到夏想身边,感慨地说道:"小夏,没想到你能拉来十五亿美元的外资,都让我惊讶得不知道说什么好了。"

夏想只好又客气几句。

李朝杰饶有兴趣地打量了夏想一眼，问道："听丁山说，小夏很有才华，又有商业眼光，我一开始还不相信。说说看，你是如何说服柯达向达富投入巨资的？"

宋朝度摆摆手："现在不说，等下还要接受采访，到时再说，省得多费一遍事，是不是？"

夏想下车后见到李丁山和顾曾、杜同国一起出现，心中就大概猜到了几分。现在又听宋朝度说出采访的事情，就更加肯定了自己的判断，开口问道："宋省长是想打一场漂亮的宣传反击战？"

宋朝度笑道："不错，是我的想法，丁山也帮忙出了出主意。"

李丁山抬手看了看表，问李朝杰："朝杰，《青年报》和《经济报》的记者什么时候到？"

李朝杰答道："大概半个小时后。"

"正好趁现在一段时间，和小夏说一说注意事项。"李丁山拿出两份材料，分别递给夏想和邱绪峰，"一会儿将有两大国家级报社的记者联合采访你们，就你们和柯达谈判时的惊险过程进行采访报道，注重过程不注重结果。就是说，重点介绍如何和柯达斗智斗勇，如何维护国家利益，相当于讲一个故事，不是干巴巴的新闻稿。当然，商业机密就不用说了，要求就是故事精彩、生动感人。这份材料上面有一些注意事项，你们先看一下，哪些话能说哪些话不能说，一定要注意。"

夏想明白了，如此重大的事件，直接由国家级报纸首先报道，而跳过燕省的媒体，相当于燕省省委宣传部的严重失职，不客气地说，等于直接打了省委宣传部一个耳光。关键是报道的重点不是引进了多少外资，也不是领导小组做出了多大的成绩，不从政治角度来报道，而是从新闻故事的角度来采访，就算省委宣传部大为不满，也挑不出大的过错。

夏想笑着对邱绪峰说道："我们从美国飞回国内时，碰巧同座是两个新闻记者，闲聊中他们得知我们是和柯达集团谈判去了，就很感兴趣地聊起天来。我们也是闲来无事，就真真假假地讲起了故事，谁知道他们当了真，回去后整理出来就成了新闻题材。他们也没有征求我们的同意，对于新闻报道一事，我们也是受害者。"

邱绪峰听了立刻心领神会地点点头："你不说我还忘了那两个人了，我记得当时他们也没有透露记者身份。"

夏想呵呵一笑："对，对，我们也是事后才知道他们的身份……"

李丁山和李朝杰相视一眼,随即哈哈大笑。李朝杰赞赏地看了夏想和邱绪峰一眼,说道:"后生可畏,想当年我们年轻时,哪里有他们反应这么快?真是一代新人换旧人,想得比我们还周到。"

夏想才不相信李朝杰没有想到这一环节,之所以这么说,也是卖一个人情给自己和邱绪峰。

顾曾也插话说道:"夏处长如果从事新闻工作,也是一个了不起的人才。"

夏想忙又谦虚几句,又看了杜同国一眼,笑问:"同国和顾总编同来京城,肯定是有好事了?"

杜同国点点头:"多亏李秘书长帮忙引见,正好《青年报》驻燕省记者站缺一名记者,我来报社总部接受考核,如果考核通过的话,就可以当上《青年报》的驻地记者了。顾总想活动活动,看能不能调到华新社驻燕省分社担任副社长……"

驻地记者虽然也归省委宣传部代管,但人事关系归总部,已经脱离了燕省的管辖范围。在记者证制度还没有改革之前,甚至不用到当地的新闻出版局年审,只需要备案一下就可以了,自由度相当大。即使在记者证实行考试并统一由新闻出版总署核发之后,国家媒体的驻地记者也只需要到新闻出版局年审即可,比起当地的媒体记者,受到当地的监管力度还是弱多了。

顾曾和杜同国此举,也相当于间接地表示了对燕省省委宣传部的强烈不满。如果二人真能都如愿以偿,马霄绝对面上无光。

宋朝度和李丁山联合出手,反击果然犀利,一明一暗,左右夹击,让马霄有苦说不出。

"华新社分社副社长的职务,难度比较大。"李丁山说道,"顾曾级别够,资历够,眼下机会也正好,但就是缺少关键人物说话。我和华新社的关系不熟,认识的人说话力度不够,恐怕不太乐观。"

顾曾自嘲地一笑:"也是我一时气不过,想争一口气。其实就在《时政报》当个轻闲的总编也挺好,要是到了华新分社,肯定事务繁忙。成与不成也无所谓了,反正我也努力过了。"

邱绪峰向夏想使了个眼色,欲言又止。夏想立刻就明白了他的意思,邱家在华新社有人,他能帮上忙!

夏想冲邱绪峰微一点头,意思是让他再等一等,他又问李丁山:"您是什么看法?"

李丁山知道夏想的意思,微一沉吟,说道:"去华新社是好事,总比无事可做的《时政报》好许多,顾曾还年轻,现在就养老未免太早了一些。而且此举政治意义很大,如果成功的话,算是一个不大不小的胜仗。"

相比杜同国任记者站记者,顾曾能担任华新社分社副社长,确实意义重大。华新社不仅仅是新闻通讯社,还有上报内参的权力,是一个新闻加权力的特殊机构。

夏想又看了宋朝度一眼,宋朝度从夏想征询的目光中,明白了什么,微不可察地点了点头。

得到了李丁山和宋朝度的认可,夏想转身对邱绪峰说道:"绪峰,华新社总部,认识不认识说得上话的重量级人物?"

邱绪峰开始时向夏想示意,也是不明白夏想和顾曾之间的关系深浅,邱家确实在华新社有关系,而且在他看来事情不算大,只要邱家出面,不难办成。但是不是送一个顺水人情,还要看夏想的意思。在座几人中,他就和夏想关系最近,其他人的面子,他没有必要放在心上。

见夏想也赞成帮顾曾,邱绪峰也没多说,只一点头说道:"我打个电话问问。"

邱绪峰转身出去打电话,顾曾双手交错,神情略显不安。事关自己前途的大事,再镇定的人也难免紧张。李丁山和宋朝度相视一笑,二人不约而同地心想,夏想总能给人惊喜,本来以为顾曾的事情可能没希望了,突然又有邱绪峰愿意帮忙。二人都清楚,邱绪峰肯出面,完全看的是夏想的面子。

几分钟后,邱绪峰回屋,只说了一句话:"张副社长说,问题不大。"

张长江是华新社副社长,主管各地分社的人事和考核,他既然说问题不大,不是百分之百,也是百分之九十九了。

明枪暗箭

顾曾一下站了起来,心情激荡之下,一手拉住夏想,一手拉住邱绪峰,连声说道:"谢谢,万分感谢。夏处长,邱市长,这份情义我记下了。"

邱绪峰笑着摆摆手:"顾总编别客气,大家都是朋友,理应帮忙。再说既然夏想开了口,就算不认识华新社的人,我也得想办法认识不是?"

夏想对邱绪峰的高抬报之一笑:"好了,你帮了顾总编就算帮了我,大不了你什么时候去了燕市,我和顾总编做东,请你吃顿饭就行了。"

几人一起笑了起来。

李朝杰看向夏想一眼,又看了看邱绪峰,眼神中露出玩味的神色。

不多时两名记者来到,显然已经得到了授意,二人拿出采访本,不该问的不问,专挑一些避免引起纠纷的轻松话题,大概过了一个多小时,记者结束了采访,客气地道谢之后,就匆匆离去。

夏想估计,根据记者的采访内容,少说也能整理出来一篇几千字的惊险刺激的新闻故事出来。所谓新闻故事,既有新闻的真实性,又有故事的可读性,但又避免了政治宣传的套路,有一种剑走偏锋的意思,是一种变相的宣传,并且不落俗套。

夏想甚至已经可以猜到文章的内容,主要是讲如何随机应变和柯达谈判,最后为国争光引进了巨额外资的故事。故事大概情节是真实的,不过细节有可能会虚构,既含蓄地宣传了夏想三人的功绩,又没有任何官方肯定的结论,类似于记者见闻。

其实报纸上此类文章有许多,平常也没有多少人在意。但发表的时机和报纸的级别,就会透露给有心人许多丰富的信息。报纸在某些时候也是一个阵地,而且还是非常重要的阵地。

采访完后,邱绪峰又接到一个电话,对顾曾说道:"顾总编,方便的话,现在就请你到华新社去一趟,张副社长看了你的简历,想和你见个面。"

顾曾急忙动身,李丁山想了一想,还是决定陪他一起去。

二人走后,李朝杰做东,请夏想、宋朝度、邱绪峰、杜同国几人吃饭。邱绪峰不满地说道:"李主任太见外了,京城也是我家,还让您做东,不是笑话我不会招待朋友吗?"

李朝杰笑了:"中午我做东,晚上你做东不就成了?宋省长说了,明天再回去。"

夏想明白了,就问了一句:"明天见报?"

"差不多,如果明天不见报,就再多等一天。"宋朝度下定了决心,"态度决定一切,我们做出了实事,不能让别人得了便宜又卖乖,也得让他们被动一次。"

吃完中午饭,李丁山几人还没有回来,夏想就在邱绪峰的安排下,先在宾馆住下。晚饭的时候,夏想接到了李丁山的电话,说是晚上要陪张副社长一起吃饭,就先不回来了。邱绪峰就又安排了饭局,晚上他没有回家,也住在了宾馆,和夏想、杜同国聊天。

杜同国去记者站当记者问题不大,他见识了夏想对邱绪峰的影响力,对夏想又多了几分敬畏。在杜同国眼中,邱绪峰一个电话就解决了让顾总编上愁许多天的难题,绝对是手眼通天的人物。因为连李秘书长都束手无策了,邱绪峰却能连面也不用露,非常镇静地说出"问题不大"这样的话,他的能力已经超出了杜同国的想象。

但邱绪峰在打电话之前，明显暗中征求了夏想的意见，夏想开口之后，他才打了电话。由此可见，夏想在邱绪峰心目之中，比宋省长的分量还重！

宋朝度晚上有活动，夏想也没多问，应该是在京城走动去了。第二天一早就见到了李丁山和顾曾，从二人一脸的喜悦就可以看出来，事情成了。顾曾握着夏想和邱绪峰的手，连连道谢。

到了下午，宋朝度才回来，一脸高兴地说道："定好了，已经排上版了，明天见报，我们可以放心地回燕市了。绪峰你也一起先到燕市，范省长要接见你和夏想。"

范睿恒的高兴可想而知，毕竟领导小组是在政府的主导下。夏想也知道现在只是开始，等柯达来访之后，正式签订了协议，将会掀起领导小组的第一股热潮。

以前所有轻视领导小组的人，都将会对领导小组高看一眼。

在叶石生态度逐渐明朗的今天，崔向没有了叶石生作为依仗，他又有什么手段可以使出？

和夏想所料相差无几的是，崔向现在正和付先锋、马霄坐在一起，商议对策。

崔向乍一听到夏想为达富集团拉来了十五亿美元的外资时，第一反应就是不可能，谁在开这样无聊的玩笑？十五亿美元，可不是十五亿人民币，怎么可能让夏想谈成了？达富集团和柯达之间的合资谈判，崔向也一直在关注，毕竟这也是燕省一项引人注目的合资项目。谈判进行了一年多，进展不大，省里投入了相当大的支持，也是努力想促成此事。

谈判不成的原因，崔向也略知一二，他和外商打过交道，知道美国人不好说话，傲气十足，又忽冷忽热，让人摸不清套路。夏想此次前往美国，在崔向看来他不过是借机游玩去了，没想到，夏想竟然做出了一件惊天动地的大事。

崔向知道，有了这么大的一份成绩，夏想在领导小组的地位将会如日中天，无人可比。同时他也隐隐听说叶石生私下里和夏想见过面，从叶石生最近对领导小组过多的关注来看，他对产业结构调整的态度有了转变，由保守趋向于支持，也让他心中忐忑不安。

崔向担心的不是叶石生对产业结构调整的支持态度，而是不想看到叶石生也支持夏想。

对于夏想，崔向首先是看不惯他成长迅速，关系网深广；其次最大的担忧是，夏想是宋朝度的得力干将，也将会成为他争夺省长人选的绊脚石。如果说一开始崔向还并不清楚夏想要跳到领导小组的真正用意，以为夏想只是想脱离他的控制，等十五亿外资的事件发生之后，他才恍然大悟，不得不为夏想的深谋远虑倒吸一口凉气。

领导小组的组长是宋朝度，夏想做出的所有成绩，都是在宋朝度的领导之下，成绩越大，身为组长的宋朝度的政绩就越大。产业结构调整只要初见成效，宋朝度必定会在上层的心目中树立起一个能将干将的形象，再加上他现在就是副省长，对争取下一任省长的位子，十分有利。可以说领导小组每做出一份成绩，宋朝度离省长宝座就近了一步。

夏想谈判成功，拉了十五亿美元的外资，只此一项，就让宋朝度离省长宝座，几乎只有咫尺之遥。

可以说，十五亿美元的外资给燕省带来的是收获，但对崔向而言，却是晴天霹雳，让他的省长梦几乎破碎。

诚然，崔向也不一定非要在燕省接任省长，也可以想法调到别省去争夺省长宝座。但他在权衡利弊之后得出结论，只有在燕省他才有一争之力，到其他省份不但可能性更小，而且就算费尽力气运作，以他的资历调到别省，顶多能争上常务副省长一职，想要直接过去担任省长，除非有耀眼的政绩。

燕省离京城最近，最容易受到注目。而且燕省经过前一段时间的动荡，现在趋于平稳，非常有利于他脱颖而出。否则他一个省委副书记想要出什么政绩，也不容易。如果他能起到平稳局势、稳定大局的作用，就会奠定他在燕省中流砥柱的形象，就会得到不少加分。

综合各方因素，以及出于最稳妥的考虑，抓住眼前机遇，在燕省站稳脚跟才是上上之选。把希望寄托在到别的省份担任省长，太遥远也不太现实。

只是让崔向懊恼的是，他最担心的马万正一直老成有余，开拓不足，而宋朝度却在和夏想的联手之下，渐渐成为了燕省政坛上一颗明星。

崔向也终于明白，宋朝度领导和夏想主导下的领导小组，完全是他们二人捞取政治资本的工具。再任由领导小组发展下去，再让夏想引进一批巨额外资的话，宋朝度的省长位置就成了铁板钉钉的事实！与此同时，夏想也将会因此高升一步，甚至还有可能破格提拔，受到重用。

高瞻远瞩的目光再加上出色的能力，夏想再次和宋朝度联手，果然势如破竹。不过此次不是要扳倒别人，而是要捞取政绩，为他们的履历上写上浓重而光彩的一笔。

崔向悲哀地想，宋朝度和夏想越成功，他就离燕省省长的位子越来越远，两者之间是不可调和的对立关系。而且他也明白，在眼下的大气候大环境下，想凭借他个人之力阻止领导小组的运作，想拖产业结构调整的后腿以达到不让宋朝度上位的目的，是愚蠢并且自掘坟墓的行为！他阻拦不了国内的大趋势，况且现在领导小组取得的成绩无比耀眼，他敢肯定，柯达集团和达富正式签订协议的那一天，就是何东辰打电话向燕省省政府表示祝贺的一天。同时，也有可能是夏想正式进入京城视线的一天。

但又不能就此束手无策，任凭宋朝度和夏想继续大放光彩。如此下去，他不但离省长的宝座越来越远，而且以前所有的努力都将付之东流。等宋朝度坐大，等夏想一飞冲天，哪里还有他的好果子吃？政治上的角力，从来就是一个此消彼长的过程，于是崔向邀请付先锋和马霄一起坐坐，商议对策。

付先锋对于夏想的谈判成功也是大为吃惊，没想到夏想本事还真不小，连美国人都能搞定。付先锋一向自认在商业上也有独特的眼光，夏想的成功让他既忌妒又眼红，他有意效仿，当时就和谭龙商量，也要为燕市引进外资。付先锋以前在京城经常接触各国的外商，他相信凭借自己的能力，也能为燕市引进大量外资以换取晋升的政绩。何况燕市又是省会，有更多的企业可以得到外商的青睐。付先锋的如意算盘是，等付家的名品时尚在燕市开张之后，再为名品时尚寻找外商投资，既可以充实资金，又可以当成为燕市拉来的外资，钱是付家赚，政绩也是他得，可谓一举两得。

付先锋的计划还没有来得及实施，就被崔向请来商议事情，他就知道崔向着急了。

几人会面的地点是一家茶馆，悠扬的轻音乐响起，轻灵曼妙。崔向却无心欣赏，详尽地说出了夏想拉来投资之后所带来的正反两方面的影响，然后意味深长地看了付先锋一眼，说道："先锋，夏想和宋朝度联手，不但是我的绊脚石，也是付家在燕市落脚的阻力。"

付先锋不解地问："夏想也好，宋朝度也好，他们还没有资格和付家作对，而且到目前为止，我看不出来夏想有什么理由要和我过不去。"

崔向摇头一笑："先锋你有所不知，五交化大楼的事情，可能也和夏想有关。五交化大楼现在在齐氏集团手中，而齐氏集团和夏想关系很好，齐亚南更是事事听从夏想的建议。"

付先锋顿时愣住，再一细想谭龙接到了范睿恒秘书的电话，就又问："夏想除了和宋朝度关系不错之外，和范睿恒关系如何？齐氏集团和范睿恒有没有来往？"

"齐氏集团和范睿恒之间没什么关系，范睿恒为人谨慎，很少给人留下和大集团来往过密的印象。夏想和范睿恒之间看似关系一般，不过最近好像有走近的迹象……"崔向不太肯定地说道,"有一点可以确定的是,夏想一直和严小时关系不错,帮了她不少忙,而严小时是范睿恒的亲戚,她叫范睿恒舅舅。"

"难道说让谭龙放行的电话,也有夏想的影子?"付先锋心中隐隐升起怒火。

夏想最早在京城中替梅晓琳出头,伤了付家几个边缘人,其实也不算什么大事,但也给付先锋落下了不好的印象,认为夏想是为了讨好梅家,故意欺负付家人。后来又听说夏想和邱家、吴家都有或多或少的关系,付先锋才开始注意到夏想的名字,觉得他有点本事,竟然能让四大家族之中的三家都对他高看一眼。

但也正是因此,让付先锋对夏想没有了好感。毕竟这三家,基本上和付家都不太对付,尤其是吴家和梅家,和付家在许多利益上都有纠葛。夏想既然和梅家、吴家走近,就自然是付家的对手了。

因为夏想和邱绪峰关系也不错,付先锋见多了八面玲珑的人,认为夏想也就是一个政治投机客,和各方关系交好,又多少有点能力,就由他去,反正和付家暂时没有直接的利益冲突,何必理他?对于夏想主导下的领导小组,付先锋也是乐观其成的态度,他也知道有人对产业结构调整的支持力度很大,单城市和宝市试点成功之后,早晚也能轮到燕市。到时他也可以借此东风,捞取足够的政绩。

只是听崔向说到夏想是阻止付家进军燕市的幕后黑手,他先是不信,再仔细一推测,不由信了几分,顿时心头火起。

好你个夏想,不要以为和梅家、吴家关系良好,和邱绪峰走近,就敢在付家背后捣乱!付家真要动你一个小小的处级干部,也是容易得很。而且真要是付家动怒,别以为梅家和吴家会为了你一个无名小卒而和付家公开翻脸,你还不足以成为大家族之间争斗的砝码!

"齐氏集团和范睿恒没交情,也请不动范睿恒出面,如果有夏想从中周旋的话,一切就顺理成章了。"崔向也不敢肯定夏想和范睿恒之间到底有没有走近,不过他清楚一点,"夏想和范睿恒的儿子范铮共过事,以前范睿恒在众人面前抬过夏想,可以说他们之间有合作的基础。而且上一次常委会上范睿恒突然发难,再联想到他现在对领导小组的支持力度,也就不难发现……"

"夏想也确实有点可恶了……"付先锋动怒了,"如果夏想真是幕后支持齐氏集团的人,我还真得想个好办法扳回一局,否则输得太难看了。"

马霄听二人说了半天,突然插了一句:"应该就是夏想,我在宣传部里面也听说了,夏想结婚的时候,就是在齐氏集团的燕京大酒店举办的婚宴……曹永国和卢渊源关系不错,宣传部里也有不少人参加了婚礼。"

付先锋脸色沉了下来:"既然肯定是夏想所为,就得想个办法治治他。崔书记有什么想法?"

借刀杀人

崔向就是要借助付先锋的力量,只有付先锋点了头,付家在燕省的势力才会帮他,就说:"夏想和宋朝度越耀眼,得到的支持越多,我们就被动,就越难扳倒他。夏想帮助宋朝度,就是我的绊脚石,同时随着宋朝度得势,他也会跟着水涨船高。宋朝度行事稳健,又是省委常委,想要从他身上下手几乎没有可能。他没有经济问题和作风问题,只要工作上不出现重大失误,就动不了他。但夏想年轻,现在又正春风得意,肯定可以找到他的漏洞,不管是经济问题还是作风问题,只要能把他拿下,宋朝度就失去了支撑……"

崔向也知道,他问鼎省长宝座的心思瞒不过付先锋,也没必要瞒他,现在他和付家走近,能当上省长,对付家也极其有力。当然现阶段还必须要打动付先锋,让付先锋和夏想为敌才是关键的第一步。幸好,夏想和付先锋之间还有矛盾存在。

付先锋点头说道:"夏想确实可恶,他既然处处和付家作对,不将付家放在眼里,那么我只好搬开他这个绊脚石了。"想了一想,又说,"夏想虽然和不少集团来往过密,但好像一直手脚挺干净,没有什么经济问题,就是他的爱人曹殊黛开了一家设计公司,能不能从这个方面入手,暗中查一查?"

"也不失为一个办法。"崔向点头表示赞许,"国家政策不允许领导干部的直系亲戚直接参与经营,不过这个政策各地执行得并不严格,燕省也是很少有人提起。而且这事可大可小,想要给他制造一点麻烦还成,但想要给他造成什么影响,还是太小了。"

马霄话不多,但总有出人意料的效果:"既然夏想和严小时关系密切,能不能从男女关系方面入手?"

"不行,动了严小时,就会触怒范睿恒。我们现阶段是打压夏想,削弱宋朝度的力量,不能再牵涉到范睿恒,否则等于又树了一个大敌。"付先锋连连摇头。

"夏想和几名省委常委关系都不错,想要动他,难度很大,我担心会得不偿失。"马霄不无忧虑地说道。

"那倒不怕,我们在暗中做好手脚,等证据确凿时再全部公开,到时一见夏想没有了翻身的可能,所有支持他的人都会闭嘴,和他划清界限。当年高成松身为省委书记,在证据面前也被拿下,何况一个小小的夏想?"崔向自信地说道,"关键是如何不动声色地拿到证据,夏想也一直没有传出什么生活作风方面的问题。不过他上一次被高成松打压,好像是因为远景集团的连若菡……"

"什么?连若菡?真的是连若菡?"付先锋本来安稳地坐在座位上,一听连若菡的名字,立刻跳了起来,"连若菡是吴家的女儿,怎么可能和夏想也有关系?"

"连若菡是吴家人,真的假的?"崔向也是吃了一惊,他对远景集团了解不多,虽然在他还是市委书记的时候远景集团就已经进入了燕市,但一直是陈风和远景集团打交道,他并没有怎么关注远景集团,而且连若菡又不姓吴。尽管他也知道连若菡来自京城,还和吴家的高晋周关系匪浅,却没有将连若菡和吴家联系在一起。

话一出口崔向哑然失笑,他和付先锋互相问问题,有点滑稽,就说:"应该不假,远景集团的森林公园就是夏想设计的,还有,他为了帮远景集团拿下钢厂和药厂的地皮,也是不遗余力。夏想还在城中村改造小组时,就和远景集团关系密切,由此可以得知,他和连若菡关系非同一般。"

"有意思了……"付先锋胸有成竹地笑了,"我听说连若菡现在在美国,等我再打听打听,夏想和连若菡之间到底有没有事情。如果有的话,我就把事情直接捅到吴家老爷子耳中,老爷子一怒,夏想就是副省长,前途也会毁掉。"

马霄一直凝重的脸色终于挤出了一丝笑容:"这办法好,借刀杀人总比自己动手好。要是和夏想正面冲突,说不定我们还会有损失。"

崔向也笑了:"好,有先锋出面,事情就容易多了。"

付先锋点了点头,没有说话,心里却想夏想和吴才江好像也能谈得来,不知道吴家老爷子对他是什么看法?不过估计夏想还没有入老爷子的眼,一向听说老爷子对连若菡爱若掌上明珠,如果夏想真和连若菡之间发生了什么,老爷子知道后不勃然大怒才怪……

夏想自然不知道他又被崔向精心算计了一局,尽管他也知道他做出的成绩越大,宋朝度的政绩就越突出,对崔向的威胁就越大。但没办法,现在不是在玩和平共处的过家家游戏,不能因为有人不高兴、有人暗中捣乱就不做事情。

一行几人回到燕市已经天黑了,邱绪峰住在了省委招待所,宋朝度和夏想各自回家。

一回家,夏想就被曹殊黛一把抱住。小丫头眼泪汪汪地看着夏想,一脸可怜巴巴的模样，说道："你出差这么久，都想死我了。快说，有没有想我？"

想想也是，结婚以来，还从来没有分开过这么长时间，夏想也是无比想念小丫头，就在她脸上用力亲了一口："想，当然想，一会儿你就知道我有多想你了。"

"为什么要一会儿才知道？现在不能告诉我？"小丫头天真地问道，不过在夏想看来，她的天真中似乎总有一种让人想要犯罪的邪恶。

"因为想念可以是语言，也可以是动作。我不善于用语言表达，就用行动来表示一下我的思念，好不好？"

"好呀，好呀。"小丫头不知道是真没听懂，还是假装，用手一指厨房说道，"那你帮我做饭好了。"

夏想才不会被小丫头故意引开注意力，他一边脱掉外套，一边说道："秀色可餐再加小别胜新婚，你说我接下来会怎么做？当然是没心情吃饭，要先吃了你再说。"

小丫头泪痕未干，却又笑了："我反正已经洗完澡了，你不洗干净的话，不让你碰我。"

这一句话夏想爱听，三下两下除掉衣服，跑进了卫生间……

一番卖力之后，夏想才心满意足地躺在床上，仰望屋顶的天花板，对怀中的小丫头说道："我不在家的时候，你有没有听话，有没有当个乖乖女？还有，公司里的事情多不多？"

"你不在的时候，我平常就是上班下班，有时蓝袜也过来陪我。我一个人在的时候，就早早吃完饭然后躺在床上想你。我比你乖多了，不做坏事，也不胡思乱想，再说公司的事情又很多，每天都忙得团团转。"小丫头将头埋在夏想的胸前，扳着手指一件件地说事情，她忽然想起了什么，又补充说道，"你让我把法人代表变更为蓝袜，我也办妥了，我现在的职务是总设计师，怎么样，威风吧？"

"刚才倒是威风……"夏想嘿嘿一阵狞笑，"比我想象中厉害多了。"

"让你说，我不理你了。"小丫头结婚时间也不短了，被夏想一说，还是羞红了脸。

第二天夏想一进办公室，迎接他的就是雷鸣般的掌声。以安逸兴为首的领导小组的全体成员会聚一堂，对夏想的到来列队欢迎，尤其是方格，手掌都拍红了也没察觉，眼中全是羡慕和佩服。

综合二处的几人夏想不太熟，虽然众人的眼光有欢迎也有忌妒，夏想还热诚地抱拳向大家致意，感谢大家的盛情。彭梦帆第一个向前握住夏想的手，激动地说道:"夏处长,好样的,为我们领导小组争了光,我佩服你。"停了一停,又说:"我到单城市实地走了走,看了看,得出了结论:纸上得来终觉浅,绝知此事要躬行。通过所见所闻我发现了自己的不足之处,在此衷心地谢谢你。"

对彭梦帆的表态夏想还是非常满意的,他知道彭梦帆这样的人不会作假,说什么是什么,彭梦帆向自己低了头,就是真正认可了自己,也就用力握了握他的手,说道:"彭处长客气了,大家既然来了领导小组,就有了共同的目标,以后一起努力,一起进步。"

短暂的欢迎仪式过后,夏想还没有来得及和众人说几句话,就接到通知,范省长要见他。

和邱绪峰并肩走进范睿恒的办公室,范睿恒起身相迎,笑容满面地说道:"来,两位功臣快坐,首先我代表省委省政府感谢你们做出的巨大成绩……"

夏想和邱绪峰少不了客气加谦虚一番,寒暄完毕,二人分别落座。范睿恒饶有兴趣地问起谈判的经过,夏想和邱绪峰就你一言我一语地回答范省长的问题。

范睿恒在得知夏想成功引进了巨资之后,也是无比欣喜,同时大受鼓舞。

因为范铮和齐亚南合作的事情非常顺利,完全是在合法合理的情况下合作,让人挑不出任何问题。在听了范铮转述夏想安排他和齐亚南会面的经过之后,范睿恒对夏想高超的手腕赞不绝口,并让范铮以后多向夏想学学。

范睿恒也就不再犹豫,和邹儒取得了联系,向他郑重地推荐了夏想。邹儒在听了夏想的条件之后,兴趣不是很大,但碍于范睿恒的面子,还是勉强答应了下来。范睿恒也听出了邹儒的为难,迟疑一下,就将严小时的事情暂时压下,没有再提。

夏想成功地说服柯达投资十五亿美元的消息传到燕省,范睿恒第一个念头竟然是,他的省长宝座坐稳了!

随即他又想到,省长宝座坐稳只是第一步,登上书记位置才是他的最终目标。现在才两座试点城市,领导小组已经取得了可喜的成绩,等第二批第三批试点甚至是面向全省推广时,将会有更多意想不到的成绩,作为省长,他的能力就会得到认可。

范睿恒下定了决心,要对领导小组的工作全力支持,要人给人,要钱给钱,要政策给政策,只要领导小组上下一心,做好指导工作就成。

所以他早早安排好了一切,通知秘书,一等夏想回来,就第一时间召见夏想,既显示出他对领导小组工作的重视,也让夏想体会到他个人的关切。

范睿恒听了夏想和邱绪峰的讲述,呵呵一笑:"也就是你夏想敢冒险,想出这样欲擒故纵的主意,换了别的干部,也没有这个胆量。"

夏想忙谦逊地说道:"我其实也是被逼无奈,美国人太傲慢了,不晾晾他们,他们总觉得投资是救济我们来了,其实在商言商,他们当然认为有利可图才来投资。没想到美国人也是欺软怕硬……总算没有辜负省委省政府的重托,邱市长和常总从容应对,我就趁机步步紧逼,还算不虚此行。"

范睿恒对夏想时刻不忘提及省委省政府以及宋朝度等人的态度,感到十分满意。在官场上就是要时刻保持清醒的头脑,有了功劳也不能居功自傲,否则很容易被打入冷宫。再想到范铮能跟着夏想学到许多东西,而且自己和夏想之间的关系也有所突破,他的心情就越加舒畅起来。

"等正式和柯达签订协议的时候,我也有必要亲临现场,感受一下气氛。"范睿恒定了基调,要出席签字仪式,等于给了领导小组和宝市最大的支持,"怎么样,欢迎不欢迎?"

夏想和邱绪峰相视一眼,一起向范睿恒表示欢迎和感谢。

夏想斟酌一下,出于谨慎,还是将宋朝度在北京安排他和邱绪峰接受采访一事说了出来。夏想倒不是特意讨好范睿恒,而是相信以范睿恒的聪明,绝对能猜出其中的内情,以及宋朝度在其中所起的作用。夏想的想法是,宋朝度现在应该多和范睿恒走近,结成巩固的同盟。

夏想隐隐担心的是,马万正的态度暧昧不清,应该找个机会和马省长谈一谈,从侧面了解一下他的想法。马万正肯定也想接任下一任省长,他和宋朝度之间也是竞争关系。宋朝度的光芒越盛,马万正的机会就越小。夏想想知道马万正的真实想法,避免出现不可调和的矛盾。

范睿恒听了夏想的汇报,点头一笑:"我支持朝度的做法,是该敲打敲打某人了。"顿了一顿,他对夏想投出赞赏的一瞥,看似漫不经心地说道,"这件事情,我昨天就听说了……"

点到为止,不再多说,至于从哪里听说如何听说的,范睿恒才不会透露。身为上位者,必须要保持神秘感才能让人敬畏。

邱绪峰微微一怔,悄悄朝夏想点了点头,意思是对他及时的表态大加赞赏。如果不说,范睿恒就算表面上不说什么,心中多少也会有点不快。

外面传来了敲门声,范睿恒威严地说了一声进来,是他的秘书石伟。石伟三十三岁,白净的长脸,戴一副金丝边眼镜,待人接物很有礼貌——自从武沛勇事件之后,燕省几大领导的秘书都收敛了许多,变得人人自律起来。

石伟冲夏想和邱绪峰微一点头,向范睿恒汇报说道:"范省长,《青年报》和

《经济报》发表了关于邱绪峰和夏想同志的新闻稿件,您要不要过目一下?"

范睿恒大感兴趣:"要看一下,我看看记者的生花妙笔是怎么形容谈判过程的。"

夏想对范睿恒肯抽出宝贵的时间,接见他和邱绪峰达一个多小时之久,也是心中感激。一般到了范睿恒的层次,对于谈判一类的事情,向来是只问结果不关心过程的,他没有时间和精力去关注!今天不但细心问了许多细节,还非常有耐心地谈论了许多谈判技巧方面的问题,可以说表现出了一个上位者极有耐心和涵养的一面。

连邱绪峰也是暗暗赞叹。

范睿恒从石伟手中接过报纸,大概用了十分钟左右看完。看完之后将报纸递给夏想和邱绪峰,说道:"想必你们也没有看到文章,看一看,我觉得写得不错,该表达的意思表达了,不该表达的也含蓄地表达了。这个记者,水平不低。"

夏想知道文章在刊登之前,宋朝度肯定把了关。他简单看了几眼,又和邱绪峰交换了报纸,感觉两个记者的文风一个严谨,一个宽松,不过文章都写得不错,夏想看了十分满意。文字之妙用,可以含沙射影,可以指桑骂槐,可以歌功颂德,也可以杀人于无形,刀笔吏一说,名不虚传。

夏想和邱绪峰刚离开范睿恒的办公室,就接到通知,说是叶书记要接见他们。二人相视一笑,没办法,领导召唤,必须听命。换了别人听说省委书记接见,还不得乐翻了天。

当然,夏想和邱绪峰内心深处也是非常高兴,谁都渴望受到重视,夏想如此,邱绪峰也是如此。

你来我往

和叶石生会面,气氛就严肃多了。叶石生只是简单问了问结果,根本不问过程,又称赞了夏想和邱绪峰几句,表扬过后,话题一转,语气微带不满地说道:"以后不经批准,不准私自接受记者的采访,尤其你们现在身份不同,绪峰同志是副市长,夏想同志是领导小组的成员,身份敏感,怎么能随便发表言论?按照规定,凡是省外媒体采访,一律先联系宣传部门,由宣传部门出面协调之后,再行安排。"

叶石生生气地将报纸摔在二人面前。

不管叶石生是真生气还是故作威严,估计他心中不快也是真的。燕省出了天大的新闻,结果在省里媒体没有一丁点儿消息的时候,国家媒体却先报道出来,明显是落了燕省媒体的面子,让省委宣传部颜面无存。

夏想在关键时刻还保持着谦让的美德,示意邱绪峰先说。邱绪峰无奈,谁让他级别高一点,就急忙向叶石生解释事由。叶石生自然不信,又问夏想,夏想又将飞机上"偶遇事件"重复了一遍,叶石生才半信半疑地说道:"这事就算了,也怪你们没有对付新闻记者的经验,被他们给套了话去。不过宣传部那边肯定意见大了,他们也会找你们说理……"

夏想趁热打铁说道:"叶书记,虽然和柯达集团签订了意向书,但还没有签订正式协议,我们手头还有许多工作要做,宣传部要是总找我们的事,耽误了工作可就麻烦了……"

叶石生被夏想的无赖逗笑了:"行了,别跟我耍滑头了,宣传部肯定有话要说,就让他们说两句。不过如果没完没了,影响你的工作的话,你抬我出来当挡箭牌就可以了。现在是天大地大,柯达的资金最大。在资金到位之前,我的意见是,省里媒体不宜宣传为好,等正式签订协议之时,少不了你们上报纸。"

夏想忙笑着恭敬地回答:"邱市长和我的意思是,我们只负责具体工作就可以了,做出的任何成绩,也都是在省委省政府的正确领导之下……"

叶石生挥手打断夏想的话:"套话就不用说了,你们下一步的任务是,和柯达方面保持密切的联系,为柯达的来访做好前期准备。同时,领导小组的工作也不能放松,要继续深入推广产业结构调整,争取早日取得更大的成功,将单城市和宝市的经验向全省推广。"

最后,叶石生又勉励夏想和邱绪峰几句,对二人语重心长地说道:"你们二人都还年轻,又做出了这么大的成绩,一定要戒骄戒躁,再创佳绩。"

走出叶石生的办公室,夏想趁人不注意伸了伸懒腰,摇头说道:"受到领导接见本来是好事,可是见领导多了也不好,腰疼腿也疼,说不定一会儿脖子还疼。以后等我当了领导,接见别人的时候,一定不要求他们坐得直、站得正、脖子挺,让他们随意就可以了。"

"别说笑话了,到了一定的位置,你不拿拿架子,别人就不会重视你。现实就是如此,你想在官场上与众不同,最终只能被人排挤或是打入冷宫。再说,我看你以后架子也不会小。"邱绪峰嘿嘿笑了几声。

夏想不解:"怎么说?"

"就凭你现在和省长关系不错,在省委书记面前也镇定自若,久而久之就会养成威势,等你坐上市长的位置之后,不知不觉就会吓住下级。"邱绪峰感慨地说道,"这一次我算是沾了你的大光,以后有什么需要的地方,尽管说一声。等资金落实之后,我就有得忙了……"

邱绪峰脸上闪烁出期待的光彩,十五亿美元的资金肯定不会一次性到位,但就算一次到位三亿美元,也是一笔巨款。到时扩建项目,考察场地等等,邱绪峰确实要忙得不可开交。

但也会因此奠定他在宝市仅次于书记和市长的地位,风头一时无两,常务副市长完全被他盖过了风头。

夏想也相信他能把握大好时机,将一份足够高升一步的政绩紧紧抓在手中。

"齐氏集团会到宝市投资茂盛酱菜,得请你亲自出面招待一下,因为有一个影子股东在其中,他叫范铮。"对于邱绪峰,夏想没必要隐瞒,直接点明了范铮的身份,"范省长的公子。"

邱绪峰也没有什么惊讶的表示,只是点点头:"小事,好说。我倒是另外有一件事情,在考虑要不要插手,梅晓琳离开安县之后,谁将接任县长?还有,听说县委书记下半年也到时间了,有合适的人选,你也可以向陈书记建议自己人去安县,毕竟安县有我们的心血。"

邱绪峰一说,夏想还真动了心。安县,他付出了太多的汗水和心血,让自己人接手,也能更好地保证政策的延续性。让谁去好呢?夏想决定找个时间找陈风聊一聊。

夏想回到办公室时,已经中午了,方格嚷嚷着要为夏想庆功,大家一起出去聚餐,结果方格很悲惨地发现钱包空了——不知什么时候被蓝袜把钱包搜刮一空了。方格欲哭无泪,最后还是钟义平出钱帮他解了围。

钟义平不错,夏想心里一动,机会合适的话,可以把钟义平外放到安县任副县长,重点培养一下。

不出夏想所料,下午的时候,省委宣传部就来了一名副部长找他问话,就两大媒体同时发表新闻稿的事情,质问夏想。

副部长名叫丰利,四十岁出头,个子不高,但很胖,几乎成了圆球。夏想也知道他,他曾经是卢渊源的人,卢渊源一走,他立刻和马霄走近,成了马霄最得力的助手,因此夏想对他没有什么好感。

丰利气势汹汹地呵斥了夏想几句,又说:"夏处长,以后接受任何新闻媒体采访,必须向省委宣传部请示,经宣传部批准以后才可以开口说话,听到没有?否则后果自负。"

夏想就将早就想好的应对之策解释了一遍,很客气地说道:"他们没有亮明记者身份,只是随便聊天,我总不能在飞机上也打电话征求一下省委宣传部的意见吧?"

"你什么态度？"丰利大怒，"夏想同志，请你端正你的态度，我是在和你谈论非常严肃的问题，开不得半点玩笑。话说错了，可是要负政治责任的，你要想清楚后果！"

夏想不用猜也知道，丰利怒火的背后是马霄怒甩报纸怒不可遏的表情，丰利的火气有多大，就代表马霄的不满有多大。他不徐不疾，一点也没有惧怕之意，说道："对不起丰部长，我不是省委宣传部的人，对省委宣传部的工作要求不太清楚。而且我前往美国谈判之前，宣传部也没有特意交代我一些注意事项，现在事后对我训话，我只能说以后尽量吸取教训，保证不再犯同样的错误。至于您的火气，还发不到我的身上。"

夏想的话虽然生硬了一点，但也是不无道理。省委宣传部主管全省的宣传口，但对领导小组没有直接管辖权，只能业务上领导，不能行政上指挥。退一步讲，就算夏想不理丰利，丰利还真拿他没有办法。

因为宣传部不是组织部！

丰利勃然大怒。

也不怪丰利气焰嚣张，确实是马霄看到报道之后，气得当场甩了报纸，紧急召开了一个内部会议，要求所有人动员起来，在省委大院中开展一次宣传运动，要让所有身处关键位置的中层干部提高自身素质，时刻保持警惕性，不要轻易发表不当言论，以免影响安定团结的大局。

马霄将事件上升到了这样一个高度，底下的人就不能掉以轻心。马霄比卢渊源强势，做事情又喜欢大张旗鼓，私下里大家都说他不亏在东北某市当过宣传部长。因为当年某市建得花团锦簇，但经济却一塌糊涂。当地人戏称是"宁要裤子，不要肚子"，意思是宁肯饿着肚子，也要穿得光鲜。

会后，马霄又单独留下丰利，让他对夏想和邱绪峰严加训话，务必保证口径的统一，不能影响整个燕省产业结构调整的大局。马霄也清楚，肯定是有人故意使坏，就是要打他一个耳光，所以他无比恼火。联想到宋朝度亲自前往京城去接夏想一行人，他岂能不能明白事件背后有宋朝度的身影？

宋朝度他惹不起，也管不住，难道连夏想也敢给他上眼药？他想起刚刚和崔向、付先锋商讨过要收拾夏想，现在更坚定了内心的想法。夏想果然是一个喜欢惹是生非的人，不把他一脚踢开，他总能出其不意地撬动各方的平衡点。现在只是一件小事，如果下一次柯达前来国内正式签订协议，等京城的国家媒体全面报道之后，燕省媒体还没有一点新闻发布的话，他这个省委宣传部长就是天大的失职，就会在政治生命中留下难以抹掉的败笔。

真要是出现了这样的大事，所有人都会等着看他的笑话，他在燕省将威信扫地,再难开展任何工作!

好一个夏想,马霄让丰利对夏想严加训斥,并且要上升到政治高度看待问题。

丰利了解马霄的脾气和手段,知道马霄不好伺候,比卢渊源脾气大事情多,不得不格外谨慎。一听马部长要求他去对夏想进行训斥,知道表现的机会来了,就忙拿足了架势,前来敲打夏想。

丰利被夏想轻描淡写的态度激怒了,他拿出了省委宣传部副部长的权威,以一副命令的口气说道:"夏想同志,鉴于你没有认识到问题的严重性,我会向宋省长反应你的问题,也不排除向范省长汇报一下……请你好自为之。"

夏想对丰利的嘴脸无比鄙视,当年他们有过一面之缘,因为曹永国和卢渊源之间的关系,丰利说话的口气很是亲切。现在倒好,卢渊源一走,丰利自认傍上了马霄,就翻脸不认人了。本来就是一件小事,还非当马霄的马前卒对此抓住不放,拍马屁的手段太下作了。

夏想平常很少生气,今天确实也是有点怒意了,马霄在该宣传的时候不宣传,现在做出了巨大成绩,却又小题大做,故意指使丰利前来添乱,看来他是铁了心要和崔向站在一起了。

夏想正想开口再反驳两句——对付柯达的美国人都没有问题,对付丰利这样的势利小人,更是手到擒来,况且夏想也知道丰利还没有资格奈何得了他……还没开口,就听到门口有人说道:"丰利同志威风不小,到领导小组来指导工作了?你不必向宋省长反应,更不用向范省长汇报了,有事情直接对我说就可以了。"

马万正来了。

马万正一到,综合一处的人都纷纷起立,向马省长问好示意。马万正笑容满面地冲众人点点头,转向丰利时,却又变成了一脸严肃,说道:"夏想同志为燕省拉来了巨额投资,是燕省产业结构调整的功臣,他还年轻,偶尔被两个别有用心的记者算计,也不是什么大事,用不着上纲上线。丰利同志,如果没有什么事情,你先回去,我还有事情找夏想同志谈。"

丰利吃了一个不软不硬的钉子,他可不敢和身为省委常委的常务副省长顶撞,急忙点头说道:"是,马省长,该说的话我已经说完了,马上走。"

丰利灰溜溜地走了,临走时,还悄悄看了夏想一眼,心想来日方长,不信抓不到你的小辫子!他心中气愤难平,夏想也太不给他这个副部长面子了,刚才领导小组的其他人对他也是怒目而视,让他的权威荡然无存。

丰利决定好好在马霄面前告夏想一状。

夏想以为马万正只是正好路过,顺便解围,没想到马万正还真有事找他。马万正的办公室虽然就在楼上,他不过是上楼的时候顺道路过,但常务副省长亲自来找,面子确实不小。

跟随马万正来到办公室,夏想主动向他汇报工作,马万正听了只是笑着点头,不发一言。一直等夏想说完,他才咳嗽一声,喝了一口茶,说道:"小夏,最近和旭光来往多不?"

夏想最近和冯旭光确定来往不多,冯旭光的超市正在全省范围内扩张,步伐很大,他也是忙得不可开交。不过夏想也正想找冯旭光谈谈在他的超市里面,全面推广酱菜的事情。

"不是很多,旭光最近一直很忙,偶尔电话联系一下,他连话也顾不上多说。"夏想如实回答。

"领导小组的成绩很喜人,小夏你的功劳不小,朝度有你的帮助,步子会越来越稳健。"马万正一脸浅笑,看不出他的真正用意。

夏想就只好客气几句,也不好多说什么,马万正肯定想争省长之位,不可避免要和宋朝度成为对手。

马万正也看出了夏想的为难,就说:"朝度在副省长的位子上时间太短,就算政绩再大,一步过渡到省长,可能性也不大,因为根基不稳。省长是一省之长,一般至少要担任副省长五年以上,才有可能担任省长。朝度今年还不到五十岁,资历……还是浅了些。"

马万正的意思难道是说,要让宋朝度主动退让,再担任一届常务副省长,再向省长宝座发起进攻?担任一届副省长就提拔为省长的先例也不是没有,如果政绩足够大,破格提拔也不算什么。但马万正的态度就有点耐人寻味了,夏想又不好意思直接开口相问,就含糊其词地说道:"我也不清楚宋省长的真实想法,也影响不了他的决定。您可以直接找他谈话,相信宋省长出于对您的尊重,会和您有良好的沟通。"

马万正停顿片刻:"我怕朝度会多想,我和他都是下一届省长的有力竞争者……算了,你替我把话带到就可以了。不管朝度是误解还是认可,我都认了。"

回到办公室,夏想沉思半天,马万正是真心相劝,还是感觉到了危机?想了半天不得要领,只好无奈地一笑,他只管传话过去就行了,别的事情,暂时还是不要再操心了。

两天后,夏想得到了准确的消息,杜同国到《青年报》驻燕省记者站担任记者,顾曾调任华新社驻燕省分社副社长。

消息传到省委宣传部,正在喝茶的马霄气得狠狠地一放茶杯,一不留神竟然将茶杯摔得粉碎,茶水流了一桌子,正好将刊登着夏想和邱绪峰事迹的报纸弄湿了。看着水痕在报纸上逐渐扩大,马霄的脸色越来越难看,他终于明白过来,对手的还击是一套漂亮的组合拳,就是要打了他的左脸之后,再打右脸。

马霄火冒三丈。

↗ 05　名震京城

能透露的细节，夏想也都详细地说了出来。在座的都是行业内的领军人物，希望他的观点能多少影响到他们，让他们的学生以后在和外商谈判时，不至于为了政绩为了数据，而丢失掉更宝贵的东西。能做到多少是多少，反正他也知道一个人的力量毕竟渺小，问心无愧就可以了。

阴错阳差

马霄拨通了付先锋的电话，将夏想一方的反击说了一遍，付先锋却轻描淡写地说道："马部长，不用着急，来日方长，胜负又不在于一时。连若菡现在在美国，还没有查到她和夏想之间的关系，不过听说她好像生了孩子，但她人在国外，不好查，我想既然她有孩子，早晚会回国，一回国就好办了。没有结婚就有了孩子，吴家老爷子会很生气的，老爷子一生气，后果很严重。"

付先锋最近忙于名品时尚入驻燕市的事情，对其他事情就无暇分心。名品时尚又重新选好了地点，前期工作已经准备就绪，现在已经动工在建了，估计秋天之前就能竣工。

马霄听付先锋这么一说，想想目前也确实无法可想，只好作罢。

随着火热的七月的来临，整个燕省都进入了夏天。和夏天一同来临的，是领导小组迎来了第一次重大活动——柯达总裁亲自飞临宝市，参加正式的签字仪式。

同时出席仪式的还有省委副书记、省长范睿恒，省委常委、省委秘书长钱锦松，省委常委、副省长宋朝度，宝市党政主要负责人也列席了会议，领导小组由夏想出面接待了史密斯一行。

签字仪式结束后，又举行了酒会。酒会结束后，范睿恒、钱锦松和宋朝度返回了燕市，夏想留下来陪史密斯参观厂房，又和史密斯畅谈了一下数码时代的前景,让史密斯对他大加赞赏,又非拉他留下共进晚餐。

第二天史密斯一行又到京城访问,送走史密斯,夏想匆匆和曹永国、邱绪峰见一面之后,就返回了燕市。单城市和宝市的产业结构调整到现在可以正式对外宣称初见成效了,省里已经将第二批试点城市的问题提上了日程,领导小组的工作日渐繁忙。

刚回到燕市,一进门,夏想就接到了一个电话,里面传来一个陌生的声音,很低沉,又有淡淡的威严感:"是夏想同志吗?"

夏想正忙着看一份文件,也没多想,就说:"是我,请问您是哪位?"

"我是易向师。"

"您好,您好!"夏想吓了一跳,易向师亲自给他打电话,让他始料未及,急忙恭敬地说道,"有什么指示精神,请领导尽管吩咐。"

易向师的声音波澜不惊:"没什么事情,就是对你说服柯达投下巨资表示一下祝贺。外经贸部的专家到现在也猜不透你是如何打动了柯达的董事们,他们想亲眼见一见你……怎么样,什么时候有时间来外经贸部做客?"

挂断易向师的电话,夏想无奈地一笑,得,现在因为柯达的投资一事,他大小也成了一个名人。

对于前往外经贸部一事,夏想还是婉拒了,他可没资格也没胆量在外经贸部的专家们面前班门弄斧。不过他没有想到的是,紧接着又发生了一件事情,还是促成了他的外经贸部之行。

上一次范睿恒向邹儒推荐夏想投到他的门下时,邹儒还觉得夏想就是一个普通的想要学历的官僚,尽管有一点经济头脑,但还不够资格拜他为师。碍于范睿恒的面子,邹儒也就勉强答应收下夏想。

在范铮的力促之下,邹儒为夏想办理好了相关手续,只需要夏想前来注册一下学籍就可以了。他打电话通知了范铮,让夏想有空来京城一趟,直接到社科院找他即可。刚放下电话,就听说外经贸部易向师来访,邹儒急忙起身迎接,刚走到门口,就见易向师推门进来。

易向师笑道:"邹老还到门口迎我,可不敢当。快坐,我正有问题向您请教。"

邹儒比易向师大几岁,但也不算太多,易向师一向对专家学者非常尊敬,对邹儒也一直以邹老相称。邹儒不肯,不过拗不过易向师的坚持,也就默认了下来。

"向师,你对国内和国际的经济研究也颇有建树,当一个经济学家也是绰绰有余,还有什么难题能难倒你?"邹儒因为易向师的平易近人和在经济学方面的建树,对他也是高看一眼,不只当他是官场中人。

"邹老,我想请问您,达富集团如果和柯达合资的话,您觉得达富百分之四十的股份价值多少亿美元?"

略一沉吟,邹儒说道,"我对达富集团的关注不是很多,以达富的规模和市场份额,五六亿美元应该是一个合理的数字。当然,如果有附加协议,在市场的开放等方面有所让步的话,多一两个亿也在合理的范围之内。"

易向师笑了:"以您估算,让国内的官员去谈判,低到什么价钱您可以接受?"

邹儒不以为然地冷哼一声:"如果让官员出面,卖个三亿我也不觉得惊讶,如果他们个人收取了好处的话,就是两亿美元卖掉,也不足为奇!"

易向师知道邹儒对国内众多不懂经济的官员,向来没有好印象。他也就呵呵一笑,又说道:"邹老所言极是,如果掺杂了个人利益在内,也就失去了对比的意义。但我想说的是,有一个官员出面和柯达谈判,最后不但将百分之四十的股份卖出了十亿美元的高价,而且还没有什么附加的苛刻条款。让人难以置信的是,柯达方面同时又附加了五亿美元的投资,前来燕省宝市兴建新的生产线,您说,他是如何说服柯达方面的?"

邹儒正在倒茶,听了易向师的话,茶水溢出水杯,流了一桌子犹自不觉,不敢相信地问道:"怎么可能?我不相信!不是说国内没有这么有能力的官员,而是柯达集团根本不会大举投资国内市场。以目前的国内的经济环境以及市场前景来看,达富也没有能力消化十五亿美元的巨资……从市场的角度分析,柯达此举完全不符合市场规律!"

邹儒一时情绪激昂,说完之后才发现水满杯溢,索性也不给易向师倒水了,直接将茶壶放到一边,问道:"向师,你说的事例是真是假,我怎么没有听说?"

邹儒的研究方向是国内的政策走向,以及国际上成功并购、合资等事例,对国内的并购、合资事例关注不多。因为在他看来,国内几乎没有一件值得研究的合资事例——不研究还罢,越研究越气人,许多合同在条款上被设下了陷阱,基本上有点智商的人都可以看出来。但签订协议的负责人却个个如傻子一样,被骗得团团转,都前仆后继地签订了一个又一个不平等条款。

邹儒自此再也不关注国内的合资案例。在他看来,合资案例之中,真正对双方都互惠互利的不能说一个没有,但至少百分之八十以上有猫腻,不研究正好,眼不见心不烦。

易向师对邹儒的耿直也非常了解,听他一问,也就笑道:"邹老,您现在一

128

向不关注国内的合资案例，可能对柯达投资的事情没有放在心上，但应该也听到了相关风声，不过没有留心罢了……柯达总裁史密斯刚刚离京，飞回了美国。"

邹儒大奇："什么时候的事情？快告诉我，到底是谁说服了柯达投资？不可能，中国市场对柯达应该没有这么大的吸引力，他到底是谁，到底从什么方面打动了柯达？了不起，我一定要见见他，当面向他请教。"

邹儒毕竟是经济学家，他可不像只问结果不问过程的官员一样，只关心拉来了多少投资。他关心的是，以柯达的远见卓识，应该很清楚他们在中国的利益诉求。柯达肯投资十五亿美元，就是认为在未来几年内，得到的回报一定会超过十五亿美元。

而让邹儒最不能理解的一点就在这里，在他的理论研究中，中国的数码产品市场，不足以支撑柯达这样一个庞然大物全面介入。就算柯达投资的生产线生产出来的产品面向国际市场，但在他的分析中，还看不到数码产品有多么诱人的前景，正是因此，他完全不能理解柯达的投资决定！

"他叫什么名字？这个案例太惊人了，先不说柯达的投资能不能得到回报，单是说服柯达做出投资十五亿美元的决定，就足够列入经济学教材了。"邹儒简直有些迫不及待地想见到易向师口中之人。

易向师非常理解邹儒迫切的心情，当柯达总裁在宝市正式签订协议时，消息传到外经贸部，许多人还不相信是真的。有人甚至认为宝市夸大其词，可能是为了政绩而虚夸了投资金额。但当易向师拿出在外经贸部备案的合同副本时，所有人都哑口无言了，觉得以上的猜测有些幼稚，因为柯达投资多少是要向股东做出解释的，只要一查美国的新闻就可以证实消息的真假了。

地方政府可以在GDP上面做假，可以虚报产值，但在合资金额上，因为有严格的审查手续，所以不敢谎报数字。也不是因为十五亿美元的投资太惊人，而是达富集团作为国家重点企业，外经贸部的许多专家都对合资一事十分关注，也都估算过最好的结果。

十五亿美元的投资，还是远超所有人的预料。

外经贸部经济学家不少，也有各大院校请来的专家教授，都对是谁说服了柯达的投资大感兴趣。正是在众人的鼓动之下，易向师才亲自打电话给夏想，想请他来外经贸部做客。

夏想的回绝也在他意料之中，根据他的了解，夏想行事比较谨慎，也不喜欢抛头露面出风头，以夏想的性格，不会在外经贸部的专家面前高谈阔论。夏想的拒绝他也没有放在心上，等以后有机会再说，今天正好有事来社科院，他就过来找到邹儒,顺便谈谈柯达投资的事情。

说实话,易向师也对柯达到底是出于什么考虑要投资十五亿美元深感好奇。他对国内所有高端企业都非常关注,尤其燕省又是在他的推动之下,开始了产业结构调整,他更是格外关注。

易向师眼尖,看到邹儒淋湿的文件上,似乎有夏想的名字。他站起身,向前走近一步,果然一眼就看到了夏想的名字,顿时愣住,随即明白了什么,哈哈大笑:"邹老,想不到您也会和我开玩笑了,差点被您骗了……您是怎么认识夏想并且收他为学生的?"

邹儒还奇怪易向师为什么突然转移了话题,不过还是说道:"没办法,又是推不开的人情,范睿恒亲自出面说情,又有我的学生范铮担保,我不收也得收。我看了夏想的资料,虽然做了一些招商引资的成功案例,不过没有太大的作为,做我的学生,只是想借机多拿一个研究生文凭,以后好升官罢了。"说完,还无奈地摇了摇头,又问:"向师,你说的说服柯达的人到底是谁?"

易向师这一次却是真正惊呆了,敢情邹儒还不知道夏想的事迹,真是宝玉在手却当石头!他呆了一呆,不相信地问:"邹老,您真不知道?"

"我知道什么?我知道的话还着急问你,我什么时候说过假话?"邹儒也奇怪,今天易向师怎么有点反常?

"您觉得夏想不配做您的学生?如果我说现在有不少人想抢他去做弟子,您信不信?"易向师兴趣大增,故意说道。

"不信。"邹儒大摇其头,"谁要的话谁拿去好了,反正我想他要的就是一个文凭。现在的官员不是讲究文凭吗?他也就是想多一个晋升的凭证罢了。"

"哈哈哈哈……"易向师开怀大笑,"邹老,您是拿着宝贝当石头!说动柯达投资十五亿美元的人,正是夏想!"

邹儒被易向师笑得有点发晕,听到正是夏想说服了柯达投资,他哪里肯信,翻出夏想的履历又看了一遍,摇头说道:"不信,绝对不信。向师你别骗我,这个玩笑可开不得。"

易向师止住笑,难得一向睿智的邹儒也有犯迷糊的时候,让他大感好笑:"邹老,我可没有开半点玩笑,我刚才和你说的人,正是夏想。他现在在燕省产业结构调整领导小组工作,正是他主导了达富和柯达的谈判,并且成功地说服了柯达。此次柯达总裁前来宝市,还专门要他作陪。"微一停顿,又说,"您是不是真的不想收他当弟子?把他的材料给我,部里有好几个专家想见见他。如果让他们知道夏想要进修,邹老,我敢保证至少会有十个人立刻答应收他当弟子。"

"真的？"邹儒瞪大了眼睛，将夏想的履历紧紧攥在手中，生怕别人抢走一样，"不行，夏想是我的学生，我连他的学籍都注册了，怎能让别人抢走？我刚才不知道他做出了这么大的事情，能说服柯达投资的人，本身就是将理论知识运用到了极致的人。天才，绝对是经济学方面的天才。我不但要让他成为我的弟子，还要把我一生所学都传授给他，向师，你来晚一步，抢不走了，哈哈。"

邹儒得意地大笑起来，将夏想的履历抱在怀里，也不顾上面有水，一副如获至宝的样子。

易向师看了，笑道："行，行，不和您抢。我有一个要求您得答应我，尽快让夏想来京城，趁他来京城办理学籍的时候，让他到外经贸部来一趟，和专家们聊聊他和柯达谈判的过程。"

邹儒惊闻夏想的事迹之后，无比欣喜，对易向师的要求一口答应："好说，夏想是我的弟子，我的话他不能不听，到时我就陪他去一趟部里，说什么也要给你面子，是不是？"

邹儒性子急，又听易向师简单说了柯达投资一事，就按捺不住心中的激动，立刻给范铮打了一个电话，让他转告夏想，尽快来京城办理学籍事宜。

不多时范铮回话，说是三天后夏想就到。邹儒喜不自禁，对易向师说道："无意中也能捡到宝，好运来了真是挡都挡不住。向师，麻烦你把柯达和达富的资产规模以及产业结构等相关资料给我一份，在夏想没有到来之前，我好好研究一下他的事迹。"

夏想自然不知道他已经被邹儒和易向师"算计"上了，接到范铮的通知后，还挺高兴。能拜到邹儒名下，以后拿一个硕士学历是一方面，重要的是，了解到国家的宏观调控以及今后的政策走向，还有系统地学习经济学等一些理论知识，对以后的成长绝对有利。

宣传战

柯达投资协议正式签订之后，在省委宣传部的统一部署下，燕省所有媒体都进行了铺天盖地的宣传，一时之间，宋朝度成为炙手可热的人物。当然，在公开场合，宋朝度不忘提到省委省政府的大力支持，还时不时提到夏想的名字。

马万正的话，夏想已经转达给了宋朝度。宋朝度只是淡淡地点了点头，没有什么表示。夏想也就没有多问。

同时，单城市的通海铁路也由省政府上报了铁道部，铁道部非常重视，组织了专家进行研究论证，大部分专家对通海铁路持赞成意见。

不过铁道部的论证工作一向拖得时间极长，修建铁路又是大事，估计没有一年半载也不会有什么结果。

严小时投资的文化旅游项目已经破土动工，她忙得一塌糊涂，对夏想被邹儒收为学生她却没有而愤愤不平。同时单城市其他企业的改制也正式开始，因为受宝市得到巨额外资的影响，原本对改制持抵触心理的企业都纷纷改变了消极的态度，变得主动积极起来。当然，这也和叶石生在最近几次会议上高调支持产业结构调整有关，叶书记的公开表态，让燕省一些保守的势力也变得谨慎起来，不敢再做出头鸟。

宝市现在是一片大好景象，和达富集团获得十五亿美元的巨额投资相比，万里汽车厂的五亿人民币投资也同样引人注目。因为合资协议签订之后，万里汽车厂很快就调整了策略，正在全力以赴研制款 CUV，准备在近期推向市场。

与以上两大企业相比，茂盛酱菜获得的六百万人民币的投资就不值一提了。甚至没有人关注重组之后的茂盛酱菜正在慢慢地改变策略，开始注重包装，而且产品品种也多样化起来，不再仅仅生产酱菜，已经开始涉足面酱等同类产品的市场。

单城市和宝市的进一步成功，辐射效应越来越明显，已经有不少地市开始向省委省政府打听第二批试点城市什么时候可以提出申请，都被省委省政府以等候通知为由，挡了回去。

叶石生现在虽然非常乐意立刻就上第二批试点城市，但他在接到何东辰的电话之后，反而冷静下来，决定缓一缓再说。

何东辰的电话在柯达总裁结束了在京城的访问之后，直接打到了叶石生的办公室。

"石生，柯达的事情做得很漂亮，很成功，也是燕省省委省政府领导有力的具体表现，不过……"何东辰的声音听上去没什么威严，却有一种让人难以抗拒的力量，"我一直信奉的一点是，不要初战告捷先庆功，不要孤芳自赏，更不要得意忘形。一两个试点城市之中的一两家企业取得成功有很大的偶然因素，不能以偏概全，我觉得燕省的步伐应该走得更稳健一些才好。再等等看，等单城市和宝市至少有七八家大中型企业都有一定的成绩之后，再面向全省推广比较稳妥。当然，只是我的个人意见，具体决定权还在燕省……"

何东辰本来是坚定的产业结构调整的支持者，如今形势大好，为什么他突然之间又让燕省放缓脚步，在夯实单城市和宝市的基础之后，再提全面推广之事呢？放下电话，叶石生微一沉思，立刻嗅出了不同寻常的味道，恐怕有人对产业结构调整提出了强烈的反对意见！

凭借多年的从政经验，叶石生判定产业结构调整肯定会继续进行下去，但中间可能会有一些小波折，何东辰的暗示就是让燕省低调一些，以免被别人当成了靶子。

不管是反面教材还是正面教材，只要被拿来说事，就难免夹在中间面临着两难的抉择。

叶石生反应过来之后，立刻打电话给马霄："马霄同志，今后关于产业结构调整方面的新闻，暂时压下，不要再宣传。宣传部发一个文件传达一下精神，所有有关产业结构调整方面的新闻，包括领导小组的事情，一律不准再宣传报道。"

叶石生没有给马霄问问题的机会，直接就挂断了电话。他对马霄不太满意，对夏想所谓的偶遇新闻记者一事自然也不相信。虽然表面上也生夏想的气，但他觉得马霄惹事在先，事情做得有些过火了。至于顾曾调任华新社驻燕省分社副社长，他虽然不清楚是谁在背后使的劲儿，但也明白很明显就是故意给马霄难堪。

马霄上任不久就折腾了几件事情出来，不是好苗头。燕省向来在宣传方面四平八稳，马霄有意改变现状，也要看看燕省的政治气候是不是允许，更要问问他这个一把手是不是答应。

叶石生也清楚马霄的来历，所以他才对马霄对他不够尊敬大为不满。

琢磨完马霄的事情，叶石生忽然想起夏想来，觉得有必要郑重交代一下夏想，最近一段时间一定要谨慎言行，千万不要再弄出什么偶遇记者的事件出来。想到夏想，叶石生摇头一笑，想起夏想有时诚实得一说一，有时又睁着眼睛说假话，还有模有样，真是一个小滑头。

因为成达才的关系，以及夏想主导之下的和柯达的成功谈判，叶石生对他也就多了一些好感和期待。

片刻之后，秘书麻秋回复叶石生，说是夏想去了京城，要拜邹儒为师。

叶石生挥手让麻秋离开，也没深想。邹儒是著名的经济学家，夏想成为他的学生，也是一件好事。没想到夏想人脉挺广，连邹儒都惊动了，让他也微微有些吃惊。

让夏想想不到的是，他刚到京城，就遇到了一件意料不到的大事。

夏想对京城也算十分熟悉了，开车前往社科院的途中，遭遇堵车，就绕了小路。没想到小路也堵车，没办法，只好慢慢前行，走到一个报摊前，忽然心思一动，就下车买了一份报纸，是《京城日报》。

夏想拿起报纸只看了一眼，顿时就屏住了呼吸。

《京城日报》发表了一篇署名为"程曦学"的文章,标题为《三问产业结构调整的利与弊》,虽然文章不是发在头版头条,但也发在二版非常醒目的位置,而且还是套红标题！夏想只看了一眼题目,还没有来得及看文章内容,忽然间感觉背后冒出一股冷气,下意识地冒出一个念头:保守势力在造势了！

　　夏想急忙回到车上,定了定神,一字一句地将文章看了一遍。看完之后,闭上眼睛靠在椅背上,一动不动。过了半响,才微微摇头一笑,自言自语说了一句:"程曦学号称当今经济学泰斗,可惜,眼光也不过如此。"

　　文章的语句可谓犀利,观点也非常激进,声称产业结构调整弊大于利:一是容易造成国有资产流失;二是容易滋生腐败;三是在与国外巨头合资之时,处于弱小一方的国内企业,很容易沦为跨国公司的附庸,实际是在以短期利益换取长期损失。

　　程曦学用慷慨激昂的语句列举了国内数省产业结构调整之中引发的腐败案件,以及曾经的国有品牌在合资之后不但成为跨国公司的附庸,甚至连自有品牌也被雪藏。表面上当时确实是引进了几亿甚至十几亿外资,但几年之后再看当时看似有利可图的合资,其实是等于变相自掘坟墓,十几年辛苦打造的品牌毁于一旦,十几年辛苦建立的销售渠道却被跨国公司轻松地据为己有。

　　不得不说,程曦学的眼光很敏锐,观点有可商榷之处,确实指出了产业结构调整之中的种种弊端,起到了针砭时弊的警醒作用,但也有以偏概全、只看缺点不说优点的偏颇之处。诚然,产业结构调整也确实造成了部分国有资产流失和自有品牌的消失,但如果不把一家企业放到市场大潮中去搏击风浪,就不是真正的市场经济。要想做大做强,必须要有经受得起市场考验的信心和能力。

　　市场的选择就是一个优胜劣汰的过程,合资也好,不合资也好,总会有旧品牌倒下新品牌重新兴起。把一切都归罪于产业结构调整,归罪于引进外资,说轻了是过于保守,说重了就是鸡蛋里面挑骨头——没事找事。夏想清楚的是,程曦学作为国内经济学家的代表性人物,被一些人尊称为泰斗,他的学说深受京城中许多贵人的赏识。大凡高级学者都不是普通的学者身份,他们还是地位很高的经济顾问,他们发表的言论,尤其是登在《京城日报》这样的大报之上,就是一个极其强烈的信号！

　　就是保守势力向新兴势力一次公开挑战！

　　还好,夏想又将文章看了一遍,文中没有提及燕省的产业结构调整,只要提及燕省,叶石生必定会大为震惊,说不定会由公开支持变为态度暧昧,甚至还会放慢前进的步伐。叶石生从根本上讲还是保守的性格,对风向的转变是非常敏感的,不敢有丝毫放松。

不过即使如此,夏想也相信叶石生看到这篇文章后,会犹豫半天。当然夏想并不清楚其实叶石生事先已经接到何东辰的电话,多少有了心理准备。

开车到社科院时,夏想已经迟到了整整一个小时,第一次见邹儒就迟到,听说他脾气不好,说不定要挨训。

夏想来到邹儒的办公室门前,微微平息了一下紧张的心情,轻轻敲门。

连敲三声,无人回应,但明显可以听到里面有人走动的声音,夏想只好再敲。

又敲了三声,还是无人说话,夏想纳闷儿,不会是邹儒生气了,故意不让他进门?无奈之下,只好再敲。

刚敲一声,就听到里面传来不耐烦的声音:"已经敲七声了,而且里面的声音你在外面也听得到,证明里面有人。你要真有事,就推门进来,没什么要紧的事情就走开……懂不懂?"

还真不懂有这样的规矩,夏想摇头一笑,怪人有怪规矩,不用和他较真……他直接推门进去,一眼就看到邹儒正手拿一份报纸,在房间里转来转去,一脸焦躁不安。

邹儒一见夏想进来,虽然不知道他是谁,但因为心中憋闷有话要说,就将报纸递到夏想眼前,说道:"你来瞧瞧,你来看看,程曦学枉为泰斗,睁着眼睛说瞎话,真是一叶障目,不见泰山!我真想当面质问他,良心何在,师德何在,公正何在?"

夏想不用看就知道邹儒说的是《京城日报》上程曦学发表的文章,就接过报纸笑道:"邹老不必生气,程曦学以学术的观点发表了这篇文章,而且他在文末也说了,有不同观点者,可以和他论战。再说,程老作为资深经济学家,对产业结构调整的利弊心知肚明,他之所以发表观点偏颇的文章,是因为立场不同罢了。在国内,从来就没有独立的经济学家。房地产有房地产的代言人,酒业有酒业的代言人,甚至一些根本就没有任何健身作用的保健品,也有专家上蹿下跳地为他们呐喊,都是利益驱使罢了。"

邹儒深以为然地点点头:"你算是说对了,道德沦丧,人心缺失,真是悲哀。我现在就撰文一篇,反驳程曦学的观点,不能让他大放厥词,误导民众。"

"其实事情要从两方面来看待,现在许多专家教授纷纷跳出来为利益集团代言,一是因为自身利益的使然,二是也是因为民众的信仰缺失,很容易轻信所谓的专家教授们。但物极必反,经过一系列的阵痛,当民众清醒之后,社会就会多一些成熟和宽容,也是一种必然的进步。"

"可是如此进步,付出的代价未免太大了一些!"邹儒至此才多打量了夏想一眼,心中掠过一丝疑惑,心想这个小年轻是谁,遇事十分冷静,不急躁不冒失,而且观点也不激进,年纪不大但却非常沉稳,不由多了一丝欣赏之意,"难道说国内所有有良知的学者们不能联合起来,拨乱反正,还舆论一片清明?"

邹儒的脾气和肖佳的神秘

夏想说道:"邹老的想法出发点是好的,但现实却不乐观。一是现在媒体也要向市场要效益,他们也是利益集团的代言人,因为利益集团的广告费用是他们生存的基础。二来国内各家媒体都是不同势力的阵地,不容别人染指。第三点也是最关键的一点,国民的素质还有待提高,他们太善良太容易轻信于人,基本上专家说什么是什么,教授讲什么信什么,医生说什么做什么,往往要等付出了惨痛的代价之后才会清醒过来。您现在劝他们,他们反而不信。"

邹儒听了,半晌无语,最后叹了一口气:"你说得不假,我认识的许多名人都追捧一个所谓的神仙,对神仙的话奉若神明。其实那个神仙不过是一个披着道袍的骗子罢了,我说了他们还不信,还说我被唯物主义禁锢了思想。结果呢,那个神仙后来被人揭穿,就是一个骗子,什么神通都没有,所作所为全是为了骗钱。那些上当受骗的名人们为了保护名声,都异口同声地否认和神仙有过来往。人,不能无耻到这种地步!"

夏想暗笑,邹儒虽然耿直,不过也有可爱的一面,就说:"邹老的反驳文章该写的还是要写,哪怕只是为了良知。担当生前事,何计身后名。我也相信以您的见识和文笔,一定能反驳得程曦学哑口无言。"

学术上的争论没有哑口无言一说,因为世界上许多道理是讲不清的,谁也说服不了谁。不过夏想还是顺着邹儒的话说,也希望他出面反驳程曦学,有些事情必定要有人挑头。邹儒现在还不属于任何利益集团,他的观点就是纯学术的争论,无欲则刚,相信反驳肯定犀利,直中要害。

"好,说得好,为了良知我也会撰文和程曦学论战。"邹儒说完,仿佛才反应过来,问道:"对了,你找我有什么事? 你叫什么名字?"

夏想微一弯腰,向邹儒点头致意:"邹老,我是夏想,前来向您报到。"

"夏想? 你就是夏想?"邹儒喜形于色,一把握住夏想的手,"不错,不错,比我想象中还要年轻一点,也更有朝气,是个不错的小伙子。欢迎,欢迎!"

夏想也从范铮的语气中多少也了解到邹儒好像对他不太感兴趣,对收他为学生不大情愿,所以范睿恒也没有再提严小时的事情。不承想一见面,邹儒就表现出了出人意料的热情,难道是刚才的谈话深得他心?

夏想自然不知道刚才的谈话只不过让邹儒对他的印象更好而已,真正奠定邹儒对他良好印象的,还是易向师此前过来所说的柯达投资一事。夏想也没想到,他说服柯达前来投资,不仅为宝市带来了效益,为达富带来了声誉,为领导小组带来了成绩,也为他自己带来了莫大的光环。

见邹儒性格中有直爽的一面,夏想就半开玩笑地问道:"听说邹老对收我为学生还不太乐意,我相信经过一段时间的接触之后,您会改变对我的看法。"

"谁说的?谁在造谣?"邹儒乐了,拍了拍夏想的肩膀,"有你做我的学生,我高兴还来不及,怎么会不乐意?肯定是有人忌妒我们师徒,散布谣言。小夏不要轻信无关人等的话,来,先陪我研究一下如何反驳程曦学的观点。"

夏想偷乐,邹儒也有风趣的一面,居然当面要赖不承认事实,估计也是刚才一番对话深合他意,他对自己这个学生还算满意,就不好意思再提旧事。

中午夏想本来想请邹儒出去吃饭,邹儒不肯,非说外面的饭菜不好吃,而且出去吃饭太耽误时间,他就做东请夏想在食堂吃了饭。夏想在吃饭方面要求不高,反而觉得食堂的饭菜清淡可口。

吃完饭,邹儒领夏想办理了学籍注册等一系列手续,然后又让夏想陪他继续写文章。夏想的任务就是在一旁帮邹儒查询相关资料,因为没有电脑可用,所有资料都必须翻看书本和旧报纸,忙得夏想脚不离地。他暗暗感叹,邹儒还真没有把他当外人,直接就把他当弟子使用了。

邹儒用了一下午的时间,洋洋洒洒写出一篇三千字左右的力挺产业结构调整的文章:《开窗纳凉,不要怕有苍蝇!》——以屋内空气沉闷,开窗纳凉作比喻,为了呼吸到新鲜空气,为了身心健康,必须打开窗户,但如果因为怕有苍蝇进来而紧关门窗的话,早晚会被闷死。用形象的比喻来反驳程曦学惊呼"狼来了"的观点。

邹儒的观点是,苍蝇来了有纱窗,狼来了有猎枪,只有经过生死考验的雄鹰,才能自由地翱翔于无垠的天空!

完稿之后,邹儒将稿件交给夏想,说道:"小夏,欢迎提出批评意见。有话直说,不用顾及我的身份,我很好说话,也善于听取不同的意见。"

夏想可不认为邹儒真是虚怀若谷,大凡某一领域的专家,都颇为自负,轻易听不进去别人的意见。虽然接触时间不长,他对邹儒的脾气也了解了一二,邹儒有耿直的一面,也有好笑的一面,更有自负的一面。

想了一想,夏想还是说道:"邹老,我才疏学浅,不敢乱说,您的大作文笔犀利,观点明确,作为论战的反驳文章,一针见血地指出了程曦学观点的不足之处,让他的理论站不住脚……"

邹儒一脸喜色,随即又脸色一沉,说道:"不行,不能只说优点,必须说说缺点,就是没有缺点,也要挑一些毛病出来,有则改之无则加勉。"

夏想只好嘿嘿一笑,又说:"邹老,我要是真说了,您可别生气。"

邹儒大手一挥,一脸豪气:"你当为师是什么人?真要是鼠腹鸡肠,如何做学问,如何做人?"

于是夏想说出了心中想法:"您的比喻很贴切,很形容,但给人联想的空间太大了。如果是文学作品还不错,但作为反驳的论战文章,还是比直截了当比较好,让读者容易看懂,看进去,看得爽快。还有,不宜过多地使用长句子,短句子读起来不绕,给人一气呵成的感觉,短而有力,才能产生共鸣。有了共鸣,才可能有拍案而起的效果。还有,您的文章题目也应该直接点明主旨,否则吸引不了喜欢读时政的读者的目光,毕竟现在报纸多,许多人看报纸都先扫一下标题,感兴趣的话才能看进去……"

夏想注意到邹儒的脸色越来越难看,脸上的笑容消失不见,阴沉得能滴出水来,知道他动怒了,急忙闭嘴:"我写文章不在行,随便一说,让邹老见笑了。"

邹儒沉着脸不说话,拿起稿子反复看了几遍,才冷冰冰地说道:"我觉得这样写挺好,我是学者,不管写什么文章都要讲究修辞和文雅。照你所说的写,就和赤膊上阵没什么区别了,那是没文化的人的文章,不是我邹儒的风格。对不起,你的意见我不能接受。"

夏想也不恼,他见多了如高老、史老一样的老者,甚至还有脾气说变就变的老古,对于邹儒的变脸早有心理准备,就笑道:"是,是,邹老才高八斗,我就是看通俗文章看多了,才信口胡说一通,您生气是应该的。正是因为我知识上有欠缺,才拜您为师继续进修。"

邹儒生气快,消气也快,立刻笑逐颜开地说道:"不说了,事情过去了……对了,才想起来我还没有问你和柯达的谈判过程,快讲来听听,一定非常精彩。"

夏想就知道一定是他成功说服柯达的事迹打动了邹儒,才让邹儒对他刮目相看。既然邹老问起,他就一五一十地说出了事情的来龙去脉,如何使计,如何分析市场前景,如何权衡利弊,如何提出日本富士对中国市场的野心,全部详细地说了出来。

邹儒听完之后,两根手指不停地敲击桌子,脸上的表情凝重而沉思,目光望向了窗外。

窗外,是一片青翠之色。

社科院内,有许多上百年的老树,生得高大威武,一到夏天,庞大的树冠遮天蔽日,衬托得院内既宁静又清凉,确实是做学问的好地方。

但未必清凉之地就有清静之心,邹儒也明白,许多人看似埋头做学问,其实也和古人读书有一样的志向——十年寒窗无人问,一举成名天下知。有朝一日,如果被哪一位贵人赏识当上了顾问,名利和权势就滚滚而来——实际上,这也是许多人甘愿在此用功的真正用意。

邹儒也一直认为,理论高于实践,只要精通书本知识,世间人情百态就是一通百通,这也是支撑他多年用心做学问、不闻窗外事的最坚强的信念。今天听了夏想和柯达斗智斗勇的经历,听到夏想对美国人性格的分析,以及他如何借势造势,死死抓住柯达想要走出困境想要和日本厂家一争高下的迫切心情,才抛出了足够的诱饵,让柯达终于被他说服……夏想的所作所为,以及他的沉着应对,还有步步为营的策略,都不是在书本上能够学到的处世之道和谈判技巧。

邹儒感慨万千。

社科院的专家学者就如院内的参天大树,虽然根深叶茂,虽然站得高望得远,但也只是远远观望社会现象,对现实社会中许多事情的了解犹如镜中花水中月一样不真实。只有亲自到社会上走一走,看一看,只有切身实践之后,才能得出最贴近真相的结论。

别看夏想年纪不大,学问不高,但工作经验丰富,谈判技巧高超,邹儒觉得,夏想和柯达的谈判事迹,完全可以当成教材放在教科书中,作为典型案例供所有经济学人研究。

他刚才因为夏想所提的意见而心生的不平之气,已经慢慢消散,暗笑自己还是书生意气重了一些,听不得不好听的话,可见还是学问做久了,听到的恭维话多了,脾气也就傲了。

不过真要邹儒拉下面来向夏想道歉,他也张不开口。他灵机一动,说道:"夏想,你也写一篇反驳程曦学的文章,我们师徒二人联手和他论战,看他怎么回应……不许推辞,就当是我交给你的第一篇作业。"

夏想只好答应:"好的,邹老。不过我时间有限,在京城最多停留三天,领导小组也有许多工作要做……后天交作业,成不?"

邹儒点头答应:"行,不过明天还有要事找你,一早过来就行了,我就不留你了。"

见邹儒直接下了逐客令,夏想无奈暗笑,心说邹老还真是有点不太通人情事故,一点也不问他的住宿问题。不过大多专家学者都有个性,他也没有放在心上，就告别了邹老，开车离开了社科院。

在京城，夏想能去的地方还真不少，但眼下最想去的，还是肖佳的住处。

说起来有一段时间没见肖佳了。肖佳对夏想要求最少，也最体谅夏想，从来不会埋怨，越是如此，夏想就越觉得对她愧疚。现在肖佳的生意越做越大，也越来越忙，对夏想除了经常的电话问候以外，近来也就见过两三次面而已。

肖佳的父亲前一段时间因病去世，肖佳回家尽孝，处理完后事之后，在燕市和夏想待了两天。夏想从她口中得知，肖昆现在负责的蔬菜批发生意非常不错，还做了水果批发，每年也有一两百万的收入，算是事业有成。

而肖佳现在早已完成了前期的资本积累，应该是向规模化和集团化发展了，夏想替她出的主意是开连锁——在京城开十家以上的房产中介连锁，掌握大量房源，就有了足够的能影响到房地产开发商房价的影响力。

肖佳依言而行，现在分公司已经开了六家，排名前十的房地产商，已经有一半以上和肖佳的公司关系密切，其他几家也在接触中。基于肖佳的中介公司越来越广泛的影响力，以及在购房者心目中口耳相传的口碑，许多大牌开发商也对肖佳客气了几分。谁掌握了市场谁就有发言权，得罪了肖佳，只凭肖佳公司在购房者心目中的诚信和公正的信誉，就足以让任何一家房地产商为之动容，同时也不敢掉以轻心。

于是，在京城有名的房地产商之中，都流传着关于肖佳的传闻。首先所有人都知道肖佳貌美如花，一个人来京城打天下，独自支撑起一片天，非常厉害。其次肖佳是单身，对京城许多公子阔少的追求，向来不为所动，对外宣称奉行独身主义。尽管仍然有许多年少多金的男士对她趋之若鹜，却没有一人能得到芳心，更无人一近芳泽。肖佳不但行踪保密，也从来不在晚上出来应酬，就是有天大的生意也不谈。最后人们都纷纷猜测，肖佳的背后肯定有一个高人，此高人可能有权有钱，而且还颇有经济头脑，指点肖佳赤手空拳打下了一片江山。

因为有心人研究过肖佳的发家之路，确实全凭眼光精准，投资回报率高，才在短时间成就了一番事业，全是在市场中搏击，没有一点权钱交易的迹象。也正是因为这一点，所有人对肖佳大感神秘的同时，又对她十分佩服。一个女人，一个单身、美貌、身家千万的女人……所有的因素加在一起，让肖佳在京城所有开发商眼中，如一朵神秘的夜来香，只闻其香，不见其真容。

许多大开发商以谈生意为由，想晚上请肖佳出来吃饭，肖佳一概推辞。这一开始还惹来许多人的不满，认为肖佳无根无底，架子还挺大，就想整治肖佳，让她低头。不料还未有所动作，他们新开发的楼盘就销量下降，原本交了订金的顾客，也有要求退房的。打听之下才知道，原来肖佳的房产中介公司，将他们的楼盘放置一边,不再向顾客推销,至此他们才意识到肖佳房产中介的巨大能量。

初识易向师

此后,所有人请肖佳吃饭,都放在白天。肖佳也落落大方地赴宴,她的美艳和风情,艳惊四座。倒也不是开发商们没见过美女,只是在肖佳的身上集中了太多的秘密,令她的美丽因为传闻而增加了无数光环。

既美丽性感,又神秘莫测,在男人的心目之中,是最具杀伤力的女人。何况肖佳又有许多规矩,从来不会因为任何一个人而破例,更给她增添了让人仰视的气质。越是得不到的东西才越美好,肖佳慢慢在京城的房地产商中打出了名气,人人以请她吃饭为荣,并且送了她一个外号:肖美人。

在外人眼中如镜月水花的肖美人,现在正一脸柔情蜜意,躺在夏想的怀中,窃窃私语。

得知夏想要进修经济学的研究生,以后会常来京城,肖佳满心喜悦。她和夏想聚少离多,嘴上不说,心里自然也想多和他在一起。虽然现在肖佳身家过亿,又见识了各色男人,其中不乏优秀帅气且成就斐然者,更有比夏想官大钱多的未婚男士向她求爱,她都一一拒绝。

所有的男人再好,加在一起,也好不过一个夏想,尽管夏想不能给她婚姻。

因为在肖佳眼中,夏想虽然很少陪她,对她的关怀也比她想象中少,但夏想始终是夏想,就和她刚认识时的夏想没有两样!不管现在他在省委领导眼中多受重视,不管在领导小组如何成为风云人物,也不管他已经结婚,甚至连若菡为他生了儿子,他依然是坦然的夏想,依然目光清澈,依然对她一如既往。就如当年那个下雨天,那个意乱情迷的夜晚!

夏想和她在一起,始终是淡淡的顺其自然的感觉,仿佛一切都水到渠成。他帮她也好,将几十万元放在她手中也好,从来没有对她提过任何要求,就是看她时的眼神,也没有令人生厌的欲望,不像别的男人,眼神中流露的全是情欲和贪婪。好像她是一个美丽而诱人的猎物一样,所有和她接近的人,都怀有相同的猎艳的目的。

只有夏想没有,尽管他也有欲望,也有激情,但他不会在眼神中流露出来,更不会说出来,也没有对她有过任何过分的要求。他只是一味地帮她,什么都不索取,让肖佳在他一点一滴的关爱中,慢慢消磨了她泼辣的性子,在他面前乖巧温顺得像一只绵羊。

"你说，你为什么要对我这么好？如果只是贪恋我的身体，我们在一起已经几年了，你也应该厌倦了。但你从来没有向我索求过什么，甚至属于你的钱，你也不要……我哪里值得你对我这样？"肖佳有点疲倦地躺在夏想腿上，意态慵懒，神情散漫。

夏想伸手刮了刮她的鼻子："怎么又胡思乱想了？人和人之间，讲究缘分，也讲究感觉。我们认识的时候，都是大家一无所有的时候，当时可以说都无欲无求，只是一种单纯的好感……不知不觉走到了今天，你一直为我守候，我还能要求你什么？只希望你能多赚一些钱，多一些保障罢了。"说着说着，他又忽然笑了，"如果你想嫁人了，就直接告诉我，我也不拦你，总不能耽误你一辈子不是？"

肖佳的鼻子最是翘挺，从正面看正好突出她泼辣的性格，但从侧面看，却是弧度极美，配合下面的烈焰红唇，别有诱人风姿。

肖佳忽地坐起来，也不管身上没穿衣服，春光毕露，双目圆睁看着夏想："这么说，你真是厌烦我，想一脚把我踢开了？我不会缠你，更不会赖你，只要你一句话，我就把全部家产的三分之二给你……"然后又叉着腰，气势汹汹地说道，"说，我在等你发话！"

女人叉腰要么蛮横，要么调皮可爱，肖佳叉腰却是百媚横生，她赤身裸体地叉腰，与其说是向夏想示威，还不如说是熟女风情展。

夏想无奈地低声埋怨："我是男人，是血气方刚的男人，你摆出这副架势，摆明了是让我饿虎扑食！"

夏想正要扑上去，肖佳双手推在他的胸前，不让他得逞："你还没有回答我的话呢，在没有答案之前，不让你碰我。"

"刚才不是已经碰过了，现在又不让碰了，是什么道理？"

"刚才是刚才，现在是现在，两码事。"

"不是说和女人突破第一次，以后就容易多了，怎么又回到了第一次以前的状态？"夏想继续逗肖佳。

肖佳似乎真恼了，眼泪在眼眶里打着转，就是强忍着不流出来："别以为没人要我，我现在可是抢手得很，人称肖美人，京城一枝花。你不要，有大把的人打破了头来抢！"

"我不要你三分之二的资产，我要百分之百。"夏想趁肖佳一不留神，还是将她抱在了怀里，"美人在怀，财产到手，若是不要，岂非傻狗？"

"真难听，不过你还真是一只傻狗！"肖佳又笑了，就又挑逗夏想，"还想来？你行不行？不行别逞强，我允许你先休息两个小时。"

夏想怒了:"敢小瞧我?让你尝尝厉害。"

窗外,夏风轻吹,风动帘影;屋内,欢声笑语,一室春光。

肖佳并不理解夏想一直让她只做房产中介市场的用心,她有些疲惫地躺在床上,不想动弹,但还是按捺不住心中的疑问,问道:"我现在手中已经有了一亿左右的资金,不用来投资其他项目,就太亏了。为什么不让我去投资工程或是别的好项目?你现在在领导小组,不管是单城市还是宝市,都有一些值得投资的企业,我去投资,还不是你一句话的事情?"

"现在你的资金还是太少,等你什么时候有了十亿元的时候,差不多就可以派上用场了。相信我,会有大用处。"肖佳现在的所作所为,赚钱是一方面,掌握住巨大的社会资源才是最大的收获。如果她的中介公司能遍布京城,手中能同时拥有京城前十名开发商的一半以上的房源信息,她就能成为京城房产市场上呼风唤雨的人物。

房产中介公司的最大好处就是,资金占用率低,在需要的时候,可以短时间内就回笼大量资金,这也是夏想一直没让肖佳转做实业的最大考虑。

"十亿?目标有点大,难度有点高,不过我会努力的。"一听夏想为她立下了目标,肖佳就双眼放光,她是天生财迷,只要有钱可赚,只要夏想为她设定好方向,她就会不顾一切地向前冲,"你有打算就成,我听你的。"

夏想将双手按在肖佳的身上,将头埋在她的小腹之上,感受到惊人的柔软和滑腻,说道:"只有在你身边,我才能最放松最安宁,我想要什么想做什么,不用考虑太多,直接告诉你就行了。也只有在你身边,我才感觉自己其实也有疲惫的时候……"

一句话让肖佳的心差点融化,她怜惜地轻轻抱住夏想的头,柔声说道:"嗯,到我这里,就当是你最后的港湾好了。就算整个世界都抛弃了你,你还有我,我永远不会离开你,谁让我是你姐,对不?"

夏想轻轻应了一声,忽然意识到一个问题,自己确实在肖佳面前可以全身心地放松,对她的感情更多的是一种迷恋一种依赖,难道说,自己有恋姐情结?

还没有来得及深入思索这个问题,他就沉沉地进入了梦乡。

第二天夏想早早赶到社科院,一进邹儒的办公室就惊呆了,和邹儒一起笑而不语地看着他的人,正是易向师!

夏想没有见过易向师真人,但在电视上没少见,所以还是一眼就认了出来。易向师比电视上稍瘦一些,精神状态不错,尤其是他和邹儒相视一笑时流露出的意味深长的眼神,让夏想心中没来由冒出三个字:没好事!

果然不出夏想所料,易向师主动伸出手来:"夏想,我是易向师。闻名不如见面,你的大名我可是早有耳闻,也亲自请你来外经贸部座谈,不想你不给我面子……正好邹老也是我的老朋友了,怎么样,刚才邹老已经答应我了,你还有什么话说?"

夏想连忙双手握住易向师的手,不由无奈地一笑:"领导您好,幸会,幸会。不是我不给您面子,而是我既非经济学出身,又没有经济学方面的才能,您让我到专家们中间座谈,岂不是让我班门弄斧?"他又看了邹儒一眼,见邹儒一脸笃定,心知恐怕邹儒已经答应了易向师,只好又硬着头皮说道:"要不我在这里向您汇报一下谈判过程?"

易向师摆摆手:"不,我已经安排好了,现在就动身前往部里,今天有二十多名专家学者,还有十几名名校的教授汇聚一堂,大家都要听你这个小朋友讲故事。你要不去,邹老没面子,我可是在他们面前夸下了海口,说一定能请到你,你总不能让我和邹老都被人笑话吧?"

夏想发现,易向师的手段确实高人一等,到底是京官,他下套的水平一流,叶石生和他相比果然差了不少。至少在逼人就范方面,易向师是夏想见过的手腕最高的一个。

夏想立刻恭敬地答道:"恭敬不如从命……不过我有一个小小的要求,就是请邹老也陪我一起去,您一定得答应我,要不我怯场。"

易向师哈哈一笑:"邹老,怎么样?被我言中了吧?"

邹儒笑了:"论心计,我可比不过你们政治人物,既然被你猜中了,我也无话可说了,就陪小夏一起去好了。"

夏想算是明白了,以邹儒的性子,易向师提出请他去外经贸部,他肯定会一口回绝。所以易向师就和邹儒打了个赌,就是赌自己就算肯去,也会拉上邹儒,邹儒不信……结果自己果然开了口。

夏想暗叹,易向师才是真正的算无遗策之人,他算定了只要提前摆好阵势,自己肯定会去。自己要去,必定要提出让邹儒作陪。而且易向师肯定也猜到自己的心理,邹儒虽然清高,也毕竟是半官方半民间的学者,也渴望有抛头露面的机会大展才华。到外经贸部露面的机会虽然也有,但和几十名专家聚在一起的机会并不多,自己肯定也愿意借此时机,让邹儒打出名气,所以一定会提出让邹儒作陪。

夏想名义上是让邹儒陪同,实际上还是为邹儒着想,替他扬名。

易向师和夏想只一见面,第一回合就使出了一个漂亮的连环计,让夏想真正见识了他过人的手段。

夏想无奈,只好笑笑:"您的瓮下面,火能不能不要烧得太旺了?"

易向师立刻听出了夏想的言外之意,是对他设计的"请君入瓮"的不满,顿时乐了:"小夏,我可没有害你的心思,不说别人,单是站在才江的立场上,我也是出于对你的维护。你也知道外经贸部专家众多,他们对你凭什么能够说服柯达非常感兴趣,觉得这一次谈判可以成为一次经典案例,我请你过去和他们聊聊,也是为了满足他们的好奇之心……"

难得易向师还耐心地解释一番,夏想也不是故意拿捏,确实是觉得自己才疏学浅,在众多专家学者面前,难免会有疏漏。

邹儒没听明白二人之间的对话,惊讶地问道:"什么瓮?你们说的是什么,我怎么没听懂?"

邹儒明白了什么,仔细一想也笑了,不等夏想回答,就摆手说道:"不用解释了,你们政治人物之间心眼儿太多,一句话里往往含义丰富,还得让人去猜,费劲。"

"呵呵……"易向师也被邹儒偶尔流露的可爱一面逗笑了。

几人一同前往外经贸部。

外经贸部离社科院并不远,半个小时后,一行数人就到了目的地。外经贸部面积不大,几栋灰白的主体大楼,大铁门,门口有武警站岗。

夏想心知肚明,易向师可不是真的专门去社科院接他,而是给邹儒面子,同时也给了吴才江面子,当然又有了礼贤下士的美名,一举数得,何乐而不为?易向师有心计,行事圆润,以后执政一方应该不成问题。

到了五楼的会议室,里面已经有十几人在等候。易向师一进来,众人纷纷起身相迎,他伸手向下一压:"大家不要客气,快请坐下,我来介绍一下,这位是著名的经济学家邹儒先生……"

众人都听过邹儒的大名,都纷纷鼓掌欢迎。邹儒也笑着鼓掌回应,点头致意。

等掌声过后,易向师才介绍夏想:"这位小朋友是燕省领导小组的处长,就是他,主导了达富和柯达的谈判,成功地说服了柯达向达富投资十五亿美元。就是他,以舌战群儒的气魄,在和柯达的谈判中,从容不迫,让柯达最终认可了他提出的方案。就是他,让大家都大感好奇。到底他是如何准确地把握了柯达的底线,如何运用智慧和柯达周旋?让他成为引进外资的案例中,最成功的传奇人物……他就是夏想!"

易向师的介绍极有感染力,也有煽动性,他的话音刚落,现场顿时响起一片惊讶的嘘声。

"什么,他就是夏想,怎么这么年轻?"

"和我想象中有点差距，从面相上看，一点不也像一个厉害的人。"

"有点失望，太年轻了，而且也不够严肃。"

在场的专家学者七嘴八舌，也和普通人没有两样，议论纷纷。

论战

夏想只好谦逊地一笑，见易向师示意他说两句，就镇静地说道："其实以我的资格，是不配在诸位专家学者面前高谈阔论的。不过听说大家对谈判的过程很感兴趣，我就勉为其难地为大家说说当时的情景，就当讲一个故事。我既非经济学专业人士，也没有理论知识，幸好有我的导师邹老在一旁指导，有不妥之处，还请各位专家批评指正。"

邹儒成了夏想的导师？诸位专家学者都向邹儒和易向师投去了疑惑的目光。

邹儒点头承认："我和夏想昨天正式确立了师徒关系。"

众人面面相觑，都不约而同地想，谁说邹儒清高，谁说邹儒不通世事？他精明得很，在第一时间就收了夏想为弟子，先下手为强。以后夏想再有什么成就，就相当于是在他的教导之下做出的成绩，导师也会因为学生的成绩而水涨船高。

许多人都不免懊恼，为什么自己没有事先想到收夏想为学生？谁收了夏想，谁在国内就会立刻名声斐然，甚至还有可能和夏想合作，出一本关于如何谈判的书，肯定畅销。

众人心思各异，但又都纷纷向邹儒表示祝贺。邹儒也不清楚别人的祝贺是不是发自真心，只管来者不拒，一律坦然接受。

寒暄过后，大家依次落座，易向师做了简短的发言，并且为夏想和邹儒一一介绍了在场的专家学者——有外经贸部的专家，也有各大名校的教授，还有经济领域的研究人员。形形色色的人物会聚在一起，个个都是成就惊人的行业领跑者，无形中给夏想带来了不小的压力。

夏想自认在学识方面没有过人之处，毕竟没有人是全才，他缺乏在经济学方面的理论基础，清楚自己的不足之处，所以说话也格外小心。邹儒很少参加大型座谈活动，微微有点兴奋，和认识的、不认识的人一一打了招呼。遇到认识的，就点头一笑，不认识的，就交换名片，问对方的成就和专著。

夏想看了暗笑，邹儒在和人打交道方面，思想还是相当单纯。

想不到的是,不一会儿又来了几个学者,有人主动为大家介绍。当介绍到一个一脸淡然冷静、言谈举止流露出一股高人一等的神情的老者时,夏想顿时惊呆了,因为他竟然是程曦学!

程曦学既然在《京城日报》上对产业结构调整发出质疑的声音,他此次前来,肯定是没有善意了。夏想不免纳闷儿,易向师邀请程曦学前来是何用意?

程曦学圆脸浓眉,最引人注目的是一双眼睛,眼角上挑,而且双眼之间间距很宽,乍一看,颇有威武之相。

他和夏想轻轻一握就松开了手,多打量了夏想几眼,不动声色地问道:"你就是夏想?燕省产业结构调整领导小组的处长?好,好,到底是年轻人,有冲劲,有干劲,不过还是太年轻了一些。等一下有些问题我倒想和你探讨一下,等你演讲之后……怎么样?"

夏想还没回答,邹儒就从旁边闪了出来,有意无意地挡在夏想前面,说道:"曦学,夏想是我的学生,刚刚入学,学问还浅,你身为堂堂的一流学者,打着探讨的名义来欺负我的学生,是不是不太厚道?"

没想到,邹儒倒挺护短,对夏想的维护之意溢于言表。

程曦学一愣:"夏想拜你为师?什么时候的事情?我怎么不知道?"

邹儒冷笑一声:"我和夏想之间的私事,用不着通知你一声,对不?"

程曦学被邹儒抢白一句,脸色不善地说道:"邹儒,你我之间有不同学术观点,可以论战,也可以争论,不必非要用话挤对人,也太小气了。"

邹儒又道:"论战没问题,当面争论也可以,真理越辩越明,我还真想和你举行一次公开的辩论会,就产业结构调整的利弊,好好向你讨教讨教。你发表的文章我也看到了,大部分观点,嘿嘿,不敢苟同。"

程曦学反而笑了:"有争论是好事,你的反驳只能更加证明我的观点是正确的。就像你刚才所说,真理越辩越明,欢迎论战。"

邹儒说不过程曦学,眼见就要动怒,夏想轻轻一拉邹儒的胳膊,插话说道:"邹老,何必意气之争,学术上的事情,还是放到学术上解决为好。"

程曦学惊讶地看了夏眼一眼,别有用意地说道:"说得好,学术的事情放到学术解决,政治上的事情,放到政治上解决。邹儒,没想到你这个学生,倒比导师更冷静更有涵养。"

程曦学以为他挑拨离间的话能激怒邹儒,不料邹儒虽然在人情世故上不太精练,但他却很护短。一听程曦学说夏想比他强,也不生气了,笑道:"青出于蓝而胜于蓝,一个人最大的可悲之处在于,不管他自认是什么学术界的泰斗,却教不出一个成材成器的学生。传出去说好听的,是认为他不会教学;说不好听的，还以为他藏私，不肯把真本事传给学生。"

程曦学虽然名满天下，但他的学生却没有成名成家者，是一件怪事，这也一直是程曦学生平最引以为憾之事。邹儒当着夏想的面阴阳怪气地说出来，意思很明显，就是故意要揭程曦学的伤痕。

程曦学脸色一变，正要发作，见夏想在一旁云淡风轻地浅笑，忽然又冷静下来，摆摆手说道："不和你做无谓的口舌之争，学术的归学术，政治的归政治，如果你想反驳我的观点，欢迎论战。如果你想当面和我辩论，时间地点由你选，我随时奉陪。"

夏想在一旁想，看来学术界之间的争论，也是一样的刀光剑影，只不过比政治上的敌对稍好一些的是，学术上的争论只是观念上的不同，输赢可能只是事关利益和名声，不会涉及身家性命。政治上的博弈，如果是死对头，就是不死不休的下场了。

短暂的碰撞过后，该来的人基本都到齐了，易向师就发表了讲话，首先对大家的到来表示欢迎，然后又对夏想做了隆重介绍，最后就是今天的重头戏——请夏想亲身说法，讲述他如何打赢了和柯达之间这场不见硝烟的战争。

夏想走到台上，先是深深地朝在场众人鞠了一躬，然后又谦虚几句，说自己才能不够，请各位专家不要当成学术汇报，只当一个故事来听。态度摆正之后，他才话题一转，步入了正题："其实说服柯达前来投资并不是我们的胜利，投资从来都是双赢的结果，只有一个赢家的合资项目，是不存在的。所以将我说服柯达投资的举动形容成胜利，是不恰当的说法，也恰恰说明了我们在招商引资的过程中，不自信不成熟的心态……"

夏想事先也料到，他的这番话一出口，肯定会引来一片不满之声，果然话音刚落，就有人不快地说道："信口开河。"

"武断！"

"还是太年轻，说话太冲动了。"

程曦学讥笑一声，说道："谬论！"

邹儒也不知是故意还是无意，就坐在程曦学身边，反唇相讥地说道："夏想的谬论是建立在十五亿美元的成果之上，不是和我们一样，天天纸上谈兵！"

邹儒的声音不大，但这是一间小型会议室，话一出口，人人听得清清楚楚。刚才开口攻击夏想的几个人都是老脸一红，心想夏想的话虽然偏颇了一点，可人家确实是实战的胜利者，可不是空口大话随便说说而已。

程曦学也是脸上一沉，想说什么又觉得不太恰当，忍了下来。

夏想继续说道："其实也不是我说服柯达做出投资十五亿美元的决定，而是我告诉柯达,中国的市场将是未来全球最大的消费市场,投资中国,对柯达的长远战略有利,也只有投资中国,才能帮助柯达摆脱目前的困境。我只是看到了柯达急于摆脱困境的心理,并且成功地让他们相信,只有投资中国才是他们唯一的机会。我不是从投资的回报率来说服柯达,也不是从优惠政策的角度来告诉他们,来中国投资是多么合适,更没有任何不合适的承诺。我只是看到了柯达内部对数码相机市场的分歧,也发现有相当一部分董事对数码产品的前景很看好,以及对总裁的决定有相当影响力的市场分析师中,也有几人支持数码相机的市场,因此,我就抓住了机会……"

夏想的机会就是以点带面,抓住最关键的一个点。

已经支持数码相机的人,不用再费心去打动;完全排斥数码相机的人,也不用想着如何去说服他们——基本上是在做无用功。他只需要想方设法让中间摇摆的人相信数码相机的市场前景即可,因为在支持、反对和犹豫的三派之中,犹豫的中间派才是决定性的力量。争取到中间力量的支持,就等于奠定了胜局。

能透露的细节,夏想也都详细地说了出来。在座的都是行业内的领军人物,希望他的观点能多少影响到他们,让他们的学生以后在和外商谈判时,不至于为了政绩为了数据,而丢失掉更宝贵的东西。能做到多少是多少,反正他也知道一个人的力量毕竟渺小,问心无愧就可以了。

"我们和外商谈判,不管是政府官员,还是企业的负责人,都是一个声音说话——不但说话的语气一样,甚至连腔调都一样。美国人不傻,相反还聪明得很,稍加注意就知道我们统一了口径。任何事情一旦统一了口径,就有了天大的漏洞,只要对付住一个人,就等于对付住了一群人,这就是我们在外面谈判时经常失利的重要原因。"

夏想在讲完和柯达的谈判过程之后,做了总结性发言,"我们有五千年的历史,有相当丰富的谈判经验,为什么到现在反而还不如古人了呢?谈判之前统一口径是应该的,但问题是,不能在谈判时被对方看出来。一个唱红脸一个唱白脸的策略,永远不会失效,即使和美国人谈判,也是如此。在谈判中,我就是扮演急赤白脸的那一个……该假装的时候,也要假装无所谓一次。你无所谓了,别人才会重视。就像谈恋爱一样,提出分手的那一个人,总是占据主动权。被甩的人,不管是舍不得也好,脸面挂不住也好,总要不依不饶地理论一番。他只要不依不饶,就露怯了。谁露怯,谁就被动了。"

现场响起了稀稀落落的掌声,夏想知道,他的观点未必有多少人认同。在座的都是学院派,在对外政策上面,都是保守有余而进取不足,赞成他的观点才怪！

尽管早有心理准备，不过看到在座的众人大多还是持不以为然的态度，夏想还是不免失望。作为被豢养的学者，缺乏独立精神和直言的勇气，他们大多数已经沦落为利益集团的代言人，没有了学者应有的骨气和立场，也是一种悲哀。

不过好在易向师连连点头，说道："在和外商的接触方面，确实存在许多让人羞愧的情形。外经贸部也汇总了全国各省的合资事例，许多企业表面上引进了外资，其实连自有品牌都被扼杀了，看似引进了不少资金，实际上却沦落成了跨国公司的附属工厂。不但没有引进技术，反而连控股权都失去了，着实让人惋惜。"

邹儒表示赞成："您的话确实引人深思，夏想也以亲身经历给了我们警醒，在和外商打交道的过程中，要有理有据，更要不卑不亢，人没钱可以，但不能没有骨气和原则。"

"骨气值几个钱？"程曦学轻笑一声，不以为然地说道，"人穷志短，现在世界的形势是强者为尊，在没有成为经济强国之前，中国在国际上就没有发言权。想要成为经济强国，就必须大力发展经济。发展经济不一定非要引进外资，与其费尽心机和外国人打交道，引进外资，还要时刻提防陷阱，还不如大力扶持国有企业，打造出属于中国自己的跨国公司。"

听了程曦学要扶持大型国企的话，夏想差点笑出声来。

应战

扶持国企不是不可能，而是扶持起来的国企，除了靠垄断和压榨百姓之外，根本就没有在市场上搏击的本事。

中国国企的劣根性就是想依靠垄断旱涝保收，想要国家的政策扶持，想做半官方半企业的公司，既当裁判又当运动员。

垄断企业的态度就是，离了我，你没法活，所以我说什么你就得照做。

相比之下，夏想倒更愿意引进外资，引入竞争机制，否则垄断行业越巨大，百姓越吃亏，利益集团越得利，不是良性的市场发展之道。

"国家的命脉部门和一些要害行业，自然要掌握在国有企业手中，但引进外资也是必需的开放之路。因为我们引进的不仅仅是外资，还有先进的管理经验和技术。尤其是先进的技术——技术上的落后，就是科技上的落后。科技一落后，国家的竞争力就会降低，落后就会挨打。"邹儒立刻反驳程曦学的观点，

"都什么年代了,你还是闭关锁国的思想,听你刚才一句话,我还以为回到了解放前。"

邹儒的话,引起了周围众人一阵哄笑。

程曦学脸色微变,不过还是镇静下来,说道:"谁敢保证引进外资不是陷阱?引进了资金却丢掉了自有品牌,是划算的生意还是赔本的生意,这账该怎么算?别的例子我就不举了,就说说中石化,中石化是国有独资企业,现在发展迅速,成立才短短几年,现在已经成为全球五百强企业了,可见凭借我们自己的力量,一样可以成就大型集团。"

夏想深深地看了程曦学一眼,心中猜测,难道程曦学是中石化的利益代言人?也是,要说国内哪一家垄断行业最怕引入竞争机制的,就是中石化和中石油了。

夏想摇头一笑,问程曦学:"请问程教授,您平常在家的时候,如果空气闷,会不会开窗纳凉?"

程曦学一愣,显然不明白夏想所问何意,不过还是答道:"当然会了。"

"那如果打开窗户,放进来苍蝇和蚊子怎么办?"夏想一边继续问道,一边会心地一笑,看了邹儒一眼。

邹儒笑而不语,只点点头。

"苍蝇、蚊子不可避免,总不能因为外面有苍蝇和蚊子,就不开窗纳凉了。"程曦学还没有反应过来夏想问题的含义,略带不满地说道。

"看来,程教授还是非常明白事理的。引进的外资之中,有清风也有陷阱,总不能因为有陷阱,就不引进清风了。"夏想顺势说道,"关键是要有一幅好纱窗,只放进清风,而将苍蝇和蚊子挡在外面。至于那些掉进陷阱的企业,也不能怪外资设置陷阱,怪只怪自己无能或是太贪心。因为就算有陷阱,也是自愿跳进去的,没人逼着非跳不可。"

夏想的话引得不少人点头赞同。

"有道理,不能因噎废食。"

"是呀,签订合同本来是双方的事情,既然自己签订了协议,就得按合同办事。发现不了合同上的陷阱,只能怪自己太笨,不能怪老外聪明。"

程曦学被夏想成功地引进了圈套,也不生气,只是摇头一笑:"这个比喻太想当然了,比较儿戏,不值得反驳。我倒是想问问你,中石化的成功又怎么说?"

"中石化的成功也不值得反驳。"夏想也是坦然一笑,"就如您刚才所说,垄断国企的成功太儿戏了,不值得一说。国家给钱给政策,我想在座的每一个人,谁当中石化的老总,谁就能成为风云人物。因为只此一家别无分店,想加油就

151

得找我,没得选择。在这种情况下,一块钱的成本可以卖到五块钱,怎么可能不赚钱?全国人民每人给我一分钱,转眼间就可以造就一个千万富翁出来。"

又是一阵笑声。

也难怪,在座的诸位专家学者,虽然都是学富五车,但平常都是严肃有余活泼不足,夏想举例生动,说话又轻松,不由人不发笑。

夏想也附和大家笑了笑,又说:"我有一个办法可以在一分钟之内造就一家比中石化多赚一千倍的公司出来,只要政策允许。"

程曦学顿时嘲弄地说道:"小朋友,说话要用大脑,不要张口就来,没法收场就不好办了。我倒想听听你的高见,就算你有政策,怎么可能一分钟造就一家大公司?还说什么比中石化多赚一千倍,大家听听,简直就是小孩子过家家嘛!"

众人也是哄堂大笑。

邹儒脸色不太好看,不悦地瞪了夏想一眼,埋怨夏想乱说话,本来刚刚占据了上风,刚才的话一出口,就又落了下乘。

众人也是纷纷发表看法。

"小年轻,你的话太没有边际了,说话,还是慎重一些。"

"在座的都是经济学方面的专家,都研究经济多年,你信口开河的话,也要分场合。"

"我从事经济研究几十年,从来不知道做什么事情能这么赚钱,政策允许?再强有力的政策也不可能让你这么赚钱!"

"胡言乱语,一派胡言。"

连易向师也一脸担忧地看了夏想一眼。

夏想镇定自若地笑了笑,说道:"各位专家,我只是打个比喻,当不得真,只是形象地说明一下垄断的危害。石油是目前人类所知的最大的能源,也是日常生活中运用最多的能源,所以垄断才会产生暴利。越是和人类切身相关的事物,只要收费,就越能产生巨大利润,当然前提是不顾人类死活。如果哪个国家出台一项政策,成立一家空气公司,宣布空气为国家财物,任何人呼吸一口空气都要交纳一定的费用——用汽油的人毕竟是少数,没钱可以少用或不用,但空气人人需要——真要如此的话,我想空气公司在一分钟之内产生的经济效益,恐怕比中石化多一千倍都不止!"

夏想的话自然是以半开玩笑的口气说的,但话一说完,在座的专家学者却没有一个人笑,都一脸凝重,若有所思地沉默起来。

夏想还真没有夸张,如果真有那么一天,中石化算什么?空气公司将是世界上最大的暴利公司！因为人人都需要空气，不呼吸必死。在死亡面前，金钱算得了什么！

当然这只是一种假设，是不可能实施的政策，除非哪个国家想自取灭亡。但这个比喻却形象地说明了垄断的危害。

只不过夏想所说的空气公司是霸道的强迫，而中石化一类的垄断公司，是软刀子强迫。除非你不开车，开车就得加他们的油。油价高是事实，但人家没有非逼你用，是不是？是你自愿掏钱加油的，又没有人拿枪顶着你的脑袋。

程曦学冷笑几声，想说什么，又觉得再和夏想辩论下去有失身份，就只说了一句："强词夺理罢了。"

夏想向来对利益集团的代言人没什么好感，尤其是垄断利益集团的代言人，多半还是半官方性质。他们比起单纯地为房地产、医药或是某一种产品做广告的明星，威力大多了。明星做的只是广告，他们却是以专家学者的身份，掌握了一部分宣传机器，进行洗脑式的潜移默化的影响，有极大的隐蔽性。

夏想没说话，邹儒接过话，说道："其实座谈会就是一个强词夺理的辩论会，说来说去，都不过是纸上谈兵罢了。理论上的东西，大家都是觉得自己最正确，只有放到实践中去检验，才能最后分出胜负。程教授，你的大作我已经拜读，大部分观点不敢苟同，也觉得你的说法站不住脚，我也有反驳的文章发表，到时还请你及时应战，别临阵退缩。"

程曦学哈哈一笑："我正等着反驳的文章出现，否则我一个人唱独角戏岂不是太无趣了？好，我等着拜读你的大作，不要让我失望才好。"

二人你一言我一句，表面上语气平常，面带笑容，其实是刀光剑影，转眼间已经打了数个回合。

易向师假装没听见，他对学术界之间的争论司空见惯，心里清楚专家学者们背后站着的都是不同的利益集团，都有各自的利益诉求，有分歧再正常不过。

不过他还是不愿意看到二人说个没完，就插话说道："提醒大家一下，不要跑题了，今天的主题是请夏想同志为我们解读如何和外商打交道，如何在引进外资的谈判中，更好地寻找有利点。现在还有一点时间，大家有什么想问的问题，可以继续向夏想同志提问。"

一位满头银发的老者笑容可掬地问道："夏想同志，我想问问你，你不觉得你和柯达的谈判，有点冒险主义倾向吗？和美国人打交道，身为礼仪之邦的中国人，不能丢了礼节，让他们看轻我们。我们应该有理有据，进退得体，而不是要阴谋诡计……我觉得你的谈判方法不可取。"

153

"不管黑猫白猫，抓住老鼠就是好猫。"夏想淡然一笑，"我们的礼貌不是忍让，更不是退让，该我们所得的利益，要坚持不放松。再说在谈判中也讲究兵不厌诈，虚实结合，才能收到出其不意的效果。"

　　夏想未能说服银发老者，他摇头说道："堂堂正正谈判才是正理，你这样的手段，太冒险了，也不可取。"

　　老者旁边一位五十多岁的女学者说道："牛老的话有道理，但我认为夏想同志的做法也有可取之处，谈判就是一个互相试探对方底线的过程，不管用什么方法，能达到目的就成。"

　　二人各有不同的附和者，由此引发了一系列热烈的讨论。

　　夏想也没有加入他们的阵营，坐在一边和易向师说了一会儿话。到会议结束的时候，程曦学意味深长地看了夏想一眼，说道："夏想，你是坚定的引进外资的支持者，也是坚定的产业结构调整的推动者——你真的将自身前途全部放在上面，不打算回头了？"

　　"多谢程教授提醒，我觉得目前一切都好，不必走回头路。"夏想不卑不亢地回答。

　　"我的态度是，招商引资可以，但还应该以扶持国有企业为主，而且引进外资，不应该对国有企业带来任何不利的影响。我对你谈判的技巧不作评价，但对你推动的产业结构调整的工作，表示反对。我会尽我所能，阻止你这种造成国有资产流失的行径。通过媒体或是其他渠道，我会不遗余力地推广我的观点，相信有一天，你会败在我的努力之下。"程曦学语气淡淡但又不失自信地说道。

　　夏想也一脸浅笑，从容不迫地答道："虽然我自认才疏学浅，但我始终认为我所做的一切是利国利民的好事，所以我也会全力以赴，努力做好每一件工作……当然，也包括迎接您的压力。"

　　程曦学暗暗发笑，讥讽夏想没有见识，不知道他将要面对的是什么样的对手，想了一想，还是懒得再多说，好像自己欺负他一个后生晚辈一样。他最后说了一句："每个人都认为自己所做的事情正确，但时间会证明一切。年轻人，你好自为之。"

　　"我会的，多谢好心。"夏想依然态度不改。

　　座谈会结束了，易向师致词之后，众多专家学者陆续散去。夏想也知道一次座谈会不可能改变许多人的看法，但也影响了一些开明的专家学者的思路。看到他们多少接受了自己的一些观点，夏想还是深感欣慰。

　　只是意外地出现了程曦学事件，让他心中不免隐隐担忧。程曦学可不是普通的学者,他身为中大的教授,又是某些利益集团的代言人,他的意见既代表了他本人的看法,又是某个背后高人的影射。

一个产业结构调整,由点及面,由局部到整体,终于触动了京城中某些人的利益,以后,更有好戏上演了。

等众人全部走完之后,夏想看了邹儒一眼,等他的安排。易向师出去送人了,临走前,也没顾上和夏想说话。

邹儒想了一想,说道:"没什么事了,我们也走吧。"

会面

夏想估计易向师肯定还有话要说,邹儒在人情世故上考虑较少,基本上想什么说什么,他就笑道:"邹老,领导还没有说让我们走,肯定还有别的事情,等他一下最好。"

"不等了,他没说有事,也没说没事,谁去猜他的心思?走了。"邹儒还真是简单,连易向师的面子也不给,说走就走。

夏想跟在邹儒身后,刚走几步,会议室旁边的一间办公室的门突然打开,里面走出一人,笑着拦住了夏想的去路:"不辞而别不是好习惯,小夏,还是等向师回来再走,他还有话对你说。"

夏想一愣,待看清来人,不由笑了:"吴部长也在?怎么部里不忙,来外经贸部做客?"

邹儒在前面站住脚步,回头一看,问道:"夏想,你也认识吴部长?"

"有过几面之缘。"夏想答道,微一沉思,又说,"邹老,既然吴部长开口了,我们就再等一等,怎么样?"

夏想猜测吴才江可不是闲来无事来外经贸部,他及时出现肯定也不是偶然,就顺着他的话往下说。

邹儒有点不情愿,他刚才和程曦学争论一番,心中郁闷难平,惦记着回去将稿件改得更犀利更直白一些。不过既然夏想提出要留一留,他也不好一口回绝,就点了头。

吴才江和邹儒握了握手,聊了两句,随后请二人进了办公室。一进门,夏想只看了一眼,顿时大吃一惊。

办公室内布置也是平常,没什么让人惊讶的地方,只是在里面坐着一个人,他微微皱眉,正在低头看一份报纸。此人头发微有花白,微瘦,脸色不太好,但一脸坚毅,眉宇之间隐有不满之色,对夏想几人进来,似乎没有发觉,目光紧

155

盯着报纸不放。

夏想一眼就认出了他正是何东辰!

何东辰竟然在会议室旁边的办公室内,夏想不用猜也知道了几分,肯定是易向师的安排。

他也看清楚了何东辰手中的报纸,正是《京城日报》,而他关注的版面,正是程曦学的文章。

邹儒显然也认出了何东辰,脸上露出紧张之色。吴才江回身做了个手势,意思是让二人安静,不要惊动他。

过了片刻,何东辰才收回心思,抬头一看,不由说道:"才江,来了客人也不叫我一声? 连基本的礼节都不懂了? "

语气之中微带不满,但却另有含意。

吴才江笑道:"您说得是,不过我怕惊动您的思路。来,我来介绍一下,这位是社科学院的邹儒教授,这位是燕省产业结构调整小组的夏想同志……"

何东辰一步向前,先是握住了邹儒的手:"邹老的著作我读了不少,很有见解,有些观点我很赞同。听说你又收了夏想当弟子,可喜可贺。"

邹儒和易向师熟归熟,也和吴才江认识,但和传闻中的何东辰见面,还是第一次。

邹儒激动地说道:"一直想亲见您一面,没想到今天突然实现了梦想,没有心理准备,太激动了。"

何东辰呵呵一笑:"好说,好说,只要邹老肯赏光,想要见我那太容易了。"

何东辰一转身又来到夏想面前,伸手和夏想握手,说道:"夏想同志,刚才我听了你的演说,很精彩,很有戏剧性,尽管有些观点激进了一些,嗯,实施起来也有些冒险,但总体来说还算合格。再加上你是先有成功经验,再形成理论,可以打到六十五分了。"

夏想不由暗笑,他努力了半天,在何东辰眼中才是及格线的水平,看来,领导的要求真是不低。他谦恭地说道:"您过奖了,其实如果让我给自己打分,只能是五十九分的水平。"

何东辰来了兴趣:"怎么说? 怎么比我给的分数还低? "

"您给我六十五分是勉励我,我给自己五十九分是激励自己,是要让自己明白,其实自己做得也算不错了,但离及格线永远有一分的距离,这样一想,就会更加努力。上大学时有一句话是,六十分万岁,六十一分浪费,五十九分惭愧——不管做任何事情,只给自己打五十九分,永远留一份惭愧心,就能始终有奋发的动力。"夏想也不知道为什么,一见到和电视上截然不同的形象,不由心中感慨,有感而发。

听了夏想的话,何东辰心中一动,不由多看了夏想一眼,心中暗暗赞赏了一句:好一个不骄不躁的年轻人。

何东辰此次前来外经贸部,并不全是为了夏想。他听说邹儒要来,而且程曦学也会出现在会场之中,才动了念头,要来外经贸部会一会夏想和邹儒。

程曦学的文章,让何东辰动了肝火。

产业结构调整战略先从南方的发达省份开始,比燕省的推广早了一年多,现在已经取得了初步的成果。之所以选择在燕省进行第二拨试点,也是因为外经贸部要调夏想入京,引发了一系列的连锁事件。易向师将燕省的情况汇总之后报给了他,才让燕省成功地进入了他的视线。

何东辰认为,燕省是内陆省份,经济不高不低,在国内排名中等。政治上保守,经济上发展迟缓,正是国内大部分内陆省份的代表。最关键的一点是,燕省离京城近,好掌控,也好及时了解动态,他就动了心,决定要拿燕省当成第二拨推广的试点。如果燕省成功了,就具有普遍性的影响,他就可以放心大胆地进行下一步的部署了。

何东辰对燕省的产业结构调整,寄予厚望。

燕省一旦成功,就预示着可以继续向其他内陆省份推广,何东辰的工作就成功了一半。而燕省也先由试点城市开始,两座试点城市,还是由一个不起眼的处级干部劝说成功才主动申请的,最后也由他担任了领导小组的要职。更让人惊喜的是,他不但帮助单城市和宝市提出了不少可行性建议,还替他们拉到了资金,甚至一举和柯达谈判成功,为达富引进了十五亿美元的外资!

他就是夏想!

十五亿美元在何东辰眼中,不算什么,放到南方的省份,也算不上什么巨资。但对燕省来说却意义非凡,甚至可以说,一举奠定了燕省产业结构调整初获成功的基调。

从听到消息的那一刻起,何东辰对夏想的兴趣上升到了非见他一面的程度。他要看看这个能干实干的年轻人,为什么就这么有才能,为什么就能处处为燕省排忧解难,他到底是什么样的一个人?

最让何东辰对夏想大有好感的是,燕省产业结构调整领导小组虽然人数不少,叶石生和范睿恒的支持力度也不小,但一直主导工作的是宋朝度和夏想。宋朝度自不用说,他是省委常委、副省长,如果他能做出夏想的成功,是他的职务之便。但夏想只凭一个处级干部,却做出了不少惊人的大事,就不由何东辰不对夏想高看一眼。而且夏想越努力,做出的成绩越大,就越显示出燕省产业结构调整的成功。燕省越成功,他就越放心。

可以说,夏想的努力,实际上也在一步步实现他的理想。因此,何东辰对夏想既好奇又充满好感,正好遇到易向师今天的安排,又因为突如其来的程曦学事件,他决定,来外经贸部一趟,亲自会会夏想。

程曦学突然在《京城日报》上发表针对产业结构调整的反对文章,是一个不好的信号,预示着本来沉默的一些反对者,开始动手了。

何东辰不免有些忧虑。

正好今天吴才江前来汇报工作,听何东辰说要前往外经贸部,夏想在外经贸部和专家学者座谈,吴才江就提出一同前来,何东辰也没反对。二人来到外经贸部后,被易向师安排在会议室旁边的办公室里,会议室里有录像设备,何东辰和吴才江将刚才的情景看得清清楚楚……

不多时,易向师回来了,简单寒暄几句,易向师就对夏想说道:"领导一直很关心你的成长,柯达的消息传回来时,还专门打电话给我问了问详细情况。夏想,你有什么好的想法,要趁现在好好汇报一下。"

夏想感激地冲易向师点点头,说道:"单城市通海铁路已经由燕省省政府上报了铁道部,按照正常程序,估计要审批一年半载。如果您能过问一下此事,早日促成通海铁路的开工,不但对单城市大为有利,对推动整个燕省产业结构调整,也是一剂强心针。"

何东辰不解地问:"通海铁路是专线,我也听说了,不和现行的铁路通行,修成之后,也只有利于单刚一家企业,对于沿线城市,好处不是很大。你说说看,怎么对整个燕省的产业结构调整,有促成作用了?"

何东辰果然对燕省的事情格外关心,夏想一提通海铁路,他竟然了解得十分详细,可见也上了心。不过他的目光放眼全国,一条通海铁路在他眼中不算什么大事,难得他记得这么清楚。

夏想恭敬地答道:"从表面上看,通海铁路只有利于单城市一家,就算在沿线城市建一些停靠的小站,对当地经济的促进作用也不大。不过从长远来看,通海铁路却是燕省中南部六市的希望,也是黄骅港借此东风成为燕省重要港口的重大机遇。"

如果在座的都是燕省的领导,对夏想的话就能深有同感。但在座几人都是京城高官,目光可不是只落在燕省一省,所以对夏想的说法一时还想不明白,尤其吴才江更是纳闷儿,问道:"一条通海铁路,对单城市来说是大项目,对燕省来说并不算什么大事,怎么被你说成是中南部六市的希望了?夏想,说话要

158

注意分寸,不要说大话空话。"

吴才江是善意的提醒,邹儒听了微有不满地说道:"夏想是我的学生,我了解他,他向来不说没有把握的话——吴部长的结论不要下得太早了。"

吴才江才不会和邹儒一般见识,在他眼中,邹儒就是又臭又硬的知识分子的代表人物。

易向师对夏想还是有信心的,就说:"夏想办事一向稳妥,他是燕省人,对燕省的关注比我们要都深入,不妨听他继续说下去。"

何东辰微一点头,示意夏想继续说下去。

夏想微微一弯腰,适当地表现出对在座领导的尊敬,又说:"通海铁路一旦建成,将会对黄骅港的发展起到巨大的促进作用。单城钢厂肯定要在港口建造码头,其投资将会让黄骅港口焕然一新。而且单钢因为通海铁路得了便利条件之后,燕省中南部六市都会看中黄骅港的港口优势,六市离黄骅港都很近——单城市反而是最远的一个。既然最远的单城市都能修建铁路借助港口优势大获成功,其他市也会闻风而动,会想方设法将交通延伸到港口城市,而黄骅港就是最近的一个。只需要修建一条一两百公里的专用铁路,就多了一个出海的港口,对于燕省中南部六市来说,是一件非常划算的事情。如果几个城市都有专用铁路到黄骅港,对各市经济发展的好处自然不用说,在短时间内就能将黄骅港打造成燕省一个重要的港口城市,也是一件了不起的盛事。"

燕省中南部城市,离黄骅港最近;北部几市,离天津港较近。黄骅是县级市,港口规模很小。如果因为通海铁路的建成,因为单钢的介入,而给黄骅港带来新气象,由此引发出来一个黄骅热也不是不可能。

何东辰眼中流露出赞赏之意。

夏想的想法确实切实可行,而且目标也不遥远,不难实现。可以说他的眼光很准,对黄骅港的定位也很准确,再想到他不到二十八岁的年纪,何东辰就不免生发出一丝感慨,真是后生可畏。夏想现在的大局观和能力,已经可以胜任任何一个地级市的副市长一职了。

吴家有事

何东辰微一点头说道:"想法不错,有一定的可行性……"然后他又话题一转,说道,"刚才你反驳程曦学的几句话说得很不错,尤其是对垄断集团的分析,呵呵,举了一个什么空气公司的例子,虽然有些夸张,不过还是十分形象生动,有意思,有趣。你好像对程曦学的理论也有不同意见,是不是也可以写一篇文章,对他的观点进行反驳?"

夏想不免一愣,何东辰的意思是……

其实从他选择进入领导小组的那刻起,就已经表明了立场,要坚定地支持并推行产业结构调整。程曦学的文章的发表,预示着矛盾开始激化,他既然已经选择了前进,不可能再放弃原有立场,因为一篇文章而后退。况且他也答应邹儒要写一篇反驳文章出来,何东辰又特意提出,于是夏想明白过来,自己站出来发表文章反击程曦学的观点,非常有说服力。

因为自己是产业结构调整小组的成员,又成功地促成了柯达和达富之间的谈判,等于现身说法,想必比程曦学的纸上谈兵更有力度。

夏想笑着看了邹儒一眼,说道:"邹老已经写好了一篇反驳的文章,他让我也写一篇,我还没有动笔。正好您也吩咐下来,我就明天交稿。不过我既非经济学家,又不是记者出身,未必反击犀利,只能尽量写好。"

何东辰又对邹儒说:"好,邹老和夏想师徒一同反驳程曦学,在学术界也是一桩美谈。"他又看了易向师一眼,交代道:"向师,邹老和夏想的文章出来后,你先过目一下,然后再安排发表。"

何东辰说完,借口有事,先行离开了。

夏想也知道何东辰不可能对他提出的通海铁路等问题,给出什么答复。何辰东事务繁忙,他能够上心就不错了,等铁道部上报的时候,他若能说上一句关键的话,就管大用了。

何东辰一走,夏想就和邹儒一起告别易向师和吴才江,返回了社科院。临走的时候,吴才江握着夏想的手,说道:"夏想,晚上等我电话,我有话要和你谈。"

易向师没有再对夏想多说什么,只是交代他务必写好稿件,及时交给他。夏想自然知道事件轻重,他的文章相当于投名状,能过何东辰这一关的话,就等于正式入了他的眼。

因为他现在再写出反驳程曦学的文章,就不仅仅是事关学术上的争论,而是在何东辰的授意下所写。

有些事情,站队是必需的,但站错了队伍,后果也非常严重。好在既然何东辰是产业结构调整的主导者,夏想又是燕省产业结构调整领导小组的成员,和何东辰有着共同的目标,就是产业结构调整,只许胜不许败。胜,则前方一马平川;败,则前景一片黯淡。

不过早在夏想自愿跳进领导小组的那一天起,他就赌产业结构调整必定会胜。

夏想和邹儒一起回到社科院，邹儒让夏想自己去查资料，又给夏想安排一些课程，就自己埋头修改稿件去了。今天的辩论给了邹儒不少启发，写时论性的文章，不需要太多华丽的辞藻，也不必非要运用大量比喻和形容，只要观点明确，语言犀利就好。说白了就是要用最简短的话，用最清晰的语言，在开头几百字内告诉读者自己的观点和论点。

夏想拿着邹儒给出的课程表，领了教材后坐下看书。午饭后，又认真学习了一下午，心中对反驳程曦学的文章有了大概轮廓。

下午快下班的时候，邹儒一脸严肃地递给夏想一份稿件，郑重地说道："夏想，文章我重新做了修改，你再帮我看看有没有什么重大的漏洞。"

夏想接过一看，不由哑然失笑，文章的标题已经改为《三驳程曦学似是而非的论点》——文中虽然还有一些生动的比喻例句，但语言直白了一些，也直截了当地点明了主题，逐句逐段地反驳了程曦学的观点。尽管邹儒在努力掩饰，但他还是看出来了，邹儒完全根据他的建议对文章进行了修改。

邹老也是一个趣人，虽然有固执的一面，但也能很快地转变想法，接受建议。尽管他接受建议的方法很刻板，不过对于一个极有声望的学者来说，能有从善如流的勇气就已经非常难能可贵了。

于是夏想不吝啬他的好话，大大地称赞了邹儒一番。其中不乏不着痕迹的马屁，但也有真心实意的盛赞。邹儒毕竟是当世一流的学者，写辩论文章未必最拿手，但文笔严谨，语言简练，有深厚的功底，夏想自叹不如。

邹儒被夏想一夸，脸上隐隐有得意之色，不过他努力掩饰，不至于表现得太明显了，假装轻描淡写地说道："我也感觉比上一稿进步不小，主要是我平常很少写反驳别人的文章，差不多算是第一次动笔，还是难免生疏。"

"以您的才学，世间学问都是一通百通的，不敢相信您第一篇论战文章就写得这么精彩。邹老，此文一出，程曦学必定气得暴跳如雷。"夏想忍住笑，还是轻轻地奉送了一记马屁。

"呵呵，程曦学虽然观点有失偏颇，但他还是有些真本事的，为人也算有点涵养，不至于被一篇文章气坏。他肯定会提笔迎战，继续发表文章对我们进行反驳。"

夏想也知道程曦学不但不会善罢甘休，说不定论战还会蔓延到全国。伴随着论战热潮的到来，政治上的阻力也会随之而来。

前路不知道会有什么样的艰难险阻！

下班后，夏想告别了邹儒，到了外面，正准备给吴才江打电话时，就接到了他的来电。

161

"来昆仑饭店三一〇房间。"

赶到昆仑饭店时，已经过去了一个小时。夏想心想说不定吴才江等急了，急忙来到房间一看，却发现吴才江正满头大汗地摆弄手机。

一见夏想进来，吴才江顾不上指责夏想迟到，忙将手机递给他，说道："快帮我看看怎么回复短信，你说为什么有人有事不直接打电话，非要发什么短信？真是自寻烦恼。"

夏想笑了："您有所不知，短信有着不可替代的用处，比如一些小知识、天气预报等等，用短信显然比语音方便多了。而且短信还能保存，语音通话说过就消失了……"

说话间，夏想帮吴才江回复了短信。巧的是，短信还是连若菡发来的。

尽管吴才江没问，夏想还是主动解释了路上堵车再加上他走错了路，才迟到了一会儿。吴才江对此事显然没有放在心上，正好借连若菡发来短信的由头，问夏想："若菡在美国还好？"

"她很好，身边有细心的人在照顾，请您放心。"夏想有点不习惯和吴才江谈论连若菡，还没来得及转移话题，吴才江又问了一句："总一个人在国外也不是个道理，什么时候接她们母子回国？"

尽管夏想早有心理准备，也清楚连若菡生孩子的事情瞒不过吴才江，不过猛然听吴才江亲口说出，还是觉得脸上发烧，尴尬地说道："总得等孩子大一些才能回来，现在太小，经不起折腾。"

吴才江微一摇头，叹息道："事情已经走到这一步，能瞒到什么时候？老爷子还好瞒住，他身边的人都有分寸，我也不敢让他们知道。我二哥早晚要知道，他的脾气你是不知道，当年敢和老爷子顶撞，敢不认家门，甚至说出了自绝于吴家的话。说实话，连我都有点怕他。现在他年纪大了，过年时偶尔也回来，不过还是和老爷子关系不近，总有疏离感。"他不无忧虑地看了夏想一眼，"和你接触多了，我也觉得你还算是个不错的年轻人，除了在若菡的事情上处理得欠妥当之外，别的事情都让人挑不出过错。如果让我二哥知道了你们的事情，他大怒之下，不一定会做出什么吓人的事情。"

夏想一直担心吴家老爷子会虎威一怒，没想到，吴才江现在最担心的反而是连若菡的父亲吴才洋，出于好奇，他还是问了一句："二伯还在西北担任省委书记，是不是快回京城了？"

夏想只是随口一问，不料竟然一语猜中，吴才江一脸惊奇地说道："你还真说中了，二哥年底前有望回京……"

夏想说道："您今天要我过来，有什么吩咐？"

"没什么要紧事，一是说说若菡；二是有件事情，我想劝劝你。"吴才江才想起今天叫夏想来的主要目的。连若菡的事情如果被吴才洋或是老爷子任何一人知道了，或许会有无法收拾的后果。但也许一时半会儿他们也不会知道，还是眼前的事情最为紧要，他出于爱护夏想的想法，也要劝他慎重从事。

"反驳程曦学的文章，你还是不要写了，就让邹儒去写好了，他是教授，由他出面，只会被人当成是学术上的争论。而你身份特殊，如果你写出的文章发表出来，就等于公开向程曦学的背后之人宣战了。"不管怎么说，夏想现在和吴家也有割舍不断的联系，虽然吴才江对连若菡感情不深，毕竟连若菡也是吴家的后人，一句叔叔叫出，也是血脉相连，况且连若菡是老爷子最喜欢的孙女。

最主要的一点，连若菡的儿子是吴家第三代子女中，第一个后代，也就是吴家第四代的第一人，听说还姓连，就让吴才江动了心思。如果能改姓吴，让老爷子知道吴家第四代也有人了，该有多高兴，让他心情大好，说不定也有利于病情的根治。

吴才江对老爷子的脾气有点把握，有了孩子，欣喜之下，老爷子或许会消气。但对于吴才洋，他现在心中没底，多年不和吴才洋接触，谁知道他本来就倔强的二哥，现在是一个什么样的脾气？

夏想作为孩子的父亲，吴才江对他也是感情复杂。连若菡的脾气他清楚，倔强又独立，和家族关系若即若离，谁也管不了她。她既然肯为夏想生孩子，定然是爱夏想至深。况且夏想也很优秀，吴家第三代之中，没有出类拔萃的人才，除了连若菡在经商方面成绩突出之外，其他人都不堪造就，也是让老爷子大为头疼之事。

夏想尽管没有和连若菡结婚，但二人之间的感情和结婚没有什么两样。既然如此，吴家也可以将夏想拉拢过来，当成接班人培养。因为连若菡母子的关系，夏想坐大之后，想必也会对吴家的后人照顾一二。根据吴才江最近一段时间对夏想的观察，也得出了结论，夏想为人处世，品行可靠，值得托付。

综合各方面的考虑，再加上夏想最近的所作所为，吴才江越发认为夏想是可造之才，但越是如此，他越是爱惜夏想，不想让他介入到京城的分歧之中。

夏想听了吴才江的话，低头不语。

↗ 06 两重夹击，果断应战

宋朝度说的也不无道理，夏想回到办公室，还在琢磨着请范铮出面论战的可行性。如果他和范铮一同出面，作为邹儒的两大弟子同时应战，也会在国内的学术界引起莫大的关注。

正寻思之时，突然听见一阵咯咯的笑声传来，笑声听起来比较耳熟，不过夏想正神思恍惚，一下竟然没有想起来是谁。

理想中的升迁之路

吴才江的心思夏想也猜测到了一二，也是出于爱护他的本意。本来最早的时候，他对吴才江确实十分痛恨。但后来的事情让他慢慢改变了主意，尤其是吴才江在知道他和连若菡的关系之后，不但没有一句反对的话，还替他隐瞒了真相，也让他心生感动。今天的会面也是，一开始吴才江就提到了连若菡父亲吴才洋的问题，本意还是让他提前有心理准备，万一吴才洋知道真相之后必然发作——吴才江的关切之意溢于言表。

但关切归关切，政治归政治。

夏想自认他一路走来，脚步一直比较稳健。他不想当政治投机客，他所想的是利用自己的能力，尽可能地脚踏实地向前迈进，尽可能地做出实事为百姓谋取福利，为国家争取实惠。有多大能力就施展多大能力，有多大权力就承担多大责任，而不是只做一个左右逢源、长袖善舞的政客。

不用说更多的豪言壮语，只有一句话让夏想一直心中难安：国家兴亡，匹夫有责！肩上的担子有多重，身上的责任就有多重。他只想一步步走来，每一步都能留下沉甸甸的脚印，每一步都有老百姓因为他而受益而脱贫致富。他的升官是建立在百姓幸福的基础之上，这样的升迁之路，才是他一生的追求！

说起来有些假大空，而且夏想也很少将自己放到高尚的高度。但仔细想起来，从坝县到城中村改造小组，再到安县，他的出现，也确实改变了不少人的命运，给大家带来了切实的好处。

在坝县，黄海因他的出现而过上了小康生活；万志泽因为他的指点，在旅游路口开起了饭店，成为坝县草原上最赚钱的饭店。在城中村改造小组，因为他的出现，孙现伟投资蔬菜批发市场发了大财，钟义平也因为他的关照而改变了命运。在安县，旦堡乡无数果农因为他和梅晓琳的努力，解决了果树问题。欧阳铁衣老农最后也还清了债，还有了存款。也是因为他的出现，救了一名工人的性命，因此在工人中树立了前所未有的威望。他还为安县建成史上第一个公园，还扩建了景区，兴建了度假村，打通了山水路，让安县和景县之间的距离缩短为不到一个小时……

而现在在燕省产业结构调整领导小组，他相当于变相为自己制造了难题。但在解决难题的过程中，夏想清楚，产业结构的调整，合资和引进外资的成功，会为无数人带来就业机会，让无数企业重获生机，让许多下岗的家庭重新恢复笑声。他告诉自己，再难再艰苦，所做的一切，造福了无数百姓，为许多人带来了希望，值了。

他心知肚明的是，产业结构调整是一把双刃剑，稍有不慎，就有可能将自己误伤。但他有信心凭借自己的智慧和胆量，利用他点石成金的妙计，一步步实现自己的梦想。

燕省的产业结构调整目前虽然取得了一点成绩，但以后还会面临更多的困难，夏想也有心理准备。此次来京城，本来是注册学籍，和导师邹儒见面，没想到，一到京城就遭遇了一系列事件，也让他暗暗担忧，恐怕以后的道路会更加困难重重。

早在邹儒提出让他也写一篇反驳程曦学的文章之时，他其实已经下定了决心。想要继续做出成绩，让燕省的产业结构调整继续深入地开展下去，他就不能只躲在燕省的领导小组办公室之内，而是要适时地站出来，该大声说出自己的声音，就要大声说出，为产业结构调整的下一步，大声疾呼。

因为逃避不是办法，也解决不了问题。而且他向来最不怕事情复杂，越错综复杂的局势，越多的势力介入，就越有可乘之机。势力一多，局势一纷乱，就有了乱中取利的可能！

夏想，最善于运用出神入化的手段，在迷雾重重的局势中，果断出手，寻找最有利的支撑点。

现在他就找到一个支撑点，就是舆论战。掌握了舆论阵地，就掌握了发言的制高点。

所以面对对方的宣战，面对程曦学打着学术名义的咄咄逼人的文章，夏想作为实战的胜利者，他现身说法最有说服力。他必须站出来，发出属于自己的强有力的声音。

产业结构调整不能停滞不前，一旦停滞，将会是垄断企业之大幸，自由经济之不幸。国家已经吃了太多政企不分的大亏，不能再走回头路。让更多的民营企业发展起来，加大民营企业在国民经济之中的比重，才能提高国家的竞争力。

"写一篇反驳程曦学的文章，不仅仅是因为我答应了领导，更主要的是，我自己想要表达一个观点。"夏想沉着地说道，"感谢您的提醒，但有时候不一定我不说话，别人就会觉得我好说话。我说话了，也许他们反而会觉得我比较浅薄，就会看轻我。被别人看轻，也是一件好事。"

"小夏，你不知道程曦学背后站着的是谁！"吴才江加重了口气，脸色不太好看，"不要冲动，不要当马前卒。不管是哪一方胜利，你都有可能捞不到任何好处，都会成为牺牲品。"

夏想也看出了吴才江的关切之意，心中暗暗感动，听他的意思，就算老爷子和吴才洋对自己非常不满，但自己真要出了大事，他们因为连若菡的关系，也不会坐视不理。

只是夏想心中的想法已定，他不是故意要博取一个虚名，他是顺应潮流而动，希望能发出自己的声音。如果任由对方在舆论上占据上风，慢慢地在国内形成一股思潮的话，以叶石生的性格，肯定又会退回到原有的保守状态，说不定领导小组最后会名存实亡。到时他的前途、宋朝度的前途，以及整个领导小组成员的前途，都将毁于一旦。

领导小组的失败，就预示着产业结构调整的失败。产业结构调整推行不下去，整个燕省还是停滞不前、不上不下的经济形势。

"非常感谢您的关心和爱护，既然柯达事件已经闹得沸沸扬扬，我也被推到了风口浪尖之上，而且今天您也看到了，程曦学现身之后，已经和我站在了对立面。我主动迎战也是战，被动迎战也是战，不管是哪一种方式，都逃不过去。我想，现在其实已经无路可退了，背水一战说不定还有可乘之机。"夏想一脸坚定，直视吴才江的眼睛，信心十足地说道。

吴才江愣了一会儿，又无奈地笑了："我就知道说不服你，你的性格看似随和，其实也和若菡一样有固执的一面。怪不得她会喜欢你，你们两个的脾气如出一辙。当然，若菡的固执在表面上，你的固执在内里。"

吴才江也是点到为止，不会硬劝夏想。

"我不管你了，不过有一点你得记住，不要试图撬动大利益集团的利益，只要动了他们的底线，必定会受到猛烈的反击，不死不休。"过了好一会儿，吴才江郑重其事地交代了一句。

夏想点头："我心里有数。我也自认没有能力做出什么影响深远的大事，所求的无非是能在能力范围之内，多做一些于国于民有利的小事罢了。我不主动去欺负别人，但别人欺负到了头上，也得把他们的手推开不是？"

吴才江呵呵地笑了："我早就领教过你的手段了，你滑不溜手，也不是那么好对付的。来，不说了，先吃饭。"

饭菜上齐了，吴才江招呼夏想吃饭。夏想随便吃几口就饱了，总感觉吴才江还有话要说，就放下碗筷，等他开口。

吴才江也真有耐心，不紧不慢地喝了一会儿茶，随意聊了聊邹儒，又说起夏想以后的打算，他就说："两年之后你拿到了研究生学历，我想办法让你到中央党校进修一段时间，把基础打实，下一步就可以担任副市长了。在厅级阶段，最好走慢走稳，不要急，才能在以后走得更长远……"

夏想虚心受教，一一记下。

一直谈到很晚，吴才江看了看表，说道："天色不早了，该散了。"

下了楼，夏想还心中纳闷儿，难道他猜错了，吴才江没别的事情了？看他一脸淡然若无其事的样子，好像事情都谈完了，不过不知为什么，夏想总觉得他还有话没说。

夏想上了车，心想吴才江再不开口的话，他可就真的走了。刚发动汽车，吴才江才好像刚想起什么似的，冲他招了招手。

真会装，夏想暗笑，有话早说不就完了，非要等到最后一刻？又看他一本正经的样子，夏想几乎要笑出声来，老狐狸就是老狐狸，再会装，也有露出狐狸尾巴的时候。

夏想下车，恭敬地来到吴才江面前："您请吩咐。"

吴才江看了一眼夏想的车，微微感慨说道："看到若菡的车，就想到了她，还真是有些想念了。对了，我好像听到有风声说付家在打听若菡的下落，你知道是怎么回事不？"

夏想摇头："还真不清楚。"心想吴才江让他下车，不会就这点事情吧？他就故意不问，又说，"回燕市后我再打听一下，应该也没有什么大不了的事情……您还有事不？没事的话我就先回去了。"

吴才江不满地瞪了夏想一眼，心想他是真糊涂还是装傻，看不出来自己还有话要说，不过见夏想真的要走，不由又气又笑，也就不再端着，而是直接说了出来："最后一件事,你想办法劝劝若菡,最好让孩子姓吴。只要孩子姓了吴,任何事情都好说。老爷子年纪大了,最近又查出了病情,难免会有不好的想法。如果让他知道吴家第四代后继有人了,对他的治疗也大有好处。老爷子最喜欢小孩儿了……"

本来夏想还想在心里调侃一下吴才江,为他故弄玄虚而感到好笑。不料等吴才江说出上面一番话来,他的心情也莫名地沉重起来,一脸凝重地点了点头："我尽量说服若菡,您也知道,她有主意,恐怕有点难度。但为了老人家,我会尽力。"

吴才江也是孝心流露,夏想不忍拒绝他。他一直忍着不说,估计也是怕自己一口回绝。其实他还是不了解自己,自己有时固执,有时却又心软得不行。

晚上回到肖佳的住处,夏想舒服地躺在沙发上,想了一会儿事情,忽然问替他削水果的肖佳："你不是一直想要个孩子吗? 从现在开始,要注意休养,少喝酒,不要太劳累了,好好养一年身体,然后就生个孩子,好不好? "

肖佳正在削水果的手一抖,不小心割破了手,她一点也没有察觉,愣愣地看着夏想："你……你没骗我? "

夏想发现她的手流血了,急忙用纸巾捂住伤口,说道："手都流血了,快找创可贴。"

"不用你管。"肖佳一把推开夏想的手,将流血的手指放到嘴里,含糊不清地问,"我问你,刚才的话不是骗我玩? 如果你敢骗我,我,我以后和你没完。别的事情你可以哄我骗我,只有这件事情不许。"

夏想见肖佳含着手指,双目圆睁,发怒的样子既泼辣又搞怪,不由笑了："你一个人太寂寞了,多一个人陪你也好,只要你不嫌累就行。还有一点,不能因为生孩子耽误了赚钱大计,否则我也不饶你。"

夏想倒也不是非强调让肖佳赚钱,而是怕她一听生孩子就完全分了心。

肖佳"嗯嗯"地连连点头："我保证生孩子和赚钱两不误,我会用一年时间好好安排好一切,保证平稳过渡,保证不出任何差错。"说着说着,她的眼泪流了出来,"只要有一个孩子,不管是男是女,都是我们永远在一起的保证。你不在的时候,我会把全部的爱寄托在孩子身上,陪他一起成长,陪他一起欢笑……"

夏想也为肖佳的真情流露而微微感动,不忍看她流泪,就逗她说道："哭鼻子对孩子影响不好,你再哭的话,就不让你生了。"

"去,孩子还在你身上,我现在哭一哭有什么要紧? "肖佳风情万种地白了夏想一眼。

男人的注意事项

这一句话含义丰富,令人浮想联翩,夏想不由赞叹肖佳的想象力,本来想收拾她一番,不过一想明天还要交稿,只好压下心中欲火,说道:"快去贴个创可贴,然后就睡去,我晚上还有稿子要写,估计要晚一些睡。"

肖佳高兴地"嗯"了一声,跑了几步,忽然又站住身子,回头看了夏想一眼,说道:"你晚上睡客房好了,我要和你分居。听说私生子之所以聪明,就是因为在怀孕期间女人很少和男人同床的缘故。为了生一个聪明的后代,现在开始我就和你保持距离。"

夏想苦笑,这都哪儿跟哪儿,肖佳扯得也太远了吧?一年之后再怀孕,现在就分居,也太小题大做了,简直就是拿着鸡毛当令箭。

夏想一直奋笔疾书到凌晨一点多,才初步成稿。写完之后只觉得身心疲惫,一点不安分的想法都没有了,也没有惊动肖佳,就在客房睡下了。

第二天一早,肖佳百般温柔,服侍他穿好衣服吃好饭,又送他到门口,好好叮嘱一番,才送他走。夏想不解,肖佳就这么喜欢孩子,真的想要一个爱情的结晶?女人的心思男人总是难以理解,但肖佳想要一个孩子的心情,夏想多少还是能够理解一二。

到了社科院,见到邹儒。邹儒正一脸喜悦地打电话,说了有几分钟之后,他放下电话对夏想说道:"我的稿子明天见报,是《经济日报》。你的稿子写好没有?"

夏想递上自己的稿子。他心里没底,尽管也知道他以前爱好文学,甚至还担任过文学社社长,但很久没有动笔了,也是第一次写论战的文章,再加上邹儒说话喜欢直来直去,还真怕被邹老一句话拍死!

邹儒看了小半天,眉头越拧越紧,最后忽然"啪"的一声将稿子拍在桌子上,大声说道:"好,骂得好!"

夏想吓了一跳,随即明白原来邹老是称赞的口气,不由长舒了一口气,心想还行,初步过关了。看来邹老看稿子时代入感过于强烈,以至于拍案叫好。

不过邹儒叫好过后,还是一脸严肃地说道:"夏想,稿子从思路到文笔,都没有什么问题,但转折太少,技巧运用也欠缺,爽快是爽快了,但从头爽到尾,没有波折也不行。文似看山不喜平——中间要适当制造一些起伏出来,针对对方的观点,要先扬后抑才能让读者看了引起强烈的共鸣。俗话说得好,捧得越高摔得越重,不妨小小地改动一下,先抬高程曦学的观点,然后再高高抬起狠

169

狠摔下……"

夏想听了佩服不已，作为一名经济学家，不但在经济学方面颇有建树，对如何作文也颇有见解。

夏想按照邹老的指点，埋头修改稿件，差不多修改了两个小时，最后邹老也非常满意，算是定稿了。

中午，夏想请邹老吃了一顿饭，席间郑重向他敬了酒，算是拜师礼。邹儒也愉快地接受了夏想的敬酒，说道："不承想，你刚成了我的学生，就和我站在一起，并肩反驳程曦学。夏想，你的文章我会转交给易部长过目，初步定下发表在《青年报》上，你有没有意见？"

"没有意见。"夏想恭敬地说道。邹儒虽然是学者，但他也知道此举背后的意义，征询自己的意见，也是试探自己的决心，"一切听从邹老的安排。我既然写出了文章，就是想表达出自己的想法，再说能和邹老在报纸上一呼一应，也是我的荣幸。"

邹儒点头笑了："你心里明白就好，文章千古事，一言以丧邦，一言以兴邦。既然遇到了，我们就应该站出来大声疾呼，发出强有力的声音。夏想，如果你想用一个笔名发表，也可以，换成我的名字发表，也可以……"

学术界争夺署名权的事情时有发生，但邹儒此举却是完全出于好心，是担心夏想会受到政治上的牵连。毕竟夏想是官场中人，邹儒是学者，不管是出于言者无罪的大局，还是为了维护清明的形象，没人会拿他怎样。夏想就不同了，年纪小，又在官场，他现身说法的话，不一定会触怒哪一方神圣。

夏想却笃定地说道："因为柯达投资一事，我的名字现在还有点说服力，署真名就可以了。既然敢说，就得敢承认……多谢邹老的关心和爱护，我记在心里。"

邹儒听了大喜，举起酒杯说道："来，我敬你一杯。我就喜欢爽直的人，没想到你还挺对我的脾气，来，咱爷儿俩有缘。"

夏想不敢让邹儒敬酒，连忙恭敬地回敬了他。

下午夏想领了书本，告别邹儒，开车返回了燕市。

回到燕市还没有到下班时间，他先回了办公室。一到办公室，才知道燕省也发生了一件不大不小的事情——和程曦学事件如出一辙，燕省大学几名教授纷纷在报纸上撰文，对燕省的产业结构调整提出了质疑的声音。

夏想一惊，对方的反应好快，手也伸得挺长。果然和他所料的一样，目前国内各省的产业结构调整，燕省是现阶段取得成绩最大的一个，自然要在燕省搅动局势才能收到最明显的效果。

马霄胆子也太大了一些，没有叶石生点头，他怎么敢来这么一出戏？

正好办公室的其他人都出去办事了，只有古玉在。古玉先是关切地问了几句夏想在京城的情况，然后又说道："叶书记带团到岭南省回访去了，叶书记不在燕省，正好就发生了这件事情。"

夏想疑惑地看了古玉一眼，心想古玉还真是聪明，他还没有开口相问，她就能猜到自己心中所想。老古还说她不喜欢从政，其实以他看，古玉还真有些政治头脑。

古玉穿了一件碎花连衣裙，裸露在外的手臂和小腿洁白如玉，色泽温润，加上天色昏暗，一望之下，如美玉一样闪动着迷人的光晕。夏想不由多看了几眼，千人千面，一千女人，就有一千种风情，果然不假。古玉看来真是本性通玉，又从事玉石生意，生性又喜爱美玉，现在整个人也和一块美玉一样，灵透不凡。

古玉察觉到夏想的目光，双颊上飞过一片红晕，一闪即逝，不满地瞪了夏想一眼，说道："我和你说正事，你胡乱看什么呢？"

夏想惊醒过来，不好意思地笑了一笑："古人说美人如玉，以前我不大相信。今天亲眼看了，才知道古人诚不我欺。不相信是因为没有亲眼所见，今天见了，才信以为真。以后我也要摆一堆玉在家里，还戴一块玉在身边，时间长了，也能成为谦谦君子，温润如玉……"

古玉先是呆了一呆，然后又开心地笑了："古人说谦谦君子，你刚才的目光，可有点不太雅观，别说君子了，差不多快成色狼了。我不相信一个色狼佩一块玉就能变成了正人君子。"

夏想脸皮厚，一点也不害臊："刚才我的眼睛也没乱看，你不要污人清白。再说女人穿上裙子，露出漂亮的小腿，如果没有男人欣赏，不是白露了？任何一个打扮得花枝招展的女人，都不是孤芳自赏的女人。我多看两眼，不过是以欣赏的目光，给你的美丽增加自信罢了。你非要多想，是你的心思不正。"

"你，你胡说……"古玉气急，伸手往夏想手中塞了一块东西，气呼呼地转身就走，"不识好人心，本来想送你东西，你不但乱看还乱说，不是好人。回头我告诉爷爷，让他以后不理你了。"

她走了两步又在门口站住，余怒未消地说道："我警告你夏想，女人和男人不一样，她们打扮得漂亮，只是单纯地想漂亮，没有任何想要吸引男人的不良企图！"

看，又多心了不是？夏想无奈地冲古玉的背影说了一句："我没说你想吸引谁，你非要说出来，不是画蛇添足吗？"

就听见楼道中传来"咚"的一声，好像是谁狠狠地踢了一脚墙似的。

夏想笑笑,无奈地摇摇头,伸开手一看,手中是两块上等的美玉。一块是手玩件,一块是佩件。佩件还系好了绳子,直接戴上即可。绳结打得很漂亮,上面还有许多小小的翡翠珠子相配,红白相间,十分好看。

　　手玩件就简单多了,手机大小,类似于一块不规则的印章,方不方圆不圆,握在手中却正好大小合适,而且手感极好。夏想不识玉也能看出来,两块玉都是一流品相,里面隐隐有水雾流动一样,在灯光下似透非透,精美异常。

　　古玉有心了,两块玉放到玉石店中去卖,绝对都是上万元的价格。不用说,手玩件是给陈风的,佩件就是额外赠送自己的。夏想高兴地将佩玉挂在了脖子上,也没多想,兴冲冲就回了家。

　　回到家中,小丫头已经做好了一桌子饭菜等他。嘘寒问暖了一番,夏想坐下吃饭,给她讲一些趣事,逗得她咯咯直笑。笑完之后,小丫头却说了一件让夏想大为郁闷的事情。

　　"前天两个自称市纪委的人到公司,说是根据相关规定,要审查一下公司的各项账目。我看他们证件齐全,就让他们查看了账目。他们查了半天,什么都没有说,只是奇怪地问怎么法人代表是蓝袜?走的时候,他们又让蓝袜填一个表格,因为不知道他们的意图,我就给蓝袜使了个眼色,蓝袜就推说蓝袜不在,等回来后再让她填好送去。他们也没怀疑,就走了……"小丫头托着腮,微微沉思的样子让人无比怜惜,好像一只爱打瞌睡的小猫,她又眯缝着眼睛盯了夏想一会儿,才说,"表格上也没有什么,只是一些家庭关系,家庭成员的状况以及担任什么领导职务,等等,要求如实填写,否则后果自负。我想,可能是和什么领导干部直系亲属不能参与经营的条例有关。"

　　夏想早有准备,所以才及时让小丫头将法人代表变更为蓝袜。其实领导干部直系亲属不能参与经营的条例早就有了,不过没有什么地方严格执行。当然,大部分人为了避嫌,都采用了隐性的手法,成为影子股东或是躲在幕后操作。夏想在付先锋来到燕市之后,在谭龙出手卡齐氏集团的脖子之时,就敏锐地意识到曹殊黯的公司有可能被人拿来做文章,所以他事先想到了凡事宜未雨绸缪,早做打算为好。

　　不承想,付先锋和谭龙还真想打曹殊黯的公司的主意,夏想不免心中有点怒意。

　　小丫头眼尖,看出夏想脸色不善,就说:"何必和他们一般见识?再说人家也是依法办事,我们没有做什么违法乱纪的事情,他们查也白查。清者自清,你也不用想办法还回去,没必要费那个力气,是不是?"

　　过问一下还是大有必要的,因为是市纪委的人,就算没事,影响也不太好。

况且纪委是秦拓夫的地盘,夏想也想借此机会,和秦拓夫走动一下。又想起正好得到了手玩件的美玉,心中就有了主意。

"蓝袜是个精明的丫头,说话滴水不漏,不会被他们套了话去。"夏想对蓝袜的印象不错,不过听方格说就是太喜欢管事,管得方格苦不堪言,也不免替方格感到可怜,好好的一个孩子,交女友不慎,以后就没有美女环绕的幸福生活了。

"蓝袜人机灵,又有眼色,而且办事可靠,她现在在公司的威望不比我差,将公司管理得井井有条,我省心不少。"小丫头又目光疑惑地看了夏想一眼,"正好让我有了空闲,好细心周全地关怀你照顾你,是不是?"

夏想早就发现小丫头的目光不对,就说:"老实交代,你有什么坏想法就说出来,我看出来了,你对我有点不满,有点不放心。"

"没有,我知道你好得很,出门不乱看美女,更不会乱带东西回来。"小丫头话里有一股酸酸的味道。

夏想明白了,哈哈一笑,伸手从脖子里取出佩玉:"你还真猜对了,我的玉就是一个美女送的。"

"让我想想是谁……"小丫头伸手接过玉,放在眼前看了几眼,羡慕地说道,"真漂亮,果然是块好玉,而且绳结也编得这么漂亮,真是一个有心人。都说玉器通灵,看玉的水头和成色,肯定出自赏玉高人之手。绳结配色和花样也十分柔美,她肯定就是古玉了。"

夏想暗暗汗颜,什么时候小丫头对玉也这么在行了? 说起来头头是道,比他懂得都多,真是奇了怪了。更让他吃惊的是,女人果然个个都心细如发,从绳结的花样上就能看出古玉是不是用心……他算是服了。

夏想故作大方地说道:"送你算了……我也是沾了陈书记的光,他一直想要一个手玩件,古玉就找了一个,估计不好意思只送一个,就连带送了我一个边角料。"

"我才不要,别人送你的东西,你送给我,对古玉不公正,对我不公道,对你自己不公正,何苦多此一举!"小丫头伶牙俐齿起来,也是不饶人,随手将玉还给夏想,"玉养人,人养玉,可要好好随身带着,别弄丢了。东西事小,辜负别人一片心就不好了。"

夏想从小丫头的话里话外听出了浓浓的醋意,笑了:"你刚从山西回来? 是不是买了一坛子山西陈醋? 放哪儿了,让我看看酸不酸?"

小丫头不满地笑了:"讨厌,你明知道我在吃醋,还不哄哄我,还取笑我,我生气了!"

173

夏想哄小丫头最为拿手，因为他了解她的脾气，不是一个气性大的人，偶尔有点不满和不快，几句话就会雨过天晴。今天的事情倒不是她无理取闹，而是古玉的玉确实过于精美了一些，他想也没想就直接挂在了脖子上，疏忽了一个最重要的注意事项：凡是出差在外的男人，回家后第一件事情就是要检查身上有没有多出来的东西。

东西少了好说，东西多了，尤其明显是异性赠送的东西，一定要注意藏好，否则容易引发战争。好在夏想在此事上问心无愧，就解释了他先到办公室一游，正好遇到了古玉，然后才有了古玉赠玉的一出。

肯定是小丫头怀疑他和古玉在京城会面了。

渐行渐远

女人都有小心思，可以理解。夏想三言两语哄好小丫头，又说："有时间介绍你和古玉认识认识，你也从她那里选一块玉，好不好？"

"嗯！"小丫头总算放宽了心，坐在夏想的腿上，用手指在他胸前画圈圈玩，"你别怪我多事，哪个当妻子的都不希望自己的丈夫出差回来，身上挂着别的女人赠送的礼物，就算是正常的礼尚往来，也得问个明白不是？"

"就是，就是，是我大意了，不该直接戴了就回家，应该先放好，回来请示了你，让你亲自给我戴上才符合规矩，对不对？"夏想继续哄她，"不过我也就纳闷儿了，为什么总是女人对男人不放心，而不是男人对女人不放心？比如我，从来不觉得你会被人骗走。"

"哼，因为女人向来专一，不像男人一样花心。男人都是贪心不足，都做着妻妾成群的美梦。"小丫头气哼哼地说道。

"也不对，如果女人都专一了，男人的花心找谁去实现？现在出墙的红杏也不少，没有红杏，也就没有爬上墙头等红杏的人了，不是吗？"

"你……你诡辩，你坏蛋。你敢爬上墙头，我就把你的梯子拿掉，让你下不来。"

"嘿嘿，我不用上墙头，等在墙外面就行了。现在的红杏不但主动出墙，还主动跳到墙外面，任人采摘。"

"好啊你，看我不打你……"

……

第二天一上班，夏想就京城之行，向宋朝度做了简短的工作汇报。宋朝度听了，没有说话，而是起身打开了窗户，抽了一支烟，沉默了小片刻，才说："京城的局势复杂起来了,省里的局势,也是令人忧虑。你知道马霄为什么趁叶书记出访在外,突然发起了宣传攻击?"

"因为有崔书记的支持。"夏想想也不想地说道,却见宋朝度脸色更加凝重,心中一动,又问,"难道还有别的常委?"

"是的,马省长也含蓄地表态,认为在当前的形势下,燕省的产业结构调整的脚步,应该放慢。"宋朝度勉强一笑,"是不是有点出乎你的意料?"

马万正也发现了产业结构调整越成功,就越对宋朝度有利,相反,就让他越被动,离省长宝座就越远。因此,在事关前途的重大选择面前,他对产业结构调整提出质疑的声音,也在情理之中。况且马万正从一开始就对产业结构调整持消极态度,他现在表示反对,也符合他一贯的立场,并不是那么突兀。

不过夏想还是微微有些遗憾,政治上果然只有永恒的利益,现在他和马万正渐行渐远,虽然不会成为和崔向一样的政敌,但也很难恢复到以前的和平共处的时候了。

"在《燕省日报》上发表言论的几个专家,有两人是马省长的经济顾问,也是他的老朋友了。我和马省长也私下里交流过一次,他还坚持他的看法,认为目前产业结构调整的做法有点激进,现阶段不适合再提第二批试点城市的问题,领导小组的权力也有些过大,应该收回部分权力。"宋朝度扔掉烟头,目光落到了夏想身上,"我当然表示了反对,他也没有坚持,只是说保留意见。我想他是觉得范省长也不会松口,所以只是给我施加了一些压力,等待下一个机会再提。"

夏想点点头,忽然想到了什么,问道:"马省长和程曦学之间,会不会有什么内在的联系?"

宋朝度微微一笑:"不错,你的思路倒挺快……据我所知,应该没有,就算有,也是不多。毕竟小事情可以瞒过许多人,一些大事情,这些关系大家还是心知肚明的。"

夏想不无忧虑地说道:"如果马省长和程曦学有一个共同诉求,反倒是好事。但如果不是,就说明我们的对手异常强大。"

宋朝度见夏想是少见的一脸忧愁,反而笑了:"怪了,很少见你上愁的样子,以前总是遇事不忙,今天怎么愁眉苦脸了?不用担心,京城的事自然有京城去解决,省里的斗争也尽可能在省里解决,各有各的对手,你操的哪门子闲心?何况现在马省长和崔书记也不是一路人,他们之间共同语言不多,不会抱成团。不怕形势复杂,就怕大家都抱成团,形势一明朗起来,反而不好乱中

175

取利了。"

夏想上愁其实的是论战的事情，他知道一旦他的文章在国家级报纸上发表出来，更会成为马霄的眼中刺。而且随着燕省省内媒体也加入到论战的行列中来，说不定还得加入到燕省支持产业结构调整的阵营中来，和持支持态度的专家教授们一起，撰文还击。

夏想还是比较头疼撰文一事的，毕竟他不是专家，写文章不是很拿手，真要绞尽脑汁地去写，也是一件累人的活计。况且论战和对骂也没有太大的区别，就是文明一些，不口吐脏字罢了，只不过看到别人一句句反驳自己时，也难免大动肝火。

想起来也是找气受。

和马省长理念不和还有一个副作用就是，他怕因此影响和冯旭光之间的关系。他倒不是怕事情无法解决，而是一下子出了这么多事情，都聚在一起，难免让人有点上火。

转念一想，邱绪峰以前和他作对，最后也成了知心朋友。和马省长以前关系尚可，现在却渐渐疏远。人与人之间因利益而走近，也会因分歧而走远，本是常事，不必过于计较。他一向和马万正私交不是很好，现在因为他和宋朝度过于走近，要助宋朝度问鼎省长宝座，在利益冲突之下，心理上有了隔阂也可以理解。

好在马万正行事比较方正，又有以前的交情在，大家各凭本事就行了，倒也不会暗下黑手，因此，也不会最终成为敌人。

省里的一干常委想要抱成团也难，夏想对此深有体会。他对燕省燕市的局势一向分析得还算到位。目前的状况下，政府班子是范睿恒和宋朝度比较合拍，走得近，马万正和其他几个副省长关系不错，同时马万正在十几名省委常委中，比宋朝度有威望。

省委一块，叶石生和钱锦松关系密切一些，崔向和马霄以及政法委书记李炳文关系不错，有抱团的趋势，还有不大发言的省军区政委张建国，也算是崔向一派。纪委书记邢端台虽然排名比较靠前，但自高成松下台之后，一直比较低调，夏想猜测他可能是想给京中留下一个好印象，等一个升上一步的机会。但在大事之上，邢端台还是会站在宋朝度一边。

至于陈风和梅升平，二人有相似之处，就是都比较独立，好像和谁都关系不错，却又和谁都不密切。陈风还好说，有夸张和表演的成分，夏想却清楚他和统战部长张灿阳来往不少，也和钱锦松有走近的趋势，应该也在暗中布局，形成一个不算密切的同盟。梅升平确实有点独来独往的意思，身为组织部长，清高一些也不算什么，反而更能显出清明和廉洁。

夏想收回心思，就下一步工作重点，请宋朝度指示。

宋朝度却没有先提领导小组的事情，而是问起宣传战的问题："你和邹儒同时发表文章反驳程曦学，下一步，程曦学肯定还会再次还击。估计他还会组织其他力量，联合出手，你可要做好心理准备。程曦学在学术界一向以不死不休出名，你惹了他，他非把你骂得抬不起头为止。"

夏想笑了："没事，我脸皮厚，扛得住。我还想试一试，看最后谁先气急败坏。反正是以学术的名义论战，只争论观点，不涉及人身攻击和其他。"

"你就当成一次学术论战就可以了，至于政治上的考量，也不用担心。如果有人想从政治上给燕省施压，我来顶着。我还不信，他们还真厚着脸皮，骂不过就伸手来打？呵呵。打就打，我们也不是软柿子。"宋朝度一脸坚定地说道。

夏想最欣赏的就是宋朝度在关键时候表现出来的镇静和从容，还有他敢于承担责任，隐忍、冷静而不退缩的精神，这也是夏想愿意跟紧宋朝度的最大原因。一个人始终有信心有决心，始终矢志不移，他肯定就能做成大事。

宋朝度身上有夏想最欣赏的品质。

"还有，估计省内的媒体，你也得出面参战。我想等叶书记回来后，肯定会召开常委会讨论宣传问题，到时少不了有一番争论。我的看法是，要允许有不同的声音出现，不要怕辩论，越辩论越能证明我们所做的一切的正确性。"宋朝度来到夏想面前，拍了拍他的肩膀，"不要怕肩膀上的担子重，所有的担子都是对你的考验。走过去之后你才会发现，再大的困难只要一咬牙都能挺过去。每战胜一次困难，你就多了一份宝贵的经历和沉甸甸的收获。"

夏想恭敬地答道："是，宋省长，我记下了。"

"领导小组下一步工作重点还是放在单城市和宝市，后继工作还有很多，继续深入开展产业结构调整，继续深挖两市有闪光点的项目，比如说单城市的纺织，宝市的蓄电池项目，等等。我估计叶书记对领导小组的支持力度不减，但面对新的形势新的压力，也会有所动摇。最大的可能就是暂停第二批试点城市的申请，暂停增设综合三处，全面停止对产业结构调整的宣传等一系列措施……"宋朝度脸上闪耀着自信的光芒，"不要把这些当成阻力，而要当成动力和机遇。不增设综合三处，更能显示出你们出色的能力。不宣传，更能安心埋头苦干，大出政绩。停止第二批试点城市的申请，对单城市和宝市非常有利，可以让两市继续享受省里的专项政策和资金，争取在短时间再创造出新的成绩！"

走出宋朝度的办公室，夏想的心情久久不能平静。

宋朝度极少流露感情，也从未在他面前大发感慨，刚才的一番鼓励更是前

177

所未有,让他也感受到了一股浓浓的情义,是对他的重托,也是对他的谆谆教导。由此可见,宋朝度也是动了感情,有感而发。

夏想也能体会到宋朝度的心情,马万正的表态让宋朝度清楚,自己和马万正之间的关系已经疏远,实际上正是因为选择了他,自己才和马万正有了裂痕。宋朝度自然清楚一切,他对自己的真心实意,也是看在眼里,记在心中。

回到办公室,方格、钟义平和古玉都在。又少不了寒暄一番,方格和钟义平围着夏想说个不停,古玉则在一旁生闷气。

夏想暗笑,也没空去劝慰古玉。幸好不一会儿方格和钟义平都有事外出,办公室只剩下了他和古玉二人时,他清了清嗓子,还是说道:“古玉,谢谢你的玉,确实是好玉,值得拥有。”

古玉气愤不平地说道:“我后悔了,还给我好不好?君子比德于玉,你不是君子,不配我的玉。”

“行了,别小心眼了,论年龄,我比你大;论职务,我是你的领导。于公于私你都得尊重我三分,回头我请你吃饭好了,怎么样?另外我也替陈书记谢谢你。”夏想也知道古玉生气归生气,不过她气性小,三言两语就好了,好哄。

果然软话一说,古玉又眉开眼笑了:“好吧,我就再让你一次,不和你一般见识。”她一高兴,立刻忘记了刚才的不快,站起身来到夏想眼前,笑眯眯地问,“我编的绳结漂亮不?我可是精心编了两个小时才编好。你可得好好谢谢我,一般人才不值得我亲自动手。”

夏想见她没心没肺笑得开心的样子,不由笑了,古玉还真好说话,可比连若菡好哄多了,他又连声道谢,说了几句闲话之后,又说到了万里汽车的事情。

古玉有个习惯,和夏想说话时,喜欢站在夏想面前。本来她的办公桌离夏想也不远,除非她不高兴,否则只要一说话,就会立刻跑过来,站在夏想旁边,背着双手,身子紧紧贴住桌子边缘,离夏想不过一尺之遥,柔声细语地说话。

省委宣传部的怒火

美人如玉,香气袭人,还好夏想有点定力,不至于沉醉。不过他也觉得古玉有点过于调皮了,夏天衣服穿得单薄,她的小腹压在桌子的边缘,微微起皱,甚至可以想象到里面肌肤的滑腻。

古玉一高兴,就喜欢不时地弯腰。她的连衣裙领口开得不算低,但微一弯腰,佩玉向下坠,夏想的目光不由自主地被吸引到了她的领口——男人似乎天生就喜欢高耸之处,不管是有意还是无意。总之一瞥之间,夏想看到了古玉里面褐色的胸罩,在迷人的沟壑之间,竟然还有一块近乎透明的美玉。

原来她身上有两块玉,外面一块,贴身还有一块。

古玉意识到夏想的目光肯定落在了她的胸前,急忙直起腰,"哼"了一声:"男人怎么都一个德行?"

"男人都喜欢权力,喜欢掌控一切的感觉。"夏想急忙咳嗽一声,见古玉没有真正生气,就放了心,又说,"殊鳌看到了我的玉,没说玉好,却说绳结编得好,还夸你一定是一个心灵手巧的美女。她想认识你,邀请你有时间到家中做客,怎么样?"

"去就去,我才不怕。"古玉脱口而出,随即又意识到不妥,脸一红,吐了一下舌头,"说错话了,好像我是坏人一样。我可是天大的好人,保准让你家鳌丫头喜欢我。不过听你的口气,好像她有点吃醋了,是不是?"

夏想忙搪塞过去,不再提女人之间的小心思的话题,又问了问万里汽车厂的下一步规划,得知一切顺利,CUV 提前进入设计、生产阶段。不过古玉也得知了一个不算有利的消息,韩国现代汽车厂落户京城,准备在京城投资大型汽车厂,将会对万里汽车厂形成巨大的压力。

夏想笑道:"不用担心,现代汽车对万里汽车形不成打压之势,两家的市场定位不同,而且现代汽车在国内可能形不成大气候。万里汽车厂以生产中低档汽车为主,以后可以将一部分精力转移到配件厂上面,不管是京城的现代汽车,还是天津的一汽,都需要大量的配件供应。与其让长三角的代工厂赚加工利润,不如凭借万里汽车厂的本土优势,兴建一个大型配件厂,不但可以解决京津从长三角运送配件的运输难题,还能大幅降低成本。"夏想侃侃而谈,"至于如何打开两大厂家的市场,我想你有的是办法。"

古玉的眼睛慢慢亮了起来,闪动出异样的光彩:"别说,你的主意还真有可行之处,甚至可以说非常精彩。现代汽车刚一建厂,你就想到供应配件,真是一个商业天才。"

"我要是商业天才,你岂不是天才中的天才?"夏想笑了,"你的玉石生意比起汽车生意来说,才是暴利,说是一本万利都不为过。你做汽车生意,不过是你做玉做得累了,想换个方式赚钱罢了。"

"你别乱说了,玉石生意哪里一本万利了?信口开河。要是运气好再加上眼光好,确实能赚上一笔,但也有赔得血本无归的时候。"古玉摇头说道,"我也不是完全转行,玉石生意照做,但投资做一项长久、平稳的生意,才是正途……"

说话间,安逸兴有事来找夏想。

夏想就随他到了组长办公室,却发现彭梦帆也在。

彭梦帆一见夏想，忙起身相迎，礼貌地叫了一声："夏处长。"

夏想点头回应，笑道："如果我没有猜错的话，肯定是彭处长有什么好建议……"

彭梦帆点头说道："是有点想法，不过不知道是不是可行，请夏处长多提宝贵意见。"

彭梦帆在单城市实地考察之后，重点就单城市倒闭破产的棉纺厂进行了调研论证。他多方走访，研究了南方和其他产棉大省对棉纺厂的改制经验之后，提出了一个改制方案，就是将棉纺厂和羽绒厂合并，改为羽绒被厂，生产棉被和各种床上用品。同时推行"前店后厂"的模式，即在厂子前面开一排直销店，直接将厂家生产的产品面向零售市场。

彭梦帆说完之后，一脸期待地看着夏想，脸上微微露出紧张的神情。

彭梦帆由开始对夏想的不以为然转变到现在对他奉若神明，心中无比在意夏想的意见。尽管安逸兴对他的看法持赞成态度，但彭梦帆最想听到的还是夏想的看法。如果夏想支持，他就会大力推行；如果夏想反对，他就打算再重新寻找新的思路。

可以说，他将成败全部寄托在夏想的一句话上。

夏想低头想了一会儿，在彭梦帆的心将要沉到谷底之时，他才淡然一笑："主意倒是个好主意，就是实施起来麻烦一些，单城市委和市政府还好说，主要是羽绒厂未必愿意和棉纺厂合作。当然，如果有投资注入的话，羽绒厂也会考虑考虑。"

彭梦帆听出了夏想话中支持的意思，大喜过望，忙说："只要夏处长帮忙说服单城市委市政府同意，如何说服羽绒厂，如何找来资金，我都会想办法解决。"

夏想一下站了起来，握住彭梦帆的手，说道："彭处长，领导小组正是因为有你这样的主力，才会取得更大的成绩。"

彭梦帆激动地说道："不能和夏处长相比，我只是尽我自己的一份力量罢了。能力有限，但绝对是全心全意。"

安逸兴在一旁暗想，夏想的政治手腕越来越成熟了，几下就将彭梦帆收服了，而且还懂得了适当拿捏及时鼓励的策略。本来彭梦帆和夏想平级，但现在却变成他事事向夏想请示汇报了。

安逸兴感慨之余，心里也有了主意，他只需要做好表面文章就行了，大主意还要是让夏想拿才好，毕竟夏想才是宋朝度的心腹。

夏想忽然又想起《燕省日报》的事情，想到了安逸兴和彭梦帆的特长，就说:"安组长,彭处长,想必《燕省日报》上面的文章你们也看到了,宋省长的意思是,我们领导小组也要组织力量撰写文章,进行反击。我想安组长和彭处长的理论水平高,也是领导小组的中坚力量,不如您二位就执笔撰写反驳的文章,写好之后,再请宋省长过目,寻找一个合适的机会发表出来,也好替我们领导小组正名。"

安逸兴和彭梦帆对视一眼,一脸惊喜。

尽管二人也知道,撰写反驳的文章在报纸上发表,就相当于坚定地站在支持产业结构调整的立场上,没有退路了。但实际上从踏入领导小组的那刻起,他们就已经被人认定为产业结构调整的坚定支持者,早就没有回头路可走了。夏想提议让他们撰写反驳文章,实际上是为他们着想,他们的名字一见报,就会被各方势力关注,也会在宋朝度和范睿恒眼中,多加不少印象分。

甚至还有可能进入叶石生的视线,万一他们的文章称了叶书记的心,以后会受到重用也不一定。这等于替他们打开了一道机遇的大门,他们也知道夏想在宋朝度心目中的分量,夏想如此说,也就有了八成的把握。

二人一起重重点头,都握住了夏想的手:"感谢夏处长的提醒,身为领导小组成员,支持产业结构调整之心不变,对产业结构调整的维护,也是义不容辞。"

夏想也给足了安逸兴面子:"安组长,刚才只是我一个不成熟的想法,随口就说了出来。您有时间再向宋省长汇报一下。到时我们大家一起努力,为领导小组再创佳绩而努力。"

布置完领导小组的近期工作,夏想回到办公室,正好人都不在,他就来到窗外,凝望窗外的景色。

临近八月,燕市最为炎热的季节即将来临。窗外的杨树早已是郁郁葱葱一片,巴掌大的杨树叶子挡住了阳光,给院子带来了清凉。夏想呆立窗前,看着外面的阳光和树荫,心思却飞到了大洋彼岸,心想儿子一个多月了,应该会爬了吧?

夏想第一次希望时间过得快一些,再快一些,好早日接连若菡母子回国,让他能够时时看到儿子成长的历程。对于吴才江提出让儿子姓吴的建议,他虽然心里觉得别扭,但又想不出更好的理由拒绝吴家。吴才江的理由太充分了,是为了满足一个迟暮老人的心愿,为了让一个来日不多的老人心有慰藉,姓连和姓吴又有什么区别?既然不能姓夏,就让他姓吴,日后有吴家的庇护,也好有一个大好前景。

夏想决定给连若菡打个电话,好好谈谈。

只是夏想的好心情却被一个人破坏了。

　　还没等他下楼去打电话，就见丰利一脸怒火，气势汹汹地拿着一张报纸来到办公室，狠狠地拍在桌子上面，怒道："夏想，你太无组织无纪律了，谁允许你在《青年报》上发表文章的？"

　　夏想一算时间，可不，《青年报》的文章应该刊登出来了，他差点忘了这件事情，见丰利气急败坏的样子，就说："丰部长怎么一点小事就大惊小怪？作为一名经济学的在读研究生，我发表一些经济方面的文章是再正常不过的事情，也是我的必修课程之一，用不着向您汇报吧？又怎么成了无组织无纪律了？"

　　丰利一时语塞，愣了一愣，又说："你身为领导小组的成员，身份敏感，公开在报纸发表反驳程曦学的文章，会让别人怎么想？会让别人认为你是在代表燕省产业结构调整领导小组说话，是代表燕省向程曦学宣战……你，你必须向宣传部做出深刻检讨，并且保证不会再出现同样的事情！"

　　"对不起，丰部长，我没做错什么，没必要检讨。而且我发表文章是以个人身份，没有任何党纪和国法规定我不能以个人身份在报纸发表文章，再者我坚持自己的观点，反驳对产业结构调整不利的论调，是对燕省有利的事情，何过之有？"夏想对丰利的气急败坏大为不满，身为宣传部常务副部长，一出事情就要对内要求闭口，却不想着自己的文章其实是在替燕省的产业结构调整正名。

　　夏想当然清楚丰利的怒火是因为自己和程曦学唱了反调，而目前燕省宣传部的论调和程曦学的观点一致，等于自己和省委宣传部站在了对立面。自己不和省委宣传部发出同样的声音，自然会惹得马霄大怒，马霄一怒，丰利也就急不可耐地在前来训斥自己。

　　丰利怒不可遏地说道："你身为领导小组的成员，不安心工作，跑到京城去做什么？你身为处长，是综合一处的领导，不做好领导工作，却要去读研究生，是不务正业的表现……"

　　夏想轻笑一声，打断他的话："领导小组的工作归省政府领导，我去读研究生也是为了提高自身的理论水平，以便更好地为人民服务，也在组织部备了案，两件事情好像都不归省委宣传部管。丰部长，您刚才的话，是以什么身份对我说的？"

　　"你……"丰利气得直欲发狂，偏偏夏想说的又让他无可反驳，他气急败坏地将报纸一扔，说道，"夏想，你等着，你会为刚才所说的话后悔的。"

　　他转身就走，刚走到门口就和一人撞了个满怀，他也没细看是谁，就大怒："谁走路不长眼睛？"

　　"这话说反了吧？"来人不冷不热地回了一句，"我在门口站着没动，是你主动前来撞我,还气势汹汹冲我问罪,你还讲不讲理?"

"我是天底下最讲理的人!"丰利正在气头上,一张口就大声说出一句,等他看清眼前人是谁之时,声音立刻就降低了八度,连腰都弯了下去,挤出一副笑脸讨好地说道,"梅部长,对不起,我没看清是您……"

"有没有看清是我不重要,重要的是,你以后可要看清脚下的路再走。撞错人道个歉就没事了,走错路就不好回头了。"梅升平一向话很少,尤其是对省委大院的一些副职,他充其量是点头之交,别人再殷勤再热情,他从来不肯多说一句话。今天却一反常态,对丰利说了不少含义丰富的话。

丰利也深知梅升平的脾气,在省委大院里面,谁不知道梅升平的傲气?不过人家傲有傲的资本,身后有强大的家族势力,又是位高权重的组织部长,谁不高看三分?谁不畏惧三分?

梅升平话里有话,显然是有所暗指,丰利只有连连低头称是的份儿,不敢多反驳一句。等梅升平挥手叫他离开,他才如获大赦,忙不迭一溜儿小跑下楼,心里不停地回想梅升平似有所指的话,应该是对他紧跟马霄的不满。丰利思前想后一番,觉得梅升平是梅家人,马霄是付家人,两家人多有矛盾,梅升平看他不顺眼也是正常。

一边走一边想,不注意又撞到一人身上。丰利这次学精了,看也不看先低头道歉:"对不起,走路急了,没看到。"

只听见一个年轻的声音说道:"没关系,下次注意就行了。年纪大了,眼神不好也可以理解。"

等他醒过神来,对方已经上楼远去,看背影,应该是一个年轻人。他愣了一愣,忽然恼羞成怒地骂了一句:"上当了,被一个小年轻给耍了!"

到了楼上,方格还笑得直不起腰来,对身旁的钟义平说道:"以后学着点,看刚才丰利低头哈腰的样子,像不像向我低头认错?他也有今天,哼,一副贼眉鼠眼的样子,我早就看他不顺眼了,今天总算扬眉吐气了。"

钟义平拍了拍方格的肩膀,语重心长地说道:"方格,我很佩服你的小聪明,但有些话又不得不说,意淫既伤身又误国……"

方格大怒:"我刚高兴一点,你就打击我的积极性,太不人道了。"

准备破局

夏想见梅升平意外出现,忙起身相迎,笑道:"梅部长大驾光临,肯定是有重要的指示精神了。"

梅升平却没有笑，一脸严肃地问道："小夏，晓琳是怎么回事？"

夏想吃了一惊，忙问："怎么了？"

"她非要回京城，我本来还想让你劝劝她，才知道，你和她已经联合好，还帮她安排了团中央的工作。到底是怎么了，她为什么突然就要回京？"梅升平脸上大有不满。

夏想这一下吃惊不小："什么？最开始我和她通电话时，她还说已经和您商量好了，您也同意了，她就让我帮她想一个轻闲一点的部门，我就帮她想了团中央……原来她事先没有和您透露一点风声？"

梅升平明白了，微微叹了一口气："倒也不是没有说过，而是她说了，我没同意，她也答应过一段时间再说，现在先放一放。没想到，她又托了你，你又找了邱绪峰。刚刚晓琳才告诉我，基本上手续都已经办妥，就差我这里放行了，我才知道上了她的当——她给我来了一手缓兵之计。"

眼见到了下班时间，夏想就说："中午我请您吃饭，我们边吃边谈。"

梅升平点点头，也没反对。

梅升平也没有多少吃饭的心思，就在省委附近一家清静的小餐馆要了几个菜，和夏想聊了起来。可能是对梅晓琳又气又恨又惋惜的缘故，他从梅晓琳小时候说起，一直说到她长大后的任性，先是和男朋友跑到深山老林做地质工作，和男友分手后，又回到京城养病。病好之后进了部委工作，升到副处之后，找一个机会外放到了安县。

原本在安县做得好好的，现在已经到了县长的位置，履历上也好看了，再任一届书记，下一步提到实职副厅没有任何问题。她却突然提出要回京城，而且还做好了前期工作，铁了心，让梅升平气也不是，骂也不是。

夏想心里有了底，才知道他也上了梅晓琳的当。也是他最近太忙，没和梅升平见面沟通，让梅晓琳两边隐瞒，两边得手，成功地完成了她的计划。

只是夏想也猜不透为什么梅晓琳就急巴巴地非要回京城不可！

只是事已至此，多说无益，他只好劝梅升平说道："梅部长，晓琳她也不小了，做事情有她自己的考虑。人各有志，不能强求，她不想在基层，您就是为她铺好路架好桥，她不想走也是没用，所以既然她想回京，就回去好了。"

梅升平无奈地点了点头："关键是她不肯说是什么原因，让我闷得不行。我还以为她对你交了底，没想到，连你也被蒙在鼓里……也罢，就由她去，不是人人都想在官场上费心费力地打熬，只是浪费了大好时机有点可惜。不过说起来，你从安县跳出来来到省委，也是错失良机。"

可以说如果夏想再在安县待下去，肯定可以干一届县长，将基础打实。但各有各的利弊，在安县当县长，履历上好看一些。但现在来到了省委，不但登高望远，进入了产业结构调整领导小组工作，而且还进一步进入了京城的视线。最主要的是，提高了自身的理论基础，对国家政策方针了解得更加深入，起点相对来说就高了不少。

因为产业结构调整的推广，还会给燕省带来新的气象，总体来说，比局限于一个安县，视野大多了，所做出的贡献也不可同日而语。

说话间，又提到了宣传部的事情，梅升平对宣传部长马霄有意为难领导小组的事情，也略有耳闻，他的看法是："政治，都有各自的想法和利益，马霄仗着有付家撑腰，手伸得太长了一点。此次借叶书记出访，突然来了一出宣传战。虽然说他有京城的授意，但也太不把叶石生放在眼里了，等叶石生回来，估计就有好戏看了。"

夏想心思一动："常委会上，还请梅部长关键时刻发表一下看法，叶书记近来对领导小组的支持力度挺大，不能打击他对产业结构调整的积极性。"

梅升平不置可否地笑了笑，却问："你对产业结构调整的前景，就这么有信心？"

"我来省委之后，有了不少空闲时间，倒是学习了不少理论知识，又进修了经济学研究生。现在国内的大气候大方向还是要不停地调整加改革，产业结构调整虽然会遇到一定的阻力，但肯定会坚定地推行下去。"

梅升平微微点头："我对经济不在行，不过也知道你做事情自有分寸，而且说服柯达投资一事，也是一件了不起的大事，让我也吃了一惊。"接着，他又转移了话题，"晓琳一走，安县县长的位置空缺，而且听说书记也到时间了，可以说安县空出了许多位置，你有什么想法没有？"

夏想正有想法，刚好梅升平提到，就说："书记估计会从外地调来，县长可能就地提拔，又会引发各方关注了……晓琳有没有向市委推荐县长人选？"

"她让我咨询一下你的意见。"

"张健！"夏想毫不犹豫地说道，"副书记张健是胡市长的人，他资历也够了，也比较稳重成熟。我在安县时，他就十分配合晓琳的工作。"

"晓琳说，你肯定会提张健，呵呵，她提的也是张健，你们二人倒是不谋而合。"梅升平笑了。

其他人要么夏想不放心，要么资格不够，唯有张健是他视线之内最合适的人选。

不过县长的任命还入不了梅升平的眼，如果不是梅晓琳在安县，他连张健是谁估计也不清楚。只提了一提，梅升平又回到了产业结构调整的话题上。

下午没什么事情,夏想本想问一下叶石生什么时候回来,一想钱锦松也随同叶石生出访了,隐约记得宋朝度说是两天后才回。他就知道在叶书记回来之前,领导小组一切平稳,燕省的局势也是将破未破之局,于是他安排好古玉等人的工作之后,开车来到了市委。

夏想直接来到陈风的办公室,敲门进去。陈风正在喝茶,一见夏想进来,笑逐颜开地说道:"夏想到,好事来,小夏,我可是对你望眼欲穿呀。"

陈风还是喜欢夸张和表演,夏想已经习惯了他真真假假的热情,就笑:"陈书记,我怎么听着您的话别有含义,好像对我有所企图一样?有事您直接吩咐,要不我心里没底,有点怕。"

陈风哈哈一笑,起身来到夏想面前:"自从上次我对你说了求一个手玩件之后,你就一直没有主动在我面前露过面,由此可以推断你今天前来,肯定是好玉得手了,对不?"

夏想本来还想藏一会儿,却被陈风一眼看破,只好无奈地一笑,拿出手玩件说道:"陈书记火眼金睛,我在您面前一点也不能藏私……"

陈风才不理会夏想的埋怨,伸手接过手玩件,双手交错摩挲片刻,赞道:"好玉,水头极好,品相一流,上等品质。小夏,你可是面子不小,这块玉,不说它价值不菲,恐怕是采玉之人也不舍得出售……此玉绝非凡品,值得珍藏。"

陈风爱不释手,急忙坐回到座位之上,急急的样子好像生怕夏想反悔,再要他还一样。

陈风又把玩了一会儿玉,才小心地将玉收好,心满意足地说道:"好,认识你这么久了,第一次收你的礼,说吧小夏,有什么事情要我帮忙,尽管开口。"

陈风的话半是玩笑半是当真,夏想也知道,正是因为他从来没有向陈风开口求过什么大事,陈风才会故作大方。不过他和陈风之间已经有了默契,许多事情都有共同利益和相同的看法,不能说他求陈风办事,说一拍即合才更恰当一些。

"哪有刚送礼就求人办事的道理,陈书记,我好像也没有这么现实,是不是?"话虽这么说,夏想还是话题一转,问道,"安县县长梅晓琳将要调回京城,梅县长走后的安县局势,不知您有何安排?"

陈风微一点头:"我就知道你放心不下安县的局势,肯定也要推荐人选。刚刚还开了一个碰头会研究过安县的问题,增周、先锋还有进江都参加了会议,你说说看,都是个什么态度?"

陈风的考验对夏想来说没有一点难度,他笑了笑:"付书记肯定也有人选,他如果力主常务副县长接任县长的话,肯定会同时提名旦堡乡党委书记房玉辉接任常务副。胡市长应该会主张张健任县长,至于其他人选,他不会在意。方部长在安县利益也少,基本上会附和您的提议。"

陈风对夏想的猜测先不置可否,却问:"那你觉得我会怎么安排安县的局势?"

"抓大放小。"夏想多少能够推测出陈风的想法,他现在是省委常委,对县里的局势不能说不关心,着眼点肯定比以前少多了。基本上只关注县委书记和县长的人选,其他常委不再放在心上。他事情太多顾不上过来,只能抓大放小,"县委书记也到时间了,您只要安排可靠的人担任书记就可以了,其他职务,您也不会放在心上了。"

"那你说,谁当县委书记比较合适?"

"江天。"陈风的问话已经带有强烈的暗示了,夏想岂能听不出来?况且他的本意也是觉得江天到安县担任书记最合适。

陈风满意地点点头:"不错,算你聪明,猜到了我的意思。付书记确实是想提一提房玉辉,不过他提名房玉辉担任常委、副县长,我和进江都没有表态。进江私下里跟我说,恐怕夏想也有点想法,等等他。"

"谢谢方部长的关爱。"夏想急忙拿出了应有的态度。

"只谢进江不谢我,太有偏有向了,我有意见。"陈风佯装不快。

"陈书记,方部长可没有美玉在手……"

"呵呵……"陈风自得地笑了,又将玉拿在手里,说道,"你想安排谁下去?"

"钟义平。"夏想说出了他的真正目的,"他也在城中村改造小组工作过,工作能力比较突出,为人可靠,现在也是科级了。如果他担任旦堡乡党委书记,再高配常委,也可以在常委会上和江天呼应。万一出现张健和江天有分歧的时候,江天不至于孤立无援。"

"钟义平?"陈风低头想了一想,才想起钟义平是谁,"还不错,你看中的人应该信得过,这样一来,在付书记所提的副县长的职务上,就得让让步了。"

基本上定下基调之后,陈风话题一转,突然说道:"江山房产的模式倒是不错,小夏,你很聪明,完全躲在幕后,就连谭龙也没有查到谁是幕后主使。"

夏想心中一惊,心想陈风还是厉害,毕竟是老官场了,不但知道自己是幕后人物,还一眼看出了自己的模式。随即一想也就释然了,以陈风的能力,以及他和方进江目前的关系,不难了解到一些内情。再说,自己也原本没有打算对陈风隐瞒。

"当初成立时,本来我也想向您汇报一下,不过犹豫了几次,没有鼓足勇气。"夏想实话实说,当时确实是不敢向陈风提出股份一事。

"你没提就对了,提了,说不定我还得好好批评你一顿。"陈风一脸严肃地说道,"说实话小夏,对于你,我没有别的要求,唯一的一点就是,等陈工大学毕业以后,我会让他跟在你的身边,你负责好好进行教导他成长……"

夏想苦着脸耍赖:"要不,我再给您要一块好玉?"

陈风哈哈笑了:"少来这一套,陈工的事情,你是管定了,否则我要你好看。"

领导儿子在身边不是好事,如果和方格一样的性格还好说,如果是一个二世祖就麻烦了。至于陈工,夏想也有所接触,是一个书呆子类型的人,陈风却一心想让他从政,恐怕难度不小。

但陈风既然开了口,再是麻烦再是头疼他也得答应,夏想只好说道:"那好,那我得事先说明,要是陈工被我训哭了,他回家告状的话,您不许找我算账。"

陈风佯怒:"这话说的,我是那么小气的人?我就这么不懂事理?行了,你也别啰唆了,该找谁就找谁去,我还有事要忙,就不留你了。还有,你在江山房产的影子再隐蔽一点,最近谭龙正在查领导干部直系亲属参与经营的问题,别让他找到把柄就成。"

陈风越对他不客气,说话越随意,就越是不把他当外人的表现。夏想站起来想走,又转身回来,自己动手倒了一杯茶,一饮而尽:"说了半天话,口渴了,借陈书记一点水喝。"

陈风瞪了夏想一眼:"你家曹殊黛的设计公司我也知道,听说纪委有人出面找事去了?我还没有来得及问拓夫,你自己去问他好了。以后这些小事你处理好,别让别人挑出过错,虽然不是大事,总让人揪住不放也是烦心,是不是?"

话是埋怨,实际是关心,夏想心中一暖,应了一声,点头恭敬地出去了。

夏想一走,陈风笑着摇了摇头,自言自语说道:"这个小夏,还真是讨人喜欢……但愿陈工能跟着他,多长长见识,增加阅历。至于眼前的小事,相信他自己能处理好。"

夏想先到胡增周的办公室寒暄几句,就说起了安县的人事变动。夏想知道陈风现在和胡增周合作大于分歧,清楚陈风刚才向他交底,也是不怕他向胡增周透露,就将陈风的真实想法告诉了胡增周。

当然,他不忘提了提钟义平的问题。

胡增周对钟义平没有印象,但既然是夏想的人,他开了口,一个常委的名额还是给的,就点头说道:"方部长提议,我赞成就是了。"

前提是,必须通过组织部的提名。提名的难题,就是夏想的问题了。

夏想笑着表示了感谢,让方进江提名钟义平更没有问题,现在书记和市长都点头了,再有组织部长提名的话,已成定局,无人敢再反对。书记和市长联合定下的事情,基本是人人举手赞成,没有人会不长眼同时和书记、市长作对。

除非书记和市长有分歧,才会有严重的争论。

胡增周和陈风落脚点果然不同,和夏想没说几句,就又提到了产业结构调整的事情。

"本来想等眼下的时机,也想让燕市成为第二批试点城市,谁想突然出现了反对产业结构调整的声音。对了,小夏你也在《青年报》发表了反驳程曦学的文章,勇气可嘉,不过是不是太冒进了?我想省委宣传部对此肯定会大为不满。"胡增周是何许人也,对官场中事也是一目了然,在看到《燕省日报》发表出质疑产业结构调整的文章之后,就立刻警惕起来,再联想到程曦学早先一步发表在《京城日报》上的文章,心中就有了计较。随后又见到夏想和邹儒同时在《青年报》和《经济报》上发表反驳文章,胡增周就暗暗摇头感叹,小夏还是太年轻,冲动之下,被人当成枪手了。

夏想的真正所图

胡增周理所当然地认为,以程曦学的身份既然公开质疑产业结构调整,肯定是有人授意。有人对产业结构调整不满,以燕省的保守,必然会立刻停止产业结构调整的步伐,甚至还有可能会解散领导小组,就算不解散,基本上也会闲置。

他再看向夏想时,目光中充满了惋惜。

夏想也看出了胡增周的遗憾,他一是认为自己被人利用了,前途堪忧;二是为燕市没有机会进行产业结构调整而无奈。夏想一脸轻松的笑容,说道:"多谢胡市长的关心,其实我提笔撰文反驳程曦学,不是一时冲动,更不是被人利用,而是要为产业结构调整正名。再说我也是为了和我的导师一呼一应,以强有力的声音反击程曦学的言论。"

"你的导师是谁?"胡增周惊讶地问道。

"邹儒。"夏想将他到京城拜邹儒为师的事情一说,也没隐瞒在外经贸部程曦学现身的一幕,以及易向师的立场。最后他迟疑一下,还是将何东辰意外躲在幕后看戏的情形也说了出来。

胡增周一脸凝重,半晌没有说话。

胡增周的性格柔中带刚,也有坚韧的一面。他来到燕市之后,非常想有所作为，不仅仅是因为他在省里根基不稳，也是因为他在章程市待了几年，深感章程市的落后和贫穷。来到燕市后，被燕市蓬勃向上的生机所感染，觉得生当其时，如果不在自己的任期内为燕市描绘蓝图，就是对自己不负责任，对省委省政府不负责任，对燕市人民不负责任。

胡增周想要大有作为的心思，比陈风强烈多了。

燕市既是省会，又是新兴的城市，想要改造想要扩建，相对来说比老城都容易不少，没有太多的遗留问题。但也正是因为燕市是省会，在省委的眼皮底下，一举一动都受到省里的关注，很难推行任何创新。产业结构调整对燕市来说是难得的机遇，胡增周一直想等第一批试点城市成功之后，让燕市成为第二批试点城市。不承想，刚刚有了成绩，就凭空杀出了程曦学事件。

好一个程曦学，早不说晚不说，偏偏赶在燕省刚刚有一点成绩，柯达的投资尘埃落定之时再说，明面上是对国内几个省份的产业结构调整指指点点，实际上是给燕省脸色看。因为燕省正当其冲，正是现阶段所有推行产业结构调整的省份中，成绩最耀眼的一个。

胡增周心里清楚，由何东辰主导的产业结构调整，触动了国内最大保守派的利益，他们开始反击了。但因为京中支持产业结构调整的人也为数不少，反对派形不成绝对优势，只好采用旁敲侧击的方式，由宣传战入手，先造势，给各省施加压力，再各个击破。

燕省闻风而动，省委宣传部居然配合造势，让胡增周也是大吃一惊，心想马霄此人深谙投机之道，他本人就是保守派在燕省的代表，竟然趁叶石生出访之际，在全省的主要媒体上组织专家和程曦学呼应。尽管说此事也在他的权限之内，他也有决定权，但谁不知道叶石生对产业结构调整的支持态度？马霄此举明摆着是和叶石生唱反调。

敢和省委书记对着干，不是故意欺负叶石生脾气好性格软吗？不是仗着有崔向撑腰，在省委常委中，有几个牢靠的同盟吗？胡增周经过和陈风紧急磋商，由陈风出面以市委的名义向市委宣传部传达市委意见，关于产业结构调整的讨论和争论，燕市所有媒体不得参与，否则一旦发现，严肃查处。

定下了燕市的基调之后，胡增周还是觉得心里不太踏实。他也了解叶石生的脾气，担心他承受不了来自京城和燕省的双重压力，会放缓产业结构调整的步伐，甚至有可能对领导小组提出关停。

胡增周最不愿意看到领导小组被闲置，领导小组有任何风吹草动，就意味着燕省产业结构调整政策的大变。他非常期待夏想能在领导小组做出巨大的成绩，带动燕省产业结构调整的高潮，从而可以让燕市也借此机会进行产业结构调整。他有信心在燕市大展宏图,实现心中的理想。

燕市是新兴城市,不管是扩建市区,还是发展房产,或是引进高精企业,都大有可为。但目前限于保守的政策,以及省里不允许燕市有太多的动作,为燕市的发展划定了太多的条条框框,才让燕市故步自封,在国内几十个省会城市中,排名几乎最后,甚至还不如发达省份的许多地级市。

当然也可以理解省里的想法,作为省会,燕市是全省十一个地市的表率,不能有丝毫差错。否则燕市出了问题,丢脸面的不是一个燕市,而是整个燕省。

如今面对省里错综复杂的局势,胡增周不免有些头疼,又见夏想也介入了论战,对这个做法也是颇有微词。

出于对夏想的爱护,他还是希望夏想能低调再低调,等大战过后,再出来收拾残局比较好,这才是最聪明最稳妥的选择。

胡增周现在也慢慢了解了夏想的性格,表面上看夏想行事周正,非常谨慎,实际上他骨子里有一股冒险精神。不管是从坝县到城中村改造小组,还是从安县再到领导小组,都有弄险的性质在内。虽然说在城中村的经历为他在燕市的人脉奠定了基础,但从安县跳到省委,明面上是由副处提了正处,却因为进入了领导小组的缘故,不可避免地成为两大势力较量的战场。胜则花团锦簇,败则一片黯淡。

胜败之间,天渊之别,有点豪赌的意思。

胡增周也承认,其实人在官场就是时刻在赌博,但夏想下的赌注未免太大了一些,简直就是押上了身家性命。他不免为他叹息,到底是年轻人,步子应该稳妥一些,即使是改革开放也是摸着石头过河,要摸索着前进,怎么能不管不顾就一下跳了进去?

思索再三,胡增周还是劝道:"我想你也是经过了深思熟虑才做出的决定,但我还是说你几句。小夏,燕省不比南方省份,离京城太近,政治气候保守,叶书记对产业结构调整的支持又不是那么坚定。现在国家和燕省两级报纸都对产业结构调整提出了质疑的声音,万一叶书记改变了主意,由支持变为态度暧昧,甚至退回到以前保守的态度,你大力为产业结构调整呐喊的声音,在叶书记看来,就成了刺耳的声音。"

夏想明白胡增周的意思,如果叶石生迫于压力退缩的话,确实会让燕省的产业结构调整的工作难以为继,前面的成就当然不能一笔抹杀,但后续工作将会无法进行。省委书记主持大局,就算范睿恒再坚持,叶石生态度消极的话,许多工作也不能开展。关键是还有以崔向为首的一帮反对势力,他们再在叶石生面前煽风点火的话,叶石生难免会再次倒向他们。

191

夏想点点头："胡市长说得很有道理，不过我并不认为叶书记会改变主意，相反，他很有可能还一如既往地支持产业结构调整，甚至比以前的态度更坚决，信心更充足。"

"怎么说？"胡增周不解地问。

"叶书记去岭南省回访了，岭南省是国内第一经济大省，也是国内产业结构调整的先驱，现在的经济总量相当于数个燕省。叶书记此去，肯定大受震动，再加上岭南省委书记海德长现在在京中的分量，他又是产业结构调整的坚定支持者，叶书记对产业结构调整的信心只会增大，不会减弱。"夏想自信满满地说道，通过一段时间的接触，他现在自认比胡增周更了解叶石生，"而且叶书记回来后，发现燕省媒体上面的文章，不发火才怪。在内忧外患的逼迫之下，叶书记的选择会是坚定立场，沉着应战。"

尽管燕省之内只有一家《燕省日报》发表了质疑文章，其他几家省级报纸都保持了沉默，显然也有叶石生的人在其中起到了一定作用。不过身为省委书记，被副书记崔向和宣传部长马霄联合摆了一道，愤怒之心可想而知。叶石生再软弱也是燕省一把手，何况现在还有人和他同仇敌忾，他更是底气十足，肯定要拿宣传部开刀了。

夏想有理由相信，在这件事情上，范睿恒会坚定地站在叶石生一方。

也不能说崔向和马霄没有智慧，一来二人自认有人撑腰，二来也是有付家站在身后，三来也想乘机多捞一些政治分。最后一点也是最重要的一点，崔向在赌叶石生在燕省风起云涌的局势之下，会选择妥协。

夏想却坚定地认为叶石生会鼓足勇气，奋起反击。

"你这么肯定？"胡增周不太相信夏想的判断。

夏想笑了："不急，两天后叶书记就回来了，到时答案就会揭晓。"

见夏想一点不也担心，相反还轻松自如的样子，胡增周又气又笑："我担心你，你倒好，没事儿人一样，白白浪费了我的感情。"

夏想忙恭敬地笑道："我当然知道您的关心和爱护，我也不是投机者，既然选择到领导小组工作，就得坚定立场，才能有所作为。一个人如果对自己所从事的事业也三心二意的话，如何成就大事？我想胡市长来到燕市之后，一心想为燕市描绘美好蓝图的壮志一直未变，我也希望领导小组下一步的工作，能为燕市早日成为试点城市尽一份力。"

胡增周微微感慨，想说什么，张了张嘴，又觉得无话可说。夏想说的自然没错，但理想和现实总有差距。既然夏想有一腔热血满腹才华，就让他尽心去实现好了，自己倒也不必非要泼他冷水。

"照你说,如果燕市成为第二批试点城市的话,小夏,你来替燕市出出主意,该如何进行产业结构调整?"胡增周及时转移了话题,不再讨论论战事件的发展。走一步看一步,夏想说得也对,如果对方主动挑衅,自己一点也没有表示,不主动应战的话,也太窝囊了不是?

"燕市老旧的国企也有一些,但没有单城市和宝市多,相对而言可以说是轻装上阵了。我想胡市长心中肯定已经画出了未来蓝图,我也有一个不成熟的想法,想向您汇报一下。"

"只管说。"

"燕市北方有下马河,下马河正好将燕市和常山县隔开。在燕市和常山县之间,是大片的洼地和农田,也有起伏不大的山坡。如果将全市所有重污染、老旧的国企都搬迁到这里,划出一片地方专门安置落后的生产企业,甚至市里可以出台政策,直接从燕市和常山县各划一片区域,组建成一个燕市的新区……"

胡增周微微震惊。

一些落后的老旧企业本该关停,但因为是国企,又有大批的职工需要安置,不是说关就能关得了。但让他们搬迁出市,工作也很难做通。如果按照夏想的设想,在市区北面建一个新区,不但可以将污染严重的企业搬出市区,还可以因为兴建新区,带动多少就业,增长多少 GDP……

只是主意是好主意,但工程量过于浩大,而且增设一个新区事关重大,光是市里讨论,没有半年也出不来结果。市里批准后再上报省委,又得是一番争论不休。最后定下来,最快也要一年之后了。

夏想怎么总提一些长远规划?而且一开口就是大手笔,让胡增周哭笑不得,又爱又恨。夏想总是出一些看似异想天开但仔细一想又切实可行的方法,实施起来却又困难重重,偏偏又能给人极大的鼓舞和信心,让人左右为难。

胡增周埋怨说道:"小夏,你就不能为我出一些既简单见效又快的主意?开口就是大工程,总给我画空中楼阁。"

增设一个新区,不但可以带动整个燕市的经济,也可以让成达才的产业地产的概念得到真正地实施。只要市里通过上报到省里,他敢肯定,叶石生肯定赞成。

因为此举对达才集团大大有利,对达才集团有利的规划,叶石生必定支持。

增设新区的话,相应地会增加一套副厅级的党政领导班子,担任新区的领导职务,非常容易出政绩。因为举全市之力建设一个新区,每天都有日新月异的感觉,成绩人人看得见!

区长和区委书记,任何一个职务,都将是一个巨大的香饽饽。这,才是夏想的真正所图。

还有一点,夏想抛出一个大大的诱饵给胡增周,也是让他坚定信心,继续对产业结构调整持支持态度。作为燕市的市长,胡增周的态度对其他地市有不容忽视的表率作用,有可能影响到摇摆不定的地市领导。

能不能新增市区,全部取决于燕省的产业结构调整能不能顺利进行下去。夏想就是要让胡增周对产业结构调整的政策,始终是不遗余力地支持。

胡增周不是想在燕市大展宏图吗?好,就给他画一幅令人心潮澎湃的蓝图,就看他有没有胆量有没有勇气落笔了。

夏想呵呵一笑:"胡市长,如果新区能顺利成立的话,您将在燕市迈向大都市的过程中,成为迈出关键的第一步的市长!"

一顶前无古人的大帽子扣下来,胡增周虽然不至于飘飘然,还是有点壮志满怀:"听你这么一说,确实也有点意思。我没猜错的话,你的新区的设想,应该要和将下马河拓宽建成环城水系,同时进行了?"

夏想不失时机地表现出恭维的态度:"您的目光果然敏锐……作为第一个为燕市扩建新区的市长,作为第一个为燕市修建环城水系的市长,胡市长为燕市所做的贡献,不能说绝无仅有,后人也很难超越了。"

胡增周哈哈大笑:"小夏,马屁拍得太露骨了,不好,非常不好。"嘴上说着不好,脸上的笑容却是发自内心的喜悦。

应对之策

出了胡增周的办公室,夏想直奔秦拓夫办公室而去。可以说,今天他来市委的任务已经完成了,给陈风送玉只是由头,安排钟义平下去也算是正事。但找陈风不是他今天的重点,他此次前来市委的本意,其实还是方才和胡增周的一番交谈。

胡增周是市长,主抓行政和经济,而且陈风不出意外的话,两年后就会升到省里,燕市还将是胡增周主政。从长远看,关于燕市未来的格局,还是要和胡增周商议。

夏想有一段时间没有和秦拓夫见面了,但电话联系还是不断。他一敲门进去,就看到秦拓夫正在大口大口地抽烟,一脸愁闷。

夏想先是恭敬地问了好,就又笑道:"秦书记怎么了?有什么不顺心事?还是工作上遇到了什么难题？"

秦拓夫示意夏想坐下，摇头说道："工作挺顺利，但就是太顺利了，没有大案要案需要我亲自出马，所以有点烦躁。"

夏想乐了："没有大案证明政治清明，证明在秦书记的领导下，燕市的纪检工作开展得非常出色。违法乱纪的事情越少，党和国家的损失越小，是好事。"

秦拓夫不以为然地看了夏想一眼，不快地说道："少打马虎眼，别说漂亮话。违法乱纪的事情任何时代都存在，怎么可能会没有？我上愁的不是没有，如果真没有我高兴还来不及。让我烦躁的是，明明有些人你知道他有事，但却抓不住证据……小夏，你最近也没有帮我破一个大案，要不，你再出手试试？上一次抓获厉潮生的案件，现在想起来还是让人热血沸腾。最近都是一些小鱼小虾，我看了都提不起兴趣，直打瞌睡。"

也是夏想和秦拓夫熟了，他才如此说话。换了外人，听堂堂的市纪委书记有抓人的嗜好，估计也会被他的话吓一跳。

说实话，对于破案之事，夏想不在行也不太感兴趣，上一次要不是厉潮生坑农害农，也激不起他的义愤，非要一查到底。现在他工作性质不同了，天天在省委大院办公，也不可能从省委里面发现蛀虫。一是他接触不到别人的内情，毕竟人人都比他官大；二是他也不是纪委人员，不在工作的职责之内。

秦拓夫想必也只是随口一说，夏想就笑："等什么时候我发现了什么线索，一定向您汇报。"

"别只是随口说说，记得留心。"秦拓夫也有意思，上次一次偶发事件，他还真当夏想有破案方面的才能，"对了，你来我这里，肯定不是只来看看我，说，有什么事情？"

夏想不好意思地一笑，将市纪委人员到曹殊黛的公司查证一事简单一说。

秦拓夫听了一脸惊讶："有这事？我一点也不清楚。也难怪，这样的小事一般还汇报不到我这里。不过纪委里面谁不知道我老秦和小夏关系不错，背着我去查小夏老婆的公司，说明了一个问题……"他一脸严肃，大为不满地说道，"就是最近我没有查出大案，纪委里面有人翘尾巴了，想搞些小动作。幸好你及时提醒了我，反正最近也没什么事，我就再开展一次收权运动好了。"

夏想汗颜，看来秦拓夫破案破上瘾了，哪里有那么多大案要案等人去破？再说万一省里出了大案，也轮不到秦拓夫出马。

说了几句闲话，夏想就告别了秦拓夫，其实曹殊黛遐思设计公司的小事根本就不值一提，不过是借个由头来和秦拓夫走动走动。

夏想脚步不停，又来到了方进江的办公室。

和方进江寒暄几句,说了说方格最近的表现,然后夏想话题一转就提到了钟义平。方进江对钟义平有印象,也常听方格提起,也觉得小伙子人不错,可靠,又听得到了陈风的默认和胡增周的表态,他在安县也没有利益要求,自然乐得做个顺水人情。再说就是陈风没点头,有夏想开口,他也要提名上去。

夏想在市委足足转了一个下午,基本上事情都处理完毕,就给李丁山打了一个电话,邀请他和高海晚上一起吃饭。正好李丁山和高海晚上无事,就欣然赴约。三人边吃边谈,就最近国内和省市的局势各自交换了看法。

高海最近工作不太顺利,虽然现在是副市长,权力比以前大了,但还是副厅,级别没升。在政府班子里虽然和胡增周走得比较近,但比较受常务副市长谭龙和副市长何江华的制衡,一直束手束脚,没做出什么成绩。

高海有些无奈地说道:"胡市长对政府班子的控制力度还是有点弱,几个副市长除了我之外,其他几人明显和谭龙关系近。"

李丁山也说:"高海想在燕市里面再升一步,比较难,市里厅级毕竟少。不如开拓思路,有机会的话活动活动,到省里就职,也算转变一下思路,或许会有更广阔的天地。"

高海黯然地点了点头。

夏想深知高海的为人,能力有限,适合做辅助工作,在复杂的环境中缺少坚决果断的手段。也就是说,高海不适合政治斗争,不适合做开拓性的工作,适合做指定的工作。

两天后,叶石生和钱锦松结束访问,回到了燕省。

叶石生还没有回来之前,就已经得知了发生的一切。他在岭南省就发现了《京城日报》上的文章,因为早有何东辰的电话,他已经有了足够的心理准备。但看到程曦学名字的那一刻,心里还是不由自主打了个激灵。

连程曦学都亲自出面了,可见有人确实是着急了。叶石生在一瞬间确实产生过动摇,他深知程曦学的分量,不过在海德长对他说过一席话之后,立刻坚定了他继续推行产业结构调整的信心。

海德长是在他的办公室里和叶石生面对面交谈的,气氛随意而轻松。海德长手中拿着《京城日报》,像是拿着一份红头文件一样郑重其事,说出的话却是轻描淡写:"石生,《京城日报》是国家的宣传机器,是没有盖章的红头文件。你如果当真了,它没盖章也有威力;但如果你不当真,它就是一份普通的报纸。发行量大是不假,但对普通百姓几乎没有影响,因为没什么人关注政治性的报纸。"他笑呵呵地将报纸放到一边,"你可以决定一省的政策走向,而且你干上

196

一届,不是退就是上,产业结构调整对你来说是一次机遇——输,你也没有什么损失,照样省部级待遇离休;赢,说不定还可以小进一步,也算是一种荣耀,是不是?"

叶石生深以为然:"您说得对,我是太患得患失了。只是觉得程曦学的身份太敏感了……"

"呵呵!"海德长摇头笑了,不慌不忙地说道,"程曦学是经济学家,他发表的言论虽然代表了某些人,但如果你只当他是一个经济学家,他就只是一个经济学家。就算他背后之人在某些场合发表了不利于产业结构调整的话,也只当没有听见。作为省委书记,要充分运用手中的自主权。尤其是你现在的处境,在没有任何红头文件之前,管他是《京城日报》还是内参,一概不理,坚定地推行产业结构调整,就算有施压的电话打来,也不理他……"

海德长比他有底气多了,叶石生自认没有海德长的资本和眼光,但海德长的话确实在理。他在燕省为官时间太长,太在意京城的风吹草动了。

省委书记号称封疆大吏不是没有来由的,确实在本省之内,有相当大的自主权和决定权。叶石生想通之后,又有了海德长的鼓励,算是安心不少,也坚定了继续推行产业结构调整的决心。

"既然有人只选择在《京城日报》上发出质疑产业结构调整的声音,证明他们的力量还不足以撬动目前的经济战略,不过是想混淆视听罢了,也是要观察国内各省有多少保守势力。石生,听我一劝,现在燕省的形势是前所未有的好,继续埋头苦干,肯定成绩大好……"

叶石生结束在岭南省的访问之后,在回燕省的前夕又看到了夏想和邹儒分别发表在《青年报》和《经济报》上的反驳文章,还没有来得及细看,又听到了另一个消息,《燕省日报》也发表了专家的文章,同样对产业结构调整提出了质疑。

一连串的消息让他有点应接不暇。

如果说《京城日报》发表的程曦学的文章有指点江山的意思,《燕省日报》上的专家言论,就是非常明显地指点燕省的局势了,叶石生火冒三丈。

好一个马霄,好一个崔向,敢在他出访期间,擅自做主在燕省挑起宣传战,明目张胆地反对产业结构调整。就算是请专家以学术的观点表达出来,也是对他叶石生公开地挑衅!

本来叶石生还对夏想未经允许就在《青年报》发表文章颇有微词,还打算回去之后敲打夏想几句。没想到马霄等人更可恶,居然要在他的地盘之上,和他这个一把手唱反调,是可忍孰不可忍!

叶石生本来还想埋头苦干，不声张，不高调，做出成绩再说。现在看到别人的手已经伸到了他的地盘上，还想在他的地盘之内下一盘棋，他身为省委书记，再没有任何表示就太窝囊了。

途中，叶石生就让秘书麻秋通知范睿恒、梅升平等人，等他一回到燕省，就立刻召开碰头会。

麻秋以为叶石生忘了崔向，还特意问了一句："是不是通知崔书记？"

"崔书记？你刚才说碰头会的时间和崔书记的安排有冲突……"叶石生说了半句话，便闭口不言。

麻秋很聪明地立刻闭了嘴。

一回到燕省，叶石生就紧急召开了碰头会。

夏想得知叶石生回来的消息时，正在宋朝度办公室汇报工作。正说话间，听到有人敲门，只敲了一声，门一响，来人就不请自进，说了一声："朝度，我去开个碰头会，关于宝市申请政府专项政策一事，你和万正具体再商量一下……"

是范睿恒。

范睿恒说了一句话，才发现夏想也在，就微一点头说道："小夏也在？正好有件事要对你说一声，下周是范铮生日，他想小范围办一个生日宴会，到时你也去，他常念叨你。对了，朝度不忙的话，也可以去凑凑热闹。他们年轻人有话说，我们也找我们的话说。"

"好，我一定到。"宋朝度笑眯眯地答道。

夏想忙站起来，恭谨地笑道："知道了，范省长，学兄过生日，我身为学弟，不到可就说不过去了。"

范铮过生日，可用不着范睿恒提出邀请，而且还当着宋朝度的面。夏想和宋朝度一起送走范睿恒，宋朝度说："连范省长都当着我的面抬你，你的面子还真不小。"

夏想连忙摆手，谦虚地说道："范省长是因为我替他做出了成绩，还出面替他挡住了压力，他当然要给我一点鼓励了，希望我再接再厉，继续出面和程曦学论战。估计下一步和燕省的专家反驳，范省长也会让我出面。"

"你不是已经想好了对策？"宋朝度对夏想的回答非常满意。

"是，已经请安逸兴和彭梦帆写好了文章，不过他们的反驳不够犀利，太绵软了，不太满意。暂时还没有更合适的人选……"

"你也可以出面，还有一人你别忘了，就是范铮……"

夏想眼睛一亮，随即摇头："恐怕范省长不肯让范铮出面，他爱惜羽毛，更是出于多方面考虑。"

"未必。"宋朝度胸有成竹地说道,"既然范省长看好产业结构调整的前景,他的政治前途也寄托在上面。此次论战是一个契机,运用得当的话,范铮可以借此一举成名。"

宋朝度说的也不无道理,夏想回到办公室,还在琢磨着请范铮出面论战的可行性。如果他和范铮一同出面,作为邹儒的两大弟子同时应战,也会在国内的学术界引起莫大的关注。

正寻思之时,突然听见一阵咯咯的笑声传来,笑声听起来比较耳熟,不过夏想正神思恍惚,一下竟然没有想起来是谁。

等到来人走进办公室,他才哑然失笑,竟然连严小时的声音都听不出来了,真是失败。

不过让他更惊奇的是,严小时笑意盈盈地和古玉走在一起,二人有说有笑,好像认识多年的朋友一样。

夏想惊讶地问:"你们认识?"

古玉嫣然一笑:"认识,刚认识。怎么了,不允许我们一见如故?"

夏想起身,没接古玉的话,对严小时说道:"欢迎严总。"

严小时也一本正经地说道:"夏处长好。今天我来领导小组,是有事相求,还请夏处长帮忙。"

古玉在一旁看了几眼夏想,又打量了几眼严小时,试图发现一些什么。让她失望的是,夏想和严小时之间一副公事公办的样子,没有任何异常。

严小时不是空手来的,手里还提着一堆水果,十分热情地分给了大家。钟义平还客气地推托了几句,方格当仁不让地拿起就吃,边吃边说:"有一个好领导是运气,有一个有美女缘的好领导就是福气了。"

古玉没好气地来了一句:"你要是一个美女,遇到一个好色的领导,看你还是不是有福气?"

方格哈哈一笑:"美女遇到好色的领导,傍上了领导,那叫神气!"

古玉冷笑:"呸,什么逻辑!幸亏你不是女人,否则真丢女人的脸。"

方格直叫委屈:"我觉得就算我是女人,也是原则性很强的女人——只傍年轻帅气的领导,对于一些老色狼,不管他官多大,绝对敬而远之。"

越说越不像话了,夏想瞪了方格一眼,和严小时走出办公室,来到外面。

政府办公楼是新楼,走廊两头各有一个露天的阳台,可以稍事休息。二人来到阳台处,夏想就问:"小时,有什么事情,尽管说。"

"也没什么事情……"严小时迟疑一下,似乎有点不好意思开口,想了一想,还是心一横说道,"舅舅偏心,根本没向邹老提我拜师的事情。现在你成了邹老的得意弟子,我怎么办?我可是真心求学,也不是为了学历为了评职称,确实是想多学一些理论知识,运用到实践中去……"

再战

"你的心情我可以理解,不过邹老为人比较古怪,你既非经济专业出身,也没有相关成就,想让他收你,我开口求情恐怕也不管用……"正好看到严小时手中拿着一份《燕省日报》,上面正有专家们对产业结构调整质疑的文章,夏想灵机一动,又问,"你写文章是不是拿手?"

严小时也是冰雪聪明,一点就透:"不是我吹牛,我最擅长写辩论性的文章了,你是不是想让我写反驳的文章?我刚看到了专家们的观点,很气愤,觉得他们不但以偏概全,论调还阴阳怪气,恨不得当面和他们理论一番,我绝对能把他们辩驳得哑口无言。"

夏想笑了:"你有这个本事的话,就赶紧写一篇反驳文章,越犀利越好。写好后交给我,怎么样?"

"好,遵命!"严小时一脸严肃地答道,还有模有样敬了个礼,"夏处长,我未来的幸福就全交给你了,一定要在邹老面前美言几句。舅舅不可靠,希望你能靠得住,否则在我眼里,世界上就没有可靠的男人了。"

夏想对严小时免费奉送的大帽子不感冒,叮嘱说道:"用点心,你的文章首先要过了我的关,我才能上交,最后能不能发表还不好说。就算发表了,被邹老看到,是否能引起他的关注也未可知。所以,你要加倍努力,只有邹老对你有了印象,我才好向他开口。"

"是,领导,我保证全心全意写好。"

送走严小时,夏想没理会古玉旁敲侧击地询问他和严小时的关系,心思却飞到了碰头会上,也不知道叶书记是个什么态度?

如果夏想知道叶石生召开的碰头会故意遗漏了崔向的话,他就不用担心地猜测叶石生的态度了……

书记办公室内,叶石生一脸严肃。在听取钱锦松详细讲述了《京城日报》和《燕省日报》发表文章的事情经过,以及夏想和邹儒发表的反驳文章如何引起各方反应之后,他将几份报纸叠在一起,非常不满地对范睿恒说:"睿恒,夏想在《青年报》发表文章,是为了和他的导师邹儒呼应,是学术上的讨论,不算什么。但《燕省日报》却发表了对产业结构调整质疑的文章,你身为省委的第一副书记,难道事先没有听到一点消息？"

范睿恒清楚叶石生的不满不是冲他发作,一脸不快地回答:"崔书记和马部长事先都没有向您请示,想必他们认为更没有向我请示的必要。我也是看到报纸之后才知道事情已经发生了,这件事情影响非常恶劣,现在省委里面已经议论纷纷,都在猜测省委对产业结构调整到底是什么态度。连夏想同志也向我抱怨,刚刚为燕省引来了巨资,结果倒好,奖励没有还不说,又给人当头泼了一盆冷水。关于《青年报》发表反驳文章的事情,他倒是事先向我作了请示,我说你是燕省的干部,如果在燕省发表言论,要叶书记点头才行,在京城时你就是邹儒的学生,就一切听从导师的话……"

范睿恒的话深得叶石生之心,叶石生连连点头,忽然觉得以前怎么没发现,范睿恒为人也很不错,比起口蜜腹剑的崔向强太多了。

梅升平对宣传战一事也略有耳闻,只是依照他一贯的态度是,事不关己,高高挂起。不过他也知道事关夏想,心里就琢磨今天叶石生既然叫他来,肯定要涉及人事问题,难道是要动夏想？

虽然心中有疑问,但梅升平一向是不主动发问, 还是岿然不动地坐在一边,看众人表演。

范睿恒看叶石生的表情就知道了大概,叶石生动怒了,想要反击了。他有意火上浇油,又说:"别看夏想年轻,办事却稳重,没叫屈,还是埋头苦干,说是等再干出成绩,给那些说三道四的人看,看他们还有什么话说。朝度却对我说,虽然领导小组是政府在主导,也有叶书记的大力支持,但还是应该加强省委的领导力度,要不会给人两边脱节的感觉。对此,我是持赞成态度的,不过,万正对此好像有不同的看法……"

"万正怎么说？"叶石生一愣,政府班子也出现了不同的声音？局势还真是越来越复杂了,"他对产业结构调整的前景不是一直比较看好吗？"

"最近万正的态度有些松动,具体原因我也不太清楚,对领导小组的工作的关注也有所减弱。宝市向省政府申请一项专项政策,他似乎也不太赞成,可能有别的方面的考虑……"范睿恒对马万正的态度转变心知肚明,但在叶石生面前不能明说,他也相信叶石生能够想到其中的环节。

叶石生微一沉吟,立刻想明白了马万正态度转变的原因,也不点破,扭头对钱锦松说道:"锦松,你对睿恒所提的加强省委对领导小组的领导力度的问题,怎么看？"

钱锦松身为省委秘书长,就是叶石生的传声筒,是省委的大管家,基本上省委前几号人物的心思和脾气都摸得比较清楚。刚才一号和二号人物的一番对话，都是围绕着产业结构调整的政策在进行，而产业结构调整的具体实施者就是领导小组。现在出现了宣传上卡脖子的事情，范睿恒及时提出加强省委在领导小组的力量，和叶石生在会议前对他所说的安排不谋而合。

其实二人都清楚所谓的加强省委在领导小组的力量的安排是什么，但谁都不说，此时，就显示出秘书长的重要性了。

钱锦松依次向叶石生、范睿恒以及梅升平点头示意，以示尊敬，然后才说："叶书记和范省长的指示精神很及时，也很切入实际，我在领会了二位领导的精神意图之后，有一个不成熟的想法，向在座领导汇报一下……"

叶石生的目光和钱锦松的目光不经间交流一下，随即错开。

钱锦松继续说道："省政府主导领导小组如何开展经济工作，如何指导试点城市推行产业结构调整，负责的是具体的事务性工作，但还有许多地市对产业结构调整存在误区，并不十分了解产业结构调整具体的内容和省委省政府推行产业结构调整的决心。我建议，由省委副秘书长葛山也兼任领导小组副组长，主要负责领导小组的对外宣传工作。"

梅升平至此算是明白了今天叶石生和范睿恒二人的用意。由省委副秘书长兼任领导小组副组长，主抓宣传工作，显然是为了应对目前在宣传上遇到的问题。可以说，是为了下一步的宣传反击战做好了准备。

叶石生微一思索，点头说道："葛山同志宣传经验丰富，和省内媒体接触较多，由他兼任领导小组的副组长，是比较合适的。"

范睿恒也没有反对意见，他知道葛山以前做过市委宣传部长，而且还是笔杆子出身，据说宣传斗争经验丰富，就当即表示了同意："葛山同志不错，能够胜任副组长的工作。"

钱锦松又笑着看向了梅升平。

梅升平向来对内部调动的小事不放在心上，况且又没有他的利害关系在里面，也就表态说道："我附议。"

书记和省长都点头的事情，又只是领导小组一个不大的变动，没有人会去反对。

钱锦松见事情进行得非常顺利，就又说道："我还有一个议题要向在座的领导汇报一下。"

叶石生就说："时间还允许，说吧。"

"丰利同志担任省委宣传部常务副部长的时间也不短了，最近工作也比较突出，他个人也表现出了强烈的上进心，请各位领导考虑一下，是不是安排他到更重要的工作岗位？"钱锦松歉意地向梅升平一笑，意思是抱歉越权了，本来该是组织部的工作,却由他开了口。

梅升平当然知道钱锦松的话得自叶石生的授意,他也知道丰利打压了夏想两次,还有一次正好让他遇到。他对丰利没什么印象,但既然丰利对夏想不客气,又碍了省委书记的眼,不搬开他搬开谁? 就接话说道:"测绘局局长时间到了……"

范睿恒却是一脸关切地说道:"丰利同志年龄大了,到测绘局工作恐怕身体吃不消。省委老干部局局长病休一段时间了,一直是副局长在主持日常工作,丰利同志工作细心,相信他能做好老干部工作。"

宣传部常务副部长是正厅,调任老干部局也是正厅,算是平调。而且去了就是一把手,表面上比宣传部常务副部长好听,实际上是完全闲置了。

梅升平不经意间多看了范睿恒一眼,心想没看出来范睿恒表面上人不错,说话也不装腔作势,但整治起人来也是厉害,比他还狠。好歹丰利去了测绘局还有事可做,范睿恒却要把他支到老干部局,就是让他陪一群离休的老干部喝茶下棋去了。

倒也省事了,提前进入离休状态,等丰利同志完全熟悉老干部局的工作之后,以后离休,也能更快地融入到老干部之中。

"范省长的想法更合适,我赞成。"梅升平才不管丰利去哪里,反正任由范睿恒和叶石生安排就行。

"我也附议。"钱锦松一脸微笑。

"那就这么说定了。"叶石生的脸上终于露出了一丝笑容,又对梅升平说道,"升平,关于新任的常务副部长人选,组织部报几个人选给我,到时再开会研究一下。"

散会后,叶石生和钱锦松刚回到办公室,就听到秘书报告,说是崔书记有事。

叶石生微一迟疑,说道:"请崔书记进来。"

崔向一脸不快地推门进来,一进办公室就说:"叶书记,为什么刚才开碰头会,没有通知我?"

"你不是下去视察了吗? 麻秋说,正好和你的时间冲突,所以就没有通知你。"叶石生不动声色地说道,冲外间喊了一声,"麻秋,到底是怎么一回事?"

麻秋急忙进来,神色紧张地说道:"叶书记,崔书记,我查了一下,可能是我弄错了时间,以为正好和崔书记的时间冲突,所以就没有通知崔书记……"

"麻秋,你怎么会犯这种低级错误? 亏你还跟了我这么多年,居然连崔书记的工作安排都弄不清楚。"叶石生怒不可遏地说道,"回头写一份深刻的检讨给我,下次再犯这样的错误,不用我说,你自己就别干了。"

麻秋一脸惶恐,连连认错。

崔向岂能看不出来叶石生的表演?就挥了挥手,说道:"不怪麻秘书,可能是我的秘书弄错时间了。"

崔向也只能吃了哑巴亏,他没想到叶石生堂堂的省委书记,也会耍无赖的手法,让他无话可说。

好在过来之前,他已经做好了心理准备,知道未必在叶石生面前能讨了好去。

崔向和马霄定下在《燕省日报》发表质疑产业结构调整的文章,倒也不是完全和叶石生作对。其实以崔向的想法,不适合逼迫叶石生过紧,而是徐徐图之最好。但马霄和付先锋却坚持要这么做,因为京城有人暗示,只在京城点一把火不够旺,必须要在燕省内部再放一把火才够热闹。

崔向劝不住马霄和付先锋,因为他也知道付家和程曦学的后台交情莫逆,既然马霄是付家人,自然要让燕省也配合宣传攻势了。况且叶石生又性格偏软,都觉得他好欺负。

但崔向认真想了一番,还是觉得事不可为。叶石生确实性子柔弱,但他毕竟是燕省一把手,一把手的权威不容侵犯。而且现在叶石生和范睿恒大有走近的趋势,书记和省长联手的话,燕省的其他常委就很难再发出声音了。所以现阶段对叶石生应该以拉拢为主,不易逼他和范睿恒越走越近,因为省政府班子三个常委,几乎是一个声音说话。一旦叶石生真和范睿恒完全达成共识,有了范睿恒的支持,就相当于有了马万正和宋朝度的支持,叶石生在党政两套班子里就有了绝对的权威。

崔向估算了一下自己一方的势力,完全没有办法和叶石生抗衡。他和政法委书记李炳文,还有宣传部长马霄如果联合在一起,还有一定的分量,省军区政委张建国在常委会上也有一票,但发言权就弱多了。关键是,他这边没有政府班子的力量,在常委会上的声音就大打折扣了。

只是突然之间,崔向听到省政府里面有一丝不和谐的声音,马万正对产业结构调整的态度有所动摇,由以前的支持变成了谨慎支持,甚至还在其他场合流露出不太满意的言论。马万正是常务副省长,不但在政府班子分量极重,仅次于范睿恒,在整个常委会也是排名非常靠前。如果自己一方在常委会上得到了马万正的响应,将会实力大增,无形中给叶石生和范睿恒以极大的压力。

崔向经过一番深思熟虑,又在和马霄、付先锋密谋几次之下,终于下定决心赌上一把。在《燕省日报》上为程曦学的观点造势,不但可以给叶石生以极大的压力,还能得到京城的赞赏,既有付家的赏识,又多了程曦学后台的另眼看待。两相结合之下,也是一份沉甸甸的收获,值得一试。

当然崔向还有一个心思,他始终觉得叶石生在关键时刻未必顶得住压力,很有可能在《京城日报》和《燕省日报》的双重夹击之下,选择妥协。如果叶石生一退缩,和范睿恒之间的合作因此而告吹的话,就等于他取得了全面的胜利!

尽管要冒一定的风险,但官场中人,时刻都生活在风险之中,岂能瞻前顾后?崔向自认是做大事之人,大凡成就大事者,必有不凡之举。如今燕省局势风起云涌,也有人想将燕省局势搅乱,好将产业结构调整的政策扼杀,他何不借此时机煽风点火,最终达到自己的目的?

产业结构调整政策对燕省有利,崔向也心知肚明,但对他个人没什么益处。因此,他也清楚马万正为什么在夏想与柯达谈判成功之后,态度突然有所转变。是因为宋朝度风头过盛,威胁到了他的地位和威望。尽管崔向明白得很,马万正也是自己登上省长宝座最强有力的竞争者,但眼下如同三国混战,他、马万正和宋朝度三人之间,先打下一人是一人。两人联手先将宋朝度打下马,剩下的就是他们之间的对决了。

宋朝度现在的依仗是产业结构调整的成功,是领导小组的成绩,是范睿恒和叶石生的支持。范睿恒和宋朝度之间的关系有越来越牢靠的趋势,不好打破,但叶石生和范睿恒之间的关系,只是暂时的合作,只是因为产业结构调整政策的实行。

↗ 07 甲之跳板,乙之绊脚石

如果燕省有高老坐镇,就完全不同了。就算高老不亲自出面,躲在幕后指导,也能通过各个渠道传出去高老身为幕后之人的消息。消息一旦传开,就会让燕省发表反驳文章的专家教授,感到无形的压力。

两军交战,勇者胜

归根结底,只要产业结构调整的政策失败,只要领导小组不出成绩,不但宋朝度没有了政绩,范睿恒和宋朝度之间的联合也会烟消云散,范睿恒对夏想的照顾也会随之消失。更主要的是,叶石生也就失去了和范睿恒合作的基础。所有的一切,都指向了产业结构调整政策的推行。

产业结构调整政策,是阻挠崔向大计最大的绊脚石!

虽然说崔向也明白产业结构调整的推行,对燕省的经济发展大有好处,甚至有可能为燕省带来新的气象。而且他也赞赏夏想的才能,认定夏想是一个肯干实干的官员,但遗憾的是,道不同不相为谋。为了自身的政治前途,牺牲别人的前途是再平常不过的事情。

崔向也有过一丝犹豫,觉得是不是太计较一时得失了,冒着得罪叶石生的危险,冒着牺牲燕省大局的损失,也要在背后施展各种手段,迫使对手失败,或许太自私自利了?不过他又转念一想,等他上台之后,再大刀阔斧地推行新政,在他的主导下推进产业结构调整,未必就比现在推行差多少,甚至还要更好!

正是出于这种自信和安慰,崔向还是决定赌一把,只要现在阻止产业结构调整继续进行下去,燕省的局势还会回到以前一盘散沙的状态,非常有利于他乱中取利,从容坐大。

实施了宣传的策略之后,崔向和马霄商议应对之策。他估计叶石生有三种应对之策,第一就是妥协,对领导小组的支持力度减弱,放慢产业结构调整的步伐,观察一下各方反应,以及各大媒体对程曦学文章是支持者多还是反对者多,再决定下一步。第二就是低调行事,不再继续推行产业结构调整,但不会给出任何解释,一切有关产业结构调整的政策都暂停执行,慢慢让产业结构调整的政策淡出公众的视线。第三就是叶石生大受触动,即刻宣布暂停产业结构调整政策,小组成员各回原来的岗位……

第三种设想的可能性最低,第一种最高,当然,第二种也极有可能。崔向和马霄就设想中的叶石生的各种反应,分别制定了应对措施。

三人的目标一致,就是想充分利用叶石生耳根软的特点,连哄带骗,让叶石生退缩,并且转向支持他们。

只是崔向一听说叶石生回来即刻召开了一个碰头会,却没有通知他,就心中一惊,有一种不好的预感。难道说叶石生会有第四种选择——就是他们商议半天也觉得以叶石生的性格,绝对不可能选择更加坚定地推行产业结构调整的第四种可能!

第四种可能是付先锋提出来的,崔向和马霄却一致认为不可能。叶石生并不是雷厉风行的人,他在燕省为官多年,已经养成了保守的习惯。因为离京城过近的缘故,燕省官员几乎无一例外都谨小慎微,仰望京城鼻息。京城一有风吹草动,无不打起十二分精神观望。基本只要国家有任何政策出台,最先严格执行的必定是燕省。

燕省,在古代号称直隶,直隶的意思就是直属京城。在清朝,直隶总督要比其他省份总督高半级,位置极为重要。现在燕省虽然级别上不再高出别的省份一等,但政治上还是比任何省份都重要,作为唯一一个环绕京城的省份,燕省,是京城安全的最后屏障。

燕市也是国内所有省会中,离京城最近的一个。

因此,燕省的一举一动都在京城的眼皮底下,燕省所有的大小官员,都将京城的动向格外放在心上。尤其是作为一省书记的叶石生,敢对《京城日报》的不点名批评视而不见?据他以往的性格推算,付先锋提出了叶石生恼羞成怒之余,反而更加坚定地支持产业结构调整的说法。崔向和马霄异口同声表示没有可能。

而且崔向还寻了个机会,和马万正私下里接触了一次。虽然谈话不多,但马万正隐隐也流露出对产业结构调整的忧虑,含蓄地说出因为叶石生性格软弱,不足以支撑燕省产业结构调整的大举措。现今京城有了反对的声音,叶石生估计会产生退让的想法。

不过,马万正对马霄的做法表示了不满,不管如何,《燕省日报》事件就算能逼得叶石生一时手忙脚乱，等他回过神来，必定会秋后算账。

同时，马万正还暗示，夏想是个好同志，斗争不应该波及他的身上。不管产业结构调整的前景如何，他不希望有人拿夏想的前途做文章。如果有人想将夏想如何，他第一个不答应。

崔向表面上没说什么，心里却知道这算是马万正的"君子协定"了，对事不对人，只针对产业结构调整，不针对夏想本人。崔向却大为不解，夏想帮助宋朝度问鼎省长宝座，差不多已经和马万正背道而驰了，怎么马万正还这么维护夏想？夏想真有这么好？

夏想凭什么？还值得让马万正——堂堂的常务副省长亲口说出不许别人动他的话，他到底有什么依仗？

崔向无可奈何又恨极了夏想，夏想越得到众人的维护，就越是他最大的障碍。因为夏想的根基越稳，他想搬开夏想就越吃力，就越容易踢到铁板上。

付先锋想利用连若菡整治夏想的办法，到现在暂时还没有眉目。因为连若菡在国外，她的事情不好打听。不过听说连若菡生了孩子，正在核实真假。付先锋说，如果连若菡确实生了孩子，就有可能是夏想的"功劳"。到时他只需要把事情向连若菡的父亲一捅，再通过其他渠道传到吴家老爷子的耳中，夏想必死无疑。

但愿真是夏想的孩子，崔向甚至暗暗企盼。听付先锋的意思，吴家老爷子的能量自不用说，连若菡的亲生父亲吴才洋也是一个极有性格的人，而且手腕极高。他身为一省大员，怎么会容忍自己的女儿没名没分地跟着夏想，还为夏想生了一个孩子？不勃然大怒才怪！

崔向做足了前期工作，这才信心满满地前来见叶石生，一见面，就被叶石生来了一手指桑骂槐。

明是骂麻秋工作失误，暗中是骂他和马霄背后的《燕省日报》事件。

崔向刚想开口解释《燕省日报》事件，却见钱锦松也在，话到嘴边又咽了回去，说道："锦松也在？有事向叶书记汇报？"

钱锦松听出了崔向的意思，他在场的话，不方便崔书记向叶书记汇报工作，就冲崔向微一点头，又对叶石生说道："叶书记，那我就先回去了……"

叶石生想了一想，也没说话，只是点了点头。等钱锦松走到门口的时候，他忽然又说了一句："锦松，听说森林公园的森林居饭店不错，而且环境幽美，正好晚上有空，一起去坐坐如何？"

钱锦松微微一愣，随即明白了什么，笑道："既然叶书记有雅兴，没问题，一定奉陪。我这就去安排……"

崔向脸色微微动容,心中明白叶石生的言外之意。一是告诉他,他和钱锦松之间关系不错;二是暗示,他要去森林居吃饭,森林公园是远景集团的产业,谁不知道夏想和远景集团的关系?领导的话就是要让人联想丰富,越摸不清领导意图越好。

崔向的心慢慢地下沉,预感到今天和叶石生的对话,将会十分沉重。

果然,钱锦松一走,叶石生就"啪"的一声将《燕省日报》摔到崔向面前,语气十分不善地说道:"崔书记,马霄是怎么回事?他这个宣传部长,是不是当得太自由自在了,还有没有组织和纪律?"

崔向被叶石生的气势一压,不由自主心中一惊,心想果然是久居高位,性子再软,一旦发作起来还是有无形的威严。他忙一脸凝重地说道:"是我的错,叶书记,我向您检讨,承认我工作上的失误。本来马霄同志找我商议了这件事情,也是因为中宣部和首长通过不同渠道对燕省的产业结构调整表示了关注,似乎对燕省媒体一面倒地支持产业结构调整大为不满,认为真理越辩越明,应该向中央看齐。连《京城日报》都刊登了著名学者程曦学的文章,而且燕省领导小组的成员夏想也在《青年报》发表了反驳文章,燕省的媒体却一点动静也没有,也说不过去。马霄同志的意见是,燕省是现阶段产业结构调整最有成绩的省份,又离京城最近,既然有首长表示了关注,我们燕省的媒体不组织讨论也说不过去,要和中央保持高度一致才好……"

叶石生不动声色地听崔向解释,慢慢地点燃一支烟,眯起了眼睛,一副笃定、自信的样子。

崔向吃惊不小,从叶石生的表现来看,刚才自己抬出《京城日报》和中宣部,显然对他没有触动。

"我当时就和马霄同志商量,此事要先请示叶书记,但联系了一次,没联系上您,而且《京城日报》的文章一经发表,就已经在燕省引起了不少猜测……"崔向的话未说完,就被叶石生打断。

叶石生捏着烟,眼神之中流露出淡淡的威严:"联系不上我?看来,麻秋的工作最近总是出错,我是不是该换一个秘书了?"

崔向没想到叶石生专挑他话里的毛病,一不留神又说错了一句话,得罪了麻秋。麻秋虽然为人诚恳,不多事,但他毕竟是叶石生最信任的人。这下倒好,麻秋以后不记恨他才怪。

"我……其实不关麻秘书的事情,可能是我拨错了电话。"崔向无奈,只好自打嘴巴,又继续说道,"主要也是当时情势急迫,领导说了,《京城日报》之后,还陆续会有其他报纸发表产业结构调整的相关文章,燕省再落后的话,就说不过去了。因为第一波浪潮是国家媒体，第二波浪潮就是国内各省的媒体。燕省离京城最近，又正在大力推行产业结构调整，首当其冲应该跑在其他兄弟省份的前列。"

"领导？哪一位领导？是以个人名义还是以别的名义？"叶石生将烟头按灭在烟灰缸中，似笑非笑地看着崔向。

崔向本来以为只要含糊地一提领导，叶石生就会立刻软化立场，不再穷追不舍。不想他不但没有流露出足够的敬畏之意，还非要追问领导的名字，崔向不免暗暗嘀咕，叶石生什么时候变得这么有底气了？

崔向一时犹豫，叶石生却又及时地转移了话题，说道："既然事情已经发生了，再追究责任也无济于事，就不要再提了。"

崔向心中一喜，叶石生软化了，果然关键时刻他又顶不住了，看来，《燕省日报》事件算是过关了。此事可大可小，只要叶石生没有任何表示，就会在省委中造成共识——叶书记虽然是一把手，但控制不住宣传口，掌握不了大局。如此一来，向他这个副书记靠拢的人会慢慢增多。

谁都想找一个说话有分量的靠山。在省委里面如何立威？就是在一件件事件的累积之中，谁说话管用次数多，谁身边的人就会越多。

"既然《燕省日报》发表了对产业结构调整质疑的文章，肯定也有赞成的声音。我和睿恒、升平以及锦松刚才开了一个碰头会，确定了一下今后领导小组的工作重点，决定安排葛山同志兼任领导小组的副组长，指导领导小组以后的宣传工作。在宣传方面，领导小组做得还远远不够，葛山同志有宣传方面的工作经验，正好由他来应对宣传问题，制定宣传策略，组织撰写辩论文章。有人对产业结构调整的政策质疑，我们就得拨乱反正，为产业结构调整正名！"

叶石生掷地有声，大手一挥，以一副气壮山河的气势说出了一番令崔向心惊肉跳的话。

崔向才明白，叶石生不是对日报事件既往不咎了，而是先将此事轻轻放到一边，再抛出他的举动。意思是，只要崔向反对，他就会再提日报事件——政治，就是一种有来有往的交易！

叶石生要组织力量撰写反驳文章，要效仿邹儒和夏想的举动，在燕省也来一场宣传战？什么时候叶石生变得这么聪明这么有勇气了？他就不怕辩论会输，输了之后对他的声望以及权威大有影响？叶石生的自信从何而来？

崔向心中疑惑，就不免有些迟疑，拿不定主意。

叶石生却不等他深思，又说："葛山同志到领导小组，只是内部调动，没什么问题的话就这么定了。还有一件事情需要征求一下你的意见，我和睿恒、升

210

平还有锦松都一致认为,丰利同志不再适合担任省委宣传部常务副部长一职,经研究决定,拟任省委老干部局局长……"

崔向本来一直站着说话,猛然听到叶石生说出上述一番话,顿时一惊,竟然一下没有站稳,坐在了后面的沙发上。

叶石生见崔向终于被他的镇定自若镇住,露出了惊惶失措的一面,不由暗暗得意,微微一笑说道:"说了半天话才发觉原来崔书记一直在站着,怎么这么见外?"

崔向坐在沙发上,心里仍然怦怦跳个不停。叶石生好手段,一回来就抛开他开了一个碰头会,定下了两件大事,件件直指《燕省日报》事件。葛山兼任副组长,明显是要占领媒体阵地,夺回发言权。将丰利从省委宣传部搬开,显然是针对马霄的报复,要安插自己人进宣传部。

好一手移花接木的手段!

片刻之间,崔向感觉到后背汗流浃背,竟然湿了一片。

不过他又瞬间冷静下来,微一思忖,立刻说道:"丰利同志在省委宣传部工作的时间不短了,突然调到老干部局,于情于理都不好交代,我怕他情绪上不好接受,要不先缓一缓再说?"

崔向来了一手缓兵之计。

以退为进

"本来我的意思也是觉得丰利同志可能有意见,会闹情绪,但经过研究,大家都认为丰利同志有大局观,一向服从组织决定,所以也就暂时定了下来。这事也得征求一下你的意见,如果你也同意,我们在常委上走个过场就可以了。如果有不同意见,就再放到常委会上具体讨论。"叶石生淡淡地说道,目光不经意望向了窗外,"正好我也有一个关于《燕省日报》调整的问题,还没有形成成熟的想法,要是需要上常委会讨论丰利同志的问题,我就尽快拿出一个关于《燕省日报》的提议出来,一并提交常委会讨论也好。"

话虽然轻飘飘的,看似没有什么,实际上明白无误地告诉崔向,如果你同意,一切好说,《燕省日报》的事情暂时放到一边。如果你反对,好,两件事情一起提交常委会讨论。

崔向没了主意。

叶石生现在的强势超出他的想象,不但没有一点退让之意,反而意气风发，大有不达目的誓不罢休之意。而且政治智慧圆熟，手腕出其不意，态度镇定自若，完全出乎崔向的意料，彻底打乱了他的部署。

联想到他刚进来时钱锦松在场时的情景，崔向明白了什么，钱锦松现在成叶石生的智囊了。但问题是，以前也没有发现钱锦松有这么高超的政治智慧呀？他来燕省两三年了，一直碌碌无为，怎么突然之间也变得高明起来？

真要提交到常委会的话，看叶石生的架势，以及他运筹帷幄的态势，加上上述两件事情已经得到了范睿恒和梅升平的点头，通过的可能性甚至不用猜测。

赌输了？崔向大为沮丧，《京城日报》发表的程曦学的文章，以及在《燕省日报》上的造势，怎么都压不住叶石生前进的脚步？为什么？一向软弱的叶石生怎么突然就强硬起来了？他难道又有了什么依仗？

崔向心思飞快转动，最让他不想见到的场景却真实地出现在眼前之时，他才发现，叶石生再软弱，再耳根软，也是名正言顺的省委书记，是一把手。他的话无形之中能给人以极大的威压，让人不得不退让三分。

怎么办？崔向一时左右为难。如果就此认输，以后在叶石生面前如何抬头做人？如何在省委里面立威？最主要的是，现在认输就等于完全放弃刚刚辛苦建立起来的优势！但不认输，真要提交到常委会，一番唇枪舌剑之后，面对书记和省长的一致口径，中间派的常委肯定会支持书记和省长，最后还是一个失败的下场。

认输和不认输，都不甘心！

崔向一咬牙，终于做出了一个决定："经过我的慎重考虑，丰利同志担任老干部局局长的职务是合适的，我表示赞成。我提议市政府秘书长郑冠群同志接任省委宣传部常务副部长一职。"

"郑冠群？"叶石生对郑冠群没有印象，但却清楚郑冠群一定是崔向的人，崔向是以退为进，搬开丰利可以，但要安排他的人接任，等于是大家都各退一步，"你将名字报到组织部，由升平同志按照程序进行审核考查，符合条件的话，就由组织部提名。"

梅升平肯提名才怪，不过崔向会想办法让梅升平妥协。只要梅升平抬手放过，再有马霄的坚决支持，他再大力推举，叶石生也应该照顾一点，退让一步。

政治要有平衡和妥协才能维护安定团结的局面，叶石生将《燕省日报》的事情高高抬起，又轻轻放下，何尝不是一种妥协？

不过崔向也清楚，其实斗争才刚刚开始，下一步在《燕省日报》上的宣传战才是重点，就看谁能在辩论中占据上风了。不过接下来的论战就不是平衡的政治游戏了,而是一场不见硝烟的文字战争,不见刀光剑影,但残酷程度一点也不比面对面的唇枪舌剑差多少。

崔向不无自信地想,有程曦学出面,有马霄邀请一流的专家学者撰文,燕省各大专家教授的精英全部被他们收拢在阵营之中,叶石生就算贵为省委书记,在燕省也请不到一流学者了。他想在宣传战上获胜,只怕要做白日梦了!

崔向告辞离去,他不知道的是,他刚一离开叶石生的办公室,叶石生就一脸惨白地颓然坐在椅子上,再也没有一丝精力,半天没有动弹一分。过了半晌,他才恢复了一点精神,摇头说道:"省委书记也不好做,要不是一口气硬撑着,还真顶不住……"

叶石生是强提着一口硬气和崔向硬碰硬的,就想拼上一次,不能再软弱下去了。因为他也知道,此次碰撞事关以后谁在省委里面立威的大计,不能退让。而且他也知道自己的弱点,只要松一口气,就有可能被崔向牵着鼻子走——幸好,最终还是崔向退却了,他险胜一局。

但此局奠定了叶石生的信心,也让他对掌控以后的局面更有多了自信。不过叶石生也清楚地认识到一点——他的底气来源于范睿恒和梅升平两大实权人物的支持。一件事情,如果有他们二人和他站在一起,基本上就算有反对的声音,也很难形成气候。

叶石生又平静了一下心情,深呼吸几口,对外面说道:"麻秋,电话通知锦松一下,让他安排一下晚饭的事情。"

麻秋敲门进来,恭敬地说道:"叶书记,刚才秘书长已经来过电话了,说是安排好了。不过他又问,说是夏想对森林居比较熟悉,是不是叫上夏想一起?"

叶石生微一沉吟:"可以。"

麻秋点头,刚要回到外间,叶石生又说了一句:"你也一起去吧。"

麻秋愣了一愣,知道叶石生是因为刚才的事情而特意照顾他,不由心中一热。因为高成松事件,上面三令五申要各级领导严格要求秘书,叶石生就很少和他有公事之外的来往。表面身为省委书记的大秘书,麻秋心里却十分清楚他和叶石生之间中隔着不远不近的距离。

麻秋一脸感动地点点头,见叶石生脸色不太好,就回到外间给他倒了一杯水,冲了一包参茶送了过来。

夏想还在办公室中一边猜测叶石生的态度,一边琢磨着下班后找一个时间给连若菡打个电话,商量一下孩子姓氏的问题。眼见到了下班的时间,刚想收拾东西出门,一抬头,却见钱锦松一脸笑容地站在门口。

钱锦松一脸和善地冲众人打着招呼,然后径直来到夏想面前,夏想恭敬地问了一声好，还没开口，钱锦松就先说道："跟我走，一起去吃饭。对了，要不要现在给家里请假？"

古玉在一旁促狭地笑道："不劳秘书长费心了，我帮夏处长打请假电话好了。"

夏想不满地瞪了古玉一眼，嫌她故意捣乱，钱锦松却不由多看了古玉一眼，眼中闪过疑惑之意。不过他很快就收回了目光，笑道："怎么，小夏担心殊黛吃醋？没关系，到时我替你作证。"

难得秘书长开个玩笑，夏想就大度地说道："我家殊黛通情达理，才不会吃醋。比起方格的蓝袜可是强多了，是不是方格？"

方格从小在高官家中长大，虽然钱锦松是省委秘书长，但他也没有一点胆怯，笑嘻嘻地说道："男人要爱护女人，爱护她们就得多让着她们。我家蓝袜管我是出于对我的信任，要是她不信任，怎么会天天翻我的钱包？"

一句话说得连钱锦松都笑了，他也知道方格的来历，就说："文武之道，一张一弛，男女关系也一样，要张弛有度才好。管得太严，弦绷得太紧，就过犹不及，容易突然断裂。"

方格打了个立正："秘书长高见，受教，受教！回去我就教育蓝袜，告诉她，要听党的话才不会犯错误。"

钱锦松为人倒也和气，一点架子也没有，和众人又说笑几句，才和夏想一起离开办公室。他们一走，钟义平就感慨地说道："做官当学钱锦松，谈笑有鸿儒，往来无白丁，笑容满面，让人如沐春风。"

方格上前拍了拍钟义平的肩膀："真没发现，原来一向老实巴交的你，竟然也是一个深藏不露的马屁高手，佩服，佩服。可惜的是，人都走了你还拍哪门子马屁？早干什么去了！"

古玉却没有被方格逗笑，对方格和钟义平的话置若罔闻，呆呆地看着钱锦松远去的背影，心想以前不觉得，今天一见，怎么感觉好像认识钱锦松一样？

夏想下楼，听钱锦松说明一起吃饭的缘由，心思一动，说道："我有个想法想向秘书长请示一下。"

"有话就说，在我面前别打官腔。"钱锦松笑呵呵地说道。

"我想多请一个人，他肯定是叶书记想见的人。"

"谁？你怎么知道叶书记想见谁？"钱锦松饶有兴趣地问道。

"高老，就是高晋周副省长的父亲，他是国内设计界极有名望的专家，可以说是设计界的泰斗人物。而且他现在是远景集团的总设计师，也是经济顾问，相信他对目前国内的经济结构，以及产业结构的调整，也有自己的见解。"虽然钱锦松还没有透露任何有关碰头会的消息,不过从他的笑容上夏想可以断定,叶石生选择了应战!

既然选择了应战,就必然需要各方面的专家。高老虽然不是经济学家,但凭借他在业内的名气以及声望,也有足够的号召力。夏想虽然不知道高老的立场,但他相信以高老的开明和眼光,对产业结构调整肯定是支持态度。

钱锦松微一思忖,说道:"我请示一下叶书记。"

夏想也没有闲着,跑到一边给高老打电话。叶石生如果肯见高老,也要高老有时间才好。不过夏想也相信高老愿意和叶石生见上一面,高晋周来到燕省的时间也不短了,基本上被边缘化了,一直没有什么作为。有和叶石生走近的机会,高老为了高晋周,也是乐意出面的。

果然,高老接到了夏想的电话,听夏想一说,很高兴地说:"只要叶书记发话,又有小夏的面子在,我自当奉陪。"

刚放下高老的电话,钱锦松请示完毕,说道:"叶书记同意了。"

夏想提前赶到森林居,先准备一下。虽然说叶石生低调前来吃饭,但省委书记毕竟不是常人,很容易被顾客认出来,闹出乌龙事件就不好了。楚子高正好也在,听夏想说省委书记要来,着实吓了一跳。大官他也见过不少,但省委书记还真没有见过活人。

夏想吩咐三点:"一是饭菜你亲自经手,二是你负责送菜上来,三是找一个侧门上楼,别惊动别的客人。"

楚子高忙不迭一一应下,高兴地忙碌去了。

不多时,高老赶到了。

高老就在附近的珍藏苑和典藏居的工程部,离森林公园很近。夏想和高老少说有一个月没见过面了,一老一少一见面,亲热地说个不停。

珍藏苑和典藏居的工程已经进展了三分之一,工期不快,因为要出精品,所以宁肯慢工出细活,也要打造出燕市精品住宅。至少也要保证在十年之内,无出其右者。高老信心十足,说道:"宁肯不赚钱,也要打出远景集团只出精品的名气。我相信,珍藏苑和典藏居只要一推向市场,就会非常畅销。"

远景集团坚持的原则是,在工程没有进展到二分之一前,不预售。不过也正好应了无心插柳的老话,远景集团本意是想精心施工,不搞预售来影响工期,但许多看房者却以为远景集团的房子过于畅销,生怕抢不上,都纷纷主动要交订金订房,反而造成了饥饿销售的效果。

趁叶石生没来之前,夏想简单说了说宣传战的事情。

"程曦学此人,我认识,也打过交道。"高老眯起眼睛,似乎在想起久远的往

215

事，"最早在他还没有成名之前，他当时还不是中大的教授，正在中大求学，住在一个小胡同里，上班的话要坐 12 路公共汽车，但他每天都坐 7 路车走。别人都不清楚是怎么回事，我却是明白得很——因为 7 路车通往国务院，他每天不是求学，而是跑关系。从那时起，我就觉得他更适合从政，而不是做学问。

"不过没想到后来他还是成了中大的教授，可能是他想从政而不得其门，只好退而求其次了。当了教授之后，很长一段时间他默默无闻，在学术上没什么成就。如果不是后来一次突发事件，程曦学抓住机遇果断表明立场，并且发表了一篇立场鲜明的文章，立刻得到了某人的赏识，从此他平步青云，成为经济顾问，因此才声名鹊起……"

夏想了解了程曦学的过往历史之后，不由笑了："程教授还是一个非常聪明的人，知道什么是终南捷径。"

"他确实聪明，有眼光，也有胆识，就算当时是投机成功，也不是一般人能够做到的。"高老对程曦学的评价还算客观，"不过他身为学者，太醉心于名利了。后来也出过几本著作，还算不错。再后来就在学术上没有什么作为了，不过活动倒是出席了不少，名气也越来越大。"

夏想点点头："学而优则仕，只不过，进入仕途之后，就将学问抛到了一边。就算学问还在，但本心不在了，没有了客观的立场，再高的学问也就失去公正了。"

高老深有同感："这也是国内不出世界级大师的缘故。独立、客观、公正地做学问，说说容易，在国内的大环境之下，想要做到很难。程曦学的选择也没错，国内有几人能坚持客观的立场？你可以坚持你的立场，但你发不出自己的声音，也是无用。"

高老一生只做学问，没有从政，对此是深有体会，触动了往事，不免感慨。

说话间，叶石生和钱锦松赶到了。

夏想急忙向前迎接叶石生二人，又主动为叶石生介绍高老。

叶石生听过高老的名字，知道他在设计界内是德高望重的泰斗级人物，也是十分客气。所有政客都对学者客气有加，这是国内的共识。学者代表了一种气节，代表了文化的制高点，尊敬学者，就是尊重民族文化。

闻弦歌而知雅意

几人一起上楼，在夏想的安排下，悄然从侧门上楼。一到房间，打开的窗户正对着郁郁的森林，正是夏季，树木枝繁叶茂，一片青翠之色。虽是夜晚，但有森林居特意营造的灯光效果，青绿和昏黄交织，如梦如幻，比灯火通明的城市夜景不知要美多少倍。

叶石生一脸惊喜走到窗前，深吸一口清新的空气，赞道："我才知道燕市也有这么一个好地方，深得闹中取静的精髓。夏想，这就是你的不是了，不早早告诉我森林公园的好处，非要自己藏着，是不是有点过分了？"

叶石生半是埋怨半是玩笑的话，拉近了距离，夏想又恭敬又亲热地说道："叶书记，可不是我不告诉您，实在是您公务繁忙，日理万机，太过操劳了。不过该您看到的风景，总会在一个恰当的时候看到。您身为省委书记，想看什么，想什么时候看，全由您的心意。"

夏想语带双关，暗指叶石生应该事事自己做主，不要被动。

叶石生回头看了夏想一眼，眼中流露出一丝赞赏之意，心想以前怎么没有发觉，夏想还挺有眼色，也挺会说话。

落座之后，夏想坐在下首，高老和钱锦松分坐在叶石生的左右。不一会儿楚子高亲自端菜上来，叶石生倒也眼尖，看出了楚子高的不同寻常，说道："你不太像服务员。"

楚子高满脸堆笑："叶书记好，我是森林居的老板，听说您大驾光临，怕服务员毛手毛脚，所以就自己上菜了。"

叶石生不满地瞪了夏想一眼："夏想，不是说了不给别人添麻烦吗？"

夏想忙解释说道："叶书记您有所不知，子高是我的好朋友，他来送菜反而安全。要是让服务员送菜，肯定可以认出您来，传到外面的大堂里，大家出于对叶书记的热爱和尊敬，都要向您问好，就更乱了。"

"就你会说，行了，回头替我多谢谢楚子高。"叶石生笑骂了一句。

气氛还算不错，夏想暗暗高兴，有了一个良好的开头，接下来的谈话就顺利多了。

楚子高安排好一切，就识趣地下去了。房间内只剩下了几人，叶石生发了话，大家才开始吃饭。

因为不熟悉叶石生的习惯，夏想也没敢主动敬酒。一会儿钱锦松主动向叶石生敬酒，叶石生也没拒绝，夏想才大着胆子也向叶石生敬了一杯，叶石生却没喝，端着酒杯，直视夏想的双眼，说道："我有一个问题问你，回答好了，我才喝你的酒。"

夏想恭谨地笑道："叶书记请讲。"

"你在《青年报》上发表的反驳程曦学的文章，真的是你写的？"

"如假包换，是我一字一句写出来的。"夏想答道。

"这么说，如果我让你组织力量在省内媒体上发表反驳《燕省日报》的专家文章，你也能胜任这个工作了？"

夏想还没说话，钱锦松插了一句："叶书记已经决定由省委副秘书长葛山同志兼任领导小组的副组长，负责领导小组今后的对外宣传工作。"

夏想心领神会，立刻说道："只要有负责和媒体打交道的牵头人，我负责组织力量撰写文章，保证完成任务。"

"这么有自信？"叶石生看了夏想一眼，又说，"不仅要撰写文章，还要写出水平写出文采来，要辩驳得对方哑口无言，要让对方放弃辩论，要让对方认输，你有没有这个信心？"

夏想说道："叶书记，在您面前我就实话实说了，学术上的争论，向来是分不出高下和胜负的，即使理屈词穷了，对方也可能会无理狡辩三分。"

叶石生一愣，其他官员在他面前向来是拍着胸膛说大话，保证完成任务，保证让领导满意，等等。夏想却先说一个不分胜负的结果，到底是什么意思？他略有不满地说道："先讲困难不去努力，夏想，你的意思是你没有能力胜任这个工作了？"

这一句话说得比较重，钱锦松脸色微微一变。

夏想却依然不动声色，反而笑道："叶书记您别生气，您交代下来的工作，我肯定会竭尽全力去完成。我的意思，其实我们和对方论战是为了争取民众的舆论支持，只需保持着一个僵持的局面就好。只要影响越大，造成的轰动效果越明显，我们的目的就达到了……"

夏想还未说完，叶石生就按捺不住了，插话问道："什么目的？我要的是宣传战上的全面胜利，可不是一个不尴不尬的平局。"

"叶书记，纸上谈兵即使大获全胜，也说明不了什么问题。对方不是主动挑起事端，主动发起宣传战吗？好，我们就应战，就和他们在报纸上辩论。越辩论，对产业结构调整关注的人就越多。关注者越多，对产业结构调整的促成作用就越大。因为产业结构调整就是打破垄断，引进竞争机制，还市场一个公正，为百姓谋取福利，肯定会争取到更多百姓的支持。如果没有他们主动挑起宣传战，老百姓即使听说过产业结构调整，也觉得和自己无关，不会主动关注到底是怎么一回事。"

夏想侃侃而谈，一脸淡笑。

叶石生则是一脸不解，等待夏想的下文。

"真理越辩越明，但真理却往往没有具体的定义，实际上还是辩不清说不明。我们组织力量一边和他们辩论，扩大影响，一边继续努力加快产业结构调整的步伐。所谓事实胜于雄辩,对方叫得越响,观点越激进,闹得越凶,我们产业结构调整的每一次成功,就相当于给对方打脸打得越响。所以说如果我们组织力量的反击非常凶猛,几下就打得对方偃旗息鼓,我们在推行产业结构调整之中的每一次成功,就引不起公众尤其是对方的关注了。有对方的叫嚣作为我们的反面教材,我们的胜利才更有成就感。"夏想最后做了总结性发言,"我想,在论战初期,先不计较一时的得失,也不以打败对方为第一目标,而是取得一个平衡的局面。你来我往,热闹非凡,等吸引了足够多人的眼球,我们就拿出产业结构调整之中的一次成功来打对方的脸。成功一次,就打一次,直到把他们打败打怕为止!"

叶石生一脸惊讶,看了夏想半晌,没有说话。

叶石生的想法是,既然对方将手伸到了他的眼皮底下,他不立刻将对方打个落花流水,也显示不出他省委书记的权威。没想到,夏想的想法更绝,不将对方彻底打败,而是充分利用对方想将事情搅乱的想法,火上添一把柴,让火烧得更旺。等着火势大到不可收拾之时,再煽风点火,让火势转变方向,烧到对方身上,让对方尝一尝引火烧身的滋味。

好一手将计就计的计策。

叶石生仔细打量了夏想几眼,夏想年纪轻轻,竟然有如此手段,真是后生可畏。幸好他为自己所用,否则如果夏想成了他的对手,说不定连他这个沉浮官场几十年之人也会栽到他的手中。

怪不得崔向千方百计要算计夏想,就凭夏想刚才的一番话,如果夏想和他作对,他也会不遗余力地打压夏想!

夏想从叶石生闪烁的眼神中,猜到了叶石生心中的疑虑,他既然当面说了出来,就不怕叶石生对他有所猜疑,就说:"在推进产业结构调整上面,我坚定地维护叶书记的决定,紧跟叶书记的步伐。我也希望尽我最大的努力,完成省委省政府赋予的神圣使命,为叶书记分忧,为燕省的明天,贡献一份自己的力量。"

夏想表了忠心,叶石生大为放心,点头说道:"你刚才的主意确实不错,虽然说阴险了一点,不过对付不按常规出牌的人,也有用。"

夏想谦虚地笑了:"叶书记,我可不是欺负他们,是他们先欺负人。别把老虎当病猫,一些小猫小狗跳来跳去,老虎还真能让他们欺负了?"说笑间,夏想又看了高老一眼,又说,"其实刚才的主意,是高老帮我出的。我可没有那么长远的目光,是高老一语点破了天机,才让我豁然开朗。"

主意确实是夏想自己想的,和高老无关。不过他看叶石生疑虑未消,就抬

219

了高老出来,以便打消叶石生的心病。

高老是何许人也,人老成精,从夏想多看他一眼起,就明白了夏想的心意。夏想话一出口,他就呵呵一笑,说道:"还是小夏聪明,一点就透。我不过是想起当年的事情,随口一说,他就有了灵感,如法炮制,是一个机灵的年轻人。"

叶石生一听就完全放了心,赞赏地看了夏想几眼:"连高老都夸你,可不要骄傲才是。"

夏想笑着谦虚几句,忽然想起了什么,问高老道:"高老,好像高省长对产业结构调整也是大力支持的态度,我记得他也是经济学出身?"

"是呀,晋周当年学的是经济学,硕士学位,我本意是想让他做学问,谁知道他从政了。以前倒是也出过著作,从政后,动笔就少了。"高老对夏想这一问心知肚明,就故意说得详细了一些。

叶石生低头一想,才想起省政府里面几个副省长中,高晋周确实年纪最轻,学历最高,但也一直最低调。低调一般分两种,一种是无奈的低调,一种是假装的低调。高晋周应该是前者,因为他在政府班子里不受重视,排名又靠后。

是该在政府班子里面扶持自己人了,叶石生心念一动,看了钱锦松一眼。

钱锦松最近和叶石生走近,对叶石生的一举一动了如指掌,一个眼神,他就清楚叶石生想说什么,就假装无意中问道:"今天正好是周末,晋周晚上应该没什么事,方便的话叫他来一起坐坐?"

夏想向钱锦松投去了感激的目光。

钱锦松闻弦歌而知雅意,有意让高晋周走进叶石生的视线。夏想刚才看似无意一提,其实大家都清楚是有意为之。钱锦松顺势提出,也是对夏想的认同。

此话正合叶石生心意,他就冲高老才说道:"就请高老代劳了。"

高老自然愿意,忙起身离座,到外面去打电话。片刻之后返回,说道:"十分钟后到。"

众人又继续刚才的话题。

夏想心中大定,知道了叶石生的想法,就大胆地说道:"不瞒叶书记,我已经组织人写了一批反驳的文章了……"

叶石生先是一愣,随即大喜:"好你个夏想,动作挺快,说说,都是谁写的?"

夏想就说出了安逸兴、彭梦帆和严小时的名字,又解释说道:"先让他们几人写几篇出来,投石问路,然后再看对方的反应,再让我们的专家动笔,也好做到有的放矢。"

安逸兴和彭梦帆的名字叶石生都略有耳闻,严小时是谁却没有听过,就问:"严小时?"

"严小时是投资单城市文化旅游的投资商,她和范省长是亲戚。"夏想强调后一句,是想给叶石生再吃一颗定心丸,见叶石生果然脸上一喜,就又说道,"我还打算说服范铮也参加论战,他和我同为邹老的弟子,一起参加论战,也相当于对邹老在京城论战的响应。"

范铮是范睿恒的儿子,叶石生当然清楚,而且范铮的身份不但是省长公子,还是省社科院学者,还是邹儒的学生,一旦他也参加到论战之中,意义非同一般。这首先就表示了范睿恒全方位的支持,也相当于发出了社科院的声音,最后邹儒学生的身份也会让人高看一眼。可以说只要范铮出面,叶石生将会心中大定。

夏想,给他带来一个接一个的惊喜,叶石生看向夏想时,眼中的欣赏之色越来越重,点头笑道:"范铮出面,睿恒未必同意……"

"严小时出面,范省长默认了,范铮出面,应该也不会反对。我和范铮关系不错,有把握劝动他。再说我们共同的导师邹老也参与了进来,邹老是产业结构调整的坚定支持者,范铮也不愿看到邹老的观点被人攻击……"

叶石生虽然和崔向过招赢了一局,但心情依然有些沉重,感觉前景并不明朗。如何组织力量,请谁出面撰文,等等,也是一堆麻烦事。葛山和媒体打交道确实经验丰富,但他未必有犀利的眼光,万一组织的人员发表的文章反击力度不够怎么办?他心里一直悬着,并不踏实。

今天没想到钱锦松一个提议,说是和夏想一起坐坐,而夏想出其不意地给他带来了如此巨大的收获,几乎让叶石生欣喜若狂。他担任省长五年,省委书记一年多,还从未像今天一样感觉到柳暗花明!

夏想,真是一个洞悉领导心理、能替领导办事的可造之材!

几乎他所担心的全部烦恼都被夏想解决了,哪个领导不喜欢聪明并且办事圆满的下属?叶石生越看夏想越欢喜,才想起刚才夏想的敬酒,于是举了举手中的酒杯:"回答满意,你敬的酒,我喝了。"

叶石生一饮而尽。

钱锦松和夏想对视一眼,微微一笑,一切尽在不言中。

趁高晋周没来之前,夏想决定再给叶石生一份大礼,就对高老说道:"高老,您当年和程曦学认识,对他的脾气比较了解,肯定知道他性格中的缺点了。有时间的话,我组织的几个人写的反驳文章,请您帮忙过过目,把把关,怎么样?"

高老呵呵一笑,毫不犹豫地点头说道:"小夏开了口,我能不答应?叶书记,小夏可是我的忘年交,他在设计方面的才能,让我动了爱才之心,好几次想收他为徒,可惜,他志不在此。"

叶石生正轻轻地要放下酒杯,听到夏想和高老之间的一问一答,酒杯没有落在桌子上,而是向前一伸。麻秋见状,急忙为叶石生倒满酒。

叶石生端起酒杯,郑重地站了起来,说道:"有高老出马,实在是领导小组的大幸。夏想,你能请动高老指导领导小组的宣传战,记你大功一件。来,我敬高老一杯。"

省委书记一起身,在座众人谁也不敢再坐,都站了起来。又听到叶石生要敬高老,夏想就微眯着眼睛笑了起来。

他知道,叶石生激动了。

高老在京城多年,省部级高官常见,叶石生虽然贵为一省书记,但如果不是因为高晋周在他的领导之下,也不至于让高老诚惶诚恐。高老笑呵呵地说道:"怎么敢让叶书记敬我酒?是我敬叶书记才对。我起头,大家一起敬叶书记一杯,为叶书记的操劳和为他的一心为公,当敬!"

叶石生确实激动了,为夏想的周全考虑而激动。

顺势而动

京城的论战之中,对方有程曦学出面,确实分量极重。但因为有邹儒和他对战,也算是旗鼓相当。但在燕省,目前还没有一个有分量的人物压场,夏想找的几个人都是无名之辈,就是文章写得天花乱坠,也容易被人轻视。毕竟人的名树的影,名气无形,但又极具影响力。

如果燕省有高老坐镇,就完全不同了。就算高老不亲自出面,躲在幕后指导,也能通过各个渠道传出去高老身为幕后之人的消息。消息一旦传开,就会让燕省发表反驳文章的专家教授,感到无形的压力。

夏想真是想得太周到了,今天一次见面,竟然帮他解决了全部麻烦,叶石生怎么能不激动异常?要不是顾及省委书记的身份,以及早就夸过夏想一次,就又差点开口再夸他两句。

又一想不能太让夏想骄傲了,就以敬高老为由,表达一下内心的喜悦。

在座几人哪一个不是绝顶聪明之人?大家都纷纷附和高老,敬了叶石生一杯。叶石生十分高兴,又一次一饮而尽。

高晋周赶到了。

高晋周接到高老的电话,听说有机会和叶石生一起坐坐,心中正纳闷儿是哪一出时,又听到夏想也在,顿时明白了什么,肯定是结交叶石生的机会来了。

高晋周最近在省里比较憋屈,产业结构调整没他什么事,他分管的一摊子又没什么大事,琐事多,又不出政绩,让他颇为无奈。他一直想向范睿恒靠拢,范睿恒却对他的靠拢不太上心。同时尽管夏想和宋朝度关系也不错,但宋朝度对他也是不冷不热。

高晋周颇为郁闷,而且吴才江似乎忘记了他一样。他想借助家族的势力在燕省更进一步,提出过几次,吴才江却只是含糊答应,没有表态,也没有下文。

高晋周感觉前途迷茫,不知道该走向何方,甚至还动了要调回京城的心思。

突然有了和叶石生私下接触的机会,高晋周心中又重新燃起了火焰。

高晋周一进门,就发现了在场的几人,心思一转,就知道今天的聚会是非常私人性质的,心中就有了分寸。

依次寒暄过后,高晋周坐在了夏想的旁边。叶石生看了高晋周几眼,和善地问道:"晋周,最近工作还顺利吗?有什么困难没有?"

高晋周不明白刚才在讨论什么话题,对叶石生的发问,自然不能张口就来,斟酌一下,说道:"工作上倒按部就班,没太大的变化。困难总是会有,不过办法总比困难多,总能慢慢克服。"

叶石生点了点头,没有说话,目光看向了夏想。

夏想明白了过来,就将刚才的话题简短一说,高晋周听了面露欢喜,说道:"我爸作为幕后指导还可以,他年纪大了,观点就算顺应潮流,可能在文章上也有些保守。我是学经济出身,如果不是因为副省长的身份,还真想提笔上阵,和他们辩论一番。本来产业结构调整是利国利民的大好事,却被一群舞文弄墨之人胡乱批判一番,可笑加可气。"

高晋周的话深得叶石生之心,他点头一笑:"晋周说得对,有些人就是唯恐天下不乱,故意煽风点火罢了。不过如果你真想提笔上阵,也可以化名参加论战,以你经济学专业的理论基础,还有副省长的经历,应该可以写出有深度有文采的好文章。"

钱锦松也顺势说道:"确实,刚才高老还说了,你以前还有著作出版,文笔肯定不错了。"

高晋周也知道在他来之前,许多事情基本已经谈妥。既然叶石生和钱锦松都开了口,高老又在一旁微笑不语,夏想更是一副淡定的样子,便知道大家都认同眼下是向叶石生靠拢的最好的机会,就说:"行,我就提笔上阵,再发一次少年狂,不信不能把他们辩驳得哑口无言!"

"哈哈,晋周意气风发的样子,还真有点少年轻狂的味道。"叶石生哈哈大笑。

钱锦松也笑道："晋周比我们年轻,自然还有一些激情和冲动……"

一时,满堂笑声。

曲终人散之时,钱锦松要和叶石生同行回去,夏想、高晋周、高老送到楼下。此时森林公园灯火辉煌,映照得四下花红柳绿,凉风习习,格外怡人。

叶石生难得有如此清闲的时刻,站在风中静立片刻,叹道："燕省还有如此美景,真是让人不敢相信。夏想,你也确实有点本事,能在闹市之中建造一座森林公园,真是少见的奇思妙想。今天亲身体会一番,果然有妙处。"

"叶书记,其实燕市还有许多美景,只不过没有开发出来罢了。"夏想趁热打铁地说道。

"哦,哪里有?"

"下马河。"夏想早就等叶石生问起美景的机会了,就乘机说出了早先他对胡增周所说的建造环城水系的设想。

叶石生听完,愣了一愣,摇头笑了："夏想,你可真有异想天开的思路……"

他转身就走,麻秋急忙跑去为他打开车门,叶石生一低头坐进了车里。

夏想不由纳闷儿,难道叶石生一点也没有动心?正寻思时,钱锦松从他身边经过,小声说道："丰利要动一动,崔向提名郑冠群接任。"

一句话说完,钱锦松也不停下脚步,直接上了叶石生的车。

叶石生的车调了头,路过夏想身边时,又停了下来。打开窗户,叶石生坐在车上,一脸平静地说道："环城水系还是要由燕市主导,计划可行,不过要等产业结构调整试点城市成功之后再提。"

等叶石生远去,夏想长舒了一口气。得到了叶石生的首肯,他的宏伟计划就迈出了至为关键的第一步。

回到家中,小丫头已经睡下。夏想没有惊醒她,坐在了书房中沉思。

本来挺严肃的一件更换省委宣传部常务副部长的事情,被崔向自作聪明地提名了郑冠群,倒让夏想觉得无比可笑。

郑冠群也是一个非常有趣的人,他本来和崔向关系不错,和胡增周走近之后,和胡增周关系越来越密切。但因为胡增周和崔向之间没有冲突,所以也不妨碍郑冠群继续和崔向走近。夏想接触过郑冠群几次,感觉他为人尚可,行事比较稳当,理念比较倾向于中间,稍微偏向支持产业结构调整。

夏想想再从侧面向胡增周打听一下郑冠群的为人,如果郑冠群有原则,不完全是崔向的传声筒,他就在梅升平面前递上几句好话,让郑冠群通过组织部的审核。如果不是,就想办法提名高海。

不过提名高海,肯定会遭到崔向的强烈反对,如果形成僵局,也会影响到高海以后的政治前途。与其硬碰硬,不如将计就计,让郑冠群顺利通过,只要他不是崔向的应声虫,就有合作的可能。

第二天是周六,夏想睡了个懒觉,放松一下。最近也确实太累了,事情多得压头,好在叶石生坚定的态度让他大大松了一口气,以后的事情可以逐步解决。

夏想打算带小丫头出去放松一下,去山里转转,冯旭光却打来了电话,说要见个面。

要是以前,夏想可以直接笑骂几句,然后一口回绝。但现在因为和马万正渐行渐远的原因,他知道冯旭光说要见面,肯定有要事。

夏想和曹殊黛一起,赶向冯旭光家中做客。

冯旭光的老婆王凤鸣对夏想夫妻的到来非常高兴,忙前忙后张罗不停。王凤鸣对夏想印象最好,认为他是冯旭光的朋友中,最老实最可靠的一个。

曹殊黛嫂子长嫂子短地叫着,不多时就和王凤鸣打成一片,二人到了里面说话,客厅就只剩下了冯旭光和夏想。

冯旭光一边倒茶一边说:“我没有什么好茶给你,你的嘴刁,别嫌我的茶粗就成。”

“胡说八道,我什么时候嘴刁了,污人清白!”夏想笑骂,端起茶来喝了一口,“大红袍……行呀,挺有品位,这茶少说也得上千元。”

冯旭光摇头:“不清楚值几个钱,反正我才不会花钱买这么贵的茶喝,是我叔叔给我的。”

话题既然转到了马万正身上,夏想和冯旭光相交已久,知道他的脾气,就直接说道:“我现在和马省长的有关系有点疏远,政治理念不合,又可能在工作上有点分歧,说不定以后还有些小冲突……”

夏想话说一半,笑眯眯看着冯旭光。

冯旭光愣了一愣,忽然叹了一口气:“你和我叔叔,一个小狐狸,一个老狐狸,在我面前都是话说一半,好像咬了舌头一样,有话不能说个清楚?非让我猜个什么劲儿。”

夏想笑了:“看,不了解我们的心思不是? 马省长和我一个心思,我们都在乎你,马省长也是怕因为他而影响你和我之间的关系。”

“政治是政治,朋友是朋友,我又不是官场中人,你和他之间的矛盾,关我什么事?”冯旭光不以为然地说道,说完,又自嘲地一笑,放低了声音又说,“你也真是,非要掺和到里面去,从什么政,和我一起赚钱多自在。”

冯旭光的态度和夏想想象中相差无几。他也知道冯旭光其实一直以来对马万正总有隔阂的感觉，毕竟对方是高高在上的常务副省长，二人分别多年，马万正又改了姓，不能公开相认。实际上冯旭光对马万正没有太多的认同感。当然，也是因为冯旭光不是见利忘义之人，他比较重感情重朋友，是一个值得托付大事的至交。

　　"各有各的乐趣，是不是？"夏想心中放下了一块巨石，他还是很在意冯旭光的反应，见他基本没当一件大事，心里轻松不少，"你的超市最近发展得如何了？"

　　"最近想打进京城的市场，不过还没有下定决心，想听听你的意见。"冯旭光起身关住了房门，挤眉弄眼地小声说道，"肖佳在京城，听说现在也赚了大钱，人称肖美人，在京城圈子里名气不小。不是我夸你，小夏，你找个小三都这么厉害，我真服了你。"

　　怎么连冯旭光都会说小三了？对了，他肯定是从孙现伟口中听到的。孙现伟别的都好，就是太风骚了一点，说他是一头骚骚猪一点也不为过。

　　提起肖佳，夏想多少还有点自豪感，也是，在京城房地界人人讨论而羡慕的肖美人，却是他的怀中之人，是个男人都得有点扬扬得意的感觉。

　　"京城的超市市场竞争太激烈，有许多国外连锁的大店，我觉得你还是不要去凑热闹了，费力不小，最后说不定没太大收获。还不如开始向县级市发展，或是在地级市再开第二家第三家店来得实惠。"夏想劝冯旭光打消去京城开店的念头，因为京城的超市确实不好做，几乎世界上所有的大型连锁超市都在京城开了店，竞争之惨烈，让人叹为观止。

　　当付出和收获不成比例时，还不如省下精力，去开拓别的市场。

　　夏想又详细为冯旭光分析了一下市场得失，最终说服了冯旭光。

　　中午留在冯家吃饭。

　　吃完饭，冯旭光又留夏想小坐了一会儿，说是马万正提出有时间要坐在一起喝茶。夏想也一口答应，并让冯旭光转告马万正，他和宋省长一直都非常敬重马省长。

　　周一一上班，刚到办公室，夏想看到严小时等候在门口。

　　严小时是来交稿来了。

　　看到严小时积极的样子，夏想笑了，她其实不是对反驳专家的文章积极，而是对成为邹老的弟子积极。不过在夏想看过严小时的文章之后，大吃了一惊，因为她的文章不管是立意还是文笔，都是一流的水平。尤其是反击对方的论点时所举的例子，让人忍不住拍案叫好。

夏想从稿件上收回目光，抬头看了严小时一眼："没看出来，你竟然是一个才女！真是你亲笔所写？"

"小瞧人不是？"严小时愤愤不平地说道，"告诉你夏处长，我上大学时就经常参加辩论赛，基本上每次都能辩驳得对方哑口无言。要是不信，我们找一个论题辩论一下？"

"辩论什么？"古玉的声音从门外传来，"严姐姐来得好早，是不是专门在等夏处长？"

古玉有一点不好，就是凡事喜欢爱往男女关系上引，尤其是见到美女找夏想，她的八卦之火就会熊熊燃烧。夏想估计，这和她年轻并且没有男朋友有关。一般而言，没有谈过恋爱的小女孩，才会对男女之间超越友情的来往最感兴趣。

夏想瞪了古玉一眼："打扫卫生去，就你话多。"

古玉冲夏想噘了噘嘴，尽管不情愿，还是挽起袖子干起活儿来。

夏想请严小时坐下，仔细将她的文章看了两遍，赞道："好，非常好，正好领导小组新上任了一个主管宣传的副组长，到时我将稿子一并提交到他手中。通过的话，就会安排在燕省的报纸上发表。"

严小时点点头，就问："你说，我的文章会不会引起邹老的注意？"

夏想知道她的目的不在于真正反驳专家质疑产业结构调整的观点，而在于引起邹老的关注，醉翁之意不在酒。他提醒她说道："邹老是真心赞成产业结构调整的政策，你想要让邹老收你为弟子，就得真正对产业结构调整的政策有所了解，深入地研究一下。有了自己的心得体会，写出来的文章才能有分量，才能入邹老的眼。"

严小时一听，顿时一脸紧张，伸手拿过稿件说道："那我再仔细看看书，重新写一篇文章给你。"

夏想笑着又将稿件要了过来："没关系，领导小组组织的第一批反驳文章，就是要不太成熟的观点，示敌以弱。"

"明白，抛砖引玉的策略，我是砖，然后等你再写出来就是玉了，是不是？"严小时的联想也挺丰富，说到玉，不由自主看了古玉一眼，见她挽起袖子，露出光洁如玉的胳膊，弯腰时，细腰丰臀一览无余，不由暧昧地一笑，"你在安县时，有梅晓琳相伴，现在在领导小组，身边又有美人如玉，是你运气好，还是上天对好色的男人格外偏爱？"

这话就说得有点唯心了，夏想假装不悦地说道："严小时同志，现在是办公时间，请只谈论公事。如有私事，请下班时间再谈。"

严小时也不恼,摆摆手,起身就走,走到门口又站住,说道:"刚才我在楼下看到梅晓琳了……"

夏想即刻打通了梅晓琳的手机,梅晓琳就在省委组织部,夏想二话不说,就往组织部去了。

来省委工作时间也不短了,夏想还是第一次去组织部。

组织部办公区在灰色小楼地带一栋独立的二层小楼里面,有独立的小院,掩映在树木之中,幽美而宁静。夏想知道梅晓琳是办理相关手续来了,所以急着见她一面,也想问问她究竟为什么要急着回京。毕竟有些事情当面说,或许还能说清。

夏想急匆匆向里闯,刚一进门就被人拦住:"你谁呀? 你找谁?"

一个年约四十岁左右的中年人,一脸颐指气使地看着夏想。

三步走

夏想知道组织部的人向来眼高过顶, 所以对他的脸色也没什么反感的感觉,一时口快就说:"我找梅升平。"

中年人脸色一变,怒气冲冲地说道:"梅部长的大名也是你随便叫的? 你叫什么名字,哪个部门的? 一点礼貌都不懂,我要找你们的处长投诉你。"

估计他是看夏想年轻,肯定没有什么级别,随便找个处长就能管他。

夏想本不想和他一般见识,不过见他急赤白脸的样子,忽然觉得好玩,心想梅升平一向眼高过顶,他的手下也学得跟他一样,目空一切。组织部,组织部,果然是天下第一部,随便一个人就牛气冲天。

他笑呵呵地说道:"我就是处长,你想投诉我,去找我们组长还差不多。"

中年人一愣,不敢相信地说道:"在组织部吹牛,你以后还想不想升职? 组长? 你们组长是谁?"

夏想还未说话,就听见一个熟悉的声音响起:"好久不见,我以为你多有长进,没想到,还闲着没事逗人玩,真让人失望。"

是梅晓琳。

梅晓琳一身蓝裙,未施脂粉,素面朝天,简简单单却有一种朴实之美,让人看了有一种说不出来的舒服的感觉,仿佛是久违的纯真扑面而来。

夏想有了一瞬间的失神。

梅晓琳款款来到夏想面前,不冷不热地说道:"你来做什么?"然后又扭头看了中年人一眼,"他是夏想,确实是个处长。"

228

中年人一听夏想的名字,脸色大变,小声说了一句:"就是那个和丰部长大吵大闹的夏想?怎么不早说,早说我还惹你干什么,不是没事找事吗?"说完,二话不说转身走了。

夏想不免尴尬,上次不过是和丰利据理力争,怎么传出去就成大吵大闹了?真是舆论害死人,估计也是丰利故意毁他声誉。

夏想才不当一回事,打量了梅晓琳几眼,小声说道:"我就说,我们之间还是退回到以前纯洁的状态多好,你看现在,多有隔阂,多有距离,一点也不默契了。"

梅晓琳的脸再也绷不住,一下笑了起来:"谁和你隔阂了?我和你从未走近,何来距离?一直就是不远不近,是你多心了吧?"

"是,是,是我多心了,只要你不觉得有什么,我更没事。"夏想也笑了起来,就问,"办好手续了?什么时候回京城?"

"就这几天……还没有谢谢你帮我调进团中央呢!现在是没时间了,等以后你到了京城,我再请你吃饭好了。"梅晓琳没有一点尴尬,好像和夏想之间什么都没有发生一样,"你来找我叔叔有事?"

"其实主要还是要看你,想问问你,到底为什么急着回京城?"夏想还是好奇梅晓琳的动机。

"已经说过了,不想再说了。再说,也不关你什么事,问得太多反而不好。"梅晓琳才不给夏想面子,直接顶了回去。

"不说算了。"夏想也不勉强,他了解梅晓琳的脾气,又说,"中午有时间没有,一起吃个饭?"

"没时间,我还要去市委一趟。"

"正好我也有事去市委,一起去。"

"我不正好,我和你不同路。"

还是有点怪,夏想不免猜疑梅晓琳是不是有点故意逃避?男人女人之间有些事情发生过之后,再假装什么事都没有,也不可能。她还是有意避着自己。

"也行,不勉强你。先一起去见见梅部长,可方便?"

梅晓琳无话可说了,只好头前带路,来到了梅升平的办公室。

梅升平在二楼办公,办公室面积不大,向阳,布置也不豪华,色调偏深,和崔向的办公室的浅色调形成鲜明的对比。

梅升平见夏想意外出现,不由笑了:"你可是第一次来我的办公室,是来看我,还是看晓琳?"

"都看。"夏想其实挺喜欢梅升平的性格,感觉他有时比吴才江还好打交道,"梅部长,晓琳要走,我想请她吃饭,她不肯,你说她是不是对我有意见了?我也没有得罪她。"

梅晓琳瞪了夏想一眼:"废话真多,还在叔叔面前告我的状,你真是越来越低水平了。好了,别啰唆了,我回京城之前,会给你一个请吃饭的机会。"

夏想嘿嘿笑了:"梅部长,我这个人念旧,一直觉得在安县和梅县长合作得很愉快,把她当成好朋友看待。希望她到了京城之后,结识新朋友,不忘老朋友。"

梅升平看了看夏想,又看了看梅晓琳,若有所思地说了一句:"小夏的表现还正常,晓琳有点问题……"

夏想不等梅升平再深入追究此事,忙岔开话题:"梅部长,崔书记提名郑冠群担任宣传部常务副部长,您怎么看?"

"郑冠群的履历我看了,资历是够了,但他是崔向提名的人……"梅升平看了夏想一眼,笑了,"你是什么意思?直接说好了,反正其中没有我的利益,提谁都是提。关键是,要叶书记、范省长和崔书记都认可才行。"

"我和郑冠群倒是接触过几次,但对他的为人了解不多,准备深入了解一下。常务副部长的位置非常关键,上可以制约马霄,下可以掌控宣传部的大部分资源。叶书记既然搬开丰利,必然要找一个不找麻烦的人。"夏想微一停顿,说道,"请梅部长卖我一个面子,先通过郑冠群的审核,但不提名,等崔向主动来找时再说,我想用来做一次交易……"

"连我都算计?"梅升平看向梅晓琳,半开玩笑地说道,"晓琳,你说给不给他面子?"

梅晓琳想了一想,笑道:"念在他帮我到团中央工作的分儿上,给他一次面子好了。不过下不为例,省得他太得意了。"

梅晓琳嘴上说不愿意,最后还是说好下午和夏想一起去市委办事。她是去汇报工作,同时交接组织问题,夏想是再落实一下钟义平进入安县常委会的问题,然后再从侧面和正面了解一下郑冠群的为人。

钱锦松特意告诉他郑冠群的提名,言外之意就是让他充分利用他在燕市里面的人脉,给叶石生一个准确的判断,也好决定是不是通过郑冠群的任命。

郑冠群的任命不仅关系到几方博弈,还事关以后宣传部是不是再处处卡脖子的问题。同时,也是叶石生和崔向的一次明争暗斗,意义重大。

夏想先回了办公室,梅晓琳和梅升平还有事,他也正好有事要处理,就约好下午三点从省委出发。

夏想先到副组长办公室找到安逸兴,安逸兴知道夏想的来意,拿出了他和彭梦帆所写的稿件。夏想将严小时的稿件放在一起,一共三篇反驳文章,琢磨一下如果用来投石问路的话,也足够了。

正说话间,宋朝度连同钱锦松一起来到领导小组办公室,跟在二人后面的,是一个五十多岁的中胖男人。

中胖男人个子不高,圆脸,小眼睛,一脸笑模样,见人三分笑,一看就是极会来事的人。不过他的笑容落在夏想眼中就有点假了,夏想立刻送给他一个外号:笑面虎。

先由钱锦松出面为大家介绍,笑面虎就是即将上任的副组长葛山,然后宋朝度也照例讲了几句,最后就是葛山发言。

本来葛山的任命只是书记碰头会通过,还需要提交常委会讨论通过才算正式任命,但一般碰头会认定的事情,在常委会上鲜有否决的。叶石生迫不及待地不等常委会通过就让葛山提前走马上任,也是因《京城日报》和《燕省日报》再次发表了质疑产业结构调整的文章所带来的压力。

《京城日报》还好一些,有邹儒联合一帮人在反击。《燕省日报》却是到目前为止,还没有收到有效的反击,叶石生不急才怪。

葛山的发言简短有力,只说了三句话:"我就是来为大家服务的,不负责行政的领导,只负责对外宣传……"

钱锦松和宋朝度一走,葛山就笑容不改地关起门来,和夏想、安逸兴、彭梦帆开了一个关门会议。

葛山是个聪明人,知道他来领导小组的定位,也不虚套,开门见山地说道:"我受钱秘书长所托来领导小组,表面上是负责对外宣传,实际上来做什么,大家都心知肚明,我也就不多说了。夏处长,听说你手头有了现成的稿子,拿来我看看。"

夏想将稿子递给葛山,说道:"安组长一篇,彭处长一篇,还有一个是投资单城市文化旅游的投资商严小时严总的文章,请葛组长过目。"

葛山一摆手,接过稿子低头看了起来,一连看了十几分钟,一句话也不说。

夏想挺欣赏葛山雷厉风行的作风,看上去是软绵绵的性子,做起事情来一点也不拖泥带水,确实有点意思。

又过了几分钟,葛山拿出两篇稿子说道:"这两篇的观点太软了,论点也不够犀利,再改一下。这一篇还不错,文笔老到,切中要害,有功力。"

夏想一看,被葛山称道的稿子是严小时的,不由暗暗点头,葛山不愧是宣传部长出身,有眼光。

安逸兴和彭梦帆二话不说,都一口应下。二人一走,办公室只剩下葛山和夏想二人,葛山又恢复了笑面虎本色,笑眯眯地说道:"夏处长,没有外人,我就说一下我们两个人的分工。表面是我负责对外宣传,实际钱秘书长的意思是,稿子由你负责找人撰写,写好后,在哪家报社发表,何时发表,由我来和报社交涉。我想你也应该很清楚其实你才是最关键的环节,只有稿子好了,发表出来才有力度,对不?"

夏想也不忘谦虚两句,就说:"我组织稿子没有问题,但在大方向上还需要葛组长把关,毕竟您经验丰富……"

葛山对夏想的态度很满意,他听说夏想和丰利大吵的事情后,以为夏想是个年轻且傲慢的人,毕竟在省委里面有不少常委对他另眼看待,他也有傲气的资本。没想到,小伙子笑容帅气,说话和气,和传闻中完全判若两人。

看来,传闻不可信。葛山点点头,对夏想的印象好了几分:"行,那就这么说定了。这三篇稿子我先交上去,作为第一波反击。你尽量组织第二批稿子,在层次和质量上,要高于第一批,怎么样,有没有问题?"

"没问题。"夏想见对方爽快,也一口应下,"分内之事,肯定不会让领导失望。"

葛山脸上流露出满意的笑容,谁说夏想爱耍横?分明是一个懂分寸会说话的年轻人。

回到办公室,夏想就下一步的走向,详细地做了一番分析。

下一步的稿件由他和范铮亲自动笔,作为第二波反击,就是要和对方形成一个僵持之势,让对方觉得自己一方实力不过如此,起到麻痹对方的目的。然后在论战的同时,在努力推进产业结构调整的过程中,在单城市和宝市掀起新一轮热潮,以成功的事实为第三波反击造势。

第三波反击,就由高晋周亲自出面,再联系几个京城的专家教授,甚至可以请邹儒亲自执笔,就燕省产业结构调整的成功发表看法,以不可争辩的事实攻击对方的痛处,争取一战获胜!

宣传战只是表面文章,作为领导小组综合一处的处长,夏想深知自身责任重大。他不但要组织稿件对对方进行反击,还要为下一步单城市和宝市的改制出谋划策,做出令人信服的成绩来。

单城市的通海铁路如果能现在开工,将是一次标志性的胜利。但通海铁路涉及方方面面的利益,短时间内开工的可能性几乎没有。文化旅游项目也算是不小的成绩,不过现阶段只有一个成语故事的项目,也没有太大的说服力。如果彭梦帆棉纺厂的改制设想能够实现,单城市的成绩就有了足够的分量。

夏想一向不喜欢将希望寄托在别人身上,他其实已经看中了单城市酒厂的市场前景,认为如果运作得当,肯定可以大有作为。

单城市将台酒在八十年代曾经红极一时,因为当时有一位极有威望的领导人在品尝了将台酒之后,题了一句话:"南有茅台,北有将台!"自此,将台酒一举成名,销量跃居全国三甲之内,一度成为单城市的明星企业、利税大户。

只是不久之后,将台酒厂还是走了所有国企政企不分的老路,慢慢走了下坡路。酒厂领导不思进取,只想如何升官,不想如何把将台酒推向全国,不想如何向市场要效益,而是想方设法打通各个政府机关的关系,让将台酒成为政府专用酒,各大市直机关招待指定用酒。走的是行政路线,不是市场路线。

诚然,出于保护自有品牌的考虑,单城市确实规定凡是市政府市直机关所有的招待所,酒水一律采用将台酒,否则不予报销。光靠这一项,再加上将台酒在单城市以及附近几个地市还有一定的影响力,足以保证将台酒厂不至于倒闭。但也就是满足温饱而已,效益不上不下,大钱赚不着,小钱又不断,小富则安的思想泛滥。曾经名震一时的将台酒也就慢慢退出了公众的视线,完成了由全国知名企业渐渐退回到地方酒厂的转变。

确定目标

不提燕市许多全国知名品牌,几乎在一夜之间被人遗忘的先例,夏想既然想到要改制将台酒厂,就不得不以秦池酒厂为前车之鉴。

秦池原是齐省一个小县城一家名不见经传的小酒厂,因为看中了当年央视标王的威力,举全县之力,以豪赌之心砸巨资中了标王,结果一举成名。当年销售额就增长五倍,利税增长六倍。一年时间,秦池就完成了从一个地方酒厂到一个全国知名企业的大转变。

只可惜的是,秦池没有底气,急功近利,产能跟不上,又没有及时扩大产能,打好基础,反而采用了收购川酒进行勾兑的做法。第二年,秦池再次砸巨资中了标王,结果引起了全国媒体的质疑。因为秦池酒厂在一家小县城,怎么可能有如此大的产能?因为按照秦池三亿的标王投入,必须完成十五亿元的销售额,产销量必须在六万吨以上,才能消化巨额广告成本,但以秦池的规模,显然不足以支撑如此大的产能。

于是就有记者明察暗访,经过记者的摸底,终于摸清了秦池的伎俩。原来市面上高价的秦池酒,不过是他们低价收购的川酒,装在自己的酒瓶里,贴上自己的商标,就成了名气惊人的秦池酒!就可以摇身一变,身价倍增!

记者暗访的文章发表之后,立刻在全国引起轰动。秦池此时却犯了一个致命的错误,他们过于相信广告效应,认为只要广告打得好,消费者就会被完全蒙骗。因此秦池并没有及时采取有效的公关措施,还是只加强广告投入。

消费者不是好欺骗的,愚人者,人必愚之。很快,在全国一片讨伐的批评声中,秦池迅速衰落,各地退货不断,销量大降。短短时间内就又完成了由全国知名企业退回到地方企业的巨大转变,从此一蹶不振,再也没有重新进入国人的视线之中。

成也广告,败也广告。秦池的迅速崛起和败落说明了一个道理,盛名之下其实难副,其实是短视的自杀行为。

将台酒当年的成名和秦池有相似之处,不过一个是花了巨资,一个是沾了伟人之光。但道理却是相同——将台酒厂是百年老厂,有深厚的底蕴,也有年产三万吨以上的产能,一旦迸发生机,其市场前景不是秦池所能相比的。

只不过现在将台酒厂既没有秦池破釜沉舟的勇气,又没有一掷千金猛砸广告的豪气,暮气沉沉,小富则安,有底蕴而不知利用,有名气而不大加宣扬,有产能而闲置。夏想就琢磨,如果仿效秦池模式,用重金买下铺天盖地的全方位广告,几个月时间就可以将将台酒厂推向新高,名扬全国。再配合成语故事文化旅游的宣传,将将台酒悠久的历史和成语故事项目完美地结合在一起,进行全方位的包装和推广,应该可以收到事半功倍的效果。

此事,夏想决定找齐亚南商议,如果可能,就由齐氏集团投资将台酒厂,然后配合严小时成语故事项目的进度,进行统筹安排,争取一举成功。

如果此事可成,燕省的产业结构调整就可以名正言顺地对外界宣称获得了初步的成功。

至于宝市下一步的发展,夏想认为还是以发展高精产业为主。宝市有生产太阳能光伏产品的中小企业十几家,虽然有一定的产值,但因为过于分散,没有形成规模。没有规模就没有成本优势,就很难发出同一个声音,形成自有的品牌优势,所以基本上都是为大厂家供应配件。

最好的方法就是整合资源优势,化零为整,充分利用十几家企业各有的优势,统一整合为一家大型太阳能光伏厂家,就有了面向全国的竞争力。但将十几家企业化零为整非常不易,不但要有政府介入,还要有雄厚的资本将分散的企业并购。此举如果成功,也将是宝市产业结构调整的一次重大胜利。

只不过,政策好出,资金难找。整合十几家太阳能光伏企业,不但需要数亿元以上的资金,还需要一个远见卓识的企业家,一个对未来充满信心,致力于低碳环保能源的有公益心有耐心的企业家。因为投资新能源一向都如下赌注一样,赌的是国家的政策走向,赌的是新能源的市场前景。

只是国内的新能源市场很不完善，大部分太阳能光伏产品还是只出口欧美。相比欧美的环保意识，国内还是有很大差距。

但国内没有市场不代表投资就不能赚钱，只要打开了国际市场，出口赚取外汇岂不更好？宝市也有便利条件，因为十几家太阳能光伏企业在高新园区内，和达富集团相距不远，正好可以借达富集团和柯达的合资，打开美国的太阳能市场。

只是找谁来投资这个项目呢？夏想一时之间没有了头绪。

太阳能光伏是高科技产品，以欧美的技术力量最为先进，看来此事还得落到连若菡身上。在美国的公司肯定可以接触到相关的厂家，美国在太阳能技术使用和实际应用方面是走在世界前列的国家，也有许多国际知名的太阳能公司。

如果能再一次引进外资，以合资的形式将宝市十几家分散的太阳能企业整合为一，成立一家合资公司，短短时间内宝市两次引进外资，必定会引起轰动。

夏想心中激情澎湃，如果他的两个设想都能成功，燕省的产业结构调整就可以对外宣称达到了预期效果，第二批试点城市就可以立即提上日程

夏想忽然感觉浑身轻松了许多，站起身来活动了一下四肢，看了看时间，心想梅晓琳难道会食言，丢下他不管自己去了市委？刚想打电话给她，她的电话就打了过来。

"我在楼下，五分钟之内下来，我等你。过时不候。"

有个性，夏想摇头一笑，对古玉交代了一声："我去一趟市委，有事情找我就打我手机。"

古玉"嗯"了一声："爷爷说，他有事想和你谈谈，看你什么时候有时间？"

最近事情太多，夏想忙得都有些喘不过气来，只好说："请转告你爷爷，最近实在太忙了，抽不出时间看望他老人家，请他谅解。等我一忙完这阵，就去看他，可好？"

古玉点点头："他其实也没有什么事，就是想和你说说话。既然你忙得不可开交，就让他回京城住一段时间也好。"

夏想来到楼下，见梅晓琳站在他的车旁等他，就好奇地问："你没开车？"

"开了，不过既然你想和我一起去市委，就让你当司机好了。"她脸上淡淡的，看不出什么表情。

一路上，梅晓琳没说什么话，沉默地看向窗外。夏想忍了忍，还是没忍住，说道："有些事情发生了，后悔也没有用，就不要胡思乱想了。好在我也没有任

何别的想法,你不用担心我会纠缠你……"

"我没后悔。"梅晓琳扭头看了夏想一眼,眼中流露出一丝伤感,一闪而过,似乎又怕他误会,解释说道,"我做过的事情都不后悔,你别多心才好。"

夏想无奈,他好心安慰梅晓琳,却被她说成了多心,只好摇头。不过他也知道梅晓琳的脾气,嘴快,心不坏。有时就是想得少,想到什么就说什么,也就不和她计较。

到了市委,他和梅晓琳一起上楼,先来见陈风。

陈风对二人的到来丝毫不感到意外,寒暄几句,就直接步入正题:"组织部的手续都已经办妥,晓琳同志随时可以调走。不过为了安县的平稳过渡,最好还是再坚持工作一段时间,等市委确定了新的领导班子再走。"

梅晓琳说道:"我完全服从组织的安排。"

陈风看了夏想一眼,说道:"正好你们两个安县的县长都在,下面就谈一下市委的研究决定。经研究,景县县长江天同志拟任安县县委书记,安县县委副书记张健同志,拟任安县县长。旦堡乡党委书记房玉辉同志拟任常委、副县长,燕省产业结构调整小组钟义平同志拟任常委、旦堡乡党委书记,晓琳同志、夏想同志,你们对市委的决定有什么看法?"

梅晓琳微带惊讶地看了夏想一眼,转身对陈风说道:"房玉辉担任副县长不太合适,他资历不够。"

陈风不说话,笑着看向夏想。

夏想只好说道:"政治,从来都讲究平衡。不提房玉辉为副县长,钟义平的提名,就会遭到付书记的强烈反对。"

陈风点头一笑:"正好,一会儿要开碰头会研究安县的人事问题,有什么想法现在说出来,还来得及。"

梅晓琳忽然笑了:"玩阴谋诡计,我比不过夏想,就让他说好了,我弃权。"

夏想也笑了:"我的看法是,钟义平的提名肯定会遭到付书记的坚决反对,确实钟义平的资历差了一些,容易被卡脖子。我想付书记的想法是,在书记和县长的位置上做出让步就足够了,绝不允许再让钟义平进入常委。"

"知难而上,夏想,你故意让我为难是不是?"陈风半真半假地说道,"钟义平就值得你这么用心?"

"有方部长提名,陈书记您附议就行了,又不要您出面。"夏想笑了。

"不行,你得说说你有什么打算?我送人情给你可以,但不能被你卖了。"陈风不上夏想的当,他见夏想一脸笃定,认定夏想肯定有后手,有办法让付先锋让步。

"我还真没有想好，因为我要先见一个人，不过基本上可以肯定，事情可成。"夏想不是不肯对陈风实言相告，而是在没有确切把握之前，可不敢对陈风乱说。

陈风看了看表，笑骂了一句："也不知道我让陈工以后跟着你的决定，是对是错，你太滑头了。行了，先不和你斗法了，我去开会了。你和晓琳同志可以在我的办公室等着。"

陈风也不拿二人当外人，说完起身就走。陈风一走，梅晓琳就站了起来，说道："我去和李秘书长见个面，同事一场，告个别也好。"

夏想点头，没有说话。他陪梅晓琳出了陈风的办公室，径直朝政府秘书长办公室而去。

夏想敲门，听到里面有人说道："进来，门没锁。"声音不大，中气十足，十分低沉。

夏想推门进去，一眼就看到了郑冠群的背影。

不错，是背影，因为郑冠群正站在椅子上，亲自动手换灯管。他身材不高，微胖，从背影看比较精干。夏想和郑冠群见过几次面，也说过几次话，早在曹永国担任燕市常务副市长时，郑冠群就是曹永国对口的副秘书长。不承想现在升了秘书长，竟然还自己动手换灯管，在副厅级干部之中，肯扫地的都几乎没有，何况换灯管。

夏想对郑冠群莫名有了好感。

郑冠群回头看了夏想一眼，没认出他是谁，可能是站立过久的缘故，忽然就感觉一阵头晕眼花，脚下不稳，眼见就要摔下椅子——夏想眼疾手快，好歹也是练过几年，一伸手就扶住了郑冠群的胳膊，慢慢放他下来，说道："秘书长怎么自己动手换灯管？秘书不在，随便叫个人来都行。"

郑冠群站稳身子，拍了拍手上的土，说道："秘书出门办事了，我正好想活动活动筋骨，没想到到底是年纪大了，要不是你，还说不定真得摔上一跤……你是？"他眯着眼睛看了夏想一眼，恍然大悟道，"夏想，你是夏想！瞧我这眼神，被灯光一照，竟然没看清是你。"

郑冠群脸上的表情顿时热情起来，和夏想握了手，又招呼夏想坐下，还主动拿出烟问夏想抽不抽，夏想忙客套一番。

郑冠群的热切之中还有几分真意，夏想也看了出来，可能他也是念在当年曹永国对他还算可以的分儿上，所以对自己也有一份好感。

"小夏怎么有空来看我了？"直接称呼夏想为小夏，郑冠群的话透露着亲切和热络。在夏想面前他可不敢摆政府秘书长的架子，市委常委、市委秘书长李丁山和夏想的关系谁不清楚?同是秘书长,他和李丁山的地位差了可不是一星半点儿。

更不用提夏想在市委里面的人脉,即使现在王鹏飞调走,来了一个付先锋和夏想似乎不对付,但不提方进江和夏想之间一向的私交以及陈风对夏想的维护,就是胡增周,据说都和夏想关系不错。郑冠群清楚,如果在市里有事要办,他说话未必有夏想说话管用。

夏想也从郑冠群的眼中看出了亲热,他从来不在人前托大,郑冠群姿态再低,人家也是副厅级,比他级别高,他必须拿出足够的尊敬来。夏想不失恭敬而又随意地说道:"我陪梅县长前来市委汇报工作,正好路过您的办公室,想起胡市长说过,您和他是旧友,不免有些好奇。正好没事,就过来坐坐,希望不要打扰了秘书长的工作才好。"

"哪里,哪里!来我这里,随时欢迎。"郑冠群脸上的笑容更热切了。

夏想话里话外透露的信息,可是让他既惊又喜。

夏想一句话虽然简短,但却蕴含着丰富的信息。首先陪梅晓琳来市委汇报工作,表明他和梅晓琳的关系不错。梅晓琳即将调回京城,她来市委,必定是因为安县的后继人事问题。其次,夏想提到胡增周,是有意表明立场和态度,是一种示好的表现。最后一点,郑冠群由安县的人事问题,联想到崔向向他暗示将要调他到省委宣传部任常务副部长一事,最关键的一关是梅升平。而梅晓琳是梅升平的侄女,夏想陪梅晓琳前来市委,梅晓琳是关心安县的人事问题,难道说他是关心省委宣传部常务副部长的人选问题?

郑冠群对能够升任省委宣传部副部长期望很大,他不仅仅可以借此机会由副厅跨入正厅。而且进入省委宣传部之后,眼界大开,层次也提高不少,比起一个市政府的秘书长可是强了太多。

着手布局

只是郑冠群心里清楚,崔向提他上去,就算勉强通过任命,以后的工作也不好开展。他虽然人在市委,但对省委的一举一动也是无比关注,十分了解崔向在省委里面的地位和分量。表面上看崔向很强势,又和三四名常委抱团,有几次斗争似乎也取得了胜利,但实际上叶石生和范睿恒越来越有走近的趋势。并且,表面上看各自为政的常委并不团结,但实际上有几人之间,却有一个人可以将他们维系在一起,这个人就是夏想。

夏想随时有让几名常委发出同一个声音的影响力,只需要给他制造一个机会!

对于崔向为何要调他到省委宣传部,郑冠群心知肚明。一脚踢开丰利不是叶石生就是范睿恒的主意,崔向被迫应战,想让自己替代丰利成为他的传声筒。自己到了省委宣传部后,如果紧跟崔向,势必再次会成为叶石生或范睿恒的打压对象,被书记或省长看了心烦的人,在省委里面会有好日子过?想到在夹缝中左右为难,郑冠群甚至觉得宁可待在市政府,也好过到省委当政治牺牲品。

但崔向已经提了名,又不能不服从组织安排。郑冠群一直琢磨想一个什么办法,就算做不到左右逢源,也不能在崔向一棵树上吊死才好。实际上自从他和胡增周叙旧之后,和崔向之间的关系就淡了一些,当然表面上的友好还在维持。

也并不是郑冠群见异思迁,而是他也因为崔向对产业结构调整政策的反对,感觉在政治理念上和崔向有所不同。

郑冠群是支持产业结构调整政策的。

当然,他从内心深处还是对崔向有感激之心,是崔向扶他到了政府秘书长的位子。

夏想开口一说话,郑冠群的心思就活泛起来,大概猜到了夏想的心思。

谁都知道夏想和梅升平关系良好,就算省委组织部副部长也未必能在梅升平面前说上话,夏想的话,在梅升平面前却最管用。郑冠群知道,夏想是试探他来了,因为崔向也说了,他任命的关键卡在梅升平手中,组织部不放行,崔向也使不上力。而崔向向来对梅升平没有太大的制约力,因为梅升平在燕省不培植自己的势力,无欲则刚,崔向找不到机会卡梅升平的脖子。

只靠副书记的身份向梅升平施加压力,梅升平是不是买账还两说,反正崔向也没有权力免梅升平的职。而且组织部号称天下第一部,也确实权力极大,梅升平又是散淡随意的性子,让崔向拿他一点办法也没有。

想起夏想对梅升平的影响力,郑冠群知道,他的机会来了。

虽然也知道到了省委宣传部以后,要在崔向和叶石生之间走钢丝,不好走,而且危险。但官场中人都珍惜每一次升迁机会,否则下一次有可能一辈子也等不来。钢丝走得好,也能走成平坦大道,许多人想走还走不上!实际上,郑冠群想要前进一步的愿望也是非常强烈的。

"呵呵,我知道小夏和胡市长交情莫逆,早在章程市的时候,胡市长对你就十分欣赏了。现在他在燕市,和你还是来往密切,由此可见,胡市长和你都是念旧之人。"郑冠群先套近乎,感慨地说道,"其实我也是一个念旧之人,和胡市长

239

叙旧之后,相见恨晚。而且经过一段接触,我被胡市长深谋远虑的智慧和高瞻远瞩的观点折服了。我现在深受胡市长的影响,由以前对产业结构调整的不理解,转变为理解并且大力支持。"

郑冠群是聪明人……夏想听完郑冠群一番话,立刻得出了结论。

郑冠群察言观色,见夏想眼中微露喜色,知道说中了夏想的心思,又说道:"其实早在我跟随老领导曹书记时,就深受曹书记的影响。曹书记现在在宝市开展产业结构调整,做出了喜人的成绩,我是看着羡慕,并且由衷地替老领导感到高兴。"

郑冠群两次表示支持产业结构调整,又抬出胡增周和曹永国,夏想自然清楚他的心意,心中也就有了主意,呵呵一笑:"产业结构调整是好事,利国利民,也是大势所趋。如果秘书长也在省委工作,就能亲眼看到领导小组的活力和工作热情……"

说话间,夏想站起身来,说道:"时间不早了,就不打扰秘书长工作了。"

郑冠群也不挽留:"知道你还有事,我就不留你了。下次有机会,和胡市长一起吃顿饭。等什么时候曹书记回燕市,通知我一声,我去看望一下老领导。"

夏想回到陈风的办公室时,陈风还没有散会,他想,看来碰头会开得还挺热烈。

夏想猜着了,碰头会开得何止热烈,还激烈得很!

针对安县的书记和县长人选,付先锋倒没有太大的反对意见,只是针对钟义平的提名,他坚决反对,说什么也不肯松口。

碰头会一共四个人,陈风、胡增周、付先锋和方进江。由方进江提名江天任安县县委书记,张健任县长,基本上没有什么异议,一致通过。

随后付先锋又提议房玉辉任常委、副县长,陈风和胡增周都没有表态,方进江表示支持。紧接着方进江又提出钟义平任常委、旦堡乡党委书记,付先锋却坚决反对,丝毫不退让。

"钟义平资历太浅,没有基层工作经验,担任乡党委书记勉强可以,但直接担任常委就不合适了。提拔干部要公平、公正,既不能让德才兼备的干部上不来,又不能让有关系没能力的干部上来。我认为,钟义平同志不能胜任常委、乡党委书记一职。"付先锋慷慨激昂地说道。

钟义平现在在领导小组任职,是夏想的心腹,又和方格交情不错,提拔他,肯定是夏想和方进江的主意。怎么能让夏想的人进入安县常委会?钟义平下去,绝对是添乱去了,不行,绝对不行!付先锋心中气愤难平,说什么也要卡住夏想,不让他的阴谋得逞。

陈风和胡增周想在安县安插自己人还情有可原,毕竟是燕市的一二把手,夏想凭什么?一个小小的处级干部,还想插手副处级干部的人事问题,简直是不知天高地厚!付先锋的气愤还来源于夏想敢和程曦学作对,在京城的报纸上和邹儒联手,对程曦学进行大肆攻击,谁不知道程曦学和付家关系密切?

夏想简直就是故意处处和付家过不去,付先锋能容他才怪。

更重要的原因还有,夏想大力推进的产业结构调整已经触及了付家的利益。

本来付先锋也没有把领导小组放在心上,不承想突然之间夏想就做成了说服柯达投资十五亿美元的大事,导致燕省的产业结构调整进入了京城的视线之中,其中就有付家和程曦学的后台。两大人物经过协商之后发现,星火燎原,燕省的产业结构调整一旦获得成功,极有可能会触及他们所支持的垄断集团的利益。虽然说目前看上去还不太可能,但凡事宜做长远考虑,行大事者,走一步看三步,才能保证位置坐得长久。于是二人一拍即合,决定敲打燕省。

于是就有了程曦学发表文章一事。

只是付先锋没有想到,夏想正好到京城拜邹儒为师,迫不及待地跳了出来,居然敢撰文反驳程曦学!付先锋对夏想的印象一落千丈,认定他是一个不知天高地厚的跳梁小丑,是想借机出名博取政治加分的投机客。

付先锋还没有主动找夏想麻烦,没想到,夏想还想安插他的人到安县,天下还有这样的好事?付先锋在心中冷笑几声,毫不犹豫地拒绝了钟义平的提名。

而且让付先锋最为气愤的是,他和崔向密谋要找夏想的麻烦,结果麻烦没找到,反而让崔向惹了一身麻烦,被叶石生奚落了一顿,其中说不定也有夏想的影子。夏想还组织力量撰文,要在燕省的媒体上继续开展宣传战,怎么夏想这么讨嫌,处处跳出来要和崔向过不去,要和付家为难,要给他付先锋难堪?

付先锋站在他自己的立场上,自然是越想越觉得夏想可恶,就下定决心,说什么也不能让钟义平下到安县去添乱,去当夏想的眼线和棋子。

方进江听到付先锋大为不满的反对声音,淡淡一笑:“付书记,反对就反对,不必非要愤愤不平,我们是在讨论人事问题,可不是在辩论政策方针……”

付先锋一愣,方进江说话含沙射影,也不简单。在他印象中,方进江虽然也有组织部干部常见的高高在上的姿态,但总体来说还算温和,在他认识的组织部长中,算是比较好说话的一位。不承想要是说起不好听的话来,轻描淡写之间,也是刺耳得很。

付先锋微一皱眉:“我是就事论事……我倒想问问方部长,为什么要提名

241

钟义平,他不过是一个普通的科级干部,要资历没资历,要成绩没成绩……"

方进江淡淡地打断付先锋的话:"钟义平是交大的高才生,有学历。在燕市城中村改造小组工作时,就成绩突出,后来还担任过副组长。担任副组长期间,处理过几次突发事情,表现出了成熟、稳妥的一面。因此在燕省产业结构调整领导小组成立时,被宋省长亲自点名调到了领导小组……付书记,这样的同志还叫没有资历,没有成绩? 难道说,非得从村长干起,一步步做到乡长、党委书记,才算有资历? "

付先锋不以为然地说道:"钟义平从来没有在基层待过,一步就担任常委、党委书记,是不是过于拔苗助长了? 我的意见是,先让他下到乡里担任一届乡长,然后再担任常委、党委书记,也好打实基础。再说,按照顺序递进,也好显示出组织上的公正。"

"优秀的干部就要破格提拔。"方进江寸步不让,他见陈风在一旁似笑非笑,胡增周却是一副置身事外的态度,心想两个老狐狸都是不到关键时刻不出手。也罢,由他来斗一斗付先锋也好,以后在人事方面,也少不了和付先锋产生冲突,又说道,"比如说付书记,不到四十岁就是副省级城市的副书记,算得上是年轻一代干部中的佼佼者了。现在我党的政策是干部年轻化、知识化,钟义平同志符合以上两点,我认为,符合提拔的条件。"

"钟义平没有一点基层从政的经验,贸然担任县委常委,根基不稳很容易摔跤。我还是不赞成他担任常委,您说呢,陈书记、胡市长?"付先锋隐隐有点发怒,方进江用他打比方,让他的自尊受到了伤害,心想钟义平是什么人,也配和他相提并论?

陈风和胡增周对视一眼,心中有了主意。

在场的四人之中,只有付先锋是世家子弟。其实从草根阶层出身的官员,天然地对世家子弟有本能的抵触心理,毕竟世家子弟的成长太顺利了,有太多的便利条件可以借用。所以在草根出身的官员看来,世家子弟大部分傲慢而高高在上,空腹高心者多,真才实学者少。

陈风和胡增周还好,对世家子弟的看法还算正常,因为他们都接触过不少世家子弟,其中安分守己者多,狂妄无知者少。这让他们基本站在一个客观的立场上看待付先锋。付先锋的坚决反对既在意料之中,又有点出乎意料。

付先锋肯定要提出反对,只是没想到,他会反对得如此坚决,没有一丝退让的意思。

陈风迟疑了一下。他了解夏想,也清楚贸然将钟义平提为县委常委,确实有点操之过急。但夏想肯定认为眼下是一个难得的机会,一定要抓住。而且夏想说得也在理，钟义平下去，是为了配合江天的工作。只是他身为市委书记，必须坚持一个中立并且公正的立场，不能太有偏向，况且他已经拿下了安县县委书记的位置。想到夏想一脸笃定的笑容，他就有了主意，说道："既然大家争论不下，就上常委会讨论好了。"

胡增周对钟义平没什么印象，但夏想请他帮忙，他又不能不给面子。付先锋的态度之坚决也是出乎他的意料，见陈风也采取了以退为进的策略，就乐得送个顺水人情："我也赞成陈书记的提议。"

付先锋没说话，看了方进江一眼。

方进江心中疑惑，夏想难道没有和陈风、胡增周打好招呼？胡增周态度松动，不表态支持的话还可以理解，陈风和夏想的关系莫逆，怎么听他的口气，好像也有让步的意思？

不过既然书记和市长都发了话，方进江也就点头附和。

付先锋也表示了同意。

陈风回到办公室，发现夏悠闲地坐在沙发上喝茶，不由笑骂："你倒轻松，我刚才开会，可是承受了不小的压力。"

夏想在陈风面前虽然随意，但也时刻保持着恭谨之心，他急忙站了起来，双手递上一杯茶，笑道："陈书记辛苦了，请喝茶。"

陈风接过茶，喝了一口："碰头会没有结果，我没有坚持。你也知道身为一把手，必须保持一个公正中立的形象。钟义平确实资历有点浅了，我非要坚持的话，就得在别的方面做些让步。但在书记和县长的人选上面，付先锋没有反对，我和增周在钟义平的事情上，也不能做得太明显了——我和增周所能做到的不是坚决支持，更不是反对，而是保持有限的支持。"

"有方部长坚持提名就可以了，只要您和胡市长不提任何反对意见，提交常委会后，在关键时刻，由您和胡市长一锤定音即可。"夏想本来就没有打算让陈风和胡增周力挺钟义平，只要他们二人不反对，然后在常委会上支持者占多数时，做个顺水人情就行。

陈风饶有兴趣地看着夏想："小夏，你又有什么巧妙的办法，说来听听。看你的样子，应该已经有了主意，是不是？上了常委会，我和增周不会首先表态支持，付先锋肯定会坚决反对，进江会坚决支持。其他人见付先锋态度坚决，谭龙、何江华都会和付先锋保持一致，老秦会观望，甚至有可能也反对，因为钟义平的提名确实有点突兀。根据我的了解，政法委书记陈玉龙、宣传部长回永义也可能投反对票。丁山和统战部长薄厚发会支持，如此一来，形势很不乐观，反对者多，支持者少，最后由我拍板的话，只能是搁置了。"

急转直下

陈风不会为了钟义平强出头,夏想也清楚,如果陈风为了一个钟义平非要强行通过提名,会让他的威望和公信力大减,夏想也不愿意做强人所难的事情。夏想视陈风为领导为长辈,也会处处替他着想,夏想所需要的就是陈风不反对即可。

"只要您和胡市长不提反对意见,一切困难就由我来想办法解决。"夏想一脸浅笑,解释说道,"其实我也知道钟义平资历有点浅,强行安排到安县,有点勉强。但眼下有一个绝佳的机会如果放过,就太可惜了,也枉费了陈书记对我的一番教导——时刻谨记要抓住每一个时机,许多时候,机不可失失不再来。"

陈风假装不悦地说道:"乱说,我什么时候说过这样的话?我的原话是,要大胆抓住每一个机会……"

说笑几句,陈风到底没有问夏想具体是如何打算的,反正他对钟义平之事并不太放在心上,就抱了姑且听之的态度。

夏想告别陈风,到楼上和李丁山见了一面,随后谈了几句安县的人事安排。李丁山也就心中有数了。晚上,梅晓琳在李丁山的邀请下,几人一起吃了一顿饭,也算是同事一场,聚一聚。

第二天,安逸兴和彭梦帆的稿子改好之后,葛山最后拍板定稿,将稿子拿走安排发表。夏想开始自己动手准备第二批反驳的稿件,他准备写两篇稿子,一篇给燕省的媒体,一篇发京城支援邹老。

同时,夏想还打电话给范铮,让他也写一篇反驳的文章。不出夏想所料,范铮一口应允,还说他还可以组织几名社科院的专家一同参加到论战之中。夏想大喜,也让范铮和他一样,分写两篇,一篇留省内,一篇给邹老,以便声援邹老。

《京城日报》上的论战比燕省激烈多了,随着越来越多不同阵营的学者加入,几乎成了一场蔓延所有国家媒体的论战。差不多京城有名望的专家学者都参与进来,各自撰文表达不同的立场。支持产业结构调整者和不支持者几乎平分秋色。因此论战格外精彩,也格外惨烈,完全是一场不见硝烟的战争。

不过因为产业结构调整是比较笼统的政策,和百姓生活距离遥远,所以尽管论战激烈,并没有在民间引起太多的关注。也正是因此,所以京城方面才一直保持沉默,任由论战继续下去。

支持产业结构调整的人,是想借此看清产业结构调整有多少学者支持。反对产业结构调整的人,也是持同样的想法。论战就先由京城开始,随着燕省的最先响应,其他省市也有了加入论战的迹象。

现阶段,论战双方差不多势均力敌,各方都有学术界的重量级人物出马加入论战,如果单纯地从学术界看待论战现象,倒是一件值得庆贺的好事。政治清明,才会有不同的声音发出,才会出现百花齐放的局面。

京城有邹老挑大梁,夏想自然不用担心。燕省虽然没有一个领军人物,但他心里清楚,恐怕重任还得压到他的肩上。他不是学术界人物,但因为所处位置比较关键,又因为身为邹儒的弟子,在叶石生眼中,就成了不二的人选。

既要指导单城市和宝市的产业结构调整,又要上升到理论的高度,组织并且撰写文章论战,夏想也不知道他是幸运还是不幸。做出成绩是领导的,有了过错就是自己的。

不过好就好在,夏想也相信以他的智慧,不会做出吃力不讨好的事情。他也认为,经过此次理论结合实践的宝贵经历,他会在前进的道路上,再次迈出坚定的一大步!

第三天,安逸兴、彭梦帆和严小时的稿子在《燕省日报》发表,标志着领导小组为了维护自己的声誉、标志着叶石生坚定地继续推行产业结构调整、标志着燕省有关产业结构调整的论战,正式开始!

夏想在办公室里奋笔疾书,就下一步单城市和宝市的产业结构调整方向,提出他前天设想的可行性建议。

与夏想埋头奋战同时进行的是,燕市的市委常委会上,安县的人事安排也进入了真正的较量阶段。

和陈风预想一样的是,方进江提出了安县的人选名单后,付先锋就书记和县长人选简单发表了议论,表示同意江天和张健的提名。但对钟义平的提名,坚决反对,并且再次阐述了他的反对理由。

"钟义平同志工作勤恳认真,也在省市两处岗位上做出了突出的贡献,按理说如果想到基层锻炼,先从乡长干起是最合适的安排。等几年后有了在基层的工作经验,有了一定的成绩,再任党委书记,再进常委才符合规范。"付先锋淡淡地看了陈风一眼,"在书记碰头会上,我就向陈书记表明了我的态度,为了维护组织上提拔干部公正、公开和公平的原则,我认为钟义平同志的提拔,还是搁置为好。"

陈风不说话,一脸平静,看了李丁山一眼。

李丁山轻笑一声:"付书记,事事都讲究经验,是不是有点犯了经验主义的错误?改革开放还是摸着石头过河,同样,燕省的产业结构调整,也是在探索中前进。同理,人都有一个成长的过程,不能一句没有工作经验就打倒一片。说到没有基层工作的经验,全国那么多空降的市长和书记,许多人从未没有离开过京城,难道因为没有在地方上从政的经历,就不能下到地方上任职了?"

李丁山的话引起了一阵轻笑。

秦拓夫毫不在意付先锋的脸色,笑呵呵地说道:"当干部都想要有经验的,娶媳妇没人想要有经验的,事情得分两方面对待。"

话粗理不粗,众人由轻笑变成了大笑。

付先锋是大家族出身,从小注重各方面的教育,从不说粗话脏话。李丁山的话已经让他很不高兴了,秦拓夫的话更让他感觉落了面子,不由心中一怒,说道:"秦书记,现在是在开常委会,不是说家常,说话要文明一些。"

秦拓夫倒不是出于维护钟义平的目的,而是他因为夏想提醒,特意查了查纪委里面是谁在背着他查曹殊黛的公司,结果发现一个副书记和两个处长最近和付先锋走动频繁。他平常看似大大咧咧,实际上对纪委内部的权力抓得很紧,不容别人胡乱插手。

他对付先锋意见就大了。

"我说话粗,但办事不粗。我就是从基层上来的干部,付书记不是最喜欢说有基层工作经历吗?我的基层工作经历比在座的各位都丰富,怎么我的官反而不是最大?"秦拓夫说话直不假,但心眼儿不直,也不少,"付书记从京城空降到燕市,以前好像也没有在地方上的从政经历,更没有担任过副书记,怎么我觉得付书记的工作也做得非常不错,不像没有经验的人?"

这话问得有趣,连陈风也忍不住笑了起来,埋怨秦拓夫说道:"拓夫,开会时,严肃一点。"

秦拓夫不以为然地说道:"开会就是大家商量事情,商量事情,有严肃的时候,就有活泼的时候。要不怎么当年主席教导我们说,要团结紧张,严肃活泼。你们严肃,我就活泼好了。"

众人又是一阵哄笑。

付先锋做事情喜欢一板一眼,他哪里知道真正从基层上来的干部,插科打诨的水平一流,在下面许多事情就是在嘻嘻哈哈中定下来的。他还以为秦拓夫是故意捣乱,就是要让他难堪,就不快地说道:"说了半天,秦书记对钟义平的提名是什么态度?"

"钟义平小伙子人不错,有学历有能力有毅力,下去当个常委、乡党委书记也不是不可以……"秦拓夫看出付先锋动怒了,心想小毛孩子一个,在我面前想装大瓣蒜,还嫩了一点。

微一停顿,秦拓夫见付先锋脸上的表情有点古怪,又一笑说道:"我听了方

246

部长的提名意见,也听了付书记的反对意见,感觉还是方部长的提名意见说得透彻一点,让人信服。而付书记的话空洞一点,没有打动我……我决定,等等再表态,继续听听付书记的高论再作决定。"

付先锋明白过来了,秦拓夫是拿他取笑,等着看他的笑话,不由怒道:"秦书记,常委会上各位领导都在,请您自重。"

秦拓夫气不顺,被付先锋一个不到四十岁的人当面数落,顿时脸色一寒,"啪"的一声拍案而起:"付先锋,我老秦哪里不自重了?你倒是说说,你一口一个没有基层工作经验,怎么不说说你自己?"

常委会上拍桌子的现象不少见,甚至还有骂娘的事情发生,都是人,不是说当了官就改了脾气。所以大家面面相觑,虽然都是一脸吃惊,却也没有人表现得过于惊愕。

倒是秦拓夫拍完桌子,说完话,又自顾自坐了下来,看了大眼瞪小眼的众人一眼,又笑了:"怎么了?没见过我老秦拍桌子?当年我在下面开会,还骂人打人呢!革命工作,难免要真情流露,对不?"

比起付先锋,在座的大部分人还是和秦拓夫相处的时间长,知道他粗中有细的性格,也知道他今天的举动肯定是借题发挥,估计是哪一方面付先锋得罪了他。这种不大不小无伤大雅的事情,谁又会认真?就连陈风也笑骂道:"行了老秦,收起你的粗暴作风,文明开会。"

"要比文明,我老秦不比任何人差。"秦拓夫坐了下来,恢复了一脸平静,十分礼貌地说道,"请付先锋继续发言,谢谢。"

付先锋怒火攻心,却又一点办法也没有。秦拓夫老奸巨猾,脸色说变就变,既能严肃认真,又能胡搅蛮缠。他才明白,比起在基层混迹多年的官员,他在灵巧多变方面,还差得太远。

想笑就笑想闹就闹,也是难得的本事,也能在真真假假之中,让别人摸不着头脑。你一犯晕,他就胜利了。

付先锋有火发不出,只好看了谭龙一眼,缓慢地说道:"我的意见还是钟义平的提名不合适,请各位常委都发表一下看法。"

谭龙的目光有点躲闪,没有和付先锋的目光对视,让付先锋忽然心中闪过一丝疑问。他才想起在上常委会之前,和谭龙、何江华通气的时候,说到让他们配合他反对钟义平的提名,二人对视一眼,微微点了头,没有说话。

付先锋认为他们之间是同一阵地,肯定有了足够的默契,也就没有多想,还想再强调一句时,谭龙和何江华就借口有事先离开了。当时他还有点不解,怎么二人好像有事背着他一样?

谭龙和何江华都没有抢先发言,而是让别的常委先发表意见。政法委书记陈玉龙、宣传部长回永义相继发言表示赞成江天和张健的提名,反对钟义平的提名。和陈风所料的情景一样,不过出乎陈风意料的是,统战部长薄厚发并没有中立,而是对提名钟义平提出了反对。

形势十分严峻,陈风甚至已经下了结论,钟义平的提名必然通不过常委会,夏想的心思白费了。正当陈风考虑着最后如何搁置时,耳边忽然响起了谭龙讲话的声音。

谭龙一开口,就让陈风大吃一惊。

"钟义平同志早在城中村改造小组的时候,就工作认真,为人诚实可靠,是个信得过的好同志。他虽然没有基层工作的经历,但有学历有见识,在工作中没少和老百姓打交道,拥有处理各种基层情况的经验。我觉得组织部对他的提名是合适的,是经过认真考核的,我附议组织部的提名。"谭龙说完,目光飞快地看了付先锋一眼,随即又落在了何江华身上。

不止陈风不敢相信自己的耳朵,惊讶莫名地看了谭龙一眼,付先锋更是惊讶万分,目光直直地盯着谭龙不放。

怎么可能?谁不知道谭龙和他的关系,现在谭龙公开在常委会上和他唱反调,到底发生了什么事情?付先锋心中猜疑不定,又看向了何江华。

何江华目光中闪过一丝无奈,随即开口说道:"我也赞成组织部的全部提名。"

何江华只说一句,就急忙闭口,再也不发一言。

付先锋简直要发狂了,他原以为凭借他义正词严的观点和铿锵有力的发言,一定能打动中间派,肯定可以阻止钟义平的提名获得通过。而且他也吃定了陈风和胡增周不会强出头的态势,正是打击夏想气焰的最好机会。谁料到,中间派赞成了他,最后竟然被自己人拆了台!

付先锋今天第二次发火了。

只不过这一次他是自己气自己,好一个谭龙,竟然来了一手釜底抽薪,自己当时怎么那么笨,没有注意到谭龙的异常?还是自信过度,认为谭龙就一定附和自己?转念一想,按理谭龙不应该支持钟义平的提名。钟义平是夏想的人他不会不知道,谭龙和夏想之间的关系,又不是一天两天不和了,怎么突然间谭龙会支持夏想的人到安县担任重要职务?

肯定是哪里出了状况!付先锋片刻之间寻思过来,随后又一琢磨目前的局势,方进江、李丁山、谭龙和何江华都表示了支持,虽然有他和陈玉龙、回永义、薄厚发的反对,现是四比四持平的僵局。不要忘了,秦拓夫的态度虽然模棱两可,但付先锋对他也不抱希望。最主要的是,陈风和胡增周都没有表态,他们不会强出头是不假,但眼下形势大好,岂有不坐收渔利之理?

付先锋心中一声喟叹,形势急转直下,大好局面毁于一旦,让他痛心疾首。只是他始终不明白的是,到底是哪个环节出了问题?难道其中又有夏想的手段?

秦拓夫看了一脸沮丧的付先锋一眼,倒没有拿出痛打落水狗的无赖姿态出来,而是若有所思地说道:"我就弃权好了,决定权交给陈书记。"

陈风暗骂一句老滑头,刚才耍了疯,现在又装好人,两边不得罪。这个秦拓夫,谁要小瞧他没文化谁准吃亏。不过身为书记,该最后主持大局的时候就必须要拿出一把手的气概出来,又因为胡增周还没有发言,陈风问道:"增周说说。"

胡增周也在纳闷儿,怎么突然之间形势大变了,但好奇归好奇,关键时刻还是要坚定立场,夏想的面子必须给,何况又是顺水推舟的事情,就说:"钟义平同志还是有能力胜任旦堡乡党委书记一职的,我觉得应该给年轻人一个成长的机会。"

陈风见好就收,做了总结性发言:"此次常委会是一次民主的会议,大家的讨论很激烈,发言很精彩,最后通过了组织部对安县人事的提名……"

在并不热烈的掌声之中,一次重大的人事安排就此落幕。

↗ 08　长袖善舞

夏想之所以突然产生了时不我待的念头,也是一向镇定自若的心思被以程曦学为首的保守派的穷追猛打弄得厌烦了,也终于体会到了宣传力量的威力。

夏想想尽快完成他心目中的大计,在单城市和宝市再次掀起产业结构调整的新一轮高潮,用实际行动来反击程曦学的无聊言论。只要出了成绩,达到了第一阶段的既定目标,就相当于当众打程曦学一个响亮的耳光。

风声和影响

付先锋一散会就找到谭龙,直截了当地问他到底是怎么一回事。

谭龙一脸无奈,有些迟疑,不过面对付先锋的再三追问,还是交了底:"崔书记交代,抓大放小,钟义平的事情就退一步,换取省委组织部通过郑冠群的提名。"

对崔向安排郑冠群担任省委宣传部常务副部长的事情,付先锋并没有放在心上。他认为省委有马霄就足够了,一个常务副部长,即便是常务,也和部长的级别和权力差了太多。

也不怪付先锋不上心,他从京城直接空降到燕市,还是缺少历练,对许多事的看法流于表面,并不知道有时候就算象征意义大于实际效益,也是一次重大的胜利。所以才有叶石生非要搬开丰利,而崔向非要安插郑冠群的僵持局面。

僵持,还是因为梅升平不通过郑冠群的提名。也不是说完全不通过,只说还在考查中,来了一个"拖"字诀。

随后有中间人向崔向通风报信,说是事件的关键在燕市对安县的人事安排上,因为钟义平的提名遭到了付先锋的反对。

崔向权衡利弊,认为一个安县的县委常委和省委宣传部常务副部长不能相比。他知道付先锋看重安县的利益,又因为夏想的关系死不松口,心中就有点轻视付先锋不懂政治的复杂性。此间向来就是你退我让,取得一个平衡就不错了,还想大获全胜?

他也就没有出面劝付先锋让步,因为他了解付先锋的性格。付先锋一直在京城家族势力的眼皮底下为官,向来硬气惯了,又自视过高,劝是劝不动,还不如让谭龙和何江华在常委会上临阵反戈。既达到了让步给夏想的效果,又起到了警醒付先锋的作用,也让他清楚地认识到这些斗争不是意气之争,是利益之争,容不得因为生气而错失良机。

于是就有了在常委会上的一幕。

如果让崔向知道,他费尽心机调郑冠群到省委宣传部,企图扳回一局,安插他的人到宣传部,而夏想早在背后来了一手釜底抽薪,将郑冠群暗中拉拢了过去——他是为他人作嫁衣,还让夏想乘机摆了一道,安插钟义平进了安县的常委会,说不定会气得吐血!

只是他还不知道真相,正沉浸在喜悦之中。

崔向和付先锋通过电话,又安慰了付先锋一番。刚放下电话他就接到了通知,说是省委组织部通过了郑冠群的提名。

一个县委常委换一个省委宣传部常务副部长,赚了。崔向微微有些高兴,尽管叶石生搬开丰利让他面上无光,但随即他又安插了自己人顶上,也算是打了个平手。

只是丰利被牺牲了。

丰利在得知他成了牺牲品之后,找到崔向,哭得一把鼻涕一把泪,希望崔向能拉他一把。崔向一开始也觉得有点对不起他,但见到他那窝囊样之后,心中反而多了厌恶之意。又一想丰利毕竟也为自己出过力,就好生安慰了几句,说是老干部局是结交老干部的好地方,说不定会大有收获,好好干上几年,说不定还能再升上一升。

丰利自然不信崔向言不由衷的话,他心里清楚,只要他一离开省委宣传部,立刻就会被崔向遗忘。但见崔向漫不经心地打发他,丰利也就灰了心,知道一点办法也没有了,心里先恨崔向过河拆桥,又痛恨夏想搬弄是非。

丰利坚定地认为他被叶石生搬开,是因为夏想的缘故。因为上次他去训斥夏想,反而被夏想反驳得哑口无言,回去之后他就添油加醋地说了一通夏想的坏话,如何不尊重领导、如何恶语相向、如何态度恶劣等等。经过丰利不遗余力的传播,在省委宣传部中夏想就成了目无领导、刁钻难缠的形象,而他和夏想的对话,则被他说成是夏想对他的一次攻击和谩骂。

丰利也知道夏想最近和叶石生走得很近,肯定是夏想在叶石生面前说了他大量的坏话,才让他被叶书记拿下。

但也正是因为丰利的"功劳",夏想的恶名才被树立起来,接着就出现了丰利被调到老干部局的事情,于是省委宣传部里人人闻夏想之名色变——夏想也太狠了,人家丰利不过是背后说了他几句坏话,竟然把丰利发配到老干部局,太睚眦必报了吧?

不过转念一想,能将一个省委宣传部常务副部长给一脚踢开,夏想得有多大的影响力?官场上的事情,大家都宁肯信其有不肯信其无,结果传来传去,就成了夏想在背后使坏,因为一次吵架事件,搬开了丰利!

幸好风声只是在省委宣传部内部流传,否则在整个省委大院传开的话,夏想真是欲哭无泪,不知道该说什么好了。

两天后,省里召开常委会讨论人事问题,丰利同志正式调任省委老干部局任局长,市政府秘书长郑冠群接任省委宣传部常务副部长。据说常委会上基本上没有什么异议,只是马霄对丰利被调到老干部局颇有微词,也含蓄地表示反对,但孤掌难鸣,只好作罢。

随着天气进入盛夏,京城和燕省媒体关于产业结构调整的争论也进入了第一波高潮。京城之中,由邹儒为首的一帮学院派人物,开始列举实例,先从岭南省的成功改制开始,最后落到燕省现阶段的成功上。

但以程曦学为首的反对派,列举了岭南省失败的个例,以及在改制过程中国有资产流失惨重的现象。甚至还说岭南省国有经济的比重越来越低,民营经济却大幅崛起,抬出了姓社还是姓资的重大命题……

海德长看到文章之后大怒,令岭南省省委宣传部组织力量,对程曦学进行口诛笔伐。随着岭南省加入论战,又有几个南方省份闻风而动,也加入了论战的行列之中。无一例外的是,南方沿海省份,全是产业结构调整的支持者。

因为岭南省的介入,在京城的论战之中,以邹儒为首的支持者渐渐占据了上风。然而燕省还是一个僵持的局势。

叶石生有些坐不住了,他迫不及待地想让领导小组再出成绩,想让燕省的论战也取得阶段性胜利,就催促夏想,让他尽快拿出方案来。

夏想心中早已有了应对的措施。

领导小组办公室内,夏想看了一眼正在埋头工作的王林杰,吩咐道:"林杰,你和方格去单城市出一趟差,实地调研一下将台酒厂的现状,回来后给我

252

一个详细的报告。"

王林杰应了一声，转身找方格安排具体事宜去了。

王林杰是王鹏飞的侄子，一直在市委宣传部工作。王鹏飞一走，他在市委宣传部的日子就不如以前了。夏想念在以前和王鹏飞关系不错的分儿上，钟义平到安县上任之后，他就将王林杰调来了领导小组。

因此，王林杰对夏想十分感谢。

当然，钟义平对夏想更是感激涕零。尽管他确实有些不舍得离开夏想，但夏想为他争取到的机会夸张一点说，千载难逢。否则以他一个普通的机关干部的身份，想要到基层当个乡党委书记几乎没有可能，何况一下去就是常委，而且还由科级一步迈进了副处级，简直是天下掉馅儿饼的好事。

钟义平自此视夏想为一生师友！

安排完王林杰的工作，夏想又对古玉说道："古玉，明天跟我一起去宝市出差。"

古玉答应了一声，说道："梅晓琳回京城了，走的时候，你送她没有？我倒想送她一送，只可惜，她一声不响就走了。"

古玉意外地提到梅晓琳，倒让夏想感慨万千。梅晓琳走时谁也没有通知，竟然是悄然回京，让他大为郁闷。不过一想也许她是故意躲自己，也就不再多想。她不想见自己也好，不就是当时一时失足被她诱惑了一次？自己倒没事，女人毕竟是女人，也许心中还是有芥蒂。

第二天一早，夏想和古玉一起前往宝市。车行一个多小时到了宝市，刚下高速，就发现邱绪峰安排人来出站口迎接。

邱绪峰还真是热情，对夏想的热情中既有朋友式的热络，又有对领导小组的重视。客套过后，邱绪峰亲自陪同夏想和古玉，前往高新区的太阳能光伏产品生产基地。

宝市高新区坐落在宝市西北部，刚成立时还很荒凉，经过几年的发展，现在已经和市区连成一片。远远望去，许多新型的办公大楼和厂房在阳光下熠熠生辉，倒也有一派欣欣向荣的景象。

尤其是零散的太阳能光伏产品基地，通过栏杆可以看见里面排放整齐、错落有致的光能产品在阳光下一字排开，犹如一大片向日葵一样，都迎着阳光，正闪烁着黑亮的光芒，将太阳能转化为光能。据介绍，眼前十几个太阳能发电装置一天产生的电量，足够一个家庭一年使用。只是由于造价过于昂贵，想要广泛进入普通家庭，现阶段几乎没有可能。

实际上，太阳能运用大有前景。

地球上的沙漠在六个小时内吸收的太阳能，超过人类一年的消耗。可以说，如果太阳能能够普及的话，每年的太阳能发电就足够人类所有的能量消耗。太阳能是最清洁也最取之不尽用之不竭的能源，只是，由于太阳能光伏产品制造成本过高，几十年来，太阳能的普及一直举步维艰。

夏想一行在参观考察了数家太阳能光伏产品企业之后，得出了一个结论，目前宝市的太阳能产品几乎全部出口到欧美，尤其是德国。因为德国对太阳能发电有政府补贴，还有一种家庭并网售电的模式——凡是使用太阳能发电的家庭，白天的电力以高价卖给电力公司，晚上再购买低价的普通电力。

以国内目前的经济水平和环保意识，德国的方式暂时还无法实现。

参观之后，来到邱绪峰宽敞明亮装修大气豪华的办公室，夏想不免感叹：“你的办公室比宋省长的办公室都豪华，太腐败了。”

邱绪峰双手一伸，自嘲道：“我愿意做这样的表面文章？不做也不行，我负责招商引资，曹书记说了，我的办公室要装修成市委市政府最好的办公室。结果倒好，所有领导来后，都阴阳怪气地说上几句，搞得我每次都要解释一番，真是不厌其烦。”

来邱绪峰办公室之前，夏想已经和曹永国见过一面，只说了几句，曹永国还有事要忙，和夏想也没有必要客套，就让邱绪峰负责招待夏想。不过宝市市委市政府的大小领导听说夏想来访，纷纷要求和夏想见面，都想见一见宝市的大功臣，邱绪峰怕影响夏想工作，就一一婉拒了。

但架不住人多并且热情过度，邱绪峰只好口头答应晚上举行招待晚宴，到时一定请夏想出席，众人才算满意。

“对了，古玉在领导小组的表现怎么样？”邱绪峰问道。

古玉在陪同夏想考察完太阳能企业之后，就借口有事离开，说是晚上回来。夏想知道她是去万里汽车厂查看投资情况了，作为投资者，对汽车厂的发展十分上心，也可以理解。

“还可以，低调、务实。”夏想笑着问了一句，“你还没有告诉我，古玉和老古到底是什么个来路？”

“老古在军中德高望重，不过他是保密军种，有些资料查不出来，你也不要多问，没什么好处。”邱绪峰显然对老古和古玉的了解比夏想多一些，但也有限，“古玉的父母在一次事故中双双遇难，老古晚年丧子，也是不幸。古玉的母亲是华裔德国人，是混血儿，所以古玉……是不是别有异域风情？”

夏想正在为古玉的不幸而感慨，却听邱绪峰忽然说到了古玉的风情，不由气极，笑骂：“我发现你结婚之后，凡事都爱向男女关系上引，是不是有点太性致勃勃了？"

邱绪峰被夏想一点醒，愣了一下，想了一想，说道："还真有点意思，好像也确实和结婚有关。"

见邱绪峰难得老老实实地承认，夏想哈哈一笑："行了，不扯闲篇了，说说正事。我所写的关于整合宝市太阳能资源的可行性报告你也看了，提点看法。"

"看法倒有不少，最关键的只有一点，就是资金。"邱绪峰嘿嘿一笑，近乎无赖地说道，"只要你能找来外资，宝市要政策有政策，要地皮有地皮，要人有人……"

力所能及的好事

夏想哑然失笑："你就不能请海书记找一些资金过来？"

海德长和邱家关系匪浅，既然在邱绪峰升任宝市副市长时出手相帮，只要邱绪峰开口，他指派几家企业来宝市投资，应该也是小事一件。

"不是不想动用海叔叔的力量，我也和他联系过，只是宝市现在没有太合适的项目。勉强投资一两个项目也不是不行，但要考虑到后续发展，而不是只为单纯地追求政绩。当然，我也要多替海叔叔着想，不能让他被京城挑了过错。现在京城有人对他不满，认为岭南省的步伐迈得太大了一些……"

"好，外资我来负责，相关政策你来负责，如何整合这十几家中小企业，你想办法好了。不管是好言相劝，还是连哄带骗，反正只要达到目的，我不管你的手段。"夏想双眼中突然闪出一丝坚定的目光。

邱绪峰吃了一惊："为达目的不择手段，不是你的性格，你一向喜欢将事情做得滴水不漏，怎么现在急躁了？"

夏想又笑了："不是急躁，而是我忽然觉得，在改革开放中和产业结构调整过程中都有不可避免的阵痛。有时候，不能心慈手软。古人讲，慈不掌兵，用在现在也非常恰当，那就是慈不掌权。一方面要按照政策办事，一方面也要雷厉风行，拿出敢为天下先的勇气。"

"我觉得，如果由你来当这个副市长，肯定比我做得还要好。"邱绪峰和夏想共事多年，也了解夏想性格中坚韧的一面。

他办事圆润是不假，但也有意气风发和铁腕的时候。在安县有一次突发事件，夏想就是用毫不拖泥带水的铁腕手段处理得非常圆满。事后邱绪峰仔细一想，如果再拖一拖，就有可能引发更大的群体事件。

夏想没再和邱绪峰客套谁当副市长更好的问题，而是说出了他关于整合中小企业的具体打算。

夏想之所以突然产生了时不我待的念头,也是一向镇定自若的心思被以程曦学为首的保守派的穷追猛打弄得厌烦了,也终于体会到了宣传力量的威力。

夏想想尽快完成他心目中的大计,在单城市和宝市再次掀起产业结构调整的新一轮高潮,用实际行动来反击程曦学的无聊言论。只要出了成绩,达到了第一阶段的既定目标,就相当于当众打程曦学一个响亮的耳光。

不过夏想不得不承认程曦学的厉害,他的文章确实犀利并且容易煽动情绪。因为他列举的例子确实是产业结构调整中失败的重大案例——不管是国产品牌的沦丧,还是国产资产的流失,甚至是一些主导产业结构调整的官员贪污受贿被查处等等,无一不击中产业结构调整的痛处。说他是一叶障目不见泰山也好,说他是偏激也好,但他所列举的活生生的例子让人不能无视。

奋起反击程曦学的专家学者,只能拿产业结构调整的成功事例和岭南省经济的飞速发展来反驳。只是当他们被程曦学聪明地将落脚点引到燕省之后,反击的论点就不再那么强有力了。因为燕省产业结构调整的成功例子只有单城市和宝市,而且只有几家企业,不具有普遍性,说服力也不够。

现阶段的论战,表面上是在僵持阶段,实际上支持者一派稍微处于下风。夏想想到此处,不免有些着急。他知道,僵持的时间越长,对自己一方就越有害无利。因为叶石生可能会在关键时刻退缩!

成绩,成绩,成绩!夏想只觉得重任在肩,恨不得一身两用,恨不得一天有四十八个小时。

不过冷静下来之后,他无奈地笑了,镇静、从容、遇事不慌,说起来容易,真要做到还真是很难。

夏想缓解了一下焦躁的心理,又和邱绪峰谈起了太阳能在生活中运用的具体思路。

"太阳能可以广泛运用到路灯上,不但市政的路灯可以采用太阳能照明,小区、医院、酒店、公司都可以大力推广太阳能的运用。当然在推广过程中,自然少不了政府力量的介入。别的不说,单是全宝市路口的红绿灯全部采用太阳能的话,也是一项不小的工程。相信经过整合之后的太阳能生产厂家,能够化零为整,形成规模生产,之后就可以引进以上新型的太阳能产品。前期,光是宝市的推广就可以为整合后的厂家带来不小的经济效益,相信有了这个承诺,会打动不少外商。再者,为了支持高精产业,我也可以向省委省政府申请,以支持清洁能源的理由向全省推广,只此一项,就可以确保投资回报。至于以后产品再出口到国外,就是更大的效益了。"

夏想又为邱绪峰算了一笔账,虽然前期投入不小,但总体来说还是节省了开支。太阳能产品一旦投入,终身受益,在寿命有效期内,节省的电量就足以比前期投资要多。

邱绪峰有些顾虑:"政策上支持没问题,关键还是要引进资金和技术。目前宝市的太阳能厂家只能生产太阳能发电板,生产不了新型的太阳能产品。"

夏想向邱绪峰交了底:"已经和美国的一家太阳能厂家进行了初步接触,对方也有合作意向,估计近期会来宝市考察。"

邱绪峰大喜:"好你个夏想,说了半天原来已经早有眉目,还一直瞒着我,真有你的。对我你还信不过怎么着?"又一想,他明白了什么似的,问道,"是连若菡牵的线?"

夏想点头:"多亏了她,要不,也不会进展得这么快。"

邱绪峰感叹:"有一个贤内助就是福气了,你倒好,还有一个贤外助,服你了。"

夏想也是微微感慨,连若菡在替他联系太阳能厂家的事情上,确实尽了心。

前两天夏想打电话给连若菡,连若菡接听电话时,还在哄孩子,她知道是夏想的电话,也没理会夏想,接通之后就将电话放到一边……

"乖,宝贝儿,笑一个。妈妈告诉你,你是中国娃,长着黑眼睛、黑头发,你有一个坏爸爸……"

夏想知道连若菡是故意让他听,虽然知道她看不到自己的表情,还是无奈地笑了一笑,说道:"若菡,你就别骂我了,我天天记着你的好。"

也不知连若菡有没有听到,反正她还是继续哄孩子:"你长大后,要做一个全新的五好男人,千万别像爸爸一样拈花惹草。妈妈给你制定的标准是:不抽烟、不喝酒、不泡妞、不遛狗,一心只为养家糊口。要做一个负责、专一的男人,告诉妈妈,你能不能做到?"

才几个月大的孩子当然听不懂连若菡的话,更不会说话,不过小家伙竟然咿咿呀呀地哼了几句,好像是肯定地回答了连若菡一样。

连若菡开心地笑了起来:"真是妈妈的好儿子,真乖,来,亲一个。"亲完之后,她又说,"其实呀,你爸爸人也不坏,现在优秀的男人身边,哪一个不是有好几个女人?你爸爸还算好的了,只有两个。你长大后,肯定也非常优秀,超过你爸爸不成问题,如果只有一个女朋友的话,也太吃亏了不是?好吧,妈妈允许你有两个女朋友,嗯……最多不许超过三个,怎么样?"

夏想正在喝水，闻言一口水喷了出来，正好把他刚刚写好的报告喷湿了。连若菡太气人，也太好笑了，刚刚骂他一顿，拿他当反面教材。一转眼又觉得自己儿子谈一个女朋友吃亏，什么是人心？人心就是只许自家儿子留恋花丛，不许自家老公花心。

恐怕天下女人都是一样的心思！

连若菡指桑骂槐完毕，才重新拿过电话，说道："刚才我和儿子说话，你有没有意见？"

"没有，绝对没有。"夏想见风使舵，知道连若菡喜欢没事敲打他几下。人家是有功之臣，生了儿子，虽然目前不能姓夏，但谁敢保证以后？再说连若菡毕竟是他儿子的妈妈，绝对劳苦功高，"若菡，我想你们母子了，什么时候等孩子稍大一些，就回国来住，我也好随时看望你们。"

连若菡轻轻地"哼"了一声："净会说漂亮话，你要我们母子何用？你家有美妻，不用多久，又可以再生一个，到时尽享天伦之乐，转眼就将我们母子忘得一干二净。"

夏想长长地叹了一口气："知我者谓我心忧，不知者谓我何求。若菡，我对你的心意，还用一次次重新提起你才放心吗？"

连若菡心软了："就你会说，就不许我说你几句？我想你了，又看不到你，骂你几句才心里舒坦。打是亲，骂是爱，傻子，知道不？"

夏想心中一暖："我知道，我知道。在你面前装傻，只为博美人一笑而已。"

"扑哧"一声，连若菡笑了："还美人，我都是孩子的妈妈了，身材到现在还没有完全恢复。在我没有瘦身之前，我是不会回国的。"

夏想理解女人的爱美心理，也对连若菡的决定表示了赞成："赶在年前回来就可以了，孩子太小，坐飞机过早对成长不利。"

说过家常，夏想又含蓄地提出了让孩子姓吴的问题。

连若菡听了，久久无语。

平心而论，连若菡对老爷子还是很有感情的，也一直感念老爷子对她的疼爱。她的远景集团在成立之初，得到过老爷子明里暗里的许多照顾，才能迅速发展。而且老爷子对她的偏爱到了让旁人忌妒的程度，尽管可能是因为对吴才洋背叛的不满才过于宠爱她，但从小到大，她确实是因为老爷子的关爱才走得一帆风顺。

只是让孩子姓吴，她心中还是有些芥蒂。

作为她和夏想的爱情结晶，其实她最想孩子姓夏，甚至连名字都想好了，就取二人的姓，名叫夏连。但她也知道父亲的固执和老爷子的怒火，真要祸及

258

夏想的话,又非她所愿。不能姓夏,就姓连好了,就叫连夏,以此证明二人之间永不能割断的牵连。

却又出现吴才江想要孩子姓吴的事情,连若菡本能地产生了抵触心理。但想到老爷子的病情,想到这样或许能够慰藉老爷子,让他心情舒畅,有利于病情好转,也是一件大好事。她又何尝不想让爷爷开心快乐?

而且事情又是借夏想之口提出,连若菡十分感激夏想的良苦用心和宽容。

迟疑再三,连若菡终于还是选择妥协。如果是吴才江亲自开口提出这事,她肯定不会答应,但为了爷爷的病情,她又没有选择。吴才江说得对,老爷子平生最喜欢小孩子,因为在他眼中,小孩子代表着吴家代代相传的兴旺。而她的孩子,是吴家第四代中的第一人,他的出生,绝对会给老爷子带来数不尽的欢乐。

"姓吴可以,为了爷爷的病情,我可以答应,但名字要由我来起,就叫吴连夏。还有,你不许反对……"连若菡的声音有委屈有无奈,也有一丝怜惜。

夏想就说:"一切由你决定好了,我不和你争,只求你们母子平平安安就好。不管他姓什么,叫什么,他都是我夏想的儿子,这一点永远不会改变。"

连若菡也终于说了一句温柔的话:"我也永远是你的,别以为我生了孩子就人老珠黄了,你就想抛弃我,我还年轻貌美……"

夏想连说不敢。

其实不是不敢,是不舍也。

随后,夏想又说出了有意在美国找太阳能公司来宝市投资一事。

连若菡以前对商业的事情并不是很上心,远景集团虽然做得很大,也是她一边玩一边渐渐做大。自从认识夏想之后,才开始对商业感兴趣。又因为夏想的主意,现在在美国的网络公司发展迅猛,公司规模也迅速扩大,现在已经隐隐有超越 GOOGLE 的趋势。

连若菡因为生孩子的缘故,将公司的管理交给执行总裁诺顿,其他一应事宜都有卫辛负责对外联络。卫辛相当于她的行政兼生活秘书,经过一段时间的锻炼,卫辛不但熟练地掌握了英文,在和美国人打交道时,也做到了从容应对,收放自如。

对于夏想的事情,连若菡不去想为什么,也不去想夏想有什么目的,只要他开口,她就会尽心尽力帮他完成。夏想一提,她立刻说道:"公司的总裁诺顿是坚定的环保主义者,他应该认识一些太阳能厂家,我让卫辛联络一下他,让他帮忙联系有意投资的美国厂家。有了消息,我再通知你。"

夏想十分高兴:"还是我家若菡好……"

话音未落,就听见耳边传来儿子洪亮的哭声,连若菡立刻慌了神,只对夏想说了一句:"我去看儿子,再打电话!"随即就挂断了电话。

左右逢源

听到电话中传来了忙音,夏想摇头一笑,得,连若菡现在一心扑在儿子身上,对他,已经完全不如以前那样在乎了。

两天后,连若菡打来电话,说是在诺顿的引荐下,有一家美国的太阳能厂家对向宝市投资很感兴趣。主要也是因为柯达十五亿美元的投资在美国引起了轰动,不少业内人士都对宝市十分好奇。

连若菡联系的厂商是位于得克萨斯州的美国最大的太阳能光伏产品厂家最日光公司,其总裁迈克和诺顿是同学,在听了诺顿的介绍之后,他很有兴趣。恰好迈克和柯达总裁也是关系密切的好友,再加上迈克对宝市的情况有所了解,他就详细咨询了一些具体情况。

随后在诺顿的引荐下,迈克专程和连若菡见了一面,想再次了解一下宝市的太阳能光伏产品的现状。连若菡将夏想传真给她的材料交给迈克,迈克投资的兴趣越来越浓。尤其是当他听到主导此事的人正是说服柯达投资的夏想时,不由竖起了大拇指,说道:"夏先生非常聪明,有商业头脑,我也佩服他。能和他做生意,我觉得很放心。"

连若菡因为要照顾孩子,分不开身,就让卫辛全权处理此事。卫辛在研究了相关资料之后,就市场前景和相关优惠政策向迈克进行了详细说明。迈克一向对新兴的中国市场非常关注,有如此一个可以整合资源借此打开中国市场的机会也是非常难得,就初步定下要实地考察宝市的决定,并且特意提出,要和夏想面谈。

夏想此次前来宝市,就是要求宝市做好政策上的准备,并且做好迎接迈克一行的前期工作。不过他卖了个关子,和邱绪峰谈到最后才透了底。

邱绪峰听到夏想邀请的是美国最大的太阳能厂家时,更是欣喜若狂,激动地站了起来:"夏想,夏老弟,你又送我一份大礼,我都不知道怎么感谢你了。我敢说,这个消息传出去之后,宝市的许多干部对你的感激和尊敬会远超过我。"转念一想,他又自嘲道,"看,我又自作多情了不是,你是为了你岳父的政绩,哪里是为了我。"

邱绪峰也患得患失起来了? 夏想乐了,不由嘲讽他几句:"好了,我和你之间还讲究什么虚套,我既不是帮我岳父,也不是帮你,而是在履行我身为燕省产业结构调整小组成员的职责,是为了燕省产业结构调整的大计……"

"是,是,你高尚,我庸俗了。"邱绪峰满面笑容,意识到刚才的话着相了,也是他太在意夏想这个朋友,才有此一说,就赶忙转移话题,"今天晚上举行欢迎宴会,请你和古玉同志参加,不准推辞,否则我没法向市委市政府交代。"

夏想知道自己虽然只是处级干部,但代表的是领导小组,在许多人眼中也算是上级领导,不出席宴会说不过去,只好答应。

晚上古玉回来,就和夏想一起参加了宝市的欢迎宴会。

夏想原以为只是小范围的宴会,不承想到了会场一看,满满四桌子全是人,少说也有几十人。邱绪峰生怕夏想不快,急忙解释道:"本来曹书记说了,今天简单一点就好,而且曹书记也有事不能到场。但任市长听说你来了,一道命令下去,结果就来了这么多人,光是市委常委就到了七八人。"

曹永国不来是为了避嫌,毕竟一个岳父一个女婿,人后如何别人不管,在人前还是尽量少在一起为好。

其实主要还是邱绪峰无意中走漏了夏想可能又要为宝市拉来外资的风声,许多轮不到参加宴会的人,因为投资带来的实际利益,就一遍遍向任庆之求情,要求参加宴会。任庆之年纪大了,心气也不高,大事上听曹永国的,小事上让着邱绪峰,脾气又好,就架不住众人的哀求,让大家都来参加宴会。

结果就成了现在的局面。

既然大家热情有加,夏想又岂能做出拂众人好意之事?他笑容满面地和众人一一握手,不厌其烦地回答每一个人的问题。他淡定从容的举动和真诚友好的笑容,赢得了所有人的好感。尤其是他为宝市所做出的巨大成绩,在座的人都因为投资而受益,本来对他十分感谢,又听到他准备为宝市拉来外资,对他的好感就上升到了无与伦比的高度。

虽然大家心里都明白夏想是曹书记的女婿,但夏想的所作所为可不是曹书记一人受益,而是让所有人都有好处可得,谁不对夏想高看一眼?就连任庆之也是亲热地拉着夏想的手,自称伯伯和夏想套近乎。

任庆之对夏想的好感发自真心,他本来马上就要到退休的年龄,基本上要以厅级离休养老了,但宝市突然获得了十五亿美元的外资,他身为市长自然功不可没。省里有传闻说,准备让他退下来之前到政协过渡一下,提到副省级,待上半年再退,也算有一个副省级待遇。

任庆之越看夏想越喜爱,一想还是曹永国厉害,早早将女儿嫁给了夏想。他的女儿任盈盈长得也挺漂亮,可惜晚了一步,要不说什么也得将夏想这个乘龙快婿抢到手。

夏想在宝市的官员之中受欢迎的程度,比邱绪峰想象中还要热烈。许多人都是一样的心思,要是能乘机结识夏想该有多好。谁在宝市都有几家暗中支持的企业,如果让夏想看中,进行改制的话,不但可以引来资金,还可以借机大捞政绩。这一举两得的好事,全在夏想的一句话之间。

　　于是包括常务副市长在内的宝市的几名常委,在和夏想握手时,都放低了姿态,一点也不敢拿市委常委的架子。

　　而且,最近流传的"夏想一怒,丰利跑路"的传闻,更让人不免猜测,据说丰利是叶书记亲自提议给弄到老干部局的,岂不是说明叶书记对夏想也是青睐有加?因为夏想和丰利吵架,就为他搬开了丰利!

　　传闻真是越传越失真,越失真越夸张,在外面不明真相的官员眼中,就成了丰利因为和夏想吵架才被省委书记拿下。

　　宝市宣传部长步悟本和丰利认识,也有点交情,隐约也听过丰利不满地说夏想的坏话。酒过三巡之后,他有了点醉意,仗着酒劲向夏想敬酒,说道:"夏处长,虽然我和丰利有点交情,但在大是大非的问题面前,我还是坚定地和你站在一起。夏处长一怒,丰利跑路……我对你的做法完全赞成,丰利太不像话了,也希望夏处长不要认为我会因私废公……"

　　夏想愕然,这都什么跟什么,怎么就成了他一发怒,丰利跑路?真是传得没边了。但事情的真相又不好解释清楚,只得含糊其词地搪塞过去。

　　不管如何,宴会还算成功,夏想也左右逢源,给众人留下了好说话、没架子、和气、聪明的良好印象,直让古玉佩服得五体投地。以前在领导小组办公室古玉还不觉得夏想如何,也没看出他多受人欢迎,现在到了宝市才知道夏想长袖善舞的本领——在下面地市的领导面前,举止得体,受人尊敬而不自傲,说话温和,不徐不疾让人感觉彬彬有礼。

　　古玉就想,夏想还真是让人看不透,总能流露出不为人知的另一面,给人惊喜。看来,向他学习的地方还有很多。

　　第二天,夏想将考察的见闻和所思所想,以及得到的第一手材料都整理好,传真给卫辛,让卫辛有针对性地和迈克交谈。很快卫辛就答复说,迈克下周有空,让宝市尽快发出邀请函。

　　夏想将消息告诉邱绪峰,邱绪峰都不知道说什么好了,正好左右无人,他便开玩笑地说道:"我要有个妹妹,她要是喜欢你,就算没有名分地跟着你,我也不拦她……可惜,我只有一个姐姐。"

　　夏想想到邱绪峰姐姐的厉害,不由打了个激灵,急忙说道:"少胡说,我是好人,谁像你就喜欢骗别人的姐妹。行了,我得回燕市了,还有单城市的事情需要处理。"

邱绪峰吓了一跳,忙问:"你都知道些什么?是不是梅晓琳说过我的坏话?"

夏想见邱绪峰为自己知道他以前的糗事而念念不忘,不由哈哈大笑:"什么坏话? 你自己办过的坏事自己心里清楚,就别问我了。"

说完,夏想也不理会邱绪峰的再三追问,扬长而去,只留给邱绪峰一个得意的背影。

回去的路上,古玉不时偷看夏想几眼,想说什么又一直忍着不开口。终于在古玉看了无数眼之后,夏想忍不住了:"古玉,你有话说就尽管开口,别吞吞吐吐的,你不是一向心直口快吗? "

"我是怕说出来伤了你的自尊。"古玉在夏想面前,缺少足够的对上级的敬畏,总是以一种平等随意的态度和他说话。夏想也不在意,他知道自己在古玉面前可没有托大的资本。再说,他一向也没有装腔作势的习惯。

"没关系,有则改之,无则加勉,我不是小孩子,不会动不动就伤自尊。"夏想笑着扭头看了古玉一眼。

无意中一看,却正好看见古玉微微弯腰,身子前倾去拿仪表盘上的资料,夏想的目光正好落在了古玉的领口上,只见峰峦半入云,白鸽欲展翅,雪白与粉红相间,无限迷人。

尤其是她领口一低之时,或许是挤压了身上衣服的缘故,一股极其醉人的香气从她的胸口溢出,直扑入鼻。夏想一闻之下,顿时心旷神怡,几乎忍不住……

夏想努力皱了皱鼻子,才强行压下要打喷嚏的冲动。

古玉穿的是一身淡黄色连衣裙,裸露在外的肌肤无一不是洁如美玉。有些女人是外露的皮肤差,身上皮肤好。有些女人是外露的皮肤好,反而身上差。而古玉则是表里如一。夏想只是惊鸿一瞥就已经得出结论,古玉的肌肤之好,不亚于曹殊鹥,不次于连若菡,不输于严小时。

古玉发现了夏想的目光,她若无其事地坐直身子,调皮地一笑:"其实我想说的是,本来我一直对你很好奇,也很尊重。但经过接触我发现,你就是一个普通男人,或许有别的男人没有的一些优点,但其他男人共同的缺点,你一样不少。"

"你的意思是指我刚才不小心看了你的领口?"夏想倒也大方,直接就说了出来。

"是,一点没错。"古玉愤愤不平地说,"还有,你在去宝市的时候,一上车就露出了本性,鼻子闻个不停。我才知道,怪不得你特意叫我和你一起出差,原来

263

你心里有鬼,在打坏主意。"

夏想不得不叫屈了:"你既然在领导小组工作,就得听我的工作安排。你身上有香气,我不闻也得闻,我不责怪你故意引诱人就不错了,你还怪我乱闻?还有,刚才你弯腰拿东西,我只是想提醒你系好安全带,无意中看到了峰峦半入云,无心之过,你却说成是故意,分明是你疑心太重!"

古玉气得不行,瞪了夏想一眼:"厚脸皮,得了便宜又卖乖,回头我就告诉爷爷,不上班了,省得被你欺负。"

"好了,好了,别耍小孩子脾气了,你是自身带香气,我是被动被香气袭人。再说刚才绝不是故意看你,实际上我也没有那么浅薄,是不?你也别多想了,还是说说万里汽车厂的现状。"夏想连哄带骗地说道。

古玉果然听话,夏想一说,就立刻忘记了刚才的不快,说起万里汽车厂的状况来。

获得投资之后的万里汽车厂,因为古玉的强势介入,改变了只生产皮卡和轻卡的战略,开始转型生产第一辆 CUV,并且命名为胜者。胜者的设计参考了国外名车的外观,并且做了改进以便更适合国人的审美。古玉对胜者的外观很喜欢,却在推向市场之后信心不足。

"城市休闲车,符合以后都市人在工作之余想要休闲、想要游山玩水的心情,既有轿车的驾驶感受和操控性,又有多用途运动车的功能,同时又注重燃油的经济性,肯定会大受欢迎。现代人的心理大多矛盾,既想工作又想休闲。CUV 可谓应运而生,既和桥车一样舒服、经济,又和越野车一样具有通过性高的多功能的特点,正符合当下人的需要。"夏想就从适用性方面坚定古玉的信心。

古玉睁大了好奇的眼睛,看向夏想:"你好像什么都懂一点,怪事,我又有点佩服你了。"

夏想对古玉小女孩式的崇拜颇感无奈,也不理会她惊奇的目光,说道:"万里汽车厂基础条件不错,大有前景,你的眼光不错,选择了万里汽车厂,是一步好棋。CUV 推向市场获得成功之后,就可以将配件分厂的议题提上日程,怎么样?"

古玉"嗯"了一声,笑了:"哪里是我的眼光好了,还不是听从了你的主意。要是 CUV 不成功的话,我该怎么拿你是问?"

"我的主意是好主意,不成功的话,是执行者的问题,不是我的计策不好。"夏想很无赖地一点也不承担连带责任。

"真没担待,还是一个男人呢。你不会说,大不了把你赔给我好了,你以为

264

我还会真要你？"古玉张口就来，话一出口才觉得有些唐突，不由脸色一红，把头扭向窗外，不敢再看夏想。

准备还击

夏想摇头一笑，古玉其实性子很软，既温柔又恬静，是个不错的丫头。只是不明白以她的性格不太像有商业头脑，却能在玉石生意上赚大钱，也是怪事。人都有复杂的一面，精明的人也不一定都能赚到大钱。

回到燕市，到单城市出差的方格和王林杰也回来了，两人向夏想提交了一份详细的关于单城市将台酒厂的报告。夏想仔细看了一遍，发现和他了解到的情况差不多，心想其实将台酒厂不管是基础设施，还是酿造工艺，以及熟练工人，什么都不缺，缺乏的就是一个强有力的有市场经济头脑的领导和敢于迈出第一步的勇气。

第二天，夏想将关于单城市和宝市的改制企业的建议提交给宋朝度过目。宋朝度看后立刻上报给范睿恒，当天下午范睿恒就在上面批示：想法非常不错，请叶书记过目。

宋朝度和范睿恒是一样的心思，欣慰之余都不约而同地想，夏想是个干将。

叶石生看后，心中大定，知道夏想果然没有辜负他的重托，始终在为下一步改制尽心尽力。心想夏想真是一个可靠的下属，只做不说，总能在关键时刻给人惊喜。他在心中将夏想划归到了完全可以重用的那一类干部之中。

叶石生眼中的干部有四种。第一种是不说不做，在机关中类似透明人，平常好事想不起他，坏事也轮不到他，基本上属于可有可无的角色。第二种是只说不做，这样的干部光会做表面文章，口头上的漂亮话说得顶呱呱，但真正落到实处的很少。凡是领导交代下来的任务，不管完成的情况如何，汇报工作时肯定是谎话连篇。第三种是又说又做，此类干部有一定的能力，也能完成不少艰巨的任务，但最喜欢提条件、讲困难、爱宣传。第四种就是只做不说。叶石生不管别人喜欢什么样的干部，反正他最欣赏的人才就是埋头苦干，做出成绩又不爱宣传，只默默奉献，不要求回报，就是和夏想一样的类型！

当然，叶石生不了解的是，夏想并不完全是只做不说的类型。他有时会只做不说，有时也会又做又说，但什么时候埋头苦干，什么时候也适当宣传一下，让别人知道他的功劳，全看当下的时机。夏想之聪明，叶石生并没有完全看透。

叶石生想了一想，提笔在报告上批示：同意，请单城市和宝市相关部门照

265

此执行,叶石生!

签名的后面是一个实心的感叹号,代表了叶石生最认可的肯定。而且他批示的口气,完全是以命令的口吻,相当于将夏想的报告提升到了领导小组的名义,由此奠定了夏想在领导小组中仅次于宋朝度的实际地位。

批示之后,叶石生似乎还感觉意犹未尽,就拿起电话打给了钱锦松。

钱锦松接到指示后,立刻给夏想打电话,让他去向叶书记当面汇报工作。夏想接到钱锦松电话时,刚刚和范铮敲定好稿件的事情,而且他也写好了一篇反驳文章,题目是《论纸上谈兵的危害性》。文章从正反两方面举例,对现今质疑产业结构调整的声音表示了强烈的不满,并影射地指出有些人就是唯恐天下不乱,并非出于学术目的进行辩论,而是有不可告人的目的,甚至是为了一己之私。

夏想的文章比起第一批严小时等人的反驳文章,犀利多了。不但现身说法将燕省推行产业结构调整以来的大好形势展现出来,还展望了下一步的改制对普通民众带来的有利影响,可谓夏想的呕心沥血之作。因为夏想早就猜到他上报产业结构调整的第二步计划之后,叶石生肯定会紧接着问他要第二批反驳文章。

只是没有想到,叶石生的动作会这么快。他通过钱锦松转告自己去汇报工作,其实是另有指示,也说明他还真是心急了。

还好,夏想已经做好了准备。

夏想从宝市一回来,就一刻没有停歇,奋战一晚上完成了自己的稿件,又联系严小时和范铮,让他们也及时交稿。刚好在接到钱锦松的电话之后,连同他的稿件在内的三篇文章,已然到手。

夏想来到叶石生的办公室。第一次以处级干部的身份,单独向省委书记汇报工作,确实有点紧张。平息了一下激动的心情,在麻秋的笑脸相迎中,夏想一步迈进燕省第一人的办公室!

叶石生的办公室没有什么显著的特点,他接任省委书记之后,并没有用高成松留下的办公室,而是随意找了一间,按照他以前的省长办公室的风格装修一下,就搬了进来。夏想心想,至少从办公室的装修风格来看,叶石生还是不太讲究办公条件的,是一个务实、低调的省委书记。

别说,夏想虽然和叶石生也算熟识,但在办公室这种严肃的场合见面,还是第一次。夏想微微弯腰,然后恭恭敬敬地叫了一声:"叶书记!"

叶石生抬头看了夏想一眼,脸上没有什么表情,只是淡淡地说道:"坐,先说说你的宝市之行。"

叶石生身为省委书记,对他的一举一动了如指掌,也是难得的用心。夏想明白,现阶段叶石生至少有一半精力被产业结构调整牵绊了,深入一想估计是源于程曦学首先发起的论战。如果没有程曦学的主动挑战,燕省的产业结构调整就算取得再大的成绩,估计在叶石生心目中的分量也不会太重。毕竟一个省委书记的事情很多,经济发展再重要,也比不过书记的政治大计。

但产业结构调整被程曦学的文章抹上了政治色彩之后,反而激起了叶石生的火气,现在他对产业结构调整的关注,比起程曦学的文章发表之前,不可同日而语。以前只是当成一次试探,一个应付了事的差事,现在则完全当成了一次挑战,一次应战。

所以叶石生才不顾省委书记之尊,让夏想亲自前来向他汇报工作,就是因为产业结构调整的具体工作由领导小组实施,而领导小组的核心人物就是夏想!

夏想将他到宝市考察所得出的结论,详细地向叶石生作了汇报,同时,又将方格和王林杰到单城市考察将台酒厂的情况一并说出。

夏想的口头汇报,自然要比报告详细、生动得多,叶石生听了,心中更是坚定了信念。

“关键还是前期投资和后期市场的把握,尤其是前期招商引资的难度最大。夏想,单城市和宝市项目的资金,有眉目了没有?”叶石生最关心的还是资金,没有资金,一切设想都是空谈。夏想的报告上并没有说明资金落实的情况。

“正在努力落实,困难是有,不过希望也有。”夏想没有把话说死,因为他也清楚叶石生对他寄予厚望,但越是如此,越得谨慎,“请叶书记放心,我会尽快克服资金方面的困难,一有准确消息,就及时向您汇报。”

叶石生清楚欲速则不达的道理,夏想毕竟只是一个处级干部,不是手眼通天的人物,不可能想要资金就有资金,得给他时间,就勉励了夏想几句,随即说道:“第二批稿件……准备得怎么样了?”

其实在开口之前,叶石生心中还闪过一丝愧疚,甚至还扪心自问,是不是逼迫夏想过紧了?领导小组的重担几乎全落在他一人身上,他才多大年纪,能不能吃得消?不过又一想夏想确实也是才华过人,就本着能者多劳的想法,还是不怕夏想做得多,只要他都能做好,就越证明他能干,是个可以托付重任的干部。

夏想早有准备,拿出三篇稿件,恭敬地交给叶石生,说道:“从宝市回来后,我就连夜赶稿,同时又让范铮、严小时各写了一篇,刚刚汇总到我手中,还没有来得及提交给葛组长过目。正好您问起,就请叶书记批评指正。"

叶石生强压下内心的喜悦,夏想还真是及时雨,事事都能提前做好。可以说自从他和夏想接触以来,每一件事情夏想都能想得十分周全,甚至比他预想的还要充分。

等他仔细看完三篇文章之后,再也按捺不住内心的激动,拍案而起,赞道:"好文,好见解,反驳得好! 夏想,你的文章反驳得痛快、犀利。严小时的文章绵里带针,攻防有度,缜密细致,让人挑不出过错。范铮的文章一张一弛,含蓄内敛之中,又有不少哲理性的深思。你们三人的文章各有特色,发在一起,绝对是一股不容忽视的声音! "

叶石生正被《京城日报》和《燕省日报》上的文章气得肝火两旺,偏偏他又不擅长作文,否则还真想自己提笔上阵,与横加指责产业结构调整的专家正面论战。上一次领导小组的三篇文章发表之后,虽然也起到了一定的反击效果,但力度较弱,没有引起什么轰动效应,还被一些专家指责为小学生作文,抓不住关键点,说不到重点上。若不是早有夏想说过第一波反击只是投石问路,是示敌以弱,故意为之,他早就将葛山大骂一顿,指责他办事不力了。

叶石生不比夏想,夏想只是领导小组的处长,舆论的攻击还落不到他身上。叶石生身为省委书记,任何质疑产业结构调整的文章,都相当于当面指责他的不是,让他面上无光。尤其是他性子软,更是时刻感觉如芒在背,恨不得一个电话就免了《燕省日报》社长的职务。

刚刚看到夏想下一步对单城市和宝市的改制计划,接着又看到第二批反驳的文章,质量比上一次高了许多倍。尤其是夏想所写的一篇,痛快淋漓,简直完全说出了叶石生心中所想,骂出了叶石生想骂又骂不出的话,怎能不让叶石生惊喜?

叶石生对夏想的欣赏,已经变成了喜爱,认定夏想就是他从政以来所见过的最得意也是最得力的爱将。

叶石生夸完三篇文章,见夏想站起来想要谦虚几句,就冲他一摆手:"废话就不用说了,你等一下,我改动几个地方,然后立刻拿去发表。"

夏想连忙闭口不言,恭敬地站着不动。

叶石生激动之余,竟然也没有坐下,而是站着改稿。他拿着红笔,在三篇稿子上指指点点,差不多写了十几分钟,才放下笔,说道:"将稿子直接交给葛山,由他来具体安排。夏想,你下一步的工作重点就是落实单城市和宝市的两大项目,有什么困难,直接来找我。麻秋……"

叶石生说话语速很快,不给夏想说话的机会,直接叫麻秋进来:"麻秋,以后夏想来汇报工作，不管我有多忙，不管有谁在，一律优先安排。"

麻秋深深地看了夏想一眼，低头应了一声："是，我记下了。"

夏想知道，叶石生此时此刻对他的信赖已经上升到了前所未有的程度。

离开叶石生的办公室，夏想直接来到范睿恒的办公室，向范省长汇报了工作。该有的态度必须端正，尽管说起来他和范睿恒之间私交更深一些，但和叶石生走近了，也要及时向范睿恒表态才好。

范睿恒对夏想和叶石生走近，也是持谨慎乐观的态度。上一次范铮生日，夏想和宋朝度一起到范睿恒家中做客，算是落实了几人之间的合作关系。而且现在夏想和范铮关系很好，二人关系之密切有点出乎范睿恒的意料。不过也正是因为范铮时常把夏想挂在嘴边，倒让范睿恒对夏想的印象也越来越好。

其实，一开始范睿恒对夏想也是提防加利用的心理，但经过合作之后才发现，夏想为人远比他意料中精明，也更务实。再经过一系列的事件之后，范睿恒也清醒地意识到，和夏想合作远比和他对抗更有实惠，也更有好处。况且夏想也有向他靠拢的意愿，又和范铮关系深厚，于公于私，他都没有理由不培养夏想成为自己人。

夏想和叶石生走近，对范睿恒的利益也没有什么损害。因为叶石生并不是一个喜欢独揽大权的书记，在培植自己人方面，叶石生也做得很有分寸，范睿恒没有理由不配合叶石生的工作。反正叶石生也快到点了，除非再升上一级，否则两三年后，他就到省部级干部的年龄线了。

正是心中基调定了下来，范睿恒才对夏想最近和叶石生之间的频繁互动，没有太多想法。相反，他倒是乐观其成。正是因为夏想审时度势，聪明地拉拢了叶石生，才保住了产业结构调整的大方向不变，否则叶石生被崔向几人争取过去，不但产业结构调整有可能停滞不前，燕省的局势也会被崔向暗中左右。

由夏想出面和叶石生接近是最好的选择，范睿恒清楚得很，他不可能和叶石生走得过近，叶石生也不可能会完全信任他。但这倒是其次，更重要的是如果他事事向叶石生请示，会让他在政府班子里的威信大减，也会给上头留下不好的印象，那就得不偿失了。

一场别开生面的大事件

书记对政府事务不插手不可能，插手过多，则会引起省长的不满。范睿恒很清楚他和叶石生之间会维持一个平衡，而他们之间平衡的支点，就是夏想。

夏想的级别不高，只是处级，在省委大院中可以说不值一提。但正是因为他级别不高,才更能游刃有余地周旋在书记和省长之间,而不用坚定地站队。因为在省委里面,没人会认为一个处级干部有多大的分量,所以就算他左右逢源,所有人看重的只是他的能力,而不是他的职务和权力。因此,夏想作为书记和省长之间的缓冲,作为产业结构调整领导小组的核心人物,非常巧妙地来往于叶石生和范睿恒之间,成为了二人之间微妙关系的一个关键的桥梁。

所以,当夏想前来汇报工作,简单地提到了他刚从叶书记办公室出来,范睿恒欣慰地笑了。夏想是个聪明人,也很会把握分寸,以后他会和谁站在一起是以后的事情,起码在现阶段,他值得信赖。

夏想汇报完工作,还将叶书记站着改稿的情景说了出来,笑道:"叶书记真是让人感动,足足站了十几分钟才改完稿件。我看他在范铮的稿子上停留的时间最长,也对范铮的文采最为赞赏。"

范睿恒也笑了:"叶书记站立改稿,是出于对文采斐然的文章的尊敬,是一种表率。说不定以后这件事情传出去,将会成为一件美谈……范铮的文章能入叶书记的眼,是他的福气,也证明他在京城几年没有白学,没有辜负我对他的一番心血……"

夏想听出了范睿恒的弦外之音,说道:"我和范铮现在是学兄学弟,就算没有范省长的这一层关系,我和他也是至交好友。过一段时间我要上京城交作业,如果范铮有空,就让他和我一起去看望一下邹老。"

范睿恒听明白了夏想的意思。夏想是说,以后不管范睿恒是不是在位,他都视范铮为学兄,相当于是一个长久的承诺了,范睿恒就心中甚喜。

对于让范铮出面参与论战,范睿恒有两方面的考虑。

一是范铮在社科院做学问,正好显示出他身为省长的清明。范铮以社科院学者的身份参与论战,不管别人是不是知道他是省长公子,都对范铮的名声大有好处。现在参与论战,可是成名的大好时机,机不可失,失不再来。而且范睿恒认为,此次论战虽然有政治目的,但同时引起了政治和学术界的双重关注,机遇之好,前所未有。如果范铮能够借此一举成名,自然大好。

二是不管范铮能否够借此机会扬名,都对他以后的成长大有裨益,是一次极其难得的锻炼机会。毕竟范铮已经决定躲在社科院做学问,而社科院却并不是完全做学问的地方,不涉及政治的学者是不存在的。范睿恒认为范铮并不适合从政,但只要生活在社会之上,人人又离开不政治。范铮在社科院,其实还是一种变相的从政。

夏想说了该说的话,表了该表的态,汇报了该汇报的工作,最后告辞离去。

夏想没有想到的是,原本以为范睿恒只是随口一说,不料叶石生"立而改稿"之事很快就在省委大院中流传开来。从此,人人都知道"三剑客"的文章深得叶书记赏识的传闻,更是对"三剑客"的名字了如指掌。比如都知道夏想是领导小组的成员,是核心人物;范铮是省长公子,社科院学者;严小时是单城市文化旅游的投资商,另一个身份知道的人并不多,但所有知道的人都会做恍然大悟状,然后心领神会地说上一句:"严小时,范省长的外甥女,难怪,难怪!"

夏想清楚,此事是范睿恒有意透露出来,就是要借叶石生之名,抬高他们三人。同时,也表明范睿恒现在对产业结构调整的支持力度是百分之百。

叶石生听到传闻之后,只是摇头一笑。此事对他的名声没有一点伤害,反而更能衬托出他认真负责的高大形象,他没有任何理由不快。

和叶石生、夏想所预料的一样,三篇反驳文章发表之后,顿时在燕省引起了巨大的轰动!许多专家学者被文章犀利的观点所震惊,更有人在震惊之余,被夏想的痛斥骂得倒吸一口凉气。

和第一次三篇文章发表之后,没有引起什么反响完全不同的是,第二次的三篇文章,以编者按的方式发表在《燕省日报》二版的重要位置上。不但在业内打击得一众专家学者一阵痛呼,甚至有人看到文章之时,还摔杯子骂娘。一时之间,最早在《燕省日报》发表质疑文章的不少学者,互打电话纷纷询问夏想、范铮和严小时到底是谁,几乎是鸡飞狗跳,到处责骂夏想胆大包天,指责范铮阴险狡诈,大呼严小时温柔一刀!

所有质疑产业结构调整的专家学者,如同被踩了尾巴一样,纷纷跳出来,大呼小叫地表演一通。

与专家学者们被击中痛处,跳得高叫得欢不同的是,夏想三人的文章在民众中引起了不小的反响。本来《燕省日报》在报摊点的零售很少,几乎没有人去零买《燕省日报》。突然之间,所有的报摊主发现了一个惊人的现象,前来买报的人比以前增加了数倍有余,而且无一例外全是购买《燕省日报》!

一般一个报摊顶多订几份《燕省日报》,当成一项摊派任务而完成。也不知道发生了什么大事,《燕省日报》突然就大受欢迎,真是稀奇古怪。不过有市场就有动力,许多报摊主都大量购进了《燕省日报》,销量比平常激增几十倍不止。

李小龙开了一家报亭,报亭坐落在工农路和华中大街交叉口,近十年了,他对各种报纸的销量数据差不多了如指掌,每天进多少份不滞销、不赔钱,基本上都能做到门儿清。今天一开张就邪门了,所有前来买报纸的都一个腔调,开口就问:"《燕省日报》?"

李小龙不明就里,拿起一份《燕省日报》看了起来。看完了夏想三人的文章,激动得一拍桌子,大声说道:"说得真是太好了,怪不得都想买《燕省日报》。要是《燕省日报》经常发这样的好文章,我敢说就是不摊派,发行量也能增加一倍。"

李小龙随即聪明地意识到,今天的文章确实是读起来让人爽快,但今天的文章是反驳前几天一些专家发表的文章,如果连在一起读,才更爽快。他突然作出一个大胆的决定,急忙联系他一个收废品的朋友,让他立刻到废纸厂将前几天的《燕省日报》全部买来,价格好商量。

朋友以为李小龙发疯了,却架不住李小龙的再三恳求,还是到废纸厂将一批即将化为纸浆的《燕省日报》收购回来,还崭新得跟刚出印刷厂一样。李小龙又将今天的报纸进了几千份,请人将两期发表不同论点的报纸订在一起出售,美其名曰"前因后果",售价高达五元一份。

结果李小龙的奇思妙想得到了市场的认可,短短一天时间他的新旧报纸就销售一空,粗略一算,他竟然净赚了不下一万元!

夏想当然不知道他们三人的文章,被一个名叫李小龙的报摊主大做文章,并且大赚一笔。他只知道,文章发表之后,领导小组的电话突然多了,有不服气的专家指名道姓要找夏想理论的,还有对夏想破口大骂的,也有伪善者以当面请教的名义要求面谈的。总之,只需要坐在领导小组的办公室之内,不必出门,就能充分体会到《燕省日报》今天洛阳纸贵的盛况。

更不用提《燕省日报》被热心百姓打爆了的热线,声援夏想三人的百姓占了百分之八十以上,让《燕省日报》一时疲于应付。《燕省日报》成立以来,还是第一次遭遇如此热烈的情景。

与《燕省日报》的社长愁眉不展相反的是,发行部的人笑开了花。他们可不管政治,也不在意谁占上风,但今天的销售数据却是十几年来最高,让他们意识到可以小赚一笔之时,自然喜不自禁。

夏想坐在领导小组办公室内,表面上镇定自若,其实内心颇有一种扬眉吐气的感觉。自从马霄突然主动挑起宣传战以来,领导小组一直处于被动应战的状态,直到今天才算在宣传战上有了一次漂亮的反击。

尽管他也清楚,对方很快就会组织新的力量进行猛烈的还击,但至少今天《燕省日报》的畅销,证明了民心所向。

最先打来祝贺电话的竟然是邹老。

邹老的声音兴奋之中透露出一丝得意:"好样的,夏想,非常棒。我今天接到程曦学的电话时,他阴阳怪气地说我教了两个好学生,我还不清楚怎么回事,直到他点明了《燕省日报》的文章之后,我才找了一份看了看……三篇文章

272

相映成趣，各有特色，如同兵法上的互成掎角之势，首尾呼应，环环相扣。每篇文章独立成篇，又为其他两篇提供论点，妙，妙不可言。我看完之后立刻打电话给程曦学，说是多亏他提醒，要不我今天还没有发现有这么高兴的事情。程曦学当时气得不行，呵呵……"

难得邹老兴高采烈得像个孩子一样大笑起来，笑完之后他又问道："严小时是谁？好像是个女孩子的名字，她的文章不简单，立意新，用词雅……"

夏想笑了，严小时还真幸运，入了邹老的眼，他知道，严小时的机会来了。

邹老的电话刚挂断，又一个电话打了进来，让夏想没有想到的是，竟然是叶石生亲自来电。

"夏想同志，我听到一个消息，《燕省日报》今天已经是第三次加印了，听说新闻纸也不够用，正紧急从外地调运……你说说，我该怎么奖励你？"叶石生挺有意思，不直接说今天的文章造成的反响有多大，反而从新闻纸不够用的角度来盛赞夏想的成功，确实是有特色的领导的讲话艺术。

夏想连忙谦虚地说道："跟我有什么关系？"

这一句话说得比较生硬，叶石生微微一愣，心想夏想还真是翘了尾巴不成？不料夏想紧接着说道："都是叶书记'立而改稿'的功劳，正是因为叶书记的生花妙笔，我们三个人的文章才引起了广大读者的共鸣，也正是叶书记胸怀天下、心系苍生的情怀，才让我们的文章有了生命。"

叶石生愣了片刻，随即哈哈大笑："夏想，你的一张嘴和一支笔加在一起，真是珠联璧合。没想到，你不但能力出众，口才和文章也有过人之处。好，很好，非常好！"

叶石生放下电话，笑容满面，几天来的郁闷一扫而光，心想也不知道崔向和马霄等人是怎样的一副嘴脸？

夏想随后又接到范睿恒的来电，范睿恒比叶石生更高兴，因为范铮可是他的儿子，此战即使不算是一举成名，也为以后的道路奠定了坚实的基础。他自然满心欢喜，同时，对夏想也多了一分亲近之意。

只是在省委宣传部中，崔向一脸铁青，马霄一脸愤怒，二人相对而坐，半天也没有说出一句话来。

郑冠群坐在一旁，察言观色，知道此时还是闭嘴为妙，也是一言不发。

郑冠群调任省委宣传部常务副部长后，表面上事事听从马霄的安排，又经常向崔向汇报工作，在外人眼中，他就是崔向的人。但叶石生和夏想心里都清楚，郑冠群正在上演一出史无前例的无间道。因为他私下里和夏想来往过密，基本上只要马霄不避讳他而作出的决定，都会在第一时间传到夏想的耳中。

夏想知道了，就代表叶石生知道了。

叶石生对夏想玩的这招暗度陈仓的计策十分满意，每次从郑冠群处得到崔向和马霄的一些密谋之后，想起崔向自以为郑冠群是他的人，费尽心机将郑冠群调来，就忍不住笑几声。他也不得不感叹，夏想真是一个审时度势能充分利用人心的人，连在官场沉浮十几年的崔向看人也看走了眼，反而不如夏想。也不知夏想运用了什么手段，竟然让郑冠群心甘情愿地和他站在一起，弃提拔他的崔向于不顾。夏想，确实是一个深谙人心深懂权谋之人。

不过郑冠群初到省委宣传部，崔向对他信任，但马霄对他总有一丝提防，所以郑冠群接触到的崔向和马霄之间的核心秘密有限。郑冠群也不急，表面上服从一切的安排，实则有耐心、有信心，要得到两人的进一步信任。

夏想三人的反击事件，在专家们和百姓之中造成的巨大反响，完全出乎崔向和马霄的意料。两人一早接到电话，就开始脸色不善。一直到了中午，宣传部的电话响个不停，两人的脸色就越来越难看。

崔向干脆不再回他的副书记办公室，而是停留在马霄的办公室，商议下一步对策。

两人情急之下，忘记了让郑冠群回避一下，当着他的面就商量着如何再次组织专家反击，如何打压夏想。因为领导小组的主事人现在就是夏想。如果夏想出现经济或作风上的问题，叶石生就会折断翅膀……

"政治上的打压现在没有可能，夏想正当红，不但在叶石生面前吃香，在范睿恒面前也是深得信任，书记和省长都维护他。而且他为人又小心谨慎，没有留下什么把柄……"崔向对夏想的了解比较深，仔细想了一想，觉得夏想包裹得非常严实，现在想要冲他下手，还真找不到可以下手的地方，"如果他还在安县就好了，若在安县，肯定不会和叶石生还有范睿恒走得这么近，也不会让他成为领导小组的核心人物。本想将他闲置才调来省委，结果倒好，他反而越折腾越厉害，压都压不住了……"

崔向说不后悔调夏想来省委肯定是假的，因为他早就心生悔意了，只是碍于脸面不愿承认罢了。今天当着马霄的面说出来，也是他心中发出的最无奈的叹息。

马霄却说："崔书记不必对以前的事情念念不忘，都过去了，说什么也没有用，还是琢磨下一步如何整治夏想才好。先锋想利用吴家打击夏想，事情已经过去一段时间了，到现在还没有眉目，而且夏想和连若菡之间未必就真有事情，总等下去也不是一个办法……"

他怎么就这么聪明

"是呀,夏想滑不溜手,做事情既不留把柄,又没有经济和作风问题,他真是官清如水,不喜欢女人,还是他做事情隐蔽,让我们抓不到一点漏洞?"马霄若有所思地说道,"夏想正年轻,不可能不喜欢女人,更不可能不喜欢钱,如果能从这两个方面有所突破的话,不愁扳不倒他。夏想一倒,领导小组就没有了核心人物,叶石生和范睿恒之间也失去了维系的纽带。只要叶石生和范睿恒之间没有了共同利益,我们就有可乘之机……"

崔向点头:"夏想还真是一个关键环节,不但是领导小组的核心人物,还是联系叶石生和范睿恒目前阶段合作的基础。别说,仔细一想,夏想还真是一个不可或缺的支点。夏想一倒,燕省的局势就会重新回到以前一盘散沙的状态,我们的机会就来了。只是,夏想的年纪不大,行事却稳重,他爱人曹殊黛开办了一家设计公司,也处理得很隐蔽,让人挑不出问题。经济方面,好像还真抓不住他的漏洞,就是他开的车是远景集团的,价值上百万元。"

马霄微微摇头:"远景集团和夏想之间确实来往过密,但夏想确实有设计方面的才能,他为远景集团设计的方案就算公开报价,远景集团为他开出两百万的设计费也不算什么。我研究过夏想参与的设计,他要的价格都不高,甚至比市场价还要低一些,真要从这个方面入手,最后闹大了,反而成替他宣传了。"

崔向无奈地说道:"他和连若菡、严小时及梅晓琳都来往密切。三个女人之中,连若菡人在美国,正在调查。严小时因为和范睿恒之间的关系,不好调查,容易引起范睿恒的反弹。梅晓琳是梅家人,查她的话,有没有效果不好说,触怒梅升平就麻烦了。梅升平谁的面子都不给,就是对夏想另眼看待。夏想此人,还真是心机深沉,不但经济上让人找不到问题,生活作风上,看上去身边倒有几个可能有暧昧关系的女人,但都大有来头,让人不敢轻易去查……他怎么就这么聪明?"

说话间,崔向脸上流露出一股无计可施的沮丧。

"领导小组办公室有一个女孩儿,最近和夏想走得比较近,夏想出差也总带着她,她叫古玉。"马霄忽然想起了什么,说道,"听说古玉和夏想早就认识,而且古玉人长得既漂亮又年轻,夏想能不动心?查查他们之间有没有问题,怎么样?"

坐在一旁的郑冠群听到两人在谈论如何陷害夏想,如何想方设法置夏想于死地,不由对二人大为鄙夷。原本以为高高在上的省委副书记和宣传部长,是如何的德高望重,如今一看,其实褪去了身上的职务和光环,和普通人没有两样,甚至比普通人还要坏三分。

两个大人物在算计一个小人物,别说传了出去没人相信,就是他亲眼所见,也几乎不敢相信自己的眼睛和耳朵。夏想不过是一个处级干部,也值得一个副书记和一个宣传部长密谋算计?

只是事实就是事实,郑冠群感慨之余,也为自己竖立了一个准绳,不该拿的钱不拿,女人也不要乱搞。否则在官场之上,不怕你没问题,就怕你没有政敌。一旦你有了政敌,就只有死路一条了。

苍蝇不叮无缝的蛋。即使你是没缝的蛋,在遇到欲置你于死地而后快的政敌之时,对方还想敲出一条缝来。何况你是一个有缝的蛋,绝对会被对手打击得蛋清蛋黄流一地,死无葬身之地!

看看,为了整治夏想,连古玉小姑娘也遭了殃,何其不幸。

不过郑冠群不清楚的是,如果二人真要拿古玉做文章陷害夏想的话,不幸的就不是古玉,而是马霄和崔向了。

幸好崔向足够冷静,他摇头说道:"不行,古玉能进领导小组工作,也大有来头。我当时觉得奇怪,就查了一查,却查不到古玉的底细。我都查不到底细的人,就证明一点,她的来历保密程度之高,连我的级别都接触不到。"

马霄吓了一跳:"都什么人,怎么个个都是惹不起的人?"心有不甘地说了一句,他忽然眼睛一亮,又说,"夏想不是没有经济问题,也没有作风问题嘛,好,我们就想办法为他制造一个重大的经济和作风问题……"

崔向吃了一惊:"怎么?"

马霄却看了郑冠群一眼,没再说话。

郑冠群忙识趣地站了起来,不失恭谨地说道:"崔书记,马部长,如果没有什么事情的话,我先去忙了。"

马霄没说话,只是点了点头。

郑冠群走出马霄的办公室,心中的厌恶之感越来越强烈。什么东西,居然能想出陷害夏想的下流办法出来,真够丢人的。可惜的是,后来具体是什么办法他没有听到,但不管如何,还是有必要提醒一下夏想,别让他一不小心着了道才好。

郑冠群以前还因暗中和夏想往来而觉得有愧于崔向对他的信任。经此一事,他心中一下轻松了许多。崔向和马霄在他心目中的形象一落千丈,现在他反而十分庆幸和夏想走近,甚至还将夏想当成他的人生目标。什么是成功的人？夏想就是。他能从容地周旋于书记和省长之间，成为书记和省长之间维系平衡的纽带。他能让省委副书记找不到他的缺点，想要整治他却无处下手。不管夏想是不是真的没有问题，还是掩藏至深，都是一种难得的成功。

郑冠群走到无人处，立刻拨通了夏想的电话。

夏想此时已经从反击战得胜的喜悦中清醒过来，又开始了下一步的计划。他约了齐亚南在燕京大酒店会面，为单城市将台酒厂的下一步改制寻找资金。齐亚南是夏想视线之中最合适的投资人。

在燕京大酒店会面，安排吃饭就简单多了。夏想到达时正好是中午时分，齐亚南已经安排好了一切，夏想一进门就被迎入豪华包间。

不但齐亚南在，齐东来也在。

夏想一见齐东来，急忙上前客气地寒暄几句。

齐东来尽管在省里、市里都有关系，但在夏想面前并不托大，说话很是客气。齐亚南更是赔着小心，对夏想又敬又怕。敬的是夏想和齐氏集团打交道以来，从来没有贪图过齐氏的任何好处；怕的是上一次夏想介绍他和范铮认识，手腕之妙，让他事后想起还后怕不已，才知道夏想的高明之处，心里就有了计较，以后和夏想来往，得时刻多留着心眼儿。

倒不是担心夏想会害他，而是生怕一不小心会错过什么重大机遇。

夏想此次主动和他见面，肯定又有大事，所以齐亚南就赔着十二分小心。而齐东来听说夏想过来，觉得他身为齐氏集团的老总不出面见见也不合适，就亲自过来作陪。

还有一个让齐东来非想见夏想一面不可的决定性因素是，他想再亲眼看看夏想，是不是和以前有什么变化。以前他认识的夏想，只是在小范围内有名气、有影响。现在好了，《燕省日报》一出，夏想的大名一夜之间传遍燕省，让许多支持产业结构调整的专家学者拍案叫好，更让许多反对者深恶痛绝。

就连齐东来也为夏想的文章大声叫好，专门买了上千份当日的《燕省日报》，摆放在齐氏集团所有酒店的大堂里面，也好为产业结构调整尽一份心，出一份力。

齐东来看到夏想依然和以前一样不徐不疾的神情，和齐亚南有说有笑，看不出来有丝毫变化，他心中就坚定了让齐亚南紧跟夏想的决心。夏想胜不骄败不馁，是一个做大事的人。齐氏早晚要交到齐亚南手中，尽管齐亚南经夏想介绍认识了省长公子范铮，但相比之下，齐东来认为夏想会比范铮更有前景，也更有影响力。

上一次茂盛酱菜事件之后，齐东来也认同齐亚南的说法，就当几百万元打了水漂,结交省长公子的同时又卖了夏想一个人情,一举两得。夏想帮了齐氏集团多次,从来没有伸过一次手,就算直接送他几百万也是应该的。

不过让齐东来万万没有想到的是,不久从茂盛酱菜厂传来消息,说是茂盛改制之后,销量惊人,短短两个月时间,销路扩大三倍。现在光是分红就有百万以上,照此下去,不出一年,投资就能全部收回。至此齐东来才明白,夏想并不是伸手向齐氏要钱,而是给齐氏送钱来了,不但送钱,还送了人情,让齐氏借机搭上了范省长的线。

一生见识无数贪婪官员嘴脸的齐东来第一次感动了,为夏想的巧妙计策,更为他不贪不要。尽管他知道夏想帮助齐氏肯定另有目的,不是一心无私,但至少夏想没有流露出任何为自己获利的想法,这让齐东来无比敬佩夏想的人品。

因此,今天齐东来说什么也要见夏想一面,当面向他表示一下感谢和敬意。

夏想并不明白齐东来的心思,他帮助齐氏集团,并没有太大的目的性,就是觉得齐亚南可交,以后多个朋友也是好事。在他看来这是举手之劳的事情,能帮就尽量帮上一把,至于能从齐氏身上捞取什么好处,他还真没有想过。别说齐氏,夏想在帮助任何一家集团或公司时,从未想过要从中得到什么实惠。

一是夏想不缺钱,不稀罕贪图别人的一点钱财和礼物。二是他始终觉得自己身为公职人员,本就应该充分利用手中的资源,为人民的幸福和企业的发展贡献自己的一份力量,这些都是分内之事,理应如此。况且帮助别人就相当于帮助自己,齐氏投资宝市,既为曹永国增加政绩,又让范铮有钱可赚,也让范睿恒放心,更让齐氏多了一个多元化的思路,同时又为茂盛酱菜厂的规模化发展奠定了基础,一举数得的好事,何乐而不为?

对于齐东来的客气,夏想也没有多想。齐东来混迹商界十几年,年龄也不小了,夏想当他是长辈。直到齐东来向齐亚南暗示要好好感谢他的时候,他才意识到,齐东来是想给他送礼。

齐东来非常热情地说:"正是因为夏处长的帮助,齐氏的发展才越来越多元化,洗浴中心、茂盛酱菜,等等,让齐氏前进的步伐更加稳健。作为受益者,不对夏处长有所表示就显得我们太不会做人了。"

齐东来一个暗示的眼神使出,齐亚南就伸手拿出一张卡,轻轻地推到夏想面前,笑道:"一点小意思,不成敬意。"

夏想笑眯眯地将卡拿在手中,是一张建行的储蓄卡,他饶有兴趣地问道:"多少钱?"

齐亚南见夏想关心金额，以为他是要收下的意思，心中一喜，伸出一根手指，说道："是一个数！密码是您的手机号码后六位……"

　　一个数是多少，十万还是一百万？夏想懒得猜，更没有问，而是将卡轻轻放下，不说收，也不说退回，只是冲齐东来说道："齐叔叔，有什么拿手好菜，上几个，我还真有点饿了，另外也来瓶酒喝。"

　　齐东来以为夏想收下了，忙高兴地说："没问题，马上就上燕京最拿手的特色菜，酒也多得是，想喝什么？"

　　"来一瓶家乡酒尝尝，将台酒有没有？"夏想笑问。

　　"将台酒？"齐东来面露难色，"档次低了点，酒店里面应该没有，得让人去外面买才行。"

　　燕京大酒店现在是四星级了，将台酒以前一两百元一瓶，现在普遍降低到了几十元甚至十几元一瓶，对燕京大酒店来说确实不入流。

　　夏想点头："让人买一瓶也好。"

　　齐东来对将台酒也有印象，就好奇地问道："小夏喜欢喝将台酒？其实将台酒还不错，酿造工艺很优秀，酒味醇正，回味甘美，在低档白酒中算是比较好的一种，就是没什么名气……以前还行，将台酒名气响的时候，畅销全国。现在基本上就是一个地方企业了，除了在单城市名气响一点，还有在单城市附近的一些地区有些销路之外，基本上现在喝酒的人都忘了将台酒。"

　　酒和烟一样，全靠名气。请客吃饭时，一般都愿意拿最好的酒招待客人，即使不上最好的，也要上名气大的。

　　秦池当年名气大的时候，许多人都抱着好奇的态度也要尝一尝，国内又有饭局至上的传统，每天不知道有多少饭局，光是一个好奇的尝鲜，就足以让秦池在全国的销量达到一个惊人的数字。

　　其实国人喝酒，就是跟风和比名气，真正懂酒的人又有多少？尤其是白酒，并没有几人能喝出酒精勾兑和真正酿造的两种酒的区别。将台酒好歹也是正经八百的传统老厂，有技术，有工艺，也有底蕴，重振雄风之后，夏想有理由相信可以响遍大江南北。

　　不多时将台酒买到，简单的包装，毫无特色的玻璃酒瓶，甚至十几元一瓶的低档酒也比它的包装好。夏想伸手打开瓶盖，给每人倒了一杯，说道："来，齐叔叔、亚南，尝尝将台酒，感觉一下滋味如何。"说话间，他又叫来身边的一个服务员，低声说了几句。服务员不敢答应，一脸请示的表情看向了齐东来。

　　齐东来大手一挥："夏处长说什么就是什么，以后我不在，他来酒店，怎么说怎么办。"

279

服务员应了一声，急匆匆出门而去。

齐东来以前也喝过将台酒，不过已经是十年前了，今天再次品尝一口将台酒，微微感慨地说道："将台酒确实不差，口感非常纯正，还是采用传统的酿造工艺，可惜了它的品牌和技术，现在沦落为地方企业，连三线品牌都不算，估计现在只是勉强维持罢了。"

夏想点头表示赞同齐东来的看法，又问齐亚南："亚南感觉如何？"

齐亚南一口酒喝下，皱起了眉头，摇头说道："确实不如大牌的酒好喝，总感觉差了一点什么，但又说不上来。"

夏想呵呵一笑，没有说话，正好服务员进来，送来几瓶好酒，有茅台、五粮液、剑南春和秦池。夏想让服务员各倒了一杯，依次让齐氏父子品尝。

免费宣传的东风

齐东来笑道："今天成了品酒会了？不是我托大，小夏，真要论到品酒，你和亚南都比不上我。我一生喝酒无数，从最便宜的二锅头到最贵的茅台，什么酒没有喝个够？"

齐东来将几种酒都喝了一遍，说道："还是茅台最香，剑南春最绵。不过五粮液味道不对，好像有假。秦池的味道比以前好了不少，难道现在改进工艺了？"

夏想笑而不答，对齐亚南说道："亚南，你说说看。"

齐亚南也都一一品尝一遍，笑道："照我看，还是五粮液最好喝，秦池最差。茅台太香了，我不习惯，剑南春也不是我喜欢的类型……"

夏想欣慰地笑了："还是齐叔叔厉害，刚才的几瓶酒中，只有茅台是真酒，其他全是假酒……"

齐东来一脸疑惑，不可思议地看向了服务员，服务员笑盈盈地答道："齐总，除了茅台之外，其他几瓶酒里装的都是将台酒。"

正在喝茶的齐亚南呛了一口，咳嗽几声大笑起来："夏处长，您到底演的是哪一出？怎么给我们来了一手偷梁换柱？"

齐东来明白了什么，赞道："还是小夏目光敏锐，很清楚名气带来的附加值。我只喝出了五粮液味道不对，剑南春却让我信以为真，惭愧。我还自称一生品酒无数，看来，包装和名气能无形中为一个品牌增加不少印象分。"

齐亚南也明白了夏想的意思："我明白了，在我这样不懂酒的人眼中，价格是第一位的，价格高，就认为酒好。没想到，几百元的酒和几十元的酒，只换了一个包装,就让我感觉好喝不少,心理暗示果然厉害。"

夏想摆手让服务员下去,解释说道:"其实我并不完全是考验齐叔叔对白酒的研究,真正能品尝出真假的品酒高人不是没有,而是太少了。我只是想从一个普通消费者的角度来思考问题,就是凭借将台酒厂的实力和酿造工艺,对将台酒厂进行改制,投入巨资做好广告,重新包装之后再推向市场,并含蓄地提到当年伟人的'南有茅台,北有将台'的评语,以齐叔叔的眼光,胜算有几成?"

齐东来终于明白了夏想刚才摆一出乌龙的本意。

齐氏集团以酒店业为主,现在开始涉足洗浴业,所从事的都是高利润的行业。齐东来虽然没有涉足白酒行业,但他心里清楚,白酒也是高利润行业之一,因为白酒无价,在酿造工艺相同的情况下,比拼的就是包装和名气。谁的名气大,谁的价格就高,名气的附加值带来的利润差距十分巨大。

夏想所说的投入巨资再造一个将台酒的说法,不是天方夜谭,而是切实可行的策略。

但齐东来还是心中犹豫,毕竟白酒行业和他的酒店业完全是两个不相关的行业,隔行如隔山。就算有夏想策划投资茂盛酱菜的成功案例在先,但投资将台酒厂,所需要的资金将会非常巨大,少说也要上亿元,再加上广告费用,估计要投入两亿左右……他担心一旦失败,会拖累整个齐氏集团前进的步伐。

投资洗浴中心,也需要巨资。现在才兴建一家洗浴中心,就已经动用了差不多近一亿的资金。齐东来不免踌躇。

齐亚南却没有那么多想法,他对夏想有一种盲目的信任,直接就说:"白酒行业利润可观,就算前期投入巨大,相信不用两年就能收回投资。又正好借助单城市是试点城市的便利条件,可以争取到许多优惠政策,我觉得投资将台酒厂可行。"

齐东来微微点头,倒不是他赞成齐亚南的说法,而是对齐亚南能敏锐地意识到可以借助哪些便利条件而心中欣慰。齐亚南比以前成熟多了,看待问题也全面多了,不再像以前一样,简单而直接。

齐东来含蓄地说道:"国家有规定,任何广告词中都不能提到伟人,哪怕是隐讳地提起也不行……"

夏想明白齐东来的担忧,是认为广告费用投资过大,齐氏集团可能承受不起。

"齐叔叔有所不知,其实据我估算,大概一亿的资金就可以救活将台酒厂了。"夏想抛出了他的诱饵。他知道一亿左右的资金对于齐氏集团来说,虽然有些吃力,但还拿得出来,主要看齐东来有没有勇气和信心了。

"怎么说?"齐东来心思一动。他十分清楚夏想的商业头脑,知道夏想做事情有分寸,不会信口开河。而且他刚才特意让人拿来一瓶秦池,言外之意已经很清楚了,就是有秦池的先例可以借鉴。

两亿元的话,齐东来确实不敢贸然进入白酒行业。但一亿元的话,想想庞大的市场前景,还有夏想出色的商业策略,就连一个小小的酱菜厂都可以盘活,何况一个曾经辉煌过的百年酒厂?齐东来不免心动。

"五千万资金用来扩大产能,重新定位市场,重新设计包装,重新扩展销售网络,五千万用来在央视投入广告。除了央视的广告费用之外,在燕省的推广,是几乎不用花费一分钱的。"夏想一脸自信的笑容,侃侃而谈,"可以和单城市政府协商,配合单城市的文化旅游项目,捆绑在一起进行全方位的宣传。相信单城市政府也有专项资金用来推广文化旅游,搭上推广文化旅游的顺风车,这一项广告支出少说也能节省三千万。"

单城市政府自然不会花费三千万元去为文化旅游项目打广告,但以市政府的名义进行推广,还是有许多便利之处。比如可以在京城以及燕省的各大新闻媒体上,以新闻的形式播出,相当于免费的广告。如此一来,就无形中打出了名气,也节省了资金。所以说,政策上的支持就是巨额资金的支持,不说央视,单是燕省电视台如果拍一个单城市文化旅游的专题片,在介绍单城市悠久的历史时,重点介绍一下单城市自战国时就开始酿酒的传统,然后再推出将台酒厂,如此一来,比起单纯的广告更能打动人心。

如果合资成功,就请省委书记和省长前去视察,省内媒体则会连篇累牍地报道,又是一波重量级的免费宣传。再加上媒体报道产业结构调整之时,把将台酒厂作为成功案例不时地提起,也是一股不容忽视的免费宣传。

夏想将他心中早就想好的策略全盘说出。

齐东来听了,不停地点头,心中对夏想的赞赏之意越来越浓。连他都没有想到的商业策略,夏想却如数家珍地说出,齐东来认识官员无数,还从未见过如夏想一样懂经济、有商业头脑且能够造势借势的官员。

"以上宣传只是粗浅的宣传,是让将台酒厂重新进入公众的视线第一步。第二步策略如果运用得当,可以在短时间内,不但让将台酒厂家喻户晓,还能让将台酒深入人心。"夏想见齐东来渐渐被他打动,就抛出最后一个杀手锏。相信此招一出,除非齐东来不想赚钱,否则肯定会当场拍板。

"快说来听听。"被夏想勾起了兴趣的齐东来,只听刚才夏想所说的战略就已经动心了,觉得眼下确实是大好时机。不料夏想居然还有后手,更是喜出望外。

齐亚南在一旁感慨，没想到连一向精明过人的老爸也被夏想成功地说服，想想老爸多少年没有这么激动过了，再看夏想年轻的脸庞上闪烁着自信的光彩，心想，夏想确实厉害，不服不行。

夏想眼睛一扫，就将齐氏父子二人的心思尽收眼底。

"齐叔叔有没有看到《燕省日报》上我和范铮、严小时发表的文章？"夏想问了一句。

齐东来不解其意，让服务员立刻从大厅拿了一份报纸过来，他将报纸拿在手中，说道："当然看到了。你们的文章一发，《燕省日报》发行量大增，不少人想买都买不上，就连酒店的服务员也知道上面的文章，记住了你们三个人的名字。"

夏想点头一笑："我的下一步策略是，等单城市的将台酒厂获得投资，改制成功之后，打出了广告和名气，我会组织专家学者就将台酒厂的成功撰写相关的文章，再发表在《燕省日报》上面，用来反驳与产业结构调整唱反调的人。齐叔叔您说，如果将台酒厂作为成功案例被无数专家的文章引用，这笔广告费用，该怎么算？"

《燕省日报》三篇文章一出，夏想、范铮和严小时三人不能说在燕省人人皆知，至少凡是看报关注新闻时事的人，都把夏想三人的名字记在了心上。如果过一段时间，夏想三人再发表文章，并引用将台酒厂的成功实例来进行论战，想也不用想，一夜之间将台酒厂就会成为燕省的知名品牌。

在商场沉浮一生的齐东来经夏想一点，再看不出其中蕴含的巨大商机，岂不白活了？他呆了一呆，突然放声大笑："夏想，小夏，能够认识你，是叔叔最大的运气，是亚南最大的福气。我出一亿五千万投资将台酒厂，就这么说定了。你再找别人投资，就是不给叔叔面子，不给亚南面子，不想再和叔叔来往，不想再和亚南交朋友了！"

齐东来快语连珠地说出这番话，就是要敲定夏想所说的话，省得夏想变卦，将天大的好事交给别人去做。因为，实际上按照夏想的设想，投资将台酒厂几乎就是一条没有风险的阳光大道。

夏想不慌不忙地将刚才的储蓄卡拿在手中，笑问："我为齐氏铺垫了一道阳光大道，这个卡，是不是分量太轻了？"

齐亚南没明白夏想的意思，以为他真是嫌钱少，脸一红，急忙将卡收了回来，说道："夏处长是齐氏的大福星，您说一个数，我眼睛都不会眨。"

"如果我是贪图你的钱，想乘机自己捞上一笔，亚南，你说我怎么会找你？

怎么会将将台酒厂这个好项目交给齐氏？"夏想笑了，自斟自饮了一杯，"喝酒讲究对口味，交友贵在交心，我结交的是你这个朋友，是认为我们以后会有长久的合作，可不是为了眼前一点小利……"

夏想点到为止，不再多说。

齐东来明白过来了，知道夏想所图的是长久的合作，齐氏集团壮大之后，有的是机会回报夏想。以后不管是为了夏想的政绩，还是个人前途，只要有用得着齐氏的地方，齐氏定当竭尽全力，不计回报。

齐东来主意既定，就伸手拿过储蓄卡，随手收了起来，说道："和小夏认识的时间也不短了，知道你志向远大，不在意蝇头小利。叔叔心里有数，一些虚伪客套的话就不多说了，亚南以后跟着你，由你指挥。"

齐东来这一句话坚定地表明了立场，以后齐氏集团唯夏想马首是瞻，等于是将齐氏集团的命运和夏想紧紧绑在一起。齐东来心里明白，夏想所图的不是金钱，而是政治资源和经济后盾，以后齐氏集团在夏想升居高位、需要政绩工程的时候，必须当仁不让地冲在前面，宁肯赔钱，也要为夏想做出面子工程。

夏想呵呵一笑："我还是那句老话，交友交心，齐叔叔，我从来没有让认识我的朋友失望过……"该说的话一点而过，夏想岔开话题，开始吃饭喝酒。

酒足饭饱之后，齐东来迫不及待地问起何时可以到单城市将台酒厂考察，夏想见他确实心情迫切，就当着他的面拨通了王肖敏的电话。

"王市长，我是夏想……"寒暄过后，夏想直接切入正题，将齐氏集团有意向将台酒厂投资一事一说，并请王肖敏负责安排考察。

王肖敏已经接到了关于将台酒厂改制的报告，心中大慰，夏想的设想和他下一步的想法不谋而合，而且比他想得还要详细周全。一般省里成立的指导小组或是办公室一类的组织，基本上都是胡乱指挥一气，有没有成绩先不说，好像不先对各地市的经济结构指手画脚一番，就不能显示出他们的本领一样，往往弄得各地市敢怒不敢言。而领导小组自成立以后，因为夏想的缘故，从来是只提建议不乱指挥，尤其是夏想，对单城市作出的贡献，比副市长还要大。

刚刚接到改制报告，夏想的电话就跟着打来，说有投资商准备前来考察，王肖敏已经不能用惊喜和震惊来形容他的心情了。他觉得任何语言都不能表达出自己内心的喜悦以及对夏想的敬佩，当即一口应允："随时可以来，由我亲自出面负责接待。有任何招待不周之处，你拿我是问。"

王肖敏以市长之尊亲自向夏想许诺，是对夏想真心尊重的表现。

夏想客套几句，就直接将电话交给了齐东来。齐东来和王肖敏简单说了几句，算是初步接触，并且约好了考察时间。

齐东来从夏想随时可以和单城市市长通话，以及王肖敏话里话外对夏想的敬佩，察觉到了夏想的分量，着实让他吃了一惊。夏想不过是领导小组的一个处级干部，能让堂堂的一市之长也对他高看一眼，可见他的人脉确实深广。

　　晚上下班回家，吃过饭后，夏想和曹殊黛两人坐在沙发上有一眼没一眼地看电视。曹殊黛不是很喜欢看一些无聊的肥皂剧，就是没事的时候打发时间，主要是两人能坐在一起说话。

　　两人各自说了一会儿单位的事情，夏想的目光就开始不安分起来，在小丫头的身上扫来扫去。

↗ 09　乌龙事件

　　先是宋朝度左等右等,等不到夏想前来汇报工作。宋朝度知道夏想正在酝酿下一波浪潮,正焦急地等他来讲宝市之行的成效,怎么突然不见人影了?托秘书去领导小组找夏想,方格和王林杰却说没有见到夏想,也不清楚古玉去了哪里。

神秘送礼人

　　夏天,小丫头穿了一个大背心,只盖住了臀部,露出了雪白修长的大腿,更衬托得臀部浑圆,大腿笔直。她穿的大背心后面印着宝马的标志,三个著名的英文字母"BMW"环绕在蓝天白云之上,穿在小丫头曼妙的曲线玲珑的身上,别有一番韵味。

　　"从哪里弄了这样一个背心穿?"夏想大感好奇。

　　"我也忘了,好像是上一次去宝马 4S 店,他们非要送我一件礼物……嗯,对了,就是它。我觉得当个睡衣挺好,就穿上了。"小丫头对穿衣方面不是很讲究,看背心是纯棉的,觉得扔了挺可惜,就当作睡衣在家中穿了。

　　"知道'BMW'三个字母是什么意思吗?"夏想眼睛一转,计上心来,打算逗逗小丫头。

　　"谁不知道,还想考我?"小丫头得意地说道,"'BMW',全称为巴伐利亚机械制造厂股份公司,是德文 Bayerische Motoren Werke AG 的简称,翻译过就是宝——马。"

　　她还故意拉长了声调。

　　"错,大错特错。"夏想伸手揽住小丫头的腰肢,坏坏一笑,"'BMW'的意思其实是别摸我……"

　　小丫头惊呼一声,一把推开夏想:"就知道你没想好事,别乱摸呀……"

正嬉闹间,"咚、咚、咚……"忽然响起了敲门声。

两人都是一愣。自从曹永国去了宝市之后,家中白天就很少来客人,晚上更是没有,会是谁?

小丫头看了一眼自己身上的穿着,急忙跑进卧室去换衣服,对夏想说道:"去开门,可能是爸爸以前的朋友。"

夏想打开门,见门口站着一个陌生的女子。

不得不说,这个女子确实很漂亮,上穿紧身短衣,胸前波涛汹涌,下穿黑色短裙,在昏黄的灯光的照射下,黑裙和白腿映衬,更显魅惑。上身的短衣有点过短,正好露出了一截小蛮腰。

腰肢纤细曼妙,不盈一握。

她手中提了一个不大的手提袋,站在门口,冲夏想盈盈一笑,说道:"夏处长您好,我叫周虹,以前承蒙曹伯伯和王阿姨照顾,在市里接了一个工程,今天是特来表示一下谢意的。"

夏想并不认识周虹,一听是岳父的朋友,又口称伯伯和阿姨,以为是熟人,就一错身请她进来。

周虹从夏想身边走过的时候,不小心脚下一滑,整个身子就斜靠在夏想身上。碰巧她胸前的两处山峦正压在夏想的胳膊之上,丰盈柔软,弹性宜人。

不过也让夏想立刻心生警惕,细看周虹,见她眉目含情,双眼如雾,而且刚才脚下一滑,看似无意,其实却有故意的嫌疑。

夏想可不是女人一勾引就站不稳的人,相反,他深知女人有意接近,必有不良企图。

正好曹殊黛换好衣服从里屋出来,迎了过来:"周虹你好,请坐,我给你倒水。"

周虹忙客气地说道:"不用麻烦了,我坐坐就走。曹书记现在不在燕市,我来打扰多有不便,不过想到以前曹书记的照顾,心里总觉得过意不去,就想不管怎么样,礼节也应该到了才是。"说话间,她将手中的手提袋向前一放,"也不是什么值钱的东西,就是一个心意。我们自己做的是烟酒生意,所以特意找了一些市面上不常见的烟酒送来……千万别推辞,要么我就没脸做人了。"

夏想看了一眼,见里面的烟是白烟,上面没有商标,酒也没有品牌,感觉挺怪,就说:"我爸不在,你想要感谢他,心意我们领了,东西我们不能收。我不抽烟也不喝酒,留着也没用。"

周虹却坚决要留下,并说:"夏处长这么说就等于打我的脸了……烟是我自己卷的烟,别有味道。酒也是我亲自勾兑的酒,市面上绝对喝不到。不敢说有多好,绝对是独家。有道是有钱难买非卖品,我的烟酒只给熟人,从来不出售。"

夏想还想再说什么,周虹却站起身来,说道:"就不打扰你们休息了,我先走了。"

她动作挺快,站起身就走。曹殊鬣急忙拎起手提袋要还给她,周虹却一转身就出了门。无奈之下,夏想拿起手提袋追下楼去,见周虹在前面走得挺快,腰肢扭动起来,左右摇摆,如风摆杨柳一样,眼见就来到了小区门外。

夏想刚到门外,发现周虹正站在树下的黑暗之处,一脸浅笑地看着他。夏想向前几步,伸手一递手提袋,说道:"对不起,不能收你的东西。"

周虹伸手去挡,有意无意间,她的手就抓住了夏想的手,柔柔地说道:"一共几十元的东西,夏处长至于追出来还我?你不要的话,直接扔垃圾筒好了。反正我一个女人在燕市,瞧得起我的都是对我另有所图,瞧不起我的认为我靠出卖自己才有了今天。如果夏处长嫌弃我送的东西太少,也想打我的主意,那我就算看错人了……"

夏想只好缩回手,说道:"既然你这么说,我收下好了。"

周虹又笑了,在黑暗中露了一排整洁的牙齿,说道:"谢谢夏处长抬举。在我看来,肯收我东西的人才是好人,不肯收我东西的人,都是想刁难我,然后乘机提出非分的要求……"

夏想听她总向某方面引,就心中一动,故意说道:"说实话,你确实挺漂亮,很容易让人有非分之想。"

周虹顿时一脸娇羞,低下了头:"夏处长可不要跟我开玩笑,我哪里还漂亮?都是半老徐娘了,我今年都三十岁了。"

"女人三十一枝花,正当年,正是花枝招展的年纪,哪里老?不要乱说。"夏想成心逗她一逗。

周虹笑容之中有一丝得意一闪而过,却被夏想敏锐地收在眼底。

她笑了一笑,戏谑地说道:"夏处长家中已经有了一个貌美如花的娇妻,可不要贪心不足……男人可以偶尔花心,但不可时时花心。"

夏想呵呵一笑:"看来你很了解男人。"

"就是,我对男人的了解很深,如果全讲出来,吓你一跳。如果你想听的话,有时间就打我电话好了。"说着,她也不管夏想是不是同意,伸手拉过夏想的手,在他的手心写上了电话号码。

周虹的小手柔软而冰凉,滑腻之中有一丝别样的凉意,让夏想不由多看了她几眼。心想一般而言气血不通才会手脚冰凉,现在是夏季,离她近在咫尺,也感觉不到她的热气,确是怪事,可见她是一个浑身清凉的人,和卫辛有些相似。

不过周虹漂亮归漂亮,她的举止之中总有一股风尘的味道,为夏想所不喜。

　　写完后,周虹嫣然一笑,冲夏想挥挥手,转身走了。走到几米之外她又停下,回头又是一笑:"我等你电话,夏处长,和你说话,让人感觉很舒服。"

　　夏想拎着手提袋回到家中,也没擦手上的电话号码。一进门,就被小丫头抓个正着。她一把抓住夏想手,气愤地说道:"你太过分了,就下楼的这么一会儿工夫,连电话都留了?周虹长得是挺漂亮,你还真有品位,见一个爱一个!"

　　夏想也知道小丫头是故意气他,无奈地叹了一口气,摇头说道:"难道说,我的帅气和魅力也是一种错误?"

　　"呵呵,别臭美了。"小丫头忍不住大笑起来,拿过一个湿毛巾要替夏想擦掉手中的数字,"快擦了,怪脏的。周虹我也不认识,不过以前爸爸帮助过的人不少,总有人打着各种名义来送礼。如果周虹以前来过,她长得这么漂亮,我一定能记住。"

　　夏想却急忙将手缩了回去:"不能擦,得让我记下号码。"

　　小丫头怒了:"夏想,你太嚣张了,是不是心里真有想法?"

　　夏想不急不怒:"就算真有想法,你也不知道是不是?"一边找了纸和笔抄下号码,一边腾出一只手抱住小丫头,哄道:"你说你,挺聪明的一个人,怎么吃莫名的干醋?我是那么容易被女人迷惑的男人吗?再说周虹就算漂亮,也比你差了不少,我还不至于那么没出息。"

　　小丫头其实也是故意逗一逗夏想,不过还是说:"你们男人都一样,都是贪心不足,家里娶一个,外面再养一个,心里还牵挂一个,叫什么红玫瑰白玫瑰,据说还有紫玫瑰,也不嫌玫瑰的刺儿扎手……"

　　夏想不由吃了一惊,不行,小丫头现在越懂越多,得及时让她的心思简单起来,忙说:"我的理想是,赠人玫瑰,手有余香。所以我手中只有一朵玫瑰,其他玫瑰,就任由别人摘去好了。"

　　情急之下,夏想的表白显然遗漏了连若菌,小丫头听了,冲他做了一个鬼脸,调侃他说道:"说得比唱得还好听,我还不知道你?看你用心哄我的分儿上,证明你心里确实还在意,就暂且饶你一次。不过我可有言在先,一个男人有两朵玫瑰就足够了,再多了,小心刺儿会扎你的手,伤我的心!"

　　夏想汗颜,小丫头时不时敲打他几句,虽不明说,但心里有数,就是给他一个台阶,让他不至于太没面子。夏想不免有些感动,洗干净了手,又抱着小丫头亲了一口,才说:"得妻如你,夫复何求!"

　　"好酸!"小丫头还是又被夏想打动了,脸上闪烁着异样的光彩,她回过神儿来,问道,"周虹到底有什么企图？"

夏想一摆手："不用管她,她是女人,我是男人,女人想要在男人身上沾光,不管是从哪一方面算起,难度系数都挺高……"话未说完,胳膊上已经被人拧了一下,他不由惊叫一声："真舍得下狠手,真疼。"

小丫头瞪大了眼睛："我替别人教训你,你服不服？"

夏想立刻没话说了,小丫头抬出连若菡,立刻就将他压得死死的。倒也不是他有多怕连若菡,而是两个女人都对他温柔似水,毫无怨言地接受对方的存在,这是让他最心软的地方。

夏想正经起来,分析周虹的意图："她肯定是另有所图,不管是想引诱我,还是想贿赂我,她都不会达到目的……"说话间,他忽然想起了什么,急忙拿过周虹留下的手提袋翻看几下,没发现什么异常,奇怪地说道："就是不值什么钱的烟和酒,估计连两百元都没有,这也算受贿,简直是玩笑。"

小丫头却警惕地说道："可不要小看没有品牌的烟酒,说不定里面大有文章。"

一瞬间,夏想想起了郑冠群的电话,顿时警醒起来,将手提袋翻了个底朝天,却没有发现有什么蹊跷之处。还是小丫头聪明,她将整包的烟撕开,拿出一盒烟打开,从里面抽出一根香烟。她的手指翻动几下,外表看不出异样的香烟被慢慢地打开,最后伸展成一张长方形的纸——可不是普通的纸,而是一张百元纸币。

夏想惊讶地睁大了眼睛！

送礼送得如此巧妙如此有心机,也是闻所未闻之事,他一把抱过小丫头："有一个聪明的老婆,果然是福气。"

小丫头"哼"了一声,没理会夏想的马屁,又拿出酒仔细看了看,然后将酒瓶交给夏想,气势十足地说道："粗笨活儿就由你来干了,打开瓶盖！"

夏想急忙打开瓶盖,向酒瓶里面看了看,又闻了闻,没发现什么异常,确实是酒。小丫头从他手中拿过瓶盖,翻了过来,伸手向里面一拿,就从里面拿出一个金灿灿的硬币大小的东西来,放到夏想的手心。

"瞧瞧,是不是金币？"

"还真是金币！"夏想惊奇地说道,将金币翻了过来看了几遍,赞道,"想不到,没想到,还真有这么聪明的送礼之人。这哪里是送礼,根本就是让人猜谜。我倒想审审你,你怎么知道里面有机关？"

小丫头得意地一仰小脸："哼,我是谁,我是你聪明绝顶、见多识广的老婆。爸爸虽然不是贪官,但每年也收不少礼,没办法,礼尚往来,不收就是不近人情。送礼的人都知道爸爸不收钱，便想方设法变着花样送钱。有在鱼肚子里塞钱的，有送钱包时在钱包中放银行卡的，等等，无所不用其极。不过用钱卷成香烟，在瓶盖中塞金币，我还是头一次见到。"

夏想此时再想到郑冠群的提醒，不由打了个寒战，厉害，果然厉害，一不小心还真差点着了道。要不是娶了一个从小在官员家庭长大的老婆，就算他得到了郑冠群的提醒，恐怕也不会想到烟酒之中的埋伏。如果被别有用心的人利用此事大做文章，就算不会因此而丢官，但肯定会影响恶劣，甚至有可能影响到在领导小组的工作……

谈判和谈心

几天后，《燕省日报》上又发表专家学者的文章，针对夏想三人的文章进行无情的反驳，甚至还有专家学者不顾身份，指责夏想不过是有了一点实践经验，就沾沾自喜，傲然以专家自居，是自不量力之举。对范铮和严小时的攻击也是挑剔二人年纪轻、见识少，并指责二人的论点站不住脚。随后专家们的观点保持了高度的一致，就是燕省的产业结构调整进行到现在，虽然取得了一点成绩，但远远说不上获得了成功，甚至引进柯达的投资也是建立在以前达富一直和柯达谈判的基础上，并不能完全归功于产业结构调整的功劳。

叶石生看到这些文章之后，虽然气愤，不过还是置之一笑，说道："所谓的专家，不过是一群妒贤忌能之辈。"

夏想看到文章之后却是笑了："主动跳进坑了，好，就等下一步成绩出来，看看如何打你们的脸！"

经过一系列的谈判和协商，齐氏集团和将台酒厂正式签订了投资意向书，由齐氏集团向将台酒厂注资一亿五千万，取得将台酒厂百分之四十五的股份。意向书签订之后，齐东来开始着手筹集资金，在夏想的授意下，此事一直是保密进行，单城市政府和齐氏集团都守口如瓶，没有透露任何消息。

一周后，美国最大的太阳能制造商最日光公司总裁迈克飞抵宝市，进行商业考察。和迈克一同前来的，居然还有卫辛。

卫辛是受连若菡所托，专程陪同迈克前来宝市。因为经过一段时间的接触，卫辛和迈克的交流最多，也最得迈克信任。连若菡认为有卫辛陪同，有助于让迈克和夏想之间愉快地交流。为了夏想，连若菡确实尽心尽力。

迈克一口美式英文，说话时语速又快，他带来的美国翻译说起中文来是美国人听不懂，中国人听不太明白，而且还有浓厚的粤语口音。而宝市请来的中国翻译听不懂许多专业术语,幸好有卫辛在,可是帮了夏想大忙。

迈克一行受到曹永国、邱绪峰等人的热烈欢迎,仪式过后,就由邱绪峰、夏想等人陪同迈克进行实地考察。夏想和邱绪峰负责介绍,卫辛在一旁成了主要翻译,反倒让两个专业翻译闲而无事。二人倒也有趣,就凑在一起,互相学习起来。

迈克参观完太阳能光伏的中小企业之后,没有发表什么看法。回到宝市为他们安排的酒店之后,迈克邀请夏想和邱绪峰一起谈谈。

夏想随同迈克上楼,在楼上的小型会议室里,举行了一次小范围的关门会议。

上楼的时候,卫辛故意落后几步,走在夏想身边。卫辛已经大学毕业,算是成为了连若菡的正式员工,待遇优厚。她穿一身职业套装,戴一副黑框眼镜,化了淡妆,眉毛弯弯,睫毛长长,收腰挺臀,也算有了动人的风姿。

夏想见卫辛目光闪烁,猜她有话说,就悄声问道:"你好像有什么事情要说?"

卫辛欲言又止,过了一会儿才说:"现在不方便,等会谈之后,我们去外面坐坐,好不好?"

夏想点头答应。

和迈克的会谈不是很成功,不是迈克不肯投资,而是他狮子大张口,不但要求有政策和税收上的优惠,还想一口吞并所有的中小企业。开出的价格倒还可以,但迈克的意图是想将在宝市所有中小企业吞并之后,建立一座加工厂,只投资金不输出技术。

夏想没有同意。

迈克的态度十分坚决:"太阳能技术美国是世界第一,技术上的领先才能保证实力上的领先,夏先生,资金问题不是问题,但技术问题不容商量。"

夏想了解美国人的狡猾,不到最后一刻不肯松口,他就笑道:"迈克先生不远万里来到中国,中国有句古话,有朋友自远方来,不亦乐乎。我很高兴认识迈克先生,也愿意和迈克先生成为好朋友。交友贵在交心,我有一句心里话想告诉你,宝市市政府对中小企业的改制信心十足,也有决心做好。我想迈克先生在来中国之前,也详细了解过中国国情,就是政府的力量十分强大。所以说,我们最大的优势就在于人多力量大,我也可以明白无误地告诉迈克先生,我们最需要的不是资金,而是技术。贵公司投入的资金,市政府的承诺是两年时间就可以完全收回,我想有如此优惠的条件,我们所提的要求技术转让的条件,也就是理所当然。"

迈克一脸惊讶地问："两年就可以完全收回投资？如果夏先生有这么好的条件，欧洲的太阳能公司会闻风而动，不过据我所知，目前好像只有最日光公司在和你们接触？"

"呵呵……"夏想笑了，"刚才我已经说过了，交友贵在交心，因为迈克先生和史密斯先生是好友，又和诺顿先生是旧识，史密斯先生和诺顿先生都是我的朋友。中国人是最讲究人情味的，所谓衣不如新，人不如故，正是从朋友的角度考虑问题，才会首先邀请迈克先生访问中国，来宝市进行考察。实际上，德国和英国的太阳能公司也有意投资，而且他们也答应技术转让。不过说实话，他们的技术力量比起贵公司还是差了一点，所以我的态度很明确，就是要引进最先进的技术。"

迈克对夏想打出的人情牌不置可否，而是问道："贵政府如何保证投资在两年内就可以完全收回？"

夏想也学迈克的样子耸耸肩："抱歉迈克先生，在你同意技术转让之前，无可奉告。"

迈克不快地说道："夏先生不实在，刚刚还说交友贵在交心，还说你最讲究人情味，怎么翻脸不认人了？"

夏想心中暗笑，迈克不快就证明他在意了，便说："说得对，交友贵在交心，不过我和迈克先生才认识不久，还谈不上是好朋友，需要再继续保持接触，增进了解……"

谈判暂时告一个段落，表面上没有什么进展，不过双方都知道了对方的底线和优势所在，也就有了进一步谈判的可能。而且夏想也清楚，迈克既然前来，就是想赚钱来了。所谓的不转让技术，只是一个筹码而已。

迈克，不过是想追求利益最大化罢了，可以理解。夏想有信心谈成此笔生意，因为他和连若菡之间有足够的默契，连若菡让卫辛前来，就是在暗示夏想，成败系在卫辛身上。

晚上的宝市虽不及燕市灯火辉煌，但也是车水马龙，一片繁荣。夏想和卫辛肩并肩走在宝市的大街上。正是宝市最炎热的季节，二人都衣着单薄，路上行人拥挤，他们不时挤在一起，夏想能感受到卫辛胳膊上凉凉的舒适感。

夏想微微侧身看了身旁低头不语的卫辛一眼，问道："还习惯在国外的生活？"

"人的适应能力很强，生活过久了就会习惯。"卫辛淡淡地答道，看了夏想一眼，目光中满是复杂的情绪，忽然说了一句，"谢谢你，你真好。"

两人来到一家咖啡厅，临窗而坐，各要一杯咖啡。夏想喝了一口咖啡，苦中有甜,涩中有甘。虽然夏想还不是很习惯咖啡的味道,但多喝几次之后,也觉得不是那么难喝了。

生活,就是一个逐渐适应慢慢习惯的过程。

"谢我什么?"过了半天,夏想还是问起刚才的问题。

"你自己知道,明知故问。"卫辛语带不满地白了夏想一眼。

夏想想了想,还是没明白,只好说道:"我应该谢你才对,你在若菡身边,一直照顾她……"

"照顾她,因为我当她是姐姐,是我和她关系好,和你没关系,你也谢不着我。"卫辛不领情,"我谢你,是因为当年在我最难过的一段时光,你出手帮助了我,暗中资助我许多。我才知道,你真是一个好人,虽然有点花心,但一点也不妨碍你在我心目中高大的形象。"

原来卫辛知道了当年的事情,夏想笑着摇了摇头,没有说话。他也是无话可说,卫辛说他花心,他承认,因为卫辛肯定知道他和连若菡之间真正的关系。

"我想问问为什么,可以吗?"卫辛还是不解心中谜底,终于问出了心里话,"我在想,如果说你真的花心,对我有什么想法的话,当年连姐姐飞到美国的时候,我一个人在莲居,你机会多的是,却没有任何表示。我就不明白了,当时你又不认识我,为什么偏偏要帮我?"

卫辛的问题,夏想不好回答。

他搅动杯中的咖啡,低头想了半天,才笑着说:"也许就是一种巧合,或者说是一种机缘,当时我到音乐学院无意中见到你,觉得你很像我的妹妹,觉得你很值得我珍惜,值得我去呵护。在得知你的情况之后,我就尽我所能帮了一点。也不算什么大事,举手之劳而已,你也别太放在心上。"

"对你来说是举手之劳的事情,对我来说,却是一生之中最重要的转折。"卫辛忽然紧紧咬住嘴唇,眼中泪光闪动,"不瞒你说,当时我病急乱投医,如果没有你及时相助,我已经决定要去做陪酒小姐了,说不定现在已经沦落为……"

卫辛的目光中闪动着泪光,冲夏想坚定地说道:"谢谢你,真心谢谢你!"

夏想摇摇头,又点了点头,没说什么。

卫辛也不知哪里来的勇气,突然一把抓住了夏想的手,声音颤抖地说道:"我知道你很花心,但我不在乎。我也知道我这么做不应该,因为我和连姐姐关系那么好。但我确实无法控制自己,不知道为什么,我一直喜欢你,非常喜欢你。如果你愿意,我愿意和连姐姐一样,做你身后的女人。"

夏想一愣。

他轻轻地抽回手,说道:"对不起卫辛,我真的不想伤害你。"

卫辛一脸失落,只是勉强一笑,说道:"你就当我是无耻的女人好了。我这么做,在你眼里很低贱,如果让连姐姐知道了,也会看轻我。"

夏想又有点不忍心,伸手轻轻抓住卫辛的手,轻声说道:"你是个好女孩儿,真的,如果不是我有了妻子,有了若菡,也愿意和你在一起。只不过世界上有许多事情没法走回头路,错过就错过了,我们又能如何?你做我身后的女人,对你不公平,对殊黛不公平,对若菡不公平,也会让我总是心怀愧疚。而且说实话,我也没有你想象中那么好,离得近了,你就会后悔了……"

卫辛好奇地问:"后悔什么?"

"我睡觉爱打滚,一不小心就会把你推下床,你到时肯定会后悔和我在一起。与其如此,还不如不去尝试。"

卫辛"扑哧"一声笑了,不着痕迹地抽回了手,说道:"行了,我憋了几年的心里话说了出来,也轻松了。你就当听一个小姑娘讲述曾经的梦想好了,现在小姑娘长大了,该勇敢地面对明天了。"

一瞬间,卫辛脸上的表情好像轻松了许多。

夏想也由衷地为她感到高兴,只要心结解开了,整个人都会如释重负,他以前也体会过这种感觉。

卫辛又和夏想说了一会儿连若菡和吴连夏——连若菡已经决定让儿子叫吴连夏了。小连夏胃口极好,能吃能睡,长得极快。卫辛一说,就勾起了夏想的父爱,夏想想着迟早要接回连若菡母子,好逗一逗小家伙,让他叫爸爸。

案发

说完连若菡的事情,卫辛又说到了迈克的来访。来访之前,迈克和卫辛交换了不少看法。虽然迈克不可能透露最日光公司的底线,但熟知迈克脾气的卫辛却告诉夏想,如果他能够保证在两年内让最日光公司收回资金,最日光公司肯定会在技术转让上做出让步。因为资金的回收代表着投资的成功与否,迈克和董事会的聘用合同即将到期,到时如果此项投资大获成功的话,他接到下一任聘请书的可能性就会大增。

现在,最日光公司有不少董事对迈克上任以来公司的业务拓展缓慢,颇为不满。迈克任内有几笔投资失败,他现在急需一次成功的投资来证明他的眼光和能力。

卫辛的消息可谓是及时雨，几乎摸清了迈克的老底。对夏想来说，掌握了卫辛透露的信息之后，他几乎可以肯定和最日光的合作已经是板上钉钉的事情了。

就看迈克能坚持多久了，他最后让步是必然的，就看让步的幅度了。夏想的如意算盘是，将资金回收的年限再提前半年，用一年半回收资金的巨大诱惑来迫使迈克在技术转让上做出巨大让步，并且争取最日光公司的投资金额达到五亿美元。

不过，夏想还是有疑惑之处，不解地问卫辛："就算迈克和你关系不错，他也不傻，怎么会透露给你这么多信息？"

卫辛低下了头，脸颊微红："迈克对我有好感，向我求爱，我没有答应，也没有拒绝，他就始终缠着我……"

美人计？夏想暗笑，没想到卫辛还挺厉害，不过转念一想又不对，美国人很有职业操守，一般在私人时间不谈公事，更不会透露商业机密，他怎么可能告诉卫辛他的处境？

夏想说出了他的疑问。

卫辛笑着解释说："你算是猜对了，迈克向我大献殷勤不假，但只要涉及公司的事情就一概不提。不过他的处境，他的好友诺顿就十分清楚了。连总开口相问，诺顿敢不回答？美国人也是人，和中国人一样都怕老板。至于他们公司的一些商业机密，也是有一次迈克喝醉了，不小心说了出来……"

卫辛的脸上浮现一层红润，微有娇羞之意，夏想明白了，就问："你对迈克也有点动心了？"

卫辛点点头，又摇摇头："我也不知道。我不喜欢外国人，感觉生活习惯上差异很大，但迈克确实很会哄人开心。"

夏想不好劝卫辛什么，只是说："谢谢你的宝贵信息。至于你的个人私事，我不好发表意见，只想提醒你，感情问题虽然有激情，但更需要理智对待，尤其是两人差异太大，毕竟美国人和中国人在文化和习俗上有巨大差异。"

卫辛没说话，只是默默地点了点头。

夏想才明白过来连若菡安排卫辛一起回国的目的，到底是他的女人，处处为他着想。

此后又拖了两天，谈判进入僵持阶段。夏想不急，迈克也假装不急。不过到了第三天，形势就急转直下，迈克见夏想不肯让步，终于低下了高昂的头，同意了夏想提出的技术转让的要求。当然最后的结果是各退一步，最日光以五亿美元和技术转让入股，虽然控股权还在宝市手中，但合同上还有一个附加条款，如果一年半之内投入的资金不能全部收回，最日光公司有权以更低的价格获得百分之百的股份。

意向书签订之后，迈克就换了一副表情，笑嘻嘻地问夏想："夏先生，现在我们是朋友了，你也该告诉我如何能保证在一年半之内就收回全部投资了吧？你只有告诉我实情，我才好回去说服董事会批准投资。在这一点上，我们的利益是相同的。"

夏想就将迈克拉到一边，小声说道："迈克先生，真言不入六耳，我提前声明一下，我们签订意向书的事情，现在还处于保密阶段，谁也不能向外界透露，否则有可能会带来负面影响。你也知道，中国的事情很复杂，官员也很复杂。万一有一个比我更大的官员和德国的太阳能厂家接触之后，谈妥了条件，那么我们之间的合同就可能要作废。"

迈克一脸心领神会的表情："我明白，我明白，权力意志不止在中国有，在美国也有……"

夏想对迈克的态度还比较满意，就说："贵公司的投资到位之后，新产品一旦投入生产，先用三个月到半年时间将宝市的住宅路灯全部更换为太阳能路灯，并且规定以后所有新建住宅的路灯都要采用太阳能路灯，否则不予批建。除此之外，还要将全市的交通信号灯更换为太阳能信号灯，仅宝市一市，就需要多少太阳能产品，迈克先生应该可以粗略算出……"一旦在宝市推广成功，到时燕省再向全省推广，不提全省的路灯，就是燕省在今后一年所有新建的小区都更换为太阳能路灯的话，数量之大。迈克先生如果了解中国现在房地产业发展的速度，就心里有数了。"

"有数了，有数了。"迈克虽然是美国人，但对中国国情的了解也不少，虽谈不上精通，至少也非常明白政府的力量。他听了夏想的想法之后，心中算是一块石头落了地，不过他也不傻，知道夏想的级别不高，说话未必管用，又说："在宝市，夏先生也许有影响力，但燕省的政策，以夏先生的级别，恐怕说不上什么话！"

夏想呵呵一笑："等正式签订协议的时候，我请省长先生出席，迈克先生尽可放心。"

迈克确实放心了，乐呵呵地回国了。卫辛却没有和他一同回去，而是留了下来，要回燕市看一看，同时也要回家看望一下亲人。

夏想同卫辛一起回了燕市。路上，卫辛有说有笑，一点也没有忧伤的样子，让他大为宽心。到了燕市，卫辛谢绝了夏想盛情的相送，自己坐车走了。

夏想也没有回家，直接回了办公室。

单城市和宝市下一步的改制即将拉开帷幕,夏想相信,一旦两市的新闻再次爆发出来,必将引起极大的轰动,因为他精心准备了一道大餐给程曦学等人。他和范铮、严小时的文章,虽然骂得痛快淋漓,并且激怒了不少人,但仅仅是一道开胃菜而已。等真正的大餐抬上来之后,才会让程曦学之流哑口无言,而且无地自容。

　　在成功的事实面前,任何巧舌如簧的辩解都只是纸上谈兵的玩笑罢了。

　　上午十点多到了办公室,夏想马不停蹄地联系齐亚南,了解了一下将台酒厂的进展。随后他又和邱绪峰通了电话,把最艰难最琐碎的工作交给他去处理。比如如何将十几家太阳能企业先整合成一家,最后让谁担任新公司的负责人,如何具体分配利益,和美国人划分职责,等等,就全是邱绪峰的事情了。夏想只负责大局,其他小事,一概不再过问。

　　结果邱绪峰大为不满:"我怎么感觉你倒像是市委书记,定下方向路线之后,交给我来具体执行。你现在说话越来越有派头了,我这个副市长,基本上专门为你服务了。"

　　不满是假装,邱绪峰其实还是满心欢喜的。

　　夏想刚处理完相应事宜,还没有来得及喘一口气,刚直了直腰,就见两个脸色不善的人门也不敲直接进来,非常有气势地问:"谁是夏想?"

　　办公室只有夏想和古玉在,方格和王林杰最近忙着单城市的事情,整天不见人影。古玉虽然看似清闲,但每天也要处理大量文件,正忙得不可开交,连夏想回来也只是简单地打个招呼。猛然听到有人来找夏想,她也没有多想,用手一指夏想说道:"办公室就两个人,一男一女,夏想是男人,还用问哪个是?"

　　"没问你话,谁让你多嘴的?"来人之中为首的一人语气十分严厉地说了一句。

　　进来的人两个人一高一矮,一胖一瘦,一黑一白,站在一起给人非常滑稽的感觉。不过认识他们的人却一点也没有那样的念头,因为他们是省纪委专查大案、要案的黄林和刘旭。

　　黄林生得黑又瘦,刘旭长得白而胖,因为两人办过不少大案,双规了不少贪官,而且还将数人送上了刑场,因此人人谈之色变,称之为黑白无常。

　　夏想不认识他们,不过见他们的样子就知道来者不善,站起来说道:"我是夏想,请问二位是谁? 找我有什么事?"

　　"我们是省纪委的办案人员,我是黄林,他是刘旭。我们接到举报,有人反映你收受贿赂,请跟我们走一趟,接受调查。"黄林首先亮明了身份,虽然他说话非常严厉,不过还算礼数周到。

"谁举报我？我犯了多大的事儿？"夏想笑着问了一句。

黄林见到夏想满不在乎的态度，不由一愣。

省纪委接到信件和电话双重举报，说是领导小组的处长夏想收受巨额贿赂，证据确凿，上面将时间、地点以及受贿金额都写得清清楚楚，而且还附了几张照片——照片虽然有些昏暗，但还是可以看到夏想手中拿着一个手提袋，和一个女子在路灯下交谈。其中还有一张照片是二人手拉手的情景，看上去举止十分亲昵。

举报信上还特意注明，夏想不但和该女子关系暧昧，还收受该人大量金钱。在手提袋中，用百元大钞卷成的香烟共五条，每盒香烟里面装有两千元，五条香烟就是十万元巨款。另外五瓶酒的瓶盖中有五枚金币，总价值五万元。夏想总共收取十五万元的巨额贿赂！

事实清楚，证据确凿，因为夏想是处级干部，级别不高，不够资格入纪委书记邢端台的眼，黄林和齐旭就将此事向主管的省纪委第一副书记古人杰作了汇报。

古人杰是高成松的人，在高成松时代就和邢端台不和。高成松倒台之后，他曾经惶恐过一段时间，后来事情慢慢平息，也没人找他的麻烦，他就知道算是过了关。不过他心里对夏想很不以为然，一心认为夏想不是什么好人，趋炎附势，用阴谋诡计打压异己，连堂堂的省委书记他也敢死碰，别人要是惹了他，那还了得？

古人杰对武沛勇之死有兔死狐悲之感，对高成松被开除党籍连贬三级的下场也深感同情。他觉得高书记辛劳一场，为国为民做了不少好事，最后却落了个身败名裂，真是可怜可叹。说到底，都是夏想和宋朝度在背后煽风点火，否则高书记至少也能安然离休，安享晚年。

古人杰后来还和回到南方老家的高成松联系过几次，高成松得知夏想现在越来越受到重用，深恶痛绝，再三告诫他要提防夏想，一旦抓住时机，一定要置夏想于死地。否则不定什么时候和夏想结了仇怨，夏想是不死不休的性格，任谁也会被害死！

古人杰信以为然。

后来古人杰慢慢地和崔向开始走近，再受到崔向的影响，对夏想的印象更是越来越差。而让古人杰对夏想厌恶到极点的是，丰利正是他的至交好友。丰利被搬开，古人杰也知道他是政治牺牲品。但丰利一而再再而三地在古人杰面前说夏想的坏话，并将所有的过错都推到夏想身上，一心认定是夏想搬弄是非才让叶书记对他不满，将他弄到了老干部局。

古人杰听多了夏想的坏话,再加上他本人对夏想也看不过眼,又在崔向和丰利的双重影响之下,在他眼中,本来和他没有什么接触更没有过节儿的夏想,就成了世界上最可恶的坏人。古人杰一心认定,夏想肯定又贪污又好色,别落在他手中才好,只要被他发现夏想有经济和作风问题,非得一棍子打死不可。

只是他派人暗中调查夏想,却发现夏想行事周正,办事滴水不漏,根本让人挑不出任何过错,更没有经济和作风问题。古人杰大为纳闷儿,又不敢相信夏想真是一个清廉又不近女色的官员,尤其是他现在这么年轻,又有级别,大权在握,怎么可能没有美女环绕?但不可能也没办法,就是抓不住夏想的一点把柄。不管夏想是真无事可查,还是隐藏得太深,反正让古人杰无处下手就是了。

古人杰郁闷得不行,不过后来他得到崔向的授意之后,就满心期待起来……

终于有事情发生了。

在听到黄林和刘旭两人的汇报之后,古人杰差点高兴得跳起来。真是踏破铁鞋无觅处,得来全不费工夫。夏想既年轻又身居要职,怎么可能没事?就算猫儿不吃腥,也架不住主动有腥送上门不是?夏想呀夏想,这一次证据确凿,看你还有什么好说的?十五万元,轻则让你丢官并且开除党籍,重则判你几年也不为过。

古人杰大喜,当即指使黄林和刘旭:查,严查,一查到底。

黄林和刘旭在省纪委里面,基本上不属于任何派系,他们二人办案最是讲究铁面无私,只要有人犯了事,只要上级发了话,他们就会一查到底,谁的面子都不卖。

得到了古人杰的点头,两人又整理了相关证据,并且在夏想居住的小区走访过几次,都没有太大收获。根据照片想查到周虹的来历,也没有什么线索。现在只有物证,如果能找到当事人,做到人证物证齐全,夏想的事情就可以做成铁案,让他一辈子也翻不了身。

不过没有人证没有关系,只要是有问题的官员,都怕跟他们去协助调查。一协助,就会在他们的连番攻势之下溃不成军,很快就会交代全部问题。他们认为夏想年纪轻,经历少,肯定会立马交代问题。于是二人决定打夏想一个措手不及,等夏想出差一回来,就直接杀到办公室,给他一个下马威。

不承想,夏想表现得轻松自若,没事儿人一样,还能笑得出来,就让黄林吃了一惊。他见多了不少官员一听他是省纪委的人,立刻就矮了三分;也见过不少官员理直气壮,甚至趾高气扬地大喊大叫;还从未见过如夏想一样,镇静得好像真的没有贪污受贿一样。

第一阶段——审问

黄林不相信夏想没事,但夏想如此表现,他就认为夏想别看年轻,但心思深沉,比起几十年的老官场有过之而无不及。他在心中得出了结论,夏想此人,不好对付。

"你自己做的事情,你自己心里清楚,在我们面前装腔作势是没有用的,既然找到了你,肯定是掌握了足够的证据。"黄林倒也不是故意恐吓夏想,而是他办案久了,说话间自然而然就流露出一股威慑的口气,也是一种心理战术,"跟我们走一趟,请配合我们的工作。"

夏想也不分辩,也不据理力争,而是点头说道:"好说,没问题。古玉,我去配合一下省纪委同志的工作,中午饭你先帮我打上,来一份青椒炒肉,来一张饼就可以了。记得帮我盖好盖子,别凉了,我回来就吃。"

现在已经十一点多了,再有几十分钟就开饭了,夏想的意思是他去去就来,还能回来赶上饭点。黄林暗暗发笑,原来夏想不是镇定自若,而是傻得可爱,不知道被纪委请去配合工作的严重后果。

再回到这个办公室已经没有可能了!

不是丢官开除党籍,就是蹲监狱,都什么时候了,还想着吃?真是一个没头脑的人。

古玉气呼呼地站了起来。

古玉平常在夏想面前是好脾气不假,但她也不是一般人,别人对她呼来喝去可不行。黄林刚才的语气非常不善,又听他怀疑夏想贪污受贿,知道夏想一些底细的古玉不禁又气又怒,冷笑一声说道:"你说夏处长贪污受贿,你确定没有弄错?看你年纪也不小了,好歹也是老纪委了,怎么还犯这种低级错误?我可告诉你,要是你们抓错了人,我和你们没完。"

被一个小姑娘呼而喝去,黄林又好气又好笑,他还没有说话,身后的刘旭怒了。刘旭向前一步,质问古玉:"纪委办案,有你什么事?你一个办事人员,能知道什么?请不要妨碍纪委的工作,我郑重地告诉你,没你什么事,不要没事找事。"

刘旭和黄林一样,秉承铁面冷面的办案风格,说话办事都是一副冷冰冰的表情。而古玉习惯了夏想对她和颜悦色,本来被黄林刚才一喊就心中大不痛

301

快，又被刘旭冷鼻子冷脸一说，更是怒了："怎么没我的事了？你们不是说夏处长贪污受贿吗？好，他结婚的时候，我送了他一块价值连城的美玉，少说也值一百万，你们要不要把我也一起抓了？"

夏想不由苦笑，古玉怎么尽耍小孩子脾气，现在是置气的时候？他忙从中劝和："好了古玉，少说两句。我陪纪委的同志走一趟，说清楚之后就回来了。你现在一闹，反而更乱了。"

黄林一听，顿时警惕地打量了古玉几眼，问道："在我们面前说话，可要注意一点，不是什么话都能乱说的。"

他也是好意，是提醒古玉一句，一百万的金额太巨大了，古玉的样子可不像有钱人。再说就算真送了，哪里有自己承认的道理？

古玉却昂首挺胸地说道："我没乱说话，送了就是送了，怎么着？我想送他几百万几千万都成，你们管得着吗？"

刘旭勃然大怒："好，既然你这么说，那么也请你一起到纪委，配合我们的调查工作。"

古玉不顾夏想的眼色，将手中的工作一推，气愤地说道："去就去，谁怕谁。"

夏想无奈地摇摇头，古玉虽然没比他小几岁，但实际上心理年龄很不成熟，还是冲动的小女生的性格，让人拿她没办法。本来挺简单的一件事情，因为她的意外介入，反而复杂化了。

果然一到纪委，因为古玉提到了夏想结婚的事情，黄林敏锐地意识到还能以夏想借婚礼之名大肆收取礼金为切入点，再深入挖掘夏想的问题，争取将夏想的案子办成近期的一件大案。

想到许久没有查过大案了，如果古玉所说的情况属实，夏想的涉案金额就在百万以上了。一个处级干部贪污了百万巨款，而且夏想又是领导小组的核心人物，必定会在省委引起轰动。

尽管黄林和刘旭在省纪委中不属于任何派系，但二人也清楚省委之中的是是非非。现在因为产业结构调整的问题，省委里面分成两派：一派是以叶书记为首的支持派，包括范省长在内；一派是以崔副书记为首的反对派，包括马部长在内。现在是支持派占上风，毕竟书记和省长联手，基本上大事可定。

不过夏想作为领导小组的关键人物，又有叶书记和范省长的双重支持，可以说是近来省委里面炙手可热的人物。黄林和刘旭也产生过动摇，查夏想的话，会不会面临叶书记和范省长的双重压力？如果叶书记和范省长都开了口，要求大事化小小事化了，他们该怎么办？能不能顶住压力？

但二人经过一番商议之后，还是决定严查夏想。因为他们觉得夏想深受叶书记和范省长的器重，甚至和邢书记也能说上话，但也正是因为他年纪轻轻就有现在的成就，才翘了尾巴，才敢胆大包天，以权谋私！

黄林和刘旭在纪委为官多年，都是脾气耿直之人，不求升官发财，只求为民除害。正是抱了一腔热血满身正气，反而更加激起了他们的正义感，认为夏想现在不除，以后爬到高位之后，更是百姓之大害，国家之蛀虫。

而且二人也相信，现在他们手中证据确凿，只凭十五万的受贿金额就可以拿下夏想。如今铁证如山，叶书记和范省长还能权大于法不成？当然，二人干了多年的纪委工作，权大于法的情况也没少见。不过夏想情况特殊，他是关键人物，一旦查实之后，肯定会引起多方关注。关注的人一多，叶书记和范省长也就没有办法非要为夏想出头了。

本来以为抓了夏想，让他交代问题就能了事，不想又意外出现了古玉自投罗网的好事。二人一合计，认为现在是获得重大突破的最佳时机，就决定立刻突击审讯。

夏想和古玉被分别关在两个房间里，黄林审问夏想，刘旭审问古玉。

黄林将照片排开放在夏想面前，严厉地说道："夏想同志，你也不用有什么侥幸心理，我们请你来配合调查工作，就证明已经掌握了确凿的证据，抵赖和撒谎都没有用，反而不利于争取宽大处理……照片上的人，是你不是？"

夏想也没想到他和周虹在昏黄的路灯下的一幕居然被人暗中拍了照片，心想对方设计得也够周密的，真不简单。他将照片一张张看过，点头说道："不错，是我。"

见夏想还算配合，态度也不错，黄林的语气就缓和了一些，又问："这个女人是谁？你和她什么关系？还有手提袋中装的是什么东西？她为什么要送礼给你？"

黄林就是要问一连串的问题让夏想思索不过来，打他一个晕头转向，让他没机会编造假话。

不料夏想一点也不慌乱，相反，还饶有兴趣地说道："黄林同志，这个女人自称叫周虹，是真名还是假名我不清楚。至于她为什么给我送礼，我就更不清楚了。要不你帮我找到她，好当面问个清楚？我和她真没有什么关系，她自称认识我爸爸，哦，就是我岳父，但我爱人也说不认识她。她来家里没说两句话，扔下东西就走，我就拎了东西追过去……"

"不认识？看你们亲热的态度，不像不认识的样子。而且你们还手拉手，肯定是关系密切吧？"黄林又问。

"手拉手是因为她主动拉我的手,要在我手上写她的电话号码。"夏想实话实说,一点埋伏也没打。

"夏想同志,希望你能端正态度,配合我们的调查。"黄林微带不悦地说道,"写个电话号码要写在手中,不会写在纸上,或者直接拨到手机上面?你以为你的假话能骗过我们?我看不是在写电话号码,而是有什么暧昧关系吧?"

夏想一点也不急,笑嘻嘻地说道:"她为什么要把电话号码写到我的手上,就真的要问她自己了。我想也许是我确实有一点帅,她故意想拉拉我的手……"

"夏想同志,请严肃对待我的问题。"黄林怒了,将手中的资料一合,"啪"的一声摔在桌子上。

"我很配合了,有一说一,你还让我怎么样?"夏想一脸无辜地看着黄林,"都是实话实说,难道黄林同志想让我说出你想要的答案,诱供我,是不是?"

黄林反而平静下来,又问:"她手中的手提袋你最后有没有收下?"

"收下了。她说了很动情的话,我不收下就好像对不起她一样,只好收下了。"夏想没有丝毫隐瞒,"而且她说就是一些自产的烟酒,不值几个钱,我想一两百元的东西也不算什么。再说人家也确实是一番心意,就收下了。"

黄林见夏想一点也不隐瞒,问什么说什么,心里有就点纳闷儿,难道夏想有恃无恐,认为十五万元的金额打不倒他?他就又问:"回去后你有没有打开里面的烟酒,里面装的真的是烟酒?"

"不是,回去我一看才知道,烟里卷的是钱,酒盖里有金币……"夏想毫不犹豫地说出了真相,还是一脸喜形于色的表情,"真绝了,现在的人真聪明,什么办法都能想出来。我研究了半天,也佩服了半天。"

黄林暗笑,夏想是真傻还是假傻,什么都说了出来,看来案子很快就可以定性,比他想象中容易多了。

"一共有多少钱?数了没有?"黄林也缓和了语气,拿出了聊天的态度。

"烟里卷了十万,金币五枚,价值多少不清楚。"夏想笑着答道。

"这么说,你承认你收了礼?"黄林趁机问道,只要夏想回答"是",就相当于承认了受贿。

夏想点头说道:"我是收下了手提袋,不过我也是受害者,并不知道烟酒里面大有文章……"

"好,你承认收了东西就可以了,没问你别的。"黄林急忙敲死夏想的回答,只要夏想认可了收礼的事实,也承认里面装了十万元现金和五块金币,事实就清楚了。

黄林迅速记录下来,随后又问夏想:"古玉说她送你了一块玉,是不是有这件事情?"

"是。"夏想老老实实地回答,他知道,古玉在另一间屋子,刘旭问她什么,她肯定也是如实回答。与其二人说差,不如实话实说,也好让对方降低警惕。

虽然夏想心中感谢古玉对他的维护之心,但这个时候古玉非要跳进来,不是添乱吗?只是事已至此,多说无用,他只好先把事实说清楚,看看事情究竟会发展到哪一步。

夏想清楚,陷害他的另有其人,不用想也差不多知道是谁。但知道是谁也没用,只要没有确切的证据,只凭猜测的话,还是不要说出来了,说也白说,听在别人耳中,没人相信。也是,谁会相信堂堂的省委副书记会布局陷害他一个处级干部?

但作为一个努力工作、认真负责的好干部,夏想自认还算合格,平白被人设计陷害,也是委屈。委屈可不能白受,得想个办法讨还回来才行,否则还真让别人以为他好欺负?

他本来早有准备,但凭空多出了古玉的玉器事件,就不由多想了一想,看能不能再做做文章。

"她为什么要送你一块玉?她说送你的玉价值一百万以上,你是不是心里清楚?"黄林穷追不舍。

夏想老实地摇头:"我不是玉石专家,才不知道一块石头值多少钱,在我眼里,就是一块被雕刻成形的石头罢了。其实也不是古玉送的我,是她的爷爷送的。因为当年我和老古有一面之缘,他在高干医院住院的时候,正好我也住院,我们一见如故,谈得十分投机。后来我结婚时,老古出于爱护小辈的心意,就送了我一块玉——哦,当时我还以为是一块漂亮的石头,就收下了。"

"就这么简单?"黄林有点失望,"你们之间没有什么权钱交易?还有,你和古玉之间又是什么关系?"

夏想的态度好得不得了,一点也不生气,问什么说什么:"权钱交易?黄林同志,你的想象力太丰富了。不要因为自己做的是纪委工作,在你眼里就全是坏人。老古住在高干病房,又是京城的人,会有什么事情求着我?你以为我是省委副书记?还有,也不要事事都联想丰富,我和古玉同志是同事关系,你说能是什么关系?人家一个漂亮的大姑娘,不要污人清白!"

黄林被夏想噎得说不出话来,夏想一说,反倒是他成了坏人,他正要训斥夏想几句,张了张嘴,又咽了回去。夏想太配合工作了,态度好得出人意料,将心比心,他也不好意思对夏想凶。

他将手中的谈话记录交给夏想,说道:"看看有没有出入? 没有的话,就请签字。"

夏想看了看,上面只是陈述了今天谈话的客观事实,就爽快地签了字,说道:"都十二点多了,食堂也没饭了,还得出去吃,麻烦。"

黄林又冷了脸:"一会儿会有人给你送饭,夏想同志,恐怕你一时半会儿出不去了。你受贿十五万元,还有一百万的礼物不能说明来源,你的问题非常严重,请你好好想想还有什么要交代的。"

黄林转身出去,将夏想一个人扔在屋里。

夏想笑笑,无所谓地往床上一躺,舒服地伸展四肢,说道:"等着,看看都有谁着急。"

黄林出去后和刘旭碰了头,得知刘旭审问古玉也是进展得非常顺利,几乎是问什么说什么。

第二阶段——乱局

古玉的理由很简单,就是她爷爷老古很喜欢夏想,想送他一件结婚礼物。找了半天,在家中随意找了一个雕件送了过去。至于到底值多少钱,可能是一百万,也可能是一千万。金银有价玉无价,玉在喜欢的人眼中,价值千金,但如果遇不到喜欢的人,就分文不值。

刘旭有点为难地说道:"从结婚礼物上比较难突破,因为当时给夏想送礼金的不少,但夏想办事很出人意料,他都没有收,而是直接捐赠给了慈善基金会,所有送礼的人都收到了收据……就看这块价值不菲的玉器是不是一个突破口了。"

听了刘旭的话,黄林脑中忽然闪过一个念头,感觉这件事情多少有点蹊跷,不过念头一闪而过,并没有抓住。也是他多年在纪委工作,养成了眼中无好人的习惯,夏想有问必答的态度虽说有点奇怪,但也是正常的情况,可能夏想有恃无恐,认为必定会有上级出面救他出去。

黄林生平最痛恨贪污受贿之人,夏想受贿的金额虽然不是特别巨大,但因为他的身份特殊,一旦案发,影响特别恶劣。

刘旭考虑问题比较全面一些,他听黄林说了刚才审问夏想的情况,微一思索,说道:"夏想和古玉的态度都好得出奇,这件事情会不会有什么猫腻? 我总觉得哪里有点不对。"

"我也有同感,不过既然夏想已经亲口承认收受礼金,就构成了受贿罪,只凭这一点就可以定他的罪。"黄林说道。

"关键是要有物证……"刘旭微一沉吟,又说,"先去吃饭,争取下午打开突破口。"

夏想和古玉突然同时"失踪",引发了一场大混乱。

先是宋朝度左等右等,等不到夏想前来汇报工作。宋朝度知道夏想正在酝酿下一波浪潮,正焦急地等他来讲宝市之行的成效,怎么突然不见人影了?托秘书去领导小组找夏想,方格和王林杰却说没有见到夏想,也不清楚古玉去了哪里。

然后是范睿恒的秘书张质宾打电话到领导小组找人,得到的答复也是不知道夏想去了哪里。打夏想和古玉的手机,都是关机。

方格没有意识到出了问题,还恶趣味地告诉王林杰,说不定夏想和古玉去开房了。结果惹得王林杰一顿数落,王林杰知道夏想不是没谱儿的人,突然失踪了,绝对是出了问题。他左思右想一番,就跑到其他办公室去问有没有人发现夏想出去。

黄林和刘旭带夏想和古玉走的时候,正是十一点多,那时的办公室人员最少,所以没几人注意到夏想去了哪里。王林杰不死心,一个挨一个办公室去问,终于找到了知情者,有一个人发现夏想、古玉和两个人一起出去了,正好那人也知道黄林和刘旭。

王林杰大吃一惊,夏想和古玉同时被省纪委的人带走了,出了什么大事?

还没等王林杰向宋朝度汇报,叶石生的秘书麻秋的电话就打到了领导小组办公室。麻秋是受叶石生之托,让夏想前去汇报工作。

因为叶石生也对夏想的一举一动格外关注,知道他回来后,特意等他前来汇报工作。不料左等右等等不来,就让麻秋打电话来催。

麻秋就从王林杰口中得知夏想出了状况。

叶石生听到麻秋转述的话,当场震惊!

夏想可不能出事,他现在可是万千关注系于一身的人物,是领导小组的支柱,是产业结构调整政策坚定的执行者,他现在被纪委请去,肯定是有人在背后搞鬼。叶石生产生的第一个念头不是夏想自身有没有问题,而是认定有人要毁夏想前途,以此来达到阻止推动产业结构调整政策的目的!

叶石生勃然大怒。

"麻秋,立刻打电话到纪委了解一下具体情况。就说我说了,要尽快弄清事实,让夏想同志回到工作岗位上。"叶石生的话表明了他的态度,显然他不相信夏想有问题,就是要给纪委施压,让纪委尽快放人。就算有问题,也要大事化小，小事化了。

麻秋急忙到外间去打电话。

几分钟后，麻秋进来汇报："纪委的人说，已经掌握了确凿的证据，夏想同志收受十五万的巨额礼金，他对受贿事实也供认不讳。"

叶石生一脸惊讶："怎么可能？夏想不是那样的人！"停顿了片刻，又说，"这样，你亲自到纪委了解一下情况，能了解多少是多少。另外，请邢书记到我的办公室来一趟。"

邢端台吃完午饭，正准备小睡片刻，忽然接到麻秋的通知，说是叶书记有请。他不敢怠慢，急忙来到叶书记的办公室。

"夏想犯了什么事情？"叶石生一脸严肃地问道，"作为领导小组的核心成员，夏想同志的工作关系重大，纪委怎么能说抓人就抓人，也不提前向我汇报一声？连朝度也不知道，你们纪委是不是太目中无人了？"

叶石生的话说得比较重。

眼见夏想筹划的第二批产业结构调整的浪潮即将形成，只要单城市和宝市的两个项目再获得成功，叶石生就可以名正言顺地对外宣称，燕省的产业结构调整政策获得了初步成功，达到了预期的效果。同时也给所有质疑的声音一个最强有力的反击，相当于在程曦学脸上打了一个响亮的耳光，让燕省的一些所谓的专家学者都统统闭嘴……

结果倒好，突然就出了夏想被抓的事件。叶石生完全是从政治角度看待此事，在他看来，夏想贪污受贿纯属子虚乌有之事，绝对是别人的栽赃陷害，其目的就是为了在关键时刻阻止产业结构调整的前进步伐，借打击夏想之机，将即将到手的成果毁于一旦。

险恶用心，昭然若揭。叶石生越想越气，明明猜到幕后之人是谁，又没有证据，只好将气发到纪委身上。

邢端台被叶石生劈头盖脸一通指责，他一头雾水，哭笑不得地说道："叶书记，您别急，慢慢说，到底怎么一回事？夏想被抓了？我也不知道这事，您稍等，我立刻问问是谁点的头。"

邢端台心想好嘛，上一次夏想被市纪委抓走，是省纪委出面捞的人。这次倒好，省纪委又抓了人。夏想这个同志，还真是命途多舛。

邢端台略一思索，就猜到了是谁的手笔，立刻拨通黄林的电话："黄林，夏想是你抓的？怎么回事？"

邢端台知道黄林和刘旭的性格，听完黄林的汇报，他脸色变得沉重起来，就交代了几句，才挂断电话。

"叶书记,情况不太好,夏想承认收受别人十五万的礼金。现在证据确凿,夏想也在笔录上签了字,想要翻案就难了……"邢端台暗暗替夏想惋惜,怎么就一口承认了?就算证据再确凿,也要硬撑一天半日的,才好捞他出来。现在倒好,才十五万就栽了跟头,太可惜了。

叶石生也是同样的想法。

他先是不信夏想会受贿,听到邢端台亲口说出收了十五万的礼金,心里就一沉,再听到夏想签了字,更是懊恼得不行。才十五万,多大点事,死撑着不开口能怎么着?夏想平常挺聪明的一个人,怎么事到临头犯迷糊,认罪了呢?难道他不知道在省委里面,有许多人可以把他从纪委捞出来吗,真是气死人。

叶石生痛恨夏想的软弱,那么容易就被纪委的人哄了去,也太胆小怕事了。因为十五万元翻了船,丢了前途,真是不值。

人果然是亲疏有别,要是别人,叶石生肯定会义愤填膺地要求纪委严惩,但那不是别人,是夏想,他就有恨铁不成钢的怨气。

虽然心里这样想,但叶石生身为省委书记,表面上的公正形象还是要维护一下的,他只好说道:"既然事实确凿,就让纪委的同志好好查上一查,别哪里出了差错才好。端台,你亲自过问一下此案,纪委办案人员都有唬人的手段,不能放过一个坏人,但也不能冤枉一个好人,是不是?夏想同志劳苦功高,事情也不大,你斟酌一下,酌情处理。"

邢端台心里也不大自在,夏想是宋朝度的人,在他的眼皮底下被人抓了不说,还招了,就算夏想真有问题,十五万就栽了,太不划算了。而且他事先没有听到一点风声,他身为纪委一把手,对纪委的控制能力就会让人怀疑了。

好个古人杰,明目张胆地给自己上眼药,太张狂了。不收拾收拾他,他还真以为有崔向撑腰,就能翻了天去?邢端台气愤难平地离开叶石生的办公室,直奔纪委而去。

走到半路,刑端台接到了宋朝度的电话。

宋朝度得知夏想出事之后,稍微思索了片刻,就向范睿恒作了汇报。

范睿恒听了也是大为震惊,听到夏想已经招供,惊讶之余站了起来,想要直接到纪委问个明白,却被宋朝度拦住。

"范省长少安毋躁,夏想的为人我还算了解,他肯定不会收取别人十五万的礼金,他眼皮子没那么浅。况且他结婚的时候,别人送的礼金可不止十五万,他都捐赠给了慈善机构。如果他没有招还不好说,但他已经招供了,反而证明他早就有了应对之策。"

范睿恒顿时清醒过来,不由哂然一笑,什么时候他为夏想这么紧张和担心了？刚才的举动可谓真正的关心则乱，难道不知不觉之间，他已经当夏想是一个极其亲近的人了？否则怎么会出现一时气极的情形？

范睿恒冷静下来之后，笑了："朝度说说，下一步我们该怎么配合夏想？"

"不急，我们对纪委的影响力度较弱，由叶书记出面就可以了。现阶段是产业结构调整的关键时期，是一举决定成败的紧要关头，有人选择在这个时候为难夏想，目的很明显……"宋朝度曾经和夏想配合默契，相信夏想已经有应对之策，现在所需要的只是等夏想释放出一个信号，他才好出手反击，"我们继续推动下一步的工作，不能自乱阵脚，否则就上了别人的当。夏想一定会想办法给我们一个暗示，到时我们配合他演戏就可以了。"

宋朝度刚从范睿恒的办公室出来，就在外面遇到了邢端台。

二人回到办公室商议一番，随后邢端台就回到了纪委。

邢端台一到办公室，古人杰就前来汇报工作，就夏想受贿一事向邢端台进行了详细说明。因为夏想的身份比较敏感，古人杰请示是不是要向叶书记和范省长汇报一下。

"不用了，夏想的案件由我亲自处理，叶书记说了，由我向他直接负责。人杰，夏想的案子你就不用过问了……"邢端台摆了摆手，一把手的权威流露无遗。

"可是，邢书记，这个案子一开始就是由我主抓的……"

"就这么定了，有什么问题我们再及时沟通。"邢端台心中厌恶古人杰突然在背后来阴的，虽然他和夏想关系不那么近，但夏想是宋朝度的人，他和宋朝度的关系古人杰不会不知道。如今故意不透露风声，来了一手先斩后奏，显然是不将他放在眼里。

不将上司放在眼里的副手，还用给他面子？邢端台冷冷地说道："这是叶书记的指示精神，你还有什么事情没有？"

古人杰心中有气，身为省纪委第一副书记，又在纪委系统工作多年，他自认有老资格，就不满地说道："我坚持我的看法，不过既然邢书记想主抓此案，我也没有办法。夏想的案件证据确凿，事实清楚，希望邢书记秉公执法，必要的时候，我会向媒体和中纪委通报处理结果。"

"是不是证据确凿和事实清楚，得我亲自过问之后才知道。"邢端台对古人杰话里隐含的意思清楚得很，才不怕他的威胁，"没什么事情的话，你先出去吧。"

古人杰虽然早就预料到会有这个结果，但还是被邢端台轻描淡写的态度气得不行。他来到黄林的办公室，将邢端台的决定告诉黄林，特别强调说："邢书记对夏想有好感,和夏想有交情,你们二人如果想向邢书记示好,大可以涂改笔录,修改卷宗。"

黄林还就吃激将法,说道:"我和刘旭从来没有惧怕过压力,在法律面前,人人平等。而且夏想也亲口承认收了礼金,他也签了字,已经是既成事实,想要抵赖也不可能了。"

"夏想只是承认收了礼金,并没有认罪。在他认罪之前,任何签字都不能算数。"古人杰突然想到一个问题,说道,"尽快落实礼金的下落问题,只要有了物证,才能将案子做死。"

黄林自信地说道:"正按照程序一步步走,下午就去取物证。夏想……翻不了身了!"

下午一上班,黄林就向邢端台汇报了案件进展,请示要和夏想一起去他家中取证。邢端台二话没说,表示同意。

黄林和刘旭还纳闷儿,邢书记还挺好说话,没有表现出对夏想的偏向,连拖一拖的意思都没有。

夏想若无其事地陪同黄林和刘旭一起上车,古玉也一同前去,因为还涉及她送玉器的问题。在车上,古玉和夏想并排坐在一起,她兴高采烈地说道:"现在我和你成了难友,也算是一次难得的经历。你说,你会不会感谢我在关键时刻和你并肩站在一起?"

"感谢你,我气你还差不多。"夏想不满地说道,"你好好待着就成了,非跟着添什么乱?一点小事,我可不想惊动你爷爷。"

古玉狡黠地笑了:"你怎么知道我想惊动我爷爷?"

"你一提玉的事情我就知道了,你的小心思我还猜不出来?"夏想一脸无奈的表情,"这种举手之劳的小事,让你爷爷知道了,岂不笑话我?他老人家要是出手的话,岂不是大炮打蚊子?"

"他闲太久了,我想让他活动活动筋骨。"古玉嘻嘻地笑着,旁若无人的样子,丝毫不把一脸严肃的黄林和刘旭放在眼里。

黄林和刘旭在一旁听了,不以为然地对视一笑,心想到底是年轻,还拿出一个老头儿来吓人。看古玉的年龄虽然不大,但她爷爷辈的人肯定不在台上了,不在台上的人还有什么分量?况且夏想已经承认了受贿事实,哪里还有翻案的可能?真是小年轻不知道后果有多严重。

第三阶段——先破后立

到了曹家,夏想在书房翻腾了一会儿,拿出一张薄薄的纸片交给黄林和刘旭:"礼金在这里!"

"这是什么?"黄林不知所以,接过纸片一看,是一张收据。他没细看,就不快地问道:"我是问你要手提袋和里面的东西,不是要什么收据。夏想同志,不要节外生枝,请配合我们的工作。"

"我很配合工作,手提袋当时忘了拿回来,扔在慈善中心办公室了。至于里面的东西,就全在收据上了。"夏想云淡风轻地笑笑,又指了指收据说道,"看好了,上面写得清清楚楚,不信,可以打电话给慈善中心。对了,上面有电话,也有编号,一查一个准。"

黄林意识到了什么,才注意到手中的收据是燕市慈善中心的,上面加盖了公章并且注明了日期,还在附注一栏特别注明:现金十万元,金币五枚,捐赠人是夏想,捐赠事由是礼金。

黄林觉得脑子瞬间短路了,努力回想了一下事情经过,才意识到上了夏想的当!

没错,夏想承认收受了礼金,但并没有承认他将礼金据为己有。为官之人,都有迫不得已收受礼金的时候,但如果及时上交公安机关,或是捐赠给慈善机构,只要不是自己留用就不算受贿。夏想居然将礼金全部捐献给慈善机构,还保留了收据,显然是早有准备。

再想起夏想在交代问题时的镇静,还有被他们请去喝茶时的谈笑风生,黄林和刘旭对视一眼,才恍然大悟,原来自始至终人家都是胸有成竹地应对。反倒是他们二人,被夏想一步步引了进来,自以为抓住了一个大案,原来人家是清者自清。

黄林和刘旭突然有一种被人戏谑的气恼,虽然不清楚夏想的目的,但他们还是十分难堪,质问夏想说道:"夏想同志,捉弄纪委的办案人员,很好玩是不是?"

古玉不服气地说道:"你们一副要置人于死地的架势,捉弄你们还是轻的,换了我,先收拾你们一顿再说。"

黄林不和古玉一般见识,刘旭却气得不行:"古玉同志,现在是法治社会,不要动不动就威胁别人。"

黄林将收据收好,说道:"既然礼金的事情已经交代清楚了,那请夏想同志再配合一下,将古玉送给你的价值百万的玉石带上,我们一起到纪委说个清楚。"

"不行,玉石是我送给夏想的私人礼物,你们不能带走。"古玉在一旁起哄。

古玉越坚持,黄林和刘旭越认定玉石有问题,就非要将玉石带走。夏想在一旁做沉思状,过了半晌才下定了决心似的,说道:"古玉,让他们带走。他们是不达目的誓不罢休,我们是清者自清。"

古玉不愿意也没有办法,最后还是眼睁睁看着黄林抱着螳螂捕蝉的雕件上了车。

不过上车之后,夏想悄悄地向古玉伸了伸大拇指,古玉悄然一笑,昂了昂小脸,一副计谋得逞的样子。

路上,夏想还特意问了黄林一句:"黄林同志,你知道这块玉上面雕的是什么吗?"

黄林本来不想理夏想,不过见夏想一脸和气,又非常配合他的工作,就耐着性子答道:"螳螂捕蝉——人人都知道。"

古玉咯咯地笑了:"黄雀在后……谁是黄雀?"

黄林和刘旭对视一笑,没有理会古玉。心想都什么时候了,还有心思玩猜谜?等下有你哭的时候。

一行人回到纪委,黄林和刘旭商议后,决定先将玉石带到办公室存放。不料刚到办公室,古人杰就推门进来,问道:"案件进展得怎么样了?"

古人杰因为被邢端台以生硬的态度剥夺了对夏想案件的主导权,心里极度不平衡。正好邢端台临时有事要出差,临走时也没有交代谁具体负责夏想一案,古人杰身为第一副书记,自然当仁不让地接手过来。他还得意地想,牛气什么,人算不如天算,夏想还不是落在我的手中!哼,邢端台,等你回来时,夏想已经认罪了,你想保他也回天无力。

古人杰听到黄林说礼金的问题已经对夏想构不成威胁,无奈、不甘、气愤和不平顿时一起涌上心头,当着夏想的面不好发作,就看了一眼螳螂捕蝉的雕件,心想黄林和刘旭二人办事太死板,肯定会按市场最低价给雕件估价。而雕件的估价关系到给夏想定罪,当然估价越高越好。

古人杰就有了主意,说道:"黄林,将这块玉石搬到我的办公室里,我要亲自研究一下。"

黄林和刘旭不肯:"古书记,这块玉石是证物,按照规定,应该由我们保管。而且邢书记说了……"

"邢书记出差了,现在纪委由我说了算。"不提邢端台还罢,一提邢端台,古人杰就火冒三丈,"我是纪委副书记,难道由我保管证物会不符合规定?谁规定副书记不能亲自查案?"

这话一说,黄林和刘旭只好服从,将雕件搬到了古人杰的办公室。随后古人杰又命令二人严加"照顾"夏想和古玉,继续问话,寻找新的突破口。

二人将夏想和古玉分别带到房间里面,刚一坐下,夏想就对黄林说道:"抱歉,黄林同志,如果说你是螳螂的话,我就是蝉,但同时也是一只会变身为黄雀的蝉。"

黄林一愣:"什么意思?"

夏想也不解释,反而笑着说:"我建议你将刘旭同志和古玉同志也一并带来,我有重要的情况要反映,最好大家都在场,也好互相作证。"

黄林一时犹豫,夏想又说:"我非常配合你们的工作,怎么,你还信不过我?"

黄林想了想,还是同意了。

四个人坐在一个房间里面,夏想和古玉并排坐着,对面是黄林和刘旭,气氛十分古怪,不像在审问人,却像在开什么四人会议。

"久闻二位的大名,今天接触下来,才知道果然是名不虚传。我平生最佩服性情耿直、坚持原则之人,今天你们二位查我,暂且不提,明天如果有一位厅级高官犯事,敢问黄林同志,你们是不是也敢顶住压力一查到底?"夏想笃定地说道。

黄林听出了夏想的言外之意:"夏处长有话直说,在我面前,没必要绕弯。你能将礼金都捐赠给慈善机构,证明你基本上算是一个好人。如果玉石之事也查明你是清白的,我会向你道歉。"

夏想继续说道:"今天有一个大案想交给二位去查,不知道二位有没有兴趣拿下一个厅级干部?"

黄林和刘旭对视一眼,都从对方眼中看出了不解和不信任。黄林说道:"如果夏处长有问题要反映,请按正常程序到纪委登记。私下里向我们反映问题,呵呵,不太好吧?"

夏想说道:"到纪委反映问题?我怕被古书记骂出来!"

黄林大吃一惊:"什么,你要反映古书记的问题?"

"算是,也不全是。"夏想笑眯眯地看了古玉一眼,古玉很配合地笑了,还神秘地点了点头。夏好又面对黄林和刘旭,郑重其事地说道:"古书记本人有没有事情我不清楚,但他涉嫌包庇朱纪元却是事实……"

314

"朱纪元?"黄林呆了一呆,想起来了,"省外贸厅副厅长兼省机电办主任? 朱厅长为人憨厚,不善言辞,而且生活朴素,他能有什么事情? 夏想同志,说话要本着良心,不要胡乱指责好人。"

"朱纪元要是好人,古人杰也是好人了。哼,说了你们也不信,一会儿等着看好戏吧。"古玉忍不住插了一句话,还想再说什么,被夏想瞪了一眼,只好急忙闭嘴。

夏想接着古玉的话向下说:"根据初步掌握的情况,朱纪元在担任省机电办主任以来,大肆收取贿赂,数额之大,次数之多,已经到了骇人听闻的地步。机电办的不少干部对朱纪元敢怒不敢言,向省纪委投寄了大量的举报信,可惜都石沉大海,全部被古人杰截了下来。"

黄林和刘旭对视一眼,大惊失色:"夏想,你说话要凭证据,开口就指责两个厅级干部,是要负严重后果的。你有什么证据没有?"

"证据?"夏想抬手看了看表,"别急,应该快了,估计不出十几分钟就会有了。"

古玉也在一旁连连点头:"还多亏你们配合我们的工作,谢谢,非常感谢。"

黄林和刘旭面面相觑,不明白夏想葫芦里卖的是什么药,急问:"到底是怎么一回事? 夏想同志,希望你能给我们一个详细的解释。"

"我只问二位一句话……"夏想直视黄林的眼睛,目光坚定,"如果我刚才反映的情况属实,你们能不能顶住方方面面的压力,严查朱纪元的犯罪事实?"

黄林坚定地点点头,看了刘旭一眼,说道:"我和老刘合作多年,我们两个人不指望能升到多大官儿,最大的愿望就是抓尽天下贪官。只要你反映的情况属实,不管他的官有多大,不管他的后台有多硬,我和老刘都能顶住压力,一查到底。"

夏想就是看中了黄林和刘旭铜豌豆的性格,知道他们二人在省纪委多年,一直是中间派的坚定代表,不拉帮不结派,只认事实不认人。虽然他们得罪了不少人,不过因为自身站得直行得正,燕省又需要一两个形象人物,所以尽管痛恨他们的人不少,却一直没人能拿他们怎么样。

夏想点头一笑:"想必你们都好奇周虹是谁? 我也好奇,我不认识她,也不知道她的真实姓名,幸好她留了一个手机号码。经查证,机主登记姓名是杨代华,不过据查此人可能用的是假名。后来通过技术手段锁定了具体位置,经过跟踪和暗访,终于查到周虹的真名叫丛枫儿,丛枫儿有一个姐姐叫丛叶儿,丛叶儿是朱纪元的情妇……"

黄林听明白了,夏想利用反侦查和技术手段,查出了周虹的真实来历。周虹的身份一旦查清，就可以顺藤摸瓜，把送礼的事查个水落石出。等等，他猛然惊醒，瞪大了眼睛看着夏想："你怎么可能动用技术手段锁定丛枫儿？你怎么会有这个权力？"

夏想含蓄地一笑："抱歉，手段只是过程，重要的是结果。至于我如何动用技术手段属于机密，无可奉告。我想说的是，通过跟踪丛枫儿，查到了丛叶儿，又通过对丛叶儿的调查，找到了有关朱纪元贪污受贿的重大证据！"

夏想能够锁定丛枫儿，自然是动用了邱家的力量。随后他又让萧伍出马，通过跟踪、暗访和调查，再次大展神通，终于摸清了丛叶儿和朱纪元之间的情人关系。

夏想的原则是：人不犯我，我不犯人；人若犯我，我必犯人。被人设计陷害，尽管夏想猜测可能是崔向的主意，但崔向身为省委副书记，势力庞大，党羽众多，在他的授意下肯定自有手下来操作此事。朱纪元就算不是崔向的嫡系，也是崔向重用之人，既然他甘当出头鸟，就给他来上一枪好了。

夏想让萧伍尽可能搜集朱纪元贪污受贿的证据，基本上理顺了线索。朱纪元身为省机电办的主任，掌管着全省进口汽车配额的审批，权力极大。而进口汽车配额又是一个金元宝，批给谁，谁就有滚滚财源。因此，朱纪元在汽贸商人眼中，就是一个掌管着巨额财富的财神爷。

朱纪元是被京城一个汽贸大亨区华关拉下水的。

本来区华关的公司是在京城注册的，不属于燕省的管辖范围，不过汽车配额可以转让，朱纪元就想方设法将本属于燕省的汽车配额转让给了区华关。

区华关认识朱纪元之后，投其所好，请他打高尔夫，到高级的饭店就餐，送他现金，尽心讨好他。很快朱纪元就被区华关攻陷，二人各取所需，结成了权钱交易的同盟。

至于朱纪元贪污的数额有多少，夏想和萧伍自然查不到，但现在基本上掌握了朱纪元犯罪的事实，就差证据了。同时还查出，有不少举报信寄到省纪委之后都石沉大海，夏想没有惊动邢端台，而是通过秦拓夫的关系了解到，朱纪元和古人杰关系莫逆。

秦拓夫在省纪委的人经过了解得知，古人杰利用职权扣压了所有举报朱纪元的信件！

夏想心中就有了清晰的脉络。

想要拿下朱纪元容易，想要扳倒古人杰难。因为朱纪元贪污受贿的行为很容易查出，而古人杰似乎为官清明，没有太大的过错，一时半会儿也抓不住他的把柄。夏想不会轻易放过古人杰，虽然他没有办法拿崔向如何，但有机会痛打一下崔向的爪牙,岂能错过? 如果能乘机打掉朱纪元和古人杰,也好让崔向感觉到痛,让他收敛收敛,别总施展一些阴谋诡计,也要让他知道一下自己的厉害。

有时候对付背后暗算的小人,必须要出手还击,而且还要打到他痛,打到他怕,才会让他知道此路不通。否则一些宵小之人总在背后跳来跳去,不时地出手阴人,也是惹人心烦。如程曦学一样光明正大的苍蝇还好防备一些,但用一些下作的办法陷害别人的阴险之人如一只蚊子,时不时叮人一口,尽管不致命,也是惹人发痒难受。

所以对付蚊子,还是一掌拍死为上。

夏想早在出差之前就将一切准备妥当,回来后对方开始行动,也在他的意料之中。不过古玉的突然介入,倒是完全出乎他的意料。惊讶过后,夏想索性将计就计,趁黄林和刘旭不注意,和古玉商议了一下计策。

古玉是小女孩心性,听说有好的事情,自然支持。尤其是夏想被人冤枉之时,她更是不遗余力地维护。

夏想的想法是,既然闹,就大闹一场好了,看看最后谁无法收场? 古人杰要是一点事情没有,自己拿他也没办法。既然他有事情,又故意找自己的麻烦,不收拾他收拾谁? 夏想就改变了主意,由单纯地拿下朱纪元改为拿下朱纪元,敲打古人杰!

当然,查证朱纪元的事情还要交给秉公执法的人去办理才好,否则很有可能让朱纪元重罪轻判。黄林和刘旭虽然抓了自己,不过也是不明真相,并非特意和自己过不去。二人的脾气耿直,又谁的面子都不看,用来对付朱纪元再好不过。

所以才有了夏想和他们之间的一番对话。

黄林和刘旭都十分震惊。

↗ 10　好人也有坏手段

都是一些什么样的人物啊,怎么都聪明绝顶? 尤其是夏想,在被陷害的情况下,竟然能想出如此绝妙的反击之法,简直就是一出精彩绝伦的绝地反击大戏! 黄林和刘旭自认见多识广,但还是平生第一次见到有人能造势借势并且借力打力到这种出神入化的境界!

第一波反击——正名

今天发生的事情可谓一波三折,大大出乎他们的意料。在他们的办案生涯中,还从来没有出现过犯罪嫌疑人摇身一变,不但洗脱了罪名,还胸有成竹地举了反证,揪出了幕后之人的事情……也不全对,夏想现在还没有完全洗脱罪名,至少玉器的问题还没有完全解决。

黄林见多了高官被纪委请来喝茶之后的各种表演,有人趾高气扬,有人不以为然,也不乏一言不发死抗到底。夏想是他见过的最淡定从容,又在最后反戈一击的第一人!

黄林对夏想不得不刮目相看。不提夏想所说的事情是不是属实,光是他的镇静和侃侃而谈,就和他办案过程中见过的所有官员大不相同。最主要的是,夏想这么年轻,能有这般镇静和从容,一般人确实做不到。

不过黄林也不敢完全相信夏想的话,甚至还怀疑夏想是转移视线故意混淆视听,又问:"夏想同志,先不管你动用技术手段跟踪别人是不是合法,只说朱纪元同志的问题,你是不是有真凭实据? 还有你说古书记扣压了大量举报朱纪元的举报信,是空穴来风,还是信口开河? 纪委办案,凡事要讲究证据,没有证据,你说得再天花乱坠,也没用。"

夏想笑道:"朱纪元贪污受贿的直接证据,现在还没有,不过古书记扣压了举报信却是事实,举报信就在古书记的办公室里锁着。等一下从里面取出来,

318

既可以证明古书记私自扣压举报信，又可以从举报信中发现朱纪元贪污受贿的证据，可以说是一举两得。"

黄林听了，摇了摇头，刘旭却一撇嘴，轻蔑地说道："说的是什么话？古书记的办公室平常一般人进都进不去，他锁住的东西，就算你说的是真的，谁又能只凭猜测就让古书记开锁？就是邢书记也没有这个权力！你说的话，等于没说。"

夏想一脸忧愁地说："谁说不是呢？想要查朱纪元，从举报信入手最容易，也最符合程序。但举报信又全部扣压在古书记手中，想从古书记那拿到举报信几乎没有可能，说来说去，成了一个死结……岂不是说，我的假设完全不能成立？"

黄林见夏想绕了一个大圈又回到起点，不由怒了："夏想同志，我看你就是成心拖延时间，故意转移视线，我告诉你，这样做对你一点好处也没有。"

"我并没有拖延时间，而是在等候最佳时机，也是想和二位商量一下。如果说，我只是假设，假设一会儿就能从古书记的办公室拿到举报信，举报信也确实举报了朱纪元的贪污受贿行为，你们是不是敢顶着古书记的压力坚决立案侦查？如果你们敢，我就能助你们一臂之力，让朱纪元在短时间内落入法网。至于古书记扣压举报信的违法行为，就是省纪委的内部问题了，不过我希望二位能还省纪委内部一片清明。"

黄林见夏想说得十分笃定，不由半信半疑地说道："如果你能证明你刚才所说的话，我和刘旭当仁不让，坚决法办朱纪元，并且要让古书记对他的违法乱纪负责。问题是你说的话不一定是真话，就算是真话，也没有办法证实。还有，你直到现在也没有交代清楚你的玉器问题……"

"玉器问题和古书记的问题马上就要水落石出了，别急……"夏想的话音未落，就听到外面警报声大起，一阵嘈杂的声音传来，随着由远及近的跑步声逐渐逼近，紧接着，隔壁传来了古人杰的怒吼。

"你们是谁？你们是哪个部队的？光天化日之下敢闯省委大院，想造反？不许动我的东西，我是省纪委副书记，我……"古人杰的声音突然中断，好像被人推了一把，过了片刻，又听到他大喊大叫起来，"我要找你们首长，你们太无法无天了。不许动我的文件，不许动我的办公桌！你们，你们……"

黄林和刘旭大吃一惊，二人对视一眼，起身想要出去看个明白，夏想拦住他们："不关我们的事情，让他们闹去，都是玉器惹的祸。我劝二位不要出去，当兵的只听从首长的命令，在他们眼中，省委书记的话也未必管用。"

古玉噘起小嘴，不满地说道："他们来得真慢，比平常晚了将近五分钟，真是笨，回头让爷爷好好骂他们一顿。"

黄林明白过来了，用手指着古玉，声音都颤抖起来："你……你……是你们让部队上的人闯进省委的？你们是谁？你们到底要做什么？"

夏想伸出手，示意二人坐下说话："不要着急，部队上的人不是闯入省委，也不是故意闹事。而且我相信叶书记和范省长也会理解，因为他们是奉命行事，是为了保护国宝。"

"什么国宝？"黄林一时没反应过来。

"今天你抱的玉器就是国宝。"夏想也站起来，来到门口，侧耳听了听，又说，"国宝已经被严格保护起来了，不过在保护国宝过程中不可避免要采取一些必要的措施，古书记的办公室可能会遭到一定程度的破坏。他扣压的举报信现在应该已经散落一地，估计扔得到处都是，二位，现在正是大好时机，一出门就有重大的破案线索等着你们，是不是抓住机会，就看你们了……"

黄林和刘旭对视一眼，都被夏想所说的话震惊了，一时间没有消化夏想给他们带来的巨大震撼。

刘旭的声音结巴起来："到底是怎么一回事？玉器……玉器怎么……又成国宝了？"

夏想摆摆手："等一下再解释也不迟，现在是收获胜利果实的最佳时机，晚了的话，让古书记回过神来，将举报信再收起来就不好了。"

黄林和刘旭对举报信有一种本能的敏感，就像老虎发现猎物一样，一听夏想的话，又恢复了纪委工作人员的本性，推门而去。

夏想和古玉也紧跟其后，到了外面。

楼道中，一片狼藉。

十几位士兵一字排开，分成两列站在古人杰的办公室门口。古人杰再也没有了往日的自信和官威，一脸灰白，手还吓得不停地发抖，显然，身为纪委副书记的他，在和平年代没有见过军人的威风。

为首的军人是一个年轻英俊的小伙子，也就是三十岁左右的年纪，他身上的军装和底下的士兵一样，没有任何军衔和编号。夏想知道，他们是保密军种，别说叶石生没有权限命令他们，就是燕省军区的政委也指使不动他们。

古人杰的办公室内以及附近楼道里，撒了一地的文件和信件，古人杰颓然坐在椅子上，喃喃自语："什么国宝？我没拿国宝！你们肯定搞错了，肯定找错人了！"

为首的军人小心翼翼地捧着螳螂捕蝉的雕件，"啪"的一声向古人杰敬了一个礼，说道："这件玉器就是国宝，是陈公赠送给首长的礼物。首长特别交代，国宝不能有任何闪失，要不惜一切代价保护国宝的安全。"

古人杰自然不信，争辩说道："这是别人送给夏想的礼物，现在是赃物，你们一定弄错了。"

为首的军人将雕件轻轻翻转一个角度，好让古人杰看得明白。古人杰只看了一眼，顿时面如死灰，有气无力地说道："怎么可能？怎么可能！"

为首的军人毫不理会古人杰的质疑，又敬了一个礼，转身就走。刚走两步，就见一群人簇拥着叶石生迎面走来。

叶石生在燕省执政多年，从未听说有军队敢闯省委大院的事情。当他听到麻秋紧急汇报说，有一队士兵直接闯进省委大院，一路直奔纪委办公楼而去之时，顿时惊吓出一身冷汗。

他知道，在燕省的地界之上，敢直闯省委大院而不事先通知他的，只有位于大山深处的那一支保密部队，绝不是省军区的部队。省军区还在他的领导之下，根本不可能也不敢做出如此胆大妄为的事情。

他还以为出了什么重大事件，顾不上打电话，急匆匆和麻秋一起亲自赶往纪委楼看个究竟。走到半路，麻秋就接到了宋朝度的电话。

麻秋将宋朝度的原话转告给叶石生，叶石生听了之后，脸色变得凝重起来，就放慢了脚步。因为宋朝度告诉他，这可能是夏想和古玉联合出手的反击，是针对古人杰的打压而不得不为之的权宜之计……他心里就有了主意，虽然对古玉能够动用保密部队的能量大感震惊，但他也没有多想，因为有些事情不知道比知道要好，就假装糊涂好了。

反正是夏想闹事，他得渔翁之利。

叶石生故意放慢脚步，赶到纪委楼时，正好好戏已经落幕。他拿出省委书记的权威，向前一步说道："怎么回事？你们是什么人，怎么敢闯进燕省省委撒野？就算省军区管不了你们，我也要向你们上级说明情况，让他们给燕省省委一个解释。"

为首的军人来到叶石生面前，敬了一个标准的军礼，大声说道："报告首长，我们接到一级命令，说是国宝被抢，为了国宝的安全，我们被迫采取强制措施，保护国宝不受损害。"

"国宝？到底是怎么一回事，谁能说个清楚？"叶石生眼睛一扫，看到了远处的夏想，心思一动，就冲夏想说道："夏想，你来解释清楚。"

夏想对已经在地上捡了不少举报信的黄林和刘旭使了个眼色，小声说道："举报信的问题已经不是问题了，你们也都看到了，现在正好趁叶书记也在，大好的机会不能错过……"

说完,他也不管黄林和刘旭的反应,和古玉一起快步来到叶石生面前。

"叶书记,情况是这样的……"夏想也不客套,直截了当地说出了事情的来龙去脉,"上午我刚从宝市出差回来,还没有来得及向您汇报工作,就被纪委的同志请去喝茶了。纪委同志怀疑我有受贿行为,不过通过我向纪委同志耐心解释之后,已经确定针对我的举报是诬陷,也澄清了误会。只是纪委的同志还怀疑在我结婚时,古玉同志送我的一块玉器价值连城,因此认定我有收礼的不法行为。我解释也解释不清,就在纪委同志的强烈要求之下,到我家里去取玉器。谁知道玉器取来之后,古玉同志才告诉我,其实玉器是陈公送给一位首长的国宝,然后就引来忠于职守的军人前来保护……"

"真是国宝?"叶石生清楚了事情的始末,也明白了是夏想的反制之计,就避重就轻地问道,"陈公送的礼物,自然是国宝,有什么凭证没有?"

为首的军人将雕件微微转了一个角度,让叶石生看。叶石生只看了一眼,立刻一脸肃穆,微微弯腰向雕件致意。

省委书记如此,后面跟随的人都立刻一脸紧张,向雕件躬身致意,等于是正式承认了国宝的身份。

叶石生如此做,显然是要为国宝正名,同时也是要堵众人之口,明确地告诉纪委的办案人员,国宝只能是馈赠,可不是什么送礼用的礼物,同时为国宝定性,不能再作为夏想收礼的证物。

其实不用叶石生明说,哪个人还敢把国宝当成夏想贪污受贿的证据?除非他是脑子短路了,自讨苦吃!

黄林和刘旭都低下了头,二人再硬气,也知道办错了事。而且他们从地上捡了十几封举报信,果然都是举报省机电办主任朱纪元违法乱纪、贪污受贿的各种不法行为,如果确实属实的话,朱纪元罪责极大。

二人惊出一身冷汗,不用想,也明白其中的利害关系。既然古人杰将所有举报朱纪元的信件压下,足以证明他们之间有不可告人的关系。如果顺着朱纪元的线索查下去,根据他们二人多年的办案经验,相信不难查到古人杰的问题。

再想到今天发生的一系列事件,他们明白过来,夏想是被人陷害了,而他们是被人利用了,先是被人利用来对付夏想,又被夏想利用来对付古人杰。

都是一些什么样的人物啊,怎么都聪明绝顶?尤其是夏想,在被陷害的情况下,竟然能想出如此绝妙的反击之法,简直就是一出精彩绝伦的绝地反击大戏!黄林和刘旭自认见多识广,还是平生第一次见到有人能造势借势并且借力打力到这种出神入化的境界!

叶石生随即让麻秋护送军人离去,没有再提任何追究他们擅闯省委的话,大事化小小事化了之意一目了然。明眼人都看了出来,叶书记不但不生气,反而还有点暗暗高兴。

叶石生当然高兴了,因为刚才夏想几句话就搬走了他心中的巨石,夏想没有任何问题,而且他还是被人陷害。至于陷害他的人是谁,叶石生不用想就知道是哪个。夏想没事最好,他没事,就可以继续大力推动产业结构调整的前进步伐,就可以将单城市和宝市的改制推向新高……

而且最让叶石生欣慰的是,从眼前的情景可以看出,夏想不但洗脱了罪名,还反败为胜,肯定打了一个漂亮的翻身仗。叶石生深知夏想的手段,既然闹出了如此大的动静,不拿下几个人肯定不会善罢甘休。也是,好好工作反而被人陷害,又选择在这么一个关键的时刻,可见对方用心之歹毒,连自己都对此深恶痛绝,何况身为当事人的夏想?夏想能够想出反击之策再好不过了,最好能拿下对方的重要人物,就算不让对方伤筋动骨,也要斩掉对方一两个党羽。

叶石生对夏想充满期待。

目送国宝下楼而去,叶石生转过身来说道:"既然事实清楚,夏想同志没有任何经济问题,纪委同志要做好善后工作,对于被冤枉的好同志,要正名,要给个说法。"

省委书记在纪委办公楼当众说出这番话,分量很重,而且为夏想事件定了性,也隐含着对纪委工作的不满。

在场的纪委的人心中都打起了鼓,心想这下倒好,叶书记公开高调地维护夏想,刚才的话已经暗示要纪委向夏想道歉了。如果纪委没有表示的话,估计叶书记以后对纪委不会有好脸色了。

夏想也太厉害了,一个处级干部被纪委查了一查,一点事没有,反而让纪委惹了一身麻烦。省委书记提也不提因为一块玉石引发的惨案,却只让纪委给说法,也太偏袒他了吧?

第二波反击——风云变幻

但省委书记的话又不能不听,谁敢公开和一把手唱反调?所有的人都低头不语,唯恐惹得叶书记不高兴。再说眼前的情形大家都看得很清楚,知道这件事情恐怕不像表面上看来那么简单,估计又是一场你来我往的争斗。

夏想见时机成熟,就解释说道:"其实黄林和刘旭两位同志对我还不错,也没有为难我,他们也是依法办事,不怪他们……"说话间,他悄悄地向二人使了

323

个眼色。

黄林和刘旭如梦初醒，就算一时想不出事情的来龙去脉，也猜到了大概，知道夏想的问题已经全部弄清，他们的心思就立刻转移到了朱纪元身上。

听见夏想提到他们的名字，二人来到叶石生面前，先是恭敬地问了好，然后又简单解释了几句调查夏想的详细经过，最后又说："经过纪委的认真调查和走访，确认夏想同志是一个清白的好同志。他被人设计，有人表面上送不值钱的烟酒给他，但暗中藏了十万元现金和五枚金币，并且躲在暗处拍摄了照片，想借机陷害夏想同志。夏想同志立场坚定，第一时间就将礼金全部捐赠给慈善机构，是个高风亮节的好同志、好干部……"

夏想没想到黄林和刘旭夸起人来挺有一套，把他的形象拔高不少，让他在一旁听了也觉得脸上发烧。

听黄林夸了夏想半天，叶石生刚才的一脸严肃才缓和不少，点了点头："对于夏想这样的好干部，要爱护，不要动不动就想着如何如何。夏想同志还年轻，就算偶然犯一点小错误，也要给他一个改正的机会。同志们，纪委的工作事关大局，事关党的生死大计，但我们每个人都年轻过，都冲动过，谁年轻的时候不犯一两个小错？不要一有一点问题就一棍子把人打死，要本着治病救人的态度工作，才能有惩前毖后的效果。"

叶书记又有了指示精神，有会做事的人，急忙拿出小本本记录下来。

黄林和刘旭连连点头，不敢多说。

叶石生说完之后，看了古人杰的办公室一眼，关切地问道："人杰同志没事吧？是不是受到惊吓了？"

叶石生正要向前迈步，想要表现一下对古人杰的关怀，黄林却抢先一步很不礼貌地站在叶石生的面前，正好挡住叶石生的去路。

叶石生微一皱眉，还没说话，黄林就生硬地说道："叶书记，我有重大问题向您汇报！"

夏想看了黄林一眼，知道他终于鼓起勇气要站在古人杰的对立面了。这一步迈出，就再没有回头路了。如果黄林不能借此扳倒古人杰，他以后在纪委就再难有立足之地。

夏想不由暗暗佩服黄林的勇气，总算没有看错他，也不枉自己费尽心机拉拢他，终于派上了用场。

叶石生停下脚步，问道："有事尽管说。"

黄林面露为难之色："能不能请您借一步说话……"

叶石生见黄林和刘旭二人都是一脸凝重，知道恐怕有大事，就朝人群外面走去。黄林和刘旭急忙跟了上去,到了楼道的拐角处,叶石生站定,背着手听黄林和刘旭汇报。

听了黄林和刘旭的叙述,叶石生的脸色慢慢沉了下去,目光不经意间向夏想投来,然后又落在房门大开的古人杰的办公室门前。过了好大一会儿,才见他冲黄林和刘旭说了几句什么。

黄林和刘旭一起郑重地点头,将手中的信件打开一封,请叶石生过目。叶石生只看了几眼,就一脸怒气,又交代几句什么,二人立刻匆匆下楼而去。

叶石生又向夏想深深地看了一眼,目光中大有深意,显然他清楚了夏想大闹一场的剑锋所指——古人杰是崔向的人,他明白得很!

叶石生除了高兴还是高兴,夏想不但安然无恙,还能乘机给古人杰下套,真是好手段。不过他在看了举报信之后,也是怒火中烧,朱纪元如果真如举报信所说一般无法无天的话,就是燕省有史以来最大的贪官了。

叶石生心中非常愤慨,明明是你的人贪污受贿,你倒好,指使人陷害夏想,企图阻挠产业结构调整的大计,人不能无耻到这种地步!

叶石生也不理会众人,转身就要下楼。跟叶石生一同前来的人都急忙尾随而去,没走几步,叶石生又回头说道:"请端台同志到我办公室一趟。"

纪委办公室副主任卞秀玲忙说:"叶书记,邢书记临时有事,出差了。"

话音刚落,就听到邢端台的声音从楼下传来:"会议取消,正好赶了回来。叶书记,您找我有事?"

声音非常响亮,在场的人都听得清清楚楚,心里都打了个激灵,想到邢书记出差的时机出得巧,回来的时间也回来得妙,其中原委就很耐人寻味了。

一场好戏要许多人配合才能演好,不少人再看夏想时,眼中除了敬畏,还有一丝复杂的情绪。大家知道,又有人要倒霉了,而且恐怕后果还很严重。

不过最让大家纳闷儿的是,闹腾了半天,连叶书记都惊动了,怎么古书记一直躲在办公室里不出来,架子也太大了,叶书记来了也不迎接一下? 到底是怎么回事?

古人杰不是不想出来迎接叶石生,而是他先被一群不管三七二十一的军人一吓,几乎吓破了胆,以为出了什么大事。随后又发现这些军人明着是搬玉器,实际上还动手破坏他的办公室,将他锁得严密的一些举报信故意撒落一地。一开始不明白是怎么一回事的古人杰,仔细一分析就得出结论,偷鸡不成反而蚀把米,他被人暗算了!

设计暗算夏想正是在崔向的授意下,由古人杰想出的主意。因为朱纪元认识不少生意上的朋友,与社会上的人员交往多一些,古人杰就让朱纪元具体去安排实施。朱纪元自知得到古人杰很多照顾,古人杰发话,他当然要卖力去办。

交给别人去办,朱纪元不放心,唯恐被人出卖。想来想去,还是交给情妇最合适。他对丛叶儿一说,丛叶儿说她的妹妹丛枫儿是表演系毕业的高才生,拿下夏想是小菜一碟。朱纪元也算下了血本,不但让小姨子亲自出面,还搭上了十万元现金和五枚金币。

送礼的手法,是朱纪元从别人给他送礼的技巧中学来的。

丛枫儿大学毕业之后,一直高不成低不就,没有找到合适的工作。姐姐跟了朱纪元之后,虽然只是一个情人,但朱纪元对她倒也真心,给她买了房子和汽车,每年还给她一百万的生活费,又帮丛枫儿找了一份收入不菲的工作。姐姐既然开了口,丛枫儿不好拒绝,虽然觉得陷害人有悖良心,但还是挨不过朱纪元的情面,只好答应下来。

事成之后,朱纪元给了丛枫儿一笔钱。丛枫儿没要,给了丛叶儿,并且劝丛叶儿早做打算,尽早离开朱纪元,因为朱纪元太贪心了,早晚出事。丛叶儿也没往心里去,口头答应着,心里还想再多捞朱纪元一笔钱再说。

丛枫儿却总觉得这样长久下去不是个办法,朱纪元胃口很大,收起钱来几十万甚至上百万,眼睛都不眨一下。她觉得朱纪元迟早会栽跟头,几天来就天天去劝姐姐收手,早早离开朱纪元才好。她不知道的是,正是因为她和丛叶儿频繁接触,才被一直跟踪她的萧伍摸了底。

古人杰自认多年从事纪委工作,接触过形形色色的人物和案件,所以觉得设计陷害夏想的手段天衣无缝,绝对让夏想有苦说不出。他认准了一点,就是人性本贪,夏想见到送上门的钱财,不可能不收下。而且丛枫儿美艳无比,稍微流露出一丝挑逗之意,还留下电话,夏想肯定上钩。夏想一上钩,打来电话,再见机行事,如果拍下照片的话,一个经济问题再外加一个作风问题,不将他一棍子打死才怪!

只是没想到,夏想收到了礼物,却没有打电话给丛枫儿,让古人杰微微有点失望。本想再拖一拖,看夏想是不是会掉入桃色陷阱,不料又接到崔向的暗示,说是眼下到了关键时刻,最好现在出手。

想想光凭一个经济问题也能拿下夏想了,就算不能置他于死地,也能让他丢掉前途,古人杰就展开了行动……

没想到,万万没想到,一天之间,风起云涌,竟然发生如此多的事情,让人眼花缭乱,让人始料不及,让人喘不过气来!

一天,不,仅仅半天多的工夫,古人杰就经历了从天上掉到地下的悲惨过程,也体会到了夏想翻云覆雨的惊人手段。

当古人杰亲身体会到夏想从容逃脱并且反戈一击的手段之时，他仰天长叹，不得不叹服，夏想所依赖可不仅仅是幸运，而是他算无遗漏的计谋以及出神入化的手段。

古人杰躲在办公室，看着一地的狼藉，尤其是被故意扔得到处都是的举报信，他心里清楚，完了，一切全完了。对方明是抢玉器，其实是借机将他的丑行曝光，而且目的很明确，就是剑指朱纪元！

当看到黄林和刘旭二人在外面，将举报信一封封捡起之时，古人杰就更加清楚，他暗算别人不成，反而被别人狠狠地摆了一道。输了，输得太惨了，一败涂地！

他不由暗暗苦笑，真是自讨苦吃，明知道当年连高成松都没有压下去夏想，他偏偏不信邪又来招惹夏想做什么？结果倒好，被夏想反手一击，不但轻松地反败为胜，还将他打了个落花流水。

还真是落花流水，看到撒了一地的文件和东倒西歪的办公桌椅，古人杰欲哭无泪。他早就听到叶石生现身在纪委楼之中，想出去迎接，实在是提不起勇气，也没脸去见叶石生，浑身被抽光了力气一样，坐在椅子上，半天都站不起来。

可怕，确实太可怕了，他怎么可能想出如此环环相扣的妙计？怎么可能事事算得如此绝妙？关键是，怎么就能指挥动最厉害最保密的军队出动，连省委大院也敢闯进来，连省纪委副书记的办公室也敢打得七零八落！

想不通不要紧，要紧的是，古人杰认输了，也服气了，一着不慎，满盘皆输，而且此战基本奠定了生死。生死两重天，他心里清楚，朱纪元的事情如果被全部抖搂出来，不死也得无期。

最让他感到后背冒出一丝凉气的是，夏想的眼光怎么如此毒辣，能让黄林和刘旭出头？谁不知道他们是纪委里面出名的铜豌豆，谁的面子都不给？黄林和刘旭一旦接手了朱纪元的案子，就是一个不死不休的结果。而且二人是谁也不怕的杠头，只认死理不讲人情。

当然，还让古人杰不解的是，夏想怎么就不见钱眼开，怎么就对十万的现金和五枚金币一点也不动心，还捐赠给了慈善机构，想想就让人心疼。而且面对如花似玉的丛枫儿的诱惑，怎么就没有打电话过去？不爱金钱和美女，他还是不是男人？

一直等他听到叶石生下楼，甚至听到邢端台洪亮的声音传来，他才醒悟过来，老谋深算的邢端台不是出差了，而是故意躲了起来，就是要等他丢人现眼之后，再出来收拾残局，好显示出关键时刻力挽狂澜的手腕来。

都是高人，都是精于算计的高人，古人杰连站起来的念头都没有，黄林和刘旭向叶石生汇报工作，故意躲得远远的，他都听到了，也知道是什么意思。叶石生不发一言离去，然后又高调让邢端台去汇报工作，显然是要讨论他的问题了。

他有什么问题？想了一大圈，古人杰突然清醒过来，对，他能有什么问题？不就是压下了朱纪元的举报信吗？随便找个借口就能圆过去，扣压举报信的事情，纪委里面人人都干过，又不是他一个人！就算黄林和刘旭对朱纪元进行调查，也不信他们能查出什么线索。朱纪元虽然有事，但他的交易都是在京城进行，而且经手的全是现金，他行事一向谨慎，就算有举报信，抓不住真凭实据，也不能拿朱纪元如何！

对，必须立刻通知朱纪元，尽快毁掉证据，千万别留下什么把柄。至于自己扣压举报信的问题，回头向邢端台作一个深刻的检讨，态度端正一些，姿态放低一点，邢端台又能拿自己如何？

至于错抓了夏想的事情，也是依法办事，收到举报就要查案，是纪委的责任，谁也不能说什么不是？不查证怎么证明夏想同志的清白和无辜？到底是谁诬陷夏想同志，再派人调查好了，最后是不是有调查结果，就只有天知道了。

古人杰想通之后，慢慢地恢复了精力，看了一眼窗外的夕阳，不由长出一口气，真是风云变幻的一天，惊险无比，又波澜起伏，让人感慨万千。

古人杰起身收拾了一下私密的东西，然后喊来秘书和办公室人员，让他们将办公室整理干净，他则安步当车地下班了。

纪委的人望着古人杰远去的背影，不由议论纷纷，都不清楚为什么古人杰一开始连面都不敢露，现在却是一副若无其事的模样。不过大家都感觉古人杰的背影不再和以前一样高大伟岸，而是落寞又寂寥。

夏想度过了惊心动魄的一天，和古玉回到办公室后，方格和王林杰才知道发生了什么事情，都吓得不轻，又惊讶得不行。

方格是一惊一乍的性格，问东问西说个不停，还一副义愤填膺的模样。王林杰老成一些，关切地问了一些要紧的问题，其他的就没有多说。

夏想回来的消息一传开，领导小组全体成员就都来到综合一处看望夏想。人心各异，有人是真心希望夏想平安无事，有人是幸灾乐祸，看夏想有没有受到打击，谁让夏想这么受重用？

平安无事

不过聪明如安逸兴和彭梦帆者却心中明白，打击夏想就是打击整个领导小组，因为夏想是领导小组的灵魂，如果夏想出了事，整个领导小组就会失去核心。没有了夏想的领导小组就相当于失去了领军人物，前景黯淡。领导小组没有了前景，身为领导小组的成员，也就没有了前途。

所以安逸兴对夏想的安然回归满心高兴，真心地安慰了夏想几句。彭梦帆则一脸激动地紧紧握住夏想的手，连连说道："回来就好，回来就好。夏处长是个两袖清风的好干部，我要向你学习。"

综合二处的人也全部到齐，面对着一张张热情洋溢的笑脸，夏想一一握手，打招呼，心里也是暖洋洋的。他刚要招呼大家坐下，就听到门口传来一个清朗的声音："大家都在，好，太好了，正好范省长来看望大家，大家欢迎一下。"

是范睿恒的秘书张质宾的声音。

范睿恒笑容满面地从门外进来，一进门，就主动冲众人打招呼："同志们好。"

众人一边热情地向范省长打招呼，纷纷围上向前去，伸手表示激动的心情，一边都不约而同地心想，范省长从来没有来领导小组看望过大家，今天夏想刚回来，他就无巧不巧地前来看望了，可不是什么巧合，而是有意为之。

更让众人感到惊喜的是，平常他们可没有机会近距离和范睿恒接触，只听说过范省长威严有余，亲切不足，不太和一般的下属接近。不过今天一见方知范省长也是十分平易近人，对所有人伸过来的手都不拒绝，一一握了一下。

和众人握手完毕，范睿恒最后才和夏想握手。他一只手握住夏想的手，一只手放在夏想的右肩上，语重心长地说道："夏想同志，辛苦了，受委屈了，我代表省委省政府对你表示慰问。你是领导小组的关键人物，肩上的担子很重，不要有思想包袱，要继续在工作岗位上做出新的成绩和贡献。"

夏想能真切地感受到范睿恒对他的关爱，也清楚范睿恒此举是为了给他正名，给他打气，也是当着众人之面抬他一抬，不让领导小组的人对他有什么不好的看法，可谓用心良苦。

夏想对范睿恒十分感激。

范睿恒的目的达到了，和众人挥手告别。范睿恒高调表态对夏想表示认可，众人都心里有数，知道夏想到纪委喝了一次茶，不但没事，还闹腾了一场。纪委副书记古人杰遭了殃不说，连叶书记都惊动了。而且叶书记去了之后，竟

329

然对军队大闯省委大院没有任何不满，相反，还对纪委的工作颇有微词。

叶书记的态度一目了然，孰远孰近，众人都心知肚明。

以前听说过夏想深得不少大人物的赏识，众人还以为是以讹传讹，试想以夏想一个小小的处级干部，在省委大院里随便一抓就是一大把，他又凭什么得到众多大人物的青睐？今天一见果不其然，只从叶书记的态度和范省长的亲切慰问就能得知，夏想深得大人物的不仅仅是赏识，而是器重。

众人再看夏想时，目光中多了敬畏，还有羡慕和忌妒。

不过当众人的惊讶还没有过去，就又听到一个人的声音远远传来，格外响亮："小夏，你现在没事了吧？谁又没事找事，故意折腾人，是不是嫌日子过得太自在了？"

话音刚落，一个人急匆匆闯进门来，众人定睛一看，不由大吃一惊，来人不是别人，正是省委组织部长梅升平。

燕省十三名省委常委中，有两个人平常最随意，不太在意身份，一个是马万正，一个是梅升平。

马万正一般没有要事很少带秘书随行，经常一个人背着手在省委大院走路，谁和他打招呼，他都会笑脸回应，被称为燕省最平易近人的省领导。

梅升平出门更是很少让秘书前头开路，他从来都是一个人来去匆匆。和马万正不带秘书显得随意平和不同，他不带秘书，是独来独往的意思。而且他从不和人主动打招呼，遇到别人打招呼，一般也不回应，心情高兴时，微微点一下头，就算是难得的礼遇了。

此时的梅升平没有一点组织部长的官威，一脸焦急地进来，来到夏想面前，上下打量他几眼，笑了："我就知道你有惊无险，听说有人陷害你？有些人总是喜欢无事生非，下次别落在我手里，否则，不信还卡不了他们的脖子。"

夏想一脸郑重地说道："感谢梅部长的关心和爱护，我没事，不过是误会一场，而且纪委的同志也澄清了事实。"

梅升平哈哈一笑："没事就好，我就知道他们想要设计你，还差了点火候。我听说古人杰的办公室被砸了，还弄出了什么举报信事件？有一句话说得好，清者自清，浊者自浊，是不是这个道理？"

最后一句，梅升平是冲在场所有人说的。

众人都受宠若惊，连连点头称是。

梅升平只说了几句话，抬手一看手表："不行，到时间了，晚上还有应酬，就不和你一起吃饭了，下次有机会再说。"然后拍了一下夏想的肩膀，很潇洒地一挥手，"走了。"

梅升平一走,众人都感觉如释重负,大大松了一口气。说来也怪,刚刚范省长在的时候,并没有感觉到有多大的压力,梅部长一来,就让所有人感受到一种无形的威压。

所有人都只有一个心思:果然是组织部长,好重的官威。

安逸兴提议,晚上大家一起聚餐,为夏想和古玉压惊,得到众人一致响应。众人簇拥着夏想刚走到门口,就见宋朝度安步当车地上楼而来。

宋朝度一见众人的架势,就清楚是怎么一回事,先和众人打了招呼,又笑着说:"恐怕我得向大家借用一下夏想和古玉了⋯⋯"扭头看向夏想,又说:"小凡最近总是吵我,说你好久没有去看她了,让我无论如何也要带你到家里看她,否则就和我没完。我是副省长,管了不少人,却管不了自己的女儿。"

"呵呵⋯⋯"众人一起附和着笑了起来,笑归笑,心里明白宋省长的随和与范省长的高调维护、梅部长快人快语的关爱不同的是,他的话表明了和夏想来往密切的私交。

此时再看夏想时,众人的眼光就几乎全是羡慕了。瞧瞧人家,不过是在纪委受了点委屈——有没有受屈还两说,反而折腾一气,指不定谁吃了亏——却受到了一个省长、一个组织部长和一个副省长的抬举,值了,真是值了。

夏想和古玉随同宋朝度到达宋家的时候,宋一凡还没有放学回来,几人就说起了今天发生的事情。

"真是好玩的一天。"古玉想起今天发生的一切,意犹未尽地说道,"夏想太厉害了,以前我还不怎么服气,今天的事情让我佩服得五体投地。我就想,夏想才多大,眼睛一眨就有一条阴谋诡计,想想就吓人。要是他害我的话,我估计被他害死了都不知道,说不定还会感谢他。"

夏想笑了:"你是夸我还是损我?我那不叫阴谋诡计,叫足智多谋好不好?我可不是害人的人,只不过是被迫应战罢了。再说,今天还有你的功劳在内。"

"我也奇怪今天怎么就突然出现了军队?"宋朝度也知道夏想的事先安排,因为夏想在去宝市之前,已经就此事向他作了说明。

不过夏想当时所说的安排只是想乘机调查朱纪元,通过查出朱纪元的问题,连带牵涉到古人杰。因为夏想虽然已经调查到古人杰私自扣压了举报朱纪元的举报信,却没有办法证明。谁能想到突然之间形势大变,意外出现了国宝和军队事件,弄得古人杰不但鸡飞蛋打,还抖出了扣压举报信的问题。

宋朝度也猜到因古玉的介入才有了今天的局面,因为他清楚夏想没有调动军队的能力,更不可能调动保密的军队。

军队和国宝事件,确实是因为今天古玉节外生枝,非要替夏想打抱不平,突然提出了玉石送礼的问题,才让夏想有机可乘,将计就计来了一出瞒天过海。

听宋朝度问起今天的突发事件,夏想就简单地将古玉意外介入的事情一说,还夸了古玉几句:"古玉是个聪明的女孩儿,不但假装得挺像,还帮了我的大忙。"

夏想话音刚落,外面传来一个不服气的声音:"谁是聪明的女孩儿?难道比我还聪明?都说漂亮的女孩儿不聪明,聪明的女孩儿不漂亮,和我一样既聪明又漂亮的女孩儿少又之少,夏哥哥,古玉难道比我还好?"

宋一凡不知何时悄无声息地进门,话未说完,人已经出现在书房门口。

古玉听到宋一凡的声音,婉转清脆,就猜测应该是一个机灵调皮的小女孩。她回头一看,见一个束着马尾辫的女孩儿站在门口,瓜子脸,凤眼,双目漆黑,双眉如黛。虽然穿一身不显身材的学生服,但天真烂漫的气息扑面而来,浑身散发着逼人的青春气息。

古玉立刻站起来,双眼笑成一弯新月:"好漂亮的小妹妹,快来让姐姐看看……"

宋一凡一见古玉,也眯起了眼睛:"姐姐,你也很漂亮,尤其是你的眼睛,有点像外国人,嗯,太有味道了,太好看了,我喜欢。"

果然是女人,一见面,就是女人之间的话题,夏想就笑:"小凡,我来给你介绍一下古玉……"

宋一凡确实很久没见夏想了,和古玉只说了两句话,就上下打量起夏想来,笑道:"夏哥哥什么都好,就是一到夏天容易晒黑,你说你一晒就黑,会不会和姓夏有关系?"

夏想摇头:"男人都是一晒就黑,不像有些皮肤好的女人,虽然白,但夏天怎么也晒不黑。"

"不对,我们班就有小男生夏天也白白净净的,一点也不黑。"宋一凡歪着头笑夏想,"你自己黑,就怪阳光,真没羞。"

"有什么可没羞的,男人,还是黑一点才让人感觉可靠。"古玉倒不是维护夏想,而是有感而发,"我高中时代也觉得男生白一点帅一点才好,后来长大了才发现,对于男人来说,只要不是丑八怪就行,外貌是最次要的,最重要的还是人品。没有人品的男人,长得再帅再有钱也没有用,对女人来说,男人不是用来观赏的,是用来依靠的,所以一定要可靠。"

"女人是用来爱的,所以一定要可爱,对不对?"宋一凡倒能举一反三,立刻说道,"不过古姐姐说得也不对,在没有选择的情况下,只能退而求其次不在意男人的相貌了。从遗传学的角度考虑,帅哥和美女才能生出更漂亮的后代。女人漂亮,最好也找一个帅哥结婚,最好是又帅又有钱人品又好……"

"天下哪里有这样的极品男人?"古玉不经意看了夏想一眼,捂着嘴笑了起来,"就像夏想这样的半极品男人,也早早被蕊丫头抢了去,更何况比他更好的极品男人,更是想都不要想了。"

夏想无奈,插话说道:"咱们不说女人的话题好不好?"

"不好!"宋一凡和古玉异口同声地说道。

夏想和宋朝度对视一眼,二人都是一脸无奈。

"那好,既然你们想说,我就做一个总结性发言。"夏想站了起来,背着手,一副哲学家的模样,"从遗传学的角度来说,俊男美女的结合容易生出漂亮的后代,其实不然,因为现在大部分俊男和美女的父母都不够漂亮。而且从社会现实来说,美女嫁给俊男的机会是非常少的,为什么?因为美女也是一种稀少的社会资源,既然稀少,肯定会流向少数人手中。少数人自然是指社会的精英阶层了,就是有钱人。"

"为什么不是官员?"宋一凡好奇地问道。

宋朝度今天也是心情大好,难得参与到讨论中来了,一句话就点破天机:"许多人年纪轻轻就可以成为富翁,但没有人年纪轻轻就可以成为高官。恋爱和结婚又是年轻人的事情,所以说,美女大多嫁给了有钱人。"

古玉若有所思地点了点头:"明白了,有钱人大多不帅。就像可爱的女人不漂亮而漂亮的女人不可爱一样,有钱的男人不帅,帅哥往往没钱。"

"也不绝对。"夏想笑了,"只能说既有钱同时又帅,两者结合在一起的概率很小而已。"

各有后手

"也不对,美女完全可以找一个既帅气又有才华的男人嫁了,管他是不是有钱,就和他一起奋斗,等以后赚了大钱,岂不是就完全称心如意了?"宋一凡果然单纯一些,看待问题的角度比较单一。

古玉到底经历多,对事情看得深,笑道:"问题是,在帅气和金钱面前,大部分人选择后者。而且美女往往没有耐心,也不愿意去赌明天,享受现成的岂不是更好?谁愿意去奋斗去争取,说来说去,还是回到了开始。男人是用来依靠的,长得帅没用,要么有钱可以依靠,要么有人品可以依靠,不管是哪一样,必须可靠才行。"

"嗯。"宋一凡好像被说服了,拉着古玉的手说道,"古姐姐真厉害,懂得真多,你是不是谈过好多次恋爱?"

一句话让古玉闹了个大红脸。

四人一起在外面吃了晚饭,因为有宋一凡在场,宋朝度没有再问夏想的下一步安排。夏想也没有多说,不过他和宋朝度都心里有数,经过暂时的宁静之后,燕省将会又迎来一波新的高潮。

一连三天,省纪委里一切平静,既没有传出纪委内部对古人杰有任何处分,也没有听到古人杰向纪委作出深刻的检查。仿佛扔了一地的举报信事件没有发生一样,不但叶石生没有再提,邢端台好像也是选择性遗忘。

谁也不清楚上一次叶书记让邢端台前去办公室密谈,到底谈了一些什么。古人杰整天没事儿人一样上班下班,和平常没有什么两样。纪委里面关于上一次砸了古书记办公室事件的议论也慢慢平息,没人再提。不过大家都发现,黄林和刘旭突然之间好像消失了,不知道去了哪里。

众人都清楚事情肯定还没有结束,都在暗暗猜测,最后会是一个什么样的结局。

夏想也似乎忘记了被纪委调查的不快,更将别人设计陷害他的事抛到了脑后,整天忙得不可开交。只不过夏想忙些什么,外人都不知道,因为宋省长特批,为了方便夏想的工作,为他专设了一间独立的办公室。

夏想现在是一人独自办公,办公室平常大门紧锁,闲人免进。他在里面正在着手什么工作,从不向外人透露,由此更让领导小组的人议论纷纷,夏处长又在酝酿什么大动作?

夏想确实是在酝酿一个大动作。

单城市将台酒厂和齐氏集团就合资问题已经签订了正式协议,第一批资金已经到位,正在紧锣密鼓地扩大产能,重组管理层。并且在市政府的牵线之下,和文化旅游项目进行了捆绑宣传,正在策划一个大型的广告宣传计划,只等计划通过各方审核,再一举投放到市场。

夏想从中周旋,让严小时和齐亚南保持密切联系,就共同宣传一事进行协商。当然,齐氏出资在央视的广告投放只有将台酒厂的广告,和文化旅游项目无关。两者捆绑在一起进行宣传的是以推广传统文化为主题,由市政府出面,以新闻宣传为主、专题片为辅的官方宣传模式。夏想还为他们联系了省电视台的秋爱,秋爱见夏想出面,自然格外卖力。

基本上,单城市的一切工作进行顺利,大概再有一个月即可一举推向市场。相信将台酒厂合资的消息,连同在央视投放的大型广告,还有和文化旅游项目捆绑的整体宣传，一经推出，必然引起轰动。

与此同时，卫辛也传来消息，迈克和宝市合资的提议已经通过了董事会，不日就可以正式签订协议。夏想却不急在一时，而是让卫辛转告迈克，等宝市的中小企业合并完毕之后，再另行通知签订协议日期。

夏想倒不是想拖一拖，而是他知道现在签订协议，必然会有消息传出。他有意等单城市一切准备完毕，万事俱备之时，再将和最日光公司之间的合资曝光。两枚重磅炸弹一起投放，绝对会炸得对方晕头转向！

卫辛很快又打来电话，说是迈克正好也需要时间来筹备前期工作，他很期待和夏想握手的一天。通话最后，卫辛突然说道："告诉你一件事情，我觉得还是中国人看着顺眼，所以我和迈克只能是朋友了……"

夏想一愣，随即说道："我尊重你的选择。"

卫辛却没有再说什么，默默地挂断了电话。

前期工作基本上准备就绪之后，夏想开始着手准备第三批反驳文章。这一次，高晋周亲自出手撰文，列举了领导小组的成功事例，以不可辩驳的事实来证明产业结构调整的正确性。高老本来只负责为文章把关，听说夏想被人诬陷一事之后，他无比愤怒，也提笔撰文，准备亲自披挂上阵，参加到论战之中。

为了让论战文章和单城市、宝市合资案例成功的消息同时推出，好引起轰动效应，夏想策划了一个非常完美的方案，一切，只等时机来临。

不过在时机到来之前，也就是在大餐上来之前，夏想决定给对方先来一盘开胃菜。所谓来而不往非礼也，上一次被陷害的事件，总要有个结果才行……

上次事件之后，当天晚上，古人杰就和崔向、马霄以及付先锋在夜色的掩护之下，开车前往郊外的静心山庄商议事情。

静心山庄位于燕市南部，是一座依山而建的庄园。从外面看山庄不大，只有几处庭院和几处停车场，其实汽车驶入之后，里面还有一个大门。从大门进去，穿过一座山洞，里面才豁然开朗——和外面正常营业不同的是，里面莺歌燕舞，灯红酒绿，一片奢华景象。

崔向皱皱眉，看了古人杰一眼。

古人杰知道崔向爱惜名声，认为他身为堂堂的省委副书记，不适合来声色犬马之地，忙解释说道："崔书记有所不知，静心山庄既然取名叫静心，就是让费心费力的省市领导前来修身养性来了，基本上燕省和燕市的两级领导没有来过静心山庄的很少。此地是京城中一位有背景的人所开，大家来这里，一为静心，二来也为交流和增进感情。"

崔向才不相信什么静心一说，不过听说既有京城后台，又有不少同僚来过，也就放了心，说道："谈事为主，其他门道也不用安排，你也知道我的为人。"

古人杰当然知道崔向的为人，可能是年龄大的缘故，崔向在女人方面还比较自律。

静心山庄很大，穿过一处处花红柳绿之地，车终于停了下来。

目的地是一处几十平米的小院，上写"天下乐"三个大字，两侧各有一联，上联是：先天下之乐而乐，下联是：后天下之忧不忧。几人下车，推开院门进去，里面花香袭人，原来院中种满了各种果树和鲜花。院子虽然不大，但修整得格外整洁，正中还有一条小溪流过，溪水淙淙，配合特意营造的灯光效果，如诗如画。

如诗如画的不止是美景，还有几个身穿古代服装，穿梭在花间树下的几个漂亮女子。

中国古典美女以瓜子脸为最美，山庄的主人也是雅人，几个古装女子个个是瓜子脸，又穿了古装，古典之美摄人心魄。她们有人在花间嬉游，还有人坐在溪边洗脚，让人感觉犹如时光倒流，不禁感叹眼前的胜景，好一幅仕女游玩图。

崔向见了，心情舒畅了许多，暗暗点头，雅人有雅意，如此独具匠心的安排，比起几个穿着裸露的女人挑逗献媚，可是高雅多了。

崔向只是看了几眼绿衣、红衣、黄衣还有粉衣的女子，并无甚大兴趣。他心事重重，不管是大雅还是大俗之事都无心应付，只对古人杰微一点头，说道："你们随意，既然来了，就开心一些，不用管我。"

古人杰早就看中了绿衣女子，就伸手向她一指。

马霄也点了红衣女子，付先锋却没有点。没有被点到的两名女子依然在花间流连，也不回避。

几人进了房间，房间中的摆设也一如古代，连灯泡也做成灯笼状。房间内除了正中一张桌子之外，还摆放了象棋、古筝和笔墨，四周有四个硕大的屏风。不用说屏风后面，就是曲径通幽之处。

果然是雅俗共赏之所，崔向心想，此间的主人也是有心人，有如此手段，肯定可以财源滚滚。

四人坐下吃饭，两名女子一人弹琴，一人伴舞，倒也相得益彰。崔向听得高兴，一时兴起，对古人杰说道："让外面的二人也进来助兴，我们也享受一下古代高官士族的击钟鼎食。"

黄衣和粉衣女子进来后，先是福了一福，然后一个伴舞，一个击钟，正是两人奏乐，两人舞蹈，再加上房间内还有香器散发出袅袅清香，让人疑心回到了古时。

四位女子非常聪明地离四人不远不近，既让几人欣赏到美妙的音乐和舞姿，又不影响到众人谈话。

在宁静致远的古曲古舞中，崔向的心慢慢静了下来，一边品尝美味，一边思索目前的局势。

夏想的反击犀利而致命，一天之内发生的事情多得让人眼花缭乱，难以从中得出有用的信息。直到现在崔向才理顺所有思路，得出了结论。

此事失败在三个没想到：一是没想到夏想不贪财不好色；二是没想到古玉节外生枝，非要插手夏想的事情；三是没想到古玉竟然有调动保密部队的能量，太让人吃惊了。

相比三个没想到，至于举报信之事，崔向虽然也放在心上，但并没有太当一回事，认为区区几封举报信还奈何不了朱纪元，也不能拿古人杰如何。

崔向和朱纪元并不太熟，只听古人杰说过朱纪元比较贪心，拿了别人不少好处。崔向就让古人杰告诫朱纪元，最近收敛一些，适可而止，别闹到不可收拾的地步就行。

夏想折腾一场，就想乘机拿下朱纪元？休想！崔向甚至还不无得意地想，只凭几封举报信就想扳倒一个实权的厅级高官，也太儿戏了。虽然夏想反击的手段挺高明，但也只能是虚张声势而已，不信走着瞧，看看朱纪元最终有没有事，古人杰是不是会受到什么牵连。

古人杰和崔向的看法一致，朱纪元虽然贪了不少钱，但都是双方之间的现金交易，既不过账，又没有第三方证人。而且朱纪元又将钱藏得非常隐蔽，就算怀疑他，也没有真凭实据。即使黄林和刘旭是铜豌豆，办案不讲人情最讲原则，可他们找不到突破口，无处下手，也是白忙一场。

不过经此一事，崔向和古人杰对夏想的认识都提高了不少，没想到小伙子别看年轻，行事还真有一套，钱不要，美女不沾，真是少见的自律的官员。但正是因为夏想身上没有他们希望的缺点，也让崔向更加犯愁——从正面入手，找不到夏想的问题；从暗地入手，也无处下手，难道夏想就真是一个水泼不进的人？

对付政敌的手段无非就两点，一是经济问题，二是作风问题。目前看来，想从经济问题上下手，已经没有可能了。作风问题还可以再做做文章，上次的试探没有成功，或许因为丛枫儿不是夏想喜欢的类型，或许夏想是个慢热型的人，反正崔向不相信夏想会不喜欢女人。

崔向也清楚，就算他现在收手，不再想方设法置夏想于死地，夏想也不会善罢甘休。经此一事，夏想肯定可以猜到他就是幕后指使，夏想虽然暂时不能拿他怎样,但绝对不会放过任何一个可以打击他的机会。

谁知道夏想还藏着什么后手?

明枪易躲,暗箭难防,夏想和宋朝度联手,他又能如何应付夏想的手段?好在崔向自信他没有太多经济和政治问题,就算有,也很小,不容易被抓住把柄。

他自信自身无懈可击,但夏想也是滑不溜手。崔向心中始终悬了一块巨石,觉得不定什么时候就会中了夏想的阴谋诡计。

正好付先锋今天约他,说是有要事相商,崔向也知道在关键时候还要借助付家的力量,就听从付先锋的安排,来到了静心山庄。

几人边吃边谈。

付先锋在得知国宝事件之后,也大吃一惊,惊讶之余,就非常佩服夏想高超的随机应变的本领。不过他并没有如崔向一样忧心忡忡,而是觉得尽管夏想逃过一难,只不过是投机取巧而已。在强大的实力面前,任何花招都没有用处。因为他已经查到夏想和连若菡之间确实有暧昧关系,而连若菡的孩子如果不出所料,就是夏想的儿子!

付先锋欣喜若狂,只要他将真相告诉吴家老爷子,或是告诉吴才洋,哪里还用费尽心机去对付夏想,吴家一怒,夏想还能有前途?

付先锋就抱了轻松自若的态度邀请崔向赴宴,他要让崔向看看,真正的高手,既不屑于和对手正面交锋,更不齿于设计暗算对手,最高明的计谋就是借刀杀人。

尽管马霄是付家人,不过付先锋对他和崔向设计夏想一事还是不屑一顾,觉得他们手法太下作,不登大雅之堂。付先锋向来喜欢仗势欺人或是靠实力硬碰硬。但他们做就做了,他也乐观其成,反正就算事情败露,也不会连累他的名声。

但如此惨败的结果也在他的意料之中,他没有幸灾乐祸的感觉,就是认为夏想比他想象中还要厉害一些,只是他和夏想一直没有正面冲突,打压夏想的迫切心情不如崔向来得强烈。在听到有关连若菡的确切消息之后,他还是十分高兴的,能借吴家之手除掉夏想,搬开一块绊脚石也是好事一件。

付先锋心情大好,一边轻抿美酒,一边倾听悠扬的古曲,慢条斯理地将他的好消息告诉了崔向。

崔向听了先是一愣,随即哈哈大笑,端起酒杯和付先锋碰了一下,说道:"古人说,上兵伐谋,其次伐交,其次伐兵,其下攻城。与先锋的伐谋相比,我们以前的计策充其量算是伐兵了。"

朱纪元的打算

马霄也笑了："借刀杀人最好，我们可以一边品茶，一边隔岸观火……还是先锋聪明，果然是在京城待久了，不但手中的资源多，眼光也高，只是不知道什么时候将这件事情告诉吴家？"

"不急，不急。现在不是最佳时机。"付先锋胸有成竹地说道，"现在吴家知道了，顶多将夏想拿下。夏想才是一个小小处级，拿下他，也没有什么成就感。"

崔向赶忙说道："现在是产业结构调整的关键时刻，拿下夏想，一举数得，绝对是不容错过的好时机。"

付先锋还是摇头："产业结构调整未必能够成功，就算能够成功，也是在京城容许的范围之内。现在告诉吴家，吴家不会立刻动手，还会查实、暗访，再确定夏想和连若菡儿子之间的父子关系，一拖就是一两个月之后了。我有两个好时机，选择任何一个都可以。"

"哪两个？"几个人异口同声地问道。

付先锋要的就是众人被他引得团团转，他自信地一笑："一个是吴家老爷子做手术的前夕，如果他突然听到这样一个消息，恐怕上了手术台就下不来了，呵呵。如果时机不对，赶不到吴家老爷子上手术台之前，那就选在夏想提拔的前夕。相信夏想有领导小组的资历，下一步至少能提副厅。在他眼见副厅到手之时，再让吴家毁他前途，岂不比他现在被拿下更大快人心？"

众人听了，一齐哈哈大笑。

崔向也笑，不过心中却闪过一丝寒意，付先锋比他还要歹毒，第一招是想气死吴家老爷子，第二招是想气死夏想！

招招致命不说，还选择了绝佳的时机，也不用自己出手，果然是大家族出身的人，连斗争手段都有站得高看得远的意味。

因为付先锋带来的好消息，众人胃口大好，就多要了几道菜，又开了两瓶酒。

酒足饭饱之后，崔向见天色不早，提出离去，古人杰就大着胆子说道："崔书记，难得放松一次，既然来了静心山庄，不如彻底静静心，修修身，晚上就住下。您看有四间雅室供您挑选……"

崔向顺着古人杰的手指望去，见有四块屏风分别放在东西南北方向，每个屏风后面隐约可见一道小门，门上有字，东边所题的是"曲径通幽处"，南边所题的是"醒掌天下权"，西边所题的是"桃源畅游地"，北边所题的是"醉卧美人膝"。题字的颜色各不相同,显然每一种颜色对应一个古装女子。

崔向喝了酒,刚才欣赏舞蹈之时,就对黄衣女子的曼妙腰肢浮想联翩,见大家都有意留宿,也不好拂了大家的好意。不过他还是放不下省委副书记的身份,矜持地说道:"也确实有点头疼,休息一下也好。我躺躺就行,其他杂七杂八的安排,就不好了。"

古人杰比别人都了解崔向的心思,忙讨好地问道:"崔书记欲往何方?"

崔向就假装眯着眼睛,看似随意地用手一指南方,说道:"这里就好,随意,随意就好。"

南边的题字为黄色,刚才古人杰察言观色,早就注意到崔向的目光在黄衣女子身上停留的时间最长,心中清楚崔向的偏爱,就冲黄衣女子使了个眼色。

在黄衣女子的搀扶之下,崔向假装不胜酒力,微闭双眼,走进了"醒掌天下权"……

其他几人会心一笑,依次向东北西方向而去,一场酒宴结束,另一场欢宴即将上演……

和几人共赴欢宴相同的是,此时的朱纪元正在京城一栋两居室的房间中,在丛叶儿身上畅游桃源。

半晌之后,朱纪元翻身下来,喘了几口气,冲娇弱无力的丛叶儿张了张嘴。熟知他习惯的丛叶儿立刻顺从地从茶几上拿起烟,帮他点上。

深深吸了一口烟之后,朱纪元的目光越过丛叶儿,落在远处,似在回忆过往。

朱纪元是当兵出身,转业后分配到燕省工作,一步步爬到了今天的高位,也算不易。因为从小家里穷,穷怕了的他一直对金钱有特别的爱好,几乎到了爱钱如命的地步。

自从担任省机电办主任之后,朱纪元手中的权力大了,接触到的巨富一多,眼界就高了,对于别人小打小闹送他几万十几万,也就不再放在眼里。尤其是认识了区华关之后,朱纪元才知道什么叫挥金如土,什么是一掷千金。区华关为人热情又豪爽,第一次见面就请朱纪元打高尔夫,到涉外饭店用餐,一天时间就花费了十几万。

想起以前贫穷的时候,一天只吃一个馒头度日的情景,朱纪元就有一种不真实的感觉,恍如隔世,才知道这个世界之上,人和人之间的差距真的有天渊之别。

后来熟悉起来,区华关就提出利用燕省的进口汽车配额多倒手进口汽车赚钱。因为他的汽贸公司在京城,进口汽车的配额太少,一年下来也倒腾不了几辆,赚不了钱。朱纪元因为以前区华关对他的盛情,一口答应下来,不但帮区华关弄到了上百个配额,还想办法转移到了京城。

区华关大喜过望,一出手就是三百万的谢礼。

朱纪元第一次见到三百万的巨款,感觉和做梦一样。等区华关走后,他面对着眼前花花绿绿的钞票,差点没有高兴得晕了过去。他也是有钱人了,再也不用受穷,再也不用过为钱发愁的日子了!想起以前在老家时因为贫穷被乡亲看不起,朱纪元暗暗发誓,等他退下来之后,回到老家,在老家修一条路建一座桥,让那些曾经看不起他的人都巴结他,都念他的好。

之后不久,区华关又找到朱纪元,提出再弄一些汽车配额过来。朱纪元尝到了甜头,就毫不含糊地答应下来,让区华关尽管放心,他会尽快办妥。

因为区华关的公司在京城,燕省机电办不能直接批给他,需要中转一下。朱纪元第一次是找燕省一家汽贸公司的黄经理,用燕省的公司申请之后,再转给区华关,当然黄经理也得了三十万元的好处费。这一次朱纪元不但找了黄经理,又找了其他地市的汽贸公司的经理联合申请,一共批了三百多个进口汽车配额。

区华关听说朱纪元一出手就是三百多个进口汽车配额,欣喜若狂,激动不已。他没有想到朱纪元不但上路,而且办事效率还如此之高,忙不迭地表示感谢。因为他深知朱纪元的谨慎,只收现金,就特意准备了九百万的巨款酬谢。

九百万的巨款,装满了整整八个长约六十厘米、高约二十厘米、宽约二十厘米的旅行包!不几日,朱纪元亲自开车到京城取钱,因为他开的是一辆捷达——朱纪元不敢开好车,怕被查——后备厢根本装不下,只好把几包钱扔在后座上。一辆十几万的捷达车拉着近千万的巨款,朱纪元开车返回燕市,一路上兴奋得直发抖。

转眼间成了千万富翁,朱纪元如果此时收手,也许还不会有人查到他。但人的贪心都是无穷的,有了一千万,想要两千万……过了不久,区华关再次提出需要进口汽车配额。朱纪元二话不说就帮他批了四百个,这一次不等区华关开口,朱纪元就亲自提出索要一千万的回报。

区华关自然不敢怠慢,满口答应。

在国宝事件发生之后,得到古人杰警告的朱纪元慌了神,本来打算即刻收手,先老实一段时间再说。不过朱纪元又听到黄林和刘旭已经暗中立案对他进行侦查,他就改变了主意,决定最后再大干一笔,逃向国外避难。

虽然古人杰说黄林和刘旭并没有掌握到确切的证据,但朱纪元心里清楚,只要摸清了他和区华关之间的关系,再找到中转给区华关汽车配额的几个关键人物,案子必破。他对自己有信心,对区华关也有信心,但对中间办事的人没有信心。

三十六计,走为上策。

在最后一次为区华关批了五百多个进口汽车配额之后,朱纪元开口索要一千六百万的赃款。区华关自然不敢怠慢,但一千六百万的现金实在太多,就让朱纪元缓一缓,容他凑钱。朱纪元也清楚他一次也拉不完一千六百万的现金,就答应下来。

第一次从京城运到燕市四百万,第二次运了五百万,此次前来京城是要拿最后一批的七百万。

朱纪元的钱共分三处藏匿。一处是在燕市的一栋两居室内,他找木匠打了一张床,床是中空的,里面存放了两千多万现金。一处是在京城的一栋民居内,有一千多万被他砌在了电视墙里面——早年在部队上他学过瓦工,会干技术活儿。在燕市的家中还有一千万,被他埋在了楼下的小院里面。他住的是一楼,后面有一个不大的小院。

还有一些零散的钱,朱纪元给远在国外的儿子汇了几百万,给丛叶儿留了三百万。毕竟情人一场,况且他也确实对丛叶儿有些感情。

七百万元已经到手,朱纪元的打算是,回到燕市之后,假装安心工作几天,然后化名偷偷办好出国手续,乘机逃走。至于他手中的几千万巨款,先存放原地不动,反正只有他一人知道,相信过上三五年也不会有人发觉。等风头过后,他可以再悄悄潜回国,将钱分批取走。

本来他还动过将钱交给丛叶儿保管的心思,但随后一想,还是对丛叶儿不太放心。人一走茶就凉,他和丛叶儿本来就是露水姻缘,将钱交给她,万一落个人财两空岂不后悔?

七百万的巨款被装在几个旅行包内放在楼下的车里,有过多次运钱经验的朱纪元十分笃定,有时候越是显出不在意的样子,越没人知道你包中是什么东西。往往将包抱在怀中,唯恐别人不知道是贵重物品的举动,才最容易被贼盯上。所以他只是随便将钱放在后备厢中,放心地停在楼下,也不怕被人偷了去。

豫剧曲目响起,朱纪元微微眯着眼睛,打着拍子,哼唱起来。不一会儿,丛叶儿端来一杯热茶,他一饮而尽,又伸手在丛叶儿身上摸了几把,感受到她皮肤的滑腻,心中竟有些不舍。

朱纪元由丛叶儿的丰腴白嫩,联想到丛枫儿的风姿,不由心痒难抑。他早就想过将丛枫儿也弄上床,也不知道丛叶儿的娇媚再加上丛枫儿的风情,该是

342

怎样的销魂滋味？只可惜，丛枫儿对他表面上十分恭敬，却是滑不溜手，嘻嘻哈哈说闹几句可以，动手动脚就不行。她像泥鳅一样滑溜，总能找到千奇百怪的理由，每次都能逃之夭夭。

让朱纪元越发心痒。

想了一会儿旖旎之事，他的心思又回到正事上，问道："枫儿最近去了哪里？现在事发，让她躲得远一点，别让夏想发现她和你的关系……"

丛叶儿侧着腿坐在床上，她也点燃一支烟，轻轻吸了一口，叹了口气说道："枫儿就在京城，具体在哪里我也不清楚，她最近没找我。上次的事情她后悔了，有点生我的气，我也不敢联系她。你也知道她的个性，有时嘻嘻哈哈，有时又倔得不行，谁说都不听。"

"你最近先别回燕市了，就在京城住一段时间，反正钱足够你花了。"朱纪元看了看丛叶儿，又忍不住想起丛枫儿更曼妙的身材，心中百感交集，"枫儿是个好丫头，我给她留下一百万，就当是送给她的嫁妆好了。"

"真要走了？"丛叶儿心里很矛盾，既想摆脱朱纪元，又想从他身上多捞一些。本以为对他一点感情也没有，今天听说他准备跑路了，心里竟然还有些不舍。毕竟都是人，在一起两年多，多少也有了感情，"我再等你五年好了，五年后如果你能回来，或者接我出去，我就跟你一辈子。如果不能，我就自己过。"

朱纪元满意地笑了："还行，算你有良心，我就再多给你留一百万好了。我只是先出去避避风头，黄林和刘旭两个人就像疯狗一样，我让他们盯上了，他们非得天天查我不可，早晚得出事。我改个名，去国外待两年，改头换面之后再回来接你，到时风头一过，谁还记得朱纪元是谁？"

"都怪夏想。"丛叶儿隐隐有些怨恨夏想，"他不贪财不好色，现在还有这样的干部？枫儿也真是，她肯定没有尽全力，要不以她的手段，夏想还能不上钩？"

"不提夏想了，不提他了。"朱纪元也恨夏想，他恨夏想没有上当，更恨夏想将计就计，结果抖出了举报信的问题。他听古人杰说，省纪委现在对私扣举报信虽然没有任何表态，但没有表态就是最大的表态，就是正在酝酿表态，是在等待一个时机。

时机就是等他朱纪元暴露，只要被人查到犯罪实据，古人杰必然受到牵连。到时再重提私自扣压举报信一事，古人杰就负有不可推卸的责任。

正是夏想成功地将祸水引到了他身上，让他引火烧身，朱纪元恨不得一脚踢死夏想。臭小子一个，不爱财不爱女人，还活着干什么？

只是恨归恨，他拿夏想一点办法也没有。

已经是夜里十一点多了，朱纪元穿上衣服，下楼从车内拿出两百万交给了丛叶儿。丛叶儿高兴地收下了，又十分温柔地伺候了朱纪元一次。

朱纪元毕竟是四十多岁的人了，精力不支，沉沉睡去，一觉睡到八点。起来后吃了早饭，他又叮嘱丛叶儿几句，就开车上路了。

朱纪元刚走不久，丛叶儿正收拾东西，有人敲门。她开门一看，竟然是丛枫儿，不由惊道："你最近躲哪里去了，我一直联系不上你。"

"姐，估计快出事了，听我的话，你现在马上走。"丛枫儿一脸焦急，她手中拿着一本护照，"给你办好了护照，去美国、加拿大都可以，就是别留在国内。"

"怎么了？出什么事了？"丛叶儿对朱纪元目前的困境还没有一个清醒的认识，因为自她认识朱纪元以来，也听闻过几次要调查他的风声，每次都是不了了之，她认为这一次也是一样。

第三波反击——落网

丛枫儿二话不说就帮丛叶儿收拾东西："我仔细研究了夏想的履历，才发现他是一个非常可怕的人。他无根无底，突然被陈风看上，从坝县调回燕市。到了燕市之后，做了许多大事，不过他一直躲在幕后，别人都不知道罢了。所有和他作对的人都没有好下场，不是被他算计就是被他害惨了。这一次我们主动挑事，他肯定会出手报复，朱纪元完了，没前途了。朱纪元一倒，肯定会牵出你来，到时你也得被判刑，现在不跑就晚了。"

"夏想不过是一个处级干部，有什么可怕的？不都是人？朱纪元还是厅级呢，不一样上了我的床就下不来。"丛叶儿不知厉害，更不想仓皇地逃向国外。

"人和人不同，一个年纪轻轻的男人，收了钱能立刻上交到慈善机构，在我的故意挑逗之下一点也不动心，你说他可怕不？是男人都逃不过金钱和女人这两道关，他能连过两关，你说他厉害不？"丛枫儿躲起来是暗中打听夏想去了，没想到对夏想了解得越多，她就越胆战心惊，就越后怕。想到倒在夏想面前的一个又一个高官，朱纪元还能讨了好去？况且朱纪元本身就是一个大贪官！

只不过无不论她怎么解释，丛叶儿都不相信，说什么也不肯走，丛枫儿欲哭无泪……

朱纪元上了高速之后，就感觉有些困乏。毕竟昨天晚上采摘过度，身子有点吃不消。他打着哈欠，看着身边一辆接一辆的好车呼啸而过，不由暗暗讥笑，真是穷开心，开一辆三五十万的车就是好车了，还在高速上开上一百八十公里玩命？一看就是暴发户。他虽然开的是一辆捷达，可是后面放了五百万现金，足足五百万，看你们都开着人五人六的车，谁有这么多钱？

朱纪元终于满足了一下虚荣心,对所有横冲直撞的车都暗自贬低一通,他不紧不慢地保持着一百二十公里的时速开,作为有钱人,作为一个事业有成、大权在握、美人在怀的成功人士,安全第一。

就让那些有钱的暴发户或是拿性命不当一回事的二愣子开一百八十公里去吧,他还有大好的日子在前头,才不会拿性命开玩笑。

走了一百多公里之后,朱纪元实在有点乏了,就中途进了服务区休息。在车里小睡了片刻,然后又重新上路。此时已经是上午十点多了,他觉得阳光有点刺眼,速度就降到了一百公里左右。

一百公里的时速,差不多是最慢的速度了,朱纪元开了一会儿,发现身边除了几辆大型卡车之外,几乎没有一辆小汽车和他同行,不由摇头笑笑,心想自己是不是开得太慢了?正要提速时,忽然发现身后两百米之处也有一辆小汽车开得不快,不远不近地跟在他的身后。

他看了一眼,没看清牌照,只看车型像是一辆普桑,也没多想。不是好车,开不快也正常。

速度慢慢提到一百二十公里时,身后一辆车超了过来,然后又放慢速度,开在他的前面。朱纪元一看是一辆奥迪,豫省牌照,是他老家的车,不由多了几份亲切之感。

不一会儿,前面的车忽然左右摇晃起来,朱纪元吓了一跳,酒后驾车?在高速路上醉驾,可不是开玩笑!他急忙向左打方向盘,想和前车错行车道,省得发生车祸。不料他刚转到左道,前车也向左道变道。朱纪元大惊,急忙向右变道,不想前车好像知道他的意图一样,也迅速回轮回到右道。

同时,还紧急刹车!

"娘的!"朱纪元终于急了,惊吓出一身冷汗,破口大骂,"作死呀,混账东西,怎么开车的?在高速路上玩飞机,活得不耐烦了去撞火车,别和别人过不去!娘的,老子弄死你!"

朱纪元也急忙来了一脚急刹车,然后再通过后视镜向后观察车况。在高速路上遇到紧急情况时,正确的处理方式就是先急刹车,然后再看身后和左右车况,看是不是有变换车道的条件,而不是先变车道再刹车!

朱纪元开车经验丰富,自认处理得还算恰当。不料他往后视镜看了一眼就顿时吓得魂飞天外,只见后面的普桑好像没有采取任何刹车措施一样,直接朝他的车尾撞来!

想要避让已经来不及了,朱纪元只听到耳边传来"咚"的一声巨响,紧接着感觉身后一股大力袭来,脖子猛然向后一挺,然后车就不可控制地向前冲去。

前面奥迪车还在刹车，朱纪元惊恐万分，却一点也控制不住汽车前行之势，只好眼睁睁看着两车结实地撞在一起。

三车连撞，一阵刺耳的刹车声响过之后，三辆车都停了下来。

朱纪元怒气冲天地下了车，他虽然知道撞得并不厉害，但心中气愤难平，对前面奥迪车主胡乱开车火冒三丈，准备过去好好骂一顿，也好发泄一下胸中的恶气。在高速路上开车之时，人们都是精神高度紧张，都怕出事，因为车速快，一出事就是大事，奥迪车也太不像话了，简直不拿别人的性命当一回事。

朱纪元气晕了头，一下车就冲前面的奥迪而去，走了两步，被风一吹又冷静下来，总觉得事情有点蹊跷。他回头一看，见后面车上的人也下来查看状况，一边看还一边打了电话报警。

报警？等等……不好，朱纪元猛然打了个激灵，后备厢中有五百万的巨款，一旦警察来了，肯定解释不清。怎么办？不能报警，花钱私了也不能让警察过来。

他急忙回头去阻止后面的人打电话，却又听到前车的人下车之后，连状况也不查看，直接拨通了报警电话："发生了车祸，地点在一百五十公里处，对，对……"

朱纪元忽然间有一种上当的感觉，前后夹击，制造车祸，得手之后马上报警，根本就是安排好的陷阱！他醒悟过来之后，再定睛一看，差点跳了起来，后备厢已经被撞扁，露出了里面的旅行包，最惹眼的是，旅行包被扯开了一个大口子，露出了里面的百元大钞……

天，完了，露馅儿了。朱纪元脚步一停，微微一愣，第一个反应竟然是弃车逃跑。反正汽车上没有任何他的证件，一跑了之，扔了五百万不要，也要逃过眼前这一关。只是他脚步刚刚一动，前后两辆车上都下来几个人，前后左右立刻将他的退路堵死。

朱纪元心中闪过一丝寒意，对方算无遗策，将他的后路全部断掉，他脑中立刻闪出一个人的名字——夏想！

夏想此时正一脸笑容地坐在叶石生的办公室内，向叶石生汇报工作。夏想的话说得越多，叶石生脸上的笑容就越盛。

夏想不但将单城市的将台酒厂的改制完成得非常圆满，整体策划也十分完美，而宝市太阳能的合资也基本上确定了签订正式协议的日期，连引用了两市成功案例的反驳文章也正在撰写之中。

叶石生心中大定，一块巨石落了地，想要开口夸夏想几句，又实在想不出什么好的形容词，只好随口勉励夏想几句，说道："好好干，省委省政府不会亏

346

待有功之臣。"想了一想,他又问起了国宝事件,"国宝的事情,你有没有什么好解释的？"

叶石生虽然猜到军队事件和夏想、古玉有关,但也不是十分肯定。不过他也清楚,保护国宝只是一个借口,真正的目的还是为了撬开古人杰的办公室,好给纪委一个名正言顺的立案理由。古人杰和崔向关系密切,他自然清楚。朱纪元和古人杰有关系,他心里也有数。

所以他才当场让邢端台到他的办公室走一趟。

邢端台和叶石生一样,只知其一不知其二,因为古玉的来历神秘,他也不清楚古玉的背后是谁。但事情闹这么大,明显是一石二鸟之计,一块玉石,击中的是古人杰和朱纪元这两只鸟。

宋朝度事先对邢端台说过夏想将钱上交给了慈善机构,之所以没有上交到纪委,恐怕也是夏想对纪委的人不太放心,又或是另有考虑。邢端台倒没有在意,反而对夏想准备将计就计对付古人杰、抖出朱纪元的行动,持默认的态度。但突然之间事情闹大了,让他吃惊不小。不过吃惊之后也是暗喜,事情的进展比想象中还要顺利。

邢端台心中有了主意,在向叶石生汇报工作时,提出了三点建议。一是暂时不对古人杰私自扣压举报信的事情做出任何表态,因为在纪委里面扣压举报信不算大事,在没有证明朱纪元的犯罪行为时,古人杰有许多理由可以搪塞过去。二是针对朱纪元的举报,纪委不公开立案,而是暗中立案,由黄林和刘旭同志进行调查。三是授予黄林和刘旭二位同志一定的特权,允许他们使用非常手段进行调查。

叶石生想了一想,都点头同意了。

随后叶石生又问起事情的来龙去脉,邢端台确实不太清楚具体内幕,就推脱了过去。

叶石生对这一次的突发事件始终不太放心,他觉得如果说是巧合,也太巧了一点。说是夏想的故意安排,也太巧妙了。再说夏想怎么可能算计得一点不差,又怎么可能知道古人杰私自扣压了朱纪元的举报信？就算纪委有人透露给夏想内幕,夏想又凭什么能够调动高度保密的军队？

叶石生除了好奇之外,更多的是不解和不满,认为夏想瞒着他弄出这么大的动静,实在不该。即使夏想是出于公心,也有点过分了。

今天夏想前来汇报工作,尽管叶石生非常满意,也十分高兴,但他还是想敲打敲打夏想。

夏想也知道身为一把手,都想让下属对他百分之百地服从,并且事事都要请示汇报才行。估计是一把手的权威之心作祟,叶书记觉得自己背着他弄出了一出好戏,而他被蒙在鼓里,多少有点面上无光。

尽管如此,夏想也不能对叶石生实话实说。

不说自己暗中动用国安的力量调查出了丛枫儿的身份,也不说让萧伍跟踪丛枫儿,查到了丛叶儿,从而抓住了朱纪元的把柄,都是不合规矩的行为,单是动用军队硬闯省委一件事情,也会让叶石生对他减少不少印象分。没办法,都是古玉惹的祸,是她非要这么做,他只是开了个头,随即觉得不太好,正要否决之时,古玉已经打完了电话。

难道他会没有担待地将问题推到古玉身上,以表清白?夏想才不是有前手没后手的男人,更不会出卖别人。

夏想有的是说词回复叶石生。

"叶书记,其实您也知道,我和老古有过几面之缘,他对我十分赏识,在我结婚时送了我一个玉器,嗯,就是那个国宝。我也不知道那是国宝,他只是再三叮嘱我保管好,不要有丝毫损害……在纪委同志调查我的时候,古玉小女孩心性,随口说了出来,结果纪委的同志就上了心,非要当成证物搬过来。"夏想斟酌着语句,尽量让事情显得不是有意安排,而是无意中的巧合,"正好从我家里到纪委的路上,老古给古玉打电话,古玉就随口一说玉器被搬到了纪委,要当成证物,还说有可能要鉴定价值,等等。话没说完,手机没电了,结果老古以为国宝会被损害,情急之下,就派人来取回国宝。"

夏想编得还算合情合理,叶石生听了也没有怀疑,他也认为夏想不可能事事安排得滴水不漏,果然还真是一个巧合。

既然是巧合,也不怪夏想什么了,叶石生大为放心,又想起夏想所受的遭遇,就说:"也真难为你了,被人设计陷害,还能尽心尽力地完成工作。夏想同志,你确实是我党的好干部,不被金钱和女色腐蚀,难能可贵。"

夏想立刻站了起来:"别人设计我诬陷我,是为了给领导小组抹黑。我个人受点委屈不算什么,但叶书记交给我的工作和任务,我必须完成,才对得起叶书记的厚爱。"

叶石生大为满意,连连说道:"坐,坐下说话。小夏,下一步的改制成功之后,你说第二批试点城市的挑选,应该将侧重点放在哪里?"

夏想蓦然感觉肩上有了重压,省委书记以一副商量的口气和他讨论第二批试点城市的名选问题,要知道,这样的重大问题,应该是书记和省长商议才对。

夏想深吸一口气,说道:"我个人觉得,应该侧重两个极端,要从最发达和

348

最不发达的城市中各挑选几个,才最有针对性。"

叶石生心中大慰,夏想的说法和他所想的完全一致。

单城市和宝市作为第一批试点城市,两市在燕省的排名正好处于中等,既不十分突出,也不非常落后。所以第二批试点城市,选一两个最发达的城市,再选两个最落后的城市,有成绩之后,就具有了普遍意义,就可以放心大胆地向全省推广了。

"你来说说,最发达的城市选哪几个? 最落后的城市又选哪几个?"叶石生继续发问。

"最发达的城市,首选燕市,其次是秦唐市。最落后的城市首选章程市,其次是水恒市。"夏想对于第二批试点城市早已有过周密的设想,叶石生一问,就脱口而出。

"哦?"叶石生大感好奇,"怎么将燕市排在第一? 作为省会,燕市可不能轻易去试点,成功了会被人说成沾了省会的光,失败了,后果严重,影响深远。"

夏想心中的宏伟计划必须要借助叶石生的力量才能实现,所以他第一步务必要说服叶石生。

"其实我是从一个最简单的角度考虑问题的,就是如果让秦唐市成为试点城市,相信很快排名第二的秦唐市就可以超过燕市,在燕省所有地市中经济产值第一。燕市身为省会也要屈居第二,面上无光。"夏想笑道,他知道秦唐市的市委书记是叶石生的嫡系,提名秦唐市正合叶石生之意,但一定要借机将燕市也提上,燕市才是他重中又重的目标,"当然,叶书记说得也不无道理,不过燕市进行试点改制比起其他地市有较大的便利条件,就是省会城市可以得到省委省政府的重点照顾。我想省委省政府也愿意看到一个蒸蒸日上的燕市。再者,燕市是新兴的城市,没有太多历史遗留问题……"

↗ 11 欲擒故纵之计

谢过梅晓琳,挂断电话,夏想感觉到一股淡淡的失落,总觉得梅晓琳有了什么变化,但具体是什么,又说不上来。他想了一想,不得要领,只好不再去想,事情也多,顾不过来去琢磨梅晓琳的心思。

铺路

夏想知道眼下是一个不可多得的机会,既然叶石生不耻下问,和他探讨下一轮的试点城市,他必须将心中的设想和盘托出,否则以后说不定就没有这样一个可以打动叶石生的好机会。

想要走好下一步,就要自己为自己铺路。于是,夏想毫无保留地说出了自己的想法:"燕省的经济产值在全国排名中等,但燕市在全国的省会城市中,排名很低,仅比西北几个贫困省强一些。但西北的几个落后省份,经济规模和燕省相比差了很多。因此类比之下,燕市作为省会城市在国内的影响,和燕省在国内的排名不符。省会城市作为一个省的脸面,燕市的落后,直接影响燕省的形象。这是其一。燕市是省会,虽然成败干系重大,但产业结构调整已经获得初步成功,也积累了一定的经验。任何新兴事物,都是先到者先得。如果将燕市排斥在第二批试点城市之外,等到第三批或是全面推广时,燕市上的就是末班车。到时产业结构调整的热潮已过,资金热潮也都有了归属,最后剩下的资金可能就寥寥无几了,燕市也就无利可图,只能是一个形象工程罢了。这是其二。叶书记是燕省近十几年来不多见的有魄力有开创精神的省委书记,燕省一向保守有余,进取不足。但在叶书记的正确领导下,在叶书记大刀阔斧地推行产业结构调整的政策之下,燕省取得了前所未有的成绩,也获得了京城密切的关注。作为京城最关注的省会,如果在叶书记任期之内能够改制成功,不但可以让燕市一跃成为经济发展最快的省会城市，也可以为燕省的产业结构调整画上一个圆满的句号！"

夏想说完，一脸谦逊地微笑，期待地看着叶石生。

叶石生被夏想一番话说得心潮澎湃。

哪一个省委书记不想有所作为，不想在一省的历史发展中，留下浓重的一笔？夏想说得太对了，燕市是国内非常落后的一个省会，不但经济不发达，面积小，人口也少，现在市区人口才一百五十多万人。近年来更是进展缓慢，城市化率不高，市区人口增长缓慢，引进外资少，等等。

叶石生知道，留给他的时间不多了。作为省委书记，虽然是要对全省负责，要面向全省，但毕竟他在燕市办公和生活，对燕市的感情更深一些，也希望等他离开燕省时，能让燕市人民都记住他，称颂他的政绩！叶石生怦然心动。

他微一思忖，忽然想起上一次在森林居和夏想吃饭时，夏想所提的环城水系和增设新区的设想，现在再一想起，不由大为心动。还有什么比环城水系更能显示政绩，更能改善燕市的居住环境，更能卓有成效的工程？还有什么比增设新区更能推动燕市的市区扩大和带动人口增长，以及增进就业、促进经济等立竿见影的思路？

夏想还真是一个让人不能小瞧的年轻人，立足于产业结构调整领导小组，目光却看得十分长远，而他还不到三十岁。

二十七岁的年轻人，有这个眼光，有这份胸怀，只要给他机遇，不愁他干不出一番大事。叶石生想到两年后他年龄就到了，不是上就是退，不管如何，也应该在燕省留下一些人脉，也好以后再回到燕省，有人记得他的好。

是时候该适当地扶植一下夏想了，夏想为产业结构调整出力不少，也对他表示了靠拢，工作也汇报得勤，不管是个人能力还是为人处世，都让他比较满意。从长远看，夏想也深得范睿恒的信任，不出意外的话，范睿恒会接任书记，到时夏想只要还在燕省，就依然有深厚的人脉。

想想就让人佩服，夏想不但有能力有眼光，在人际关系的处理上，也有长远的布局，真是一个让人高看三分的年轻人。

叶石生第一次对一个处级干部心生敬佩之意，不错，是敬佩。因为夏想虽然有人脉也有关系，但从来都是不骄不躁，依然诚恳地办事，还有他收礼之后捐赠给慈善机构的做法，也是难能可贵的品质。而且，他时刻保持着谦虚谨慎的作风，确实是个可堪造就的大才。

叶石生看向夏想的目光中，就多了一份喜爱，一份长辈对晚辈的亲切。

"这倒是一个不错的思路，等第二波改制成功之后，等第二批试点城市提

351

上日程之时,如果燕市提出申请,我可以酌情考虑一下。"叶石生不像往常一样以不表态来显示一把手的权威,而是直接对夏想说出了看法,"燕市毕竟是省会,首先要燕市向省委上报才行,然后省委再研究决定,估计省委里面也会有阻力……"

夏想知道叶石生担心保守派会强烈反对,他就给了叶石生一颗定心丸:"我相信范省长也是支持的态度。"

叶石生果然放心了,微一点头说道:"到时候少不了要和燕市市委具体接触一下,燕市内部恐怕也会有反对的声音。"

燕市是副省级城市,省里对燕市也要让三分,不能事事都直接命令,而多用协商的口气。

夏想明白叶石生意思,就说:"陈书记的看法比较保守一些,胡市长倒是态度积极。不过我有信心说服陈书记,和陈书记认识多年,我对他的脾气还多少了解一些。"

陈风和夏想之间的关系,人人皆知。夏想在叶石生面前没有躲躲藏藏,而是直接说出要说服陈风,也是借此显示他和陈风之间可以随意谈话的深交。

叶石生心中大慰,夏想不摆困难,不提条件,反而处处要克难困难,制造有利条件,等于是拱手送一份礼物给他,他怎能不欣慰不高兴?叶石生笑着说道:"希望在我离开燕省之前,能够看到下马河波光粼粼的胜景,能够看到在燕市和常山县之间,有一座新区拔地而起,能够看到燕市腾飞的翅膀……"

说话间,叶石生目光之中充满向往,看向了窗外。

夏想见叶石生陷入了深思,不敢打扰他,就静静地等待。忽然听到门一响,麻秋慌张地推门进来,失声说道:"叶书记,出事了……"

叶石生被打断思路,微有不快:"什么事?"

"刚刚接到邢书记电话,朱纪元在高速公路上发生了车祸……"因为紧张还有兴奋,麻秋说话的声音有点失真。他自然清楚朱纪元是谁的人,也清楚这个消息对叶石生的重要性,"人没什么事,就是车子撞得有点厉害,在警察检查现场时发现,朱纪元车子的后备厢中有五百万元的现金。"

"什么?"叶石生大吃一惊,"五百万现金?"

麻秋连忙点头:"没错,面对警察的疑问,朱纪元不能说明巨款的来源,现在事情已经上报给省纪委。因为朱纪元的身份特殊,涉案金额又巨大,邢书记向您请示如何处理?"

叶石生惊讶过后,一脸狐疑地看了夏想一眼,见夏想也是一脸的惊讶和难以置信,就不再怀疑是夏想的手笔。也是,夏想哪里能神通广大到制造车祸让朱纪元暴露？他又怎么可能知道朱纪元运送巨款的时间和地点？念头一闪而过，叶石生大喜，原以来还要费一番周折才能拿下朱纪元，没想到，得来全不费工夫。

"好，我知道了。"叶石生冲麻秋一点头，麻秋也不多说，关门出去。关门之前，他也意味深长地看了夏想一眼。

夏想正襟危坐，一脸坦然，看不出来他对朱纪元的车祸事件有什么想法。

叶石生拿起电话，直接打给了邢端台。

听邢端台简短地汇报了情况之后，叶石生做出了三点指示。第一，立刻将朱纪元控制起来，深入挖掘朱纪元的问题。第二，纪委内部对此事要暂时保密，不要惊动无关人等。第三，由邢端台亲自负责朱纪元案件，一有情况就随时向省委汇报。必要时，要和检察机关成立联合办案组。

朱纪元是厅级干部，要动他，即使纪委掌握了确凿的证据，也要提交到常委会讨论。不过只要证据确凿，就没人敢再替一个贪污受贿高达五百万元以上的人说话。叶石生是老官场，深知在办案初期说情走关系的人最多，一旦定了罪，就没有人开口了。

夏想离开叶石生的办公室，回到自己的办公室，突然发现桌子上放了一杯热茶，香气扑鼻。他不由端起喝了一口，赞道："大红袍……谁知道我爱喝大红袍？"

"除了我细心周全，还有谁？"古玉笑意盈盈地推门进来，然后又蹑手蹑脚地关上门，小声说道，"朱纪元出事了，听说了没有？"

看她一副做贼心虚的样子，夏想不由觉得好笑，说道："不要幸灾乐祸，要替朱纪元同志感到惋惜才好，多好的一个贫苦人家的好孩子，本来努力向上，当兵提干，从处长慢慢升到厅长，还有大好前途，可惜了。以后还是有必要加强思想道德观的教育，加强党员的道德建设，努力培养……"

"行了，行了。"古玉伸手做了一个暂停的手势，打断了夏想的话，"你现在说话的腔调，越来越官僚了，我很不喜欢，比书记还书记。说说我们下一步的行动，是火上浇油，还是添油加醋？"

夏想才发现古玉也有发坏的一面，挺喜欢落井下石，就说："我们下一步的工作重点是产业结构调整，朱纪元同志的问题如何处理，如何取证，是纪委的事情，你就不用乱操心了。我想问你，你在央视有没有熟人？"

齐亚南问了央视的广告价格，公开报价自然非常高，想谈价也不认识人，就又求助于夏想。

"我不认识，不过我认识的一个人认识，你也认识她。"古玉也有意思，很快不再去想朱纪元的事情，而是被夏想引到了央视的事情上面，"干什么？你想在央视露面，想当名人？"

夏想摇头一笑，说出了将台酒厂想打广告的事情。

"找梅晓琳就对了，她的一个同学就是央视广告部的主任，只要她发了话，基本上可以做到对外报价的三折。"古玉对这些门道倒是清楚，她的玉器生意也没少打广告。

自从梅晓琳调回京城之后，一直没有和夏想通过电话，夏想总觉得和她之间有了一层隔阂，也没好意思主动联系她，省得被她说成是别有用心。但广告一事事关重大，看来，又不得不打电话给梅晓琳了。

夏想给古玉安排的工作是让她负责和严小时密切接触，就单城市的捆绑宣传一事，和省里的相关媒体接触，从中牵线搭桥。古玉倒是比较喜欢严小时的性格，就高兴地安排去了。

夏想稳定了一下心神，拿起电话打给了梅晓琳。

梅晓琳的声音听起来懒懒的，有点无精打采的味道："喂，哪一位？"

"是听不出我的声音，还是没有记下我的电话？"夏想笑了，看了看时间是下午三点，难道她刚刚午睡醒来？就说，"没有打扰你休息吧？"

"没有……原来是你，有事？"她的声音淡淡的，不远不近，不冷不热。

"别说，还确实有事请你帮忙。"夏想不管梅晓琳的态度是故意疏远，还是无意之举，反正他心中没有什么芥蒂，就直接说道，"听说你认识央视广告部主任？我的一个朋友想在央视打广告，听说找对人就可以拿到公开报价的三折价格，就问你一问……"

梅晓琳的声音没有什么起伏，但她对夏想的事情还是比较上心，轻笑一声说道："你说汤馨敏呀？我当然认识了，她和我是同学——幼儿园同班同学，呵呵。三折的价格别人拿不到，不过如果我出面的话，问题不大。但你得告诉我，你要出面帮助的这个人，值不值得我出手帮他。"

夏想微一沉思，笑道："你不认识他，但既然我打电话给你，就证明我觉得他值得帮。你是不是出面，只看我的面子就可以了。"

梅晓琳沉默半晌，才无奈地说道："你以后能不能再找一个别的理由让我帮你？别让我们之间简单的关系变得复杂起来！"

这话说得就有点莫名其妙了，夏想无辜地说道："我就不明白了，我们之间本来是简单关系，是你想得复杂了。现在我们之间干干净净，没有任何牵连，只有一份纯真的友情，大家出手帮忙，也是常事，你怎么说话有点古怪？"

"你不明白……"梅晓琳想说什么，又及时收了回去，心中突然一阵激荡，

354

差点失守,忙强忍着恢复平静,说道,"既然你开了口,我肯定会帮忙,你将广告方案传真给我,我晚上约汤馨敏吃饭,和她面谈。"

谢过梅晓琳,挂断电话,夏想感觉到一股淡淡的失落,总觉得梅晓琳有了什么变化,但具体是什么,又说不上来。他想了一想,不得要领,只好不再去想,事情也多,顾不过来去琢磨梅晓琳的心思。

毕竟梅晓琳不算是他真正意义上的女人。

第三天,省纪委成立了以邢端台为组长,以黄林和刘旭为组员的朱纪元专案组,同时省高级人民检察院也抽调精干力量,加入到了专案组中。有省高检的介入,就意味着朱纪元的问题已经过了调查取证的阶段,进入了司法阶段!

燕省第一贪官

同时,省纪委外松内紧,因为朱纪元事件牵涉到古人杰,纪委内部人人自危。虽然还没有公开宣布对古人杰采取措施,但明眼人已经看出,古人杰的行踪都在掌握之中,就是为了防止他突然逃走。

九月初,燕省召开省委常委会,听取省纪委书记邢端台对朱纪元案件的情况汇报。

常委会会议室内,人人一脸严肃,崔向手中拿着邢端台分发的材料,低头不语,内心却一片恐慌……

几天前,在听到朱纪元出事的那一刻,崔向正在办公室喝茶,心惊之下,当场失手打碎了他心爱的茶杯。不过他却一点也不感到心疼,连滚烫的茶水烫伤了脚面也没有察觉,只是感觉浑身冰凉,站立原地半天动弹不了一分!

好一起影响深远的车祸,好一出精心策划的车祸,好一场引人注目的车祸!

夏想,好手段,好本事,好精妙的反击!

一瞬间,崔向心灰意冷,甚至动了要调离燕省的想法,因为他知道,夏想做事情是不死不休的性格。曾经夏想一怒,弄得丰利跑路,难道现在又轮到他了?夏想如果穷追不舍,非要挑他的过错,他为官多年,肯定有一些不太干净的地方,万一被发现,闹大了,难道他最后也要晚节不保?

好在震惊过后,崔向又慢慢冷静下来。朱纪元暴露,显然是保不了了,不提他还有没有别的大事,光是车上的五百万巨款,就足以定了他的罪。朱纪元被抓,必然会供出古人杰。古人杰是聪明人,知道什么事情该说,什么事情该闭嘴,不会供出内幕,最后也不会牵涉到自己身上!

但一场车祸折损两个厅级干部,着实让崔向心疼不已,何况都是他的得力干将。朱纪元还不算什么,关键是古人杰,他身为省纪委第一副书记,位置关键,有他在纪委,可以掌握许多一手线索。古人杰如果被拿下,等于自己在纪委之中没有了耳目。

崔向痛心疾首,看到脚下的一地碎片,才意识到他最心爱的茶杯被摔坏了,更是火大。他回头看到和茶杯配套的茶壶,再也抑制不住心中的邪火,抓起茶壶摔在地上,恶狠狠地骂道:"夏想,走着瞧,我与你势不两立!"

失手摔了茶杯,又故意摔了茶壶,崔向颓然坐回椅子上,拿起电话打给了马霄。商议一番之后,二人一致决定,一旦古人杰的事情提交到常委会讨论,他们必须保持一致。

随后,崔向又给付先锋打了电话。

付先锋倒是出奇地冷静,告诉崔向不必惊慌,火还烧不到他们身上,顶多到古人杰为止。目前最需要做的事情是安慰古人杰,让他保持镇静,并且给他承诺,即使他被抓,也会保他家人平安,保他一条活路。前提是,古人杰将一切问题都扛下来。

崔向对付先锋的冷静和缜密大为佩服,心想果然是大家族出身的人,遇事不慌,有大将之风。放下电话,他用私密手机联系到古人杰,经过一番交代,他终于完全放了心。

古人杰早有心理准备,说是他没有什么重要把柄在朱纪元手中,就算邢端台想借此事大做文章整治他,也不能拿他怎么样。同时古人杰也表了态,说如果查到他身上,他会一个人扛下所有事情,不会再牵连任何一个人。

古人杰并没有收朱纪元多少钱,对朱纪元到底犯了多大事,也不太清楚,还以为就是一千来万的事情,最后如果影响到他,顶多内部给一个处分了事。

崔向对于朱纪元到底贪污了多少钱,心里也没底。如果只有五百万,朱纪元再认罪态度良好的话,估计就是判一个缓刑。

只是当崔向坐在常委会上,拿起省纪委整理的朱纪元贪污犯罪的调查结果时,他的脑子"轰"的一声,只觉得双眼飞花,差点从椅子上摔下去。然后他又用力揉了揉眼睛,仔细一看上面的数字,不错,白纸黑字明确无误地注明朱纪元的贪污金额是五千多万人民币!

五千万,不是五百万,天,相当于燕省一个中等县一年的财政收入!

至于后面列举的具体受贿日期以及经办人,崔向没有心思再看下去。他知道朱纪元完了,彻底完了,别说缓刑了,绝对是连命也会丢掉。

崔向清楚得很,朱纪元贪污受贿五千万人民币,成为了燕省名副其实的第一巨贪!

不只崔向无比震惊,在座的众人在看到朱纪元贪污受贿的金额之后,都不约而同发出惊叹的声音。

邢端台语气沉重地说道:"同志们没有看错,确确实实是五千多万的巨款,确切地讲,是五千一百三十五万!在朱纪元担任省机电办主任一年多的时间里,他日均受贿八万元。根据我们目前的掌握的数据显示,朱纪元是目前国内被查处的受贿金额最多的第一贪官!"

叶石生已经无法形容他的心情了,燕省才刚刚平稳不久,刚刚走出了高成松的阴影。而在前不久,武沛勇才被执行了死刑,成为燕省建省以来被执行死刑的少数厅级官员之一。没想到,又出来一个第一贪官朱纪元。

真让人不知是庆幸朱纪元案发,借以高调宣扬燕省的反腐力度,还是该为燕省再一次引起全国的注目而感到不幸?

邢端台说完话之后,常委会上是难得的一片安静,半晌都没有一人发言。

在座的人都是一样的心思,都不知道该从何说起,该如何表态。是义愤填膺还是痛心疾首,似乎都没有必要。燕省出了一个全国第一贪官,是在座每一个常委的失职,可以说,所有人都面上无光。

邢端台也感觉到一种无形的压力,他清了清嗓子,说道:"身为纪委书记,我没能及时发现朱纪元同志贪污受贿的犯罪事实,深感痛心,在此接受省委的批评……"

大家一愣,邢端台什么时候开始高风亮节,主动承担责任了?如果抓获一个贪官,纪委都有失职的过错,纪委还是都回家休息好了。正当众人不解之时,只听邢端台又说:"有我个人失察的原因,也有纪委监管不利的原因,更有纪委内部个别同志纵容的原因……"邢端台有意无意地看了崔向一眼,随后语气十分严厉地说道,"正是因为古人杰同志私自扣压了大量举报朱纪元的信件,才导致纪委没有早一步察觉朱纪元贪污受贿的犯罪事实,才让朱纪元为所欲为,胆子越来越大,贪污的数额越来越多,最终成为国内第一贪官。同志们,教训深刻呀……"

邢端台的话如一枚重磅炸弹,顿时引起一片议论之声。

所有人都在想,古人杰算是倒霉透顶了,私自扣压举报信的事情可大可小,偏偏他扣压的是关于朱纪元的举报信,偏偏朱纪元的贪污数目还特别巨大,情节特别严重。因此古人杰的举动就显得特别突出,特别耐人寻味,也特别容易让人联想。

357

古人杰是不是早就知道朱纪元贪污受贿的事实？他是不是朱纪元的同伙？是不是收受了朱纪元的贿赂？邢端台尽管没有针对古人杰的举动作出任何结论，但在场的常委不得不多想，古人杰究竟出于什么目的才扣压了这些举报信？

可以说，古人杰扣压举报信的原因，是决定古人杰命运的关键。如果仅仅出于私交替朱纪元扣压了信件，并不知道朱纪元贪污受贿的事实，古人杰触犯的只是纪律。如果古人杰明知朱纪元贪污受贿，甚至还收受了朱纪元的钱财，古人杰触犯的就是法律。

在场众人不约而同地心想，古人杰肯定会说是第一种。当然也有人想得更复杂一些，就看朱纪元是不是嘴硬了，如果他供出了古人杰，古人杰说什么也没有用。

邢端台见效果达到，才提出了他的建议："经纪委研究，决定对古人杰同志采取必要的监管措施，并且提请常委会批准对古人杰同志立案侦查。"

崔向看了叶石生一眼，他知道古人杰的事情如果处理不当，将是生死两重天的考验。朱纪元是不是供出了古人杰他不得而知，纪委对此肯定守口如瓶，不过他相信也能暗中打听出来。但朱纪元的招供并不是关键，关键是常委上叶石生和其他常委的态度。

决定古人杰命运的时刻到了，崔向深吸一口气，平复了一下心情，强迫自己冷静下来。

叶石生知道眼下是打击崔向气焰，斩断他臂膀的最好机会，自然不肯放过，就首先表态："纪委内部出现了问题，确实令人痛心。古人杰同志身为纪委第一副书记，私扣举报信，知法犯法，可以说正是因为古人杰的纵容才有了朱纪元的嚣张，给党和国家造成了不可挽回的损失，我很痛心，也很难过。同志们，燕省出了一个全国最大的贪官，我们在座的各位都面上无光。因为我们燕省在国内经济中等，却有滋生全国第一贪官的土壤，会让别人怎么看我们的笑话？"

叶石生一副痛心疾首的表情，目光一一扫过众人，最后落在崔向身上，严肃地说道："古人杰同志不管是出于什么目的扣压了朱纪元的举报信，都是严重的违法乱纪，是燕省纪委的耻辱。端台同志的建议，我表示支持。"

叶石生表态支持立案侦查古人杰，陈风、钱锦松等都纷纷表态表示支持纪委的决定。

马霄和崔向对视一眼，二人交流一下眼神，马霄说道："古书记是老纪委了，在纪委系统工作了十几年，对纪委的纪律不会不清楚。我们大家也都清楚，在纪委系统内部，扣压举报信的事情不是什么大事，时常发生。毕竟有些举报信是有人故意打击报复个别官员胡乱指责，将一些混淆视听的举报信扣下，也是为保证纪委工作的严肃性。据我所知，古书记和朱纪元之间并没有过深的交情，他扣下朱纪元的举报信，或许只是出于对一个厅级高官的爱护，并不清楚朱纪元的事情有多严重，是无心之举……"

马霄暗中观察了一下在座众人的表情，梅升平依然是一副无所谓的样子，不过嘴角少见地露出一丝嘲弄的冷笑。宋朝度不动声色，目光冷峻，不知道在琢磨什么。范睿恒没有表示，脸上也是一脸平静。

倒是陈风，一脸愤慨。马万正也是微有怒气，虽然他刚才没有表态支持，但看他的表情，也是对朱纪元日收入八万元一事深恶痛绝，只是不清楚他对处置古人杰是什么想法。

省军区政委张建国正襟危坐，目不斜视，一副深不可测的样子。

马霄将所有人的表情尽收眼底，心中还是没有底，不过又不能见死不救，毕竟古人杰在他们几人策划的事件中出力不少，就继续说道："古书记在纪委多年，没有功劳也有苦劳，还破获过不少大案要案，也算是为燕省的廉政建设作出过突出的贡献。古书记为官清廉，生活作风端正，从来没有传出任何经济和生活问题，是个兢兢业业的好同志。如果仅仅因为扣压举报信这样的小事，就对一位省纪委的副书记立案侦查，不但有损省纪委的形象，上报到中纪委后，也会让中纪委对燕省纪委自身的廉政建设产生不好的想法。法律不外乎人情，如果因为经济问题或作风问题对古书记立案，还说得过去。但仅仅因为举报信就怀疑古书记的人品，就认为古书记和朱纪元贪污受贿之间有什么联系，想想就让人寒心……"

马霄倒是挺会演说，晓之以理，动之以情，一番话说出，在场有不少人不免微微动容。

在场的常委中，有不少人认识古人杰，也多少有点交情，再加上马霄说得在理，就不免有些犹豫。

就连叶石生听了，也是微微皱眉，眼皮低了下来。熟悉叶石生脾气的钱锦松见了，知道他又犯了耳根软心软的毛病，有点不忍心对古人杰下手了。

钱锦松和古人杰没什么交情，他也不得不承认刚才马霄的一番话确实能打动许多人。在纪委工作表面上是风光，实际上不管是不是查案，都有各种危险，一着不慎就能落马。如果古人杰确实不知道朱纪元贪污受贿的事实，仅凭扣压举报信一个问题就对其立案，难免会在纪委内部造成不小的震动。

但究竟古人杰清不清楚朱纪元贪污受贿的事情，就不得而知了。钱锦松猜测,古人杰应该是知道朱纪元确实有经济问题,但并不清楚朱纪元贪污了这么多钱。

他犹豫了一下,下意识地看了邢端台一眼,却发现邢端台不动声色,一副稳坐钓鱼台的模样,心中一动,明白了邢端台的心思,暗暗一笑,开口说道:"虽然我刚才也对古人杰同志立案侦查表示了支持,但又一想,觉得现在对古书记立案侦查有点言之过早了……不过邢书记的提议也是出于维护纪委内部廉洁的迫切心思,可以理解。经过慎重考虑,我个人建议,如果朱纪元供出他和古人杰之间有交易的话,根据情况的严重程度,再对古人杰同志进行立案侦查也不迟。"

钱锦松不是火上浇油,而是虚晃一枪,是为了配合邢端台的计策。他看出来了,肯定是纪委还没有从朱纪元那得到有用的东西,只要朱纪元咬定不松口,没有证据,仅凭一个举报信也确实不能拿古人杰如何。但邢端台显然不想就此放过古人杰,所以才会故意抛出要对古人杰立案侦查的提议,就是投石问路。如果支持者多,就顺水推舟立了案;如果支持者少,他应该还有后手。

邢端台是虚张声势,想打探崔向等人的底线。

崔向心中一跳,真要等朱纪元招了,黄花菜都凉了,与其到时让古人杰深陷进去不能自拔,说不定丢官事小,判刑事大,万一连命也不保岂非可惜? 还不如现在自断手腕,以退为进,保住名声要紧……他就急忙向张建国使了个眼色。

第四波反击——瞒天过海

张建国会意, 慢条斯理地说道:"我和人杰是多年的朋友了, 对他还算了解。人杰为人稳重,但就是太重感情,重朋友,以前朱纪元帮了他一次,他就记在了心上。朱纪元在刚调任省机电办主任时,还算兢兢业业,人杰对他印象很好。后来朱纪元说他在机电办因为住房分配问题,得罪了一些老职工,老职工就认为他贪污受贿,纷纷到纪委反映情况。人杰接待了他们,通过了解情况,得知是老职工们误会了朱纪元。后来纪委又陆续收到了举报朱纪元的举报信,人杰也就没有放在心上,认为还是有人在搬弄是非。为了不影响朱纪元的工作热情,不给一个厅级干部带来不利的影响,也是出于爱护一个干部声誉的考虑,就将举报信都截留了……至于后来朱纪元做了些什么,人杰同志确实不知情。"

"是呀,建国同志说得好,人杰同志从本质上讲是个好同志、好干部,不能因为偶尔犯一点小错就完全否定他以前的成绩,不能将朱纪元贪污受贿的犯罪行为归罪于人杰同志。"崔向就势接过话来,继续为古人杰辩解,"省纪委也不可能将全省每一个贪官都绳之以法,如果出现一个贪官,就指责省纪委没有在贪官贪污受贿时发现贪官的犯罪行为,也是不负责任的指责。希望端台同志慎重考虑人杰同志的问题,不要轻率作出决定,要有治病救人的宽大胸怀……"

宋朝度沉默半晌,终于发话了:"大家说的都有道理,我的建议是,古人杰同志已经不适合再在纪委工作了……"

宋朝度只说了一句话,就立刻闭了嘴,又恢复了一脸平静的状态。

崔向疑惑地看了宋朝度一眼,心想宋朝度和邢端台的关系一向密切,今天怎么没有和邢端台站在一起,对古人杰的问题穷追猛打,反而替古人杰说话?转念一想,也是,估计是马霄的话打动了宋朝度,并不是人人都下得了狠手。宋朝度当年也和古人杰有过来往,都是抬头不见低头见的同僚,也没有多少人不看一点情面就直接落井下石。

邢端台是因为古人杰身为第一副书记却不是他的人,自然要借此机会将古人杰打得不能翻身,其他人还是念及旧情的。

马万正也发话了:"朝度说得对,我也觉得还是不要对古人杰同志立案为好,将他调离纪委系统,一是避嫌,二是给纪委的其他人一个警醒。"

"人杰同志最近身体不太好,出了朱纪元的事情之后,也是痛心疾首,非常懊悔,曾经流露过要主动退下来的想法。我认为,不如直接让人杰同志退下,如此一来,相当于对纪委和省委都有了交代。同时,再让人杰同志作一个深刻的检讨。"崔向突然抛出了一个让众人都大吃一惊的建议,"不管是从他个人的角度考虑,还是从朱纪元事件的严重影响来看,人杰同志不仅不适合再在纪委继续工作下去,也不适合再担任任何领导职务了。"

邢端台立刻开口反对:"我不赞成让古人杰退下,他在台上接受调查,才能给所有的纪委干部以警示作用。"

"端台同志……"崔向语重心长地说道,"人杰同志作出深刻的检讨,再主动退下,也算是一个非常积极的态度。要给人杰同志一个悔过自新的机会,不要因为一件小事就抓住不放,毕竟人杰同志的错误也不算严重。"

崔向的意思很明显,是要大事化小小事化了,让古人杰完全退下,以换取纪委对他网开一面,不再追究他的任何领导责任。之所以不再让古人杰担任任何领导职务,他的出发点是博取在座常委的同情,以退为进,以完全退下来保全名声,将此事就此揭过。也就是说,朱纪元的案件到朱纪元为止,不再向上追究。

　　古人杰退下之后,只要不再调查古人杰的问题,就永远也查不到他崔向身上,崔向是在为他自己着想。他也清楚,如果古人杰不完全退下,还在位的话,就算是一个闲职,也等于树了一个靶子,随时还有可能被人攻击,被人旧事重提。一旦退下,人走茶凉,谁还会对一个退下来的闲人穷追猛打?

　　古人杰最好的选择就是淡出人们的视线,被人遗忘。

　　所以崔向才有了壮士断腕的决心,也是在邢端台的逼迫之下,无奈做出的选择。

　　邢端台仍然坚决地表示反对:"我还是坚持我的看法,让古人杰以纪委副书记的身份接受调查,并且对他进行立案。"

　　崔向颇为不满地看了邢端台一眼,十分不快地说道:"端台同志不要意气用事。"

　　钱锦松从宋朝度和邢端台不一致的发言中得出了结论,心中更加坚定了刚才的判断,就笑着从中调和:"崔书记和邢书记各抒己见,我可以理解邢书记的迫切心情,但对崔书记爱护老同志的想法也表示赞成。从不让老同志寒心的角度考虑,我觉得还是让人杰同志退下为好,人杰同志一退,事情就算掀过去了。"

　　"人杰同志是老纪委了,为党工作了一辈子,一向表现得还不错。作为老同志、老党员,也确实应该适当给予照顾。"范睿恒表态了,他看了宋朝度一眼,又用微不可察的目光从邢端台身上一扫而过,最后和叶石生交流了一下眼神,又说,"我的意见也是允许人杰同志退下,以前的事情就一笔勾销。"

　　范睿恒也同意让古人杰以退下换平安,看来,还真是法律不外乎人情。崔向看了马霄一眼,目光中大有深意,对马霄刚才一番声情并茂的演说深表赞赏。

　　钱锦松见时机成熟,也点头说道:"我也附议范省长的意见。"

　　叶石生本来在听了马霄一番演说之后就心软了,他和古人杰认识多年,真要将古人杰治罪,也于心不忍。见连范睿恒也赞成让古人杰主动退下,他就顺水推舟,说道:"就这么定了,端台同志也不要有意见,人杰作为在省委工作多年的老同志,要允许他有一个退下来的机会。况且现在也没有证据表明他是有意袒护朱纪元,是不?"微一停顿,又转向崔向说道:"请崔书记代表省委向人杰同志转达常委会的决定,另外请端台同志继续深入挖掘朱纪元的问题,并将材料汇总之后报给我……散会。"

　　散会之后,没有如愿的邢端台却没有一点失望的表情,只和叶石生悄声说了几句话,然后就和宋朝度并肩走出了会议室。看到二人的背影一同消失在楼梯处,崔向心中忽然闪过一丝疑问,是不是中了邢端台的瞒天过海之计?

崔向还真猜对了,他确实被邢端台耍了一道。

经过突击审问朱纪元,邢端台发现古人杰扣压举报信确实只是无心之举,只是单纯地出于维护朱纪元的目的,古人杰并不清楚朱纪元的胃口有多大,到底贪了多少钱。

虽然朱纪元承认是他指使人暗中陷害夏想,其中也有古人杰的手笔,但这件小事上不了台面,无法拿古人杰如何。光凭一个私自扣压举报信的问题,顶多给古人杰一个警告处分。但邢端台实在厌恶古人杰的嘴脸,想将他一脚踢开,怎么办?他就想出了一条瞒天过海之计。

因为黄林和刘旭二人办事确实得利,对朱纪元的审讯控制得非常严格,外界一点消息也打探不到,邢端台就充分利用信息的不对称性,在常委会上提交了要对古人杰立案侦查的提议。其实他的本意是要逼崔向主动提出让古人杰退下以换取平安,结果在各方势力的推动下,在宋朝度关键时刻的暗示下,成功地让他的计划得以实施,邢端台心中自然十分高兴。

搬开了古人杰,以后纪委的工作就好开展了,不但为夏想出了一口气,也将崔向在纪委的眼线斩断。此战一举拿掉崔向两员干将,夏想功不可没。

尽管夏想没主动说明车祸事件和他有什么关系,宋朝度也没有暗示,邢端台却一心认为夏想就是幕后推手,否则事情不可能这么凑巧。邢端台也是聪明人,宋朝度不说,他也不会主动去问,有了结果就行,何必知道过程?况且他也知道有些事情别人不愿意透露,又何必非要问个清楚?

只要事情的结果是朝着有利于他的方向发展就好。

邢端台和宋朝度边走边说,说了几句无关紧要的话。邢端台笑问一句:"省纪委的第一副书记,又是一个打破头的位置。"

宋朝度却说:"破获了朱纪元大案之后,端台,你也该动动位置了。"

邢端台含蓄地一笑:"但愿!"

二人分手之时,宋朝度愣了片刻,摇头笑了笑,自言自语地说了一句:"端台也确实该动动了,朱纪元的大案一破,算是大功一件。夏想无意之间又送了端台一份大礼。"

夏想却没有意识到他做了一次好人,送了邢端台一份大礼,现在的他正忙得脚不离地,正在准备最后的冲刺。

梅晓琳为将台酒厂的广告谈妥了价格,果然低至三折,而且梅晓琳的面子很大,还挤进了黄金时段。本来黄金时段早就排满了广告,但有一个厂家出了点小状况,本来按照常理也不会被拿下,而梅晓琳却觉得还是在黄金时段投放广告效果最好,只开口一提,汤馨敏就一口答应,将可拿可不拿的厂家直接拿下,换成了将台酒厂。

黄金时段的广告一般早在去年年底就定下来了,中间基本上没有更换的可能,却因为梅晓琳出面,轻松到手,以极低的价格杀进了原本没有可能进入的黄金时段。夏想十分高兴,将消息转告给齐亚南时,齐亚南欣喜若狂。

齐亚南根本没有想到会在此时能杀进黄金时段的广告,他最好的打算是在央视一套投放非黄金时段的广告若干,有可能的话,在央视其他几台的黄金时段能投下广告就不错了。再加上按照夏想的宣传策划,在燕省也将会是以新闻宣传的形式为主,广告为辅,他就打算投入六千万的广告费用,其中五千万投给央视,一千万用作灵活的机动资金,随时投到燕省的媒体。

但因为突然之间进入了央视收视率最高的黄金时段,齐亚南大喜过望,当即决定追加两千万的广告费用,全部投放到央视的黄金时段。齐亚南见识到夏想出色的商业头脑和惊人的能量,也豪气顿生,既然想将将台酒做大做强,做成国内知名的白酒品牌,就要拿出背水一战的勇气和决心。

夏想听了齐亚南的决定,表示赞成。广告投入是企业宣传过程中必不可少的支出,只要有足够的资金和实力,只要产品的质量过硬,再加上广告做得好,市场之门就会大开。

几天后,齐亚南到了京城,和央视广告部正式签订了广告合同,定于九月十五日正式播出将台酒的广告。

宝市的太阳能中小企业的重组已经完成,夏想就让前一段时间已经飞回美国的卫辛转告迈克,随时可以前来宝市签订正式协议。很快从美方传来消息,说是在九月十日可以成行。

夏想大喜,正是他所想要的效果,两件事情并成一件,才能产生更大的轰动效应。

相比即将到来的产业结构调整的第二波浪潮,夏想对于朱纪元一案的进展,并没有太多关注。

朱纪元案件进入司法程序之后不久,燕省纪委第一副书记古人杰以身体不适为由,提交了病退申请。很快经省委同意,省纪委批准了古人杰同志的病退申请,并且在例行的公告之中,对古人杰给出了正面评价。虽然措辞不是非常高调,但也让古人杰多少感到了一点欣慰。虽然他后来和崔向商议之后得出结论,上了邢端台的当,但事情已经定下,悔之晚矣,最后也没提任何要求,直接退下。

崔向自此对邢端台恨之入骨,认为邢端台欲擒故纵,是个阴险小人。自己被算计了才会在常委上主动提出让古人杰以退下换取平安,实际上如果古人杰不退下,邢端台也未必能拿古人杰怎么样。可惜的是,现在后悔已晚。

当然,崔向也同样痛恨夏想,因为他从侧面打听到了内幕,得知确实是夏想在背后查到了朱纪元的贪污问题,又说服黄林和刘旭对朱纪元穷追猛打地调查。至于高速路上的车祸事件,是黄林和刘旭的手段,还是夏想在幕后推动已经无关紧要,重要的是,此事是由夏想一手操纵,才导致了今天的局面。

当然,崔向不会自责。本来是他最先出手,想要陷害夏想才迫使夏想应战,罪魁祸首是他才对。

崔向在夏想面前再次失利,朱纪元丢命,古人杰丢官,一时之间也有点疲惫,也没心思再想别的办法对付夏想,就等付先锋的锦囊妙计好了。

夏想并不知道有人为了针对他,早就设计好了计谋,就等一个恰当的时机了……而他也在等待一个最佳时机的来临。

对于夏想来说,最近一段日子确实有点焦头烂额,刚刚处理完古人杰和朱纪元事件,眼见第三波重量级的反击浪潮伴随着迈克的来华以及将台酒在央视的广告播出,即将来临。此时,程曦学却又不甘寂寞,在《京城日报》上发表了反驳文章。

程曦学指名道姓地对燕省的产业结构调整提出了批评,指责单城市和宝市的所谓产业结构调整,名不副实。单城市只是新上了一个文化旅游项目,其他诸如老旧的国企改制,没有任何成绩。宝市也是如此,不过是在原来达富和柯达谈判一年之久的基础之上,让柯达追加了投资而已。

可以说,燕省的产业结构调整推行半年以来,基本上没有做出什么有用的举措,更没有值得称道的成绩!

程曦学的文章一出,叶石生勃然大怒。

叶石生当即将葛山和夏想叫到办公室,让二人立刻组织力量对程曦学的文章进行反驳。葛山没有发话,只是看了夏想一眼。

夏想也十分生气,因为论战进行到现在,基本上大家该攻击的方面已经攻击完毕,该采用的论点也差不多都已经用完,不会再有什么新意。程曦学估计是经过一段时间的论战,发现目前处于僵持阶段对他不利,所以就直接拿燕省的产业结构调整说事,试图让叶石生自乱阵脚,也好改变目前僵持不下的局面。

仔细说来其实程曦学一派还是略占上风,毕竟程曦学的名声最大,而且在他周围也团结着一批御用文人,确实是一股不容忽视的强大力量。邹儒的名

365

气虽然不比程曦学小多少,但以邹儒为首的支持派毕竟比较分散,有点各自为政的感觉,发表的文章就不如程曦学精心组织的文章有力度,有针对性。

进京

程曦学在处于优势的情况下突然抛出针对燕省的文章,有点想引燕省进行决战的味道,也是想借此将燕省产业结构调整棒杀,以便奠定产业结构调整在国内不可推行的论调。夏想据此猜测,可能京城之中有人对论战的久战不决不满了。

是胜是负总要有一个结论出来,如现在一样僵持不下,反而不利于反对派,因为对产业结构调整的政策了解越多,就越有民众支持。打破垄断引进竞争机制,肯定是大受百姓欢迎的好事。

没有竞争就没有发展,百姓就永远享受不到高质量的服务,就会一直花钱买气受。

恐怕有人意识到了这一点,真要将论战继续扩大,不是什么好事,所以程曦学才奉命行事,要尽快结束论战,一举定乾坤。

夏想却不能让他得逞,也不是非要和他在媒体上争吵下去,而是先让他得意几天,等到时机成熟,再一战定胜负。当然,要胜也是自己一方胜,要让程曦学一败涂地。

对于叶石生的怒火,夏想也完全理解,他站了起来,恭恭敬敬地说道:"叶书记,正好有一件事情我想向您汇报一下,明天我要去一趟京城,去拜会邹老,和邹老面对面商议反驳程曦学的文章。在京城的媒体上,我们只能做一个旁观者,尽量不参与进去,否则会给人迫不及待的感觉。但在燕省的媒体上,我们还是要按照既定方针,坚定而按部就班地推进下一步的还击。所以我到了京城之后,会向邹老提供一些有关燕省产业结构调整进展的详细资料,以便于邹老撰写反驳的文章。但目前现阶段在燕省,还是要等上一周左右……"

叶石生听了夏想的话,也慢慢冷静下来。因为夏想已经设计好了应对之策,只是在等待宝市新引进外资的协议的签订,在等待将台酒厂广告全面播出的时机。此时如果被程曦学的一篇文章激怒,过早地亮出了底牌,就会让程曦学有所准备,到时就达不到出其不意的效果了。

夏想没有直接点明他的失策,而是含蓄地说出要去京城和邹老商议对策,向邹老提供燕省的产业结构调整之中可以公开的一些成绩。夏想确实是一个有眼光会办事的年轻人,叶石生暗暗赞许,就对葛山说道:"葛山同志,你先组织一批专家学者,将燕省产业结构调整之中可以公开的成功例子列举一下,先发表几篇文章出来,省得被人轻视了我们的成绩。不清楚的地方,问夏想就可以了,他手中有具体的事例。"

葛山恭敬地说道:"是,我记下了,叶书记。"

叶石生又勉励二人几句,并特意交代夏想说道:"替我向邹老问好,就请邹老在方便的时候,来燕省开一个座谈会,我会让燕省的所有常委以及主管经济方面的干部参加。"

夏想明白,叶石生此举表明,他将会采用邹老的经济理论作为执政方针。夏想心中十分欣慰,叶石生此举虽然实际意义不是很大,却有影响深远的象征意义。省委书记采用邹老的经济理论,而他作为邹老的学生,又在领导小组担任要职,在外人眼中,就有了不同寻常的意味。

次日一早,夏想、范铮会同古玉和严小时,四人同乘一车,前往京城。

夏想前去拜会邹老有三重目的,一是要交作业。二是也确实要商议针对程曦学指名道姓的文章做出坚定的反驳,因为程曦学直接点了燕省的名,他身为燕省产业结构调整小组的核心人物,再不出面应战也说不过去,会被人看轻,也让人觉得燕省无人。三是上次邹老对严小时的文章很感兴趣,此时听说夏想要来,便提出要见严小时一面。夏想一提,严小时自然满心欢喜,立刻放下手中的工作,随同夏想一起前往京城。

范铮要见邹老是拜会导师并且也要参与论战,古玉回京,却是要借机回去看望老古。她有一段时间没有和老古相聚了,而且上一次的国宝事件,她也想当面向爷爷说个清楚。

一上车,本来是夏想开车,范铮坐副驾驶,古玉和严小时坐在后面。不一会儿,范铮就提出让严小时坐在副驾驶,他要坐后座休息一会儿。

严小时看出了范铮的意图,笑着不肯:"不行,你肯定是看上古玉了,想乘机和古玉套近乎。我可告诉你,你不是古玉喜欢的类型。"

范铮被说破企图,也不恼,嘿嘿一笑:"窈窕淑女,君子好逑,如古玉一样温婉如玉的女子,正是我梦寐以求的梦中情人。都说姻缘可遇不可求,今天遇上了,为了一生的幸福,说什么也要争取一下。"

古玉只掩嘴而笑,不说话,看了专心致志开车的夏想一眼。

严小时暧昧地一笑,也看了夏想一眼。

范铮一时醒悟,忙问夏想:"怎么,难道古玉又是你的私家珍藏菜?"

夏想乐了:"都看我干什么?古玉的终身大事,和我可没有任何关系。她既不是我的私家珍藏菜,也不是我的独家菜,她是一块会说话的美玉。"他回头看了一脸窃笑的古玉和严小时一眼，又说："君子比德于玉，古玉要选人，自然要选如玉的男人，品质如玉，外貌如玉，言谈举止，温润如玉……"

范铮不免懊恼："你的言外之意是说，我没有玉一样的帅气了？"他边说边打开副驾驶座的遮阳板，露出了上面的镜子，对着镜子照了照，"不对，镜中分明是一个俊雅有型、温润如玉的帅哥，古玉，你说说，我哪一点不好了？"

古玉乐不可支，只是笑。

严小时笑得花枝乱颤，乐道："都说恋爱中的女人智商为零，范铮刚才的举动充分证明了一个事实，男人在遇到心动的女人时，同样会做出超乎寻常的举动，有时甚至会让人大吃一惊。"

"我在问古玉，没问你，多话！"范铮不满地说道，然后回过头来，满脸堆笑，问古玉，"玉丫头，你说我哪里不好了，我改，一定改。"

"男人的外貌倒在其次，最主要的是本质和禀性。你外貌也不算差，中等偏上，再加你不一般的身份和一张能说会道的嘴巴，基本上百分之八十的女孩子都难逃你的手心……"

被古玉一夸，范铮喜不自禁，得意地回敬了严小时一眼。

"不过对于真正懂男人的女人来说，你外貌如玉，品质如石，禀性如金，就不是最佳的托付终身的对象了。"古玉谈论起男女关系时，头头是道，一句话说出，顿时让范铮呆立当场。

"什么意思？什么玉、石、金，我不明白！"范铮一脸紧张地问。

古玉笑了，说道："外貌如玉，是说外观让人看了比较舒服，有平和中正的感觉。品质如石，是说与一等外貌对应的是，有二等的品质，只达到了石头的品质，离温润如玉还有一定的差距。禀性如金，就是说你的性格之中有霸道之气，说得再文雅一点就是肃杀之气，怕你听不懂，只好用霸道代替。正是因为有了金气，才破坏了你的温润之气。而我喜欢的是土气，皇天后土，土气最养玉，因为玉石产自地下，而金气最伤玉。所以说，你和我之间，禀性有别，五行不和，不是同一类人。"

古玉大道理讲得比较高深，范铮听得头疼，不过也听懂了。毕竟他好歹也是经济学研究生毕业，虽然未必了解中国的传统文化，但古玉讲得也算深入浅出。他明白了一个事实，古玉非常明确地告诉他，他和她之间没有可能。

拒绝就拒绝，非要用什么五行不和来搪塞，范铮觉得有点没面子，讪讪地一笑："放着黄金不要，非要找泥巴，怪不得我，只能怪你眼光太差了。照你这么说，什么样的人才是土气，才正好和你的玉气相配？举个实例出来，也好让我欣赏一下。"

古玉笑而不语。

严小时先看了看范铮,又看了看夏想,恍然大悟地说道:"土气之人,厚重而沉稳,遇事不慌,给人的感觉和大地一样朴实可靠。他不用多说什么,所有人都会对他十分信任,都会对他高看一眼。如果他走路,他会站在你的左边保护你。如果他开车,他会开得非常平稳,不快不慢,让人感觉坐他的车非常踏实,非常安全……"

范铮的目光落在夏想身上,一拍脑袋,懊恼地说道:"我今天后悔和你坐在一起了,得,现在你成了正面的光辉形象,我成了你的陪衬,你说说,是不是太不公平了?夏哥,我以前也没觉得你这么有女人缘,今天怎么了,车上的两大美女都对你十分欣赏?"

夏想故作深沉地叹了一口气:"我是司机,她们知道我辛苦,所以要夸夸我,好让我继续安稳地为你们开车。你要知道,车内一共只有两个男人,我在开车而你在泡妞,你说,对谁更不公平?"

范铮哈哈大笑:"好,换我来开好了,我也做一个诚恳的人。"

换了范铮开车,结果他反而更郁闷了,因为在严小时和古玉的强烈要求下,夏想只好不负美人恩,坐在了后排中间。左边严小时,右边古玉,虽然夏想比较老实地端坐不动,不过在范铮眼中,怎么看怎么觉得夏想在左拥右抱,是在享齐人之福,不由连连摇头叹息。

"古玉,你别欣赏夏想了,他结婚了。"范铮想法打击古玉的幻想,还不忘敲打严小时,"小时你年纪也不小了,该找个人嫁了,别总盯着夏想。你看中了夏想,不代表夏想能看上你。"

严小时却嘻嘻一笑,抱住夏想的胳膊,故意气范铮:"知道为什么女人都喜欢土性的男人不?因为土性的男人如大地一样让人觉得可靠!你怎么知道夏想不喜欢我,一方水土可以养百样人,正是因为夏想胸怀宽广,所以不管什么样的女人他都喜欢……"

夏想也觉得旅途寂寞,既然严小时想和范铮开玩笑,轻松一下又何妨。不过听严小时说他什么女人都喜欢,不由大急,忙瞪了严小时一眼:"不许胡说,我什么时候这么博爱了?"

严小时也不知是故意还是借机发作,毫不退缩地迎着夏想的目光,反问:"怎么了,难道我不够漂亮,难道你讨厌我?"

"就是,拥有博大胸怀之人,从来都是和大地一样博爱。不论任何时候大地都会养出各种各样的鲜花,可不是只生长一种,是不是,夏哥哥?"古玉也来逗夏想,也学严小时抱住夏想的胳膊,仰起小脸问道,"怎么了,难道我不够漂亮,难道你讨厌我？"

夏想终于发愁了，谁说左拥右抱是齐人之福？其实也是一种痛苦的折磨，他无奈地对范铮说道："范铮，要不我们换换位置？"

范铮正幸灾乐祸，急忙大摇其头："最难消受美人恩，你慢慢消受好了，我开车，我只管开车。"

夏想索性将心一横，对二女说道："你们确实都很漂亮，一笑倾人城，再笑倾人国。虽然我是土性的胸怀，不过一块土也长不了百样米，更容不下百样花。所以二位鲜花，还是别为难我了，世界上和范铮一样明好暗坏的人不多，但牛粪却多得是，随便找一块合适的牛粪落地生根就好了。"

范铮一听哈哈大笑："对，对，赶紧找一堆还冒着热气的牛粪嫁了，小时，你嫁人的时候，我送你一份大礼。"

严小时和古玉对视一眼，二人眼中闪过一丝狡黠，随后夏想就感觉两个胳膊同时传来一阵疼痛，不由痛得叫出声来……

到了京城的指定地点，古玉下车，向夏想挥手告别。古玉和人道别时候的动作格外好看，她先是稳稳站好，双腿并直，左手弯曲放在胸前，右手举起，手指如同波浪一样起伏，再配合脸上依依不舍的表情，听到她迷人的嗓音轻轻吐出两个字："再见……"那一声迷醉的婉转之音最是让人留恋。

范铮在一旁摇头说道："迷人，迷人的身材、迷人的声音、迷人的眼神，一切的一切，都十分迷人，我醉了。"

夏想拍了拍他的肩膀，说道："醒醒，该做正事了。"

严小时轻轻推了范铮一把："醒醒，别做梦了，人家古玉是在向夏想说再见，不是和你。自古多情空遗恨……"

范铮感慨："早知春梦终成空，莫如当初不相逢。"

到了社科院，见到邹老之后，少不了一阵寒暄。寒暄过后，夏想为邹老介绍严小时："邹老，这位是严小时。"

严小时在邹老面前，笑不露齿，温婉淑女，端庄大方，看得夏想暗暗感叹，都说女人百变，果不其然。严小时时而古怪精灵，时而妩媚动人，现在又是一副落落大方的模样，让他摸不清到底哪一个才是最真实的她。

邹老打量了严小时几眼，微微摇头，说道："我的女学生之中还没有和你一样漂亮的，不行，本来想收你当学生的，也听夏想说你也有此意，不过你师母有令，坚决不能收漂亮的女学生。我想收你为学生，但又不敢违背你师母之令，两难，两难呀。"

夏想忍俊不禁，最后还是笑出声来。没想到堂堂的知名学者邹儒居然畏妻如虎到这种地步,而且还可爱到当众说出。

范铮却一脸平静,司空见惯一样,一点也没有笑。估计是以前没少听邹儒说过怕老婆的话,邹老也是真性情之人,难得。

严小时委屈地说道:"邹老,难道美丽也是一种错误?如果我的漂亮是我成为邹老学生的障碍,可以选择的话,我宁愿不漂亮,也要做邹老的学生。"

夏想见机行事,将他们三人刚刚写成的文章交给邹老。邹老一摆手,示意几人不要说话,然后他也不管几人在场,就埋头看起文章来。

十几分钟后,邹老抬起头来先是看了夏想一眼,又冲范铮点点头,最后目光还是落在严小时身上,感慨地说道:"我一生收下的学生无数,不过当以你们三人为荣。夏想的文章厚重,在博大之中,有一种让人找不到缺点的圆润,但在圆润之中,又不乏犀利。范铮的文章如金戈铁马,气势如虹,但在狂放之中,又有让人不易察觉的陷阱和阴冷。严小时的文章初看让人如沐春风,看似娓娓道来,实际上在一张一弛之中,也暗藏杀机,是温柔一刀的风格。你们三个还真不愧'三剑客'的称号,珠联璧合,三篇文章一出,必定可以让许多人哑口无言。"

严小时听出了言外之意:"邹老,夏想和范铮可是你名正言顺的弟子,我可不是。您一定得想个办法,让我当您的学生,否则我就哭鼻子,我就耍赖……"

好机会

女人最厉害的武器就是撒娇,尤其像严小时一样的漂亮女人,杀伤力尤为惊人。邹老对严小时的喜爱和欣赏流露无遗,只是仍然不无遗憾地说道:"实在你师母要求太严,我对她一向非常尊敬,再说不收美女学生也是我亲口答应过的事情,曾经约法三章,我也不能自毁信誉。"

夏想见二人都十分为难,范铮却在一旁没心没肺,一点也没有主动帮忙的意思,就只好出面当好人:"我倒有个办法。师母所担心的不过是怕邹老魅力过人,怕漂亮的女学生一不小心就会喜欢上邹老。其实师母不是不让邹老收漂亮的女学生,只是不让邹老收漂亮的单身女学生。一个女学生再漂亮,如果名花有主,师母也就没什么好担心的了。"

"好主意。"邹儒大喜,拍了拍夏想的肩膀说道,"我当然清楚你师母的真正想法,不过没好意思说,还是你了解女人,看透了其中的关键。小时不是还没有结婚吗,听说连男朋友也没有?这就不好办了。"

"怎么不好办?简单得很。"范铮逮住了机会,急不可耐地跳了出来,嘿嘿一笑,"让夏想假装小时的男朋友或者男人都行,反正他们也熟悉了,也有默契,不会露馅。还有,师母一见两个学生是一对,就更放心了。"

夏想急急瞪了范铮一眼,范铮得意地一笑,意思是活该,你的主意你来演戏。

严小时眼睛一亮,一脸期盼地看着夏想:"我不嫌弃你是已婚男人……"

夏想愁眉苦脸:"我家也有母老虎……"

邹老哈哈大笑,十分开心地说道:"文如其人,你们三人联手,果然不凡。就这么定了,夏想,好人做到底,晚上一起到我家里做客,正式向你师母推出你们的小师妹严小时。"

严小时高兴地跳了起来,飞快地在夏想脸上蜻蜓点水似的亲了一小口,小到几乎可以忽略不计。她微微脸红着说了一句:"谢谢你。"

范铮高兴了:"回头告诉古玉,让她打消对你的幻想。"

邹老将脸扭到一边:"我什么都没有看见。"

一时之间,众人都笑。

晚上去了邹老家中做客。

邹老家在一处老式小区,邻里关系十分和睦,一路上不停地有人和邹老打招呼,邹老一一笑着回应。

夏想、范铮和严小时都有礼物相送。夏想的礼物是一对手表,外加几瓶精制将台酒。范铮的礼物是一套健身用品。严小时的礼物最用心,只给邹老一支钢笔,却给师母买了化妆品、衣服还有一条珍珠项链。

邹老的家并不大,只有九十平米左右,两个卧室,一个书房。邹老的夫人李华在中大任教,保养得不错,精神和气色都很好,有一种娴静雍容的气质。夏想觉得,从面相上看,师母一点也不像严妻。

不过夏想看到师母注意到严小时的一瞬间脸色微微一寒,不由暗笑,果然是人不可貌相,师母对于漂亮的女学生,有天然的敌意。

好在等邹老介绍了严小时是他的"女朋友"之后,当严小时聪明而识趣地抱住他的胳膊之时,师母脸上的警惕之意才渐渐消退。随即三人依次拿出礼物,师母推辞一番收下,脸上的笑容才开始盛开。

尤其是当严小时拿出她的礼物,教给李华如何保养如何护肤之后,李华脸上热情的笑容表明,她对严小时的戒心已经完全消除。

邹老如释重负地冲夏想和范铮一笑:"苏格拉底和林肯,都有严妻……"

夏想明白邹老的自嘲,忙笑着岔开话题:"程曦学近日在《京城日报》发表的文章,触动了叶书记,叶书记就让我们三人撰文反驳。还有,叶书记想邀请您前往燕省就当前的经济形势召开一个座谈会,就看您何时方便了?"

邹老听了,微一沉思,点头同意:"经济座谈会是好事,也是小事,等我安排一下时间……先说你们三人的文章,拿出来发表的话,也算是一次比较有力的还击。等我仔细一一过目之后,再找一个合适的机会发表。"说着,他又忽然想起了什么,眼睛一亮,"说到座谈会,倒是凑巧,正好明天程曦学在中大举行一次经济学的讲座,有你们师母在,她可带领你们进入讲堂之中听讲,还可以当场向程曦学提问……你们有没有兴趣?"

倒是一个研究程曦学理论的好机会,夏想点头同意:"好机会,值得参加。"

"是个寻找程曦学缺点的好机会。"范铮果然比夏想有锐气,直接说出了心中所想。

严小时也表示同意:"近距离接触程曦学,听其言观其行,再对比他的文章,就能对他的为人有进一步的了解,才能做到知己知彼。正好,还有许多问题我倒想当面向程教授请教一二。"

邹儒看了看三人不同的表情,夏想笃定,范铮肃杀,严小时刚柔并济,不由心中大喜,说道:"有我的三个得意门生联手,程曦学自认才高八斗,恐怕也会低头认输。"

李华也对三人非常满意,尤其对严小时更是十分喜爱,就对夏想说道:"夏想,你有福气,找了一个这么漂亮又有才华的女朋友,比我儿子可是强多了。要是我儿子没有出国,我非让他和你竞争,让他把小时抢过来不可。"

夏想嘿嘿一笑:"我到时先和邹可成为好朋友,让他知道朋友妻不可欺的道理,他就不会和我抢女朋友了。"心里却说,谁爱抢谁抢,严小时又不是他的女人,他可管不着。

严小时听了,向他投来甜甜的一笑,笑容中有满足有幸福,仿佛他是她真得不能再真的男朋友一样。

夏想可不想将话题往他和严小时之间的关系上引,正要转移话题,范铮正好做了一件好事,他倒是挺关心程曦学的演讲,就问李华:"师母,程曦学演讲的题目是什么?"

"《论当前经济改革的利与弊》……是由中大发起的,同时邀请在京的几所著名院校的经济学家参加,在中大最大的礼堂举行,可以容纳上千人。除了中大的高才生参加之外,据说还有一些有影响的人物参加,具体是谁我也不清楚。"李华在中大只是普通教授,无职无权,不知道具体内情也是正常,"不过你们想参加,带你们进去倒没有问题。"

"我陪你们去。"邹儒一脸兴奋,他很期待他的三个弟子联手问倒程曦学,让程曦学下不了台的情景出现。

晚饭就在家中吃，李华亲自下厨，为几人做饭，严小时在一旁打下手。吃饭的时候，邹儒很好奇夏想为什么送将台酒给他，夏想就借机向邹儒介绍将台酒的历史。

邹儒虽然是经济学家，但对历史和传统文化也很感兴趣，听夏想说得有趣，就酒兴大动，不由多喝了几口。

邹儒对将台酒的评价是，尚可，可以入口，如果想在京城打开销路，还需要在包装和口感上下点功夫。将台酒偏软不是缺点，但回味比较淡、易上头就是缺点了。现在人喝酒讲究尽兴，尽兴但不能上头，否则事后回忆起来酒后头疼，基本上就不会再喝第二次了。

夏想虚心地接受了邹老的意见，并一一记在心里。

饭后，三人和邹老约好一早在社科院会面，然后就告辞而去。到了外面才意识到一个问题，晚上住在哪里？

范铮很没良心地伸手拦了一辆出租车，说道："我有个同学和我有约，明天一早社科院见，走了。"

范铮一走，夏想不能扔下严小时不管自己去找肖佳，就说："走，去宾馆。"

严小时轻轻地"啊"了一声，俏皮地说："我们是假装的，可不是真的。"

夏想又好气又好笑："我脸上写着'色狼'两个字吗？真奇怪，明明我是很好的一个人，总有人认为我有好色的一面，天地良心。"

"男人，哪一个不是有便宜就占？"严小时不服气地回敬了夏想一句，"如果我今天晚上主动投怀送抱，是不是正好如你所愿？"

"你没那么浅薄，我没那么肤浅。"夏想不轻不重地说了一句，发动了汽车，又问，"二星级还是三星级？二星级我还能报销，三星级就得自费了。"

"四星级，就花你的钱！"严小时气呼呼地说道，也不知道生的什么气。

找了一家四星级酒店，很不凑巧只有一个房间了，夏想想再换一家酒店，服务员却说："别找了，哪里都没有房间，现在快国庆了，京城四星级以上酒店都客满了。"

夏想还没说话，严小时却说："我是你女朋友，又不是外人，你怕什么？就住下了。"

服务员一边办理手续，一边捂着嘴看着夏想偷笑，肯定是在笑夏想胆小。夏想无奈，就小声地对服务员说道："刚认识三天，不太熟，不好下手。我是一个好男人，轻易不骗女孩子。"

服务员年纪不大，顶多二十出头，圆脸，大眼，还算耐看，听夏想一说，顿时脸红了，低着头不敢看夏想，小声说道："有花堪折直须折……再说，你女朋友真的很漂亮,我都羡慕她那么漂亮,皮肤那么好,先生,宁可杀错不能放过。"

夏想败了,本来他感觉服务员年纪不大,就想逗一逗她。没想到小姑娘看上去腼腆,也挺害羞,说出来的话却是大胆泼辣,让他都无话可说了。

夏想和严小时到了房间,夏想先脱了鞋,然后直接躺在床上,舒服地伸了伸懒腰,还没来得及享受一下放松的舒适,就被严小时一把拉了起来。

严小时二话不说帮夏想脱下外套,埋怨道:"穿着外衣躺在床上不卫生,还有,你不洗澡就上床,怎么能睡得着?快把衣服脱了,去洗澡!"

夏想无奈地一边脱衣服一边说:"你本来就是一个冒牌女友,怎么比我们家鬃丫头管得还宽?"脱到一半的时候,才想起什么来,忙又说,"扭过头去,非礼勿视。"

严小时俏脸飞红,急忙转过身去:"好像谁愿意看你一样?男人都丑死了。"

气氛保持得还算轻松,没有什么旖旎和暧昧,夏想心想正好,不给意乱情迷的事件创造机会。

他跑进卫生间冲了个澡,然后围着毛巾出来,发现严小时将他的鞋和袜子都摆放得整整齐齐,连他的衣服都给挂了起来,还泡好热茶放在床头。再看严小时,穿着一件睡衣,坐在床上发愣。

还真是一个细心周到的女人,夏想就让她也去洗澡:"早点睡,明天还有要事。"

严小时也不知想到了什么,脸颊飞红,连脖颈也是一片粉红,格外诱人。她的睡衣十分轻薄,里面内衣隐约可见。她的身材紧致曼妙,尤为苗条,细腰盈盈一握,臀部浑圆,夏想不经意只看了一眼,就将美妙风光尽收眼底。

古人有诗:美人如花隔云端。对夏想而言,现在却是美人如花在眼前。他忽然想起了禽兽和禽兽不如的动人传说,心想算了,男人要有自制力,要有不破坏美好事物的决心和勇气,就若无其事地对严小时说道:"睡衣挺漂亮,不过我没有睡衣,晚上只穿内裤睡了。不过你放心,我是井水,你是河水,大家秋毫无犯。你去洗澡,我先睡觉,晚安,明天见。"

严小时"扑哧"笑了:"好像我要怎么你一样?告诉你,我是守身如玉的好女孩儿,你要是有什么不轨之心,小心我也学过女子防身术!"

严小时说完,以为夏想还会说几句,不料等了一会儿没有一点声音,她大着胆子看了夏想一眼,只见他歪着头已经睡着了。

严小时又气又恼,臭男人,和美女同室居然能酣然入梦,太不把她的美丽放在眼里了,难道在他眼里,她一点魅力也没有?

女人的心思向来矛盾,男人的殷勤多了,她们会反感;男人理也不理,她们就会埋怨男人不懂欣赏，不会怜香惜玉。

严小时进了卫生间，鼻中还传来夏想洗澡过后留下的男人气息，不觉脸上一红，浑身发热。脱掉身上的一件件衣服，直到赤身裸体地站在喷头下面，她还是觉得体内一阵阵燥热。

哪个少女不怀春？严小时一边洗澡，一边用浴液涂遍全身，手指掠过身上的每一寸肌肤，想到就在身边不远处酣睡着一个她并不讨厌的男人，不争气的心又怦怦地跳了起来。

年纪说大也不算大，但也不能说小了，今天确实是第一次和一个男人同居一室，虽然没有同床，但总觉得好像是突破人生之中的第一次一样。

想起刚才在楼下的大胆决定，到底是故意假装气势，还是对他有点幻想？严小时越想越觉得羞不可抑，哪里有女人倒贴男人的道理？不过随即又想到那个睡得正香的男人，似乎对她一点也提不起兴趣。有美人同室，居然倒头就睡，还是不是男人？就算没有色胆包天到动手动脚，至少也要开一些半荤不素的玩笑才是，哪里有主动划清界限然后呼呼大睡的事情？

真没有男人的胆量。

严小时又哀怨一番，认为夏想有眼无珠，也让她对自己的魅力信心大减，难道在他眼里，自己真的老了不成？对了，古玉比自己年轻，也比自己更有味道，难道他喜欢小妹妹那样的类型？严小时又想到曹殊鸾和宋一凡，更加坚定了对夏想的看法。他家鸾丫头比他小了两岁，宋一凡比他小了有十岁，看来他还真是只喜欢年纪小的女人，不喜欢年龄大一点的女人。

问题是，自己也比他小了一岁，他是不是有点太挑剔了？

坚定立场

胡思乱想间，严小时洗好澡，吹干头发，又换了一身内衣，才悄悄地从卫生间出来。房间内黑着灯，夏想又睡得很沉，她就没有围上浴巾，而是只穿了三点式，蹑手蹑脚地摸到自己床上，悄无声息地钻进了被子里面，忽然又笑了。

刚才真是傻了，胡思乱想什么？自己好好的一个女儿家，追求的人也多得是，非得让他看上才好？哼，他都是有家室的人了，自己还幻想他对自己如何如何，真要如何了，岂不是白白让他得了便宜？自己跟了他，除了让他拿走自己最宝贵的东西之外，他又能给自己什么？

才不能让他总有好事总得便宜！

一会儿好一会儿坏，想着想着，严小时就睡着了。

其实她哪里知道，夏想根本没有睡着。不过夏想知道，不装睡不行，要不两个人同居一室，你一言我一言，说来说去万一意乱情迷，最后假戏真做怎么办？夏想不是有前手没后手之人，平心而论，他最深爱的人有两个，一个是曹殊黯，一个是连若菡。而肖佳在他生命中的地位特殊，说没有感情，也有；说是爱，也不算。肖佳就如同他的一个梦想，说是从小没有姐姐的他对肖佳有恋姐情结也好，对她的身体迷恋也好，总之虽没有念念不忘的情怀，却有相濡以沫的感慨。

　　生命中有了这三个女人之后，对于其他女人，夏想就再难生起爱恋的感情。即使偶尔心动，也是一种正常情感的短暂走神。当然，作为一个正常的男人，见到如严小时一样的美人，又同居一室，生理上的反应是非常正常的，没有反应才不正常。而且说实话，夏想也有冲动，当他在黑暗之中微闭着双眼，看到严小时穿着三点式从他眼前经过，也觉得血脉偾张，心跳加快。

　　严小时本来肌肤既白且美，又有浴后美人的慵懒和娇柔，在微微的光亮之下，浑身闪耀着致命的诱人光芒。尤其是她笔直而修长的大腿，瘦削的美肩，甚至可以一手掌握的细腰，虽不丰满但绝对匀称紧致的身材，当她轻灵地走动之时，腰肢扭动，臀部摇摆，给人无限遐想的美感。

　　夏想很没出息地有了生理上的渴望。

　　有归有，人之所以为人，就是因为有自控能力。夏想可不想因为一时冲动，从此又和严小时纠缠不清。男人和女人之间的距离有时遥远，有时又近在咫尺，突破关系往往只在一瞬间。之前，或许可以从容淡定；之后，却又很难再坦然面对。就如他和梅晓琳一样，当然他倒没有什么，是梅晓琳总有不自然的一面。

　　三十六计，睡为上计。夏想就忍住不想，再说严小时又不是一般人，一旦沾染，以后很难一拍两散，当成什么都没有发生过。有一句话说得好，上山容易下山难，其实换一换说法也很对，上床容易下床难。

　　夏想又想到了明天的演讲会，心思一重，就慢慢地进入了梦乡。

　　一夜无话——如果真的无话就好了，也就没有以后的事情了。夏想睡得正香之时，突然被手机铃声惊醒了，他迷糊之间忘了身在何处，起身接听了手机，却是卫辛打来的电话。

　　"喂，事情有变，迈克另有重大活动安排，时间安排不开，他想征求你的意见，正式签订协议是提前还是延后？"

　　各人习惯不同，夏想的习惯是遇到重大问题，喜欢走路思索。他站起身来，穿上鞋在房间中走了几步，微一思索又问："提前几天？错后的话，又是多久？"

　　"如果提前，三天之内签订；如果错后，至少错后半月。"卫辛微带沙哑的嗓音越洋传来,清晰得如同在夏想耳边私语。

夏想一瞬间就有些时空错乱的感觉。

错后半个月太久了,现在刚进九月,三日之内签订协议,相当于比原计划提前了一周左右。而将台酒厂在央视的广告是十五号播出,中间有一个时间差,按照他的计划,十号和迈克签订协议,十五号央视播出将台酒的广告,十六号在《京城日报》和《燕省日报》同步发表反驳文章以造声势,同时在燕省举行新闻发布会,高调宣布产业结构调整获得了初步成功。作为最强有力的一次重大反击,双管齐下,一举定胜负。

但突然之间情况有变,如果提前签订协议,难免会走漏消息,只要有风声传出,就达不到出其不意的效果。没有出其不意,就难以起到给程曦学等人当头棒喝的作用。

那么他意料之中的一举定胜负的场景就不会出现!

但如果错后,时间就太久了,更是不行。夏想不免左右为难,还没有想好对策,忽然感觉眼前一亮,不由吃了一惊,天怎么亮了?随即意识到是灯光,不由哑然失笑,下意识回头一看,顿时吃了一惊。

严小时迷迷糊糊醒来,她的习惯是一睁眼就开灯。当然她还有一个习惯是裸睡,今天睡觉时虽然穿着内衣,睡到一半时还是觉得不舒服,下身还能适应,上身戴了胸罩,她总是睡不着,就半睡半醒之间随手解开,扔在了床头。

夏想一打电话,她被惊醒之后,还没有意识到是怎么一回事,下意识地伸手开了灯,然后坐起了身子——胸前的一对白兔活泼可爱地裸露在外,睁着一双好奇的大眼睛,大胆而热烈地看着夏想。

夏想一时愣了,瞪大了眼睛,大脑瞬间没有反应过来。足足过了五秒钟,二人才同时反应过来,夏想尴尬得急忙转过身去,严小时却是满脸羞红,张口就骂了一句:“色狼!”

卫辛在另一端听得清清楚楚,惊讶地问:“你身边有女人?”

夏想不愧是夏想,机智多变,脱口而出:“当然,我是已婚男人。”

卫辛也不傻,立刻不解地问道:“哪里有老婆骂老公是色狼的?”

夏想嘿嘿一笑:“闺趣,闺趣而已。”

卫辛“扑哧”一声笑了:“我还生怕打扰你休息,没想到,我在下午一点钟的时间给你打电话,你还在闺趣之中,精力真好。”

美国时间下午一点,相当于国内时间凌晨一点,夏想尴尬地笑了笑,不接卫辛的话,心中有了主意:“请转告迈克先生,提前签订协议!”

提前签总比推后强,至于是不是走漏风声,暂时也考虑不了那么多,只能尽可能采取保密措施了。夏想一瞬间作出了决定,签订协议之前和易向师打个招呼,让他尽可能帮助保密。最有可能泄密的环节就是外经贸部了,只要易向师点了头,应该还能按照原计划进行。

不过如此一来,就又要欠易向师一个人情了。易向师可是老谋深算之人,欠了他的人情,指不定他会如何让自己偿还。但没有办法,明知是坑也要向下跳。

夏想挂断电话,回头一看,严小时用被子蒙着头,躲在里面不敢出来。

不过现在天气还热,被子只是一层薄被,严小时心慌意乱之下,也没来得及穿上胸罩,只知道当鸵鸟,又把被子紧紧裹在身上,更显得曲线毕露,美妙身材一览无余。落在夏想眼里,跟没穿衣服没什么不同。

夏想急忙端起茶水喝了一口,说道:"小时,刚才灯光太亮了,我什么都没看清……"

"你眼睛瞪得那么大,看了那么久还没有看清?骗鬼呢,你又不是瞎子!"严小时又羞又急,才知道女人有时候装大胆可以,真要事到临头,其实也是胆小得很。才被人看了一眼就紧张成这样,真要是他动手动脚,到底该怎么办才好?

夏想当然没有动手动脚,而是关了灯,上了床,又说了一句:"明天可千万别告诉范铮你和我住在一起,否则他肯定认为你……行了,早点睡,明天还要听课,还有大事要办。刚才的事情,你别放在心上,我不是成心的。你不是爱吃葡萄吗?明天我给你买最好的葡萄吃,算是给你赔礼道歉。"

提什么葡萄,严小时更是又气又羞,夏想故意气她是不是?真是一个大坏人。一边想,她一边觉得浑身发烫。

还想再说夏想几句,却听到耳边传来了轻微的鼾声。严小时哭笑不得,真是一个没心没肺的人,转眼又睡着了,真是气死人不偿命。

天一亮,夏想和严小时匆匆吃过早饭,开车直奔社科院而去。到了门口,只见范铮正精神抖擞地站在门口,一脸暧昧的笑容。

他一见夏想就问:"昨天你们住在哪里?开了几个房间?"

夏想就打趣他:"你扔下我们不管,还好意思问?没见你这样当表哥的,严小时可是你的表妹。对了,你急不可耐地去会什么同学,肯定是女同学了?"

范铮嘿嘿一笑:"当然,大晚上的谁去见男同学?是我以前的一个师妹,有过一段感情,现在她快要嫁人了,就和我再藕断丝连一两次罢了。"

严小时"呸"了一口:"一对坏人。"

范铮立刻假装义正词严地说道:"夏哥,虽然我们关系不错,但你也不能欺负我表妹不是?小时,你说,是不是夏想怎么你了?"

"我呸你。"严小时生气了，一脸绯红，上前拧了范铮一把，"你不配当我表哥，没一点担待，扔下我就走，还满嘴胡话。"

范铮被严小时拧得疼了，咧着嘴跑开："好，我不说了，你还真向着夏想，我怕你了行不？"

说话间邹儒赶到了，正好看到眼前一幕，哈哈一笑："我就喜欢你们年轻人的朝气，走，一门三剑客，师徒四人帮，直接杀向中大。"

夏想呵呵一笑："得，四人帮都出来了，邹老可真是雄姿英发，豪气一点也不让年轻人。"

几人上了车，说笑间，直奔中大而去。

车上，邹老简单地介绍了一下程曦学此次演讲的起因和目的。

起因自然是程曦学想向大学生灌输他的思想，培养他坚定的追随者。大学生是下一代社会的中坚力量，说不定以后许多领导人都是从他们之中产生，所以越早向他们灌输自己的思想越好，任何形式的控制都不如思想控制让人在不知不觉中服从。

可以说，程曦学此次演讲的起因和目的相同，他想通过此次演讲，获得更多人对他的理论的认可，以便他在论战上取得更进一步的胜利。当然也能借此演讲，借大学生发问和讨论之际，让大学生碰撞而出的思想火花为他所用，也可以让他创作出更有激情更有说服力的文章出来。

据说，除了几所最具影响力的大学的教授与会之外，某些大人物可能也会出席会议。当然是不是露面就不得而知了，也许会躲在暗中进行观察，也许会只露一面就走，象征意义大于实际意义。

此次会议由中大发起，经过近一个月的筹备，动用了不少人力物力才得以成功召开。此举旨在为程曦学进一步扬名，也是中大为了培养自己的品牌学者而做的一次有益尝试。

当然，是不是中大迫于某方面压力不得已而为之，或是中大确实真心地想将程曦学捧为中大的招牌，那就不得而知了。总之，中大为了此次演讲可以说是煞费苦心，人力和财力上都不惜下血本，力求将此次演讲举办成中大建校以来最成功、影响最深远的一次！

夏想几人赶到时，会堂中已经坐满了人。在李华的带领下，几个人从侧门进去，在前排就座——也不算太靠前，大概在第十排的样子，既能清楚地看到台上人的一举一动，如果提问的话，也很容易让台上的人看清面容。

夏想还纳闷儿李华能领他们坐在十排中间，在大型活动之中，也算是不错的位置了，可见师母在中大也是极有分量的人物。不料李华得意之余说出了真

380

相,让夏想哭笑不得。

"安排座位的侯教授和他的一个女学生关系不明不白的,被我发现了,我还没有开口威胁他告诉他家老王,他就吓得立刻给我安排了好几个好位置任我挑选……"

夏想无比同情地看了邹老一眼,心想得妻如此,邹老可怜矣。不料邹老一脸坦然,一点也没有自怨自艾的觉悟,反而若无其事地说道:"要是侯教授家的老王能有你一半的机智,他也不会犯生活作风问题了。可惜了,老了老了,晚节不保,被一个二十多岁的小丫头拉下了水。"

"不怪老侯,怪那个女研究生。"李华倒是明白事理,"现在的女大学生、女研究生都太随便了,为了学历为了成绩,什么事情都做得出来。所以我得看紧你一点,男人是世界上最不可靠的动物,尤其是在女色面前,几乎没有任何防御能力!"

果然是立场不同,看待问题的角度就不同。师母站在教授的立场上攻击女学生,但从社会的舆论看来,却是教授师德沦丧,而女学生都是无奈献身。

不过最后所下的结论就太唯心主义了,夏想想起昨晚他的坚定立场,不由沾沾自喜地看了严小时一眼。严小时也正在偷看夏想,被他一眼看来,知道他又想起了昨天的暧昧场面,顿时满面飞红,急忙扭过头去,心跳如鼓。

还好范铮正在凝视台上来回走动的工作人员,一副心思深沉的样子,没有注意到严小时的异常,否则他肯定会心中起疑。

李华交代几句就走了,她还有工作要忙。李华一走,邹老长出了一口气,叹道:"你师母是我见过的最目光如炬的女人,她的直觉有时会让人毛骨悚然。"

夏想完全可以理解邹老的处境和感慨,但又想不出太好的安慰的话,只好转移了话题,问道:"程曦学的理论,在大学生中有多大的市场?"

邹老一听此话,立刻皱起了眉头:"大学生思想并不成熟,容易激进,程曦学正是看中了这一点,才有意借举办演讲系统地向大学生灌输他的理论。只要方法得当,大学生很容易被他鼓动和迷惑。所以说举办演讲,正是他的高明之处。"

"我也觉得他确实有手段,不但确实有真才实学,而且会炒作,又会宣传自己,同时又披着学者的外衣,打着探讨研究的旗号,迷惑性很大。如果任由他在有影响的大学演讲的话,他的理论会迷惑不少人……我认为,邹老也可以出面举办演讲会,也联系各大院校,向大学生宣扬您的经济理论,拨乱反正。"

点名攻击

"这倒是一个好主意,只是如何出面、如何联系、怎么安排,等等,我都应付不来。"邹老是真正的学者型人物,不像程曦学深谙政治规则和处世之道。

"稍后我向易部长提提这件事情,相信他也愿意看到邹老出山。"有这样一个请邹老出马的机会不容错过,如果是以前,邹老肯定会反感这种抛头露面的事情。而且他也不会选择站队,仍然埋头做他的学问,当他的独立学者。但现在不同了,因为夏想的出现,因为程曦学故意挑起事端,邹老也不知不觉加入到论战之中,实际上,他也已经选择了站队。

夏想也就有意暗中推邹老一把,让他也由幕后走向台前。毕竟对于程曦学来说,只有邹老出面才有足够的分量和他对抗。

不多时,千人会堂已经座无虚席,还有不少人站在过道和两侧,都一脸兴奋地期待着程曦学的出现。尽管程曦学本身就是中大的教授,但他现在不带研究生,更不给新生授课,无形中给他的泰斗身份增加了许多神秘色彩。

九点三十分整,程曦学迈步走向讲台,时间卡得分秒不差。他一上台,就全场起立,掌声雷鸣。

夏想几人也是起立相迎,对于程曦学,除了和他政治主张不同、经济理论相左之外,对于他的学问和成就,还是应该给予足够的尊重。

今天的程曦学一身中山装,头发鲜亮,衣着光鲜,精神抖擞,手中还拿了一个紫黑的烟斗,颇有一副国学家的风范。不说别的,光凭这副卖相,当前一站,就能为他增加不少印象分。

好一个程曦学,深得包装宣传之精髓,真高人也。

如今不管伪神仙还是真学者,都讲究一个外包装。毕竟虽然说不可以貌取人,但人人都喜欢欣赏美好的事物,这是一种强大的惯性。男人爱美女,女人爱帅哥,就连国学大师以及专家学者,也是一副仙风道骨的高人形象。

是不是高人先不说,至少要先打扮成高人的形象,给人带来不凡的视觉冲击力。

果然,程曦学举手投足之间,风范十足。如果他穿了长衫,再留了八字胡,活脱脱一个大师的形象,只可惜一开口就让他的风姿大减。

因为他的嗓音有些嘶哑,说话时声音不够洪亮,也不够威严,甚至还有软绵绵的味道。男人,说话时中气十足,低音深厚,中音浑厚,才能让人印象深刻,有利于提升整体形象。夏想不免替程曦学感到惋惜,按说以眼前的大师风范当前一站,确实能够给人视觉上的震撼,只是一开口就降低了形象,可见一个人想要做到形神俱备,想要达到表里如一是何等的不易!

程曦学并不知道夏想等人在场,更不清楚夏想的所思所想,为了此次演讲,他还特意请包装公司专门为他设计了形象。从穿衣到发型,到走路的姿势,一举一动,都经过了精心的准备和练习。包装公司也含蓄地说过,他的声音条件不好,声线过细,整体形象上就打了折扣,否则就能塑造成一个完美的学者形象。

程曦学不以为然,他演讲的是学问,是知识,不是卖相。

程曦学站在讲台之上,看着底下黑压压的人群,心中升起一股强烈的自豪感。

第一排是来自京城各大院校的专家学者,都是同行之中的佼佼者,能前来听他的演讲,让程曦学心中大感欣慰,有一种被认可的满足感。虽然他的泰斗名声早已经传开,但一半是炒作,一半是自封。只有今天看到几乎京城中各大院校有影响力的教授都会聚一堂,是听他演讲也好,是为他捧场也好,总之,他们在前排就座,就等于坐实了他泰斗的身份。

程曦学内心的激动难以言表。

第二排就座的是中大的院领导和系领导,以及几名在经济学领域有突出成绩的学者,表明了中大对他的肯定。

从第三排到第十排,都是京城之中经济学方面的精英,也有一些不便露面的人物混迹其中。其中不乏程曦学的后台指派来的人,也有其他行业的精英。

剩下的就全是中大学生中的精英,挑选的都是学生会的干部以及学习优秀者前来听讲。毫不夸张地说,今天在座的各位,没有一人是无名小辈,都是在同龄同行之中出类拔萃之人,庸碌之人根本就没有资格进入会堂!

程曦学踌躇满志。

“各位领导,各位来宾,各位同学,很高兴今天能够站在这里,和大家一起讨论当前经济改革中出现的一些问题。首先感谢大家的光临,也对各位领导能在百忙之中抽出时间举办这样的一个盛会,表示由衷的感谢。”程曦学先做足了表面文章,郑重地向台下鞠躬致意。

掌声过后,程曦学开始了正式的演讲:

“……当前的经济改革总体是好的,但也出现了一些偏差,在抓大放小两个方面,都各有问题。在放小方面,某些掌权者在放小时把原来的国有小企业和基层政府的乡镇企业,以很低的价格卖给自己的亲朋好友或者原来的厂长经理,实际上是半卖半送,明卖暗送,掠夺、侵吞公有财产。在抓大方面表现为,大型国企在和外资合资的过程中,表面上是引进了巨额外资,实际上被外商取得了控股权,甚至连自身的知名品牌都被冷藏被放弃,是在以短期利益换取长期的损失,是得不偿失的举动。从长远看,是对子孙后代不负责任,是极其愚蠢的短视行为。

"一九九九年以后,加快重点行业的改组和国有大型企业的改革,包括对石油、通信、铁路、电力等大型国有企业集中的行业进行重组。把行业改组和企业改革结合起来进行,大致做了三件事:政企分离;打破垄断;把企业改组成真正的公司,在海内外上市。这样现代公司制度的架子就搭起来了,市场经济运作的总框架就建立了。当然,国有企业船大难掉头,又有几十年计划经济的历史惯性,有一些重大的问题没有完全得到解决,所以提高效率和增加盈利的效果还不是太明显。而现阶段有些省份正在推行的产业结构调整,并没有解决国有企业船大难掉头的客观问题,反而一味地引进外资,或是强行进行重组改制。结果除了造成国有资产流失之外,除了让国有经济在经济之中占有的比重越来越低之外,除了让地方政府在短时间内获得所谓的 GDP 增长,让一些领导戴上了政绩的光环之外,于国于民,没有任何好处!"

尽管程曦学的声音不够洪亮,但他显然很懂得演讲的技巧,很会借势造势,先是慷慨激昂,最后一句又掷地有声。他的话引起了许多人的共鸣,现场响起一阵经久不息的掌声。

夏想暗暗摇头,作为保守派最大的代表人物,程曦学还真会偷换概念,或者说,偷梁换柱。

诚然,任何新兴事物在推广的过程中,总有或多或少的问题出现。毕竟是新兴事情,要有一个接受和适应的过程,以偏概全或以点概面都不全面。动不动就以国有资产流失来否定改制,是彻底的误导和完全的谬论。

因为夏想清楚,现在的情况是,各地所谓的国有企业不是倒闭就是破产,哪里还有国有资产可以流失?除了地皮之外,陈旧的厂房,没有技术的工人,以及不能适合市场经济的管理层,说好听一点,是有深厚的人力基础,说难听一点,就是有庞大的养老负担。几十年的政企不分,几十年的大锅饭,养了一群什么样的职工和厂长,程曦学不是不清楚,他这样是有意忽视,选择性视而不见!

站在什么样的立场说什么样的话,只要站队就会有偏见,就会有不公正的言论。

夏想心中有了主意,就静心细听程曦学还能发表什么高论。

"下面就综合谈谈当前的经济走势和我的观点……"程曦学清了清嗓子,喝了一杯茶,刚才因过于慷慨激昂而微微涨红的脸渐渐平静下来,换了一副严肃和凝重的表情，他抬起头来环视了一下众人，继续说道，"一九九七年东亚经济危机发生以后，中国也出现了经济不振、需求不足、增长乏力的问题。一九九八年又出现了物价总水平下降的状态，经济学上叫通货紧缩。一九九八到一九九九年物价指数一直是缓慢地负增长，对经济走势起了消极的影响。企业产品卖不掉，需求进一步下降，形成恶性循环。二〇〇〇年经济形势出现了变化，经济增长百分之八，投资、消费、物价情况都有了好转。但转变的深度怎样，性质是什么，中长期的趋势是什么则有不同意见。

"现在的经济形式发展势头良好是不容置疑的事实，但不可否认的是，在良好的发展之中，也有许多不和谐的声音出现。有些省份看到南方沿海一些省份的产业结构调整获得了一些成功——暂且不论这样的成功是不是真正的成功，是短期成功，还是从长远看是一种损失——就想如法炮制，就想依葫芦画瓢，也想推行产业结构调整，也想向外资要政绩，向合资要GDP。我个人也承认，引进资金对于当地的经济改善和结构调整，大有裨益。但各省之间的情况千差万别，产业结构调整也就是在岭南一带还算成功，一些内陆省份也想将沿海省份的成功复制过来，就是想当然而又不合时宜的想法，因为成功从来是不可以复制的。在想复制别人的成功的内陆省份中，燕省是第一个吃螃蟹的省份。"

夏想只是一笑置之，邹老微微摇头，而范铮和严小时都面露怒色，显然为程曦学指名道姓点出燕省而愤愤不平。

范铮和严小时都不是燕省人，但因为范睿恒是燕省省长，俨然也以燕省人自居，容不得别人说燕省半点坏话，尤其产业结构调整又是范睿恒大力支持的方针政策。

范铮和严小时对视一眼，异口同声地小声说了一句："谬论！"

范铮更是说道："一会儿我上台问他一个张口结舌！"

只听程曦学继续对燕省的产业结构调整指手画脚："严格意义上讲，燕省不能说是第一个推行产业结构调整的内陆省份，但燕省是第一个深入推广并且取得了一点小成绩的内陆省份，目前最有代表性，所以单独拿出来举例，也好和大家商榷。燕省的产业结构调整迈出的步伐并不大，先期只有两个试点城市，单城市和宝市，单城市和宝市的具体情况是……"

程曦学显然前期做足了功课，将单城市和宝市的情况分析得很到位，列举两市产业结构的弊端和经济结构中的不足时，也很有条理。夏想听了连连点头，程曦学在经济学方面确有独到之处，虽然他因为性格或是立场的原因，只挑选最偏颇的失败例子作证，但也说明他确实有犀利的眼光。

程曦学列举完单城市和宝市的情况之后，随后说道："成为试点城市之后，单城市只提了两个项目，一个是通海铁路，刚才已经详细解说了通海铁路的利弊，可以说利大于弊，值得尝试。但也只利于单城市一个市，不，只是一个单城钢厂，可以说耗资巨大而收获甚微。不客气地讲，是损有余而补不足，是一个彻头彻尾的面子工程罢了。"

　　程曦学的话引来一阵哄笑。

　　如果说前面程曦学的理论还有可取之处的话，他将通海铁路比喻成面子工程，只见单城钢厂受益，不见黄骅港码头的兴起，至此，夏想对程曦学的水平也就有了一个清醒的认识。就算程曦学是为了贬低单城市的成绩而故意说出违心之话，也可见他的品行和品格，已经降低到睁着眼睛说瞎话的地步了。

　　连邹老也听不过去，对程曦学的话嗤之以鼻："就算程曦学眼光有限，看不到因为单城钢厂的介入，会带动黄骅港口的崛起，他也应该可以清醒地认识到，燕省的中南部几市完全可以仿效单城钢厂的通海铁路模式，都在黄骅港码头为自己建立一个出海口。不用推算也可以想象得到，将会对燕省的中南几市带来什么样的机遇……可惜了，老程，近几年你的心静不下来了，心不静，如何看得远？"

　　攻击完通海铁路，程曦学又开始攻击文化旅游："单城市还新上了一个文化旅游项目，听说是燕省产业结构调整领导小组一位处长夏想的主意，听说夏想同志还很年轻，才二十七岁。二十七岁的处长不多见，可见他确实有才能。不过也正是因为年轻，二十七岁正是梦想多多的年龄，我想在座的一些研究生、博士生甚至都比他还要大。诸位研究经济多年，可以设想一下，利用成语故事带动文化旅游，在原来的赵王宫遗址之上，耗费数千万甚至上亿资金，兴建一座文化旅游城，到底是一个好高骛远的梦想，还是一个切实可行的方案？这个议题，如果当成在座各位的毕业论文，肯定可以大做文章。"

　　又是一阵笑声，笑声中有轻视，有讥笑……

　　范铮气得脸色铁青，严小时身为投资商，更是气得胸口起伏，几乎要拍案而起。邹老还好一些，毕竟年纪大了，见多识广，也压得住性子……三人都以为程曦学直接点出夏想的名字，夏想更是怒火中烧，指不定气成什么样子了。

　　不料夏想一脸淡笑，双眼直视台上的程曦学，笑道："我要感谢程教授替我扬名，想想看，在场的学姐学妹中，少说也有几十个美女，我的大名经程教授宣扬之后，说不定我还可以借机俘获几个美女的芳心。到底大小也是一个名人了，好名声坏名声不要紧，出名就行。"

　　严小时不敢相信地看了夏想一会儿，忽然抿嘴一笑："你真行，被人当成反面教材贬低一通,不以为耻,反以为荣,脸皮厚到了震古烁今的地步,佩服,实在是佩服。"

邹老也笑:"夏想不是脸皮厚,是心胸宽广,否则因为一句话就被气得暴跳如雷,如何能够沉着应对?小时,范铮,你们在这一点上,要多向夏想学习,能够做到喜怒不形于色,你们离成功也就不远了。"

一石二鸟

程曦学哪里知道被他点名的夏想,正坐在台下将他刚才的话听得一清二楚。如果他知道夏想也混在人群之中,恐怕就不会那么自信从容地演讲了。

程曦学继续说道:"文化旅游项目是否成功暂且不提,出于好心,我还是希望这个项目能够成功,否则几千万的投资打了水漂,也是国家的损失。不过我在此还是要向夏想同志的勇气表示敬意,毕竟年轻人要有梦想,要有冲劲……"虽然没有直接讽刺,他的言外之意却是对夏想毫不掩饰的轻视,将夏想的设想当成梦想,无疑是一种十分轻蔑的说法。

范铮轻轻推了夏想一把:"真有你的,被人贬低,还一点也不生气。要是我,早就拍案而起了。一会儿提问的时候,我替你还回来。"

夏想笑笑,没有说话。他心中自然也有怒气,但不能因为程曦学几句冷嘲热讽就火冒三丈,也太没有涵养了。而且他也在深思程曦学今天演讲的根本用意,本来以为他是全盘否定产业结构调整,但听他先扬后抑的论调,似乎他的态度有所松动,对产业结构调整并不是完全反对的态度,而是有限支持,个别反对。

有限支持就是支持南方已经获得了成功的几个沿海省份,个别反对就是反对以燕省为代表的内陆省份继续推广。夏想摸到了程曦学的思路,南方省份现在的经济规模以及影响力,对京城来说有点尾大不掉的意思。不能说南方省份对国家的政策做不到令行禁止,但因为各地具体情况不同,肯定有一些政策到了发达省份,出于地方保护主义的考虑或是其他原因,存在着阳奉阴违的情况。

尤其是在针对一些大型央企的垄断上面,南方省份的反对声音非常强烈,国家需要动用很大的力气才能压制。所以京城之中垄断势力的代表人物,唯恐燕省的产业结构调整获得成功之后,其他内陆省份纷纷仿效,将会进一步触及一些垄断行业的底线,到时将有可能出现不可收拾的局面。

最好的办法就是将燕省的产业结构调整政策扼杀在摇篮之中。而南方的成功不能抹杀，也没有必要抹杀，相反，可以借助南方的成功对比燕省的失败，由此得出结论，成功不可以复制。因为地理位置不同，南方各省位于沿海，有得天独厚的便利条件，燕省依葫芦画瓢，最终不过是落一个画虎不成反类犬的下场。

由此提醒内陆其他省份，不要轻易推行产业结构调整，否则不但浪费大量的人力物力，没有一点政绩，还会因此落一个惨败的结局。程曦学的目的有两个，一是打击和棒杀燕省的产业结构调整，二是借此演讲传达一个强有力的信号，就是京城中有人并不赞成内陆省份也全面推广产业结构调整。

一箭双雕！

夏想经过一番分析猜出了程曦学的用心，不由心中一寒，比起全面否定产业结构调整，程曦学分别对待的做法更有欺骗性，也更容易让人接受。南方省份的发达是因为位居沿海，交通便利，北方及内陆省份就没有产业结构调整方面的优势。因为处于内陆，没有天然的优势，所以成功的可能性极低，风险也极大，尝试不如不尝试。

程曦学的打算就是，要给其他等着看燕省成功与否再决定是否推广产业结构调整的内陆省份打退堂鼓！

果然，程曦学点评完单城市的改制之后，又开始针对宝市的产业结构调整，指点江山。

"宝市自从成为试点城市之后，迄今为止只成就了一项合资和一项投资。万里汽车厂的投资大概算是一个成功的案例，最引人注目的却是达富和柯达的合资，还曾经轰动一时……"程曦学说话间又翻了翻演讲稿，好像才发现什么似的，笑着补充了一句，"对了，忘记了还有一个茂盛酱菜厂，不过投资金额太小了，才几百万的投资，如果也算到产业结构调整的功劳里面，有点拿不出手。可不是我故意漏掉，而是不好意思提出来罢了。"

程曦学明是说笑，暗是讽刺，真有他的，拿别人的成绩当成笑料来制造轻松气氛……显然，他的意图达到了，现场发出一片轻笑之声。

等众人笑完，程曦学才接着向下说：

"其实柯达和达富的合资，早在产业结构调整推行之前，就已经进行了一年多艰苦的谈判，出于种种原因，谈判一直没有成功。夏想——不好意思再次提到了年轻的梦想人物夏处长，他实在是其中的一个关键人物，不得不提，并非我个人对他有意见。平心而论，他还是一个很不错的年轻人。跑题了，回到正题，夏想同志主导了此次谈判，将达富百分之四十的股份卖出了十亿美元的高价，并且说服柯达额外追加五亿美元资金来宝市投资一个数码相机的研究室。

388

据说后继还要增加投资,要生产数码相机。数码相机是不是有市场前景,不在此次演讲的讨论范围之内,我只想就此合资的利弊和大家探讨一二,就说引进了十五亿美元的巨资,到底是不是一笔划算的生意?

"肯定会有人要问,有投资不是成功吗? 不对,要看投资的附加条款,以及投资双方是不是都达到了各自的目的。更重要的是,要看是不是我们将辛苦几十年建立的胶片基地,被柯达用十五亿美元就完全据为己有! 在座的诸位应该都清楚,彩色胶卷技术看似平常,实际上世界上只有三个国家掌握这种技术,中国就是其中之一,而达富又是掌握此项技术最先进的厂家。现今和柯达合资,是不是可以说,彩色胶卷技术被柯达只用十五亿美元就买到了手中? 也就是说,只要柯达下一步再追加投资,只要达富见钱眼开妥协的话,一旦柯达控股,那么达富将会成为美国的达富,中国就可以从世界上三个掌控彩色胶卷技术的国家之中被除名了! "

"轰——"

现场一片议论之声。

"十五亿美元就出卖了达富的品牌,简直是卖国行径! "

"夏想是什么人,怎么会做出这样无耻的事情? 简直就是民族败类! "

"汉奸! "

"是被柯达收买了吧?怎么能做出这样的短视行为,燕省难道没人了?怎么能让一个二十七岁的处级干部主导产业结构调整?怪不得没有什么成绩出来,夏想不是好大喜功就是一个不学无术的腐败官僚! "

夏想一脸苦笑,得,程曦学成功地将众人的怒火引到了他身上,他何其不幸? 辛苦工作不但没有得到回报,先是被人设计陷害,现在又被程曦学树成了靶子让众人口诛笔伐,夏想哭笑不得。

当然,夏想心中也是怒气渐生。程曦学可以就事论事,可以指责产业结构调整的弊端,但对他进行人身攻击就不对了,有失身份。不过再一想其实程曦学也并没有刻意对他攻击,程曦学的聪明之处就在于,让大家都对某一件事情深恶痛绝,同时又含蓄地点明,事情是由他主导而成。

自然而然,他就成了众人发泄怒气的对象。

不止夏想怒气难平,邹儒也动了肝火,他低声对夏想、范铮和严小时三人说道:"等一下提问的时候,看我不和程曦学辩论辩论! 一定让他下不来台! 太过分了,他明知道夏想是我的学生,还敢胡言乱语,难道是觉得我邹儒好欺负? "

范铮和严小时一齐说道:"我们师徒四人一起上阵,一定可以把程曦学反驳得落花流水。”

程曦学见他完全掌握了局势，虽然表面上一脸镇静，假装他公正无私，并非刻意针对夏想本人，但见成功地将火烧到了夏想身上，还是有点沾沾自喜。心想，对不起了夏想同志，不是非要贬低你，谁让你是燕省产业结构调整的第一人，不打压你又打压谁？

程曦学稳定了一下情绪，对今天的演讲充满了信心，他继续进行演讲：“在我看来，产业结构调整并不一定是要针对新兴的项目，或是高精企业的合资。将老旧的国企盘活，将落后的国企救活并且推向市场，才是正道。比如单城市有倒闭破产的棉纺厂，有半死不活的将台酒厂，还有一个垂死挣扎的复印机厂，都可以借产业结构调整的东风，展翅高飞，为什么在高瞻远瞩的领导们眼中，产业结构调整的春风就度不了他们的玉门关？”

“宝市也有许多零散的太阳能光伏产品生产厂家，如果能将他们化零为整，作为未来的清洁能源，大力推广太阳能产品，不但能够带来经济效益，也有更大的社会效益，是一件利国利民的大好事，为什么没有人推广，或是从中牵线搭桥为他们引进外资？而偏偏去做空中楼阁的文化旅游项目，偏偏去投资一个酱菜厂，个中原因就非常耐人寻味了……”程曦学有意引导别人去猜疑，朝不好的方向去联想，不明说，但还是有意去误导，煽动别人对夏想产生不好的印象。如此举动在夏想几人看来，确实有点其心可诛了。

随后，程曦学就此做了总结性发言：“产业结构调整是好事，但也有巨大的局限性，而且在现阶段只适合在南方沿海的发达省份试点推广，并不适合在国内大范围地展开。内陆省份因为自身的地域局限性和观念认识上的保守，在推广产业结构调整的过程之中，只知其一不知其二。而且个别主导者由于自身素质和能力的原因，或是出于不可告人的目的，假借产业结构调整的推广大行其道，实际上是在加剧国有资产的流失，毁掉原有的知名品牌，只拿一些并不能产生真正的效益的虚假项目来取得表面的政绩，为自己谋取升迁的资本……我的观点是，产业结构调整政策应该慎之又慎，不宜再在内陆省份继续推广！”

掌声，经久不息的雷鸣般的掌声！

夏想也附和着鼓掌，不是为程曦学演讲的精彩，是为他偷换概念，成功地蒙骗了大多数人的骗技而鼓掌。程曦学如果生在乱世，当为一代枭雄。他既有才学又有口才，还有利用学问鼓动和蒙骗别人的本领，可以说具备一个枭雄应该具备的全部素质。

如果程曦学从政，将是一个极难对付的既有表面文章又有真实本领的对手。历来理念上的分歧最难握手言和，想当初他和邱绪峰因为立场不同而有了政治上的斗争，最终也能摒弃前嫌，成为好友。但夏想清楚，他和程曦学之间没有握手言和的可能，理论上的争执，谁也不能完全说服对方，所以只能拿事实说话，看谁能够笑到最后。

范铮根本没有为程曦学起立，更没有给他鼓掌，一脸铁青地坐着不动。严小时还算有点礼貌，总算站了起来，不过也没有鼓掌。四人之中，只有夏想和邹儒不但起身，还面带微笑地鼓掌，脸上流露出笑意，好像是真心赞同程曦学的理论一样。

其实夏想和邹老一样，都对程曦学的片面之词不以为然。

程曦学面带微笑——胜利而满意的微笑，朝台下鞠躬。他的目光落在了第五排中间的两个人身上，一人五十开外，微胖，圆脸大眼浓眉，目光非常犀利；另一个四十五岁左右，瘦长脸，头发稀少，嘴大鼻宽，眼神柔和。见他们微笑着点头，程曦学心中大定，知道如果得到了他们的认同，今天的演讲就算是获得了圆满的成功。

二人之中，微胖之人名骆林开，瘦脸之人名吴林森，是他身后之人智囊团中的核心人物。程曦学目前只是经济顾问，而且是外围的经济顾问，还没有走进核心层。他清楚得很，就算他成为核心层的经济顾问，也比不上眼前二人的地位，因为他们是智囊团中的核心人物。

今天的演讲，一为造势，二为讨好骆林开和吴林森二人，以便二人今后多为他美言几句。

程曦学得到了二人的肯定，高兴异常，演讲环节已经结束，接下来就进入到提问环节。他抬手看表，还有一个多小时的时间，足够再来一场热烈的讨论，就对台下说道："诸位来宾，诸位领导，诸位专家教授，诸位同学，下面进入讨论阶段，大家有任何问题都可以提出来，我尽我所能和大家一起探讨，谢谢。"

第一排就座的是一位来自北大的教授，名叫柳俊，他首先发言说道："程教授，您的理论部分讲得非常精彩，有见解，不过后面举的例子就有些不太恰当了，有值得商榷的地方……"

程曦学一脸浅笑，问道："柳教授学识渊博，在国有经济的理论研究方面一直颇有建树，您的问题一定非常深刻，我洗耳恭听。"

程曦学的姿态放得很低，仿佛越是如此，越能显出他的大师风范。

柳俊和程曦学尽管不是很熟，但对他的理论也研究了不少，算得上神交已久。柳俊以为程曦学文如其人，是个直爽之人，就直言不讳地说道："产业结构调整既然能在南方省份获得成功，那么也一定可以在内陆省份获得成功，难道还有南橘北枳一说？照您的说法，岂非表明国家政策也有水土不服的论调？再说您所举的几个例子，一叶障目不见泰山，有点失之偏颇了。"

程曦学被柳俊在众目睽睽之下，直接指出他观点偏颇，不免有些不满，不过还是努力表现出谦逊的样子，说道："愿闻其详。"

柳俊见程曦学态度端正，以为他真是谦恭之人，就不客气地说了起来："程教授只从单城市和宝市几个改制的事例，就得出了在内陆省份不可推广产业结构调整的结论，未免仓促。而且明明几个例子都有可取之处，却被您断章取义解读为失败，也是对大家的一种误导。其实在我看来，单城市的通海铁路和文化旅游，以及宝市的柯达合资、酱菜改制，不管拿到哪里，都是值得称道的成功案例，怎么在您的口中，就成了失败的代名词，就成了空中楼阁？而且您身为堂堂的教授，多次点明夏想这个小同志在领导小组所起的作用，还有意误导大家对他心生不满。我倒想问问您，您和夏想是不是有什么过节儿？"

柳俊说话的声音不大，而且语速不快，慢条斯理地一字一句说出，却如一枚重磅炸弹，顿时激了无数浪花！

↗ 12 智取四局,定乾坤

夏想尽管心中也是怒火中烧,但还是压下了冲出去和张杨理论一番的冲动,时机不到,现在上去达不到他想要的效果。他小声对邹儒说道:"邹老息怒,现在还不该您出面,还没有到关键时候。您应该在最危急的时候出面,才能起到力挽狂澜的效果,现在范铮已经上去了……"

针锋相对

程曦学脸色不太好看,神情变化几次,还是强行压下心中的怒气,说道:"柳教授的说法也不无道理,真理不辩不明,我是欢迎任何形式的讨论的。但就夏想问题的指责,我想柳教授有点误会,我对夏想并没有任何形式的人身攻击,只是就事论事。毕竟他是领导小组的主导人物,而且单城市和宝市几大项目,都是他一手促成的,他在其中所起的作用无人可以替代。特意点他的名,也不是因为我和他有什么过节儿,相反,我和夏想倒还有过一面之缘,对他也是印象深刻……"

确实是印象深刻,已经在报纸上你来我往数次了,就差当面论战了,不印象深刻才怪? 夏想看到程曦学在台上虚伪的表演,心中不无鄙夷地想,如果仅仅听他前面的演讲,还能把他当成一个经济学家看待,但到了后半部分,就完全沦落成了一个打手——幕后人物用来打击燕省产业结构调整政策的打手。他之所以对自己冷嘲热讽,无非是和崔向一样的心思,让自己成为千夫所指的人物,让自己不堪压力而败退……

只不过崔向采取的是政治手段,而程曦学所用的是舆论手段,殊途同归,目的就是要让自己全面溃败,由此引发连锁反应,最后导致燕省产业结构调整的失败。

柳俊也不是寻常人物,对燕省的产业结构调整一直非常关注,听程曦学还强词夺理,就不悦地说道:"单城市文化旅游项目很有创意,以后是不是大获成功现在断言为时尚早,程教授何必现在就急着得出结论,说是空中楼阁? 宝市的达富合资,柯达不但投入了巨资,为达富的进一步发展提供了资金上的支持,而且还成立了数码相机研究室,相当于为国家引进了先进技术,可以说是一个了不起的成功案例。在我看来,这些案例可以列入各大院校的经济学教材之中,夏想同志能为国家作出这么大的贡献,他是一个好同志……"

程曦学还没有开口,就有一个年轻的女学生二话不说来到台前,先是冲台下鞠了一个躬,然后大大方方地拿过话筒,说道:"各位领导,各位来宾,各位同学,我叫楚然,是程教授的研究生。本来我上台是非常不礼貌的行为,但因为柳教授无端指责程教授,我为了维护导师的尊严,就想当面向柳教授请教一番。不知道柳教授是不是愿意和我这个后生小辈,当着大家的面,说个明白? "

夏想也是头一次见识如楚然一样聪明并且懂得抓住时机的女人,眼前的机会可以说是出名的大好时机。如果辩论得好,可以一举成名,在各大院校领导的心中,留下深刻的印象。当然,如果当众被人问得哑口无言,下不了台的话,说不定也会无法收场。

赌的就是勇气和信心。

楚然长得还算不错,身材苗条,当前一站,也算是中等以上的姿色。不过她的眼神有些急切,说话时有种咄咄逼人的气势,与校园中喜欢参加辩论的选手参加辩论赛的表情类似,无形中让她降低了一个层次。

柳俊看了楚然一眼,想了想,笑了:"楚同学有话尽管说,闻道有先后,术业有专攻,真理面前人人平等。"

楚然开口之前还不忘回头看了程曦学一眼,向程曦学请示。

程曦学知道楚然也有借此机会出名的意图,但也明白楚然能说会道,尤其是说话时喜欢用咄咄逼人的口气。让她出面气气柳俊也是好事,他可以坐享其成。楚然败了,没什么好可惜的;楚然胜了,柳俊没了面子,他也是面上有光,毕竟是他的学生辩论胜利。

程曦学点头一笑:"柳教授是一流的学者,要对他有足够的尊重,不能信口开河,要向他请教,而不是辩论。"他不忘借敲打楚然的话来显示他提携后进、尊敬同道的品行。

楚然得到程曦学的同意,就回过头来,脸上流露出淡淡的笑容,不过笑容之中,却暗藏一丝杀气。

"请问柳教授,单城市的通海铁路和文化旅游项目,有何成功之处?有没有其他地市可以借鉴的经验?是不是可以成为全国推广的经验案例?宝市的柯达投资又有没有普遍意义?而且据我所知,酱菜厂是一家百年老店,只此一家别无分店,就算再成功,也不可能成为一种模式进行大范围推广,对于产业结构调整的战略来说,没有推广价值的成功就不算成功!产业结构调整政策,作为一种要面向全省乃至国内其他省份大范围推广的政策,必须要有广泛的适用性,要有可借鉴性。可惜的是,单城市和宝市的成功,都不具备这种特性,所以程教授得出的结论是完全正确的。至少目前从燕省推广产业结构调整的效果可以看出,产业结构调整政策不适合在其他省份全面推广。"

夏想离得较远,看不清楚然的表情,但从她快语如珠的发问以及气势逼人的语气之中可以看出,楚然不仅仅是程曦学的一个普通学生那么简单。对于产业结构调整政策,对于单城市和宝市已经取得成就的改制项目,她都有过系统研究。

恐怕她是程曦学的一颗棋子,是冲锋陷阵的马前卒。

柳俊没想到楚然能提出如此尖锐的问题,而且自问自答,不等他反驳就先得出了结论,听起来好像是他在辩论之中已经落败一样,不由十分不快地说道:"楚然同学,你说话太快了,我还没有提出不同的观点,你就自说自话,得出了你自己认为完全正确的结论,你这不是向我请教问题,是给我上课了……"

柳俊的话引来了一阵笑声。

楚然也挺有城府,脸不红,心不跳,不动声色地问道:"那么请问柳教授,我刚才的问题,您如何作答?"

楚然说话的时候,双眼如雾,紧抿嘴唇,被台上明亮的灯光一照,所谓灯下看美人,反而又为她增添了不少娇憨之色。她身穿浅蓝色紧身牛仔裤,双腿并拢,笔直而优美。上身穿一件束腰薄衫,下摆盖过臀部,更显出臀部的丰满和细腰的柔软。再加上她微抿的嘴唇性感而俏皮,不说话时又是一副楚楚可怜的模样,现场之中又有不少是年轻人,楚然的漂亮,就吸引了不少的眼光。

在激情有余理性不足的大学生眼中,美女就是正确的代名词,所以尽管柳俊身为北大的知名教授,也不及楚然当前一站的诱人风姿,底下甚至有人喊道:"楚然,我们支持你。"

"楚然,好样的,就是要敢于挑战权威!"

"楚然加油!楚然加油!"

楚然心中得意,知道她的冒险出手有了回报。因为她知道,不管柳教授能不能说服她,不管她和柳教授之间谁胜谁负,她都已经胜了。

柳俊也意识到上当了,程曦学果然好手段,不直接和别人正面交锋,而是搬出一个美女大学生上台,借美女的杀伤力,转移大家的注意力和视线。不管谁和美女辩论,胜之不武,败之丢人。而他以教授的身份和程曦学的学生辩论,赢了,是理所当然;输了,不但面上无光,传了出去,反而让程曦学的名声更上一层楼。

　　柳俊辩论不过程曦学的学生,当然更不是程曦学的对手了——是真是假无人去追究,大家只信传闻。

　　柳俊才明白过来程曦学的计谋,不由后悔,但现在骑虎难下,他又没带学生过来,微一思忖,只好硬着头皮要开口。突然听到一阵由远及近的脚步声响起,声音来到他的身边停边,一个人轻柔地说道:"柳教授,邹老让我向您问好。邹老说,如果您不介意,就由我代您和楚然同学讨论讨论,不知您有没有意见?"

　　柳俊扭头一看,映入眼帘的是一张如花似玉的笑脸。他微一定神,才想起她口中的邹老指的是邹儒,不由一愣,忙问:"你是邹儒的学生?"

　　"正是,我叫严小时,刚刚拜邹老为师。邹老在后面就座,暂时不便露面,他向您支持产业结构调整的正确见解致敬,并说由您出面和一个晚辈辩论有失身份,就由我代劳,不知道您是不是愿意?"

　　怎么不愿意?柳俊正求之不得,他点头说道:"这么说就先感谢邹儒了,也麻烦你了,小时同学,我一会儿就介绍说你是我新收的学生好了……"

　　包括程曦学在内的众人见突然从后面来了一人,和柳俊低头窃窃私语,都不知道发生了什么事情,一时间都一脸惊讶。

　　柳俊也没有让众人多等,朗朗一笑说道:"正好我也新收一个学生严小时,就由她出面和楚然同学讨论讨论,怎么样?"

　　柳俊对邹儒出面帮他解围心生感激,对严小时也是大有好感。

　　其实想出让严小时出面的人可不是邹儒,邹儒才没有这份随机应变之心,不用说,出主意的人是夏想。

　　程曦学虽然听过严小时的名字,但并未见过她本人,也对严小时的名字印象不深刻,再加上今天既兴奋又谨慎,他就没有将严小时和《燕省日报》的三剑客联想在一起。因为他做梦也没有想到,夏想就在台下,将他的一举一动都尽收眼底!

　　程曦学找不到拒绝的理由,就说:"好,当然好,我们也来听听年轻一代是如何评价现在的产业结构调整的。二位同学,请……"

　　严小时刚才在第一排俯身和柳俊说话,等她笑吟吟地走到台前,站立在楚然身前之时,灯光一照,严小时的真容就一览无余地展现在所有人面前。

一瞬间,所有人都觉得眼前一亮,仿佛灯光一下提高了不少亮度,整个会堂都格外明亮起来。严小时一身长裙,如一朵香远益清的菊花,盈盈浅笑,淡淡清雅,长裙曳地,长发飘逸。她是标准的瓜子脸,配合她苗条而秀美的身材,所有人不禁由衷地感叹,亭亭玉立的古典之美一向只在古代诗词中能寻到,没想到也有亲眼目睹的一天!

严小时只一亮相,就引来现场一阵"嗡嗡"的议论之声,夏想和范铮身后坐的都是学生,就听到了他们七嘴八舌的议论。

"哪来的美女?太漂亮了。"

"天啊,我的梦中情人终于出现了,我还以为今生今世再也见不到我梦寐以求的美女了,没想到,原来世界上还真有让我一见钟情的女子!"

……

范铮小声对夏想说:"小时确实挺漂亮,当年她上大学时,也被称为武大一枝花。幸亏现在不是古代了,否则她非得嫁给我不可。"

夏想瞪了范铮一眼:"多想点正事,程曦学竭力打击我们燕省的产业结构调整政策,一会儿你也得上阵和他对战一番。"

范铮立刻收起笑容,一脸凝重地点了点头。

程曦学也被严小时的漂亮震惊了片刻,随后想到,难道柳俊也和他想到一块儿了?不会吧,柳俊只是一个死做学问的人,他怎么会有这么漂亮的手段?

不容程曦学多想,严小时和楚然之间的辩论已经正式开始。

严小时先是礼貌地向楚然问了好,然后就刚才楚然的问题逐一反驳:"单城市的通海铁路和文化旅游的成功之处就在于创意,创意是开创前人所想不到之先河,暂且不说以后成功与否,因为未来的事情没有讨论的必要……依你所说,没有其他地市可以借鉴的经验,就不能作为案例向全国推广,这样的说法显然太想当然,也太学院派了。世界上所有的成功都是独一无二的,不管是美国模式还是日本模式,还是我国的社会主义事业。按照你的观点,社会主义就不能作为全球推广的范例,因为世界上大部分国家是资本主义国家,社会主义的道路就没有坚持的必要了?"

严小时的反击犀利而致命,只一开口,就让楚然哑口无言!

楚然先是被严小时的美丽所震惊,在她面前不禁有自惭形秽的想法,还没从震惊中清醒过来,就被她的反问给问住,顿时愣在当场,无言以对!

没想到严小时表面上是一副娇羞的样子,说话时声音也柔软无力,但言词却是句句诛心,压得楚然喘不过气来。

过了半晌,楚然才清醒过来,不由恼羞成怒地说道:"好,你先扣了一顶大帽子,摆明是把话给堵死,不让人反驳。那我再问你,宝市的达富合资和所谓的酱菜厂改制,又是怎么一回事?正如程教授所说,单城市和宝市都有许多老旧的国企可以改制,可以引进资金盘活,为什么只投资文化旅游项目,只投资酱菜厂?是有意为之,还是有什么内幕?"

此话一出,底下一片喝倒彩的声音。显然,楚然情急之下犯了一个严重的错误,她想学程曦学转移视线进行人身攻击,想利用所有人对贪官的痛恨心理,将火烧到夏想身上,但明显技术不够娴熟,引祸东流的本事不过关,才激起了底下听众的不满。

严小时最是痛恨刚才程曦学对夏想的横加指责,现在楚然也想将夏想解读成贪官形象,心中更是气愤难平,她冷笑一声说道:"楚同学不要激动,更不要胡乱猜测妄加指责。燕省的产业结构调整政策是由省委省政府联合出台,在省委省政府的大力支持之下,有统筹规划和精心安排,轮不到外人,尤其是只会纸上谈兵的一些人指手画脚。产业结构有合理和不合理两种,进行调整的目的就是将不合理的合理化,但有些老旧的国企,积习难改,就如一件破旧不堪没有修补价值的瓷器,是花巨额资金做无谓的表面工作,还是就地取材重新烧制一件新瓷器?换了你,你也会打破旧瓷器再买新瓷器,为什么?因为产业结构调整就是要改变一些陈旧落后的观念,就是要淘汰落后的机制,建立新型的竞争机制,就是要打破垄断,还市场一个公正。试问,当一件旧衣服衣不遮体之时,你是勉强穿在身上,还是扔掉再换一件新衣服?"

"好,说得好!"

"比喻得太恰当了,美女好样的,我们支持你!"

现场一片欢腾,都为严小时的精彩比喻喝彩。

决战第一局——火冒三丈

夏想暗笑,严小时真够坏的,最后用一件旧衣服来问难楚然,还说出了衣不遮体的话,就是故意要让在场的众人浮想联翩,就是要让大家起哄。带动现场气氛也是一种战略,让大家的士气为自己所用,也能给对方带来巨大的威压。

不管是不是暗中采用了一些小手段,目的达到了,就获得了想要的效果。严小时首先在外表上赢得了底下大部分男生的好感,其次她也确实伶牙俐齿,两个回合下来,反驳得楚然没有还手之力。而楚然在慌乱之下,再次出错,就奠定了她惨败的局面。

楚然自然不甘心被突然杀出的严小时打败，她精心设计的出名大计眼见就要付之东流，成为众人眼中的笑柄，不由气急败坏地说道："你说我只会纸上谈兵，你又懂什么？你还不是一样只会纸上谈兵？有本事详细说说宝市的柯达投资有什么成功之处？酱菜厂的改制又有什么值得推广的经验？哼，有真实的数据才能让人信服！"

楚然如此说，就有耍赖的性质了，因为严小时对外声称的身份只是柳俊的学生。她不过是一个学生，哪里能够接触到厂家的保密数据？楚然的质问就是无理取闹。

程曦学却假装不知道楚然在耍赖，反而也一脸好奇地问道："就是，严同学请列举一下详细数据，也好作为参考。"

程曦学的笑容落在夏想眼中，就是虚伪之极的表现了。

程曦学自然比楚然更清楚，严小时不会知道厂家在改制前后的具体销售数据，他却故意有此一问，就是成心刁难了。显然，他为了目的已经开始不择手段了。也是，程曦学没有意识到严小时会意外出现，不但在相貌上比楚然更胜一筹，在口才上也比楚然更犀利，几个回合下来，竟然打得楚然完败！

面对楚然和程曦学二人的共同反击，严小时强作镇静，内心却闪过一丝慌乱。她当然不可能知道具体数据，但也不能直接开口说我不知道，会让众人笑话。尽管严小时也知道程曦学是故意刁难，但要处理得当才能走出眼前的困境。

正思索之时，只听柳俊朗声说道："程教授说笑了，辩论本来就是纸上谈兵，用事实说话也只是列举事实，可不是对比数据。如果真要对比数据，就得请更加专业的人士来为我们上课了。理论研究只是提供一种推测和可能，永远不能作为实际生活的准则，只能当成一个参考。虽然我也从事理论研究工作，实际上我最佩服的人，还是在生活中用实际行动具体执行的执行者。对于你根据理论研究得出的产业结构调整在内陆省份不可行的结论，我不赞成。"

柳俊的一番话等于当面给了程曦学一个大大的难堪，程曦学脸色微微一变，心中十分不快。俗话说打人不打脸，在演讲会上当众指责他的理论，等于是公开和他唱反调。

也不怪柳俊不给程曦学面子，实在是程曦学利用楚然出面的事件太精明过人。刚才楚然不依不饶的态度太咄咄逼人，而程曦学不但不指责楚然无理取闹，反而还亲自出面对付严小时，让柳俊对程曦学的品行看低了三分。最终他一气之下，就当面对程曦学的理论给予否定。

程曦学微微一愣，柳俊的发言代表的并不仅仅是他个人，而是北大的态度，等于说今天请来的几大院校的教授之中，已经有人明确地发出了反对的声音。程曦学想象之中的一团和气全数支持的局面没有出现，都怪严小时节外生枝。如果不是她意外出现，以柳俊的性格，和楚然辩论几句之后，随便找个台阶一下，大家都相安无事，一派皆大欢喜的景象该有多好！

可恨，可恶！

程曦学愣了足足有几秒钟才清醒过来，随即又笑了："世界上本来就没有放之四海而皆准的理论，柳教授有不同意见，我虚心接受，还请柳教授继续发言，我们就产业结构调整是否可以在内陆省份全面推广继续讨论。正好目前燕省是国内内陆省份之中最坚定地推行产业结构调整的省份，也有了一点成绩，而且离京城最近，容易得出翔实的结论。所以我们接下来可以就燕省现阶段取得的成绩进行讨论……"

柳俊无所谓地一挥手，说道："文化旅游的项目，从大的方面来讲，是弘扬中华民族的传统文化，从小的方面来讲，是寓教于乐，不比一些地方政府为了增加知名度，胡编乱造一些神话传说来给脸上贴金更有实际意义？单城市是成语之乡，而我国一半以上的成语形成在春秋战国时期。现在民族文化流失，许多大学生拼命学外文，却对自己祖先的事迹一无所知，这种状况不得不让人痛心。我们辛辛苦苦十几年培养出来一个英文专业的毕业生，如果把他放到美国，他除了会和人说话之外，还有什么专业的技能？所以我说，文化旅游，是一件利国利民的大好事，值得推广。一个国家的综合实力，排在第一的不是 GDP；在现实社会中，一个人值不值得尊敬，不是看他有没有钱，而是看有没有人品，有没有文化。国家也是一样，有文化有品格的国家，才有前途和未来！"

严小时向柳俊投去了感激的目光，不仅仅为他替自己解了围，也为他对文化旅游项目的肯定，因为她就是文化旅游的投资商！

柳俊的一番讲话引起了不少人的共鸣，现场响起了热烈的掌声。

楚然已经恢复了平静，又加入到了辩论中，说道："柳教授的话确实发人深省，但今天的议题是讨论产业结构调整是否在内陆省份具有全面推广的可行性，不是讨论中国的传统文化。暂时就文化旅游项目算是一次成功的尝试，我想再请教一下柳教授，通海铁路耗资巨大，除了对单城钢厂有利之外，对于沿线的城市都没有多少好处，是不是可以算成一次劳民伤财、损人利己的举动？"

"对，不仅通海铁路看不出有太多的现实意义和可借鉴之处，就连柯达的投资从长远看，也是一次以长期利益换取眼前利益的短视行为，还有酱菜厂的改制,更是一个笑话!"一个人边走边说,从台下来到台前,站在了楚然的身边。

来人三十岁左右,英气逼人,一身西装,国字脸,大眼,应该说是一个标准的美男子,唯一遗憾的是,他的眉毛很淡。如果再长一副浓眉,就拥有了十分迷人的男人气质。

他彬彬有礼地朝台下鞠了一躬,自我介绍说道:"我叫张杨,中大在读的博士,是程老的学生。"

张杨、楚然并肩而立,犹如一对玉人,不管是相貌还是气质,都是上等之姿,又引来下面一阵议论之声。不过这一次,吸引的都是女生的目光。

张杨自我介绍完毕,继续说道:"我敢断言,两年之后,最多三年,柯达就会取得控股权,达富将会丧失原有的品牌优势,十几年的国内知名品牌就会毁于一旦,从此达富将会沦为柯达的附庸和加工厂。至于五亿美元的数码相机研究室,纯粹就是摆设,不过是掩人耳目的伎俩罢了。到底是柯达太聪明,还是我们的谈判人员太愚蠢,就不得而知了,听说作为主导谈判的夏想只是一个本科毕业生? 也难怪,连研究生的学历也没有,还想和美国人打交道,不出意料的话,他肯定被美国人耍得团团转。当然,也不排除他明知是陷阱还要跳进去的可能,毕竟损失的是国家,得了实惠的是个人! 还有酱菜厂的例子,根本就不值一提,不登大雅之堂,还是不要说了。"

邹儒气得差点拍案而起,却被夏想一把拉住。

夏想尽管心中也是怒火中烧,但还是压下了冲出去和张杨理论一番的冲动,时机不到,现在上去达不到他想要的效果。他小声对邹儒说道:"邹老息怒,现在还不该您出面,还没有到关键时候。您应该在最危急的时候出面,才能起到力挽狂澜的效果,现在范铮已经上去了……"

范铮是范睿恒的儿子,自然不能容忍别人对燕省指手画脚。他还是酱菜厂的投资商,被张杨贬低得一无是处,当然无比恼火,当即挺身而出,大步流星来到台前,和严小时站在了一起。

范铮最大的优势就是人长得帅气,而且举止之中还有一股玩世不恭的气质。他从小生活在优越的环境之中,打记事起老爸就是政府官员,可以说他是伴随着范睿恒步步高升成长起来的,见多了高官权贵,眼界之高,见识之广,不是一个普通人家出身的人所能相比的。所以,他的一举一动都透露出一股自信和傲然。

尤其是他在盛怒之下,刻意流露出高人一等的气势来,一出场,就在气势上压了张杨一头。张杨别说是一名博士,就是博士生导师,也只是普通家庭出身,没有经历过高官之家的权势熏陶,哪里有范铮盛气凌人的气势?猛然被范铮的出场镇住，几乎惊讶得说不出话来！

范铮也是一身西装，张杨的西装价值千元左右，而他一身国外名牌，价值上千美元，相比之下，高下立现。加上范铮不次于张杨的帅气，还有他嘴角挂着的一丝坏笑，立刻引起了在场女生的追捧，台下惊呼之声不断。

范铮不理会台下女生的惊呼，而是冷冷地打量了张杨一眼，说道："听你刚才大放厥词，说得好像头头是道，实际上却是狗屁不通。你懂什么叫数码相机研究室？你有没有仔细研究过夏想和柯达谈判的全过程？你知不知道外经贸部还曾邀请夏想前去座谈，向外经贸部的专家讲述他的谈判经历？你知不知道连柯达的总裁史密斯先生也非常佩服夏想的商业眼光和口才？夏想是本科学历不假，你又知不知道他现在是邹儒先生的得意弟子，不久就会取得研究生学历？你还知不知道学历就算高到天上，如果不能为社会作出贡献，不能转化为实际的生产力，也只不过是最高级的纸上谈兵，是最不实际的空中楼阁？"

一口气说出心中的怒气，范铮意犹未尽，又想起张杨对酱菜厂的指责，更是火冒三丈："更可笑的是，你根本不懂什么叫改制，什么叫产业结构调整，就妄加评论！你无知不是你的过错，你把无知暴露在大庭广众之下，让所有人都被你的无知愚弄，就是你的过错了。就像你长着一双臭脚不是你的错，可是你非要在人前脱鞋用臭气来熏大家，就是你人品不正了！我告诉你张杨，柯达的谈判我不想和你争论，因为我没有亲身参加，不了解详情，没有资格评头论足。我不像你，脸厚心黑，不懂装懂，以为拿了博士学位就一通百通了。世界上那么多博士，你是我见过的脸皮最厚学问最浅的一个。关于酱菜厂的改制，我有话要说，而且还要明白无误地告诉你一个事实——用数据告诉你事实！"

张杨被范铮骂了个狗血喷头，想要还口，张了张嘴，却说不出一句话来。他还被范铮的气势逼得退了两步，险些没有站稳，幸亏楚然在旁边伸手扶了他一把……

不等张杨喘口气，范铮的怒火伴随着酱菜厂改制的事实又如洪水一样汹涌而出。

"宝市茂盛酱菜厂在没有改制之前，年销售额一千多万，产品单一，职工月收入五百元。通过夏想的改制思路，引进了六百万的投资之后，经过一系列的推广和产品的拓展，三个月后，茂盛酱菜厂销售额就突破了一千万大关，职工月收入超过八百元。据保守估计，全年的销售额有望突破两千五百万大关，到年底，所有职工月收入都将达到一千二百元，个别高级技师能达到两千元以上。按照目前的发展势头和市场反应，明年产值超过四千万也不是没有可能。请问张博士，你读了几十年的书，现在一个月能挣多少钱？你现在是博士学历

402

了,为国家作出了多大的贡献? 有没有本科学历的夏想同志为国家作出的贡献的百分之一? 如果你还不信,我个人出钱资助你亲自到茂盛酱菜厂走一趟,你到了厂里之后,走在工厂里大喊一声'我是博士',看有没有人理你? 然后你再大喊一声'我是夏想',看有多少老工人过来握住你的手,感激得热泪盈眶? ”

“同志们……”范铮转过身来,面向台下所有人,一脸坚定,慷慨激昂地说道,“当我们在这里高谈阔论之时, 当我们还在讨论产业结构调整是不是可行之时,燕省的产业结构调整正在改变着千千万万老百姓的生活,为他们带来希望,为他们带来改变,为他们带来幸福! 我们常常挂在嘴边的'为民请命,为人民服务'具体指的是什么? 不是我们又发表了什么高深的理论,不是我们又出版了几本著作,也不是我们又发表了什么热情洋溢的讲话,而是那些切切实实为百姓谋福利,为百姓的利益着想,并且为他们真正做出了实事的人! ”

范铮说完,“啪”的一声十分庄严地立正,然后郑重地朝台下深深鞠了一躬!

沉默,长达十秒钟的沉默!

“好,说得太好了! ”不知是谁突然高喊了一句,顿时台下响起一阵雷鸣般的欢呼,口哨声、叫好声、欢呼声还有起哄声,响成一团。

群情沸腾!

范铮第一次享受人前的欢呼,强压住心中激动,他一脸坚毅,紧闭嘴唇,目光坚定地看了程曦学一眼。

程曦学脸色有些苍白,事情发生得太突然,范铮说话又快,气势又盛,短短几分钟内,还没等反应过来,一切就已经尘埃落定,而他连范铮是谁都不知道!

怎么回事? 他到底是谁? 中大的学生谁会有这么大的胆子? 就算有,谁又会有如此犀利的话和观点? 回过神之后,程曦学一脸不快地问道:“你是谁? 你是哪所大学的? ”

“他是谁并不重要,重要的是,程教授的演讲会是不是一个开放的允许大家畅所欲言的盛会? 如果程教授有这份气量,我们也愿意参加到讨论中来。如果不是,我们退下去就可以了,也不劳程教授费心。”严小时不软不硬地说了一句,就是要用话挤对程曦学。

程曦学本来以为严小时并不厉害,范铮的盛气凌人才难对付,听严小时不咸不淡地说出让他左右为难的话,顿时大吃一惊,不由多看了严小时几眼。心想,这个女生年纪不大,长得又十分漂亮,说话也是柔柔的声调,以为她是一个软性子,没想到,她竟有温柔一刀的本领。

眼前的一男一女,男的气势逼人,说话虽然气盛,但说得理直气壮,又句句

403

在理,让人挑不出大错;女的温柔一刀,说话不紧不慢,又滴水不漏,而且暗藏机锋,让人不得不小心提防。怎么今天突然出现了这么厉害的两个人物?

决战第二局——含沙射影

程曦学稳定心神,微一点头:"演讲会是大家聚在一起讨论的盛会,不是我的一言堂,欢迎不同意见,欢迎批评指正。不过这位年轻人到底是谁,报上姓名让大家认识一下。还有,你刚才列举的酱菜厂的数据从何而来,是不是可以透露一下?"

程曦学有点怀疑范铮的来历,因为他对数据张口就来,显然是胸有成竹,说不定是燕省产业结构调整领导小组的人。

"我是无名小卒,姓名就不必提了。"范铮才不告诉程曦学他是谁,越神秘才越有威力,"我刚才所说的数据绝对真实,但如何得知就无可奉告了。程教授要是不相信,年底的时候可以向宝市税务局查实茂盛酱菜的利税情况。"

"那倒不必,你既然列举了数据,我自然相信你不会胡乱编造。不过一家小小的酱菜厂的成功说明不了什么……"程曦学大度地一挥手,亲自上阵和范铮辩论,"年轻人,你应该对燕省产业结构调整的政策比较了解,我想请教你,柯达的投资算不算一次成功的合资?夏想在其中有没有起到关键作用?燕省的产业结构调整政策推行以来,柯达投资一直被当成最大的成就来宣扬,实际上早在一年多前就合资一事,达富已经和柯达有过多次接触和秘密谈判。夏想进入领导小组之后,不过是捡了个现成便宜,却被大肆宣扬成产业结构调整的成功,是不是有欺世盗名的嫌疑?"

程曦学的反问不得不说也非常犀利,不但直指燕省的产业结构调整政策并没有什么成绩,也将夏想的功劳全部抹杀,就是要给大家造成一个夏想无用的错觉。

范铮先是一脸严肃,沉默不语,过了片刻,忽然笑了:"程教授,关于柯达谈判的事情,我不和你讨论,因为我没有经历谈判过程,没有发言权。还有关于燕省产业结构调整政策的成效,以及自从推广以来带来的成绩,还有以后会有多大的成就,还是请夏想亲自和你说说。毕竟当事人的发言,才最有说服力!"

程曦学吃惊不小,忙问:"夏想也在?不可能,他怎么会来听我的演讲?难道……邹儒也来了?"

范铮见程曦学反应过来,呵呵一笑:"不错,邹老也来了,不但邹老亲自大驾光临你的演讲会,邹老的三名弟子也都携手前来,严小时就不用介绍了,我是范铮,当然了,还有一直在台下听你对他美言不断的夏想。多说一句,夏想很大度,一直没生气。"

程曦学被打了一个措手不及,听到夏想就在台下,而且是一直在台下,心中就莫名地一阵慌乱。太意外,太震惊,太不可思议了,夏想怎么会一直都在?

平心而论,程曦学与夏想倒也没有多少私人恩怨,只不过因为夏想所处的位置决定了他必须成为攻击对象。而且夏想又偏偏是邹儒的学生,邹儒在学术界一向和他不和,为了打击燕省的产业结构调整政策,他必须拿夏想说事。久而久之,在程曦学心目中,夏想就成了头号的打压对象。

程曦学手中无权,却有一只可以杀人于无形的笔。口诛笔伐有时还胜过权力上的倾轧,他今天演讲的目的,一是奠定他在学术界泰斗的真正地位;二是借今天的演讲高调向燕省施压,以配合身后之人的计划;三是乘机打压夏想的名声,不想他有机会在京城扬名。上次的《燕省日报》事件让他着实恐慌了几天,因为三剑客的文章引起的轰动太大了,连京城也有不少媒体闻风而动,打算到燕省去采访三剑客,结果还是有人发了话,才打消了念头。

万万没有想到,他精心准备的演讲会,夏想竟然会全程参与,而且还一直躲在台下,将他的一举一动尽收眼底?程曦学不免有些后背发凉,因为夏想能够忍到现在不出面,而是先让严小时和范铮出面,他有这份涵养和镇静,足以说明他非常冷静并且理智。冷静得可怕,理智得吓人,他才多大居然就有这样的耐心?程曦学自信如果有人在台上对他大肆攻击,他也不会等到现在还没有一点反应,恐怕早就拍案而起了。

夏想忍耐得越久,他就越可怕!

在场的不少专家教授都因为柯达投资听说过夏想的名字,也在报纸上见过夏想的文章,对夏想也一直比较好奇。听到范铮说出夏想也在会堂,都议论纷纷,并且向后看去。

坐在中间的骆林开和吴林森对视一眼,又低头小声说了几句,然后一齐向台上的程曦学望去。

程曦学得到了二人的暗示,知道二人的意思是想让他借此良机,趁京城之中最有影响的专家学者会聚一堂之机,如果能当场辩驳得夏想哑口无言,将是一场影响深远的重大胜利。

程曦学看了骆、吴二人坚定的眼神,心中鼓起了斗志。眼下的机会确实不容错过,以后就算他想请夏想到这么一个公开场合来辩论,夏想也未必敢来。既然今天来了,就正好让他当众出丑,并且一败涂地,不但可以借机打击燕省的产业结构调整政策,也可以让夏想品尝一下失败的滋味。

如果能将夏想打击得一蹶不振，燕省的产业结构调整政策就受到致命的打击！

　　在众目睽睽之下，夏想微笑着搀扶起邹老，一脸淡笑，和邹老缓慢而坚定地向台上走去。

　　所有人的目光都集中在夏想身上，不管是以前听过他名字的人，还是今天第一次听到的人，都对他无比好奇。因为他做出了许多人不敢想象的事迹，有人对他大加赞叹，也有人对他不屑一顾，甚至当今学术界的泰斗程曦学也总是有意无意地敲打几句。于是夏想在众人心目中迷雾重重——到底他是一个为国为民的优秀官员，还是一个不学无术的腐败分子？抑或是两者都兼而有之？

　　当然，在场的不少大学女生除了关心夏想的为人之外，也非常关心他的长相……

　　夏想一身休闲衣，宽松而舒适，笑容淡定，脚步镇定，身子微微弯下。因为邹儒比他矮一些，他搀扶的时候必须弯着身子才能更好地看清脚下的台阶。于是夏想的形象一瞬间就定格在许多人的眼中——和张扬的咄咄逼人、范铮的盛气凌人完全不同的是，夏想谦恭有礼，成熟而沉稳。虽然年纪不大，但目光清澈、笑容温和，男人味十足。他的相貌已经不能用帅气来形容，因为他浑身上下散发出的是一个男人的自信和胸怀，脸上洋溢着包容的笑容，比起任何帅气都更迷人，更让人沉醉。

　　如果说帅气是未经雕饰的璞玉，那么夏想俊朗的脸庞就是经过沉淀之后的帅气和英俊的综合体——俊朗。帅气是璞玉，但璞玉未必能成为玉器——玉不琢，不成器；人不学，不知义。并非所有帅气的男人，都有成为俊朗的男人的可能。

　　而俊朗的夏想，才是所有男人的终极梦想。

　　真正懂男人的女人，才会最欣赏如夏想一样类型的男人。在场的大多是女大学生，欣赏水平还不太高，夏想一露面，欣赏他的人还不如欣赏范铮的多。

　　尽管如此也少说也有一半以上的女生对夏想非常满意。同时，也有一半以上的男生对夏想不以为然。

　　不过，几乎现场所有的专家教授都对夏想充满了好感，只因夏想搀扶邹儒的姿态一看就是发自真心的尊敬。所有的专家都是一样的心思，能够尊师之人，也会是重道之人。

　　夏想和邹儒来到台上，邹儒先和程曦学打了个招呼，然后就自顾自地坐在柳俊的旁边，一副乐呵呵的袖手旁观的姿态。夏想先是向台下众人鞠躬致意，又朝程曦学笑了笑："您好程教授，我们又见面了。刚才在台下听到不少您对我的夸奖,还有一些经不起推敲的猜测,让我对您有了更深的了解。在此,我要谢谢您身为中大的教授,身为一名著名的经济学家,事事拿我一个无名小辈就事论事,为了替我扬名不遗余力,我倒不知道该如何感谢您的心胸开阔,提携后进……"

夏想话里有话,也是不着痕迹地讽刺程曦学几句。此话一出,底下一片哄笑之声。

程曦学饱经风霜,岂能被夏想一句话打倒?他呵呵一笑:"我倒没有想到你竟然躲在暗处听我演讲,如果事先知道的话,早就请你上台和我就燕省的产业结构调整探讨一番。真理越辩越明,夏想同志,你有没有兴趣在这里,当着诸位专家的面,当着所有人的面,就你主导的燕省产业结构调整的进展情况做一次演讲?"

夏想当然知道程曦学的本意可不是替他扬名,更不是替产业结构调整的政策宣传,而是想借此机会,攻击产业结构调整的政策,从而达到打击他的目的。

说实话,夏想今天本来只是抱着前来听课的想法,同时也想见识一下程曦学的才学。如果可能,也可以从程曦学的言论之中分析出他身后之人的意图。不承想,程曦学事事拿他当靶子,嘲讽几句也就罢了,还有意误导别人有另外的想法,就让他心里愤愤不平,也让程曦学在他心目中的形象一落千丈。

按照他的计划,和程曦学的最后对决应该放到将台酒厂的广告播出和迈克来华正式签订协议之后,双管齐下的成功就有了足够的说服力,可以给程曦学迎头一击。没想到来京城拜会邹老,正好赶上了程曦学的一次大演讲,来得早不如来得巧,三剑客连同邹老前来听讲,却听到了程曦学含沙射影的攻击和诬蔑,夏想终于忍无可忍了。

"我怎么敢在这么多专家教授面前演讲?程教授太高抬我了。"夏想一脸和气的笑容,仿佛刚才程曦学连同楚然和张杨攻击的是别人一样,"不过长者有命,又不敢不从。我想,我既不是专家学者,也不是博士生,在大家面前又没有可以卖弄的学问,不如就针对刚才程教授对产业结构调整的一些见解,说一说自己不同的看法,也好请在座的专家教授批评指正。"

夏想的彬彬有礼和不卑不亢,给柳俊以及前排就座的各大院校的教授留下了良好的印象。本来一些受到程曦学鼓动认为夏想是腐败官员的人,也在心里微微改变了看法。兼听则明,偏听则暗,不能只听信程曦学一家之言,也要听听夏想的辩解。

柳俊带头表示支持:"好,夏想虽然年轻,但他本人就是燕省产业结构调整领导小组的成员,又主导了和柯达的谈判,经历过单城市和宝市的许多项目的改制,可以说最有发言权了。要多给年轻人发言的机会,是不是?实际上,我本人也一直对你是怎么说服了柯达投资非常好奇,今天有这么一个听你亲口讲述的好机会,可不能错过……"

其他各大院校的教授出于不同的心思,不管是程曦学的坚定支持者,还是中立者,或是产业结构调整的赞成者,都纷纷表示让夏想放心大胆地说。

程曦学见时机成熟,就向楚然使了个眼色。

楚然会意,向前迈了一步,先是伸手和夏想握了握手,然后说道:"你好夏想,我是楚然。刚才我的发言想必你也听到了,我对你的能力表示怀疑,毕竟你年纪不大学历不高,而且听说在级别挺高的领导小组之中担任要职,受到重用,不由让我猜测是不是存在任人唯亲的情况?正好今天夏处长来到了现场,可不可以解答我心中的疑惑?"

楚然说完,张杨又插话说道:"夏处长,可否透露一下和柯达签订的协议里面,有没有几年之内就让柯达取得控股权的附加条款?你敢不敢大声说出你在和柯达的谈判之中,没有因为个人的私利而出卖国家利益?你敢不敢拍着良心说,你是一心一意为公,在主导单城市和宝市的产业结构调整的过程中,在挑选改制的企业时,没有一点私心杂念?"

可以说,楚然的质问含沙射影,张杨的指责咄咄逼人。面对二人的联手,夏想脸色一沉,轻描淡写地说道:"你们二位的问题,刚才已经由严小时和范铮两位同学回答过了,我想没有必要再让我重复一遍。不过看你们迫不及待地想知道答案,稍后你们会从我的发言中找到答案。"

吃了一个软钉子,楚然和张杨对视一眼,还想再说什么,夏想一挥手,淡淡而不失威严地说道:"程教授让我说说燕省产业结构调整的进展情况,你二人却让我向你们汇报工作。请问,我是先听从程教授的安排,还是先服从二位领导的命令?"

夏想说得不徐不疾,语气也十分平淡,但话一出口却呛得楚然和张杨面红耳赤,支吾着说不出话来。和夏想久经官场、套话官话张口就来相比,楚然和张杨没出过校门,哪里有夏想说话时的机锋和转折?

严小时在后面掩嘴而笑,范铮则直接伸出了大拇指,小声说了一句:"有理不在声高,高手往往杀人于无形,一句话就能分出高下。"

程曦学知道楚然和张杨不是夏想的对手,忙笑着打圆场:"现在就是讨论和辩论阶段,有问题尽管提,有争议就尽管说,言者无罪……夏想,我想在座的各位都对你主导的和柯达的谈判很感兴趣,就先说说柯达的谈判过程,怎么样？也让我们都受教一二。"

夏想知道,程曦学针对他的攻击主要有两点:一是单城市的通海铁路除了带动单城钢厂的经济效益之外,没有其他的好处;二是宝市的达富合资,是在前人的基础上谈判成功的,既不算是他的功劳,又怀疑他为了短期成绩而出卖了国家利益。并借此两点来否定燕省的产业结构调整政策,以达到程曦学不可告人的目的。

夏想自认不是演讲家,更不是经济学家,第一次在众目睽睽之下发表演说,难免会有一点紧张。但为了给燕省的产业结构调整政策正名,为了维护自身名誉,更为了以一己之力做出有益之举,实现心中的理想和抱负,他无论如何也要奋起一战。

更何况,今天的机会也是千载难逢。程曦学有意让他一败涂地,他则有意在此为产业结构调整正名,孰胜孰负,全在口舌之间。只要战略运用得当,只要有战术高超,今天他完全有可能借程曦学演讲的东风为自己所用!

夏想深吸一口气,平息了一下内心微微激荡的心情,缓步走到台前……

决战第三局——初战告捷

夏想先是郑重其事地朝台下鞠躬致意,然后又回头对程曦学点头表示感谢,最后才感慨万千地说道:"首先请允许我感谢程曦学程教授的大度和气量,正是因为他给了我这样一个大好的机会,我才有可能站在诸位专家学者面前,发出自己的声音。否则我估计很难有这样一个机会和大家认识,和大家面对面地畅谈燕省产业结构调整政策的具体执行情况……"

夏想说是感谢程曦学一点也不假,确实要感谢程曦学给了他一个走到台前的机会,尽管他知道程曦学的本意不是替他扬名,相反,是要将他高高捧起,然后重重摔下。不过从另一个角度考虑,如果没有程曦学的号召力,没有程曦学的影响力,一般人还真组织不起如此大规模的盛会,夏想想要在这么多精英人物面前露脸也不可能!

只要能有面对面交流的机会,对于一向善于从错综复杂的局势之中寻找最有利的平衡点的夏想来讲,这是一次绝地反击的良机。程曦学自认对夏想有所了解,而且他也算是半个政治人物,也懂得平衡之道。但他对夏想的了解远远不够,并不清楚夏想是如何一次次反败为胜,如何一次次找到有利的支点,从而撬起了整个局势!

所以当程曦学听到夏想的发言时,心中暗笑,心想只要将你推到了台上,只要你敢当众发言,就不信找不出你的漏洞?等时机成熟,他也不怕自降身份亲自上阵,必要借此大好机会将夏想当场棒杀!如果能在几乎整个京城学术界有影响的精英人物面前将夏想问倒,只要造成夏想本人能力有限和燕省产业结构调整没有什么成绩的事实,众口铄金,夏想就会成为燕省产业结构调整的罪人。同时,燕省也会面临着整个学术界的巨大压力,必然会中止推行产业结构调整。

一举定乾坤,他不但可以借此机会坐实学术界第一人的声望,还可以拥有无与伦比的影响力。以后不但可以成为核心圈内的经济顾问,还有可能被众多省份推崇,争相请他去发表演讲,指点经济结构,成为国内名副其实的经济学泰斗。从此,他的一举一动将会吸引无数人的眼球,也可能被推为可以影响整个中国经济的经济学家,试想,将是何等的荣耀和风光!

程曦学仿佛看到了胜利的曙光,看着夏想脸上的浅笑,心道,趁现在还能笑得出来,就尽情笑一笑吧。夏想,你以后也别怪我非要对你打压,实在是因为我们处在不同的阵营,我要替别人冲锋陷阵。同样,你也是别人的马前卒,我们狭路相逢,如果只有一人能够胜利的话,谁都希望是自己。

再看在台下第一排就座的邹儒,一脸镇静,还有站在邹儒身边的严小时和范铮,也是一脸坦然。程曦学再看自己一方,也有楚然和张扬,正好形成了对立之势,也是一个势均力敌的局势。

他有主场优势,又准备充分,可以说占了天时、地利和人和,今天之局,基本上是必胜之局。尽管邹儒和夏想等人的突然出现有点意外,但冷静下来之后,程曦学就有了随机应变的对策。他还是自信十足,毕竟中大是他的地盘,今天的演讲会,又是他的盛会。

夏想平息了一下心情,看到底下黑压压的人群,说不紧张是假的。毕竟他是第一次面对这么重量级的人物,知道站在讲台之上,看似是一种荣耀,其实是一种巨大的煎熬,一着不慎就会满盘皆输。而如果输在这里,将会输得一败涂地,再也没有重新站起来的可能。

因为没有人再给你一个在这么多专家教授面前发言的机会!

他也清楚,想要完全说服在座的专家教授几乎没有可能,他也没有想要说服谁打动谁的打算。如果一心抱着在此一举扬名或是非要让众人信服的想法的话,恐怕最后的结果会适得其反,没有人愿意听一个二十七岁的年轻人夸夸其谈,讨论方针政策,也不会有人愿意听他谈论理论知识,毕竟他不是什么专家学者。

夏想心中就有了主意。

"以程教授在国术界的影响力，要考考我，说实话，我心里很是惶恐。而且我今天前来听演讲，也是抱了学习的心态。实际上说出来也不怕大家笑话，我还是不速之客。说不定现在程教授还在纳闷儿，夏想这个小朋友怎么能这样，不请自来，有点不太懂礼貌……"

夏想的开场白惹得众人一阵轻笑，气氛缓和不少，达到了夏想想要的效果。

"不过本着偷学本领不怕脸皮厚的精神，我还是在没有收到程教授的邀请之下溜了进来。其实溜进来也不算什么，我相信现场也有不少同学和我一样，没有收到邀请，但实在是想一睹程教授的风采，就冒着危险溜进了会堂。别不敢承认，我在上大学时，也没少干这样的事情，谁是偷偷溜进来的，举一下手，给我鼓鼓勇气……"

夏想话音刚落，在过道中间站立的不少男生女生纷纷举起了手，还不少人笑着回应："我是，我是逃课溜进来的。"

"我也是。"

"还有我！"

"加油夏想，偷书不算偷，偷听更不算偷！我们支持你。"

"谢谢，谢谢大家，我心里踏实多了……"夏想轻轻拍了拍了胸口，一副诚惶诚恐的样子，连前排的几个教授都被他逗笑了，笑着冲他点头。

"也不知道是不是因为我偷听的原因，程教授在演讲的过程中，多次提到我的名字，让我受宠若惊。不过仔细一听，原来是程教授对燕省的产业结构调整政策有误解，有偏见，连带对我也似乎有些看法。想想我不过是燕省产业结构调整领导小组的一名普通成员，竟然能够入得了程教授之眼，被他记在心上，也是我的荣幸……"夏想说到这里，转身冲程曦学躬身致意，"谢谢程教授的抬爱，本来在座的各位都不知道夏想是谁，经您的几次提名，嗯，不管是褒是贬，反正是出了名。比起现在许多为了出名而不择手段的人来说，我坐在下面听课也能出名，确实是太幸运了。"

"呵呵……"

"哈哈……"

众人哄堂大笑，都为夏想的自嘲拍案叫好。夏想的话有无奈有自嘲，也有一种轻松和无所谓的态度，深得在座众人的赞同。

不管如何，夏想赢得了不少人的印象分。

程曦学一样在笑，只是他的脸上闪过一丝忧色。夏想还真不简单，不但能充分调动气氛，还能带动大家的情绪，他还真是一个不好对付的年轻人。

夏想一脸淡笑,继续说道:"产业结构调整从广义上讲,是要针对当前的经济结构模式进行调整和改革,具体如何定义,我就不用班门弄斧了,在座的专家比我厉害多了。我再说,就是多此一举了。我只想就我个人所理解的产业结构调整,做一个不太形象的比喻——比如说一间房间之内摆满家具,时间久了,有些家具陈旧,有些家具坏掉了,为了住得更舒适一些,就有必要对房间重新布置,重新摆放家具。这个重新摆放家具的举动,就是产业结构调整了。"

夏想的比喻新奇而形象,立刻吸引了众人的注意力。

"人和人不同,先动哪个家具,是淘汰还是继续使用,都有不同的判断标准。所以,具体到产业结构调整落实之时,先改制哪一家企业,都会因主导者的眼光不同或是出发点不同,而没有一个具体的标准。"夏想是在反驳程曦学所说在改制过程中有猫腻的说法,"但有一点,有些破烂不堪的家具只能被淘汰,而没有留下来的必要,相信在大家的心中都有一个还算公平的标准。比如说棉纺厂,众所周知,不只燕省的棉纺厂倒闭严重,几乎所有的棉纺厂都经历了倒闭破产的阵痛。刚才程教授说得也不错,单城市也曾经是棉纺大市,有六家棉纺厂,但我们也要看到一个严峻的事实是,六家棉纺厂倒闭了六家,无一幸存,到底是什么原因造成了现在的局面?我想这也是产业结构调整政策推行的一个关键原因。如果能提前意识到我们自身的问题,提前进行产业结构调整,不敢说将六家棉纺厂都能救活,但至少也存活两三家……

"所以我想说的是,指责不首先对棉纺厂进行改制是极其不负责任的说法,棉纺厂就如一个已经摇摇欲坠的椅子,四个腿都断了,木头也糟了,如何改制?补新腿的话,原有的木头也无法再使用多久,在这样的情况下,换一把新椅子是最明智的选择,而不是非要对旧椅子修修补补,费时费力,那样才是真正的劳民伤财的举动!"

最后一句,夏想的声音突然提高不少,起到了突出重点的作用。

楚然见夏想完全掌握了现场气氛,就有心打乱夏想的布局,迫不及待地插话说道:"对不起,夏处长,我打断一下,想请问一句,在单城市的改制过程之中,为什么先看中了通海铁路和文化旅游项目,而没有选择其他项目首先进行改制,是不是有什么可不告人的目的?"

楚然的问话非常不客气,甚至可以说很不礼貌,显然她是唱急赤白脸的角色。

夏想一点也不生气,反而温和地一笑:"楚同学问得好,在回答你的问题之前,我想先问你和大家一个问题,可以吗?"

楚然点头。

夏想用手一指会堂,笑问:"请问楚同学一迈入会堂,先注意到的是什么?"

楚然一愣,显然没想到夏想会有这样的一个问题,想了一想还是老实地说道:"我先看到的是讲台上的程教授。"

夏想点头一笑,回头又问程曦学:"请问程教授,您最先注意的什么?"

程曦学微一迟疑,说道:"我最先注意的是坐在前排的各位教授和专家。"

夏想同样报之一笑,又问张杨同样的问题。

张杨的回答是,先注意到在场的黑压压的人群。

然后夏想又问邹儒,邹儒哈哈一笑:"夏想问我,我得说真话了。我一进门时就注意到今天的会堂布置一新,尤其是上面的两个扩音器换成了新的,就想为了程教授的演讲,中大还真是下了血本。"

"呵呵……"邹儒的话引来众人一阵哄笑,都将目光投向了挂在上方的扩音器上面,果然,一看就是新换的器材。

夏想又问了柳俊,柳俊也十分配合夏想,还站了起来,大声说:"我一进门时就注意到一点——我的目光独特,别人肯定没有注意到,就是上面挂着的条幅一边高一边低,没有保持在同一水平线上。"

众人一听,都不约而同地向讲台上方挂着的条幅望去,果然,左高右低,没有在水平线上。

众人又是一阵议论。

随后,夏想又问了几个在场的大学生。

"我一进门就看到一个美女,嘿嘿。"一个一脸青春痘的男生说道。

"我最先看到两个帅哥。"一个女生说道。

"我最先注意到的是会堂的灯比以前亮了不少。"

"我注意到难得今天的会堂打扫得这么干净……"

众说纷纭,几乎没有人有相同的答案。

夏想问了一圈之后,又回到台上,面对着众人疑惑的目光,说出了谜底:"如果把会堂看成是单城市的话,每一个进来的人都当成一个领导小组的主导者,因为每一个人的兴趣和爱好不同、身份不同、立场不同,所以落脚点也不同,最先的着眼点也带有非常明显的个人风格。我想这个答案已经很好地回答了刚才楚同学的问题!"

绕了一个大圈,夏想原来是采取类比的手段,让所有回答问题的人都间接地证明了他回答的正确性,直接得出让人无法反驳的结论!

聪明而机智,所有人都为夏想精彩的回答而鼓掌叫好。

掌声雷动,夏想初战告捷!

楚然满脸通红,低下头说不出话来。

严小时看向夏想,目光闪动,流露出既羡慕又欣赏的神色。

楚然迟疑片刻,还是不甘心失败,又向前一步,问道:"好,我收回刚才的话,向你道歉。还有一个问题,通海铁路耗资巨大,除了对单城钢厂有益之外,我看不出还有什么其他有利的影响。可否请夏处长解释一下,通海铁路的设想是怎么样的一个思路?"

"呵,这个问题就有点勉为其难了……"夏想欲擒故纵,先是假装很难回答,随即口气一转,又说,"因为思路有时就是无形的资产,如果运用得当,也许就是巨大的财富。请问楚同学,你本科和研究生,读的都是经济学?"

"是的。"楚然很骄傲地点了点头,"我打算以后也攻读经济学的博士……"

夏想就笑:"楚然同学既然学识渊博,也应该知道思路就是财富的说法,对不?"

楚然自然清楚有时一个思路、一个创意就能带来巨大的经济效益,经济学上也有过相关的事例,就点头表示赞成。

"关于通海铁路的思路,我也是刚刚成形,本来打算当成我的个人财富,既然你现在问起,我就抛砖引玉,说出来让在座的专家学者批评指正。"夏想的态度谦逊,语气平静,说道,"通海铁路通到黄骅港口,黄骅港口现在还没有形成规模,有了通海铁路之后,单钢必然会在黄骅港口兴建码头。"

"一个码头也不可能给黄骅带来多大的经济效益。"楚然不以为然地说道。

"你说得对,但不要忘了一点,榜样的力量是无穷的。单钢兴建了码头之后,黄骅港口将会初具规模。而单钢有了出海口,有了海上运输线,运输成本大降,带来的效益将会非常明显。还有一点请楚然同学不要忘了,单钢的成功必然会带来辐射效应,而单城市在燕省的中南六市之中,又是离黄骅最远的一个。有了单城市的成功经验,其他五市必然会眼热心动,几百亿元就可以让一个内陆城市多一个出海口,绝对一笔十分划算的生意,相信其他五市也很快会兴建起由当地到黄骅港口的通海铁路。在可以预见的将来,不提中南六市因为通海铁路而带来的运输上的巨大优势,单是对黄骅港口的投资,就可以在短期内催生出来一个新兴的中等港口城市……"

话音一落,前排的专家学者顿时发出一片赞叹之声。

"妙!连我都没有想到一个黄骅市能够带动整个燕省中南六市的经济,好创意,好思路。"

"虽然说想法有点好高骛远,但仔细分析一下,还是有切实可行的一面。"

当然,也有不和谐的声音出现。

"这个就有点想当然了,谁敢保证单钢的铁路建成之后,一定会带来巨大的效益?"

"就算单钢因此而获利,其他地市如果没有迫切需要海上运输的项目,也不会对通海铁路有多大兴趣。"

不过总体来说,还是赞成者多,反对者少,夏想,再次过关!

决战第四局——大获全胜

楚然想了想,摇了摇头,不再说话了,显然已经承认了失败。

张杨知道,该他出面了。他刚才受到了范铮的打击,气焰收敛不少,不过还是有一股咄咄逼人的气势:"请问夏处长,你是不是承认和柯达的谈判,是捡了一个便宜,并不是因为产业结构调整政策的推广,才拉来了十五亿美元的资金?"

张杨的问法痕迹太明显了,显然是想贬低燕省的产业结构调整政策,夏想立刻一脸严肃地说道:"燕省的政策是燕省省委省政府的决定,我身为领导小组的成员,自然要坚定不移地执行。但对于任何讨论产业结构调整政策的问题,一概不予回答。况且你不但是局外人,也没有在政府机关工作的经历,更没有资格说三道四!我只想在此从我的角度和个人的工作经历出发,讨论一下在政策之下的一些具体项目的执行情况……"

夏想就是很清楚地告诉张杨和程曦学,任何想向产业结构调整政策正确与否的方向上引导的问题,他都不会参与讨论,只就他的具体工作,做一些解答。

程曦学在后面微微皱了皱眉头,眼中闪过一丝不易察觉的忧虑。

张杨微微有些尴尬,愣了一愣,为了问倒夏想,还是认可了夏想的说法:"好,我们就只针对你的具体工作进行讨论。"

"和柯达的谈判,其实有许多内幕……我并不赞成张博士所提的捡了一个便宜的说法。当然,在我和柯达接触的时候,达富已经和柯达进行了一年多的谈判。我接手的时候,最大的便宜是大家都熟悉了,不用再试探着接触了。但同时也有一个最大的不足,就是经过一年多的接触,柯达已经完全掌握了达富的底线。所以我在此时介入和柯达的谈判,想说服他们,让他们改变原先坚持了一年多的原则,难上加难!"

张杨没想到夏想就势借势,直接将先前持续一年多的谈判说成是困难,而不是优势,还说得如此冠冕堂皇,顿时让他惊讶得说不出话来。转念一想,夏想的说法似乎也有道理，他还真找不出反驳的理由，不由暗暗感叹，夏想真是一个舌绽莲花之人，不但镇定自若，言谈之间的机锋转折，也是无人可比。

张杨心中对夏想不由产生了一丝敬畏之意。

夏想也清楚，作为程曦学的马前卒，楚然和张杨急不可耐地站出来替程曦学摇旗呐喊，一是为了打乱他的思路，二也是为程曦学铺路。既然他们跳了出来，他顺手搬开两个绊脚石也不在话下。而且他表面是和这二人斗志，但谁不清楚实际上他正和程曦学交锋！

"和柯达谈判时，我为自己定下了三个底线。第一，民族品牌不能丢，必须保全，不管对方出资多少，要保留控股权。第二，必须有长远的发展计划，不能只拉来投资，不管远景回报。第三，必须投资数码相机的生产线，因为随着数码相机的兴起，胶卷相机的市场会逐渐萎缩，并且将会退出市场，以后的相机，将会是数码相机的天下。"

夏想一番话一说出，立刻引来一片议论之声。

"不可能，数码相机怎么会替代胶卷相机？痴人说梦。"

"这个夏想太狂妄了，竟然敢当着无数经济学家的面，下了这么大的结论，太轻狂了。数码相机有许多天生的缺点，永远无法代替传统相机的市场地位。"

"我不相信数码相机最终会统一市场，数码相机的依赖性太高，没有电脑，数码相机拍的照片就没处存放。所以说数码相机替代胶卷相机的结论，言之过早。"

听到一片反对的声音，程曦学终于露出了微笑。看来将夏想捧到台上是正常的决定。年轻人，到底经历不多见识也少，在台上很容易飘飘然，很容易忘乎所以，一激动就容易说出大话，一说大话，就有了被人攻击的口实。

程曦学及时站了出来，用一副语重心长的口气说道："夏想，当着诸位专家的面，不要说过头话，更不要说大话，尤其是对市场的预言。在座的都是京城乃至国内极有名望的经济学家，对于市场的见解自然比你强许多，你口出狂言说数码相机可以代替传统相机，是不是有点信口开河了？听你这么一说，我现在非常怀疑到底是不是你说服了柯达来宝市投资，还是你在美国有朋友帮了你的忙？"

程曦学是以半开玩笑的口吻对夏想说出这番话的，他身为学术界泰斗，当然不好意思直接攻击夏想什么，以轻松玩笑的口气说出，才符合他的身份。

夏想也不急，他抛出这样一个惊人的论调，就是要引蛇出洞，让程曦学早些站出来和他正面交锋。他反而笑着说："确实是我说服柯达作出了投资的决定……"

"怎么说服的？"程曦学依然是笑眯眯的表情。

"我就是用数码相机最终会代替传统相机的观点说服了柯达,最终经董事会批准,柯达作出了投资达富十五亿美元的决定!"

一石击起千层浪,此话一出,顿时会堂上鸦雀无声。

夏想的一句话颠覆了在座所有保守派的观念,他们私下里讨论过,到底夏想是如何说服并且打动了柯达的高层,才让柯达最终决定投资宝市。对此也得出过千奇百怪的结论,却没有想到真相和他们的结论相差十万八千里!

怎么可能是——数码相机?

但所有人也清楚,夏想不可能也不敢当着众多的经济学家面说假话,何况他的导师邹儒还在前排就座。只是真相太过让人震惊,众人一时还是无法接受。

连程曦学也惊讶得无言以对,好个夏想,就是故意吊人胃口,等众人都迫切地想知道真相之时,他才抛出他的论调,让人不接受也得接受。

聪明,聪明的手段!

夏想所要的并不是和众人讨论具体过程,而是想通过此次机会告诉大家一个事实。他想要达到的效果也不是让所有人都接受产业结构调整政策,也不是有意宣扬自己,而是将程曦学演讲所带来的不利影响减小到最低。

因为夏想清楚自己的优势和不足,想在理论上说服程曦学没有可能,他没有这么高深的理论知识。他只有用事实说话,用众人都难以相信但又确实是千真万确的事实,一举得出无可争议的结论。

夏想看了程曦学一眼,又看了楚然和张杨一眼,知道最后的时机来临了,不能再和程曦学纠缠下去了。宜速战速决,不宜久拖不下。他微微沉默片刻,一脸凝重地说道:

"有人猜测我是一个小官僚,甚至是一个贪官,也有人认为我有才能,有见解,其实都不是,我只是一个普通人,一个再普通不过的年轻人。和在座的同学们一样,有梦想,有理想,有激情,也有冲动。我只不过是处在燕省产业结构调整领导小组的关键位置上,自然而然就成了众矢之的。如果我因为委屈而放弃理想,因为遭遇到不公平的对待而退缩,我不但对不起上级领导的重托,也对不起自己曾经立下的誓言!

"我想同学们和我一样,在没有走向社会时,都有过远大的志向和美好的梦想。梦想确实美好,因为梦想只存于我们的想象之中,我们想要梦想如何,它就必须如何,所以它才美好而令人向往。但现实往往又很无奈,甚至残酷,因为每一件事情的成功,都要经历无数次努力,都有或多或少的阻力,甚至还有人为的破坏。

"是的,我承认我曾经有过退缩,有过失望,也曾在夜深人静的时候,为自己的理想和抱负不能实现而黯然泪下。人与人的理想不同,但有一点是相同的,就是都愿意成为对社会有用的人,都愿意受到重用,愿意凭借自己的力量,让更多的人过上更美好的生活。如果从政,就是为官一任造福一方的最基本的理念;如果经商,就是在自己富裕的同时,也让更多的人富裕起来的商道。人类拥有一个最根本的也是最美好的情感,就是爱。为官者爱民众,经商者爱员工,互敬互爱,世界才会更美好。"

　　夏想深吸一口气,让自己显得更平静更坦然一些,因为接下来的话,将是他的肺腑之言。

　　"世界上有两样东西最震撼人心,一个是寄托了一生追求的理想,一个是现实中必须承担的责任。因为有理想,我们对未来充满了希望;因为有责任,我们负重前行,义无反顾。我的理想并不远大,说实话,从小处讲,只希望自己能有一辆拿得出手的汽车,有一处还算舒适的住房,有一个知冷知热的爱人。往大处讲,是希望自己和自己所在的部门,能够顺利完全上级交代的每一项任务,希望自己和同事们都有奖金可得,都能得到上级的认可,都有升迁的机会。再广泛地讲,是希望自己如果有朝一日能主政一方,一定谨记为官一任造福一方的理念。不敢说要为百姓作出多么巨大的贡献,也不想自己执政之地的 GDP 有多高,排名多靠前,只想让所有的人都吃饱穿暖,都有工作有住房,让老人老有所养、让学生学有所教、让劳动者劳有所得、让病人病有所医……"

　　夏想心中充满了感慨和激情,他向众人演说,何尝不是心声的流露?尽管他从来都是一副淡定从容的姿态,但面对政治上的倾轧和对手的设计陷害,也曾身心俱累,也曾经动摇过,也曾有过退缩的念头。他衣食无忧,也有可以保证一生富贵的资产,非要在危机重重的官场之中浮沉,为的是什么?难道仅仅是骨子里的权力欲望?仅仅是将别人踩在脚下的快感?

　　不是,当然不是!

　　夏想确实没有太大的雄心壮志,也不想凭借一己之力来改变社会,他只希望进入官场,尽他所能,改变他所能改变的一切。遇到不平事要尽量恢复公平;遇到值得扶持一把的人,就尽量为他快马加鞭;遇到所爱的人,就尽量让她过得更好。如果能坐到高位,就尽量做出一番实事,让百姓都得到实惠,让贪官落马,让能者居上。

　　正是因为他坚定地支持产业结构调整,才触动了程曦学身后的保守势力的利益,才有了程曦学一而再再而三地对他进行打压和攻击。不但在报纸上对他笔伐,在演讲会上,也要对他口诛……他看似镇静应对,但内心承受的巨大压力,又有何人知道?

夏想看着台下黑压压的人群,有人沉默,有人微笑,有人不以为然,有人讥笑,他的心情反而更加平静:"去掉我身上的处长光环,不提我身在领导小组的身份,其实我和大家一样,也是一个再普通不过的年轻人,有梦想,有激情,有快乐,有痛苦。也许我能力有限,也许我也有这样那样的缺点,但我既然担任了领导小组的处长,不管面对什么样的责难、什么样的诽谤,我都要咬紧牙关,勇敢地面对一切——不管责难是来自哪一位高高在上的领导,也不管诽谤和指责是来自哪一个声名远扬的专家教授!因为我和大家一样,有理想有追求,不轻言放弃。任何时候任何成功都不可能一蹴而就,能力不足我可以加倍学习,有缺点我可以努力改正,有刁难和各种各样的指责,我可以默默忍受。我想只要坚持到底,只要我做出了应有的成绩,只要我问心无愧,只要我对得起所有信任和支持我的人,那么那些责难,那些诽谤和诬蔑,就随他们去,我不反驳也不辩解。我只想埋头苦干,用成绩来证明一切!"

在长达十几秒的沉默之后,爆发了如潮水一般的掌声。

夏想眼中隐现泪花,深深地朝台下鞠躬:"我知生死,知冷暖,知荣辱,知快乐和痛苦。我只是一个普通的公民,是一个尽心尽力为了自己的理想而奋斗的年轻人,也是一个'苟利国家生死以,岂因祸福避趋之'的理想主义者。最后我只想再说一句,我在领导小组的所作所为,尽管被许多人怀疑、猜测甚至诬蔑,我有一句话要送给他们:俯仰无愧天地,褒贬自有春秋!"

伴随着雷鸣般的掌声,第一排的教授全体起立,第二排到第十排的各界精英和领导全体起立。随后,千余人的会堂之中,所有人都起立了!

一时之间,掌声、喝彩声以及学生们的尖叫声,响起一片。现场的气氛如同烈火一样熊熊燃烧,所有人都被夏想的激情点燃,胸中充盈着感动和感慨!

严小时用力鼓掌,眼中泪流不止。

范铮双手紧握,目光坚定而充满斗志。

邹儒也是一脸欣慰和满足,他从来没有像今天一样感到开心和感动,好一个夏想,好一个知荣辱、知冷暖、知进退的年轻人!

就连楚然和张杨也被夏想的演讲感染,一脸的钦佩,也是不停地鼓掌。中国人往来含蓄,不讲究情感外露,夏想今天却真情流露,不但让他的形象丰满而亲切,让所有认识和不认识他的人都对他充满好感,也让他因为饱含深情的演说,在极短的时间内,赢得了所有人的同情。

程曦学大为感叹,尽管他一心一意想要打压夏想,但今天夏想的演说也让他切实地感受到了一个真实的夏想,一个聪明的夏想,一个机智多变的夏想,

419

他不得佩服夏想的口才和亲和力。他知道，今天他的愿望不但会落空，还会让夏想借此机会扬名，赢得所有人的好感！

因为夏想的聪明之处在于，他不和经济学家谈论经济，也不和专家学者谈论政治，他用人文主义精神和经济学家对话，用真情实感和激情与大学生交流，同时赢得了教授和学生的理解和支持，让程曦学先前所有的指责和非难都化为乌有。

甚至夏想都不用针对他的指责多解释一句，就已经大获全胜了！

意外惊喜

程曦学也起立鼓掌，满脸笑容。尽管今天输得很惨，输在了夏想围魏救赵的计谋之下，输在了夏想顾左右而言他的策略之下，但出于对对手的尊重，出于对夏想随机应变本领的赞叹，他还是对夏想精彩的演说给予了应有的掌声。

程曦学明白，在今天，在此时此地，夏想如果和自己当面争论经济方面的问题，就算勉强处于不败之地，但只要台下的几个专家轮流上阵向他发问，夏想在理论知识方面有欠缺，必定难逃失败的下场。程曦学也正是看中了这一点，才有意将夏想捧到台上，就是想让众人将他踩在脚下。没想到，夏想扬长避短，以深情的肺腑之言感动了在场众人，赢得了好感的同时，又获得了胜利！

不管如何，夏想能够从容应对，并且反败为胜，他就是一个值得尊敬的对手。

尊重对手就是尊重自己。

直到夏想搀扶着邹儒，严小时和范铮一左一右，四人的身影消失在门口之后，程曦学才如梦初醒，才想起坐在第五排的骆林开和吴林森，抬头一看，二人不知何时已经不见了。

程曦学心中说不出是什么滋味，好一场盛会……他的一番心血，竟然全部为夏想做了助力，成了夏想的盛会，成就了夏想的名声，真是世事难料！他不甘心，他觉得他并没有输，只是被夏想巧妙地逃了过去，如果正面交锋，他认为他还有机会能赢！他不服，一定要再找机会还回来！

他几乎要当场发作，以发泄胸中的愤恨。

只是为了顾及身份，程曦学依然微笑着送走每一个专家教授……

一直出了中大的校门，严小时才开口问夏想："你刚才好像流泪了？"

夏想坚决地摇头："没有，你看错了。"

严小时乐了："流泪就流泪了，情之所至，男人也有泪水，又不是什么丢人

420

的事情……"她不顾范铮和邹儒在场，深情地说了一句，"你很厉害，口才一流，我佩服你。"

夏想一脸坦然："世界上的事情最怕认真，你一认真，对方就露怯了。"

此次来京城完成了三件事情：一是夏想向邹老交了研究生的作业；二是邹老正式收下了严小时这个学生；三是借程曦学演讲的机会，夏想为自己正了名。可谓不虚此行，收获颇丰。

邹老也非常高兴，难得地夸了夏想半天，并说："你们三人的稿子我已经安排好了，明天见报。也不知道程曦学今天被你搅局，心情沮丧之下，还有没有精力撰文反驳？呵呵……"

告别了邹老，夏想一行没有直接返回燕市，而是先到了外经贸部。见到易向师的过程还算顺利，作为一个开明的部长，易向师的行事风格还算亲民，并不官僚。当然，夏想也有他的私人电话，直接在他的许可下到了他的部长办公室。

易向师对三剑客联袂来访大感意外，他最近也看了三剑客的文章，对三人的文章相互呼应、观点互为补充也是拍案叫好。当然三人的文章单独拿出来只能算是中等水准，和专家学者的老辣不能相比。但妙就在妙在三人一起出手，攻防有度，各有侧重，反而形成了一个不易攻破的铁三角。

易向师和三人说了一会儿话，夏想就说了他前来的目的，将迈克即将来华签订协议的事情一透露，想请外贸部保密，不要透露给任何新闻媒体。

易向师微一思忖，笑道："怎么，听你的意思是想酝酿一次大动作了？经常有企业要求外经贸部对他们签订的协议保密，我一向的观点是，为企业服务，是外经贸部的职责所在，没有什么好推辞的。"

"不过……"易向师果然如夏想所想的一样，慷慨地说完之后，忽然又轻轻地笑了，"小夏你不算外人，我替你保密，你也得替我做一件事情。"

夏想就知道易向师没那么好说话，只好无奈地说道："易部长有什么吩咐，尽管开口。不说您是部长，我是处长，就凭您的长辈身份，我也得二话不说地服从，对不？"

易向师知道夏想抬出吴才江来暗示他，别出太难的难题才是，就笑着说道："真是个小滑头，先提条件，你就不能大方地答应一次？"

范铮和严小时在一旁直笑，只管看戏。

易向师收起笑容，一脸正式地说道："明年年初，外经贸部将会和其他部委重组为商务部，到时我想借调你来部里一段时间，怎么样？"

夏想顿时愣住，易向师的提议太突然了，他完全没有想到。

不过仔细一想，就明白了易向师的初衷。不用说，肯定是吴才江的主意。吴才江或许是意识到了什么，借抽调到商务部之名让他避避风头，又或许是想充实一下他的资历，以便以后的路更好走。自从连若菡答应让儿子姓吴以后，吴才江明显对他的前途热心起来，也有意将他当成吴家人来培养，开始为他的下一步做打算了。

范铮和严小时都认为夏想肯定不会答应，不料夏想只是微微一愣，随后笑着点头同意了。

在约定地点接上古玉，一行四人返回燕市。范铮和严小时都对夏想答应易向师的要求十分不解，不过二人并没有多问。范铮是忙着向古玉介绍他如何打击张杨的嚣张气焰，如何潇洒地赢得了在场所有女生的青睐，严小时则是低头不语，不知道在想什么心事。

古玉睁着好奇的大眼睛听范铮讲完，轻描淡写地说了一句："都是一些没出校门的小女生，以你的魅力，也就对她们有点杀伤力……"

一句话呛得范铮半天没有说出话来。

回到燕市，夏想又马不停蹄地安排迈克来访事宜。一切安排妥当之后，和邱绪峰约定后天在宝市见面。刚放下电话，就听到消息，说是宋省长要召开领导小组的全体会议。

领导小组没有专门的会议室，就借用了政府办公厅的办公室。本来以为只有宋朝度出席会议，没想到会议进行到一半之时，范睿恒也突然出现在会场。

宋朝度传达了省委省政府三点指示精神：一是产业结构调整到了关键时刻，同志们一定要认真工作，完成上级领导交给的每一项任务；二是鉴于夏想同志的工作成绩比较突出，给予通报表彰；三是领导小组调整一下分工，因为副组长安逸兴同志本职工作比较繁忙，经安逸兴同志提议，经省委省政府批准，决定由夏想同志主持日常工作……

基本上正式确定了夏想的主导地位。

范睿恒的意外出现，将会议推向了新的高潮。范睿恒满面春风，笑着说道："刚刚接到叶书记的指示，叶书记对夏想同志在京城中大会堂的表现非常满意，也十分高兴，特意在百忙之中抽出时间打来电话，让我转告对夏想同志的慰问和祝贺。叶书记说，夏想同志为维护燕省的声誉做出了不懈的努力，值得表彰……"

大家都一脸羡慕加不解地看向夏想，不清楚夏想又做出了什么惊人的举动。

夏想当着大家的面也不好说什么，只好向范睿恒表示感谢。叶石生的消息倒也灵通,中大会堂的一幕这么快就传到了他的耳中,果然是省委书记,也是耳目众多。

叶石生的欣慰和欣喜全在夏想的意料之中,他如此卖力地维护燕省的产业结构调整,而且还赢得了在场无数教授学者的赞赏,相当于为燕省的产业结构调整做了一次别开生面的重大宣传。并且此次是极其难得的正面宣传,正常情况下,就是叶石生以一省书记之尊,也请不到如此多的专家学者会聚一堂。

其实最让叶石生高兴的是,夏想替燕省扬名还是借了程曦学的东风,程曦学相当于为夏想作了嫁衣,不定会气成什么样子。程曦学才刚刚在《京城日报》上指名道姓批评了燕省,才几天,就被夏想当面扳回一局,而且还是借了他精心策划的演讲会。叶石生想想就扬眉吐气,只后悔当时没有在现场看到程曦学一脸挫败的沮丧表情。

叶石生除了大感解气之外,也对夏想更为看重。一个不但实干能干的下属,一个总能及时替领导解围解气并且让领导舒心的下属,绝对是一个时刻被领导记在心上的下属。

与叶石生的欢欣鼓舞相比,范睿恒对于范铮能在教授学者齐聚的会堂之上露脸,也是颇感欣慰。而夏想现在不但是范铮的学弟,还是他的好友,范睿恒对于叶石生夸奖夏想,也是感到由衷的高兴。

下班的时候,夏想正要回家,古玉神秘地来到近前,小声说道:"爷爷说,你好久没有向他问好,他对你很不满意。"

夏想笑了:"不是我让你向他老人家问好了吗?怎么还这么小气?下次去京城,我一定去看看他,好不好?"

古玉"嗯"了一声,忽然又说:"爷爷帮我介绍了一个对象,是个军人,听说人长得挺精神,你说我要不要去见见?"

"见,当然要见。"夏想毫不犹豫地说道,"你爷爷的眼光不会差,你也不小了,也该找个男朋友了。"

"可是……"古玉看了夏想几眼,欲言又止,又摆了摆手,说道,"算了,不和你说了,说了你也不懂。"

夏想才懒得追问古玉想说什么,笑了笑,转身回了家。

打开家门,客厅亮着灯,却没有人。饭桌上摆着香喷喷的饭菜,只有一双筷子,夏想就想,小丫头又有什么玄机,难道是想捉弄他?刚坐下吃饭,却发现桌子上还有一张纸条,上面写着:饭在桌上,我在床上……

后一句可谓含义丰富,小丫头也越来越有情调了。不过夏想面对生理和心理上的双重饥饿,还是要以解决生理饥饿为第一要务,就先狼吞虎咽地吃饱了饭,才蹑手蹑脚地上楼。

到了楼上,摸进了卧室,却发现小丫头侧卧在床上,在台灯下看书。她穿得十分齐整,不免让夏想微微失望,就说:"我以为你在床上等我来做好事,没想到,衣服都在,一点也没有诱惑力……"

"诱惑你个大头鬼!"小丫头嘻嘻一笑,将手中书扔给夏想,"以后别碰我,我要和你分居。"

夏想吃了一惊:"怎么了,你有外遇了?"

话音未落,又有一个枕头飞来,小丫头气急地说道:"你不会想点好事? 怎么一脑子乱七八糟的东西? 什么外遇? 你再胡说,我就再也不理你了。"

见小丫头真生气了,夏想忙笑:"测试一下你的忠诚度,你说你反应这么激烈,好像对我真的挺专一? 不过解释一下,你在床上到底是什么暗示?"

小丫头将头扭到一边:"从来都是痴情女子负心汉,我不专一难道你还专一了?"她脸上的笑容有点得意,又有欣喜,"没什么暗示,我是要上床静养。以后我睡楼上,你睡楼下,我们井水不犯河水……"

夏想吓了一跳,怎么他对严小时说的话,被小丫头照搬了过来,难道是东窗事发? 不可能,他和严小时之间既没有真发生什么,事情又处于严格的保密状态,怎么可能有人知道?

小丫头到底是个什么意思? 演的又是哪一出?

他放下枕头,目光落在手中的书上,顿时恍然大悟,一把把小丫头抱在怀中:"这一次没有谎报军情? 是真的命中了?"

"当然是真的,不过你说的话真难听,应该说是我的功劳,和你关系不大。"小丫头得意地仰起头,瞪了夏想一眼。

"一块土地不管有多肥沃,如果没有优良的种子,土地也长不出庄稼。土地常有,而良种可遇不可求,所以说,美满幸福的生活,还是由男人来创造。"

"去,男人满足了,就转身走了,女人还要辛苦十个月。女人才是命苦,就结婚的当天像个公主一样骄傲,但贬值得快,一夜之间,就是天上地下了。"

"谁说的? 我对你可是始终如一,不管婚前还是婚后,一直捧在手心。"

"哼,说得好听。结婚的当天我还是新娘,第二天就成了老婆,一代新人换旧人,由新到老,也太快了一点,是不是? 女人就是一天的公主,十个月的皇后,然后就是一辈子的操劳!"小丫头也在生活中长大了不少,发出的感慨还挺有哲理。

夏想让着她,连连说是,毕竟怀孕对于任何一个女人来说,确实意味着十个月的辛苦。不过想想小丫头好像永远长不大一样,没想到也快要当妈妈了,还是觉得有点不可思议。看她小模小样的娇弱可爱，他怀疑，有了孩子后，她会不会手忙脚乱？一个大孩子抱着一个小孩子，会不会有点滑稽？

看到小丫头一脸幸福的表情，夏想知道其实他生命中的三个女人，小丫头看上去最柔弱，但实际上却是最有耐心、最有韧性、也是最宽容的一个，而且她的适应能力也很强。

"其实和女人相比，男人才最累。因为女人是土地，而男人是老黄牛。"夏想就假装深沉，一脸感慨地说道。

"什么意思？"小丫头的脸上又流露出夏想最喜欢的既天真又邪恶的好奇。

"只有累死的牛，没有耕坏的地！"

小丫头愣了一愣，醒过味儿来，顿时满脸羞红："你真是一个大流氓，大色狼！"

夏想嘿嘿地笑个不停。

第三天，夏想随同范睿恒一起赶赴宝市，和迈克的最日光公司正式签订了合资协议。因为有省长出席，迈克大喜，知道夏想别看级别不高，但有一定的影响力。签订协议之后，迈克也没停留，当天就飞回了美国。

送走迈克，夏想一行也要返回燕市，宝市市委书记曹永国、市长任庆之、副市长邱绪峰，以及其他一干常委都出面为范睿恒送行。范睿恒和众人挥挥手，弯腰上了车。夏想见领导们都上了车，他刚要低头也准备上车，忽然前面范省长的车门打开，秘书张质宾露出头来，冲后面喊道："夏处长，来坐范省长的车，范省长有话对你说。"

夏想连忙坐上了范睿恒的车。

省长特意召唤夏想和他同乘一车，不管是不是真的有事，落在在场的众人眼中，就是一个强烈的政治信号，就是一个意味深长的暗示。曹永国眯着眼睛，脸上挂着不动声色的浅笑。宝市的其他常委都暗暗羡慕，一个处长也让省长亲自邀请上车，都说夏想同时深受叶书记和范省长的关怀，今日一见，果然传言不假。

只是不知道夏想突然被省长邀请同乘一车，又有什么要紧的事情？